suhrkamp taschenbuch 564

Jorge Semprun wurde 1923 in Madrid geboren und mußte im Spanischen Bürgerkrieg noch als Kind nach Frankreich fliehen, wo er seitdem im Exil lebt. Hier nahm er an der Résistance teil und wurde 1943 in das KZ Buchenwald deportiert. Zwanzig Jahre später veröffentlichte er über das, was er dort erlebte, sein erstes Buch *Die große Reise*, das mit dem Prix Formentor ausgezeichnet und in dreizehn Sprachen übersetzt wurde. Das Buch gilt als eines der wenigen, denen es gelungen ist, das Leben in einem KZ in Worte zu fassen. Inzwischen wurde Semprun weltbekannt als Drehbuchautor zu den berühmten, mehrfach preisgekrönten Filmen »Der Krieg ist aus«, »Z« und »Das Geständnis«.

Dieser Roman, der 1969 den Avantgarde Preis Prix Fémina erhielt, ist auf den ersten Blick nichts anderes als eine atemberaubende Spionagegeschichte zwischen dem sowjetischen und dem amerikanischen Geheimdienst. Diese Spionagegeschichte dient aber dazu, die politische Welt der Gegenwart aus der inneren Perspektive von Menschen vorzuführen, für die Existieren und politisches Engagement gleichbedeutend sind. Der Titelheld, am Schluß das Opfer eines politischen Mordes, trägt zufällig den Namen des Trotzki-Mörders: Ramón Mercader. In Wirklichkeit heißt er jedoch Eugen Ginsburg, ist russischer Jude und wurde unter dem Namen eines in der Sowjetunion gestorbenen spanischen Bürgerkriegsflüchtlings – daher »der zweite Tod« – vom sowjetischen Geheimdienst nach Spanien eingeschleust, um ein Gegenspionagenetz gegen den CIA aufzubauen. Diese ungewöhnliche Konstellation macht die vielfältigen Beziehungskombinationen zwischen den verschiedenen lebenden und toten Protagonisten der Handlung möglich.

Jorge Semprun
Der zweite Tod
des Ramón Mercader

Roman

Suhrkamp

Titel der Originalausgabe:
La deuxième mort de Ramón Mercader
Aus dem Französischen von Gundl Steinmetz
Umschlagfoto: © Ed van der Elsken/
The Netherlands Photo Archives

suhrkamp taschenbuch 564
Erste Auflage 1979
© der Originalausgabe Editions Gallimard 1969
© der deutschen Übersetzung Suhrkamp Verlag
Frankfurt am Main 1974
Suhrkamp Taschenbuch Verlag
Alle Rechte vorbehalten, insbesondere das
des öffentlichen Vortrags, der Übertragung
durch Rundfunk und Fernsehen
sowie der Übersetzung, auch einzelner Teile.
Druck: Nomos Verlagsgesellschaft, Baden-Baden
Printed in Germany
Umschlag nach Entwürfen von
Willy Fleckhaus und Rolf Staudt

4 5 6 7 8 9 – 99 98 97 96 95 94

Colette zugeeignet
für die geteilten Sonnen

Ramón Mercader alias Jewgeni Davidowitsch
Ginsburg, *Agent des KGB*
Inés Alvarado, *seine Frau*
Adela Mercader, *seine »Tante«*
BEAMTE DES KGB: Georgi Nikolajewitsch Uschakow *»der Alte«*,
Pjotr Nikanorowitsch Kowsky
AGENTEN DES CIA: Arthur Floyd, O'Leary, George Kanin,
Herbert Hentoff, Chuck Folkes, Elliott Wilcock, Stanley Bryant
AGENTEN DES SSD: Walter Wetter, Klaus Kaminsky,
Hans Menzel
AUSSENHANDELSVERTRETER DER DDR: Herbert Wettlich,
Willy Wolf
Henk Moedenhuik, *holländischer Geschäftsmann*
Franz Schilthuis, *Beamter des holländischen Geheimdienstes*
William Klinke, *amerikanischer Drehbuchautor*
Felipe de Hoyos, *spanischer Matrose*
René-Pierre Boutor, *französischer Bildungsreisender*
Denise, *seine Frau*
Philippe, *sein Sohn*
ZEIT DER HANDLUNG: 13. April bis 1. Mai 1966
Die Begebenheiten dieser Erzählung sind völlig frei erfunden.
Mehr noch: jede Übereinstimmung mit der Wirklichkeit wäre
nicht nur zufällig, sondern geradezu skandalös

I

Auf dieser Seite der grauen Wasserfläche würde er stehen, in der sich einige blaue Himmelsstriche spiegelten, aber seltsamerweise nicht das verschleierte Licht der Sonne, die man irgendwo in der Landschaft hängend vermuten könnte; dieses irisierende Licht schien vielmehr aus ihr selbst hervorzudringen, herauszustrahlen, als ob unter dem flachen, scheinbar schlafenden Wasserspiegel eine unbekannte leuchtende Kraft unmerklich das Grau des Kanals unterhöhlte, das Grau der locker gefugten, bemoosten Steine, der Kais, der blinden Fassaden, wie eine ockerfarbige und bläuliche Steilwand über – wenigstens auf den ersten Blick – stehendem Gewässer, unterbrochen nur durch die gähnende, ganz mit Licht ausgefüllte Öffnung eines Brückenbogens über einem Nebenkanal und durch die ebenfalls gähnenden, aber jeden Durchblick verwehrenden massiven Torbögen über den Anlegeplätzen, durch die vielleicht manchmal, an bewegteren Tagen, schwerfällige Kähne Waren beförderten zu den düsteren, gewölbten Hallen der von Türmen flankierten Lagerhäuser; heute jedoch schienen die Kähne verlassen, zu keinem bestimmten Zweck angelegt zu haben und beinah mit der gezackten Linie des Stadtbildes zu verschmelzen, als wenn ihr Holz, von Salz, Schlamm, Algen und Dreck zerfressen, nur noch einen Übergang bildete zwischen dem modrigen Wasser und dem verwitterten Stein, totes Holz vielleicht in totem Gewässer, fauliger Auswurf des Steins selbst, der durch seine Vergänglichkeit die unangreifbare Dauer dieser Stadt jenseits des Wassers hervorhob.

So würde er regungslos diese Stadtsilhouette aus einer etwas schrägen Perspektive betrachten, als wenn er auf dem rötlich-gelben Sand des diesseitigen Ufers stünde, nachdem er lange gewandert wäre durch flaches Land unter der wechselnden Farbe des bewölkten Himmels, mit der bald links, bald rechts oder direkt vor ihm auftauchenden, überraschenden, auf jeden Fall ungewöhnlichen Vision eines durch die Landschaft gleitenden Schleppkahns zwischen zwei bewachsenen Hügeln, die das klare oder manchmal vom angeschwemmten Schlamm rötliche Wasser eines Kanals einzwängten, der in der grenzenlosen Ebene die Schwellungen einer Narbe hinterlassen hätte; er würde diese scharf ge-

zeichnete Stadtsilhouette betrachten, die auf das Wasser des
großen Kanals den violett schimmernden Schatten ihrer Fassaden,
Giebel und Türme warf, in einer Stille, die von den möglichen
Stimmen der Personen links am diesseitigen Ufer aus dieser Entfernung weder unterbrochen noch auch nur beeinträchtigt werden
könnte: zunächst zwei Frauen, ganz gerade, verpackt vielleicht in
steife Kleider, die ihnen Hüften und Brüste einschnürten in über-
einanderliegenden Schichten einer knirschenden, gestärkten, vielleicht sogar rauhen Wäsche, zwei Frauen einander gegenüber,
parallel zur deutlich gezogenen Uferlinie; weiter links noch zwei
Frauen, die eine etwas abseits, und zwei Männer, von denen der
eine – fast nur von hinten sichtbar, mit schwarzem Mantel und
breitkrämpigem ebenfalls schwarzem Hut – seiner Haltung nach
und trotz jener Stille, die durch nichts unterbrochen werden
könnte, weder durch das Geräusch des Wassers noch das Geschrei
der vorüberfliegenden Vögel und vor allem nicht durch das Geläut
der immerhin sichtbaren Glockentürme, durchaus im Begriff sein
mochte, mit den anderen, dem Mann und den Frauen, zu sprechen,
sicher über die Fracht des wenige Schritte entfernt am diesseitigen
Ufer liegenden Kahns (oder es handelte sich um eine Fähre, mit
der man jene grauleuchtende Wasserfläche überqueren konnte, um
gegenüber an Land zu gehen, an dem momentan verlassenen Kai,
vor jenem offenen Stadttor in der Mitte eines trutzigen Gebäudes
mit einem Glockenturm, der durch seine filigranhafte Anmut den
nüchternen, wenn auch edlen Anblick der besagten Fassade leicht
korrigierte, und in diesem Falle würden alle diese Personen – auch
die beiden weiter vorne stehenden Frauen – auf die Überfahrt warten, um nach der morgendlichen Feldarbeit in die Stadt heimzu-
kehren oder, wenn es Bauern der umliegenden Weiler waren,
Einkäufe zu machen, Verwandte zu besuchen oder einer kirchlichen oder städtischen Zeremonie beizuwohnen, wobei letztere
Möglichkeit wahrscheinlicher wäre eben wegen der Kleidung jener
Männer und Frauen, an der keinerlei durch Arbeit und Tagewerk
erklärliche Nachlässigkeit und Unordnung zu erkennen war).

Doch, in der Stille würde er diese vertraute, von jeher bekannte
und doch unvorhersehbare, überraschende Stadt betrachten und
sich vielleicht in der völligen Abgeschiedenheit seiner glückseligen
Kontemplation nach dem Sinn dieser Überraschung, dieses Herz-
klopfens fragen, das ihn wie angewurzelt dastehn ließ – eine be-

stimmte Redewendung könnte genau zum Ausdruck bringen, was er beim Anblick dieser vertrauten und doch erregenden Landschaft empfunden hatte, wenn auch mit jenem Beiklang von Emphase, der für Redewendungen oft typisch ist: *sein Blut stockte in den Adern* –, ihn festnagelte auf dem Sand des diesseitigen Ufers, auf der rechten Seite und etwas abseits von den sichtbaren Gestalten, als wenn er selbst die letzte, allerdings unsichtbare Gestalt dieses Gemäldes gewesen wäre, als wenn der Maler – vor drei Jahrhunderten – mit einer gewissen Ironie sein Kommen vorausgesehen hätte, den Platz, an dem er stehen würde, seinen Blickwinkel und sogar jenes warnende Herzklopfen, um all das sofort wieder zu tilgen und jene Person nicht zu malen, die er hätte werden können, indem er ihn unsichtbar machte oder ihn durch eine letzte Serie präziser und leichter Pinselstriche sich auflösen ließ im rötlichen Sand, im schillernden Wasser, im dichteren Schatten der Türme auf dem lichtdurchtränkten Kanal. Als ob diese Unruhe – sein Blut stockte in den Adern – diese innere Erregung, als er sich jenem Gemälde näherte mit der albernen Blasiertheit des Kenners, der hier wieder das vertraute Gefühl eines fast abstrakten Vergnügens empfinden wird; als wenn sogar diese Angst, die fast sofort die selige Gewißheit seines Blickes verdrängt hatte, von der Entscheidung des Malers herrührte – die zwar drei Jahrhunderte her war, aber die wattige Dichte der Zeiten wie eine unaufhaltsame Klinge durchschritten hatte –, ihm den Platz, der ihm offenbar zukam, zu verweigern, den Platz der siebenten Person, die sich selbst hier hätte befinden müssen, auf dem diesseitigen Ufer, gegenüber der Stadt Delft, am Rande des Gemäldes, wo der Ufersand und das schläfrige Gewässer ineinander übergingen, wohin sein erster Blick gefallen war, der sich dann in einer knappen Bewegung schräg abgewandt hätte, um die Kais, die Häuser, die Speicher, die roten und grauen Dächer, die dunklen und goldgelben Türme der Stadt Delft in ihrer Gesamtheit zu umfassen, wenn er hier angekommen wäre nach einer langen Wanderung durch die fayencefarbene Ebene. Aber vielleicht hätte der Maler, drei Jahrhunderte früher, ihm sogar seinen Blick verweigert, als ob er beschlossen hätte, ihn zu blenden, die aufmerksame, ergriffene Anwesenheit seines Blickes überflüssig zu machen, damit die Erscheinung dieser *Ansicht von Delft* vielmehr die ganze Dichte einer objektiven Notwendigkeit annähme?

Er tritt zwei Schritte zur Seite auf die Fenster zu, durch die von rechts das Licht fällt, und legt die Finger seiner beiden Hände auf die Augenlider – die er schließt, so wie man die Augen Verstorbener schließt –, auf die Wangenknochen, wobei seine Augen geschlossen bleiben, auch als seine Finger sie nicht mehr bedecken, und er faltet seine Hände, vielleicht flehend, unter seinem Kinn. Dann öffnet er die Augen wieder, vermeidet mit Bedacht, das Gemälde anzusehen, geht um das Sofa, das dort steht, gegenüber der *Ansicht von Delft*, herum, verläßt den Saal, kehrt in den größeren Saal zurück, den man direkt vom Treppenabsatz der ersten Etage erreicht und dessen Fenster – wie er eben bemerkt hat – auf einen Teich gehen, und bleibt vor dem *Distelfink* von Carel Fabritius stehen.

Nichts anderes, nichts anderes ansehen.

Das kleine Gemälde ist vor ihm, gefesselt an seinen jedes Detail aufnehmenden Blick, wie der Vogel selbst – wenn auch unauffällig – gefesselt ist an einen Ring, der auf dem Metallreifen hin und her gleiten kann, den seine Klauen umfassen (ein regloser Vogel, der die Grenzen seiner vorgetäuschten Freiheit kennt, weil er schon oft mit seinen Flügeln den Luftraum geschlagen hat, der sein ganzer Käfig ist, jetzt vielleicht resigniert, aber dennoch wartend, ja lauernd, wobei sich der aufgerichtete Kopf von der rauhen Fläche einer gelblichen Mauer abhebt, an deren Unterseite, mehr am rechten inneren Rand des Gemäldes, die Signatur des Malers in Druckbuchstaben und das Datum steht: 1654). Er denkt vage daran, daß ein Jahr früher, wenn er sich recht erinnert, Ludwig XIV. die Fronde unterworfen hat, Cromwell Lordprotektor geworden ist, Innozenz X. feierlich den Jansenismus verworfen hat. Es passierte damals allerhand in der Welt, Bündnisse wurden geschlossen und aufgelöst, Festungen wechselten den Besitzer, und ganz langsam, ohne daß jedoch die Konsequenzen dieser Flut für irgend jemanden voraussehbar waren, ergriff die Bourgeoisie in ganz Europa Besitz von den materiellen Triebkräften eines sich expandierenden Universums – Nebelgebilde von Staaten, Reichen, Religionen, Klassen –, dem die bürgerliche Aktivität hartnäckig die rationalen, auch für sie selbst manchmal noch unsichtbaren Formen ihrer Hegemonie aufprägte. Und im folgenden Jahr, im gleichen Jahr 1654, als Carel Fabritius den reglosen, aber zitternden Vogel malte – die Federn seines Halses aufgeplustert vom

ungeduldigen Warten auf die Möglichkeit des Fliegens, das durch
das dünne Kettchen an seiner Klaue unmöglich ist, ein zarter,
gesangbegabter Sperling –, erfand Pascal die Wahrscheinlichkeits-
rechnung, und Königin Christine verzichtete auf ihren Thron, unsichere Zeiten. Zwei Jahre später, als Velasquez die *Meniñas* beendete – in seinem Gedächtnis steht das Bild ganz deutlich und
leuchtend vor seinen Augen, denn gerade am Tage vor seiner Reise
nach Holland hat er, aus Gründen, die nichts mit Malerei zu tun
haben, einen Vormittag im Prado verbracht –, in jenem Jahr war
Spinoza in Amsterdam, der ewig Suspekte, der um so suspekter
war, als seine Philosophie mit der absurden und fast monströsen
systematischen Klarheit der begrifflichen Vernunft alle ideologischen Refugien jener neuen gesellschaftlichen Kraft in nichts
auflöste, die sich über Europa verbreitete, aber das eigentlich
Neue an ihr, eben ihr historisches Wesen, ihre Stärke, ihre notwendige Brutalität noch nicht sehen wollte, den Spiegel ihrer
eigenen Klarheit zurückwies, weil sie noch nicht fähig war, sich die
theoretischen Gründe ihres alles mitreißenden Elans zu eigen zu
machen, Spinoza also war in diesem Jahr 1656, zwei Jahre nachdem im Atelier von Delft das kleine Gemälde von Fabritius gemalt
worden war, von der jüdischen Gemeinde von Amsterdam ver-
stoßen worden. Aber vielleicht war es gerade die Unruhe dieser
Zeiten, ihr teilweise undurchschaubarer Verlauf, die latente oder
offene Gefahr der geistigen Erschütterungen, der materiellen Zer-
störungen, die Menschen wie Fabritius drängten – um das einzu-
fangen, den schweren Reichtümern in den Lagerhäusern eine alle-
gorische, rechtfertigende Gestalt zu geben –, die flüchtige banale
Schönheit dieses Vogels zu malen (ein Vogel, ein Distelfink, zer-
brechlicher Gesang, Flaum der unterworfenen Welt, zarte Rück-
seite einer Münze geprägt von fernem Blut), als ob Carel Fabritius
gewußt hätte, als er seine Signatur daruntersetzte, klar und leser-
lich wie unter einen Handelsvertrag, daß dieses Gemälde eines der
wenigen wäre, das in diesem Jahr 1654 dem Feuer, der Explosion
eines Pulvermagazins von Delft entgehen würde, die das Haus des
Malers, den Maler selbst, seine Werke und seine Familie verschüt-
ten sollte, eine schicksalhafte Explosion, die Egbert van der Poel
mehrfach gemalt hat (eines dieser Bilder befindet sich in Amsterdam und trägt den ganz genau beschreibenden Titel *Trümmer der
Explosion eines Pulvermagazins in Delft im Jahre 1654*). Als ob

13

diese Explosion in eben diesem Jahr – dem Jahr des Distelfinks, könnte man sagen nach der Sitte bestimmter Völker, die jedes verstreichende Jahr mit dem Namen eines Flusses, eines Getreides, einer Blume oder einer abstrakten Tugend bezeichnen – sich nur ereignet hätte, um vor diesem Horizont des Todes die ewige, so leicht zugängliche Transparenz dieser leuchtenden, verletzlichen, flaumigen Schönheit des im winzigen Rechteck dieses Gemäldes gefangenen Vogels hervorzuheben, an dem man in der Eile, die Meisterwerke der benachbarten Säle zu sehen, leicht hätte vorbeigehen können bei einem schnellen Rundgang und in Unkenntnis des Reizes, des Sinnes, der unaufdringlichen und geballten Intensität von soviel alltäglicher Schönheit.

Dann tritt er einige Schritte zurück und löst sich aus der kleinen Gruppe von Besuchern, die seine ergriffene, vielleicht faszinierende Regungslosigkeit zum Distelfink von Fabritius hingezogen hat – er hatte sogar einen Augenblick vorher den Blick einer Frau bemerkt, der abwechselnd auf den erstarrten, im rechteckigen Käfig des Gemäldes zitternden Vogel und auf sein Gesicht gerichtet war, und vielleicht wäre ein Ausdruck unbestimmter bewundernder Sympathie im Blick dieser Frau erkennbar gewesen, wenn er sich die Mühe gemacht hätte, irgend etwas in ihm zu erkennen, wovor er sich wohlweislich gehütet hatte –, und wendet sich mit einer heftigen Bewegung ab, als ob er sich der drohenden Erstarrung einer allzu langen, betäubenden Meditation entziehen wollte, einem gut beleuchteten, fast ganz von der massiven Gestalt eines Rinds ausgefüllten großen Gemälde zu, das einen klaren, ironischen Bruch mit den vorhergegangenen Emotionen ermöglicht, denen der Ansicht von Delft und des Vogels von Fabritius, denn dieses Gemälde hier, das sich gewiß durch seine Raumaufteilung, durch die zugleich kräftige und kunstvolle Komposition auszeichnete, gab von der Wirklichkeit nur die dünne Oberhaut, ihre äußerste Kruste wieder und verbaute gerade durch seine treue Wiedergabe des Augenscheins jeden Ausblick auf die dichte Transparenz, das undurchsichtige Leuchten der natürlichen und menschlichen Dinge, so wie ihr eigenes Licht, ihr innerster, unerschöpflicher Schatten sie selbst verwandelt, so daß sie niemals ganz von einem, wenn auch noch so aufmerksamen Kennerblick erfaßt werden können, wie es für diesen Distelfink, diese Ansicht von Delft galt, während der junge Stier in einem einzigen Augenblick und ein für allemal in fast obszöner Weise die völlig platte Perfektion seiner unbestreitbaren verlogenen Realität zur Schau stellte. Nachdem er also beiseite getreten ist, weil es nichts mehr zu sehen gibt, weil jeder neuerliche Blick auf dieses Rind die mechanische und bis zum Überdruß genaue Wiederholung des einzigen, sofort alles enthüllenden ersten Blickes gewesen wäre, hat er Zeit und die innere Ruhe, daran zu denken, daß es eine gute Idee vom Alten wäre, wenn er in Zukunft Treffpunkte in London festlegte, einer Stadt, die er noch nicht kennt und wo man unter den wenigen der Zerstörung entgangenen Bildern von Fabritius just auch eine *Ansicht von Delft* findet, die er gerne mit jener verglichen hätte, zu der er jetzt in der fieberhaften Erregung freudiger Ungeduld zurückkehrt.

Aber aus Gründen, die ihm unbekannt sind und über die sich Fragen zu stellen nicht einmal in Frage kommt, hat der Alte die Möglichkeit direkter Kontaktaufnahmen – ein- oder zweimal im Jahr, nie öfter – nur in Amsterdam oder Zürich vorgesehen, und in den zehn Jahren, die er nun schon für den Alten arbeitet, hat es nur zwei Ausnahmen gegeben: eine in München, gleich auf dem Flughafen, in der Transithalle, da es sich nur um ein technisches Übermittlungsproblem handelte, und er erinnert sich noch an den Verbindungsmann, den der Alte ihm bei dieser Gelegenheit geschickt hatte, dessen Nervosität ihm aufgefallen war – und er hatte beschlossen, in einem späteren Bericht darauf hinzuweisen – jenen wie Espenlaub zitternden Typ, dessen Augen niemals geradeaus und ebensowenig sich selbst in einem Spiegel sahen; eine krankhafte Nervosität vielleicht, vielleicht aber auch nur hervorgerufen durch die nervliche Überanstrengung der langen Berufsjahre oder aber, ganz im Gegenteil, durch die Ungewohntheit einer Aufgabe, die er zum ersten Mal erfüllte. Er hatte niemals eine Erklärung darüber erhalten, keine Antwort auf das Postskriptum, das er seinem folgenden Bericht in fast beiläufigem Ton angefügt hatte, denn er mußte zwar darauf hinweisen, wollte aber jenem Mann aus München nicht schaden, dessen Nervosität jedoch nicht zu übersehen gewesen war trotz eines zugleich schroffen und diskreten Verhaltens, ähnlich dem junger Direktionsattachés großer Handelsfirmen, und trotz der Lässigkeit, zu der ihm seine Kleidung hätte verhelfen müssen, deren weichen und gut sitzenden, offensichtlich englischen Schnitt er heimlich bewundert hatte. Die zweite Ausnahme war zwei Jahre früher in Venedig gewesen, wofür er seinem Chef immer dankbar sein würde, obwohl er davon überzeugt war, daß der Alte ihn nicht damals in jene Stadt geschickt hatte, um ihn seine Kenntnis der Welt bereichern zu lassen, sondern einfach, weil die materiellen Umstände es ratsamer erscheinen ließen, für diesen Kontakt einen Agenten der Zone Süd einzusetzen.

Inzwischen wäre er vor jene Stadtlandschaft, zu jener Ansicht von Delft, zu jener gleichen schrägen Perspektive zurückgekehrt, als ob er noch einmal dort angekommen wäre nach einer langen Wanderung in der Ebene, genau an diesen Punkt, wo das Ufer und das stille Wasser diesseits des Gemäldes verschwinden, unfähig indessen, den schwierigen Weg zur Offenbarung dieser Landschaft noch einmal zurückzulegen, von seiner Betrachtung vielleicht abgelenkt durch die Erinnerung an den Alten an seinem Schreibtisch, das Gesicht zur Hälfte verborgen hinter den Fransen eines Lampenschirms von verblichenem Grün, der ihn plötzlich fragte: Kennen Sie Vermeer?

Und er, überrascht, mechanisch: natürlich, aber nur von Reproduktionen.

Er hatte ein flüchtiges Lächeln zu erkennen geglaubt, eine kaum wahrnehmbare Bewegung der Lippen, der Augenfalten – zumindest des linken Auges, das allein sichtbar war. Dann der Alte, ganz kurz: In Amsterdam, im Rijksmuseum, *Die kleine Straße*. Dort elf Uhr vormittags, 48 Stunden nach Ihrer Nachricht.

Er nickte.

Dann der Alte: wobei die Tage, an denen das Museum unvorhergesehenerweise geschlossen ist, natürlich nicht zählen.

Er nickte: Natürlich.

Einen Augenblick lang hatte Stille geherrscht. Er hatte sich eine Zigarette anzünden wollen, dann aber innegehalten, weil er sich daran erinnerte, daß der Alte absolut keinen Tabakgeruch ertragen konnte (selbst wenn er bei ihrem ersten Treffen, als er dem Alten nichtsahnend ins Gesicht geraucht hatte, so getan hatte, als störe es ihn nicht), und er hatte sich während dieser Pause gefragt, warum der Alte darauf bestanden hatte, all diese winzigen technischen Details, die jeder untergeordnete Beamte der Dienststelle ebensogut hätte regeln können, mit ihm persönlich durchzugehen, und innerhalb dieser Frage, die er sich gestellt hatte – als er wegen einer veränderten Körperhaltung im Sessel vom Gesicht seines Chefs nur noch die Masse der in einer geschmeidigen Bewegung nach hinten fallenden Haare sah –, war ihm der vielleicht respektlose Verdacht gekommen, daß der Alte ihm deshalb all diese Details selbst hatte erklären wollen, damit er nach dieser kurzen Pause mit ihm ausführlich über jenes Gemälde von Vermeer sprechen konnte, wie er es jetzt tat, mit einer plötzlich stockenden, verschleierten Stimme, in der Suche nach Wörtern, denen seine Gedanken ständig voraus zu sein schienen, wodurch seine Ausführungen, wenn er auf etwas zurückkam, um einen Gedanken zu präzisieren, einen spiralenartigen Charakter erhielten, weil er immer zum selben Punkt zurückkehrte, aber auf einer ganz anderen Ebene. Gestern, zehn Jahre nach diesem Gespräch, als er gerade in Schiphol angekommen war und am Schalter der Verleihfirma die Papiere unterschrieb, die ihn zur Benutzung des Autos berechtigten, das er von seinem Madrider Büro hatte bestellen lassen, scheinbar alle Details dieser Formalität beachtend unter dem liebenswürdigen Blick einer Hostess, die eine weiße Bluse mit dem blaugestickten Namen der Agentur an der Seite des Herzens trug und einen steifen Gabardinerock vom gleichen Blau wie jenes berufsgebundene Zeichen, da hatte er geglaubt, jene Stimme des Alten von damals gehört zu haben, die nur noch heiserer, fast besorgt und fieberhaft oder völlig verzweifelt klang und ihm von dem Bild *Die kleine Straße* sprach, und er hatte sich nicht gerührt, hatte innerlich der problematischen Bedeutung dieser früheren Stimme gelauscht, so lange, daß die Hostess – liebenswürdig und blond und sanft – sich gezwungen sah, ihm mit ihrem Kugelschreiber zu zeigen, wo er noch einmal auf der Kopie unterschreiben müßte, und er hatte, wie man so sagt, seine Sinne wieder zusammengenommen, jene letzte Unterschrift geleistet, und die junge Frau hatte ihm mit einem breiten Lächeln die Autoschlüssel überreicht: »Angenehmen Aufenthalt in Amsterdam, Herr Mercader!« Diese letzten Worte hatte sie in einem heiteren Ton auf Englisch gesprochen, denn in dieser Sprache waren alle Formalitäten geregelt worden, da er nicht Holländisch sprach – was entschuldbar ist – und sie nicht Spanisch – was völlig verständlich ist, weil Holland seit vielen Jahrhunderten nicht mehr zum spanischen Imperium gehörte, obwohl im ersten Vers der niederländischen Nationalhymne immer noch von der Treue des Hauses von Oranien zur spanischen Krone die Rede ist, eine gänzlich anachronistische Formulierung, die jene junge Frau keineswegs dazu verpflichtete, spanisch zu können. Das Englische war jedenfalls die gewünschte Sprache für alles, was Buchung von Flugreisen, Wagenvermietung, Banküberweisungen und andere Manipulationen der materiellen Güter betraf. So hatte er der jungen Frau mechanisch für ihren Willkommensgruß gedankt und war einem Angestellten gefolgt, der ihn zum Wagenpark führte, wo der Gepäckträger, den er sich genommen hatte, mit dem Gepäck auf ihn wartete, und er hatte dann das Trinkgeld gegeben mit einer zugleich autoritären und lässigen Geste, die bei ihm erst nach sehr langer Zeit natürlich gewirkt hatte, weil er eigentlich schüchtern war, und endlich alleingelassen, hatte er den großen deutschen Wagen, der, wie gewünscht, wendig, geräuschlos und anonym war, im Strom ähnlicher Wagen in Richtung Amsterdam in Bewegung gesetzt.

Die Stimme des Alten, mit der er von Vermeer gesprochen hatte, hatte ihn paradoxerweise an den Zweck seiner Reise erinnert, natürlich nicht wegen des Bildes *Die kleine Straße,* weil von der geschäftigen Stille eines Beginenhofes keine Gefahr ausgehen konnte, aber vielleicht wegen des angstvollen Zitterns, das heute, zehn Jahre später, in seiner Erinnerung wieder ganz deutlich war, und das die Worte des alten Mannes verschleiert hatte, der sich plötzlich auf den Schreibtisch gestützt und sogar wütend die Lampe von sich weggeschoben hatte, als wenn von all den unendlich minutiösen, präzisen und wichtigen Instruktionen, die er ihm gegeben hatte, jene tastende, von großer Leidenschaftlichkeit entflammte ausführliche Beschreibung eines Gemäldes von Vermeer das Wichtigste gewesen wäre, vor dem er um elf Uhr vormittags, 48 Stunden, nachdem er an vereinbartem Ort eine Nachricht hinterlassen hätte, die Person würde treffen können, die er in dringenden Fällen hätte sehen müssen, um einen direkten Kontakt mit der Geheimdienstzentrale herzustellen. Damals, vor zehn Jahren, schien der Alte den rein funktionellen Zweck des Bildes *Die kleine Straße* vergessen zu haben – ein Treffpunkt, ein helles Zeichen, im dunklen Universum der Spionagenetze –, und er hatte nur noch von deren für diesen präzisen Fall ganz nebensächlichen oder zusätzlichen Schönheit gesprochen, denn jedes andere Bild hätte, wie man einsehen wird, den gleichen Zweck erfüllen können.

»Ich weiß nicht«, hatte der Alte gesagt, »ob Sie Malerei wirklich lieben, oder ob es sich bei Ihnen nur um einen ganz abstrakten Bildungsdrang handelt und nicht um ein Bedürfnis (und die Stimme seines Chefs war streng geworden, als ob der Zweifel an seiner leidenschaftlichen Liebe zur Malerei etwas war, das man bei der Beurteilung seiner rein beruflichen Qualifikation zu berücksichtigen hätte), aber wenn Sie wirklich einen Sinn für Malerei haben, dann sehen Sie sich dieses Bild an (und mit einem Lächeln hatte er hinzugefügt: natürlich außerhalb des Dienstes, nicht am Tage jenes eventuellen Treffens, und er hatte wieder genickt: natürlich nicht), sehen Sie es sich an, wenn Sie sehen können, das heißt, vergessen Sie Ihren Blick und alles, womit er belastet sein könnte, lassen Sie das Bild sich selbst betrachten durch Ihren Blick, und bedenken Sie, das Bild ist nur die repräsentative Struktur einer bestimmten Welt, lassen Sie diese Welt Vermeers sich selbst betrachten durch Ihren Blick, lassen Sie sie sich einfach zeigen.«

»Sie werden sehen«, hatte der Alte gesagt, »es ist ein ziemlich kleines Bild, etwas mehr als 50 cm hoch und etwas weniger breit, ein hochgestelltes Rechteck also, und nach dieser Rechteckform ist übrigens das ganze Bild aufgebaut: das Rechteck der Fassade, der Fensterkreuze, der Tore, vor allem jenes, das den Blick auf einen Hof freigibt. Beachten Sie (der Alte hatte ermahnend den rechten Zeigefinger auf ihn gerichtet), das Format dieses Gemäldes ist nicht gleichgültig, es entspricht bis auf einige Zentimeter dem Durchschnittsformat der Bilder von Jan Vermeer (und er hatte diesen Vornamen Jan so ausgesprochen, wie er vermutlich im Holländischen ausgesprochen wird, jedenfalls klang der Name nicht so, wie er in der ihnen gemeinsamen Sprache hätte klingen müssen), wobei die wenigen Ausnahmen von dieser Regel sind: *Bei der Kupplerin* in der Gemäldegalerie in Dresden, *Christus bei Maria und Martha* in der National Gallery in Edinburgh, *Allegorie des Glaubens* im Metropolitan Museum in New York und *Der Maler in seinem Atelier* im Kunsthistorischen Museum in Wien (und als der Alte den Namen dieser Stadt Wien aussprach, schien er für einige Sekunden den Faden seiner Rede vollkommen verloren zu haben, wobei seine blauen Augen – von einem fast ganz verwaschenen, fast weißen, metallisch glänzenden Blau – sich für einen winzigen Moment verschleierten wie durch einen plötzli-

chen Taumel. Er hatte deutlich gespürt, daß der Name dieser Stadt
Wien mit der ganzen Gewalt der Erinnerung bei dem Alten eine
inhaltsreiche Vergangenheit heraufbeschwor, über die er ihn nicht
zu fragen, keine Details zu verlangen hätte, die vielleicht für
beide immer unerwähnt bleiben würden, obwohl das Wissen um
sie die Möglichkeit einer Beziehung, einer wenn auch nur stück-
weisen oder sogar rätselhaften Vertraulichkeit schuf); »denn sehen
Sie, es sind handliche Bilder« – er hatte den Faden seiner Betrachtung wieder aufgenommen –, »die Sie alle in den Händen halten
können, Gegenstände, verstehen Sie, für eine Kontemplation –
oder besser, genauer – für einen privaten Gebrauch; schon keine
Gegenstände für den öffentlichen, rituellen und luxuriösen Gebrauch – denn die Privatsammlungen der Fürsten und Prälaten
der Renaissance waren sicher für einen öffentlichen, direkt gesellschaftlichen, zum Prunk bestimmten Gebrauch gedacht, wie
Produkte eines gesellschaftlichen Auftrags –, während die Bilder Vermeers rein private Gegenstände sind, und zwar in dem
Sinn, den die Bourgeoisie diesem Ausdruck geben wird« (und er
hatte seine beiden langen Hände gehoben, als wollte er sagen, das
ist ja klar, das braucht nicht weiter ausgeführt zu werden, wir waren ja unter uns, wir wußten Bescheid); »wenn Sie also an all das
denken bei der Betrachtung *Der kleinen Straße* – an die Kämpfe,
Raubzüge, den Verrat dieser Bourgeoisie, die dabei ist, die materiellen Grundlagen des abstrakten Humanismus, des Privatman-
nes zu schaffen, der mit seinesgleichen gleich ist, sofern er Kauf-
mann, das heißt Käufer und Verkäufer von Waren ist, aber Sie
haben ja die *Grundrisse* gelesen, wo das alles steht« (und er hatte
eine kurze Geste mit der rechten Hand gemacht, als ob er jeden
Zweifel darüber hatte wegfegen wollen, als ob der leiseste Zweifel darüber für beide eine Beschuldigung gewesen wäre, für ihn,
weil er dann diese Manuskripte von 1857–1858, den Rohentwurf
des *Kapital* nicht gelesen hätte, für den Alten, weil er dann jemandem seine Achtung schenkte, der sie nicht gelesen hat),
»wenn Sie also an die blutgetränkte Epoche denken, in der das
Bild gemalt worden ist, werden Sie die unermeßliche Tragik dieses Gemäldes erfassen, die irrationale Ideologie des Bildes, die der
Maler von sich selbst, von seiner eigenen Welt, den Werten seiner
Welt vermitteln will, – in dem Sinne, wie man sagen kann, man
gehört derselben *Welt* an –, als wenn dieser ruhige, glückselige Be-

sitz der Güter dieser Welt, der Bäume, des Himmels, der Häuser, der Gegenstände, die das Bild darstellt, als wenn dieser Besitz oder besser dieses unantastbare Privateigentum das höchste der von der Bourgeoisie erstrebten Güter wäre, von der das hier sozusagen nur eine primitive, vielleicht noch utopische und darum um so rührendere Allegorie wäre, denn die Bourgeoisie ist noch nicht stark genug, der Welt unter der ideologischen Fahne der Bürger- und Menschenrechte ihren Besitzwillen aufzuzwingen und ihre historische Fähigkeit zu beweisen, daß sie diesen Besitz auch festhalten kann.«

Plötzlich hatte der Alte die Tonart gewechselt. Er hatte gelacht: »Vergessen Sie das alles, seien Sie kein Pedant, gehen Sie über die ideologische, historische Struktur des Bildes hinaus. Tauchen Sie ein in die unerschöpfliche Transparenz dieser winzigen Welt, in die Freude über jene formale Übereinstimmung, das ist von allgemeiner Bedeutung, zwischen Licht und Materie, zwischen der Materialität der Welt und ihrer fast abstrakten, weil derart gereinigten Vision«.

So ungefähr – seine Erinnerung hatte die leidenschaftlichen, sicher verworrenen und zugleich reicheren Worte seines Chefs zwangsläufig verflacht, rationalisiert, auf einen einfachen Nenner gebracht – hatte der Alte vor zehn Jahren gesprochen.

Und draußen schmolz der letzte Frühlingsschnee.

(Draußen schmolz der Schnee auf den Straßen, aber er war bis zum Park gegangen, wo manchmal von den Zweigen im gedämpften Klirren der noch eisigen, unbeweglichen, klaren Luft einige lockere Schneeballen fielen und auf dem festgetretenen Schnee am Boden zerstäubten, während die Äste der Nadelbäume, befreit von diesem Gewicht, unter der sich bahnbrechenden Frühjahrssonne rauschten, damals, vor zehn Jahren.)

Doch er war zur *Ansicht von Delft* zurückgekehrt und hatte sich diesmal auf das Samtsofa gesetzt, das gegenüber dem Gemälde stand wie ein diskreter und zuvorkommender Hinweis der Museumsdirektion auf die Möglichkeit eines langen meditativen Verharrens vor diesem von der Kritik, von der Mode und durch seine eigene Ausstrahlung auserwählten Werk, und in dem Moment, als er den abgegriffenen Samt mit seinen beiden flach auf die Sofalehne gelegten Händen berührte, hatte er – nicht ohne eine gewisse innere Verärgerung – ganz deutlich den Eindruck, mit der Annehmlichkeit einer beruhigenden, völlig ausgewogenen Tradition in Verbindung zu treten, als wäre der weiche, kühle Samt das beste äußerliche Zeichen einer gewissen Lebensart, eines gesitteten Wohlstandes, als trete er durch die zarte Berührung des bereits verblichenen Samtes in die gedämpfte Atmosphäre einer Zivilisation oder Zivilisiertheit ein, in der moralische und künstlerische Werte wie Kristalle geklungen hätten, und mit jener heftigen Respektlosigkeit, zu der er sich manchmal hinreißen ließ, sagte er sich, daß dieser Samt, der von den Händen und Hintern so vieler kultivierter Menschen abgenützt worden war, sehr gut die Rolle einer Reliquie spielen könnte, in gewissem Sinn mit den Zehen oder anderen Körperteilen heiliger Statuen vergleichbar, die von den Küssen tausender Gläubiger poliert oder sogar bis zum Kern des Steins oder der Bronze abgegriffen sind, und in diesem Moment, wo jener deprimierende Eindruck wahrnehmbarer Zeichen eines fast religiösen Respekts ihm die zweite Betrachtung des Bildes von Vermeer zu verleiden begann, hatte sich hinter ihm eine Stimme vernehmen lassen, eine Frauenstimme, französisch, fest, leicht autoritär, professoral.

»Setz dich, Philippe«, sagte diese Stimme, »setz dich und sieh dir das an!«

Er hatte einige Sekunden gezögert, bevor er den Kopf wandte, denn diese französische Frauenstimme war zunächst nur ein Komplex von Tönen, von rhythmischen Geräuschen gewesen, wahrscheinlich weil er nicht erwartet hatte, Französisch sprechen zu hören, und weil er diese Sprache zwar verstand, aber nicht beherrschte, und erst als ihm der Sinn dieses Tönekomplexes aufgegangen war, – verspätet, wie eine ungenaue Synchronisierung, die mit den Lippenbewegungen der Schauspieler auf der Leinwand nicht ganz übereinstimmte, oder wie jene Stimmen von Kommentatoren, die die Erklärungen ausländischer Politiker im Fernsehen mit einigen Sekunden Verzögerung übersetzen –, erst dann hatte er den Kopf gewandt und einen etwa zehnjährigen Jungen gesehen, der, mager und mit ernster Miene, sich links neben ihn auf das Sofa gesetzt hatte und, ganz steif dasitzend, sich zu dem Gemälde hin reckte, das zu betrachten man ihn aufgefordert hatte. Hinter ihm ein Mann und eine Frau, wahrscheinlich seine Eltern, und die Frau hatte die rechte Hand auf die linke

Schulter des Jungen gelegt und noch einmal mit jener festen, überzeugenden Stimme gesprochen, die indessen einen Anflug natürlicher selbstverständlicher Autorität hatte, der sicher weder vom Jungen noch vom Vater des Jungen widersprochen wurde.

»Sieh es dir gut an, Philippe. Proust hat gesagt, daß es das schönste Gemälde der Welt sei.«

»Nein, Malraux.«

Jetzt hatte der Mann gesprochen, ohne seine Frau anzusehen, als ob er bedauerte, daß ihn die Umstände zwangen, einer Behauptung seiner Frau zu widersprechen. Fast nervös rieb er sich die Hände.

»Wie?«

Die Stimme der Frau – deren Gesicht lebhaft dem links von ihr stehenden Mann zugewandt war, während sie die Hand von der Schulter des Sohnes nahm – hatte sich um einen Ton gehoben und war scharf geworden.

»Es war nicht Proust, sondern Malraux, der das gesagt hat.«

Der Mann rieb sich die Hände, sah immer noch gerade vor sich hin, entschuldigte sich vielleicht gegenüber unsichtbaren Zeugen, daß er sich hatte einmischen müssen, was er übrigens mit fester Stimme tat, als ob das Aussprechen der Wahrheit, die er zu besitzen glaubte, es durchaus rechtfertigte, den Ärger seiner Frau und sein eigenes Bedauern darüber hervorzurufen.

»Daß dich Proust langweilt«, sagte die Frau sofort, »ist kein Grund, Fakten zu leugnen!«

Der Mann hatte daraufhin entsetzt die Schultern hochgezogen.

»Aber ganz und gar nicht, ganz und gar nicht.«

»Hör einmal, Pierre, wir sprechen nachher darüber, störe Philippe jetzt nicht.«

Aber Philippe hatte diesen Meinungsaustausch nicht wahrgenommen oder ihm keine besondere Aufmerksamkeit geschenkt, weil er sich zur *Ansicht von Delft* hin reckte, in dem, vielleicht hoffnungslosen, Bemühen, die Schönheit dieses Bildes zu erfassen, das man ihn als das schönste der Welt zu betrachten aufgefordert hatte – wer auch der Schriftsteller gewesen sein mag, Proust oder Malraux, der das behauptet hatte – und er hatte flüchtig Lust gehabt, sich dem Jungen zuzuneigen, ihn an der Hand zu nehmen und ihn bis zum Saum des Gemäldes selbst zu führen, bis zu jenem rötlichen Sandstrand, so als ob sie beide lange in der ermüdenden Ebene dieser Landschaft gewandert wären und jetzt hier, diesseits des Wassers, stehenblieben, um jene Stadt zu betrachten, die im Glanz ihres eigenen Lichtes dalag, das nicht von einer Sonne herrührte, deren raffinierte Position Hell-Dunkel-Effekte ermöglicht hätte, sondern aus den grauen Tiefen des schläfrigen Gewässers, den feuchten Kaimauern, ja, aus der materiellen Dichte der Welt selbst herausgesogen zu sein schien, längs der Fassaden, auf denen es hier und da bei seinem Durchdringen eine feine Goldschicht hinterlassen hätte, angesogen von der reglosen Kirchturmspitze aus hellem Stein, dem vertikalen Sammelpunkt dieses geballten Lichtes, von wo es auf den wolkigen Himmel projiziert worden wäre, von unten und von der Seite die Explosion einer umgekehrten Sonne gegen ihn schleudernd, und vielleicht, ja sicherlich, wäre Philippe ganz natürlich in die spürbare Transparenz dieser Landschaft eingetreten. Er hat nichts dergleichen getan, natürlich nicht, er hat Philippe nicht an die Hand genommen, er ist aufgestanden, hat noch einmal die Säle des Mauritshuis durchquert, ist ins Erdgeschoß gegangen, und draußen, sobald er das Tor des Museums durchschritten hatte, hat er in der Stille dieses Spätvormittags wieder die Gewißheit gehabt, überwacht zu werden, verfolgt, gejagt von einer unsichtbaren Meute, die seit Madrid hinter ihm her war. Seit einem Monat die gleiche unbestimmte, ungreifbare, aber gewisse Anwesenheit um ihn herum.

»Diese Schweine«, hat er gedacht und ist stehengeblieben und hat sich eine Zigarette angezündet, vor dem Mauritshuis.

Einen Tag zuvor, um elf Uhr dreißig, hatte die Stewardeß, lächelnd, kontrolliert, ob die Sicherheitsgurte der Passagiere richtig geschlossen waren, die Leuchtschrift war angegangen. Einige Minuten vorher hatte der Lautsprecher angekündigt, daß die eventuell spürbare Verlangsamung von den Luftbremsen herrühre.

Er tat, als ob er schliefe.

Wer war der Mann, der den Auftrag hatte, ihm zu folgen? Irgendeiner. Die Typen vom CIA, hatte er gedacht, werden in letzter Zeit unkenntlich: sie sehen aus wie Intellektuelle, Wissenschaftler der *Rand Corporation* oder wie Verführer mit grauen Schläfen. Wie irgendwer. Manche sehen nicht einmal wie Amerikaner aus, sie haben menschliche Züge. Das ist vielleicht der Kennedystil.

Auf jeden Fall könnte irgendeiner der Passagiere der Mann sein, der damit beauftragt war, ihm zu folgen, sogar jener magere Kerl mit dem leeren Blick, dem er sich nahefühlen könnte, und der während der ganzen Reise *The Prophet Outcast* gelesen hatte.

Dann hat der Lautsprecher die bevorstehende Landung in Schiphol angekündigt, und er hatte die Augen ganz geschlossen. Man mußte überlegen, Beschlüsse rekapitulieren, einen möglichen Weg finden. Einen Augenblick lang hat ihn der Gedanke gestreift, daß er sterben könnte, in Amsterdam. Er hat diese Möglichkeit hingenommen. Das einzig Wichtige war, wenn es ihm passieren sollte, daß der Alte erführe, wie und warum.

Dann hat er wieder die Augen geöffnet und gelächelt.

Mit pfeifendem Triebwerk setzte die Maschine auf der Rollbahn auf.

Als er später das grasgrüne Viereck seines Passes auf das Pult des Polizisten gelegt hat, stand der Kerl, der das Buch von Isaac Deutscher las, neben ihm. Er ähnelte entschieden Arthur Miller. Man hat ihm seinen Paß zurückgegeben, er ist einige Schritte in die Halle hineingegangen und hat so getan, als ob er seine Aktentasche fallen ließe. Er hat sich gebückt, um sie aufzunehmen, und hat dabei den Typ beobachtet, der Miller ähnelte.

Aber nein, natürlich nicht. Eine Frau erwartete den Mann, braun, schlank, glücklich. Umschlungen sind sie zusammen weggegangen im Wirklichkeit gewordenen Traum ihrer Begegnung. So eindeutig war es jedenfalls nie.

Er ist zum Büro der Autoverleihfirma gegangen.

»Herr Mercader?«, fragte die Hostesse.

Sie sah in ihre Kartei.

»Ja, der Wagen wurde bei Ihrer Filiale in Madrid bestellt«, sagte er.

Die junge Frau hatte es schon gefunden. Sie hatte ihm Formulare zum Unterschreiben gegeben. Er hatte einen Moment der Abwesenheit erlebt, ein Aussetzen des Gedächtnisses. Die junge Frau hatte ihn an die Notwendigkeit einer letzten Unterschrift erinnern müssen. Er hatte eine Verlegenheitsgeste gemacht, sie hatte gelacht, all das war ganz belanglos gewesen.

»Angenehmen Aufenthalt in Amsterdam, Herr Mercader!«, hatte sie gesagt.

Man konnte sich darin täuschen, man konnte glauben, daß sie ihm wirklich einen angenehmen Aufenthalt in Amsterdam wünschte, und daß dieser Satz nicht einfach nur eine mechanische Formel war. Sie war wunderbar, diese junge Frau, schlank, lächelnd verscheuchte sie alle Schatten dieser Welt um sich herum.

Später, auf der Autobahn, fuhr er den schweren deutschen Wagen ganz ungeschickt, manchmal trieb er ihn weit über die erlaubte Geschwindigkeit, dann fuhr er plötzlich ganz langsam, ohne die linke Spur zu verlassen. Manche Autofahrer hatten gehupt, damit er sich einordne, aber niemand hatte ihn rechts überholt. Holländische Disziplin. Mehrmals wurde er jedoch reichlich beschimpft, und das Wort *gek* kehrte immer wieder in dem Repertoire gutturaler Flüche, aber niemand war ihm gefolgt.

Da war er in bitteres Gelächter ausgebrochen. Es war ja nicht immer so einfach, er wurde schließlich dafür bezahlt, daß er das wußte.

Die Typen vom CIA, von Madrid, konnten dort unten genau erfahren haben, für welches Flugzeug er hatte Plätze buchen und in welchem Hotel in Amsterdam er ein Zimmer hatte bestellen lassen. Sie konnten sogar wissen, welche Geschäftsbesprechungen während seines Aufenthaltes vorgesehen waren. Mit den Mitteln, über die sie in Spanien verfügten, und der offiziellen Unterstützung war das eine Routinearbeit. Wirklich, sie hatten es nicht nötig, ihn auf diesem Stück Autobahn verfolgen zu lassen. Eine kleine Verbindung in Schiphol, um seine Ankunft zu bestätigen, eine andere im Hotel, um die Beschattung aufzunehmen. Und schon würde die Jagd beginnen.

Er hatte noch gute zehn Minuten vor sich, mitten in dieser flachen Landschaft voller Industrieanlagen, die aussahen wie Krankenhäuser oder wissenschaftliche Institute. Bald würde er den Lärm von Amsterdam wiederfinden, das geschäftige Gewühle, die Menge in der Kalverstraat, die Stille des Beginenhofes, den Markt am Dam, die Hafengäßchen, wo die Sirenen der großen Frachter in das Gekreisch der Musikboxen heulen würden, und den Morgennebel über der Amstel. Lauer, Hinterhalt: das Leben.

Zehn Minuten, er hatte gelächelt. In diesen zehn Minuten konnte niemand ihn daran hindern, zu existieren.

Ein helles Licht hatte aufgeleuchtet und geblinkt, und die junge Frau hatte den Hörer des grauen Telefons abgenommen.

»Van-Geelderen-Gesellschaft«, sagte sie auf Holländisch.

Sie hatte den Bruchteil einer Sekunde zugehört, die Zeitspanne eines Aufschrei, eines hingeworfenen Namens, eines Signals. Dann hatte sich ihre Stimme verändert. Merkwürdig erregt, fast atemlos war sie jetzt.

»Einen Augenblick, bleiben Sie am Apparat!«

Sie hatte auf einen roten Knopf in der Mitte der Tastatur eines pistaziengrünen Hauptapparates gedrückt.

»Achtung, Büro Vier! Das ist für Sie, ich schalte die Gegensprechanlage ein.«

Jetzt sprach sie Englisch.

Sie hielt noch immer den grauen Hörer in der linken Hand – ein zartes, fast warmes Grau – und sprach wieder ins Telefon.

»Sprechen Sie«, sagte sie.

In den Lautsprechern war eine gedämpfte, metallische Männerstimme zu hören.

»Bestätigung«, sagte die Männerstimme, »Mercedes 220, Limousine, schwarz, LK dreiunddreißig zweiundzwanzig. Hat soeben Schiphol verlassen. Ende.«

Ein Knacken zeigte an, daß die Telephonverbindung abgebrochen war.

Die junge Frau legte auf. Sie rieb ihre ein wenig feuchten Hände mit einem Mentholtaschentuch. Zwischen ihren Schenkeln spürte sie eine dumpfe Wärme. Sie spreizte die Schenkel.

Das Knacken wiederholte sich, kaum hörbar wie ein Knistern, und in der Sprechanlage war eine andere männliche Stimme zu hören.

»Büro Vier, zur Kenntnis genommen, ich gebe grünes Licht!«

Eine reife Stimme, ein bißchen gedehnt, fast gelangweilt.

Die junge Frau sagte nichts, sie hatte das Tempotaschentuch zerknüllt, sie warf es in den Papierkorb. Sie träumte. Sie atmete tief, ihre Brustwarzen traten hervor. Ein wenig abwesend schob sie ihre Hand zur warmen Rundung in ihrem Schoß. Dann zündete sie sich eine Zigarette an, eine lange Filterzigarette, und hob einen zweiten Telefonhörer von milchigem Weiß ab.

»Entschuldigen Sie die Störung«, sagte sie, »das Unternehmen Humpty-Dumpty hat eben begonnen.«

Sie senkte unterwürfig den Kopf und lächelte.

»Selbstverständlich.«

Das war alles. Sie hatte aufgelegt, sie blieb unbeweglich, hielt die Zigarette im Mundwinkel. Die Wärme in ihrem Schoß, die erst präzise, lokalisierbar von der Schere ihrer Schenkel ausgegangen war, hatte sich über ihren ganzen Körper verbreitet und verflüchtigt. Plötzlich hatte sie ein Zucken im Augenlid. Sie träumte verwirrt, mit einer schändlichen Lust.

Wieder blinkte das Licht auf, sie nahm einen Hörer ab.

»Van-Geelderen-Gesellschaft«, sagte sie auf Holländisch.

Sie horchte.

Einer von ihnen kam aus Dresden, fast wäre es schiefgegangen. Er stand seit acht Tagen zur Verfügung. Er besichtigte die Stadt, ihre Restaurants, ihre Umgebung, systematisch. Aber nicht die Museen. Vielleicht eine vorübergehende unbestimmte Abneigung gegenüber Museen: in der Gemäldegalerie hatte er geglaubt, daß sie ihn erwischt hätten. Übrigens, Dieter ist wahrscheinlich erwischt worden. Man wird es ja bald erfahren. Er griff sich an die Stirn und wartete.

Der andere kam aus Prag, wo nichts Besonderes los war, Lappalien. Aber er arbeitete an einer langwierigen Geschichte, die explosiv war. Natürlich wenn er nicht selbst vorher hochging. Er war nicht in guter Stimmung, die Beorderung nach Amsterdam ärgerte ihn. Er liebte den Frühling in Prag, das war wie verhext. Es war nicht Liebe auf den ersten Blick gewesen, die er für diese Stadt empfand, weit davon entfernt. Sondern ein ständiges Eindringen von Gefühlen, winzigen Visionen, ausgebreiteten Lichtern. Er wollte schnell wieder dorthin zurückkehren.

Der dritte kam aus Madrid, er war braun und lebhaft. Man hatte ihn vor einem Monat auf direkte Weisung Washingtons für diese Angelegenheit abgezogen. Er kannte von dieser Sache nur unbedeutende Brocken, denn er wurde von einem Tag zum anderen auf Anordnung der Zentrale versetzt. Aber er hatte Gespür, er ahnte, daß es eine Gelegenheit war zu glänzen, eine Karriere außerhalb der Büroroutine zu beginnen. In Madrid gab es nur Büroarbeit, sonst nichts.

»Kanin, Sie kennen O'Leary, nicht wahr?«

Der Mann, der zu ihnen sprach, schien sich zu langweilen, sein Tonfall war gedehnt. Er schob die Hornbrille auf seine Nase.

Kanin war untersetzt, O'Leary hatte grüne Augen. Weder der eine noch der andere reagierten. Natürlich kannten sie sich, seit Jahren arbeiteten sie zusammen in der Ost-Abteilung. Das war ja keine Frage, nur eine Einleitung, eine Art Einstieg gewesen.

Der Mann mit der Hornbrille strich sich mit der Hand durch seine grauen, kurz geschorenen Haare und fuhr fort:

»Aber keiner von Ihnen kennt Herbert Hentoff vom Madrider Büro.« Sie sahen Hentoff an, dieser sah sie an.

»Doch«, sagte Kanin.

Er hatte sich nicht gerührt, seine Stimme war knapp. Er war bissig, dieser Kanin, aber nicht nur wegen der Affaire in der Gemäldegalerie in Dresden, er war immer so. Alle Blicke waren auf ihn gerichtet.

»Vor fünf Jahren Ausbildung in Florida über die Methoden der feindlichen Geheimdienste. Sie waren dabei.«

Er hatte sich Hentoff nicht einmal zugewandt. Er erwähnte die Dinge nur so nebenbei.

»Richtig«, sagte Hentoff.

Er lachte, vielleicht ein bißchen allzu betont.

»Ich war neu«, fügte er hinzu, wie zur Entschuldigung.

Er war unzufrieden, er hätte sich an diesen Kerl erinnern müssen.

Der Mann mit der Hornbrille hatte nichts gesagt, er sah auf die Uhr.

»Nun zum Inhalt unseres Auftrags«, sagte er.

Er öffnete eine Akte auf seinem Schreibtisch.

»Einen Augenblick«, sagte Kanin mürrisch. »Warum dieser lächerliche Codename?«

Der Mann mit der Hornbrille hob nicht einmal die Nase von seiner Akte.

»Warum nicht?«, sagte er.

O'Leary trällerte mit zugekniffenen Augen ein Kinderlied, in dem von Humpty-Dumpty die Rede war, der auf einer Mauer sitzt und herunterfällt.

Kanin sah nicht aus, als ob er englische Kinderlieder besonders mochte, er zuckte mit den Achseln.

Der Mann mit der Hornbrille zog einen Satz Fotos heraus, die er den Männern der Ost-Abteilung hinhielt. Hentoff schien sie nicht zu brauchen.

Kanin sah sie sich mürrisch an. Es wird keine Probleme geben, die Jungs hatten gut gearbeitet. Mühelos merkte er sich die Züge des Gesichts, die Haltung des Mannes, die vermuteten Gesten. In zwei Tagen, in zwei Monaten, morgen, in einem Jahrhundert würde er ihn wiedererkennen. O'Leary hatte sich erregt vorgebeugt. Der Kerl ging in einem Park am Rande eines Teiches entlang. Auf der anderen Seite war ein häßliches Denkmal, ähnlich dem von Vittore Emanuele in Rom, das das ganze Panorama der Piazza Venezia verunstaltet: eine Art halbkreisförmige Säulenreihe mit einer Reiterstatue in der Mitte. Auf einem anderen Bild saß der Mann auf der Terrasse eines Cafés, es gab Licht und Schatten. 35 Jahre alt, schlank, smart. O'Leary sah sich die Augen des Typs auf einem Foto an, das ganz von der Nähe aufgenommen worden war. O'Leary hatte das Gefühl, daß dieser Mann nicht leicht zu fassen sein würde, was auch immer der Gegenstand des Auftrages war: er hat einen Blick jenseits von Furcht, auch von Hoffnung. O'Leary hob den Kopf, er war neugierig.

Es hatte eine Pause gegeben, die Fotos waren auf den Tisch zurückgekommen.

»Ramón Mercader«, sagte der Mann mit der Hornbrille mit schleppender Stimme und las von einer Karteikarte: »Geboren am 15. 4. 1931 in Santander, Spanien.«

»So«, meinte Kanin, »da kommen wir gerade zurecht, ihm übermorgen zu seinem Geburtstag zu gratulieren.«

O'Leary wurde munter in seinem Sessel.

»Mercader? Ramón Mercader?«

Man wartete auf die Fortsetzung.

»Haben wir schon einmal mit ihm zu tun gehabt?« fragte O'Leary.

Der Mann mit der Hornbrille schüttelte den Kopf.

»Niemals«, sagte er.

»Der Name sagt mir etwas«, murmelte O'Leary.

Man überließ O'Leary seinen Gedanken.

»Stellvertretender Direktor der COMESA«, sagte der Mann mit der Hornbrille. »Eine florierende spanische Gesellschaft, spezialisiert auf Osthandel. Büros in Barcelona und Madrid.«

Er fuhr fort, gab endlos genaue biographische Details, alles in allem aber belanglos. Man wußte viel über diesen Mann, aber nichts wirklich Überraschendes.

»Er wird einige Tage in Amsterdam verbringen, geschäftlich. Es sind Verträge mit einer holländischen Gesellschaft zu unterzeichnen, auch mit einer Handelsdelegation aus Ostdeutschland. Er hat eine Hinundrückflugkarte, aber das Datum des Rückfluges ist noch nicht festgelegt. Ihr werdet euch an ihn heften, Minute für Minute, Tag und Nacht. Die Ortsgruppe steht völlig zu eurer Verfügung. Chuck Folkes ist von Paris gekommen, er ist schon an der Arbeit.«

Folkes war ein Genie, was Elektronik und Abhör- und Ortungssysteme mit Kurzwellentransistoren anging. Der Kerl könnte sich nicht die Zähne putzen, ohne daß sein Gurgeln registriert würde, dachte O'Leary.

Der Mann mit der Hornbrille gab noch einige technische Instruktionen: die Aufgaben jedes einzelnen, der Gesamtplan. Dann war er endlich fertig.

Pause.

»Bemerkungen? Fragen?«

Der Mann mit der Hornbrille hatte die Akte geschlossen, er sah sie der Reihe nach an.

George Kanin saß tief in seinem Sessel. Man verlangte eine Arbeit von ihm, er würde sie erledigen. Er nahm an, daß irgend jemand, irgendwo, in irgendeinem Büro, wissen würde, warum man Typen wie O'Leary und ihn mit einer so banalen Arbeit behelligte. Aber das war nicht seine Sache.

O'Leary lächelte.

»Sie wissen nicht mehr als wir, nicht wahr Floyd?«, fragte er.

Der Mann mit der Hornbrille rührte sich nicht.

»Das ist so banal, so banal, daß es mich ärgert«, fügte O'Leary hinzu.

»Ist das alles?«

Die Stimme Floyds war jetzt schneidend. O'Leary schüttelte den Kopf.

»Sind Sie immer so schlau?«, fragte Floyd.

»Immer«, sagte O'Leary, »ich bin Ire.«

Floyd war aufgestanden.

»Die Bullen, die mich in Brooklyn verdroschen, als ich ein kleiner Junge war, waren auch Iren.«

Alle waren aufgestanden.

»So«, sagte O'Leary.

Seine grünen Augen waren unter den gesenkten Lidern unsichtbar. Er hob den Kopf.

»Ich habe doch noch eine Frage. Ahnt der Junge, daß wir hinter ihm her sind?«

Floyd sah Hentoff an.

»Ausgeschlossen«, sagte Hentoff kategorisch.

O'Leary lächelte wieder. Er konnte es nicht glauben, Ramón Mercader? Das sagte ihm etwas.

Die Sonne war nicht sichtbar, aber der neblige Himmel nahm das verdeckte Licht auf und projizierte es kreisförmig als schweres, dichtes, bleiernes Licht über die Landschaft. Vor seinen Fenstern glitt ein Boot über die Amstel, und er zog den naturseidenen Vorhang zu.

Es klopfte an der Tür.

Er machte eine Geste. Das Zimmermädchen stellte das Tablett auf einen Tisch, lächelte, fragte, ob er noch etwas brauchte. Er schüttelte den Kopf und war wieder allein. Er hob den Deckel der Schüssel, knabberte am Hering, am Brot, an irgend einem anderen geräucherten Fisch, trank Bier, aß schließlich stehend. Der Kaffee war lauwarm und bitter, er war enttäuscht.

Zwei Nachrichten erwarteten ihn an der Rezeption, als er von Schiphol angekommen war. Moedenhuik bestätigte das Abendessen für heute und würde am Nachmittag wegen Zeit und Ort des Rendezvous anrufen. Die Leute von der DDR kündigten telegrafisch ihre Ankunft für den gleichen Abend an: die Besprechung würde am Donnerstag, dem 14., wie verabredet, stattfinden. Er las die Nachrichten noch einmal, legte sie auf den Tisch und wartete.

Es geschah nichts, nichts regte sich in ihm. Rundherum waren die Dinge ebenfalls glatt. Er machte einige Schritte, alles war gedämpft, nicht nur unter seinen Füßen: das ganze Zimmer war ein Würfel aus dichter Stille. Er hatte Lust, sich hinzusetzen oder sogar hinzulegen. Die Zeit würde vergehen, das Licht würde sich ändern. Er würde passiv bleiben und abwarten.

Er schüttelte den Kopf, ging bis zur ersten Tür, die auf den Gang führte, und schloß ab. Er lehnte sich an die Tür und begann sich umzusehen. Er befand sich im ersten Teil des Zimmers: an der Flurwand rechts ein Schreibtisch. Gegenüber ein Frisiertisch. Er betrachtete die Einlegearbeit der Möbel und ging einige Schritte geradeaus, auf die Badezimmertür zu. Er glaubte, daß er das alles im Augenblick nicht zu beachten brauchte, und ging zurück. Er trat durch die bogenförmige Öffnung in das eigentliche Schlafzimmer, das durch ein schmiedeeisernes vergoldetes Gitter abgetrennt war, dessen beide Flügel jetzt offen standen und den Durchgang freigaben. Von der Schwelle aus betrachtete er das Schlafzimmer: Doppelbetten, das weiße Telefon auf dem Nachttisch, der Lüster, die Stehlampen und alles andere. Er betrachtete lange jeden Gegenstand, jedes Möbelstück ganz genau für sich allein in einer durch anhaltende Aufmerksamkeit fast krankhaften Weise. Dann begann er zu suchen.

Fünfundzwanzig Minuten später hatte er es gefunden.

Vom technischen Standpunkt aus war es eine tadellose Einrichtung: ein Mikrophon in einem Ultrakurzwellensender eingebaut, beides winzig klein. Aber das Versteck war nicht berühmt, jeder hätte es mit etwas Vorstellungsvermögen finden können. Das heißt, jeder, der ein solches Versteck gesucht hätte. Man nahm bei ihm also nicht an, daß er ein Abhör- und Überwachungssystem in seinem Zimmer suchen würde, das war alles.

Er berührte natürlich nichts, kehrte ins Badezimmer zurück, besprengte sich das Gesicht, bekam Durst. Das Bier war lauwarm, abgestanden. Er nahm den Hörer ab und bestellte eine Flasche Wodka in einem Eiskübel und eine Flasche Sprudel.

Mitten im Schlafzimmer, unter dem zwar unsichtbaren, aber anwesenden Mikrophon, lachte er aus vollem Halse. Er hatte einfach Lust gehabt zu lachen. Irgendwo, in einem bestimmten Radius um das Hotel, fuhr oder parkte in diesem Augenblick ein Auto, und der Kerl würde sein Lachen im Empfänger hören, der auf die Wellenlänge des Abhörsystems abgestimmt wäre. Er würde ein lautes, fast fröhliches Lachen hören, so wie er vorher seine Stimme auf Englisch eine Flasche Wodka bestellen gehört hätte. Der Kerl würde alles hören: die Stille des Zimmers, sein Lachen und vielleicht sogar das Rascheln der Zeitung, die Geräusche seines Schlafes, seine Träume, wenn er im Traum spräche. Aber er würde nicht das Rauschen seines Blutes hören können, das eisige, unmerkliche Knistern seiner Gedanken, die heißen Pulsschläge des Hasses in seinen Schläfen, in seiner Magengrube.

Er lächelte, blickte um sich.

Die Dinge waren jetzt nicht mehr glatt und flach. Sie hatten Konturen, Volumen, Konsistenz: sie sahen wieder wie wirkliche Gegenstände aus, die in ein wirkliches, wenn auch diffuses Licht getaucht waren.

Er rief Moedenhuik wegen des Abendessens an. Sie sprachen miteinander: Moedenhuik war jovial. Sie einigten sich auf das indonesische Restaurant in der Leidsestraat. Moedenhuik würde einen Tisch bestellen.

Der Wodka kam. Er trank in einem Zug und betrachtete dabei das unsichtbare Mikrophon.

Irgend etwas war heute im Gange.

Der Amerikaner hatte zur gewohnten Stunde das *Apollo* verlassen, war aber lange herumspaziert. Das war nicht seine Art. Am ersten Tag hatte er sich in einer Buchhandlung der Kalverstraat einen Stadtführer gekauft: *Surprising Amsterdam, A Guide to Europe's Most Delightful City, by Arthur Frommer.* Von da an lief der Stundenplan des Amerikaners wie ein Uhrwerk nach den Anweisungen des Reiseführers. Am vierten Tag hatte Walter Wetter sogar Hans vorgeschlagen, die langweilige Verfolgung dieses Kerls aufzugeben: »Du wirst sehen«, hatte er zu Hans gesagt, »morgen braucht man ihn nur am Ausgang von *Van Moppes & Zoon,* 2 Albert Cuypstraat, zu erwarten, denn im Programm ist der Besuch eines Diamantenhändlers vorgesehen. Zu Mittag haben wir die Wahl zwischen *De Kaatsende Kat* und *De Groene Lanteerne,* denn er liebt typische Restaurants, aber nur wenn sie laut Reiseführer Preise von $ 2,50 bis $ 4.– haben. Nachmittags rührt er sich nicht, da haben wir Ruhe. Am Abend ist dann das Kabarett *Caliente,* 244 Lijnbaansgracht dran. Es wird keine Überraschung mit diesem Amerikaner geben.«

Hans hatte ihn mit düsterer Miene angesehen, weil er nicht wußte, was er von dieser Witzelei zu halten hatte und ob es überhaupt eine war. Hans war tüchtig, hatte aber keinen Humor. Walter hatte ihn aber gleich beruhigt. Man durfte den Amerikaner natürlich nicht einen Augenblick unbewacht lassen, selbst wenn alle seine Spaziergänge mit Hilfe des kleinen Buches, veröffentlicht von *The Frommer-Pasmantier Publishing Corporation, 80 Fourth Avenue, New York 3. New York,* vorauszusehen waren, dessen Fotos, wie besonders vermerkt war, von Fritz Henle stammten. Man durfte ihn nicht einen Augenblick aus den Augen verlieren, es hätte sich sonst nicht gelohnt, ihn in Dresden entkommen zu lassen, wenn man hier die Gelegenheit versäumte, den Fisch zu fangen. Heute oder morgen, irgendwann, würde doch etwas passieren.

Trotzdem waren diese acht Tage langweilig. Der Amerikaner hatte kaum zwei Stunden nach seiner Ankunft in der Buchhandlung der Kalverstraat den Reiseführer gekauft und war den Anweisungen von Kapitel 6 *(The Indispensable Sights: City Tours; Sights, Walks around town)* Punkt für Punkt, Absatz für Absatz, wie ein Automat gefolgt. Den ersten Tag hatte er also eine Spazierfahrt auf den Kanälen mit einem Schiff der Bergman-Gesellschaft unternommen, vielleicht weil sie als erste im Führer angegeben war. Diesmal hatte Klaus ihn beschattet, und der Amerikaner hatte mit niemandem gesprochen. Klaus behauptete sogar, daß er sich nicht einmal die Häuser angesehen hatte, seine Augen waren auf einen unbestimmten Punkt in der Ferne gerichtet. Nichts hatte seinem massigen, unbeweglichen Gesicht auch nur eine Bewegung abgenötigt, sagte Klaus.

Am zweiten Tag hatte es die *One Dollar N. Z. H.–Cebuto Tour* gegeben, das heißt eine Besichtigung der Stadt in einem Autobus der N. Z. H.-Gesellschaft, in Zusammenarbeit mit dem Reisebüro Cebuto, zu dem, nach Arthur Frommer sagenhaften, Preis von drei Gulden fünfzig (ein Dollar in amerikanischer Währung). Am zweiten Tag übernahm Hans die Überwachung. Während Klaus erfolglos das Zimmer des Amerikaners im *Apollo* durchsuchte, hatte er sich selbst in der Bar des Hotels niedergelassen, wo man ihn notfalls telefonisch erreichen konnte, und er hatte ein paar banale Sätze auf Postkarten gekritzelt, die er nach Frankfurt schicken wollte, wie irgendein deutscher Tourist. Dann hatte er in Frommers Führer die Beschreibung der Stadtrundfahrt gelesen, die der CIA-Mann in diesem Moment gerade machte: *»Der Autobus fährt durch ein großes Gebiet der Innenstadt von Amsterdam (während eine sprachkundige Hostess die Rundfahrt durch einen Lautsprecher kommentiert), vorbei an der Amstel und dem malerischen Kloveniersburgwal, macht dann einen Abstecher zu den futuristischen Stadtbauprojekten und den Baukomplexen des Amsterdamer Westens – ein anregender Abstecher! Schließlich bleibt der Autobus vor der einzigen, im Stadtgebiet noch funktionierenden Windmühle stehen, wo Sie der Müller und seine Familie erwarten und Ihnen erlauben werden, die steile Holztreppe zum Dach der Mühle unter den riesigen Mühlenflügeln hinaufzusteigen. Wenn Sie dann den feinen Mehlstaub von Ihren Kleidern abgeputzt und Aufwiedersehen gesagt haben, fährt Sie der Autobus rasch wieder zurück, alles inbegriffen im Preis von drei Gulden fünfzig«*

Er hatte sich etwas zu trinken kommen lassen und sich auf die Langeweile des Wartens eingestellt. Eine plötzliche Beunruhigung hatte ihn ergriffen. Wenn dieser Kerl tatsächlich auf Urlaub war? Wenn sie dieses ganze komplizierte Unternehmen umsonst aufgezogen hätten? Er hatte den Kopf geschüttelt und sich gezwungen, an konkrete Dinge zu denken. Die Zeit war lang geworden. Später hatte Hans einen unnötig genauen Bericht erstattet, denn er hatte weder Humor noch Sinn für Synthesen. Eigentlich hätte man alles in drei Worten zusammenfassen können: Nichts zu berichten. Der Amerikaner hatte von seinem Autobusplatz aus die Stadt besichtigt, mit den gleichen leeren Augen wie am Vormittag. Weder die Amstel noch der malerische Kloveniersburgwal, noch die futuristischen Baukomplexe und nicht einmal die letzte funktionierende Windmühle in Amsterdam schienen seine Aufmerksamkeit erregt zu haben. Niemand hatte versucht, ihn anzusprechen, und er selbst hatte sich auch an kein lebendes Wesen gewandt. (Einmal allerdings schien sein Blick die glasige Starre zu verlieren, als bei der Rückfahrt ein Hund fast von einem Auto überfahren worden wäre; da schien der Amerikaner, nach Aussagen von Hans wenigstens, nicht nur die Szene genau bemerkt, sondern sogar eine wahrscheinlich instinktive Bewegung gemacht zu haben, als ob er dem Tier zu Hilfe kommen wollte, ein Zwischenfall, den Hans peinlich genau, mit kleinlicher und durch seine Aufbauschung und Langatmigkeit geradezu halluzinierender Genauigkeit wie einen Alptraum berichtete, dieser Zwischenfall hatte natürlich keine Bedeutung gehabt, und er hatte, wie man so sagt, an sich halten müssen, um die Beschreibung dieser winzigen Episode nicht einfach abzubrechen, die Hans, völlig entspannt, bis zu Ende geführt hatte, nämlich, daß die Besitzerin das Tier endlich an die Leine genommen hatte – was der Amerikaner offenbar immer noch aufmerksam beobachtet hatte –, nachdem sie, man kann sich vorstellen, mit welcher Erleichterung, festgestellt hatte, daß es unverletzt war.)

Am 8. April war doch etwas geschehen. War es ein wirkliches Ereignis oder nur Zufall? Oder sogar Zerstreutheit seitens des Amerikaners? Hans Menzel und Klaus Kaminsky hatten die Tatsache hervorgehoben, aber ohne ihr besondere Aufmerksamkeit zu schenken, ohne zu versuchen, hinter ihren Sinn zu kommen.

Wahr ist, daß sie nicht die ganze Angelegenheit kannten. Sie wußten nur, daß der Amerikaner einer der Spezialisten des CIA-Netzes in der DDR war. Sie wußten nicht, warum sie von so weit her gekommen waren, um den Mann zu verfolgen. Die ganze Geschichte von Dresden war ihnen zum Beispiel unbekannt. Daher hatten sie diesem Ereignis des 8. April keine besondere Aufmerksamkeit geschenkt.

Diesen Tag hätte der Amerikaner nach dem Programm von Frommer, dem er bisher so treu gefolgt war, dem Rijksmuseum widmen müssen. Das war der 4. Punkt des Programms, der 5. war der Besuch des Stadtmuseums. Aber der Amerikaner hatte den 4. und 5. Punkt des Programms übersprungen, er war direkt zum Besuch einer Brauerei übergegangen und hatte die Heinekenbrauerei (übrigens in der Nähe des Rijksmuseums) gewählt. Diese Geringschätzung der Malerei (aber handelte es sich wirklich um Geringschätzung, war es nicht eher die noch lebendige und belastende Erinnerung an den Zwischenfall in der Gemäldegalerie?) hatte Menzel und Kaminsky zuerst überrascht, weil für sie Museen, Konzerte und Theater ernste Dinge waren, die man nicht so leichtfertig übergehen konnte. Sie hatten diesen Vorfall um so lebhafter bedauert, als er ihnen die Möglichkeit nahm, die beiden berühmten Museen zu besuchen, und Gott weiß, wann sie wieder Gelegenheit hätten, nach Amsterdam zu kommen! Doch diese, etwas ärgerliche, Überraschung hatte sich rasch in Genugtuung verwandelt, als sie kurz darüber diskutiert hatten. Denn durch diese eindeutige Mißachtung der Kultur hatte sich dieser typische Amerikaner mit dem massigen, ausdruckslosen Gesicht, den sie Tag und Nacht überwachten, als die genaue Entsprechung jenes ideologischen Bildes erwiesen, das sie sich vom Durchschnittsamerikaner machten: unwissend, vulgär, ohne Sinn für geistige Dinge. Nach einigen Gläsern Bier und einem Gedankenaustausch darüber waren Menzel und Kaminsky am Abend schließlich über diese unqualifizierte Mißachtung der Malerei, die der Amerikaner an den Tag gelegt hatte, völlig beruhigt. Er war genau so, wie er sein sollte, dieser CIA-Typ. Sie waren an diesem Abend stolz gewesen, einem Volk anzugehören, das der Welt so viele Kulturgüter geschenkt hatte. Als ob Beethoven und Goethe – um nur zwei der Namen zu nennen, die ihnen bei einer wirklich eindrucksvollen Aufzählung auf die Zunge gekommen waren –

irgendwie die klare Berechtigung für ihre finstere, ja schmutzige Arbeit darstellten; als ob sie die Tradition Beethovens und Goethes bewahren müßten – um weiterhin nur die beiden Namen unter den Dutzenden zu nennen, die sie hätten aufzählen können –, wenn sie in Amsterdam jede kleine Bewegung eines Amerikaners beobachteten, der so bar jedes Interesses für Kultur war, so sehr dem Bild des Feindes entsprach, gegen den sie ihr Land zu verteidigen hatten.

Er hatte Menzel und Kaminsky sprechen lassen. Er hatte zustimmend genickt. Trotzdem schien ihm, daß diese Programmänderung des Amerikaners eine ganz andere Bedeutung hatte, als seine Genossen meinten. Wahr ist, daß sie den Zwischenfall in der Dresdner Gemäldegalerie nicht kannten. Auch er hätte wohl, zumindest für eine gewisse Zeit, eine kleine abergläubische Scheu vor Museumsbesuchen gehabt, wenn ihm Ähnliches passiert wäre. Er hatte das sogar für ein ermutigendes Zeichen gehalten, diese offensichtliche Mißachtung der Malerei durch den CIA-Menschen: denn wäre er wirklich auf Urlaub und daher entspannt gewesen, so hätte er die Erinnerung an die Gemäldegalerie leicht überwinden können. Wenn er also für eine neue Tätigkeit nach Amsterdam beordert worden war – und auf dieser Hypothese war ihre ganze Mission aufgebaut, denn sonst wäre es viel leichter gewesen, ihn an der Grenze zu verhaften, jetzt, wo alle Anlaufstellen, alle Stützpunkte in der DDR bekannt waren –, wenn er also in der Anspannung einer neuen nahen und präzisen Gefahr lebte, war es vollkommen verständlich, daß er Museen mied, vielleicht auf Grund eines unbewußten oder nur halbbewußten Mechanismus, um den Schock der Erinnerung an Dresden nicht wieder aufleben zu lassen.

Wie dem auch sei, der Amerikaner hatte das Rijksmuseum ausgelassen und war direkt zum 6. Programmpunkt des Führers von Arthur Frommer übergegangen: Besuch einer Brauerei. Es war der 8. April, es war lauwarm und neblig, die Zeit verging.

Am übernächsten Tag beschloß er, nachdem er im Amsterdamführer nachgeschlagen hatte, den Amerikaner an diesem Vormittag des 10. April selbst zu überwachen. Als er Menzel und Klaus Kaminsky diesen Beschluß im Auto mitgeteilt hatte, während sie

39

am Vondelpark vorbeifuhren – links sah man die Wasserfläche glitzern –, waren sie etwas beunruhigt gewesen. Vor der Abreise war nämlich vereinbart worden, daß er niemals eine direkte Überwachung übernehmen würde. Nicht, daß der Amerikaner auch nur die geringste Chance gehabt hätte, ihn zu bemerken, aber man mußte an die Zukunft denken. Hans und Klaus arbeiteten in der Inlandsabteilung der Staatssicherheit, sie waren für diese Arbeit nur ganz ausnahmsweise abgezogen worden. Er hingegen arbeitete in der Auslandsabteilung und könnte sich eines Tages diesem Typ gegenüber sehen. Und man weiß genau, wie sie sind, diese Typen: sie haben ein unwahrscheinliches Gedächtnis. Trotzdem hatte er beschlossen, heute selbst die Verfolgung des Amerikaners zu übernehmen. Seine zwei Kollegen waren beunruhigt gewesen, hatten aber keinen Einwand gemacht. Er war der Chef, er mußte wissen, was er tat.

So war er also George Kanin an diesem 10. April beim Besuch des Anne-Frank-Hauses gefolgt.

None of us should ever pass through Amsterdam without making a similar pilgrimage ... Vielleicht war es dieser Satz in Arthur Frommers Führer, der in ihm das unwiderstehliche Bedürfnis geweckt hatte, sich heute dem Amerikaner anzuschließen. »Niemand von uns sollte je durch Amsterdam kommen, ohne diese Wallfahrt zu machen, sowohl wegen der Erinnerung an die schrecklichen Ereignisse des Zweiten Weltkrieges als auch, um sich von dem ewigen, nicht zu brechenden Mut der Anne Frank anrühren zu lassen.« Er hatte diesen Satz gelesen, Bitterkeit hatte ihn überkommen, und er hatte beschlossen, den Kerl vom CIA in das Haus der Anne Frank zu begleiten.

Als das Haus geöffnet wurde, war es ihm gelungen, sich in die gleiche Besuchergruppe wie der Amerikaner zu drängen. Die Leute waren verschiedener Nationalität, Erwachsene und Kinder. Ein junges Paar hielt sich an der Hand. Kanin war allein, wie gewöhnlich, glatt und massig. Eine grauhaarige Dame hatte sie durch den geheimen Stiegenaufgang hinter einer Bücherwand gehen lassen, und sie waren alle in das obere Stockwerk gestiegen, wo die Franks, die van Daans und der Zahnarzt Düssel bis zum Auftauchen der Gestapo am 4. 8. 1944 gelebt hatten. Kanin hörte den Erklärungen, wie alle anderen Besucher, in gespannter Stille zu. Oben in den Räumen des Verstecks mit den nackten

Wänden schützten Glastafeln einige vergilbte Erinnerungen an Annes Kindheit. Darunter war auch die Fotografie eines jungen fröhlichen Mädchens, und eine Frauenstimme hatte neben ihm gesagt: »Oh G. A. It's Deanna Durbin!« Es hatte ein Gedrängel um ihn gegeben. Menschen hatten sich diesem Foto genähert. Er wußte nicht, wer Deanna Durbin war, aber er hatte gesehen, daß Kanin sich interessiert, zumindest neugierig, vorgebeugt hatte. Er wußte vielleicht, wer Deanna Durbin war. Dann waren mit erregter Stimme Kommentare geflüstert worden. Er hatte daraus geschlossen, daß Deanna Durbin eine junge amerikanische Filmschauspielerin der Vorkriegszeit war. Natürlich konnte er sie nicht kennen.

Er hatte Kanin vergessen und den eigentlichen Sinn seines Hierseins, die Gründe dieser unsinnigen Verfolgung. Er hatte das frische Gesicht, die unverwüstliche Lebensfreude gesehen, die das schlechte Foto trotz seiner Vergilbung wiedergab. Er hatte das Gesicht dieser jungen Unbekannten betrachtet, dieser Deanna Durbin, als wäre es das verwirrendste Bild eines unerreichbaren Glücks, einer für immer verlorenen Unschuld gewesen. Deanna Durbin? Er fühlte sich plötzlich alt, ausgestoßen aus dem verlorenen Paradies der Kindheitsträume. Er war mit 15 Jahren verhaftet worden, 1934, als die Gestapo die illegale Organisation des Kommunistischen Jugendverbandes von Berlin-Moabit ausgehoben hatte. Sie waren nicht zahlreich, zugegeben, aber ihre Propaganda war sehr intensiv gewesen. Er hatte drei Jahre Gefängnis gekriegt, war entlassen worden, hatte wieder angefangen, etwas anderes war gar nicht in Frage gekommen. Dann hatte er die Bekanntschaft einiger Lager gemacht. Mit 19 Jahren war er nach Buchenwald geschickt worden, das auf den Hügeln von Ettersberg errichtet worden war. Über dem roten Winkel auf der linken Seite seiner Jacke und auf dem rechten Hosenbein in Schenkelhöhe hatte er eine schmale, ebenfalls rote Binde getragen: Rückfälliger.

Er betrachtete das Portrait der Deanna Durbin im Haus der Anne Frank, jenes Lächeln von einst, jene unbekannte Kindheit, jenes nicht existierende einfache Glück. Er hatte kurz gelächelt, Deanna Durbin? Das war draußen, das Leben, die Träume, die weitergegangen waren. Eine Erinnerung war in ihm wachgeworden, in einem Anfall von Ekel. Er war zwanzig Jahre alt gewesen, vielleicht sogar etwas älter, er stand im Schatten einer der Ba-

racken des Reviers, er biß die Zähne zusammen, er wartete auf
den Kapo des Steinbruchs. Die Parteiorganisation kämpfte unter-
irdisch weiter, verbissen, um die Kriminellen von den entscheidenden Posten in der Lagerverwaltung zu verdrängen. Er wartete auf
den dicken Borsche, mit einem Messer im Ärmel seiner Jacke. Im
Steinbruch beseitigte Borsche die Genossen, einen nach dem anderen, und die SS sah lächelnd zu, sie brauchte es nicht einmal selbst
zu tun. In der vergangenen Nacht war Borsche vom Selbstschutz-
komitee der Partei zum Tode verurteilt worden. Das war keine
Kleinigkeit, denn der Kapo des Steinbruches war gut angeschrie-
ben: er war eines der wichtigsten Rädchen der nazistischen Ver-
nichtungsmaschine. An jenem Morgen, um fünf Uhr früh, als sich
die Arbeitskommandos formierten, war der Zellenleiter zu ihm
geschlichen und hatte ihm hastig einen Treff angegeben. Der Genosse, der zum Treff kam, war ihm bekannt: ein Hafenarbeiter
aus Hamburg, der in den Zwanzigerjahren einen bewaffneten
Streik geleitet hatte. Alles war knapp, genau, unumstößlich gewesen. Nun stand er im nächtlichen Dunkel hinter einer der Baracken
des Reviers und spürte die kalte Klinge des Messers auf der Haut
seines linken Unterarmes. Er wußte genau, warum gerade er ausgesucht worden war. Er war zwanzig Jahre alt, die Gestapo hatte
nichts Besonderes in seiner Akte. Er war einer von jenen, die am
leichtesten bei der zu erwartenden Untersuchung durch die Maschen fallen würden. Außerdem hatte er niemals etwas bei der Gestapo verraten, bei keiner seiner Verhaftungen. Das war zwar nir-
gendwo vermerkt, wurde aber von Mund zu Mund weitererzählt,
von Gefängnis zu Gefängnis, von Lager zu Lager, von einer
Parteiorganisation zur anderen, von einem Parteikomitee zum
anderen: er war der Jungkommunist aus Berlin-Moabit, der noch
nie vor den Schweinen der Gestapo gesungen hatte, obwohl
man ihm arg zugesetzt hatte, das könnt Ihr mir glauben! Und
so duckte er sich im Dunkel der Nacht und wartete auf Borsche.
Ein finsterer Stolz erfüllte ihn. Einige Tage vorher war Molotow von Ribbentrop und Hitler mit allen Ehren in Berlin
empfangen worden, ein Protokoll war unterzeichnet worden,
das die Vereinbarungen des deutsch-sowjetischen Pakts er-
gänzte. Im Westen glich der Krieg einer Farce. Aber sie hier, in
der Schattenwelt von Buchenwald, sie kämpften. Eines Tages
würde sich der Lauf der Dinge umkehren, man mußte überleben,

die Parteikader erhalten, Widerstand leisten. Alles andere ging ihn nichts an, er hatte sich keine Fragen zu stellen. Das war ganz einfach! Er biß die Zähne zusammen, im Schatten einer der Baracken des Reviers, er wartete auf Borsche. Diesen Abend feierten einige grüne Kapos einen Geburtstag, Borsche würde angeheitert von dieser Zusammenkunft kommen. Er würde Bier getrunken haben, das er sich mit Hilfe eines Wächters in der SS-Kantine gekauft hätte, er würde lautschallend alte Schlager gesungen haben. Dann würde er sterben.

Die Zeit ist vergangen, Borsche ist herausgekommen, leicht betrunken, wie vorhergesehen. Borsche ist trällernd nähergekommen. Da hat er das Messer aus dem Ärmel seiner Jacke gezogen. Er ist zwei Schritte im Schatten der Baracke vorgetreten, er hat gewartet, bis Borsche auf seiner Höhe war, er hat getan, was man ihm gesagt hatte. Der dicke Borsche ist ohne einen Laut umgefallen, saubere Arbeit.

Das alles war nur ein kurzes Aufleuchten gewesen, im Ekel der Erinnerung: Er betrachtet noch immer das Foto von Deanna Durbin. Eine Frauenstimme neben ihm – vielleicht die gleiche von eben – fragt sich, was wohl aus ihr geworden ist, aus Deanna Durbin. Im Grunde seines Herzens wünscht er verzweifelt, daß sie noch lebt, irgendwo, und daß es ihr gelungen ist, die Frische dieses Kinderblicks zu bewahren, der über Anne Frank und über Peter van Daan, über all die anderen Eingeschlossenen wachte; er schließt die Augen, eine Sekunde lang, und wünscht, daß dieses unscheinbare und kulissenhafte Glück eines Kindes – unscheinbar und kulissenhaft wie das Glück jenes fernen Amerika, das derart überzeugt war von seiner Unschuld, damals, als das kleine Mädchen im Kino das zwar einfältige, aber echte Glück jenes puritanischen, vom Pioniergeist beflügelten Amerika darstellte –, er wünscht, daß dieses Kinderglück ein wirkliches Frauenglück geworden ist, trotz des Blutes und der Tränen, die ihr vielleicht die Augen geöffnet haben, trotz der Asche und der Rauchsäulen; ein wirkliches Frauenglück, das aber heute nicht mehr auf Einfalt und Unschuld beruhen würde, sondern auf dem Wissen vom Ernst der Welt, von der Ungerechtigkeit, die man bekämpfen mußte, vom Schmerz der Welt, den man teilte, von der amerikanischen Schuld am Lauf der Dinge.

Aber gleich darauf öffnet er wieder die Augen, schüttelt den

Kopf, stellt fest, daß er altert, bekommt Lust, zu rauchen oder etwas zu trinken, wendet sich Kanin zu.

George Kanin betrachtete die vergilbten Erinnerungen der Anne Frank, sein Gesicht zeigte keine Regung. Die Besichtigung ging weiter.

Später war er wieder mit Menzel und Kaminsky zusammengetroffen, die ihn fragend ansahen.

»Nichts, wie gewöhnlich«, hatte er gesagt.

Menzel und Kaminsky dürften fünf Jahre alt gewesen sein, als der Krieg aus war. Er konnte ihnen nichts erzählen, nichts mit ihnen teilen: sie erlebten eine andere Geschichte.

(»Scheiße«, hatte jemand hinter ihm gesagt.

Er hatte sich umgedreht, es war der Spanier gewesen.

»Warum?«

Die Sonne schien durch die Fenster, ein leuchtender Herbsttag.

Der Spanier hatte mit dem Kopf auf den Lautsprecher gezeigt, der ganz oben in der Ecke an der hinteren Barackenwand angebracht war.

Der Lautsprecher übertrug einen langsamen Walzer. Eine einschmeichelnde Frauenstimme sang banale Worte. »Ein süßes Lied, ein kleines Lied . . .«

»Na und«, hatte er gefragt, »stört dich das?«

Der Spanier hatte gelacht.

»Ja, dieser Scheißkitsch!«

Kalte Wut hatte ihn gepackt.

»Wir sind hier, die Sonne scheint, man hört eine süße Musik und du meckerst! Wir könnten alle schon tot sein, Himmelarschundzwirn!«

Der Spanier hatte mit den Achseln gezuckt.

»Das ist auch kein Trost! Aber hör mal, Walter, ich will dich nicht beleidigen, aber diese deutschen Schlager sind Scheiße!«

Aber er hatte heute keine Lust zu lachen.

»Wie alt bist du«, hatte er gefragt.

Der Spanier hatte ihm einen wütenden Blick zugeworfen.

»Zwanzig, wenn du gestattest«, hatte er gesagt.

Er hatte weitere Fragen gestellt.

Aber er sprach vielleicht nur noch für sich selbst.

»Wo warst du 1934?«

Der Spanier hatte die Stirn gerunzelt. Er mußte sich fragen, worauf er hinauswollte.

»Hör mal, wahrscheinlich habe ich 1934 Räuber und Gendarm gespielt, im Retiro«, hatte er gesagt.

»Was ist das?«

»Ein Park in Madrid.«

Er hatte gelächelt.

»Aha.«

Der Spanier war zwei Schritte auf ihn zugegangen:

»Hör mal, Walter, das ist alles blödes Geschwätz. Wir haben nicht 1934, sondern 1944, und ich bin hier. Und es nützt gar nichts, wenn du mir sagst, daß Buchenwald heute ein Erholungsheim ist, verglichen mit dem, was es in alten Zeiten war. Jeder von uns kann nur seine eigene Geschichte erleben.«

Er hatte genickt.

»Genau das wollte ich sagen.«

»Auch nur seinen eignen Tod«, hatte der Spanier hinzugefügt. Dann hatten sie sich angesehen und zusammen schallend gelacht.

»Aber du kannst sagen, was du willst, diese obligate Kitschmusik ist Scheiße!«

Sie hatten wieder gelacht. Das war alles.

Die Sonne hatte durch die Fenster geschienen, sie waren in der Baracke der ›Arbeitsstatistik‹, es war Herbst.)

Aber Menzel und Kaminsky dürften in diesem Jahr 1944 ungefähr fünf Jahre alt gewesen sein, vielleicht sogar jünger. Er konnte ihnen nichts sagen, er hatte übrigens auch nichts gesagt.

»Nichts, wie gewöhnlich.«

An diesem Abend hatte sich Walter Wetter eine Flasche Champagner in sein Zimmer bringen lassen. Er war sich nicht so sicher, ob er Sekt wirklich mochte, aber Champagner ist ein Festgetränk. Wodka, Brandy, das ist etwas anderes. Das trinkt man unter Männern, brutal, nach einem Auftrag, einem Grenzübergang, nachdem man einem Hinterhalt entgangen ist. Das trinkt man, um warm zu werden, um sich zu beruhigen, um die Erinnerung zu verscheuchen. Unter Männern, im Zigarettenrauch, in geschlossenen, dumpfen Räumen. Natürlich trank er lieber Wodka oder Brandy als Champagner, aber das sind keine Festgetränke. Heute abend brauchte er Feststimmung für eine einsame Zeremonie. Klaus und Hans würden abwechselnd den Schlaf des Amerikaners überwachen, der ins *Apollo* heimkehren würde, nach einer Runde durch die Nachtlokale des Leidseplein, wie jeden Abend.

Er öffnete den Champagner, er war fast gut gelaunt.

Dieser Besuch im Haus der Anne Frank – *None of us should ever pass through Amsterdam without making a similar pilgrimage* stand in Arthur Frommers Reiseführer – hatte ihn an vieles erinnert. Einundzwanzig Jahre vorher, auf den Tag genau, am 10. April 1945, hatte er die letzten Stunden in Buchenwald verbracht: am nächsten Morgen waren sie frei. Deshalb hatte er in der Nacht vom 10. auf den 11. April 1966 in jenem Hotelzimmer in Amsterdam ein Champagnerglas erhoben und gelacht. Ein etwas schrilles Lachen, aber trotzdem, er hatte gelacht. Er hatte das leere Champagnerglas hingestellt und kurz nachgerechnet. Achtzehn Jahre Gefängnis und Lager in 47 Jahren, das war nicht schlecht. Diese Zahl könnte einen vielleicht verwundern, denn von 1934 bis 1945 sind es keine 18 Jahre, vor allem wenn man bedenkt, daß er ein Jahr in Freiheit war, zwischen der ersten und zweiten Verhaftung. Wären also nur 10 Jahre: das Ergebnis einer einfachen Rechnung, mathematisch unbestreitbar. Aber er hatte noch acht Jahre im Gefängnis verbracht, später, in seinem eignen Land, unter seiner eignen Regierung, von den eignen Leuten eingesperrt.

Er hatte in einem Zug noch ein zweites Glas Champagner getrunken und wieder gelacht. Seit seinem 15. Lebensjahr war er entweder Häftling oder Agent gewesen, er kannte nichts anderes vom Leben. Diese Nacht sollte entschieden ein richtiges Fest werden. Er täte gut daran, sofort eine Flasche von irgend etwas Richtigem zu bestellen, der Champagner würde doch nicht genügen.

Aber am nächsten Morgen war er wieder ruhig und zuverlässig, als ob er kein Gedächtnis hätte, als ob das Leben nur ein flimmernder Film vordergründiger Momente, aneinandergereihter Gegenwarten gewesen wäre, durch nichts geprägt, ausgehöhlt, untergraben, abgenutzt, zersetzt, aufgelöst. Sie hatten die langweilige Überwachung des Amerikaners wieder aufgenommen.

Heute war jedoch irgend etwas los.

Der Amerikaner hatte zur gewohnten Stunde das *Apollo* verlassen, aber er hatte angefangen, herumzuschlendern. Es war der 13. April, und nach Arthur Frommer hätte er die portugiesische Synagoge besichtigen müssen. Aber seit zwei Stunden schlenderte er herum. Walter war durch einen Anruf von Kaminsky verständigt worden, und sie hatten sich alle drei an die Fersen des CIA-Mannes geheftet. Genau genommen schlenderte er nicht herum, sondern wollte sicher seine Spuren verwischen. Er konnte zwar nicht ahnen, daß er überwacht wurde, aber er dürfte eine Verabredung haben und traf für alle Fälle mechanisch die routinemäßigen Vorsichtsmaßnahmen.

Kurz vor 12 Uhr mittags hat der Amerikaner an der Türe eines dreistöckigen Hauses in der Herengracht geklingelt. Die Tür hat sich geöffnet, er ist eingetreten, die Tür hat sich wieder geschlossen. An der Ziegelfassade war ein Schild sichtbar: *Van Geelderen Maatschappij.*

Es war soweit, es fing an.

Nein, von Dr. Brouwer hatte Moedenhuik ihm nie erzählt. Er hätte sich an diese Geschichte von Dr. Brouwer erinnert, die Moedenhuik jetzt erzählte, weil er sie ihm noch nie erzählt hatte und das Bedürfnis empfand, es heute zu tun (»Wirklich, ich habe Ihnen noch nie von Dr. Brouwer erzählt?«, hatte Moedenhuik vorhin gefragt), man wird nie wissen, warum gerade heute, als sie nach dem Essen entspannt Bier tranken. Sie hatten zwei Sorten von Suppen gegessen, Schweinefleisch in Sojasauce, Rindfleisch in einer Art Madeirasauce, marinierte Leber, sehr scharf, Gemüse in Erdnußsauce (*peanut sauce*, hatte der Kellner hinter der unbeweglichen Maske seines Gesichts gesagt, als er gefragt wurde, was das sei, *Vegetables in peanut sauce*), gebratenes Schweinefleisch, geröstete Bananen, süße Kartoffeln, Gurken in bitterer Sauce (bittersüß eigentlich, alle diese Saucen waren scharf gewürzt, aber bittersüß, er hatte innerlich darüber gelacht, bitter-süß, bitter-süß), siebzehn Gänge im ganzen, mit Reis natürlich, da es sich doch im Restaurant der Leidsestraat um eine indonesische *rijstafel* handelte. Er hatte Moedenhuik den Kopf zugewandt (»Wirklich, Mercader, ich habe Ihnen noch nie von Dr. Brouwer erzählt!«), und er hörte die Geschichte von Dr. Brouwer, die Moedenhuik jetzt erzählte, während er sich fragte, welche Gründe Moedenhuik veranlaßt hätten, sie ihm zu erzählen, aber es wurde einem klar, wegen Spanien, es wurde einem schließlich klar.

Dieser Dr. Brouwer war in der Widerstandsbewegung umgekommen, er war von den Deutschen getötet worden, aber nicht, wie Dr. Brouwer starb, stand im Mittelpunkt der Erzählung – obwohl auch das von Bedeutung war, wie man zugeben muß, aber es war nebensächlich gegenüber dem anderen. Es handelte sich um einen früheren und schrecklicheren Tod, der unwandelbare, leuchtende Kern, um den sich Moedenhuiks Erzählung weitschweifig und zusammenhanglos drehte. Man konnte der Erzählung entnehmen, daß Brouwer, als er noch nicht Doktor phil. und ein in holländischen Universitätskreisen anerkannter Hispanist war, sondern ein einfacher Student – man konnte ihn sich vorstellen, einsam und sich selbst und alle Dinge mit kaltem Blick prüfend –, seine Wirtin umgebracht hatte (in diesem Punkt war die Erzählung Moedenhuiks nicht sehr genau, es könnte auch eine andere Frau gewesen sein, nicht die Wirtin, vielleicht eine Nachbarin oder eine alte Verwandte, auf alle Fälle eine Frau, das schien erwiesen), daß in dem darauf folgenden Prozeß erwiesen wurde, daß dieses Verbrechen – oder besser diese Tat – kein Motiv gehabt hatte, das heißt, das einzige Motiv war der Wille Brouwers gewesen, bis ans Ende jener latenten Möglichkeit in uns allen zu gehen: eine Erprobung des Selbstbewußtseins, das scheinbar absolut kühl und wissenschaftlich war, aber vielleicht auch dunkel von dem uneingestandenen Wunsch gepeinigt wurde, für ein bestimmtes, konkretes Vergehen zu sühnen, anstatt für all die schrecklichen, wirklich ungeheuerlichen, aber nicht sühnbaren, weil nicht begangenen Vergehen, die das christliche Gewissen des jungen Brouwer unerbittlich quälten, und das, getrieben von dem maßlosen Bedürfnis nach göttlicher und daher tödlicher Gegenwart die Waffen der Gerechtigkeit, der Strafe, der Buße und der Verzeihung auf sich gezogen hatte. Es hatte also ein einsamer junger Mann im ersten Viertel unseres Jahrhunderts, ein fleißiger Student an einer holländischen Universitätsstadt (war es Leiden? Die Erzählung Moedenhuiks war auch in diesem Punkt nicht klar), das Bedürfnis gehabt, bis zum vorbedachten, aber grundlosen Verbrechen zu gehen, um die Existenz eines Gottes der Liebe und der Gerechtigkeit zu erproben, um seine niederschmetternde, aber väterliche, verständnisvolle Antwort herauszufordern, wobei die Größe des Verbrechens und die Strenge der Sühne sich die Waage gehalten hätten, und dieser junge Mann, dieser junge Brouwer, hatte nach langen Gefängnisjahren seinen Platz, wie man so schön sagt, im Leben, in der Gesellschaft wieder eingenommen, offenbar gestärkt in seinem Glauben, seiner Zuversicht, seinem verzweifeltem Glück, dem dunklen Sinn der Göttlichkeit so nah wie möglich gekommen zu sein, und er war der Dr. Brouwer geworden, Humanist, Hispanist (zart, mittelgroß, mit schleppender und sanfter Stimme, wenig Haaren von rötlich-blonder Farbe, Goldrandbrille, jedenfalls zur Zeit, als Moedenhuik ihn gekannt hatte), und in diesem Punkt liefen alle Fäden dieser Erzählung zusammen, in diesem Spanien, das im Leben des Dr. Brouwer eine bestimmte Rolle, und zwar nicht nur eine berufliche und wissenschaftliche, sondern auch eine moralische Rolle gespielt hatte.

Dr. Brouwer schien (hier war Moedenhuik ganz sicher) eine der letzten Personen gewesen zu sein, die in Salamanca mit Miguel de Unamuno gesprochen, mehrere lange Gespräche mit ihm geführt hatten, einige Tage – vielleicht sogar einige Stunden – vor seinem Tod (man versteht, vor dem Tod Unamunos, 1936, in Salamanca; der Tod Brouwers, sein zweiter Tod, erfolgte erst einige Jahre später unter heroischen Umständen, vor faschistischen Soldaten). Was diese Begegnung Brouwers mit Unamuno in Salamanca im Herbst 1936 angeht, so war sich Moedenhuik ganz sicher, denn er hatte den Artikel aufgehoben, den Brouwer darüber geschrieben hatte (»Ich könnte ihn für Sie heraussuchen, Mercader, wenn Sie das interessiert!« hatte Moedenhuik gesagt. »Gespräche mit Miguel de Unamuno jenseits des Grabes« lautete ungefähr der Titel, so genau wußte es Moedenhuik noch, und er hatte den Kopf gehoben, die Geschichte hatte angefangen, ihn zu interessieren). Es stand also fest – wenn man die verworrenen Fäden dieser Erzählung ordnete –, daß Dr. Brouwer bei Ausbruch des Spanischen Bürgerkriegs das Bedürfnis hatte, sich an Ort und Stelle zu begeben, um klarzusehen, und daß er ganz natürlich nach Salamanca gefahren war, zu Miguel de Unamuno. Unamuno verkörperte seit langem – mit der ganzen Strenge und dem ganzen Hohn, die den repräsentativen Intellektuellen zukamen in einem Land wie dem damaligen Spanien, in dem die bürgerliche Gesellschaft unorganisch, kaum strukturiert war – er verkörperte die Zerrissenheit, das Engagement, die Widersprüche und die unergründliche Borniertheit des christlichen Gewissens, und er hatte offen für den Frankismus Partei ergriffen (bei diesem Wort hatte er Moedenhuik kurz unterbrochen, denn das war ein Anachronismus, zu der Zeit gab es diesen Ausdruck noch gar nicht, er hatte noch gar keinen Sinn, und Moedenhuik hatte ihm recht gegeben, natürlich, das war nur so eine Redensart). Unamuno hatte also öffentlich Partei ergriffen für das, was später der Frankismus werden sollte und zunächst nur ein vorläufiges Bündnis militärischer und gesellschaftlicher Kreise war, die sich selbst als »national« bezeichneten kraft eines alten und schon oft erprobten Tricks, den man immer anwendet, wenn man die trüben, beschränkten, aber tugendhaften Kräfte der Bauernschaft und des Christentums für einen Kreuzzug zur Aufrechterhaltung – oder, im Falle Spaniens, zur Wiedererrichtung – der etablierten Ordnung mobilisieren will. Brouwer hatte also im Spätsommer 1936 Europa durchquert, war auf dem grauen – leuchtendgrauen – und ockerfarbigen – leuchtend ockerfarbigen – Hochplateau angekommen, von dem aus er, vielleicht in der Abenddämmerung, die

sandsteinfarbenen Mauern der alten Universitätsstadt Salamanca
gesehen hatte. Vielleicht hatte sich Brouwer im Auto, das ihn zu
diesem goldgelben, ätherischen Abhang geführt hatte, unter den
rauschenden Pappeln, die die Straße säumten, an ein Gedicht von
Unamuno erinnert, an ein Sonett, das dieses kastilische Hochplateau besingt – in einem edlen Ton, sicher, aber verdorben
durch eine etwas schwülstige Rhetorik, deren barocker Akzent
jene Spontaneität des sprühenden, sprudelnden Lebens verloren
hatte und erstarrt war in der Schwerfälligkeit eines allzu gekünstelten Pathos –, und Brouwer, das ist nicht ausgeschlossen,
hätte die ersten Verse dieses Sonetts halblaut zitiert, während
das Auto eine ehrwürdige Steinbrücke passierte, über das Rinn-
sal eines fast ausgetrockneten Flusses, ehe er in die Mauern der
alten Stadt fuhr, wo die untergehende Sonne am blaßblauen
Himmel einen rötlichen Widerschein hervorrief, o trauriges, wei-
tes Spanien des Heiligen Johannes vom Kreuz, würde Brouwer
gedacht haben, ergriffen von der rauhen Schönheit des Ortes, des
Augenblicks, der alle Fasern seines Körpers in tausend glitzernde
Funken aufgelöst und ihn in eine dunkle und doch selige Unruhe
versetzt haben würde. Trotz des starken oder betörenden Zaubers
seiner abendlichen Ankunft am sandsteinfarbenen, zerklüfteten
Vorgebirge von Salamanca hatten die Gespräche mit Unamuno
Brouwer sehr bald jeden Enthusiasmus genommen für eine Sache,
die der alte Schriftsteller im Juli 1936 glaubte öffentlich unterstützen zu müssen, und er hatte die blutende Leere, den finsteren,
mystifizierten Schrecken erkannt, von dem Unamuno gesprochen
hatte, im Laufe des Gesprächs, das Brouwer notiert hatte in dem
von Moedenhuik neuerlich erwähnten Artikel. (»Ich muß ihn
wirklich suchen, Mercader! Das wird Sie interessieren!«, hatte er
gesagt.)

Brouwer schien also nach seiner Rückkehr von Salamanca entschlossen gewesen zu sein, die Sache des republikanischen Spanien
zu unterstützen, trotz all der katholischen Märtyrer, denen Paul
Claudel – ein anderer repräsentativer katholischer Schriftsteller,
überdies noch Diplomat, der immer verstanden hatte, seine Gedichte gut anzubringen und im richtigen Augenblick immer die
große Ode zu schreiben – ungefähr zu jener Zeit den verpesteten
Wortschwall einer endlosen Ode widmete, und die Abschweifung
Moedenhuiks auf Claudel war Mercader durch ihre Heftigkeit auf-

gefallen, denn er wußte fast nichts über diesen französischen Schriftsteller, und eben bei einem Vortrag von Brouwer über das heikle Thema Spanien hatte Moedenhuik, der damals ein junger Student gewesen war und sich mehr oder weniger fest einer ultra-linken Gruppe angeschlossen hatte (»Verstehen Sie mich bitte richtig, nicht linksextrem, ich sage ultra-links, das ist eine hollän-dische Tradition«), den Professor kennengelernt. Er hatte ihn bei Versammlungen über Spanien immer wieder gesehen, und wenn ihn sein Gedächtnis nicht täuschte, dann hatte die letzte Begegnung mit Brouwer auf einem Empfang der Gesandtschaft der Spanischen Republik anläßlich des spanischen Nationalfeiertags stattge-funden.

»Morgen, also«, hatte Mercader gesagt.

Moedenhuik hatte ihn verständnislos angesehen.

»Morgen, am 14. April, ist der Jahrestag der Republik«, hatte er erklärt.

Moedenhuiks Augen hatten geleuchtet.

»Ja, morgen. Das war 1938, vor achtundzwanzig Jahren, ge-nau!«

Dieser Zufall schien ihn zu erregen.

Moedenhuik erinnerte sich sehr gut an diesen Empfang am 14. April 1938 in den Gesandtschaftsräumen der Spanischen Re-publik, kein Zweifel, dort hatte er Brouwer das letzte Mal ge-sehen.

»Ich frage mich nur, warum ich Ihnen von Brouwer erzähle«, rief Moedenhuik aus, und auch ich, die Augen auf ein verschneites Gebirge gerichtet, frage mich, warum ich das Gespenst Brouwer in die Erzählung aufgenommen, ja warum ich es geradezu hin-eingezerrt habe, wo doch wahrscheinlich niemand, weder Ramón Mercader – und noch weniger Meyer, der Kompagnon Moeden-huiks – noch die Frauen von Meyer und Moedenhuik, die beim Abendessen anwesend waren, ja nicht einmal Moedenhuik selbst, erwarteten, daß das Gespenst des Dr. Brouwer in ihrer Mitte auftauchen werde.

Ich höre auf zu schreiben, zünde mir eine Zigarette an und hebe den Kopf.

Hinter dem langen schmalen Tisch, hinter den Fensterscheiben liegt ein Berg im Abendleuchten der untergehenden Sonne. Ich nehme an, daß mein Fenster nach Osten geht, aus der Art zu schließen, in der der schneebedeckte Berg mir gegenüber die Strahlen der untergehenden Sonne auffängt, aber diese Orientierung im Raum sagt mir nichts Wichtiges. Was nützt mir, daß ich weiß, wo Ost und West, Nord und Süd liegen? Das bringt mich nicht weiter. Ich sitze da, sehe auf den schneebedeckten Berg, der im Osten von mir liegt, aber sonst weiß ich nichts von ihm, nicht einmal seinen Namen. Aber auch das ist unwichtig, denn ich weiß überhaupt nie die Namen von Bergen.

Ich höre auf zu schreiben, zünde mir eine Zigarette an, ich habe den Kopf gehoben.

Warum habe ich das Gespenst Brouwer in die Erzählung eindringen lassen? Es war gar nicht vorgesehen – besser gesagt, nicht vorbedacht. Im Aufbau meiner Erzählung sollte dieser Abend einen ganz bestimmten Inhalt haben, und das Gespenst Brouwer hatte damit gar nichts zu tun. Da war zunächst das Dekor des *Bali*, Leidsestraat Nummer 89, und um es herum der lärmende Trubel des Leidseplein. Daran lag mir, das brauchte ich, um den langweiligen Ablauf jener Apriltage des Jahres 1966 in Amsterdam zu unterbrechen, in denen es eine Reihe objektiver Zufälle gab, hervorgerufen durch eine unmerkliche Verkettung voneinander unabhängiger Mechanismen (absolut nichts zwang zum Beispiel den CIA, George Kanin nach seiner waghalsigen Reise nach Dresden zur Mitüberwachung von Ramón Mercader abzuberufen – irgend jemand hatte wahrscheinlich in irgendeinem Büro gesagt: »Setzen wir Kanin ein, abhauen muß er sowieso, und er kennt die Typen vom sowjetischen Geheimdienst« – und damit, durch diese zufällige Wahl eine ganze Mannschaft vom DDR-Geheimdienst nach Amsterdam zu locken, eine Entscheidung, deren Folgen nicht vorauszusehen waren), ein minuziöser Mechanismus von Hinterhalten und Abwehrmanövern, von Zügen und Gegenzügen, wie bei einem Schachspiel, bei dem niemand das Gesamtfeld und die Gesamtaufstellung der Figuren übersieht, der bis zum explosiven Schluß in den Ostertagen 1966 in Amsterdam alle Personen dieser Erzählung zusammenführen würde.

In meiner Vorstellung hätte Ramón Mercader um 19.30 Uhr Moedenhuik in der Bar des *Bali* getroffen. Mercader wäre auf alle Fälle guter Laune gewesen, vielleicht, weil er das Mikrophon in seinem Hotelzimmer entdeckt – und damit zum ersten Male

den tatsächlichen Beweis seiner Beschattung gefunden hatte, von
der er seit einem Monat innerlich überzeugt gewesen war –, vielleicht auch wegen der leichten Wärme, die der Wodka in seinen
Adern hervorgerufen hatte – oder aus beiden Gründen zusammen –, jedenfalls wäre Mercader guter Laune gewesen.

Sie würden an der Bar des *Bali* etwas getrunken haben, die Bar
wäre überfüllt gewesen von Leuten, die auf einen freien Tisch
warteten, was dort oft ein Problem ist, und ich glaube, Mercader
hätte einen gut gekühlten doppelten Wodka bestellt, was Moedenhuik zu einem Situationsscherz veranlaßt hätte (»Das ist Ihre
russische Seite, Mercader!«), und sie hätten beide gelacht, ihre Gläser in die Höhe der Augen gehoben, bevor sie getrunken hätten.
Sie hätten zwanglos geplaudert und bei dieser Gelegenheit gleich
einige Details ihres Vertrages besprochen, den sie zusammen zu
unterzeichnen hätten und der diesmal keinerlei Schwierigkeiten
bieten würde, da die holländische Firma M. M. M. (*Moedenhuik
en Meyer Maatschappij*) als Zwischenhändler der COMESA
(*Comercial Española, Sociedad Anónima*) für ein Importgeschäft
von polnischen Werkzeugmaschinen nach Spanien diente. Dann
hätten sie im Halbdunkel der dicht besetzten Bar das Kommen
und Gehen der Leute beobachtet, vielleicht einige, natürlich
banale, Männerkommentare über die Schönheit einer jungen Engländerin abgegeben, die, offensichtlich allein, links von ihnen auf
einem Barhocker saß und deren kurzer Rock, der weit hochgerutscht war, weil sie die Beine übereinandergeschlagen hatte, ein
kleines Stück sehr weißer Haut entblößte oberhalb eines blaßblauen, himmelblauen Strumpfes, der von einem etwas dunkler
blauen Strumpfband gehalten wurde. Moedenhuik hätte gelacht
nach irgendeiner pikanten Bemerkung, gerade laut genug, um von
der Frau gehört zu werden – sie sprachen beide Englisch –, die
sich nicht gerührt hätte, entweder aus Gleichgültigkeit oder weil
sie es gewohnt war. Mercader aber, der weiter von der Frau entfernt saß – Moedenhuik befand sich zwischen ihr und ihm –, mit
dem Rücken zur Bar, den Absatz seines linken Schuhes auf die
Kupferstange gestützt, hätte die Engländerin von vorne sehen
können und sie lange, mit dem Glas Wodka in der Hand, angesehen, so wie man eine Lampe, das Nichts, ein antikes Möbelstück
ansieht, und er hätte bei dieser genauen, aber zugleich kühlen Betrachtung die Linie des Profils gemustert, die vorspringenden

Wangenknochen, das Beben der Augenlider, den Halsansatz, die weiche Rundung der Lippen, die lässige Haltung der Arme, die hohe, feste Brust, die Drehung der Taille, die ihre rechte Hüfte hervortreten ließ, denn da ihr Oberkörper sich senkrecht zur polierten Lackholzfläche der Bar hochreckte, waren ihre Hüften, Schenkel und Beine nach der Seite hin verlagert, weil sie ihre Beine übergeschlagen hatte, wodurch unterhalb des kurzen apfelgrünen Rockes jenes Stück ganz weißer Haut entblößt war, auf das er jetzt derart seinen Blick fixierte, daß der linke Fuß der Frau nervös zu wippen anfing, wobei sich der leichte Lackschuh halb löste, dessen Absatz jetzt in der Luft schwebte, und diese fast krampfartigen Bewegungen erfaßten die Fessel, die Wade, den Schenkel und stiegen schließlich am ganzen Körper der jungen Frau hoch, gefolgt von seinem Blick, der Stück für Stück, wenn auch mit dem Ausdruck zerstreuter Erregung, zu dem eben noch unbeweglichen Gesicht zurückkehrte, dessen Mund sich jetzt leicht öffnete, bis sie seinen Blick erwiderte, den Bruchteil einer Sekunde, aber intensiv, mit einem Anflug von Begierde oder vielleicht Erwartung, jedenfalls nicht mehr irritiert, fast schon unterworfen.

Dann würde er sich abgewandt haben, um das unterbrochene Gespräch mit Moedenhuik wieder aufzunehmen.

So ungefähr, in dieser dickflüssigen Banalität, sollte nach meiner Vorstellung dieser Abend des 13. April 1966 beginnen. Alles an ihm wäre konventionell gewesen dank eines peinlich genauen Realismus. Jeder, der sich vorübergehend in Amsterdam aufhält, kann übrigens die Existenz jenes indonesischen Restaurants feststellen, Leidsestraat 89, zwischen der Prinsengrachtbrücke und dem Leidseplein; jeder kann hinaufgehen, denn das Restaurant befindet sich im ersten Stock, und an der Bar in gedämpftem Licht warten, bis ein Tisch frei wird, und dabei beobachten, wie mit lächelnder Wendigkeit der Besitzer oder Geschäftsführer einen Platz anbietet und um etwas Geduld bittet. Und am Ende der geschwungenen Bar kann jeder die Anwesenheit einer jungen Frau feststellen, die nicht unbedingt Engländerin zu sein braucht, aber auch das ist nicht ausgeschlossen, und die auf einem Barhocker sitzt und jenes winzige Stück weißer Haut oberhalb eines bunten Strumpfes entblößt, auf das man einen begehrlichen Blick werfen kann, der um so begehrlicher sein wird, als er folgenlos bleibt, nur eine konventionelle Manifestation der

Männlichkeit, während dieses winzigen Aufleuchtens weißer Haut oberhalb eines Strumpfes, auf der man nicht einen Blick, sondern eine liebkosende Hand ruhen lassen möchte, die zunächst die rauhe knisternde Oberfläche des Nylon gespürt, ehe sie sich auf die milchige Weiche des entblößten Schenkels gelegt hätte, während dieses blendende Stück Haut nur der sinnliche Bote eines unausführbaren Wunsches gewesen wäre, weil es ja nicht immer möglich ist, eine einsame Frau von der Bar des *Bali*, oder anderswoher, zu entführen und sie in irgendeinen Raum einzuschließen, wo dann der mechanische männliche Blick die Quelle eines deutlicheren Ausbruchs hätte werden können, eines langsamen oder plötzlichen Eindringens in die schattige, aber schimmernde Tiefe, das das schmale Stück weißer Haut zu begehren verursacht hätte, mit der nutzlosen Heftigkeit einer uneingestandenen, aber quälenden Frustration, denn keine Frau mehr wird vielleicht in einem für lange Zeit ein so absurdes Verlangen nach sofortigem, hoffnungslosem Besitz erwecken.

So also, in der fast unbedeutenden Banalität der erstarrten Beziehungen einer Nachtwelt sich abspielend, hatte ich mir den Beginn des Abends mit Moedenhuik vorgestellt. Meyer wäre dann mit den beiden Frauen dazugekommen, mit seiner eignen und der von Moedenhuik. Aus dem Bedürfnis, das Konventionelle einer solchen Situation bis ans Ende auszuschöpfen, um deren eigentlichen Sinn aufzudecken, hätte ich vielleicht mit besessener Genauigkeit die Toilette der beiden Damen beschrieben, die Beschaffenheit ihrer Haut, ihre Bewegungen, ihre Art, auf den bestellten Tisch zuzugehen unter der geringschätzigen, weil maskenhaften, mechanischen Höflichkeit der indonesischen Kellner.

Aber das Phantom Brouwer ist dazwischengekommen und hat jedes Bravourstück meisterhafter Beschreibung unmöglich gemacht.

Brouwer?

Nichts hatte mich jedoch an ihn denken lassen, an jenem Ostermontag des Jahres 1966, als wir den Wagen am Plein 1813 anhielten, vor den Gittern des großen, weißen Hauses, in dem ich zwei Jahre lang, von 1937 bis 1939, gelebt hatte. Das Gitter war geschlossen, das Haus schien unbewohnt. Auf jeden Fall beherbergte es nicht mehr die diplomatische Vertretung Spaniens; eine Tafel schien anzuzeigen, daß dieses Gebäude jetzt zum holländischen

Außenministerium gehörte. Ich betrachtete das unbewohnte Haus, den vernachlässigten Garten, die kahle Magnolie (oder war jetzt nicht die Zeit der Magnolienblüte?) und ich erklärte C., was sich vor ungefähr 30 Jahren hinter jedem dieser geschlossenen Fenster abgespielt hatte.

Früh am Morgen hatten wir Amsterdam verlassen. In Den Haag hatten wir das Mauritshuis besichtigt. Ich war enttäuscht gewesen, ganz dummerweise, denn in meiner Erinnerung war der Binnenhof immer verschneit. Auch der Teich, den man von einigen Fenstern des Museums sieht – zum Beispiel vom Saal mit dem *Distelfink* von Fabritius – war in meiner Erinnerung eine Eisfläche, vom Pulverschnee eines ewigen Winters umgeben und mit einigen offenen Wasserstellen, für die Schwäne. Aber zu Ostern gab es natürlich keinen Schnee. Ich war enttäuscht von dieser Kluft zwischen dem stillen Reichtum der Erinnerung und dem alltäglichen Aussehen des Binnenhofes und seiner Umgebung.

Nun stand ich vor dem weißen Haus am Plein 1813. Ich betrachtete das geschlossene Gitter, die kahlen Bäume. Es war ein feuchter und grauer Tag mit einer verschleierten Sonne. Ich betrachtete den vernachlässigten Garten, ich dachte an meinen Roman, und Moedenhuik erinnerte sich sehr gut an den Empfang anläßlich des Nationalfeiertags am 14. April 1938. Er sagte gerade: »Aber warum erzähle ich Ihnen von Brouwer?« und zuckte die Achseln, und niemand hätte ihm sagen können, warum er über Brouwer gesprochen hatte. Einen Augenblick lang hatte Stille geherrscht, eine Art Zögern, dann war das nichtssagende Gespräch wieder aufgenommen worden. Mercader hatte sich zu der Frau von Meyer gewandt, um ihr Feuer zu geben. Es war davon die Rede gewesen, diesen angenehmen Abend in einem Nachtlokal fortzusetzen, falls Mercader von der Reise nicht zu müde wäre. Er hatte zustimmend genickt, er war absolut nicht müde von der Reise.

Aber Moedenhuik war in seine Erinnerungen versunken.

Er sah, daß sich seine Frau mit der Frau von Meyer vom Tisch erhob. Sie gingen wahrscheinlich sich wieder schön machen. Er konnte sich ihre Gespräche am Spiegel, vor dem sie sich nachschminken würden, vorstellen. Er sah Meyer und Mercader miteinander plaudern. Aber er war in seine Erinnerungen versunken.

Er war durch das Gitter des großen weißen Hauses am Plein

1813 gegangen. Das Wetter war grau und feucht, die Sonne verschleiert, an diesem 14. April vor so langer Zeit. Er war mit einer Studentendelegation zu diesem Jahrestag der Spanischen Republik gekommen. Ein Sekretär der Gesandtschaft hatte sie empfangen, in die Salons gewiesen, wo der Empfang stattfand. Sie waren etwas schüchtern, seine Genossen und er, sie bildeten eine geschlossene Gruppe mitten im Kommen und Gehen der anderen Gäste. Durch die Doppelfenster, die auf den Park gingen, hatte er Bäume gesehen. Dann hatte sie ein braunes Mädchen zum Buffet geführt, und dort hatte er Brouwer bemerkt. Brouwer hatte zu einem hochgewachsenen, mageren Mann mit einer Hornbrille auf der Adlernase gesprochen. Brouwer hat ihn erkannt und geholt, um ihn dem Geschäftsträger der Spanischen Republik vorzustellen, eben jenem großen, mageren, warmherzigen Mann, dessen scharfe Züge von einer inneren Spannung oder unaussprechlichen Unruhe verzehrt schienen, was um so spürbarer war, als seine Stimme ruhig, höflich, interessiert klang.

Moedenhuik erinnert sich jetzt an alles. Sie waren im großen Salon, wo das Buffet aufgestellt gewesen war, und dessen eine Seite auf den Park rings um das Gesandtschaftsgebäude ging, und man sah die kahlen schwarzen Zweige der Bäume durch die drei Reihen Fenster, die die Fassade nach dem Plein 1813 einnahmen. Brouwer hatte ihn erkannt, war auf ihn zugekommen: »Ich werde Sie dem Geschäftsträger vorstellen«, hatte er mit seiner zarten Stimme gesagt. Moedenhuik hatte sich jenen hochgewachsenen, mageren, ein wenig gebeugten Mann mit der Hornbrille auf der großen Adlernase angesehen. Der Geschäftsträger war der Bewegung Brouwers, zu dem er eben gesprochen hatte, mit den Augen gefolgt, und sein Blick war auf Moedenhuik gefallen, gerade als er sich in Bewegung setzte, wobei Brouwer ihm seinen Arm untergeschoben hatte, um ihn hinzuführen. Moedenhuik dachte dabei, daß diese Vorstellung vielleicht eine günstige Gelegenheit wäre, um in seinem und im Namen seiner Genossen dem Geschäftsträger die tiefe Sorge mitzuteilen – das war das Wort, was er eben beschlossen hatte zu benutzen, aber eigentlich war es ein schwaches Wort, denn es war Angst und Zorn, was sie empfanden –, die einige Ereignisse der letzten Monate im republikanischen Spanien bei ihnen hervorgerufen hatten, insbesondere die Unterdrückung der POUM, die Ermordung von Andrés Nin, die immer

58

offenere Einmischung der Polizei Stalins in den revolutionären Krieg. Das wäre eine gute Gelegenheit, ihrer Sorge darüber Ausdruck zu verleihen, wenn auch in Worten, die den Umständen angemessen waren, dachte Moedenhuik, während er am Arm von Brouwer auf den Geschäftsträger der Spanischen Republik zuging, als er von dem Blick dieses großen, mageren Mannes ergriffen wurde, der Brouwer und ihn erwartete, ein völlig entblößter, entwaffneter, ratloser, hoffnungsloser Blick. Der Geschäftsträger stand an dem einen Ende des Salons, in der Nähe einer geschlossenen Schiebetür aus massivem Holz, allein unter sich formierenden und wieder auflösenden Gruppen, unbeweglich im Durcheinander des Kommens und Gehens der Gäste. Er blickte ihnen entgegen, die quer durch den Salon auf ihn zu kamen, wobei Brouwer ihn am Arm genommen hatte und zu ihm hin führte, aber der Blick, der sicher ganz mechanisch auf sie gerichtet war, drückte nur die tiefste Verzweiflung aus, als ob die wenigen Sekunden, in denen Brouwer ihn verlassen hatte – um Moedenhuik zu holen –, genügt hätten, alle Bande zu zerreißen, die ihn hier festhielten, unter jenen Fremden, die zu diesem Jahrestag herbeigeeilt waren, als ob dieser winzige Moment regloser Einsamkeit in diesem Salon, in dem die verschleierte Frühlingssonne alles mit Spuren eines mattglänzenden Silbers überzog, genügt hätte, ihn wieder in eine erbärmliche Angst zu stürzen. Moedenhuik war von diesem Blick ergriffen worden, er hatte sofort in einem plötzlichen und ungewohnten Unbehagen die ganze Verzweiflung dieses Blickes erfaßt, aber ein Sonnenstrahl, der sich in der Hornbrille des Geschäftsträgers spiegelte, hatte diesen Blick, diese Angst verscheucht, und sie waren jetzt bei ihm angekommen, Brouwer stellte ihn vor, der Geschäftsträger hatte mit klarer und warmer Stimme zu ihm gesprochen, seine hohe Gestalt leicht zu Moedenhuik heruntergebeugt, und Moedenhuik hatte nicht den Mut gehabt, mit diesem verzweifelten Mann von der Ermordung von Andrés Nin zu reden.

Moedenhuik erinnerte sich jetzt an alles.

Er hebt den Kopf, lächelt unbestimmt. Sie sind allein am Tisch, Mercader und er. Meyer ist wohl verschwunden, wahrscheinlich um die Rechnung zu begleichen. Er sieht Mercader an.

»Wissen Sie, welchen Namen Sie haben?«, sagte Moedenhuik.

Die Miene Mercaders erstarrt.

»Ich nehme an, den meinen!« sagt Mercader.

Seine Stimme ist trocken, von verborgener Erregung, könnte man meinen.

»Sicher, ich wollte nur einen Zufall erwähnen«, sagt Moedenhuik mit einer versöhnlichen Geste.

Das Gesicht Mercaders wirkte jetzt wie aus Stein gehauen: eine graue, poröse, erstarrte Masse. Aber Moedenhuik möchte bis ans Ende gehen. Er weiß nicht warum.

»Ramón Mercader, wie der Trotzkimörder, ich habe oft daran gedacht«, sagt er.

Das Blut kehrt in diese graue, poröse Masse des Gesichts von Mercader zurück.

»Das ist niemals wirklich bewiesen worden«, sagt er.

Er zwingt sich zu lachen.

»Jedenfalls ist es ein ziemlich häufiger spanischer Name«, sagt Mercader.

»Ich frage mich, was aus ihm geworden ist«, sagt Moedenhuik.

Mercader zwingt sich, an nichts zu denken. Er fixiert die Gegenstände auf dem Tisch, er wird zur Gabel, zum halbleeren Bierglas, zur bauchigen Teekanne, zum glitzernden Messer, zur Serviette mit Lippenstiftflecken, zu Gemüseresten: ein unschuldiger Tod.

»Was hatte dieser Mann doch für eine merkwürdige Geschichte«, sagte Moedenhuik.

Es ist aus, er kann sich nicht mehr zurückhalten, die Dämme brechen, er schaudert vor Entsetzen, er hört Moedenhuik kaum noch.

»Nach 20 Jahren, mehr als 20 Jahren, hat er das Gefängnis von Mexiko verlassen. Die Presse hat behauptet, er hätte einen tschechischen Paß und sei nach Havanna gefahren. Und dann? Ich frage mich, was aus ihm geworden ist.«

Er hört Moedenhuik kaum noch.

»Ich möchte wissen, ob er noch lebt«, sagt Moedenhuik.

Mercader sieht ihn an. Nach der eisigen Stille von vorhin wird der Lärm im Restaurant wieder vernehmbar.

»Man stirbt nicht mehr«, sagt Mercader und bricht in ein Gelächter aus.

Überrascht sieht ihn Moedenhuik an.

Aber nein, man stirbt nicht mehr, denkt Mercader und lacht immer noch, und Moedenhuik sieht ihn überrascht an, und Mercader lacht weiter, als ob es wirklich komisch wäre, daß man nicht mehr stirbt.

Es war ein bitteres und brutales, nicht endenwollendes Lachen. Auf dem Tonband hörte man ein Knistern, Hintergrundgeräusche, eine deutliche Frauenstimme und dann dieses bittere und brutale Lachen, das nicht aufhörte. Chuck Folkes hatte das Tonband abgestellt.

»Er ist übergeschnappt!«, hatte Chuck gesagt.

Er hatte seine Krawatte gelöst, er hob den Kopf.

»Er lacht ganz allein, die ganze Zeit, wie ein Verrückter, wie ein Idiot. Meine Aufnahmen werden spannend sein!«

Chuck Folkes war aufgestanden, weggegangen, ich hatte ihn mit einer Dose Bier wiederkommen sehen, die er jetzt öffnete.

»Willst du?« fragte Chuck.

Ich wies auf mein noch halbvolles Glas.

Ich hatte auf die Tasten des Minitonbandgerätes gedrückt, das Band lief rasch zurück. So, das müßte genügen. Ich drückte auf einen anderen Knopf und hörte mir das noch einmal an. Man hörte ein Knistern, das Klappern von Geschirr und Besteck, ein Rascheln, eine lange Stille. Und dann die Stimme des Holländers, knapp und trotzdem ein wenig überstürzt. »Wissen Sie, welchen Namen Sie haben?«, fragte der Holländer.

Chuck trank Bier, er zuckte die Achseln.

»Ist das interessant?«, fragte Chuck.

Ich bat ihn mit einer Handbewegung, still zu sein. Er zuckte die Achseln und sagte nichts mehr. Seine Arbeit bestand in der Aufnahme von Gesprächen, selbst an einem von unserem weit entfernten Tisch in jenem indonesischen Restaurant, aber seine Meinung über diese Aufnahmen interessierte mich nicht.

Ich lauschte auf die Stille, ich dachte an jene enorme klebrige Flut der Stille, die die Worte bei aufgenommenen Gesprächen umgibt. Ich lauschte auf die Stille. Dann konnte man die Stimme des Spaniers hören. Eine trockene Stimme, von dunkler metallischer Erregung, schien mir. »Ich nehme an, den meinen«, sagte der Spanier.

Ich hörte die Fortsetzung dieses Wortwechsels, bis der Spanier schließlich in Gelächter ausbrach. »Man stirbt nicht mehr«, hatte er mit schneidender, eisiger Stimme gesagt. Dann kam dieses bittere und brutale, nicht endenwollende Lachen. Ich hörte dieses Lachen, die Aufnahme war zu Ende, ich stellte das Tonbandgerät ab.

»Nun?« fragte Chuck Folkes.

Ich gab keine Antwort, ich sah ihn das Band vom Apparat nehmen und in eine Kassette legen, dann nahm er einen Filzstift vom Tisch, er zögerte.

»Welcher Tag ist heute?«, fragte er.

Ich sagte ihm, daß es die Nacht vom 13. auf den 14. April 1966 wäre. Er sagte mir, daß er sich an das Jahr immerhin erinnern könnte. Er schrieb das Datum auf die Kassette, wie ich annehme.

Mir brannten die Augen, der Abend war lang gewesen.

»Nun?« fragte Folkes, »sagt dir das was?«

Ich nickte. Chuck schien nicht überzeugt, er sah mich spöttisch an.

»Er lacht immer ganz allein, wie ein Verrückter, sagst du?« fragte ich ihn.

Chuck hatte die Aufnahmen aus dem Hotelzimmer des Spaniers im *Amstel* gehört. Er schien mehrmals ganz allein gelacht zu haben.

»Der Mensch ist entweder übergeschnappt oder geistig debil«, sagte Chuck. »Ich frage mich, wozu wir hinter ihm her sind.«

Das fragte ich mich auch, aber ich wollte die Aufnahmen aus dem Hotelzimmer hören. Ich stellte mir das Rauschen der langen Pausen vor, seit dieser Typ von Schiphol angekommen war, unterbrochen vielleicht von Telephonanrufen (er hatte sich eine Mahlzeit in sein Zimmer bestellt, sagte Folkes; später, nach einem dieser merkwürdigen Lachanfälle, hatte er eine Flasche Wodka bestellt; noch später mit dem Holländer telephoniert, und von da an haben wir jemanden auf die Fährte Moedenhuiks gesetzt, für alle Fälle), ich stellte mir das weiche Aufsetzen der Füße dieses Mannes auf den Fußbodenbelag des Zimmers vor und das Rascheln von Papier, falls er eine Zeitung gelesen hätte; ich stellte mir die Dichte jener langen Stille vor, in der unvermittelt das Lachen dieses Mannes ausbrach. Das Lachen eines Verrückten? Ich zweifelte daran. Ich wollte auch diese Aufnahme hören.

Mir brannten die Augen, ich hatte die Kassette mit der Aufnahme vom *Bali* in die Tasche gesteckt, Folkes wollte schlafen gehen. Ich nickte, ich blieb nachdenklich sitzen.

»Das Ganze hat keinen Sinn«, sagte Folkes bereits stehend. Dann ging er.

Nein, das hatte keinen Sinn, aber nicht in dem Sinn, wie Folkes meinte, hatte es keinen Sinn. Im Laufe des Abends, in der Langeweile einer banalen Überwachung, begannen Teilchen einer möglichen Wahrheit dieser Angelegenheit provisorisch ineinanderzugreifen. Ich hatte es bewundert, wie Folkes den von Moedenhuik im *Bali* bestellten Tisch ausfindig gemacht hatte, um das ganze Gespräch mit dem Minitonbandgerät in seiner Jackentasche aufzunehmen. Dann hatte ich zerstreut dem Geschwätz von Folkes zugehört. Ich sah nach dem Tisch von Moedenhuik, ich sah, wie sich ihre Lippen bewegten, ich wußte, daß ich gleich Worte hören würde. Es war wie bei einem Stummfilm, zu dessen bereits halb verblaßten oder verschwommenen Bildern im Gedächtnis später das Tonband eines Gespräches kommen wird, das ich zunächst nur durch die Bewegung der Lippen, durch die Gesten, durch die Haltung der fünf Personen am Tisch von Moedenhuik würde erfaßt haben. Ich hatte mich so hingesetzt, daß ich das Gesicht des Spaniers beobachten konnte, und ich beobachtete dieses Gesicht bei dem konfusen, völlig uninteressanten Geschwätz von Folkes. Seit ich heute morgen im Büro von Floyd seine Fotos gesehen hatte – einige Aufnahmen waren aus der Nähe oder mit Teleobjektiv gemacht worden –, beschäftigte mich dieser Typ. Auf diesen, ohne sein Wissen gemachten Fotos hatte er einen unverwüstlichen Blick, einen Blick, der gezeichnet war von Mut oder Verzweiflung oder Haß, ich weiß nicht wovon. Jedenfalls gezeichnet von einer unbändigen Leidenschaft. Auf einem dieser Fotos saß der Spanier auf der Terrasse eines Cafés, auf dem Bild gab es Licht und Schatten. Unsichtbare Bäume dahinter oder woanders schoben zwischen das Licht der Sonne und den Tisch dieses Cafés im Freien die sich bewegenden Flächen ihrer Blätter, deren schwacher, durchbrochener Schatten – sich ebenfalls bewegend, aber vom Kameraauge fixiert – auf dem Gesicht von Mercader und dem jener Frau spielte. Mercader war im Profil zu sehen, im Vordergrund. Ein weißbekleideter Arm, der das Bild diagonal durchschnitt, stellte ein Getränk auf den Tisch. Über dieser weißen Linie, die das Bild in seiner ganzen Breite durchschnitt, sah man weiter hinten ein Frauengesicht von vorn. Es war braun und schön. Volle Lippen. Ihre Haare waren im Nacken zusammengesteckt, wodurch die Züge ihres Gesichtes freigelegt waren. Mercader beobachtete die Geste des Kellners vielleicht zerstreut. Mechanisch vielleicht. Vielleicht hatte der Kellner ihr Ge-

spräch unterbrochen. Oder auch ihr Schweigen. Der Blick der
Frau ruhte jedenfalls auf Mercader, der, sicher nur vorübergehend, abwesend war, fixierte das Profil von Mercader – das
rechte Profil, das für mich unsichtbar war –, fixierte den Mund
von Mercader (oder vielleicht genauer, die Mundwinkel) und
drückte eine brennende – oder unruhige –, fast indezente, weil
deutlich spürbare Begierde aus. Ich fragte mich, und diese präzise
Erinnerung machte mir wieder Herzklopfen – wie wenn einem der
verborgene Sinn von Dingen oder Ereignissen plötzlich klar in
die Augen springt –, was für eine Beziehung besitzergreifender
Unterwerfung, tierischer Hingabe diese Frau an diesen Ramón
Mercader binden mochte, der wie ein Verrückter lachte, allein,
in Hotelzimmern und Restaurants, in Amsterdam, zu Ostern, im
feuchten Aprilwetter. Ich konnte mir gut vorstellen, wie der Kellner weggegangen war und Mercader sein Gesicht wieder dem der
Frau zugewandt hatte, vielleicht in der Absicht, das Gespräch
wiederaufzunehmen – oder das gemeinsame Schweigen –, und ich
fragte mich, ob die Frau dann versucht hätte, den tiefen Glanz
ihres Blickes, der unerträglich war, zu verbergen, oder ob sie noch
den Bruchteil einer Sekunde diesen indezenten Blick auf dem
Gesicht Mercaders hätte ruhen lassen – von dem ich in diesem
Moment nur den Nacken und die oft aufschlußreiche Rundung
der Schultern hätte sehen können.

Folkes war in jene möblierte Wohnung, deren Fenster auf den
Vondelpark gingen, schlafen gegangen, und ich blieb in meinem
Sessel versunken, unfähig, mich zu bewegen, und griff mit meiner
rechten Hand in der Tiefe meiner Jackentasche nach der Kassette
mit dem Tonband, das heute abend im *Bali* aufgenommen worden
war.

Heute abend um 19 Uhr 40 hatte Mercader am Ende der Bar
aus spiegelndem Mahagoniholz eine junge Frau angesehen. Sie
hatte rechts von mir gesessen und war offensichtlich allein gewesen. Sie hatte einen bronzefarbenen Wildlederrock und einen
Kaschmirpullover angehabt. Sie hatte den gelangweilten Ausdruck,
den leeren Blick aller Mädchen, die wissen, was für einen Reiz
sie ausüben, nicht durch vollkommene Schönheit, sondern durch
die subtile und brutale Musik ihrer körperlichen Anwesenheit, und
die das schon im voraus anödet. Sie rauchte mit der gelangweilten
Miene jener Mädchen, die immer dem gleichen, sozusagen unver-

meidlichen gierigen Männerblick ausgesetzt sind. Ihr kurzer Rock war durch das Übereinanderschlagen der Beine hochgerutscht und entblößte dadurch das Ende eines Strumpfes, der kein Strumpfband brauchte, weil er mit einem schmalen, etwas dunkleren und festeren Gummizug auf der – sehr weißen – Haut des Schenkels haftete. Ich beobachtete Mercader, der, etwas weiter weg, mit dem Rücken an die Bar gelehnt, durch die massige Gestalt des Holländers von jener Frau getrennt war, und ich sah ihn jene Frau ansehen. Er sah sie an, wie man den Sonnenaufgang, den Tod oder ein antikes Möbelstück ansieht. Ich war beeindruckt von der zerstreuten Erregung dieses Blicks von Mercader – der zugleich verächtlich und komplizenhaft war, es ist schwer zu sagen –, der den Körper dieser Frau musterte von den Fesseln bis zu den Hüften, von den Hüften bis zum Schmollmund, von dem winzigen Stück entblößter weißer Haut bis zu den vorspringenden, zarten Wangenknochen, und ich spürte die Verwirrung jener Frau, die sich über ihren ganzen Körper ausbreitete und in die geheimsten Verzweigungen ihrer Muskeln und ihrer Adern eine dumpfe Feuchtigkeit trieb (so würde ich jedenfalls versuchen, diese zu vermutende weibliche Empfindung zu beschreiben trotz der absoluten Unmöglichkeit für einen Mann, sich die Wallungen, die Begierden, die unbestimmten Wünsche, die Obsessionen, das enervierende Verlangen vorzustellen, die ein Blick wie der Mercaders in einer Frau hervorrufen kann). Ich spürte, daß Verwirrung diese Frau ergriff, weil ihre schmollende, aber entspannte Reglosigkeit unter dem Impuls ruckartiger, unkontrollierter Bewegungen ihres ganzen Körpers langsam gebrochen wurde. Als sie die Last dieses Blickes auf sich nicht länger hat ertragen können (eigentlich hätte sie an den Männerblick gewöhnt sein müssen, den sie heute abend durch das Überschlagen ihrer Beine selbst provozierte, das oberhalb eines Strumpfes ohne Strumpfband ein winziges Stück weißer Haut aufblitzen ließ, welches auch ich – es ist verrückt, ich gebe es zu – zu streicheln versucht war, als wenn man sich so etwas an einem öffentlichen Ort hätte vorstellen und sich dann weiter ausdenken können, daß sie sich auf ihrem hohen Barhocker umgedreht und die Beine ausgebreitet hätte, damit ich mein erstes tastendes Streicheln hätte weiterführen und vielleicht sogar mein Gesicht darin vergraben können – mitten in dem zunächst fassungslosen, dann komplizenhaften und anerkennenden Schweigen der Anwesenden – es vergraben können in die Schere ihrer Beine, zu ihr herabgebeugt, die ja auf ihrem Barhocker genau in der richtigen Höhe gewesen wäre und sich nicht bewegt, vielleicht nach hinten gebeugt, mit beiden Ellenbogen auf die Mahagonitheke gestützt, das Gesicht zu den goldgelben Leuchten in den Vertiefungen der Decke gewandt und sich jeden Augenblick mehr meinem Mund geöffnet hätte), aber als sie den Blick von Mercader nicht länger hat ertragen können, hat sie mit ihren blassen Augen diesen Blick fixiert, und in ihren Augen war dieselbe zugleich unterwürfige und schamlose Begierde zu lesen gewesen, die ich heute morgen auf dem Gesicht der unbekannten Frau zu bemerken geglaubt hatte, von der Mercader auf der Terrasse eines Madrider Cafés gemustert worden war – und dann hat Mercader seinen Blick abgewandt, mit einer fast grausamen oder verächtlichen Miene, und das Gespräch mit dem Holländer wieder aufgenommen, und es war von Werkzeugmaschinen, Vertragsklauseln und Lieferfristen die Rede.

Bevor ich also wußte, warum mich der Name Mercader an etwas erinnerte, hatte mich dieser Mann schon den ganzen Tag lang beschäftigt wegen der heftigen Zwanghaftigkeit seiner geheimnisvollen Beziehungen zu zwei Frauen – von denen ich die eine nur in der verwirrenden und wilden Starre auf der glänzenden Fläche eines Fotos gesehen hatte – und wegen des beunruhigenden Hohns seines verrückten und einsamen Lachens, und überhaupt hatte es gar keinen Sinn, warum dieser Mann Ramón Mercader hieß.

Aber die Nacht war vorbei, und ich höre wieder das Surren des laufenden Tonbands im Büro von Floyd im obersten Stockwerk des Hauses in der Herengracht, und es ist die Stimme Moedenhuiks,

»nach 20 Jahren,

»mehr als 20 Jahren,

»die Presse hat behauptet, er hätte einen tschechischen Paß

»und sei nach Havanna gefahren,

»und dann?

»ich frage mich, was aus ihm geworden ist«,

aber ich wußte das alles jetzt auswendig, ich kannte die Fortsetzung bis zu jenem bitteren unaufhörlichen und brutalen, nicht endenwollenden Lachen, bis zum Ende.

Floyd hat das Tonbandgerät ausgeschaltet. Er setzt sich seine Brille zurecht.

Als ich heute früh in sein Büro gekommen war, blätterte er gerade in einem dicken, weiß eingebundenen Band, in dem ich den 10. Band der *Encyclopaedia Britannica* hatte erkennen können, und während der ganzen Zeit, als er sich die Aufnahme aus dem *Bali* anhörte, hatte ich den Buchrücken und die beiden Wörter in Goldschrift vor den Augen, die den Inhalt des 10. Bandes angaben, diese beiden Wörter waren mir nicht mehr aus dem Sinn gegangen, wie eine chiffrierte Botschaft – *Garrison* und *Halibut* – und jetzt nutzte ich die eingetretene Ruhe, streckte die Hand aus und griff nach dem Band (unter dem erstaunten, ja vielleicht entrüsteten Blick von Floyd) und öffnete ihn auf der ersten Seite. GARRISON, WILLIAM LLOYD *(1805–1879) U. S. antislavery leader, was born in Newburyport, Mass., on Dec. 12, 1805. His parents were from the British province of New Brunswick. The father, Abijah, a sea captain, drank heavily and deserted his home when William was a child*, so begann der 10. Band der *Britannica*, und ich hatte es beruhigend gefunden, daß der 10. Band dieses Monuments wissenschaftlicher Kenntnisse – gleich das erste Mal in meinem Leben, da ich ihn aufschlug – diese winzigen und rührenden Details vermittelte über das Leben des Seemanns Abijah, eines chronischen Trinkers, der die Familie verließ, als sein Sohn William noch ein Kind war – und niemand konnte vermuten, daß er einer der Führer der Sklavenbewegung in den Vereinigten Staaten werden sollte –, und Gott weiß was für Weibern, Abenteuern und goldenen Hirngespinsten nachlief. Ich hatte also den dicken 10. Band der Britannischen Enzyklopädie auf der ersten Seite aufgeschlagen – den Band, der das ganze Wissen zwischen den Wörtern *Garrison* und *Halibut* enthielt – und las diagonal die Geschichte von diesem William Lloyd Garrison und sann dabei über den Namen des Vaters nach, Abijah, dessen Klang in mir Erinnerungen an die Lektüre meiner Kindheit wachrief (Abijah, Achab, Abigail, solche Namen hatten die einzigen Geschichten bevölkert, die ich während einer schweren Kindheit lesen durfte, und erst viel später hatte ich mit manchmal empörtem Erstaunen – als wenn es sich um ein Sakrileg oder zumindest um eine Respektlosigkeit gehandelt hätte – in Abenteuerromanen – und sogar im täglichen Leben, bei Klassenkameraden oder Kaufleuten des Viertels – diese biblischen Vornamen wiedergefunden, die in meiner Kindheit legendäre Schätze geborgen, exemplarische

Tugenden und Laster verkörpert hatten), und während ich über diesen Vornamen nachsann, hatte ich – unter dem leicht beunruhigten Blick von Floyd – Bekanntschaft mit Garrison gemacht, auf der ersten Seite dieses 10. Bandes der *Britannica,* die ich jetzt auf der letzten Seite aufschlug, um zu erfahren, daß das herrliche Wort *Halibut* (darf ich zugeben, daß ich dessen Bedeutung nicht kannte?) einen schollenartigen Fisch bezeichnete (lateinisch *Hippoglossus hippoglossus*), dessen Fleisch wegen seines Nährwertes sehr geschätzt wird. Doch ich schloß das Buch wieder, leicht verwirrt von all dem zwischen den Wörtern *Garrison* und *Halibut* enthaltenen Wissen, das mir sicher entging, zumindest der größte Teil davon, das aber in diesen Seiten eingegraben war, zu meiner Verfügung stand, falls ich Zeit oder Lust hätte zu diesem Wissen.

»Nun, Sie haben noch Zeit, sich zu bilden!« sagte ich zu Floyd.

»Ich lese nur noch das«, sagte Floyd.

Ich schüttelte den Kopf, der Kerl würde mich immer in Erstaunen versetzen.

Ich stellte ihn mir in seinem Büro im dritten Stock vor, verantwortlich für die operative Abteilung der Gegenspionage für ganz Osteuropa, die *Encyclopaedia Britannica* lesend, während er auf die Berichte und Nachrichten der Agenten wartete, die er fast überall kontrollierte.

»Lesen Sie das in alphabetischer Reihenfolge?« fragte ich ihn.

Er lachte gequält:

»Werden Sie nicht schon wieder frech, O'Leary«, sagte er.

Ich wollte gar nicht frech sein, es kotzte mich einfach an, diese Geschichte. Ich zuckte die Achseln.

»Was steht denn über Mercader in Ihrem Dingsda?« fragte ich ihn.

Sein Blick erstarrte hinter den Brillengläsern. Einige Sekunden habe ich geglaubt, er werde mich rausschmeißen. Dann hat er etwas gezwungen gelächelt (als ob er sich geschämt hätte, eine so lächerliche, oder provokante, Frage beantworten zu müssen) und ist auf einen verglasten Bücherschrank hinter seinem Schreibtisch zugegangen. Er hat einen anderen dicken, in rauhes Leder gebundenen Band herausgenommen und vor mich auf den Tisch gelegt. Es war Band 22 der *Britannica,* und er enthielt das ganze Wissen zwischen den Wörtern *Textile* und *Vascular.* Ich suchte die Seite und las den Artikel über Lew Davidowitsch. Aber über Mercader, Ramón Mercader, stand kein Wort drin. »*On Aug. 20, 1940, he was attacked in his suburban home at Mexico city by a ›friend‹ whom the exile's intimates described as a Stalinist agent. He died the next day*«, so wurde vom Tode Trotzkis berichtet, in der letzten Zeile des Artikels.

Wir saßen da, untätig, und warteten auf eine Nachricht von Kanin. Heute leitete er die Überwachungsgruppe. Mercader hatte das Hotel *Amstel* gegen 9 Uhr früh verlassen. Er hatte seinen Wagen genommen und war nach Den Haag gefahren. Den letzten Nachrichten zufolge besichtigte er das Mauritshuis.

Ich zündete mir eine Zigarette an und sah zu Floyd hinüber.

»Ich habe eine Idee über diese Geschichte«, sagte ich zu ihm.

Er lächelte müde.

»Sie haben immer Ideen, O'Leary!« sagte er.

»Interessiert Sie das nicht?«

Er zuckte die Achseln.

»Wenn Sie die Stille ermüdet, dann reden Sie, reden Sie nur!« sagte er gnädig.

Aber ich ließ mich nicht von meiner Idee abbringen.

»Eigentlich ist alles klar. Ramón Mercader, geboren am 15. April 1931 in Santander, Spanien. (Ich spreche schon wie die Enzyklopädie, sehen Sie?) Morgen ist er 35 Jahre alt. 1937 wurde er in die Sowjetunion evakuiert mit mehreren Hunderten anderen Kindern aus dem Baskenland und Nordspanien. Trotz Krieg und all den Schwierigkeiten dieser Zeit scheint er dort gründliche Studien absolviert und einen akademischen Grad in Volkswirtschaft erworben zu haben. Er spricht seine Muttersprache, außerdem Russisch, Englisch, Deutsch. Alles in allem das, was man einen Musterschüler nennt.«

Floyd hörte mir zu, und ich hatte den Eindruck, daß er sich hinter seiner gespielten Gleichgültigkeit für diese Personenbeschreibung von Ramón Mercader interessierte.

»Gut«, fuhr ich fort, »in Ihrer Akte steht nicht, ob er Mitglied des Komsomol oder der Partei gewesen ist?«

Floyd nickte.

»Dieser Punkt hat tatsächlich niemals geklärt werden können«, sagte er.

»Wie dem auch sei, er hat eine sowjetische Ausbildung genossen, das ist klar.«

Floyd nickte noch immer.

»Im Herbst 1956 kehrt er nach Spanien zurück mit einem der ersten russischen Repatriierungsschiffe nach den Vereinbarungen zwischen dem spanischen Roten Kreuz und der sowjetischen Regierung.«

Ich zündete mir eine Zigarette an und versuchte, diese Geschichte zu rekonstruieren.

»Klar, unter all den repatriierten Spaniern gab es welche mit einer ausgezeichneten technischen und wissenschaftlichen Ausbildung, und schon damals hatten wir daran gedacht, daß unter ihnen sowjetische Agenten mit eingeschleust worden wären. Die Bedingungen waren ja ideal.«

Floyd hatte aus dem Ständer auf seinem Tisch eine Pfeife genommen, die er sorgfältig stopfte.

»Wir haben also mit Hilfe der Ortspolizei einen Spezialdienst in Spanien aufgebaut. Es ging nicht nur darum, feindliche Agenten aufzuspüren, sondern auch durch peinlich genaue Befragungen der Heimkehrer ein Maximum an Informationen über das wirtschaftliche, soziale und politische Leben der Sowjetunion zu sammeln.«

Floyd sagte nichts, natürlich. Er wußte das alles. Aber ich wollte ihm ja auch gar nichts Neues beibringen. Ich wollte mir selbst über den Stand der Dinge klarwerden.

Den Stand der Dinge? O'Leary wußte sehr wohl, daß das ein vergeblicher Versuch war. Er sah Floyd an, er sah die Bände der *Encyclopaedia Britannica*, die hinter Floyd im verglasten Bücherschrank standen, er sah einen Sonnenstrahl auf der polierten Oberfläche eines Möbelstücks, er hatte Lust, woanders zu sein. Er würde sich niemals über den Stand dieser Geschichte klarwerden, zu viele Dinge würden ihm für immer unbekannt bleiben. Selbst Floyd wußte nicht alles, das war eindeutig. Im allgemeinen war es O'Leary egal, ob er gewisse Aspekte einer Angelegenheit, die er zu behandeln hatte, kannte oder nicht. Das gehörte zum Beruf, das war eben so! Irgendwo würde ein elektronisches Gehirn die kleinen Brocken der Realität – oder der Lügen – registrieren, die er oder seinesgleichen, hier oder dort aufpicken konnten, und er wußte nicht einmal, ob das irgendwann einmal nützlich sein würde. Es war ihm wirklich egal. Aber heute hatte er das Bedürf-nis – das fast krankhafte, jedenfalls verwirrende, jedenfalls von geheimer Unruhe befallene Bedürfnis –, alles über diesen Ramón Mercader zu erfahren.

Auf einem der Fotos der Akte, das Floyd ihnen am Vortag ge-zeigt hatte, ging Mercader in einem Park an einem Teich entlang. Auf der anderen Seite des Teiches stand ein Denkmal, das ihn an das von Vittore Emanuele in Rom erinnert hatte, das die ganze Piazza Venezia verschandelt. Eine Art halbkreisförmige Säulen-reihe mit einer Reiterstatue auf einem mächtigen Sockel in der Mitte. Herbert Hentoff hatte ihm gesagt, das wäre in Madrid, im Park Retiro. O'Leary hätte sicher gelacht, wenn er gewußt hätte, daß in Band 21 der *Encyclopaedia Britannica* (von *Sordello* bis *Textbooks*) unter *Spain*, Seite 136 ein Foto (*Photograph, Tho-mas Chitty, Camera Press – Pix from Publix*) vom Retiroteich war, mit Ruderern und dem Denkmal von Alphons XII. im Hin-tergrund. Er hätte gelacht, wenn er gemerkt hätte, daß die *Britannica* durch diesen listigen Zufall eine Beziehung zu der ganzen Geschichte und zu den Gewohnheiten des Ramón Mer-cader hatte, der nach Hentoff oft im Retiro spazierenging, in den er durch die Statuenallee eintrat, die direkt zum Teich führte und genau diesem Denkmal gegenüber endete. Mercader ging dort oft spazieren und war dabei verfolgt und gefilmt worden in der Er-wartung, daß er sich mit Agenten seines Netzes treffen würde, die man dann hätte verfolgen und beschatten können, aber diese Er-wartung schien vergeblich gewesen zu sein, es schien sogar, daß – zumindest seit einem Monat – Mercader im Retiro nichts anderes tat, als spazierenzugehen.

Dank dieser Fotos und der Kommentare von Herbert Hentoff waren also einige Aspekte aus dem Leben von Mercader absolut klar. Andere dagegen waren verschwommen oder fehlten ganz. Wie war zum Beispiel der Familiensitz im Tal von Cabuérniga, einige Dutzend Kilometer von Santander entfernt? Es gab kein Foto von diesem Haus in der Akte, die Floyd ihnen gezeigt hatte. Und doch war dieses Haus, die Landschaft um dieses Haus herum wichtig. Fest stand, daß Mercader zu einem bestimmten Zeitpunkt nach seiner Rückkehr nach Spanien in dieses Haus hatte heim-kehren müssen, wo Adela Mercader, eine Schwester seines Vaters, noch lebte, anscheinend die einzige Überlebende seiner Familie.

O'Leary dachte an diese Heimkehr zum alten Familiensitz. Vielleicht war es abends, und Tante Adela hatte Feuer in den großen Räumen gemacht, wo Kupfergegenstände und dunkel polierte Möbel glänzten. Vielleicht war es Herbst. Ramón hatte sein Land verlassen, als er kaum sechs Jahre alt war, vielleicht war das alles seinem Gedächtnis entschwunden. Er wird diese Landschaft seiner Kindheit betrachtet haben, die ihm unbekannt und doch vertraut war. Und diese Kastanienallee, erinnerte sie ihn an nichts? (Aber warum dachte er an Kastanienbäume, an ein altes Haus unter Bäumen? O'Leary schüttelte den Kopf, das alles hatte keinen Sinn!)

Er nahm den Faden seiner Beschreibung wieder auf.

»Fassen wir zusammen«, sagte er.

»Zehn Jahre lang scheint das Leben von Mercader nach seiner Rückkehr nach Spanien ganz gewöhnlich verlaufen zu sein. Er hatte Prüfungen ablegen müssen, damit seine sowjetischen Universitätsgrade anerkannt wurden (Fotokopien dieser Diplome, sowohl der russischen als auch der spanischen, mußten irgendwo in den Archiven der Zentrale sein); er hatte technische Übersetzungen gemacht, um sich seinen Lebensunterhalt zu verdienen, dann hatte er für das Forschungsinstitut eines großen Industrieunternehmens gearbeitet, er hatte Inés Alvarado Lima geheiratet (Nanu! Das Foto dieser Hochzeit fehlte in der Akte von Floyd. Auf den Stufen einer Kirche hätten Ramón und Inés, umgeben von Freunden und Verwandten, unbeweglich dagestanden, ein bißchen gekünstelt, wie jene Keramikfiguren, die man auf Hochzeitskuchen stellt, und vielleicht war Adela Mercader, das alte Fräulein, von Santander nach Madrid gereist, um an der Hochzeit ihres Neffen teilzunehmen), und man fand ihn schließlich (Inés, wäre das die junge braune Frau mit den im Nacken zusammengesteckten Haaren, die Ramón auf jener Terrasse eines Cafés unter den Bäumen mit jenem gierigen und schmerzlichen Blick ansah, war sie das?) in der Position eines stellvertrenden Direktors der COMESA wieder, einer Gesellschaft, die im Osthandel spezialisiert ist. (Ist das Inés?) Und es scheint, daß während dieser zehn Jahre nichts die Aufmerksamkeit unserer Geheimdienste auf Ramón Mercader gelenkt hatte«, sagte O'Leary.

Ein Lichtzeichen leuchtete auf, Floyd hob den Hörer ab, man sagte ihm etwas, er antwortete kurz und legte auf.

»Er hat eben das Mauritshuis verlassen«, sagte Floyd. »Er hat mit niemandem Kontakt aufgenommen.«

Floyd lachte zähneknirschend.

»Nicht sehr amüsant für Kanin! Mercader ist eine halbe Stunde vor der *Ansicht von Delft* stehengeblieben.«

»Hat Kanin nichts für Malerei übrig?« fragte O'Leary.

Floyd machte eine unbestimmte Geste, er würde nichts mehr sagen.

»Sind Sie sicher, daß der Kerl nichts ahnt?« fragte O'Leary.

Floyds Lippen verzogen sich zu einer Grimasse.

»Hentoff ist da kategorisch!« sagte er.

O'Leary brach in Lachen aus.

»Hentoff?«

Er lachte wieder.

»Ich persönlich«, sagte O'Leary, »würde eher an den kategorischen Erklärungen Hentoffs zweifeln. Das ist ein junger Spund!«

Floyd lachte nicht, er sah besorgt aus.

»Welche Gründe haben Sie, anzunehmen, daß Mercader auf der Hut ist?«

O'Leary zuckte mit den Achseln.

»Keine«, sagte er, »einfach eine irische Intuition.«

»Ich hoffe, daß Sie sich irren«, sagte Floyd.

Sie sahen sich an und entdeckten, daß sie beide dasselbe dachten. Würden sie also in dieser flüchtigen Gewißheit bleiben? Aber O'Leary war noch immer von seinem inneren Dämon besessen.

»Sie denken genau wie ich, nicht wahr, Floyd?«

Die Stimme O'Learys klang heiser.

»Sie glauben auch, daß, wenn er unsere Überwachung gemerkt hat, er sehr wohl die gleichen Konsequenzen daraus gezogen haben kann wie wir. Das heißt, wie Sie und ich. Von nun an kennt er den Einsatz des Spiels.«

Aber die Stimme Floyds wurde schneidend.

»Sagen Sie nichts mehr, O'Leary, ich wäre sonst gezwungen, es in meinem Bericht festzuhalten.«

Sie sahen sich noch einmal an. Es hat doch keinen Sinn, daß das alles einem neuen Ramón Mercader passiert. O'Leary schwieg, wandte die Augen ab. Auf dem Schreibtisch von Floyd sah er den 10. Band der *Encyclopaedia Britannica*. Was war das noch, *Hali-*

but? Ein Fisch, richtig, *Hippoglossus hippoglossus*. Lächerlich, wirklich.

O'Leary lachte.

II

Er würde reglos auf der Treppe des Mauritshuis stehen, sich eine Zigarette angezündet haben, leicht geblendet sein von diesem etwas bedeckten Frühlingshimmel mit Schäfchenwolken, der das Licht der unsichtbaren Sonne verschleierte, es diffus und schwach auf die Fassaden, Giebel und Türme, die schwarzbraunen Kacheln, die Auslagen der Souvenir- und Postkartenverkäufer werfen würde; leicht geblendet vom vergoldeten Grau dieses Frühlings, erstaunt sogar, weil er sein Herz vor Überraschung schneller klopfen spürte, denn er hatte erwartet, oder besser, unbewußt in der Erwartung gelebt, beim Verlassen des Mauritshuis eine knirschende und weiche Schneedecke im Binnenhof vorzufinden, aber woher sollte sich an diesem Apriltag in Den Haag Schnee einschleichen? Woher kam dieser Traum vom einstigen Schnee, beim Verlassen des Puschkinmuseums, zum Beispiel? Er würde reglos auf der Treppe des Mauritshuis stehen, die Zigarette im Mund, plötzlich kraftlos, tief betroffen von der inneren Angst durch diese Erinnerung an Schnee auf der Esplanade vor dem Puschkinmuseum, damals, in einem früheren Leben, ja, in einem anderen Leben, als ob es jemand anderes gewesen wäre, dessen Leben und dessen Sterben er von innen miterlebt hätte und der damals beim Verlassen des feuchten Puschkinmuseums den lebhaften, samtenen Glanz jenes besonnten Moskauer Schnees wiedergefunden hätte, ein anderer, wahrhaftig, der tot wäre, dessen Empfindungen aber nur er hätte heraufbeschwören, dessen Augenblicke winziger Freuden nur er hätte beschreiben können – wie jenes Eintauchen in die frische bläuliche Luft des verschneiten Moskau beim Verlassen des Puschkinmuseums –, und er hätte mechanisch den Kopf geschüttelt, wäre im Binnenhof am Rittersaal entlang zur Stadhouderspoort gegangen.

(Moedenhuik)

(Ein großes weißes Haus am Plein 1813)

(Du hattest Zeit)

Er hätte wieder den Wagen genommen, wäre langsam am Wasser entlang gefahren, in dem sich das diffuse, glänzende und trübe Licht widerspiegelte und auf dem sich Schwäne bewegten,

(anmutig, majestätisch)

(Du lachtest)

(Im Retiro, jenseits des Bootsteiches, jenseits des Denkmals, ein zweiter Teich, kleiner, darin eine andere Reiterstatue und Schwäne: Inés warf ihnen Brotkrumen zu),

(Schwäne! anmutig und majestätisch: lächerlich!),

und er hätte die rechteckige Wasserfläche des Hofvijver betrachtet, wäre weiter auf der Parkstraat gefahren, hätte einen Kanal auf einer stark gewölbten Brücke überquert, die Verlängerung der Straße hieß jetzt Alexanderstraat, und er wäre auf einen großen ovalen Platz gekommen, der rechts und links von breiten, schattigen Alleen verlängert wurde und in dessen Mitte wieder ein Denkmal stand, und er hätte denken können – während er langsam um den Plein 1813 herumfuhr, um das große weiße Haus zu finden, von dem Moedenhuik gesprochen hatte – er hätte denken können, daß Europa von Denkmälern, Reiterstatuen, siegreichen Generälen auf Bronzepferden bedeckt ist, und er hätte so in der Stille dieses Aprilvormittags rund um den ausgestorbenen Platz fahren können.

(Moedenhuik, ein Gitter, ein großes weißes Haus, ein Garten, Magnolien)

(Aber jetzt ist nicht die Zeit der Magnolienblüte)

Er wäre ausgestiegen, hätte den Platz betrachtet, über den Moedenhuik vor 28 Jahren, genau auf den Tag, am 14. April 1938, gegangen war – wahrscheinlich war Moedenhuik mit der Straßenbahn gefahren, die den Plein 1813 überquerte und dann durch die Javastraat und die Straße nach Scheveningen weiterfuhr, die aber vor 28 Jahren gewiß noch nicht dieses profilierte Aussehen hatte, diese schnelle und fast geräuschlose Fahrweise, nein, vor 28 Jahren wäre es eine schwerfällige, laute, rasselnde, eisenstrotzende, klingelnde, vielleicht sogar einen offenen Anhänger hinter sich herziehende Straßenbahn gewesen, aus der junge Mädchen in marineblauen Hüten und Mänteln Moedenhuik beim Aussteigen beobachtet hätten, ebenso wie der Schaffner, die Hand am Riemen, mit dem er zur Abfahrt geklingelt hätte, sobald Moedenhuik seine beiden Füße auf den Boden gesetzt hätte –, und er hätte um sich blickend das Haus gesucht, auf das Moedenhuik zugegangen war, das Haus, das am ehesten der gegebenen Beschreibung entsprach, schien genau gegenüber am Plein 1813 zu liegen, und er wäre auf das geschlossene Gitter zugegangen, auf das weiße Haus mit den geschlossenen Fensterläden, mit dem verwahrlosten Garten, den Magnolien mit den breiten grünen Blättern,

(diese ungeheuerliche Vergangenheit).

Vor dem geschlossenen Gitter stehend – und eine Tafel zeigte an, daß dieses Haus jetzt dem holländischen Außenministerium unterstand – hätte er gewartet, daß etwas passiert.

(Tante Adela stand ganz aufrecht auf der gedeckten Veranda, ihre Hände auf die Holzbalustrade gestützt.

Sie sagte: Nun?

Du tratest aus dem erfrischenden Schatten der Kastanienallee, du kamst auf der freien Fläche vor dem Haus an, du hobst den Kopf.

Sie sagte: Nun, dein Haus?

Du sagtest: Mein Haus?

Tante Adela lachte kurz und richtete ihre hohe zarte Gestalt noch mehr auf.

Tante Adela: Es gibt nur noch dich und mich, mein Sohn. Und du bist der Mann. Also ist das dein Haus.

Sie hatte natürlich nicht *hombre* gesagt. Sie hatte *varón* gesagt, womit man die Männchen der Menschengattung bezeichnet. Denn diese Männlichkeit verlieh dir seit ewigen Zeiten das Besitzrecht auf dieses Haus von Cabuérniga wie auf jedes andere Gut, das die Familie Mercader nach dem Chaos und den Katastrophen der letzten Jahrzehnte hätte bewahren können.

Du warst auf die Veranda gestiegen, die diese besonnte Fassade des Hauses umgab, du hattest dich auf die Balustrade gelehnt, neben dem alten Fräulein.

Gemeinsam wachtet ihr über das Haus der Mercader.

Gemeinsam, auf dieser Veranda, wie auf der Kommandobrücke eines Schiffes, hattest du gedacht. Aber sofort hattest du dir diesen banalen, stereotypen Vergleich übelgenommen.

Ihr wachtet über das Haus der Mercader, in der Septembersonne. An einem Morgen.

Am Vortag, als du ankamst, hattest du den Mietwagen direkt vor dem Eingang zum Park anhalten lassen. Der Chauffeur wunderte sich, es waren noch einige hundert Meter bis zum eigentlichen Haus zurückzulegen, sagte er. Du nanntest den Vorwand einer Überraschung, einer leisen Ankunft. Er nickte, du zahltest, er wendete. Du bliebst allein am Eingang zur Kastanienallee. Die

Sonne verschwand hinter dem Laubwerk, du tauchtest in den dichten, feuchten Schatten über den Schultern ein, in die grünliche, satte Klarheit der Allee.

Ein Jahr war seit deiner Abreise aus Odessa vergangen, jene lange Reise, zwischen zwei Welten, und du hattest diesen Besuch von Monat zu Monat aufgeschoben.

Und nun bist du da, im Hause der Mercader in Cabuérniga.

Unter den Kastanienbäumen deiner Kindheit, da bist du nun.

Im Mittelpunkt deiner selbst, da bist du nun.

Den Koffer in der Hand bewegtest du dich aber in einer unbekannten Landschaft, einer unbekannten Kindheit, je mehr du dich dir und deiner Kindheit nähertest, desto weiter entferntest du dich von dir selbst.

Fast hättest du verzagt, es mit der Angst bekommen, wärst beinahe umgekehrt, weggelaufen, geflohen vor dem liebevoll besorgten Gesicht von Tante Adela.

Du hast dich zusammengenommen, wie man sagt, hast weiter einen Fuß vor den anderen gesetzt, auf dem lockeren Boden dieser Kastanienallee.

Das Haus war vor dir aufgetaucht im harten, porösen Herbstlicht, und es war dir plötzlich so vorgekommen, als erkanntest du das Haus wieder, dieses Licht, diesen Frieden.

Du warst auf die verlassene Veranda gestiegen. Ein Schaukelstuhl bewegte sich noch neben einem niedrigen Tisch, auf dem eine Handarbeit ruhte. Dann öffnete sich eine Fenstertür mit einem lauten Schrei der Überraschung und der Freude, und du warst in den Armen von Tante Adela.

Sie beweinte an deiner Schulter all die Jahre, den nicht endenwollenden Tod, das Warten, die Einsamkeit, die verlorenen Träume, deine Abwesenheit, dein ungewisses Leben, deine Rückkehr.

Später hatte sie dir im großen Speisezimmer eine einfache, aber köstliche Mahlzeit servieren lassen. Du saßest allein am Ende des großen Tisches. Sie stand zu deiner Rechten, schräg hinter dir, überwachte die Bedienung, achtete darauf, daß dein Glas immer mit Wein oder Wasser gefüllt war. Du hattest begriffen, daß es nutzlos gewesen wäre, zu protestieren, darauf zu bestehen, daß sie am Tisch Platz nahm. Sie blieb stehen wie eine treue Magd, Hüterin des verlassenen Herdes. Das war ihre Freude, ihr Stolz, wieder auf ihren Platz, den unscheinbaren, aber unentbehrlichen Platz gesetzt worden zu sein durch die Rückkehr des ältesten Sohnes, durch deine Rückkehr. Sie übergab dir den Besitz der Wände, der Möbel, der alten Fayencen, der alten Bäume, der blinkenden Kupfergefäße, sie trat zurück vor deinem Recht des ältesten Sohnes, sie empfand wieder die Freude des Dienens, du warst ihr Herr.

Adela Mercader, schlanke, große Gestalt, Stimme der unzugänglichen Vergangenheit.

(Und heute, am Tage nach deiner Rückkehr, wachtet ihr gemeinsam über das gedrungene Haus, über den unverwüstlichen Wohnsitz der Mercader).

Er hätte erwartet, daß irgend etwas passierte vor dem geschlossenen Gitter dieses weißen Hauses am Plein 1813, auf das Moedenhuik vor 28 Jahren zugegangen war, in der milden Luft eines bedeckten Apriltages, er hätte die geschlossenen Fenster betrachtet, hinter denen vor so langer Zeit der siebente Jahrestag der Spanischen Republik gefeiert wurde – der siebente und letzte Jahrestag, dachte er heute, denn im folgenden Jahr, 1939, war die Niederlage der Republik zwei Wochen vor diesem Datum besiegelt gewesen, genau am 1. April, sinistre, blutige Farce der Geschichte – und er fragte sich, ob sich vielleicht hinter den geschlossenen Fensterläden des Erdgeschosses, das in einer Art Rundbau in den Park hineinreichte, der große Salon befände, den Moedenhuik beschrieben hatte und wo er zum letzten Mal Brouwer begegnet war, in Gesellschaft des Geschäftsträgers, und

(»hier ist das Zimmer deiner Eltern«, sagte Tante Adela, und du tratest in ein großes helles Zimmer, wo sich die Sonne in den Kupferkugeln an den vier Ecken eines riesigen quadratischen Bettes widerspiegelte, das hoch wie ein Schiff war, mit einer weißen, blumenverzierten Steppdecke, und die verblichenen Vorhänge flatterten im Morgenwind, es gab Möbel aus Kirschbaumholz, einen Frisiertisch, auf dem eine Reihe silberner Gefäße mit schweren Kristallverschlüssen stand, Schildpattbürsten, und in der Rille des hölzernen Spiegelrahmens steckten einige vergilbte Fotos, du sahst einen fünfjährigen Jungen im Matrosenanzug, das warst du, Ramón Mercader. »Deine Mutter hielt sich am Vormittag hier auf«, sagte Tante Adela, »sie war leicht anfällig, sie öffnete die Fenster, um dich im Park spielen zu hören«, und es war unerträglich, du hattest woanders sein wollen

83

oder das gerührte Geschwätz des alten Fräuleins unterbrechen dürfen, aber du warst fasziniert vom Bild dieses fünfjährigen Jungen im Matrosenanzug, der im Park gespielt hatte, unter der Obhut einer liebevollen, kränklichen Mutter, fernes Bild eines anderen Ich, unentzifferbar, »und im Laufe dieses langen Jahres ist deine Mutter verschieden«, sagte Tante Adela, »sie wurde von Tag zu Tag schwächer, und am Abend des 17. Juli 1936 ist sie in den Armen deines Vaters gestorben, und ihre letzten Worte hatten dir gegolten, und sie hatte uns gebeten, auf dich achtzugeben«, und du fragtest dich, und dir war übel von dieser unzugänglichen Erinnerung, ob es die Vorahnung dieses kommenden Todes war, die den Blick des kleinen Jungen im Matrosenanzug auf dem vergilbten Foto des Frisiertisches überschattete, oder ob es das Vorzeichen deines Eindringens, zwanzig Jahre später, in diese intakte Welt war, die deine jetzige Anwesenheit in tausend scharfe Glassplitter zerspringen ließ, aber das alte Fräulein sprach weiter und ging im Zimmer hin und her, berührte Gegenstände, die sie mechanisch hochhob und wieder an ihren Platz stellte, und sie sagte, »so sollte es sein, du wurdest am Tag nach der Ausrufung der Republik geboren, welche Freude, dein Vater sah es als gutes Omen an, aber das Schicksal hat nicht gewollt, daß die Dinge so liefen, wie es dein Vater erträumt hatte, und deine Mutter ist an dem Tag gestorben, als die ersten Nachrichten von der Militärrevolte in Marokko kamen, und dann bist du weggegangen, bist in einem fremden Land ein Mann geworden«, und ihre Stimme hatte versagt, du hattest Tränen in ihren Augen bemerkt, du wußtest, daß sie dir jetzt vom Tod deines Vaters hatte erzählen wollen, den sie dir in einem ihrer ersten Briefe ausführlich beschrieben hatte, weil sie sich endlich von einem langen einsamen Kummer befreien wollte, von einem finsteren Schrecken, den ihr von nun an zu teilen hätten, und)

er vergißt Brouwer und die Geschichte, die Moedenhuik von Brouwer und dem Geschäftsträger der Spanischen Republik erzählt hatte, er vergißt vollkommen, warum er reglos vor dem geschlossenen Gitter dieses Hauses am Plein 1813 steht, er denkt daran, daß Inés jetzt vielleicht gerade die Fenster des großen Schlafzimmers in Cabuérniga öffnet oder auf der Veranda ein Buch liest, während sie mit einem Auge das Spiel von Sonsoles im feinen Sand am Fuß des Hauses überwacht, (und erst am zweiten Tag warst du zum Friedhof gegangen, hattest Tante Adela traurig und nervös zu Hause gelassen, und sie hatte dir erklärt, wie man die Gräber findet, du warst aber erst durch die Gräberreihen gegangen, hattest zerstreut die Inschriften betrachtet, bevor du zu der Stelle gegangen warst, von der du nach der minutiösen Beschreibung Tante Adelas wußtest, daß du dort die beiden Gräber Seite an Seite finden würdest, und du hattest auf den gepflegten Grabsteinen die beiden Namen gelesen, links SONSOLES AVENDAÑO DE MERCADER unter einem Kreuz und rechts JOSÉ MARÍA MERCADER Y BULNES, du hattest die Daten gelesen, links, 17. Juli 1936, rechts, 5. September 1937, und auf dem rechten Grabstein war weder ein Kreuz noch die drei Initialen von *Requiescat In Pace,* nur der Name und das Datum, denn nachdem Santander in die Hände der italienischen Truppen der Divisionen *Littorio, Schwarze Flammen* und *23. März* gefallen war, »ist dein Vater in sein Haus zurückgekehrt«, sagte Tante Adela, »um die Ereignisse abzuwarten, denn er hatte es kategorisch abgelehnt, auf eines der überladenen Flüchtlingsboote zu gehen, die in jenen Tagen versuchten, Frankreich zu erreichen, er war in sein Haus zurückgekehrt, zu Fuß, nachdem er eine ganze Nacht durch ein Gebiet gegangen war, das die italienischen Truppen und die navarrischen Brigaden Solchagas bereits besetzt hatten, er war im Morgengrauen angekommen, hatte sich in sein Zimmer eingeschlossen, das Zimmer, in dem deine Mutter gestorben war, hatte zwei Tage lang Papiere, alte Briefe und Fotos sortiert, und am Abend des 5. September sind plötzlich zwei Autos aufgetaucht, die in vollem Tempo durch die Kastanienallee angefahren kamen, zwei Autos voll junger Männer, manche waren noch Jungen, die brutal lachten, bewaffnete Männer, die das Blauhemd der Falange trugen mit dem rotgestickten Rutenbündel an der Seite des Herzens, und dein Vater war ihnen entgegengegangen auf den Stufen seines Hauses«, aber auch diesmal hatte das alte Fräulein ihren Bericht nicht beenden können, dessen Fortsetzung du jedoch kanntest, denn sie hatte dir einen langen Brief geschrieben, drei Monate nach deiner Rückkehr, du wußtest, daß diese Männer im Freudentaumel ihrer Kraft, im Bewußtsein der Straflosigkeit, das ihnen der Sieg gab, aber auch in der Überzeugung, nur die Instrumente einer unfehlbaren Gerechtigkeit zu sein, die sich durch das Blut von mehr als einem Jahrhundert genährt hatte, diese Männer hatten José María Mercader bis zu den Autos geschleppt, waren unter großem Lärm, Geschrei und Gehupe wieder abgefahren, zur alten Friedhofsmauer, und da es bereits dunkel war, hatten sie die Scheinwerfer eingeschaltet, und im Licht der Scheinwerfer hatte dein Vater an der Mauer die Faust zum Gruß der Volksfront erhoben – wie ein Augenzeuge Jahre später Adela Mercader zu berichten gewagt hatte –, er, der Christ, er der Bürger, der sich in diesem Krieg der Armen gegen die Reichen für die Armen entschieden hatte, hatte also die Faust erhoben, irgend etwas gerufen, was im Lärm der Gewehrsalven untergegangen war, die Faust erhoben, um nicht allein zu sein in seinem letzten Augenblick, um im Moment des Sterbens, und sei es auch nur für den Bruchteil einer Sekunde, jenen Zorn und jene Freude, jene Kraft und jene Hoffnung im Gruß der Armen wiederzufinden, die in jenen Jahren zu Hunderten, zu Tausenden sterben würden, wie sie seit einem Jahrhundert starben, die Faust erhoben im Licht der Scheinwerfer, und etwas gerufen, um nicht allein zu sein und um endgültig in der Armee der unbesiegbaren Leichen Wurzel zu fassen, in der stummen Armee von Arbeitern und Bauern, die sterben würden mit erhobener Faust, er, der katholische Rechtsanwalt, um im Augenblick des Todes mit den Seinen zu sein, mit den Seinen, mit denen, die Kirchen anzündeten, wütend, verzweifelt, freudig, mit erhobener Faust, im Scheinwerferlicht, unter den Beschimpfungen vielleicht oder Sarkasmen der jungen Männer seiner Klasse, aber er hatte beschlossen, mit einer anderen Klasse in einer anderen Welt zu sterben, mit jener stummen riesigen Armee von Leichen, die die Nächte Spaniens mit Geschrei, mit Blut, mit erhobenen Fäusten beleben würden, noch zehn Jahre lang, und du betrachtetest jetzt die beiden Grabsteine, Seite an Seite, ausgestreckt in der grasbewachsenen Kühle des großen Schlafes, du betrachtest sie im Septemberlicht, und wieder sahst du den weiblichen Vornamen SONSOLES, und)

Inés, denkt er, hebt in diesem Moment auf der Veranda des ruhigen Hauses in Cabuérniga die Augen von ihrem Buch und sieht zu der kleinen Sonsoles hinüber, die im Sand vor dem Hause spielt, und dahinter beleuchtet die Sonne die Wipfel der Bäume, der Kastanienbäume, der Eichen, der Eukalyptusbäume, er denkt daran, daß es Inés war, die ihrer Tochter den Namen Sonsoles hat geben wollen, und er war einverstanden gewesen, weil er wußte, daß es unmöglich wäre, alle Bande zu zerreißen, all die starken und schmerzlichen Fasern, die dieses kleine Mädchen mit den langen schwarzen, offenen Haaren, in grünen Samtjeans, zart und unschuldig, mit der unauslöschlichen Vergangenheit des Todes verbinden, aber plötzlich fühlt er irgend etwas hinter sich, er wendet den Kopf, ein englischer Wagen fuhr langsam an der Bordsteinkante am Plein 1813 entlang, jenseits der Gegenfahrbahn, er fährt plötzlich schneller und verschwindet.

»Amsterdam?« hatte Inés gesagt.
»Amsterdam«, hattest du gesagt.
»Darf ich mit?« fragte Inés.
Du hattest den Kopf geschüttelt.
»Das ist eine Blitzreise. Es ist sogar möglich, daß ich auf einen Sprung nach Zürich muß. Zu dumm, ich hätte keine Minute Zeit für dich«, sagtest du.
Inés drehte das Fernsehen ab.
»Erinnerst du dich? Wir waren glücklich in Amsterdam.«
»Wir sind überall glücklich«, sagtest du.
Sie lachte.
»Überall, aber besonders in Amsterdam.«
Du wolltest nicht über die Intensität dieses besonderen Glückes diskutieren.
»Glück ist, zu leben!« hattest du gesagt.
Sie lachte.
»Hast du das ganz allein gefunden?«
Du hattest das tatsächlich ganz allein gefunden. Es war sogar ein Fund jüngsten Datums.
Sie hatte sich zu deinen Füßen gesetzt, du betrachtetest die Eiswürfel in deinem Glas.
»Weißt du was?« sagtest du.
»Du wirst es mir schon sagen«, sagte sie.
»Ich würde mich gerne in den Osterferien in Cabuérniga erholen«, sagtest du.
»Du mußt dich entscheiden, fährst du nun nach Cabuérniga oder nach Amsterdam?«
»Zuerst nach Amsterdam.«
»Du möchtest, daß ich mit Sonsoles in Cabuérniga auf dich warte?« sagte sie.

Du trankst einen großen Schluck, du fühltest dich merkwürdig beruhigt.

»Du errätst meine geheimsten Wünsche!« sagtest du.

Du machtest Witze darüber, Inés lachte.

»Es ist wirklich leicht, dich glücklich zu machen! Ich werde also in Cabuérniga mit Sonsoles auf dich warten, in deinem Haus.«

»Mein Haus«, sagtest du dumpf.

Aber sie hatte sich umgedreht, um sich einzuschenken.

»Wie!« sagte sie.

Du betrachtetest ihren auf dem Teppich ausgestreckten Körper, ihre langen Beine, ihr dir zugewandtes Gesicht.

»Nichts«, sagtest du.

Später würdest du sprechen. Vielleicht.

Du würdest eines Tages sprechen, vielleicht, zu irgend jemandem. Du würdest vom betäubten Warten vor dem weißen Haus am Plein 1813 sprechen, wo dich jene Erinnerung von Moedenhuik hingetrieben hatte. Du würdest von der blinden Fassade, den geschlossenen Fensterläden, den kahlen Magnolien sprechen. Und von der hohen zarten Gestalt von Tante Adela, die auf dich zukam, als ob du nicht vor dem Haus am Plein 1813 gewesen wärst, als ob du aus der Kastanienallee in Cabuérniga herauskämst und vor der Holzveranda stündest, die um die Südfassade des Hauses Mercader herumlief. Wie lange standest du reglos vor jenem weißen Haus am Plein 1813, das wirklich, aber alsbald verwischt war, vor dem Haus der Mercader mit den unregelmäßig angeordneten Flügeln, das aber dennoch intim war, wohnlich, ein echtes Heim in deiner Erinnerung? Sicher eine unendlich kurze Zeitspanne. Die Leute, die dich überwachten, hatten dich den Platz überqueren sehen, sie hatten deine Reglosigkeit bemerken müssen, in der du einige Dutzend Sekunden vor dem geschlossenen Gitter stehengeblieben warst, das sie später inspizieren würden, um die Gründe deiner Neugier herauszufinden, die Zusammenhänge zwischen diesem Haus am Plein 1813 und deiner Vergangenheit, die Beziehung zwischen deiner nachdenklichen Reglosigkeit und deiner Mission in Holland, diesmal. Eines Tages würdest du über all das sprechen.

Aber mit wem?

Höchstens mit Georgi Nikolajewitsch, das ist sicher. Du würdest in sein Büro kommen, er würde den Kopf nicht von seinen Akten heben, würde zunächst den Absatz des Dokuments, das er gerade studierte, zu Ende lesen oder mit kratzender, energischer Feder den begonnenen Satz zu Ende schreiben. Dann würde er dir endlich den Blick seiner blauen Augen zuwenden, würde die Schreibtischlampe wegschieben, deren mit Fransen verzierter Seidenschirm von verblichenem Grün ihn daran hindern würde, dich gut zu sehen, und er würde dir zuhören.

Du würdest sagen: Erinnern Sie sich an die Geschichte von Amsterdam, Georgi Nikolajewitsch?

Er würde nicken.

Du würdest sagen: In Wirklichkeit hatte diese Geschichte von Amsterdam zu Ostern 1966 nicht in Amsterdam angefangen.

Und Georgi Nikolajewitsch: Geschichten fangen niemals dort an, wo sie anzufangen scheinen. Sie sind dunklen Ursprungs, und eines Tages ist man plötzlich mitten in einer Geschichte.

Und du: Genau!

Er würde dir dann eine Schachtel mit sauren Bonbons hingeschoben haben, weil er erraten hätte, daß du gerne rauchen würdest, bevor du die Geschichte von Amsterdam zu erzählen anfingst, die in Wirklichkeit woanders angefangen hatte, und du würdest an den Grund denken, warum Georgi Nikolajewitsch nicht einmal den Geruch von Tabakrauch ertragen konnte.

Du würdest sprechen.

In seinem Büro, in jenem großen Gebäude, dessen Fassade in kräftigem Ocker – oder war es Mandelgrün? – wegen seiner Farbe an die italienische Herkunft der meisten Maurer, Baumeister und Architekten erinnerte, die seinerzeit die Paläste der russischen Städte gebaut haben. In diesem Gebäude der Zentrale, am Ende eines Labyrinths von Gängen, in dem du selbst mit dem Passierschein in der Hand von einem Kontrollposten zum anderen geführt wirst, von Wachtposten in der Uniform der Sicherheitskräfte? Oder in der Datscha, in der Nähe von Uspenskoje, wo du einmal mit Georgi Nikolajewitsch gewesen warst, das einzige Mal, daß der Alte dich eingeladen hatte, mit ihm zu essen an einem jedenfalls nicht eindeutig-öffentlichen Ort, einem Ort, an dem der Alte, zumindest provisorisch, im Sommer 1960 zu leben schien?

Oder vielleicht in Zürich?

Du hattest die Nachricht deines Kommens in dem Laden für elektrische Haushaltsgeräte hinterlassen, der zu jener Zeit als Briefkasten diente, und 24 Stunden später stiegst du zur vereinbarten Zeit auf das Schiff, das rund um den See fuhr. Du wartetest, daß man Kontakt mit dir aufnahm. Das Schiff hatte an der Haltestelle eines Dorfes names Wädenswill angelegt, eine Gruppe von Touristen war an Bord gestiegen. Kurze Zeit später stellte dir eine Männerstimme die vereinbarte Frage, und du erkanntest diese Stimme, noch bevor du dich umgedreht hattest, du sagtest die Worte, die zu sagen waren, und es war Georgi Nikolajewitsch selbst, und ihr habt endlos miteinander gesprochen, ihr konntet euch nicht trennen.

Das nächste Mal auch in Zürich, vielleicht. Und Georgi Nikolajewitsch würde wieder davon profitieren, um in den Regalen der Buchhandlung Pinkus in der Froschaugasse zu stöbern.

Du würdest sagen: Diese Geschichte in Amsterdam, Georgi Nikolajewitsch, war bei all ihrer Einfachheit schrecklich.

Er hätte genickt, während er ein saures Bonbon gelutscht hätte.

Und du: Wirklich, ich habe geglaubt zu verstehen, worum es sich handelte, noch in Madrid, noch bevor sich die Gelegenheit bot, nach Amsterdam zu fahren.

Er hätte dich ruhig mit seinen blauen Augen angesehen.

Du: Das waren Tage! Vor allem durften sie nicht merken, daß ich ihre Überwachung entdeckt hatte. Und gleichzeitig mußte ich Sie verständigen, damit man diesem Verrat bis an den Ursprung nachgehen konnte.

Georgi Nikolajewitsch nickte traurig.

Du lachtest: Wirklich, schreckliche Tage!

Aber du hattest plötzlich die Gewißheit, daß dieses Gespräch nie stattfinden würde. Du kamst nach Amsterdam zurück, hattest die Autostraße verlassen und warst eine andere Straße gefahren, die näher am Meer entlang führte über Wassenar, Katwijk-aan-Zee, Nordwijk-aan-Zee, weil du in Zandvoort etwas essen wolltest, und du hattest die unheimliche, aber klare Gewißheit, daß dieses Gespräch mit dem Alten nie mehr stattfinden würde. Weder in Zürich noch in Moskau, noch in Uspenskoje, nirgends, niemals mehr wirst du Georgi Nikolajewitsch Uschakow wiedersehen. Es sei denn, ihr trefft euch später zwischen den Schattenwesen einer Hölle von Fluren und Büros wieder, voll von Wachtposten mit den grünen Aufschlägen der Uniform der Sicherheitskräfte, ihr selbst auch als Schattenwesen in einem riesigen Büro, in dem eure Stimmen widerhallen und dadurch jedes Gespräch erschweren würden, in einem großen Raum mit verblichenen doppelten Vorhängen, die nicht vor dem Tageslicht schützten, denn es gäbe keine Fenster, kein Licht, kein Tageslicht hinter den doppelten Vorhängen, sondern nur die feuchte rissige Mauer dieser Hölle, in die du nach einem sehr langen Tod gekommen wärest, ebenso wie Georgi Nikolajewitsch, am Ende eines noch exemplarischeren, vollkommeneren, sensationelleren Todes, der Alte, wie ihr sagtet – und der andere auch, den man *den Alten* nannte, nicht wahr? den dein Namensvetter am 20. August 1940 in Coyoacán bei Mexiko ermordet hatte, in der stehenden Hitze eines Alptraums, den du oft geträumt hast – der Alte, alter Bolschewik, ehemaliger Funktionär der Komintern, seinerzeit verbannt nach Kolyma, und in einem solchen Büro einer Hölle von Büros und Fluren, die ausgezeichnet funktionierte, wo die Schritte der Wachtposten auf den Gängen kaum die Stille stören würden, könntet ihr euch endlich sprechen, nach jenem Tod, der in euch gewachsen wäre wie eine starke Pflanze, jener Tod, der euer Leben gewesen wäre und den ihr ohne Zweifel bereit gewesen wäret, noch einmal zu erleben.

Der Wind pfeift über den unendlichen und leeren Strand von Zandvoort, der Wind und sie hört das Rascheln der Blätter, die ein leichter Wind plötzlich erzittern läßt.

Sie hatte lange vor ihrem Frisiertisch gesessen, hatte mit der Schildpattbürste die langen offenen Haare geglättet und an etwas ganz anderes dabei gedacht, aber man denkt immer an etwas ganz anderes, man sieht das Bild jener Frau, sich selbst, du, im Spiegel, der beweglich ist, stellenweise blind, von bräunlichem Aussatz angefressen, wo sich von einem selbst, ich, jenes Gesicht spiegelt, das ich habe, jene Schultern, jene glatte weiche Haut über dem runden Kragen eines amarantfarbenen Pullovers (amarantfarben: *rot wie Purpursamt*), die Lippen, die Ohrläppchen, die zarten Konturen des Kinns, der Wangen, der gewölbten Stirn – zart, aber unzerstörbar, sagtest du, und ich lachte unter der Liebkosung deiner Hände, deines Mundes –, die im Oval dieses beweglichen, stellenweise blinden Spiegels zu sehen sind, an dessen Rand einige alte, vergilbte, verschwommene Fotos stecken, die sie betrachtete, während sie lange völlig unnötig ihre offenen Haare bürstete. Es herrschte jene dichte, greifbare, eindeutig vegetabile Stille, die durch die offenen Fenster drang, eine Stille Jahrhunderte alter Bäume, regloser Blätter, die Stille von Moos, Flechten, Gras, Wiesenblumen, die Stille eines zu Ende gehenden Vormittags, wenn die Sonne senkrecht auf dem feinen Sand vor dem Haus steht, in einem lavendelblauen Himmel, der jedoch nicht wie eine winzige Glanzschicht über unseren Köpfen, über der Landschaft liegt, nein, der von unendlicher Dichte ist, bis zu den Tiefen vorstellbarer Himmel reicht, lavendelblau gestärkt, an die erschlaffte Frische einer Siesta im waschblauen Linnen erinnernd, das gründlich gewaschen und unter der Sonne eines solchen Lavendelhimmels getrocknet worden ist, still wie jene tiefe, poröse Mittagsstille, als sie plötzlich das Rascheln der Blätter gehört hat, die ein leichter Wind, wie immer zu dieser Tageszeit, erzittern ließ.

Sie hat ihr Haar hochgesteckt, sie ist bis zu den offenen Fenstern gegangen.

»Sonsoles!«

Das kleine Mädchen tanzte im feinen Sand und hielt eine große Puppe in den ausgestreckten Armen, für die es einen Abzählreim sang, der trotz der Entfernung an der Melodie zu erkennen war.

Sonsoles hebt den Kopf und sieht sie an.

»Hast Du mich lieb?«

Sonsoles schweigt, sie sieht ihre Mutter an.

»Ich weiß es noch nicht«, ruft sie endlich und schüttelt den Kopf. Sie lachten beide.

»Kommst du es mir sagen, wenn du es weißt?«

»Ja!« ruft Sonsoles.

Und sie setzt ihren Tanz im abgehackten Rhythmus des Auszählreimes fort, und ich entferne mich vom Fenster, ich sehe das Buch auf dem Tisch, aus dem ich in den letzten Wochen Sonsoles vorlas, und das Buch ist da, vor ihren Augen, im lachsrosa Einband unter der Zellophanhülle, auf dem schwarze Vögel einen unregelmäßigen Flug beschreiben – eine gewollte Unregelmäßigkeit – *The Oxford Nursery Rhyme Book. Assembled by Iona and Peter Opie,* das Buch liegt da, auf dem Tisch, in seiner unbestreitbaren, spürbar angelsächsischen Stofflichkeit, hart bei Berührung mit den Fingerspitzen, auf schönem dicken Papier gedruckt, cremeweiß, duftend, und sie nimmt mechanisch den Band, den sie vor einem Monat bei Buchholz bestellt hatte, sowohl zu ihrem eignen Vergnügen – sie hatte ein ähnliches gehabt, das zwar weniger englische Lieder und Abzählreime, aber größere Bilder enthielt (sie nahmen nämlich die ganze obere Hälfte der Seite ein, und wenn sie sich recht erinnert, aber das könnte auch auf einer Täuschung beruhen, waren diese Bilder bunt), es mußte in ihrem Mädchenzimmer in Salamanca liegengeblieben sein, aber die gleiche Ausgabe wie die ihrer Kindheit war nicht aufzutreiben gewesen – als auch, um Sonsoles weiter Englisch beizubringen, und von allen Abzählreimen, die sie bis jetzt gehört und auswendig gelernt hatte, mochte Sonsoles, wie auch ich seinerzeit, Humpty-Dumpty am liebsten, und hier war sie, offen gesagt, von dem Bild zum Text an der rechten Außenseite etwas enttäuscht worden (auf Seite 25, genau, sie hatte sie jetzt aufgeschlagen, um jenes Bild anzusehen, das sie etwas enttäuscht hatte), denn es war nicht größer als eine Briefmarke und schwarz, während es in ihrer Erinnerung die halbe Seite einnahm und bunt war (aber vielleicht war es vom Gedächtnis verklärt), obwohl sie zugeben mußte, trotz der leichten Enttäuschung, die vielleicht unvermeidlich war, sobald eine Kindheitserinnerung mit der Realität konfrontiert wird, daß das Wesentliche der rechteckigen, schwarzen Vignette auf dem äußeren rechten Rand der Seite erhalten geblieben war, nämlich die Gestalt von Humpty-Dumpty, dem kleinen Mann mit dem Eierkopf, der auf einer Mauer sitzt und mit der linken Hand die vorbeiziehenden Soldaten des Königs grüßt; aber trotzdem war es traurig, daß, abgesehen vom Wesentlichen, die wiedergewonnene Erinnerung die ganze Skala winziger, aber unentbehrlicher Details vermissen ließ, die sich der kindlichen Betrachtung von Humpty-Dumpty mit Entzücken eingeprägt hatte (die zarte Farbe der Bäume hinter der Mauer, auf der H. D. thronte und seine Späße trieb, nichts ahnend von der Gefahr eines tödlichen Sturzes, der Silberglanz der Bajonette der Soldaten des Königs; der Purpur der Kokarde auf den hohen Grenadiermützen, der einen Kontrast bildete zu dem tiefen Blau des herabhängenden Bandes), all diese Details, die Sonsoles sich nicht einprägen könnte, deren Erinnerung also nur eine visuelle Skizze dieser absurden und drolligen Geschichte von Humpty-Dumpty aufbewahren würde, die sie trotzdem lieber mochte als alle anderen Geschichten (aber ich hatte ihr natürlich nichts gesagt von all dem, woran mich diese Vignette erinnerte; ganz spontan hatte sie sich diesen Abzählreim unter allen anderen ausgesucht, und jetzt sang sie unermüdlich den Reim von Humpty-Dumpty), und ich legte das Buch wieder auf den Tisch, und die Stimme von Sonsoles drang zart und undeutlich zu mir, und ich murmelte die Worte des Reimes vor mich hin,

> *Humpty-Dumpty sat on a wall*
> *Humpty-Dumpty had a great fall*
> *All the King's horses and all the King's men*
> *Couldn't put Humpty together again,*

ich murmelte die Verse in Gedanken im Rhythmus von damals vor mich hin, abgehackt, hüpfend, wie metallisches Klingeln, wie das schrille Läuten eines Glöckchens, ganz in Gedanken.

Doch sie saß vor dem Frisiertisch, bewegte die schwere Schildpattbürste und dachte an etwas ganz anderes, und heftete die Augen auf das Foto jenes kleinen Jungen im Matrosenanzug, mit dem traurigen, fast schmerzlichen, jedenfalls krankhaft angestrengten Blick, in dem sie glaubte – aber vielleicht war das nur die Projektion ihrer eigenen Angst –, den unruhigen Ausdruck wiederzufinden, den Ramón in den letzten Wochen oft in den Augen gehabt hatte (wie »gehetzt«, hatte sie manchmal gedacht, dieses banale, durch seinen täglichen und unangemessen routinemäßigen Gebrauch fast sinnentleerte Wort war ihr in den Sinn gekommen, wie ein »gehetztes Tier« hatte sie gedacht und damit die hoffnungslose Banalität der Worte nur verstärkt, um etwas zu benennen, was ihr verborgen war). Als ob der düstere, unruhige Blick des kleinen Jungen im Matrosenanzug, der er einst war – unter der heimlichen, aber besorgten Obhut einer zarten Mutter –, und den er auf diesem vergilbten steifen Foto mit der vom wiederholten Kniffen abgenutzten und schließlich eingerissenen linken Ecke hatte, als ob dieser Blick von vor dreißig Jahren ein vorweggenommener, aber getreuer Ausdruck der Angst wäre – der um so getreuer war, als er sie nur ankündigte – oder zumindest der Unruhe, einer plötzlichen Abwesenheit durch sichtliche Verwirrung, die sie an Ramón in letzter Zeit manchmal in den unvorhergesehensten, ja unpassendsten Augenblicken und Orten bemerkt hatte, und

woran denkst du?

wie?

woran denkst du?

an nichts

doch

wirklich, an nichts

und ich sah plötzlich jenen undurchdringlichen Glanz in seinen Augen, ich wußte genau, daß er ganz woanders war, selbst wenn er mir, was ich ihm gerade erzählt hatte, Wort für Wort wiederholen konnte (Spaziergang mit Sonsoles im Retiro, ein Gespräch mit Marta, die letzten Witze von Péman in ABC, irgend etwas), doch ich wußte seit langem, daß Ramón sich willentlich aus einem Gespräch zurückziehen und dennoch die winzigsten Details davon registrieren, daß er sich verdoppeln, durch den Spiegel gehen, sich hinter einem Lächeln verstecken konnte mit einer aufmerksamen Miene, als ob ihn das Thema des Gesprächs sichtlich interessierte; versteckt, verdoppelt, abwesend; bei anderen mußte ich darüber lachen, das war gewissermaßen eine Leistung, über die wir nachher lachten, und er versuchte auch, mich in den letzten Wochen zum Lachen zu bringen, wenn er mir Wort für Wort meine Bemerkungen wiederholte, wenn wir am Abend wieder beisammen waren,

Marta

sie hat dir gesagt, daß ihr Mann sie nicht mehr berührt

daß sie beim Aufwachen im Bett sieht

daß sein Glied
daß es nicht aus Müdigkeit ist, sondern aus Mangel an Liebe
daß Marta
daß du nicht verstehst wie die Frauen
daß Frauen so sprechen können
daß sie diese Dinge beim Namen nennen

aber ich wußte wohl, daß er abwesend gewesen war, daß er mechanisch registrierte Wörter wiederholte, denen er selbst im Moment, wo er sie wiederholte, keinerlei Beachtung schenkte.

Der gleiche düstere Blick, den er als fünfjähriger Junge hatte auf dem vergilbten Foto in der Rille des Holzrahmens des Frisiertisches, vor dem dreißig Jahre früher Sonsoles Avendaño beim verträumten Bürsten ihrer offenen Haare auf die Geräusche von draußen lauschte, auf die Schreie oder das Lachen oder Weinen ihres Kindes, das im feinen Sand spielte, auf dem seit undenklichen Zeiten zu dieser Stunde die Sonne brannte, während die Blätter der Kastanienbäume, der Eukalyptusbäume und der Platanen in einem plötzlich aufkommenden leichten Wind zerzaust rauschten, und ich bewegte die gleiche schwere Silberbürste, auch ich in Gedanken versunken.

Doch sie saß vor dem Frisiertisch, hatte die Flaschen mit den schweren Kristallverschlüssen weggeschoben und schlug das alte Fotoalbum auf, das ihr Tante Adela am Abend vorher zum ersten Mal gezeigt, wobei sie ihr ausführlich jeden dieser Schnappschüsse erklärt hatte, nachdem sie, um Bescheid zu wissen, die Beschriftung jedes Bildes vorgelesen hatte, die mit der gestochenen Handschrift des in kirchlichen Institutionen erzogenen Fräuleins geschrieben waren (vielleicht ist das noch heute so, das ist nicht auszuschließen),

Roca de la Piquío, 1935
San Vicente de la Barquera, 1930,

und auf diesem letzten Foto dürften José María Mercader und Sonsoles Avendaño noch verlobt gewesen sein; sie trug ein langes, weißes Sommerkleid und einen Strohhut, und sie lehnten Arm in Arm an einem De-Dion-Bouton mit aufklappbarem Dach, am Strand von San Vicente de la Barquera, im Hintergrund die Brücke mit den vielen Bögen, unter der verhangenen Frühlingssonne,

alle anderen Schnappschüsse, und ich wußte nicht warum, viel-

leicht wollte ich Interesse beweisen, das ich in keiner Weise empfand, dessen Fehlen jedoch Tante Adela verletzt hätte, ich hatte
also mehr aus Zufall einen Finger auf eines der Fotos gelegt, als
ob ich wirklich wissen wollte, wer die Personen waren, die in
einem Garten vor einem Azaleenbeet standen, und dann,

Tante Adela: »Siehst du, Inés, SARDINERO, 1931, deine Schwiegermutter hat das Datum und den Ort dazugeschrieben (und wieder sträubte ich mich plötzlich, revoltierte in einem unsagbaren,
weil banalen Schrecken innerlich dagegen, daß sie Ramóns Mutter
so bezeichnete, daß sie mich in dieser Form an diese Frau binden
wollte – graziös, weiß, zart unter dem Strohhut –, die fünf Jahre
vor meiner Geburt gestorben war, mich an diesen Tod binden,
mich durch Familienbande an diese junge Tote von damals ketten
wollte; ich war innerlich gereizt, ich sträubte mich stumm, nein,
nein, diese Spannung war um so unerträglicher, als ich sie Tante
Adela nicht merken lassen wollte, ich sträubte mich gegen diese
Bindung; war Sonsoles Avendaño nicht 1936 gestorben? Was hatte
ich mit dieser jungen Toten zu tun? 1936 kannten sich meine Eltern noch nicht einmal, ich war noch nicht einmal vorhanden wie
ein Pollenstaub, der in der trockenen, knisternden Sommerluft
schwebt, in Salamanca, in ihrem Leben, das sich damals noch
nicht einmal gekreuzt hatte; mein eigenes Leben war noch
nicht, wie ein Schatten, der sich verdichten, kugelförmige, blut-
durchtränkte Gestalt annehmen würde, einbezogen im möglichen Blick eines jungen Mannes auf den Nacken jener eben be-
gegneten Frau; mein Leben gab es noch nicht, ungewiß, proble-
matisch, im Begriff, in einer ersten tastenden Geste einer Männer-
hand auf eine Frauenhüfte aufzublühen, am Ufer des Tormes,
unter den reglosen Pappeln, an einem drückenden Spätnachmittag,
und ich war erst ein Nichtsein, ein amorphes Nichts, als Sonsoles
Avendaño in das unendliche, klare Nichts des Todes sank, aber
Tante Adela), »warte, ich muß überlegen, SARDINERO, 1931, hier,
natürlich, siehst du meinen Bruder« (dieses Band war sie bereit zu
akzeptieren, ja, dieses Band zwischen Adela und José María Mercader, das sie nichts anging, sie nicht betraf, jedenfalls existiert
hätte, einverstanden, ihr Bruder, Bruder und Schwester, das war
eine glatte, klare Sache, da wurde nichts zerrissen), »warte, laß
mich nachdenken, der Garten von Sardinero? Aha, siehst du den
hier, der etwas abseits steht, die Hände in der Tasche?, das ist

José del Río Sainz, ein Dichter aus Santander, Kapitän eines Linienschiffes, im Alter kommandierte er das Baggerschiff, das jeden Tag auslief, um die Einfahrt in die Bucht von Santander freizuhalten, er wohnte in der Altstadt, die bei der Feuersbrunst abgebrannt ist, José del Río Sainz, seine Bücher sind unten in der Bibliothek, Gedichte, das Meer, Reisen, ich habe schon lange nicht mehr in diesen Büchern geblättert, 1937, als die anderen kamen, die Italiener, die Fallschirmjäger von Solchaga, ist er mit einem Flüchtlingsschiff nach Frankreich gefahren, aber er ist sofort zurückgekommen, oh, wie ich ihn verstehe, ich verurteile niemanden, er war alt, er konnte die Vorstellung vom Exil wohl nicht ertragen, er ist auf franquistisches Territorium zurückgekehrt, er wollte, daß man ihm verzeiht, nehme ich an, daß man es vergißt, er hat ein abscheuliches Sonett geschrieben zu Ehren des falangistischen Führers Manuel Hedilla, der war auch von Santander, daß man ihm verzeiht!, aber glaube mir, ich verurteile niemanden, die Umstände sind oft zu hart für die Menschen, man muß sich entscheiden, das ist José del Río Sainz, er hat uns einmal, dein Mann muß damals ungefähr vier Jahre alt gewesen sein, auf seinem Baggerschiff mitgenommen, Ramón lief aufs Deck, dann auf die Kommandobrücke, er kommandierte das Schiff, das war eine Freude! er war der Kapitän, ja natürlich, jetzt erinnere ich mich, es ist verrückt, man hat alles vergessen, man glaubt, daß man alles vergessen hat, aber nein, es kommt wieder, alles steht einem wieder klar vor Augen«,

und das alte Fräulein, das froh war über diese wiedergekommene Erinnerung (ich dachte an die manchmal scheinbar paradoxe Genauigkeit stehender Redewendungen: *wiedergekommene Erinnerung*, natürlich, die Erinnerung wird niemals ganz zerstört, sie verwittert, zerbröckelt, schwindet vor allem mit dem Alter, ihre Schätze fliehen anderswohin, ziehen sich auf sich selbst zurück, objektivieren sich im übervollen Nichtsein, von wo sie in jedem Augenblick, beim kleinsten glücklichen Zufall wiederkommen können, wiedergekommene Erinnerung, in diesem präzisen Fall rekonstruiert um ein altes Foto, unter dem in der eckigen, energischen Schrift von Sonsoles Avendaño vermerkt war, daß das 1931 im Sardinero geschah, dem vornehmen Viertel von Santander, wenn man so will, dem Viertel für den Sommeraufenthalt, auf den sanften Hügeln rund um drei Sandstrände – der kleinste Strand, zwischen dem Magdalenavorgebirge und dem Felsen von Piquío, hieß La Concha; der nächste, den man den Ersten Strand nannte, diente vor 1931 in manchen Zeiten der Sommersaison der königlichen Familie zu ihren Badefreuden, wobei der zu diesem Zweck reservierte Strand- und Meerbereich mit einer Schnur abgesperrt war und etwas weiter oben ein großes rotgold gestreiftes Zelt die Kinder der königlichen Familie vor der Sonne und den Blicken schützte, hämophile, taubstumme und mißgestaltete Kinder, die auf ihren von Sonne und Jod geröteten Schultern das schreckliche Schicksal der verwöhnten, ausschweifenden Bourbonen trugen, deren lange Herrschaft sich dem Ende zuneigte; und der dritte Strand, den man den Zweiten nannte, nach dem zweiten felsigen Vorgebirge, war der größte und diente der kostenlosen Volksbelustigung, der gelegentlichen Invasion dunkel gekleideter Familien, die im winzigen Schatten verblichener Sonnenschirme um Proviantkörbe lagerten – diese Beschriftung, SARDINERO, 1931, unter der Gruppe stehender Menschen vor einem Azaleenbeet, und das alte Fräulein, das froh war über diese wiedergekommene Erinnerung), erkannte nun jede der einzelnen Personen, die auf der vergilbten, glanzlos gewordenen Oberfläche des Fotos festgehalten waren.

Jener große, hagere Mann mit der Hornbrille auf der Adlernase, inmitten der Gruppe, schien tatsächlich niemand anderer als Semprún Gurrea zu sein, einer der ersten Zivilgouverneure der Provinz Santander, die die Republik ernannt hatte, nach dem sang- und klanglosen Sturz der Bourbonen – *sin pena ni gloria* würde man spanisch sagen, ohne Sang und Klang – (»Oh«, sagte Tante Adela am Abend vorher, als sie das Fotoalbum herausgeholt hatte, »so ein Zufall! Morgen ist der 14. April, der Tag, an dem die Republik ausgerufen worden ist, morgen sind es 35 Jahre her, entsetzlich!« Und dann hatte sie, den Blick in die Ferne gerichtet, mit gebrochener Stimme hinzugefügt: »Es war gestern!«), und Semprún Gurrea und Mercader schienen damals gute Freunde geworden zu sein. Eigentlich hatte diese Freundschaft nichts Überraschendes, weil die beiden dazu geschaffen waren, einander zu verstehen und zu schätzen. Beide waren Juristen, beide Katholiken, aber wilde Republikaner, mit der ganzen Leidenschaft eines Traumes von Gerechtigkeit, den sie glaubten verwirklichen zu können in diesem kurzlebigen, brodelnden Spanien, das im April

1931 aus den Trümmern einer prunksüchtigen, korrupten Monarchie auftauchte.

Es schien sogar – Erinnerungen und Details kamen jetzt bündelweise hervor, aufblitzende Konstellationen von Namen und Bildern, Daten und Ereignissen, um jedes Bild und jeden wieder auftauchenden Namen – es schien, daß Semprún Gurrea mit einer Maura verheiratet gewesen war, einer der Töchter von Don Antonio, einer Schwester also von jenem Miguel Maura, einem der aktivsten Mitglieder des Revolutionskomitees, das den Kampf gegen die Monarchie geleitet hatte, und nach dem 14. April Innenminister der provisorischen Regierung, »wir werden sicher Fotos von seiner Frau, Susana, Susana Maura, finden«, sagte Tante Adela, aber jetzt brauchte sie keine Fotos mehr, um die Erinnerung wiederzufinden, jetzt erinnerte sie sich an alles.

Fünfunddreißig Jahre: es war gestern!

Sie waren auf die Esplanade vor dem Haus hinuntergegangen, auf die die Kastanienallee mündete, um die Gäste zu empfangen. Sonsoles trug ein weißes Kleid, sie steckte ein Taschentuch – das sicher noch das würzige Aroma hatte, das die schweren Schränke mit der knirschend frischen Wäsche erfüllte – sie steckte es unter den Gürtel ihres Kleides, als das Auto ankam. Es war ein stattlicher und rassiger Dienstwagen, ein Hispano-Suiza, bei dem man kaum ein Motorengeräusch wahrnahm. José María Mercader trat näher, um die Tür zu öffnen und Susana Maura beim Aussteigen behilflich zu sein, sie war sehr schön in ihrem leichten schwarzen Spitzenkleid und lächelte unter der Masse ihrer Haare, die im Nacken zu dichten Schnecken zusammengesteckt waren. Adela Mercader war wieder einmal von der Schönheit dieser Frau betroffen gewesen, von der würdevollen Haltung, der Wärme des leuchtenden sinnlichen Mundes in dem ebenmäßigen Gesicht von sehr zarter, sehr weißer Haut (an der linken Schläfe pulsierte eine blaue Ader), von dem ganz offenen, immer aufgeschlossenen Blick. Semprún Gurrea zog Mercader zur Kühlerhaube des Wagens und zeigte ihm lachend das Schild mit den monarchistischen Farben, zwei blutrote Streifen über und unter einem Goldgelbstreifen, und sie sprachen beide über das Fortleben der Vergangenheit (*dos ríos de sangre y uno de oro,* das heißt, zwei Blutströme und ein Goldstrom, so erklärte man herkömmlicherweise im Überschwang eines etwas makabren Nationalstolzes die symbolische Bedeutung dieser

Farben der spanischen Monarchie; Blutströme in der Tat, eine
lange blutige und lächerliche, heroische und groteske Geschichte;
Goldstrom, in der Tat, eine lange Geschichte kolonialer Ausbeu-
tung, luxuriöser und überheblicher Verschwendung, besser kann
man es wahrlich nicht ausdrücken), dieses Fortleben der Vergangenheit auf dem Schild, das auf Dienstwagen nicht ausgetauscht werden konnte. Als sie sich dann alle von diesem Auto
entfernt hatten und ins Haus gegangen waren, während der
Chauffeur den Hispano-Suiza im Schatten der Bäume abstellte,
hatten sie von den letzten Ereignissen gesprochen, von der Kapi-
talflucht, die von den großen Familien der Land- und Bank-
aristokratie organisiert worden war, um die Finanzen der Republik zu gefährden, vom freiwilligen Exil eben dieser Familien, die
über die Grenze gegangen waren und sich in Biarritz, Saint-Jean
de Luz niedergelassen hatten, um bessere Tage abzuwarten, und
die begannen, im Casino oder in der Bar des Palasthotels Kom-
plotte zu schmieden mit den gelbhäutigen, borstenbehaarten, aus
dem Mund stinkenden Obersten, geübt in Rivalenkämpfen, ausgebildet in der Schule der Massaker von Rifkabylen oder streiken-
den Arbeitern. Während sie ins Haus der Mercader gingen, hatte
ihnen Susana Maura eine Geschichte erzählt. Sie hatte am Vortag Einkäufe gemacht in der *calle Ancha,* der Hauptgeschäfts-
straße der Altstadt von Santander. Bei einem Textilhändler hatte
sie Stoffe ausgewählt, und während man am Ladentisch die von
ihr ausgewählten Perkal- und Seidenstoffe ausmaß, hatte ihr der
Ladenbesitzer in ungewohnt heftigem Wortschwall lange Reden
gegen die Republik gehalten, voller Sehnsucht nach der guten
alten Zeit, voller Furcht vor einer ungewissen Zukunft, in der
man den barbarischen Launen einer von unmittelbaren Gelüsten
getriebenen Menge ausgeliefert sei (nach Brot, Arbeit, Land, Freiheit: kurz: nach Glück, im Freudentaumel der Frühlings- und
Sommertage des Jahres 1931), und »Haben Sie gesehen, was sich
in Madrid abgespielt hat? Eine Schande für Spanien! Alle Kirchen
in Flammen!« lange Reden, die sie nicht unterbrochen hatte, den
Mann reden lassend, der, da er es mit einer Dame zu tun hatte,
nicht zweifeln konnte, daß seine wütenden Diatriben ihre Zustim-
mung finden würden. Am Schluß aber, als ihre Pakete fertig waren, hatte sie darum gebeten, daß man sie ihr ins Haus liefere, und
Name und Adresse genannt (sie hatte die Dienstwohnung des

Zivilgouverneurs angegeben, die ihr Mann gar nicht benutzte, da er es vorgezogen hatte, im Sardinero eine große Villa zu mieten, in der er ohnehin seit einigen Jahren mit seiner Familie den Sommer verbrachte), und das Gesicht des Kaufmanns hatte sich aufgelöst, als er den Namen Susana Maura de Semprún gehört hatte, als ihm klar wurde, daß er seit einer Viertelstunde der Frau des Zivilgouverneurs der Republik – und noch dazu der Schwester des Innenministers – seine politische Meinung dargelegt hatte mit der ganzen Wortgewalt und Servilität des Krämers, der glaubt, daß er es mit einer Dame von Welt zu tun hat. Das aufgelöste Gesicht des Kaufmanns, seine zitternde Angst, sein plötzliches, erbärmliches Kriechen, das beschrieb Susana Maura in allen Einzelheiten, unter großem Gelächter, während sie in die gepflegte Kühle des großen Salons der Mercader in Cabuérniga gingen.

Aber das Azaleenbeet war nicht in Cabuérniga.

Inés blätterte die Seiten des Albums um und betrachtete in tiefer – gewiß unerklärlicher, aber doch spürbarer – Beklommenheit jene Gespenster einer unzugänglichen Vergangenheit. Adela Mercader spürte diese tiefe Beklommenheit, sie wußte wohl, daß Inés nur gereizt reagieren konnte auf jene vergilbten und verschlüsselten Momentaufnahmen eines vergangenen Todes, aber sie wußte nicht, was sie sagen sollte, sie war zerstreut, sie dachte an jenes Azaleenbeet. Das war im Garten der Villa Sardinero, bei Semprún Gurrea, und die Männer standen vor dem Azaleenbeet um Semprún Gurrea herum. Ihr Bruder, José María Mercader, in einem dunkelgrauen Alpakaanzug, ganz aufrecht, lächelnd. José del Río Sainz, der alte Kapitän, der alte Dichter, der Pfeifenraucher mit den gelben Fingern. Alberto Bulnes, ein junger Vetter, der leidenschaftlich ihren, wie er sagte, längst überholten Liberalismus kritisierte und der schließlich Kommunist geworden war. Augustín Larrea, ein Journalist, der in den Arbeiterkreisen von Maliaño und Torrelavega verkehrte, der eine Volkstheatertruppe gründen wollte und ihnen abends aus dem Stegreif Gedichte von Rilke übersetzte. Sie standen vor dem Azaleenbeet. Nach der Aufnahme hatten sie auf der von der untergehenden Sonne beschienenen Veranda Erfrischungen getrunken. Sie sprachen in fiebernder Erregung, eine Welt war neu zu schaffen, alles schien möglich.

Adela Mercader neigte den Kopf, sie brauchte kein Foto mehr. Jetzt erinnerte sie sich ganz genau an diesen Nachmittag, alle

Einzelheiten und Wendungen sah sie wieder vor sich. Flüchtig betrachtete sie Inés, die die Seiten des Albums umblätterte, und sie dachte mit Bitterkeit an den Tod, der damals versteckt und kaum spürbar schon umging, im verhangenen Meereslicht jenes fernen Nachmittags. Susana Maura war im folgenden Jahr an Sepsis gestorben (jede Einzelheit, jede; welch schreckliches, unzerstörbares Gedächtnis!), und José del Río Sainz hatte in dem Lokalblatt, bei dessen Feuilleton er mitarbeitete, einen Nachruf geschrieben. Und José María Mercader war im Scheinwerferlicht an der alten Friedhofsmauer in Cabuérniga erschossen worden. Und Alberto Bulnes war lange Zeit verschwunden, und eines Tages, 1946 oder 1947, hatte sie seinen Namen in der Zeitung gelesen: er war anscheinend bei einem Zusammenstoß mit der Guardia Civil in Asturien umgekommen, als eine Gruppe bewaffneter Kommunisten von Frankreich aus zu landen versucht hatte, schrieb die Zeitung. Und Augustín Larrea war emigriert, hatte in London gelebt und sich eines Tages, unerklärlicherweise (aber ist Todessehnsucht erklärbar?), als der Weltkrieg gerade zu Ende war und nach dem grauenhaften Dunkel all jener Jahre ein Hoffnungsschimmer aufzutauchen schien, in die Themse gestürzt. Aber was war aus Semprún Gurrea geworden? Er war nur wenige Monate lang Zivilgouverneur von Santander gewesen und hatte sich dann von der aktiven Politik zurückgezogen. In Madrid, glaubte sie sich zu erinnern, war er an der juristischen Fakultät Professor geworden. Ihr Bruder und er hatten miteinander korrespondiert, sie würde seine Briefe wiederfinden, alles war aufgehoben worden. Aber da war doch noch etwas anderes gewesen, eine spätere Begegnung, die Erinnerung daran wollte nicht Gestalt annehmen, Geduld, sie würde noch darauf kommen. Alles würde von nun an wiederkommen.

Doch nun war sie abrupt aufgestanden, hatte mit trockener und erregter Stimme gesagt: »Inés, ich überlasse dir dieses Album«, und Inés hatte sie angesehen, sichtlich verwirrt, mit plötzlicher Angst in den Augen, als ob sie befürchtete, diesen Schatz unendlicher und minutiöser Erinnerung an vergangenen Tod teilen zu müssen, und heute morgen vor dem Frisiertisch blättert sie wieder in jenem Album, ganz in Gedanken versunken.

Doch sie saß vor ihrem Frisiertisch, verträumt, mit herabhängenden Armen, in ängstlicher Erwartung von irgend etwas, und sagte sich, vielleicht müßte man etwas tun, sich zusammennehmen, du mußt etwas tun, du mußt dich zusammennehmen, das hatte sie sich schon mehrfach gesagt in diesen letzten Wochen, angesichts des finsteren, abwesenden, undurchsichtigen Blicks von Ramón, du mußt etwas tun, sagte sie sich, du darfst es nicht zulassen, daß sich diese Stille wie eine dicke Schlammschicht festsetzt auf den Dingen, auf den Gesten, los, beweg dich, tu etwas, sprich, provoziere, rühre dich,

woran denkst du?

an nichts

bist du sicher?

na, hör mal!

trotzdem

an nichts, wirklich

du hörst mir nicht einmal zu

doch! willst du, daß ich es wiederhole?

das bedeutet gar nichts!

willst du, daß ich es Wort für Wort wiederhole?

aber du weißt doch selbst, daß du mogelst, du hörst, wiederholst, aber du hast nicht zugehört!

du bist blöd, Inés!

und du warst bestimmt blöd, zu versuchen, ihn auf diese Art aus seiner unerschütterlichen Stummheit aufzuscheuchen, und du wußtest genau, daß er dir in einigen Minuten vorschlagen würde, in die Stadt essen zu gehen, um diese Flucht, dieses Gespaltensein, diese Abwesenheit zu verbergen hinter dem Ritual der Toilette, der Wahl des Restaurants, des geräuschlosen Balletts der Kellner um euren Tisch, der sorgfältigen Wahl des Weines, der geistreichen Kommentare, der unvermeidlichen Begegnungen, der Verlängerung des Abends in irgendeinem Modelokal, und dann endlich, in der zur Gewohnheit gewordenen, exorzisierten Stille, hinter dem Drehen eurer Körper im Rhythmus des Tanzes und deinem Verlangen, und bald dem seinen, und schließlich dem benebelnden Vergessen im goldbraunen Aufbrechen der Nacht, in jenem tiefsten und zartesten Augenblick der Nacht, der der Morgendämmerung vorausgeht.

Sie steht auf, entfernt sich vom Frisiertisch, sieht durch das offene Fenster, geht zum Tisch zurück, nimmt das Buch, das aufgeschlagen mit dem Buchrücken nach oben daliegt, in ihre Hände,

und *die Dämmerung ließ auf sich warten, aber ein grauer Schleier
lag über dem Schlaf der beiden Körper, die sich an den Händen
hielten. Er wachte zuerst auf und betrachtete den Schlaf von Re-
gina. Der zarteste Faden aus dem Gespinst der Jahrhunderte,
Zwillingsbruder des Todes: der Schlaf. Sie hatte die Beine angezogen, ihr freier Arm lag über der Brust des Mannes, und ihre
Lippen waren feucht. Sie liebten sich gerne in der Morgendämmerung, sie feierten so den neuen Tag,* und sie hob die Augen und
spürte eine unwiderstehliche und einsame Feuchtigkeit, *und wieder wuchs ihre Begierde,* oh nein! das ist unerträglich! *und ihre
glatten Beine suchten wieder seine Lenden, und ihre Hand wußte
alles, und sein Glied entglitt ihren Fingern, erhob sich zwischen
ihren Fingern, und ihre Schenkel spreizten sich zitternd, und das
aufgerichtete Fleisch fand das offene Fleisch, drang ein, gestreichelt, umfangen von jenem begierigen Pulsieren,* und sie schloß
einen Augenblick die Augen und drehte mechanisch das Buch
um.

CARLOS FUENTES
LA MUERTE DE ARTEMIO CRUZ

*En la producción literaria de Carlos Fuentes es apreciable el
propósito de relatar, con espíritu crítico, las contradicciones en
que se encuentran tanto sus personajes como los grupos sociales a
que pertenecen. Tradu*

mechanisch las sie den Klappentext auf der hinteren Umschlag-
seite des kleinen Bandes, ohne an etwas zu denken, ohne sich überhaupt wirklich bewußt zu werden, was sie las, sie bemerkte nur
flüchtig den dunkelbraunen Rahmen, der den gedruckten Text
umgab

*a sus argumentos. Así, en La muerte de Artemio Cruz, que per
muchos conceptos ha de considerarse como un paso adelante en
la obra de este joven escritor, el mundo interno y sus relaciones
con lo social están descritos con la violencia y la belleza caracter-
isticas de su pluma*

(Portada de Vicente Rojo)

und sie fragte sich, ob dieser Vicente Rojo, der den Buchum-
schlag gezeichnet hatte – ein Gesicht, aufgelöst in eine Vielzahl
schwarzer Flecken: Augen, Mund, Nase, wie ein zerebrales Feuerwerk –, ob dieser Vicente Rojo derselbe Vicente Rojo wäre, der
vor einigen Jahren in Madrid ausgestellt hatte, aber sie drehte das

kleine Buch mit dem dunkelbraunen, kalten, glanzkaschierten Umschlag wieder um und las weiter *er versucht, seine Gedanken mit Meer und Sand, Früchten und Wind, Häusern und Tieren, Fischen und Saaten anzufüllen, damit es nicht ende,* Worte, nichts als Worte, während ihr Puls schlug, *mache ich dich glücklich? Laß es nie enden, du erfüllst mich,* und das Buch fiel ihr aus den Händen,

ihr Gesicht brannte: diese dumpfe Hitze, die in ihr aufstieg, aus der Quelle jeder Hitze.

»Inés, Inés!«

Draußen die ungeduldige Stimme von Tante Adela.

»Inés, hörst du mich nicht? Ein Telegramm!«

Sie näherte sich dem Fenster, sah Remedios und Tante Adela mit erhobenen Köpfen, Tante Adela hielt das blaue Rechteck eines Telegramms in der Hand, und etwas abseits betrachtete Sonsoles die Szene und fragte sich vielleicht, warum diese ganze Aufregung, und der Postjunge, der das Telegramm gebracht hatte, entfernte sich schon wieder auf seinem Fahrrad durch die Kastanienallee, auf den Pedalen stehend, hielt er sich vielleicht für Bahamontes, und Tante Adela sagte noch einmal:

»Ein Telegramm!«

Sie nickte lächelnd:

»Aber ja! Es ist von Ramón!«

Tante Adela betrachtete das kleine blaue Papierrechteck, als ob sie von der Harmlosigkeit dieser Botschaft noch nicht überzeugt sei.

»Ramón?« fragte sie, immer noch mißtrauisch oder verwirrt.

»Ja, er schickt mir täglich ein Telegramm«.

»Aber warum?« fragte Tante Adela, und ihre Stimme klang nun nicht mehr besorgt, sondern leicht verärgert wegen der unnötigen Ausgaben.

»Weil er mich hier nicht telephonisch erreichen kann«, sagte Inés.

Und Remedios brach in fröhliches, junges Gelächter aus. Sie war 18 Jahre alt und schien sehr gut zu verstehen.

Da zuckte Tante Adela mit den Achseln und gab Remedios das Telegramm, damit sie es zu Inés ins Zimmer hinauftrage. Tante Adela entfernte sich auf dem feinen Sand vor dem Haus. Alles war ruhig, Schatten und Sonne teilten sich die Welt, es war Mittag, die Blätter der Bäume zitterten wie täglich um diese Zeit im leichten Wind, der vom Meer kam, vielleicht, und der Seewind pfiff in Böen über den weiten, verlassenen Strand.

Es war wie im Kino, wenn der Abenteuerfilm beginnt: die ersten Aufnahmen zeigten eben diesen weiten, verlassenen Strand, über den der Seewind in Böen pfiff; ein noch nicht identifizierbarer Strand (außer vielleicht von einem unbestimmten, aber sicher unerheblichen Prozentsatz von Zuschauern – und Zuschauerinnen –, die ihre letzten Osterferien in Holland verbracht hätten und an der Farbe des Meeres, an der Weite des Sandstrands, an der Art der Häuser hinter den Dünen den Strand von Zandvoort hätten erkennen können), ein anonymer Strand, in dessen Hintergrund einsam und winzig ein Mann – in den richtigen, winzigen Dimensionen des Menschen gegenüber der Unermeßlichkeit der Natur (na, hör mal!) – reglos die graue Landschaft betrachtete – und vielleicht könnte man jetzt einige Seemöwen ins Bild bringen, Meeresvögel, die am nicht wahrnehmbaren Schlag ihrer Flügel hängen und plötzlich in souveränem Flug woandershin entgleiten –, ein Mann gegenüber dem Meer, die Hände in den Taschen eines Trenchcoats, und der Zuschauer hätte gerade noch Zeit gehabt, flüchtig diese Bilder von großer, trauriger Schönheit zu registrieren, schon wäre man, in zwei Zeiten drei Bewegungen (zoom zoom zoom), beim Gesicht dieses einsamen Mannes: ein zerfurchtes, gemeißeltes Gesicht, die wahre Maske eines Mannes, bei dem alles in der Maske steht.

Aber wir sind beim Gesicht dieses Mannes, der am Strand von Zandvoort das Meer betrachtet, und dieser Mann lacht. Er lacht, weil er das Meer, den Wind, die Einsamkeit liebt.

(Das Meer, den Wind, die Einsamkeit?)

Mercader zieht die linke Hand aus der Manteltasche und sieht nach der Uhr.

Jetzt müßte das Telegramm angekommen sein. Vor seiner Abreise hatte er sich erkundigt, um sicher zu sein, daß ein Telegramm, das in Amsterdam gegen 5 Uhr nachmittags aufgegeben wird, noch vor dem nächsten Mittag in Cabuérniga ankommt.

Mittags, wenn an Sonnentagen die pralle Sonne auf die Terrasse vor dem Hause brennt, schien die Stille des Ortes – jene poröse und vegetabile, aus tausend winzigen Geräuschen des Hauses oder der Natur bestehende Stille – sich zu verdichten, als ob die Landschaft (die Bäume, die bemoosten Felsen, die lockere Erde, das

Gras, die Steine des Hauses, der brüchige Schiefer, das glänzende Holz der alten Möbel: kurz, die Welt, jenes Universum) den Atem anhielt. Das konnte einige Dutzend Sekunden dauern, er hatte es nie genau gezählt. Und dann begannen die obersten Blätter der größten Bäume zu zittern, und das dünne Geräusch, das zunächst noch undeutlich war – als ob die Stille einfach zerfiele und um ihre undurchdringliche Dichte herum einige flackernde Ränder entstünden –, dieses Geräusch gewann an Tiefe und Ausdehnung. Jetzt wird vielleicht Adela Mercader in der Wäschekammer, wo sie gerade die frischgeplätteten Bettlaken weglegte, innehalten und den Kopf zum Fenster drehen: »Aha, der Seewind, es ist Mittag«, wird sie denken. Auch Remedios wird in der Küche, mitten im Hinundher der täglichen Verrichtungen, diese plötzliche Bewegung der Schattenmasse der Blätter wahrnehmen und wissen, daß es Mittag ist, daß der Seewind, der von weither kommt, gesättigt mit der salzigen Feuchtigkeit der Gischt (dieser Wind, der gegen die Felswände geschlagen hätte, der – wie in einer zärtlichen Bewegung das Haar einer Frau zerzausend – den feinen, fast weißen Sand der kleinen in die Granitsteinbuchten geschmiegten Strände in kurzen Wirbeln hochgefegt, sich in den Felsspalten verfangen, die Täler aufwärts das Hinterland erreicht und sich im Lauf seiner Reise der Salz- und Jodgerüche entledigt und mit dem Duft der Gräser und Blätter der Kastanien- und Eukalyptuswälder angereichert hätte), daß er, der Seewind, wie an jedem sonnigen Frühlingstag, Cabuérniga erreicht hat. Es war Mittag.

Als ob nun das tiefe – erwartete, aber immer wieder überraschende – Rauschen heute den Sinn einer Ankündigung gehabt hätte, wird der Junge auf dem zu großen Fahrrad am Ende der Kastanienallee aufgetaucht sein und vielleicht, um die Aufmerksamkeit von Tante Adela zu erregen, das blaue Rechteck des Telegramms geschwenkt haben.

Und nun, mittags, sieht Mercader auf die Uhr an seinem Handgelenk und lacht.

Er lacht und betrachtet das Meer und spürt gegen seinen Körper den Seewind blasen, der über den Strand von Zandvoort fegt.

Man könnte genausogut sagen, die Nacht geht auf, denn auf dem Boden der Wiesen, der Felder, der Wälder, der fließenden oder stehenden Gewässer, dort, wo die Erde atmet, wächst der dichte Schatten, steigt auf, verbreitet sich nach oben, erreicht alsbald den Himmel, die ganze Welt; denn hoch am Himmel bleibt das Sonnenlicht ja am längsten sichtbar, manchmal nur wie ein Lichtfleck, dessen Quelle längst verschwunden ist. Aber die Sprache hat den Eindruck dieses scheinbaren Phänomens, dieses Rhythmus zwischen Auf- und Untergehen der Sonne über dem Horizont aufbewahrt – wenn es einen Horizont überhaupt gibt, sonst einfach über diesem Haus, dieser Fabrik, diesem Schornstein, diesem Wald von Fernsehantennen –, und in Erinnerung an dieses uralte Geblendetsein, diese beunruhigende Überraschung – so kann man es sich vorstellen – spricht man noch immer von einer hereinbrechenden Nacht und einem aufgehenden Tag, als ob die Nacht ein Hereinbrechen wäre – voll Schrecken, Angst, Verwirrung? –, als ob der Tag ein Aufstieg wäre – wohin? –, und jetzt wird man so fest verwurzelte Gewohnheiten der meisten Sprachen wohl nicht mehr ändern können.

Die Nacht bricht also herein.

Der Ort, in einer Seitengasse zwischen dem Oude Zijds Voorburgwal und dem Oude Zijds Achterburgwal hatte auf der Fensterscheibe in großen weißen Buchstaben die Inschrift:

Casa de Comidas

deren Buchstaben tadellos in Druckschrift gemalt waren, während unter dieser Inschrift andere spanische Wörter in anscheinend gewollter Unordnung kursiv geschrieben standen:

tapas, aceitunas,

calamares en su tinta,
cocochas,
amontillado, gambas a la plancha,
percebes,
chuletas de cordero, potaje gallego, arroz a la
pescadora,

und noch andere, die aufzuzählen unnötig wäre, denn es handelt sich um Gerichte, Speisen, Weine von der iberischen Halbinsel. Worte oder Bezeichnungen, deren Übersetzung man sich sparen kann, weil genug Touristen sich seit einem Jahrzehnt in spanischen Lokalen herumtreiben, so daß die Bedeutung dieser Ausdrücke einer Zahl von Lesern bekannt sein dürfte, die der Verfasser mit diesem dritten Roman gar nicht behauptet erreichen zu können. Weder aus Zufall noch aus Willkür wird an die persönliche Erfahrung des Lesers zum Verständnis dieser wenigen kulinarischen Bezeichnungen appelliert, die als Beispiel angeführt werden. In den gebräuchlichen Wörterbüchern wird er nämlich nicht leicht eine Übersetzung finden können. Auch der Reiseführer von Arthur Frommer *(Europe on Five Dollars a Day, America's most popular money saving guide, Revised-Expanded-Up-to-Date)* ist diesbezüglich nicht sehr ausführlich. Seine wenigen *Spanish menu terms* – Seite 488 bis 490 – sind äußerst banal, ohne von den lächerlichen Fehlern zu sprechen, von denen diese stumpfsinnige Aufzählung wimmelt, wie zum Beispiel die Erklärung von *Sangría* als *a punch drink made of fruit juices and vermouth*, ein Fehler, der allein schon genügt, um diese Veröffentlichung zu disqualifizieren. Aber der gebildete französiche Leser, der für die Auffrischung und Erhaltung seiner Kenntnisse ausgerüstet ist, wird vielleicht zu *Webster's Third New International Dictionary (Unabridged) and Seven Language Dictionary* greifen wollen, wo er im 3. Band von Seite 2961 an in sieben Sprachen (Englisch, Französisch, Deutsch, Italienisch, Spanisch, Schwedisch und Jiddisch) einen Wortschatz von zirka 6000 Wörtern finden kann. Der Benutzer dieses unersetzlichen Bildungsinstrumentes wird, vielleicht voller Respekt, feststellen, daß dieses Wörterbuch in sieben Sprachen – von denen jede auf sechs andere verweist –, Lyndon B. Johnson gewidmet ist, dem Präsidenten der Vereinigten Staaten (dessen studienreiche Abende auf seiner Ranch in Texas an der Seite von Lady Bird man sich leicht vorstellen kann), ferner seiner Majestät König Gustav Adolf VI. (über den es wirklich nichts zu äußern gibt, außer Erstaunen über seine Langlebigkeit), Heinrich Lübke, dem Präsidenten der Bundesrepublik Deutschland (dessen politische Vergangenheit nach gewissen glaubwürdigen Informationsquellen eher zweifelhaft ist), Ihrer Majestät, der Königin Elisabeth II. von England (von der man annehmen kann, daß SIE dieses Werk benutzt, um die Korrektheit der Sprache eines Labourpremiers zu kontrollieren, und das ist regelmäßig der Fall, der die Thronrede im Unterhaus redigiert

hat), Charles de Gaulle, dem Präsidenten der Republik Frankreich (zumindest für ein letztes, 1965 begonnenes Jahrsiebent),
Giuseppe Saragat, dem Präsidenten der Republik Italien *(weiser
Bär der Sozialdemokratie,* nach einem Vers von Aragon, allerdings in einer anderen Zeit und einem anderen Zusammenhang
geschrieben) und Gustavo Diaz Ordaz, dem Präsidenten der Vereinigten Staaten von Mexiko (aha, den kannte man gar nicht),
und der Benutzer dieses Buches wird vielleicht angesichts einer so
illustren Schirmherrschaft Vertrauen gefaßt haben, obwohl man
sich über die rassische und politische Beschränktheit dieser Auswahl wundern könnte, denn man könnte sich fragen, warum
Mao Tse-tung in dieser Widmungsliste fehlt, wo man doch seine
Vorliebe kennt für blumige, jederzeit anwendbare Zitate, für eine
schöne Kalligraphie, für den Schatz der sprichwortreichen,
metaphorischen Volkssprache, lauter Tugenden, die ihn für die
Schirmherrschaft eines solchen Werkes als würdig erscheinen lassen. Aber alle diese Garantien werden dem möglichen Benutzer
des *Webster's* nicht eine bittere Enttäuschung ersparen, zumindest,
was unser derzeitiges Thema betrifft, nämlich die genaue Bedeutung der zitierten spanischen kulinarischen Begriffe.
  Also

CASA DE COMIDAS

und unter dieser Aufschrift, die anscheinend ständig stehen-
bleibt, eine Anzahl von wechselnden Wörtern, die ausgewischt
und durch andere ersetzt werden können, je nachdem, welche Le-
bensmittel von der iberischen Halbinsel im Hafen von Amsterdam angekommen sind, und je nach Laune des Koches, zum
Beispiel

> *gambas al ajillo*
> *merluza al ajo arriero*
> *mejillones en escabeche*
> *bonita a la vizcaina*
> *gazpacho andaluz*
> *migas*
> *arroz a la marinera,*

und das alles ist nur eine kleine Auswahl jener Speisen, die man an
diesem Ort in einer Seitengasse zwischen dem Oude Zijds Voorburgwal und dem Oude Zijds Achterburgwal bestellen könnte,

zwei Straßen, die von ihren Kanälen flankiert sind und die den malerischsten Teil des heißen Hafenviertels begrenzen.

Aber von all diesen gastronomischen Ausdrücken möchte der Autor aus persönlichen Gründen nur einen behalten, *cocochas*, womit das weiße, weiche und saftige Fleisch des Merlan bezeichnet wird, aus dem man nach verschiedenen Rezepten die besten Feinschmeckergerichte herstellt und die man auch, falls die Reise nach Amsterdam zu beschwerlich ist, in allen Tavernen der Altstadt von San Sebastián probieren kann.

Die Nacht brach also herein, über dem Hafenviertel, über Amsterdam, über der Welt (zumindest über dem Teil der Welt, der in dieser Zeitzone lag), und an diesem Ort, dieser Kneipe, dieser Spelunke, dieser Ecke der spanischen Heimat im holländischen Nebel (und gerade tutete ein Nebelhorn auf der Amstel), fanden spanische Matrosen und Arbeiter, die hier tranken und eine Kleinigkeit aßen, mitten im Trubel für einige Stunden oder Augenblicke die vertraute Wärme der bis zur Obszönität anspielungsreichen oder präzisen Sprache wieder.

Zuerst hatte man sich diese spanische Kneipe von außen angesehen, war die Gasse entlanggeschlendert, ganz eingehüllt vom Dampfbad des Lärms, des Angesprochenwerdens, der Musikboxen und des Gelächters. Dann hatte man, auf die Theke des gegenüberliegenden Lokals gestützt, die bereits erwähnten vielversprechenden Aufschriften entziffert.

Man hätte natürlich in dieser Gasse oder in einer der Nebengassen auch ein griechisches, levantinisches, finnisches oder italienisches Lokal wählen können, denn es gab welche für jeden Geschmack, jede Geschmacklosigkeit, jedes Heimweh, und die einzige gastronomische und sexuelle Gemeinschaft – denn alle diese Lokale verfügten über Hinterstube und ersten Stock, die für die Entspannung der Matrosen und der naiven Touristen oder Voyeurs eingerichtet waren, wobei letztere immer glauben, die Bordelle von Amsterdam seien ganz anders als die von Angoulême zum Beispiel –, die einzige nationale Gemeinschaft, die keine Bars, Kneipen und Bordelle hat, sind die russischen Matrosen, und nirgends findet man daher Aufschriften in kyrillischer Schrift, die zum Beispiel die kräftigende Wirkung des Borschtsch anpreisen, woraus man schließen muß, daß die russischen Matrosen in Amsterdam entweder die flüchtigen und brutalen Freuden des

heißen Hafenviertels entbehren müssen oder sich den kosmopoliti-
schen Genüssen der Tagliatelle und den roten Mündern der italienischen Nutten hingeben, aber man hatte diese spanische Kneipe
bei einem zufälligen Abendspaziergang ausgesucht, weil die Aufschrift

CASA DE COMIDAS

den Blick gefesselt und eine Art Neugier, Rührung, unbestimmtes Verlangen geweckt hatte, einen vielleicht trügerischen, aber
warmen Schutz zu finden, in der winzigen Heimat der Sprache:
der Art, sich zu geben, zu lachen, von der Arbeit, von Frauen und
Weinen zu sprechen, und so hatte man, unüberlegt, aber entschlossen, die Schwelle dieser spanischen Kneipe überschritten und an
der Theke ein Glas Wein bestellt, dem zahlreiche andere folgten,
und dabei dicke Scheiben eines nicht zu verachtenden rohen
Schinkens genossen.

In diesem Trubel hatte man sich wie zu Hause gefühlt.

Diez juldas son diez juldas ¡qué coño!

rief eben eine der spanischen Stimmen in dem allgemeinen Getöse. Ein Ausdruck, den man übersetzen müßte – in Klammern
oder in einer Fußnote – *Zehn Gulden sind zehn Gulden, verdammte Fotze!*, das wäre die genaue, aber absolut irreführende oder
zweideutige Übersetzung, der einerseits die ganze Würze des
Wortes *juldas* fehlte, eine phonetische Hispanisierung des niederländischen *guldens,* die reich an semantischen und soziologischen
Bedeutungen ist, sehr typisch jedenfalls für die unermüdliche Er-
findungsgabe der spanischen Umgangssprache, die sich die gebräuchlichsten Fremdwörter aller Länder Europas aneignet,
assimiliert, hispanisiert, in die früher die politische und heute die
wirtschaftliche Emigrationsflut jene Männer aus dem Süden ver-
schlagen hat (jene sparsamen, arbeitsamen, dickköpfigen, undis-
ziplinierten, gern lachenden, melancholischen, und wer weiß
noch was alles Herdenmenschen), die vielleicht hoffen, durch
diesen fast magischen Vorgang der Hispanisierung der geläufigsten Wörter jene fremde, feindliche Welt bewohnbarer zu machen,
in der sie trotz all der Fähigkeiten, die man an ihnen als Arbeits-
kräfte schätzt, als eine minderwertige Schicht jener minderwerti-
gen Schicht der Gesellschaft, der Arbeiterklasse, angesehen werden; andrerseits würde der Übersetzung des Wortes *coño* durch

Fotze – eine ganz genaue, wortgetreue Übersetzung – der Geist dieses Wortes fehlen, mit dem man vulgär den weiblichsten Teil des weiblichen Körpers bezeichnet, das aber im Spanischen dazu dient, alle Nuancen der Überraschung, des Zornes, der Freude, jedenfalls starker Gefühle auszudrücken in einer praktisch unendlichen Skala von Kombinationen und Varianten, und daher müßte man diesen im Getöse der spanischen Kneipe in Amsterdam aufgeschnappten Ausdruck

diez juldas son diez juldas ¡qué coño!

etwa mit *Zehn Gulden sind zehn Gulden, verflucht nochmal!*, übersetzen, wobei der letzte Teil des Satzes unendlich variiert werden könnte, um die Kraft des spanischen *coño* wiederzugeben.

Und alle diese sprachlichen Betrachtungen hätten angestellt werden können, während man an der Bar dieser Kneipe *amontillado* trank, weil an einem Tische dieser Kneipe eine laute Diskussion zwischen spanischen Matrosen und Arbeitern begonnen hatte, und man hätte gewünscht, um gewisse besorgte Geister zu beruhigen, daß diese Diskussion – um so mehr, als heute der Jahrestag der Spanischen Republik war – sich um politische Probleme gedreht hätte, zum Beispiel, daß diese spanischen Arbeiter und Matrosen sich über die letzten Ereignisse in ihrem Land unterhalten hätten, die letzten Aktionen der Arbeiter für Erhöhung der Löhne und Gewerkschaftsfreiheit, aber die Wirklichkeit war leider ganz anders, und diese Diskussion drehte sich nur um Gulden und Weiber, denn einer der Männer an diesem Tisch schien bei einer Weibergeschichte um zehn Gulden geprellt worden zu sein, es war alles ziemlich verworren, aber es war eine Geschichte von Weibern und Gulden, darüber gab es keinen Zweifel.

Es war verworren, gewiß.

¡Qué coño ni que niño muerto! (Leck mich am Arsch, das tote Kind!)

¡Pues éso digo, éso! (Ich sag es dir doch!)

Y la muy puta ¿que? (Und die geilste?)

Pero, vamos ¿te la tiraste o no te la tiraste? (Hast du ihn nun reingesteckt oder nicht?)

¿No te digo? ¡Por el culo, hombre, por el culo! (Hab ichs dir nicht gesagt, in den Arsch, Mensch, in den Arsch!)

¿Cuantas juldas, dices? (Wieviel Gulden, sagst du?)

Diez, te digo, ¿no te jode? (Zehn, verflucht nochmal!)

Y un francés, ¿te lo hizo? (Und hat sie's dir auf französisch gemacht?)

¡Un francés, compañero, tu madre! (Und wie, mein Lieber, deine Mutter!)

La tuya, acaso. ¡La mía, en paz descanse! (Deine vielleicht. Meine ruhe in Frieden!)

¡Hombre, vamos coño! ¡No respectáis nada! (Mensch, Scheiße, ihr habt vor nichts mehr Respekt!),

und diese Diskussion über Weiber und Gulden schien, trotz des teilweise rätselhaften Charakters dieser fast wörtlichen Übersetzung, vor nichts Respekt zu haben, denn die Sprache wurde in ihrer Obszönität immer genauer – die hier wenigstens teilweise durch die fast wörtliche Übersetzung verdeckt ist – und in der Hitze der Diskussion immer anzüglicher hinsichtlich der mütterlichen Abstammung des einen oder des anderen (man könnte hier abschweifen auf den fast ritualen Inhalt einer mit Sexualität beladenen Sprache, dieses Vergreifen an der Mutter Gottes mit wüsten, blasphemischen Schimpfwörtern – denn von der wirklichen leiblichen Mutter war man durch eine unmerkliche Verschiebung, eine mythologische Verkürzung zur Mutter Maria übergegangen, *madre de Dios,* Hure von Jungfrau –, eben weil sie für diese Männer, die vielleicht aus spanischen Industrievierteln kamen, aber einst aus einer ländlichen, archaischen, matriarchalischen, schamlosen Gesellschaft herausgerissen worden waren, die Verkörperung aller Sehnsüchte und Schrecken einer abgelaufenen Vergangenheit war, einer Welt von zerschlagenen, noch nicht ersetzten Werten; und auf die Mutter Gottes scheißen, was sie bis zum Überdruß taten, war nur der Ausdruck des mit der ganzen Gewalt des Instinkts empfundenen Schmerzes über eine Entwurzelung, einen Verlust, eine Verzweiflung, ein Leben ohne moralischen Halt, das noch nicht strukturiert war von den Bedürfnissen und Zielen eines neuen Klassenbewußtseins), und wie ein Feuerwerk, das den Höhepunkt des letzten Sprühens erreicht, schleuderte diese verworrene Diskussion in diesem Augenblick die letzten verbalen Feuergaben dieser wilden, brennenden und harten Kumpanei einer ausschließlich männlichen Sprache empor und verlosch dann in einem entspannten Gelächter.

Man könnte jetzt in der wiederhergestellten Ruhe – eine dichte, von winzigen Geräuschen brodelnde Stille, vom Hinstellen der

Gläser auf den Holztischen, von einem Husten, kurzen Ausrufen, die das Ausspielen dieser oder jener Karte in einer gleich nach der Diskussion begonnenen Partie begleiteten – man könnte sich also in der wiederhergestellten Ruhe entschließen, hierzubleiben und eine Kleinigkeit zu essen. Man könnte plötzlich genug haben von dem Hinundher, den Zickzackbewegungen, mit denen man versuchte, die Maschen dieses unsichtbaren, aber gegenwärtigen Netzes zu zerreißen, irgendeinen Ausweg aus dieser Reuse zu finden. Man könnte die Augenblicke dieses Tages rekapitulieren: Besuch des Mauritshuis; das Haus am Plein 1813; Spaziergang am einsamen Strand von Zandvoort unter den Stößen plötzlicher Windböen; Diskussion mit den beiden Handelsvertretern der DDR; Rückkehr ins Hotel, wo das tägliche Telegramm an Inés aufgegeben worden ist; plötzliche Angst in der käfigartigen Einsamkeit des Zimmers; Aufbruch ins Hafenviertel; und man könnte wirklich genug davon gehabt und beschlossen haben, sich hier in der komplizenhaften Wärme dieses völlig fremden, völlig vertrauten Ortes niederzulassen.

Man könnte sich an einen Tisch setzen und erstaunt sein, daß man nicht früher an diesen möglichen Schlupfwinkel gedacht hat. Man könnte Langusten bestellen – und zusehen, wie sie gegrillt werden von einer dunkelhaarigen Frau mit breiten Hüften, die noch zierlich war, aber nicht mehr lange, die am Herd und am Grill beschäftigt war und die ungeniert mit den Männern ein Spanisch mit starkem katalanischen Akzent sprach – und plötzlich wäre man von einer Welle des Wohlbehagens überwältigt worden, so als ob die einen umgebenden intimen Dinge wieder an ihrem Platz wären, wieder durchschaubar und faßbar, eines aus dem anderen sich ergebend, doch gleichen Ursprungs in einer bewohnbaren Welt, und man hätte das sehr lebhafte, überraschende Gefühl haben können, wieder man selbst zu werden, und ich hätte gegrillte Langusten bestellt im Vorgeschmack nicht nur dieses Essens, sondern auch in der tieferen und heftigeren Freude zu existieren.

Ich saß da, die junge Frau deckte den Tisch.

¿Español verdad?, fragte sie.

Sie fragte mich, ob ich Spanier sei, und ich bejahte ihre Frage.

Sie sah mich kurz an, auch meine Kleidung.

¿Del Consulado, acaso?, fragte sie weiter, aus meiner Kleidung

sofort schließend, daß ich weder Matrose noch Arbeiter war und daher irgendein Beamter des spanischen Konsulats sein könnte.

Ich nannte ihr meinen Beruf, und sie nickte anerkennend: Geschäftsreisen, das wußte sie zu schätzen!

Ich lebte, ich könnte nichts anderes sagen, wenn mich jemand jetzt nach meinen Empfindungen gefragt hätte.

Herbert Wettlich hatte sich schon seit langem mit dem Gedanken abgefunden, daß er nichts vom Leben wußte. Wenn jemand in seiner Gegenwart das Problem anschnitt, fragend oder allgemein, wurde er stumm, zuckte mit den Achseln. Das Leben? Nein, er hatte nichts dazu zu sagen, zum Leben, so gerade heraus, so im allgemeinen. Wenn jemand darauf bestand, anläßlich irgendeines Ereignisses, das eine Diskussion hervorgerufen hatte, zog er sich gewöhnlich mit einem Witz zurück, was übrigens für einen so positiven Menschen überraschend war. »Ich bin nur ein Funktionär«, sagte er, »wozu muß ich wissen, was das Leben ist?« Man lachte rings um ihn, nicht ohne etwas überrascht zu sein, denn das hätte man nicht erwartet, daß er sich so aus der Affaire zog, und die Frage blieb offen.

»Das Leben?« sagte Anna Jahre vorher, »aber du hast doch keine Ahnung vom Leben!«

Sie saßen im Wohnzimmer der Villa in Kleinmachnow an einem Sonnabend. Sie erwarteten Freunde, Anna machte sich in der Küche zu schaffen. Das Fernsehen war auf die Tagesschau aus West-Berlin eingestellt: alles schien in Ordnung. Herbert Wettlich hatte sich einen Wodka eingeschenkt und sich in einem Lehnstuhl niedergelassen, um diese Sendung aus West-Berlin zu sehen. Es war Frühling. Er saß im Wohnzimmer der Villa von Kleinmachnow. Das Laub der Bäume bewegte sich leicht. Im Garten, der das Haus umgab. Es war Sonnabend. Freunde kamen zum Abendessen.

»Ach, das Leben ist schön!« hatte Herbert Wettlich gerufen.

Und das war in Kleinmachnow, vor Jahren, an einem Sonnabend im Frühling.

Er hatte die Stimme von Anna hinter sich gehört.

»Das Leben? Aber du hast doch keine Ahnung vom Leben!«

Die Stimme Annas war unkenntlich. Er hatte sich umgedreht, erschrocken über die bittere Verzweiflung dieser unkenntlichen Stimme. Er hatte Anna gesehen, die reglos mitten im Wohnzimmer des Hauses in Kleinmachnow stand. Auch Anna war unkenntlich.

So hatte es begonnen, Jahre vorher.

Er fragt sich, warum diese Erinnerung heute, in dem Augenblick, wo diese absurde Geschichte begonnen hat. Aber Tatsache ist, daß er an Anna denkt, in diesem Auto, das ihn an einen unbekannten Bestimmungsort führt.

Er hatte in der *Oesterbar* ganz allein zu Abend gegessen. Die Mahlzeit hatte lange gedauert, war lecker gewesen, und er hatte sie genossen. Als er bezahlte, hatte er rasch nachgerechnet, wieviel Mark diese Gulden waren. Natürlich nur ungefähr, denn es gab einen offiziellen und einen tatsächlichen Kurs der DDR-Mark, aber sein erster Eindruck wurde bestätigt: Amsterdam war keine teure Stadt.

Draußen hatte er eine lange, dünne brasilianische Zigarre angezündet und beschlossen, zu Fuß ins Hotel zurückzukehren. Auf dem Singel, nach einem langen Bummel, zögerte er. Sollte er sofort zurückkehren oder noch ein bißchen in ein Café in der Kalverstraat gehen? Er betrachtete zögernd das Wasser vom Singel, die Lichter, die sich in ihm spiegelten. Und in diesem Augenblick war der Mann neben ihm aufgetaucht.

»Professor Wettlich?« fragte der Mann, »Freunde erwarten Sie.«

Er hatte sich fassungslos umgedreht.

Der Mann war jung, hatte einen blassen, undurchdringlichen, weil völlig durchsichtigen Blick. Er hatte mit einem starken Berliner Akzent gesprochen.

»Wie bitte?«

Herbert Wettlich hatte automatisch reagiert, als er diesen Mann ansah. Einige Sekunden lang hatte er vergessen, daß er in Amsterdam war, hatte er vergessen, warum er hier war, hatte er das Abendessen in der *Oesterbar* vergessen, alles vergessen. In einer Art Taumel hatte er geglaubt, zu Hause in Berlin zu sein, an irgendeinem Abend, vor der Rückkehr nach Kleinmachnow. Er hatte gedacht, dieser Mann sei von der Politischen Polizei, und er fragte sich mit einem nicht zu unterdrückenden Herzklopfen, welchen Fehler er begangen haben könnte, daß er so einfach auf der Straße von einem Beamten des Staatssicherheitsdienstes verhaftet wurde.

Aber er war doch in Amsterdam, dieses glitzernde Wasser war das Wasser vom Singel, er kehrte ruhig in sein Hotel am Rembrandtsplein zurück. Jedenfalls auch in Berlin konnte man ihm nichts vorwerfen.

»Wie bitte?« fragte Herbert Wettlich.

Der Mann hatte die Hand auf seinen Arm gelegt.

»Kommen Sie, Herr Professor!« hatte er gesagt, »Freunde erwarten Sie!«

Herbert Wettlich war nicht ängstlich, bestimmt nicht. Er fragte sich bloß, was diese Einmischung bedeutete, er fragte sich, was zu tun wäre. Aber der Mann sprach wieder zu ihm, mit drängender Stimme. Sein Ton hatte sich geändert.

»Es ist dringend, Genosse!« sagte der Mann.

Dann, mit abgewandtem Blick und dumpfer hastiger Stimme, als ob er auswendig gelernte Sätze aufsagte, erinnerte er Herbert Wettlich an eine Episode seiner Vergangenheit. Wettlich zitterte; sehr wenige Menschen konnten diesen Augenblick seines Funktionärsdaseins kennen. Vielleicht eine Handvoll alter Kommunisten.

Er hatte den Mann angesehen.

»Welche Garantien können Sie mir geben?«

Der Mann nickte.

»Wie Sie wissen, bin ich hier in offiziellem Auftrag«, fügte Wettlich hinzu, »ich möchte um keinen Preis gestört werden!«

Der andere nickte noch einmal.

»Das ist klar, Herr Professor!« sagte er. »Ich kann Ihnen versichern, daß wir Sie nicht stören werden!«

Wettlich sah sich noch einmal nach den Lichtern auf dem Singel um.

Dann sagte er mit knapper Stimme.

»Gehen wir!«

Und jetzt im Auto, das ihn an einen unbekannten Ort führte, war ihm diese Erinnerung an Anna gekommen. Das war absurd! »Das Leben? Aber du hast doch keine Ahnung vom Leben!« Er hatte den Kopf gewandt und Anna war unkenntlich. Man glaubt alles von einer Frau zu wissen, man richtet sich in dieser Gewißheit ein: die Kenntnis eines Lebens, eines Körpers, einiger Ticks, einiger Verschrobenheiten, einiger fixer Ideen, eine Lippenfalte, Anna. Er hatte ihr den Kopf zugewandt, den Fernsehapparat leiser gestellt. Es war zu Ende. Aber warum sagte sie, daß er keine Ahnung vom Leben habe? Das war ungerecht. Er wußte von langen Spaziergängen seiner Jugend in schwarzen Tannenwäldern; von Sonnenfreuden des nackten Körpers; von schlaflosen Nächten, Diskussionen, politischen Kämpfen, Emigration, Gefängnissen, Lagern. Er wußte alles vom Leben. »Nichts«, sagte Anna, »du weißt nichts vom Leben! Du hast das alles erlebt wie ein Büroangestellter, du bist nur ein Funktionär!«

So hatte es in Kleinmachnow begonnen, Jahre vorher. Jetzt ist Anna fort, und wenn man Herbert Wettlich nach seiner Meinung über das Leben fragte – das kam noch manchmal vor –, zuckte er lachend die Achseln. »Ich bin nur ein Funktionär. Wozu muß ich wissen, was das Leben ist?«

Es war also Walter Wetter, der ihn erwartete. Er hätte es sich denken können.

Der Mann, der den Wagen fuhr, hatte endlose Umwege gemacht und war schließlich auf den Spui zurückgekommen, ganz in die Nähe von dem Ort, wo sie abgefahren waren. Der Mann hatte den Wagen geparkt und auf ein Bierlokal gezeigt.

»Hier werden Sie erwartet, Herr Professor!« sagte er, »an einem Tisch im Hintergrund!«

Herbert Wettlich nickte und ging hinein.

Jetzt saß er Walter gegenüber. Sie lächelten mechanisch, alle beide.

»Entschuldige, es war dringend«, sagte Walter.

In ihrer Erinnerung regte sich einiges, sie lächelten mechanisch.

»Was kann ich für dich tun?« fragte Wettlich.

Walter bestellte Bier und zündete sich eine Zigarette an.

»Du bist gestern abend mit Willy Wolf angekommen. Heute habt ihr eine Verabredung mit einem spanischen Geschäftsmann gehabt. Wer ist dieser Mann?«

Herbert Wettlich runzelte die Stirn.

»Ich habe einen offiziellen Auftrag, einen Vertrag zu besprechen.«

Walter hob die Hand und lachte kurz.

»Beruhige dich! Wir haben alle offizielle Aufträge, immer! Unser ganzes Leben ist offiziell. Dieser Vertrag interessiert mich nicht – was war es gleich? Ihr verkauft Maschinen an Franco-Spanien – das interessiert mich nicht. Ich möchte wissen, wer das ist, dieser Spanier?«

Herbert sah ihn an. Die Stimme Wetters war schneidend, ironisch gewesen. Eher bitter.

»Warum? Ist er verdächtig?«

Walter lachte.

»Verdächtig? Absolut nicht. Ich kenne ihn gar nicht. In Wirklichkeit interessiert nicht er mich, sondern die Leute, die sich für ihn interessieren!«

121

Herbert Wettlich erzählte nun alles, was er von diesem Ramón Mercader wußte.

»Wie sagst du?«

»Was?«

»Seinen Namen!«

»Ramón Mercader«, sagte Wettlich.

Walter trank einen Schluck Bier. Das war absurd!

»So etwas!« sagte Walter.

Wettlich sah ihn verblüfft an.

»Kennst du ihn?« fragte er.

Walter lachte.

»Ich kenne einen, bestimmt nicht denselben!«

Das Verhalten jenes Mannes hatte ihn befremdet, in diesem Winter, in den Gängen des Bolschoj. Es war in der Pause, er war aufgestanden, um eine Zigarette zu rauchen. In den Gängen, vor ihm, hatte ihn das Verhalten jenes Mannes befremdet. Einige Minuten später hatte er ihn im Rauchsalon wiedergesehen. Ein stämmiger Mann mit einem toten Blick hinter einer Hornbrille. Er rührte sich nicht. Eine Frau sprach mit ihm. Es sah nicht aus, als ob er ihr zuhörte.

»Der, den ich kenne«, sagte Walter, »also kennen wäre zuviel gesagt, ich habe ihn ein einziges Mal gesehen, das ist ein anderer Ramón Mercader: das ist der, der Trotzki ermordet hat.«

Herbert wäre fast an einem Schluck Bier erstickt, er wischte sich den Mund ab und sah Walter an.

Sie schwiegen, sie dachten an den anderen Ramón Mercader.

»Was ist aus ihm geworden?« fragte Herbert.

Walter Wetter hob den Kopf.

»Er lebt in der Sowjetunion«, antwortete er.

Der Mann im Rauchsalon des Bolschoj rührte sich nicht. Er schien die Frau, die mit ihm sprach, nicht zu hören. Sie klammerte sich an ihn, beschwörend. Übrigens eine ganz reizlose Frau.

»Diesen Winter hat man ihn mir in Moskau gezeigt. Im Bolschoj«, sagte Walter Wetter.

Verächtliche Verzweiflung: so müßte man den Ausdruck dieses Mannes bezeichnen. Ein Ausdruck verächtlicher Verzweiflung.

»Was macht er dort?« fragte Herbert.

»Nichts«, sagte Walter. »Er hat eine Datscha, eine Alterspension. Niemand spricht mit ihm.«

Walter lachte.

»Heute stirbt man nicht mehr. Manchmal frage ich mich, ob das wirklich besser ist.«

Er lachte wieder. Herbert schauderte es. Dieser Abend lief schlecht.

»Gut«, sagte Walter, »kehren wir zu deinem Mercader zurück.«

Herbert erzählte nun alles, was er von diesem Ramón Mercader wußte.

Walter hatte sich zu ihm gebeugt. Er hörte aufgeregt zu. Manchmal stellte er mit knapper Stimme eine präzise Frage. Dann hatte Herbert aufgehört zu sprechen.

Es herrschte Stille. Splitter möglicher Wahrheiten schienen da und dort aufzuleuchten wie Blinklichter in der Nacht. Nicht mehr: Splitter möglicher Wahrheiten. Aber zusammengefügt ergab das noch keine ganze Wahrheit. Ramón Mercader? Es war zum Lachen!

Walter faßte plötzlich einen Entschluß. Es wäre ihm schwergefallen, ihn ganz rational zu begründen. Er hatte das Für und Wider nicht ernsthaft abgewogen. Er faßte einfach einen Entschluß.

»Sag, Herbert, siehst du den Mercader noch einmal?«

Herbert nickte.

»Morgen treffen wir uns zum letzten Mal zur Unterzeichnung des Vertrages.«

»Kannst du mir einen Gefallen tun?«

Herbert wartete, er überlegte.

»Morgen zu irgendeinem Zeitpunkt – aber Willy Wolf braucht es nicht zu hören – möchte ich Mercader durch dich eine Nachricht übermitteln.«

»Eine Nachricht?«

»Ich möchte, daß du ihm folgendes sagst: eine holländische Firma möchte mit ihm verhandeln. Die *Van Geelderen Maatschappij*, die ihr Büro auf der Herengracht hat.«

Herbert wiederholte automatisch.

»*Van Geelderen Maatschappij* auf der Herengracht.«

Walter lächelte.

»Das wär's. Sag ihm auch, daß die Amerikaner viel Geld in dieser *Van Geeldern-Gesellschaft* haben. Das ist alles.«

Herbert hob den Kopf. Seine Augen leuchteten eine Sekunde. Aber er war nur ein Funktionär im Außenhandel, er wurde wieder blaß und grau.

»Einverstanden, ich glaube, das läßt sich machen.«

Sie sahen sich an. Es regte sich wieder einiges in ihrem Gedächtnis. Sie gingen dem nicht nach, sie lächelten mechanisch. Herbert stieß einen Seufzer aus.

»Ich nehme an, man darf dich nichts fragen, keinerlei Erklärung?«

Walter nickte.

»Ich nehme an, du weißt, was du tust«, sagte Herbert.

Walter lächelte.

Sie leerten ihre Bierflaschen, sie sahen sich an, und Klaus Kaminsky betrachtete das Schaufenster der spanischen Kneipe auf der anderen Seite der Gasse.

Es war längst Nacht geworden, aber der Spanier war noch immer drinnen. Vorhin, als Kaminsky Wache hielt, hatte Hans Menzel nachgesehen, ob diese spanische Kneipe nicht einen zweiten Ausgang hätte. Das war eine verrückte Geschichte. Lange konnte es nicht mehr dauern. Der Kerl hatte gegrillte Langusten bestellt. Und dann hatte er mit einem spanischen Matrosen ein langes Gespräch angefangen und sich schließlich zu ihm an den Tisch gesetzt. Menzel hatte sie eine Zeitlang beobachtet, aber sie sprachen Spanisch, er verstand nichts. Er war weggegangen. Im Grunde war es ja nicht dieser Kerl, der sie interessierte, sondern die Typen vom CIA. Sobald man wußte, daß sie den Spanier überwachten, war es leicht, sie ausfindig zu machen. Einer war in der spanischen Kneipe, ein anderer in der, wo sich Kaminsky befand, genau gegenüber, und der stämmige, unerschütterliche Kerl, den sie seit acht Tagen beobachteten, war ebenfalls durch diese Gasse gegangen. Vielleicht war es dieses Gewimmel der Amerikaner rund um die beiden Kneipen, vielleicht auch nur die Wärme des Wacholderschnapses, den er getrunken hatte, aber Klaus Kaminsky fand jetzt, daß das alles eine komische Seite hatte. Man kam sich vor wie in einem Spionagefilm, zum Totlachen. Er lachte. Er hörte sein Lachen. Ein Mädchen drehte sich nach ihm um, überhaupt nicht erstaunt, nicht einmal neugierig. Sie schien sich nur zu fragen, ob dieses plötzliche, brutale Lachen eine Aufforderung sei, als ob sie auf irgendein Zeichen wartete, um ihre Dienste anzubieten. Aber das Mädchen wandte sich gleich wieder ab. Seit Kaminsky in dieser rötlichen, lärmenden Bar war, hatte ihn kein Mädchen angesprochen. Vielleicht spürten sie, daß er gar nicht darauf aus war. Oder ihr geübter Blick entdeckte etwas an ihm, was sie von ihm abhielt. Jedenfalls hatten sich mehrere nach Kaminsky umgedreht, die ihre Körper gegen die glänzende Theke preßten, aber sie hatten es gleich aufgegeben. Kaminsky trank Wacholderschnaps, er sah nicht danach aus, das war eindeutig.

Er lachte wieder, Kaminsky.

Zwei englische Matrosen werfen ihm einen verständnisvollen Blick zu und heben ihre Gläser in seine Richtung. Kaminsky tut das gleiche. Plötzlich findet er das alles absolut lächerlich.

Kaminsky lehnt sich an die Bar, betrachtet das beleuchtete Schaufenster der spanischen Kneipe, steckt mechanisch die rechte Hand in die Brusttasche seines Jacketts. Er spürt irgend etwas in seiner Tasche, fragt sich, was das ist, zieht zwei kleine Papierstücke heraus, sieht sie an. Es sind Theaterkarten, und das Blut weicht aus seinem Gesicht. Die Hitze des Wacholderschnapses wandelt sich plötzlich zu Eis in seinen Adern.

Flüchtig sieht er die Karten an.

Man hätte also zwei Karten für das Berliner Ensemble in seiner Tasche finden können, während er einen Paß der Bundesrepublik als Bürger Hamburgs hat. Das war eine unverzeihliche Nachlässigkeit. Man hatte ihm doch genau beigebracht, daß es oft winzige Details sind, durch die man überführt werden kann. 9. Dezember? Natürlich, das war am Geburtstag von Gerda, er hatte sie zum Theater eingeladen. Dann waren sie ins *Sofia* tanzen gegangen. Es wurde *Coriolan* von Shakespeare gespielt in der Bearbeitung von Brecht. Auf der Bühne stießen Lederschilde und kurze Säbel aufeinander, in einem brutalen, wie ein Ballett inszenierten Kampf. Aber Gerda hatte sich mehr für die Rolle der Mutter interessiert, die von der Weigel gespielt wurde.

Mit einer schnellen Bewegung zerreißt er die bräunlichen Eintrittskarten für das Berliner Ensemble in kleine Stücke. Er läßt sie auf den Boden der Bar fallen, in all den Abfall, der dort herumliegt.

Nach dem *Sofia* war Gerda bereit gewesen, zu ihm zu kommen. Das war trotzdem kein Grund, diese Karten als Andenken aufzuheben. Er hätte die Taschen seiner ganzen Kleidung durchsuchen müssen vor dieser Reise nach Amsterdam.

Kaminsky ist wütend. Er hat noch einen Wacholder bestellt. Hebt das Glas an die Lippen, das Bier ist lauwarm geworden, er sieht, daß Herbert Wettlich das Bierlokal verläßt. Er hat Lust zu lachen, er lacht.

Das ist doch verrückt. Ramón Mercader. Rekapitulieren wir. Aber als Walter Wetter versucht, seine Gedanken zu ordnen (da haben wir es, die Umgangssprache betrachtet den Geist als einen Karteikasten, einen Aktenordner: man ordnet in seinem Geist, ordnet Ideen, Begriffe, Tatsachen, Erinnerungen, in der manchmal enttäuschten Hoffnung, sie wiederzufinden, wenn man sie braucht; in fieberhafter Geistesfrische häuft man alles an, was einem in den Sinn kommt: heftige Sinneseindrücke, unauslöschliche Erlebnisse, verworrene und geniale Intuitionen, die man überprüfen will, Landschaftsfetzen, die zu nichts anderem dienen, als das Leben erträglich zu machen, Schäfchenwolken, eine weiße Steilküste, ein Fohlen auf einer Wiese, lauter Bruchstücke), als er versucht, alle für diese Geschichte wichtigen Tatsachen zu ordnen – der CIA, George Kanin, identifiziert, laufen gelassen, Dresden, das zerstörte oder umgedrehte Agentennetz, ein langfristiges Unternehmen –, und in diesem Augenblick ist er von einem Bild besessen (wie die Umgangssprache doch genau ist, wenn man darüber nachdenkt: das Besessensein von Bildern, die plötzlich in einem auftauchen, einen nicht mehr loslassen, einen beflügeln, einen vernichten), ein Bild, das nichts zu tun zu haben scheint mit dieser minutiösen geistigen Einordnung von Fakten, diesem Nachdenken über sie – Ramón Mercader, absurd, ein in die Sowjetunion evakuiertes spanisches Kind, Rückkehr, COMESA, die Amerikaner –, ein

Bild, ein Bild, eine dunkle Gegenwart, eine unvergeßliche Abwesenheit.

Und jedesmal mußte man an diesem Bild vorbei, im Labyrinth der unterirdischen Gänge. Man war in der Zelle, man hörte die näherkommenden Schritte des Gefängniswärters, deren hohles Echo auf dem rauhen Zement lange nachhallte. Man wurde aus der Zelle geholt, man wurde durch unterirdische, feuchte, von nackten Glühbirnen spärlich erleuchtete Säle und Gänge geführt, ein Labyrinth, in dem früher der Kühlraum eines großen Berliner Warenhauses untergebracht war und das der Staatssicherheitsdienst jetzt für Verhöre und als Untersuchungsgefängnis benutzte. Man mußte durch lange Gänge, im fast ohrenbetäubenden Lärm der Echos, die diese unterirdische Welt aus rohem Zement noch verstärkte, aber man mußte auf dem Hin- wie auf dem Rückweg immer einen großen rechteckigen Saal durchqueren, in dem der Posten der Hauptwache saß. Vor dem Verhör, wenn man sich fragte, welche absurden Fragen, welche unsinnigen Anschuldigungen heute wieder ausgesprochen würden, wenn man sich fragte, wie viele Stunden man unter dem grellen Scheinwerferlicht bleiben müßte; aber auch nach dem Verhör, wenn man zerbrochen zurückkehrte, mit dem einzigen Halt, mit der einzigen unsinnigen Hoffnung, daß das alles ein Irrtum sein müßte oder ein ungeheures Mißverständnis, das meine Unbeugsamkeit schließlich aufklären würde, denn ich bin ja ein Kommunist, man kennt mein Leben, die Wahrheit muß siegen; auf dem Hin- wie auf dem Rückweg also mußte man diesen rechteckigen Saal durchqueren, wo dich von einer Wand unbeweglich mit undurchdringlichem, aber sicher wohlwollendem Lächeln das Bild von Stalin betrachtete. Immer, jeden Tag, immer, wochenlang, monatelang, zur Zeit der Verhöre, auf dem Hin- wie auf dem Rückweg, begegnete man dem Blick Stalins, streng, aber väterlich, scharf, aber verständnisvoll – den gleichen Blick hatte er gehabt, als er in dem Film *Der Fall von Berlin* unter einer fahlen Sonne und einem blauen Himmel Rosen schnitt –, und dieser Blick Stalins von diesem riesigen Foto an der Wand des unterirdischen Saals herab, dieser Blick war die Garantie für die jetzt noch verborgene Wahrheit, die eines Tages ans Licht kommen mußte.

Und er lacht, jetzt, ganz allein, im Bierlokal auf dem Spui.

Jahre waren vergangen – wie viele? Das war 1949 –, die unvorhergesehensten Dinge waren geschehen, aber das Foto von Stalin hängt immer noch an der gleichen Stelle in dem großen rechteckigen Saal, wo alle Gänge dieses unterirdischen Labyrinths münden. Dort verhört der Staatssicherheitsdienst immer noch Verdächtige, und Stalin ist immer noch da und sieht die Posten und die Häftlinge an mit dem gleichen unversöhnlichen und wohlwollenden Blick. Er hatte mit Genossen gesprochen, die lange nach ihm verhaftet worden waren, die einige Tage oder einige Wochen, einige Monate in der Unterwelt des Staatssicherheitsdienstes verbracht hatten, und Stalin war immer noch da. 1957 war Stalin immer noch da; Wilhelm Hauptmann hat ihn da gesehen. (Aber sein Blick war nicht wohlwollend, sagte Hauptmann, er war finster. Dieser tückische, böse Blick über der glänzenden Uniform des Generalissimus war finster, sagte Hauptmann. Der Blick hatte sich natürlich nicht geändert, aber man konnte den Blick Stalins 1957 nicht mehr mit den gleichen Augen sehen.) Als ob in der Tiefe des abgeschlossenen Universums des Staatssicherheitsdienstes, vergraben unter der trüben, lärmenden Stadt Berlin, das unveränderliche Gesicht Stalins nur da wäre, um das Überdauern einer hochmütigen und verschlagenen Gewalt zu manifestieren, einer hartnäckigen Leugnung der weiteren Entwicklung; als ob der so lebendige und scharfe Blick Stalins Jahre nach seinem Tod nur da wäre, um allen gegenwärtigen und zukünftigen Verdächtigen das mögliche Überleben seines Systems von undurchsichtigen und unzugänglichen Werten klarzumachen; als ob Stalin überall woanders nur scheinbar tot wäre, aber hier, im verstärkten, zermürbenden Echo der Gänge und Zellen aus Zement ein scheinheiliges und rachsüchtiges Leben fortführte, und er lacht jetzt, ganz allein, Walter Wetter, in diesem Bierlokal in Amsterdam, mitten in der Weinseligkeit der stattlichen und stämmigen Familien. Daß ich nicht lache! Ich bitte Sie! Im Zuchthaus Bautzen, an einem Tag im März – jawohl, es war im März, denn ich kenne das genaue Datum von Stalins Tod; für mich war das damals ein Wintertag wie jeder andere – an einem Tag im März gab es eine große Aufregung, Zellentüren klappten, auch meine wurde schließlich aufgerissen, ein Posten mit aufgelöster Miene forderte mich auf, ihm zu folgen, ich fand mich in einem großen, gut geheizten Raum des Verwaltungsgebäudes wieder, wir waren mehrere Dutzend (ich sah mich um, und wirklich, wenn man den Gefängnisdirektor und die paar Wachtposten, die bei ihm standen, vergaß, waren wir unter uns, nur Kommunisten, kein einziger Verbrecher, kein Schieber, kein Nazioffizier, mit denen man uns sonst zusammensteckte), mehrere Dutzend Altkommunisten: Genossen von Buchenwald und Dachau, Spanienkämpfer, ehemalige Emigranten, ehemalige Mitglieder der illegalen Organisation in der Armee oder im Hinterland, ich glaubte, der Krieg sei ausgebrochen, die Amerikaner hätten unsere Republik besetzt, oder noch schlimmer, sie hätten die Sowjetunion mit Atomwaffen angegriffen, ich sah nur eine solche Möglichkeit als Grund zu dieser Versammlung, aber nein, der Direktor sprach einige Sätze, er gab uns den Tod von Stalin bekannt. Eine merkwürdige Bestürzung hatte sich unserer bemächtigt, und ich sah, wie sich die Augen von Werner Kippenhaus mit Tränen füllten. Werner Kippenhaus war monatelang verhört worden – und ich bitte Sie, mir aufs Wort zu glauben und mir die barbarischen und abgeschmackten Details zu ersparen –, monatelang hatte er sich geweigert, die ihm zur Last gelegten Verbrechen zu gestehen, und dann eines Tages hat er alles zugegeben, die unwahrscheinlichsten Dinge, wie zum Beispiel, daß er 1943 in der Schweiz mit Noël Field Kontakt gehabt hatte, wo doch jeder wußte, daß er, Kippenhaus, 1943 in Mexiko war. (»Warum, Werner? Das ist ein Mechanismus, den ich verstehen möchte!« – »Ganz einfach«, sagte Werner lächelnd, »solange ich geglaubt habe, es handelt sich um einen Irrtum, habe ich standgehalten. Ich sagte mir, du bist wahrscheinlich aus Versehen, rein zufällig, innerhalb einer Gruppe von wirklichen Spionen, wirklichen Agenten des Feindes verhaftet worden. Mein gutes Gewissen wird siegen, die Wahrheit wird sich herausstellen, man muß nur durchhalten.« – »Aber die Folter, Werner?« Er zuckte mit den Achseln. »Gut, ich bin nicht sentimental, Krieg ist Krieg« – »Und dann, Werner?« – »Und dann«, sagte Werner lächelnd, »eines Tages habe ich verstanden, es war kein Irrtum, alle diese Anklagen waren vorfabriziert, niemand täuschte sich, das kam aus der Sowjetunion, und es kam von ganz oben. Ich habe verstanden, daß da nichts zu machen war, daß alles von der Macht, von der blutigen Vergangenheit verdorben war, daß es keine Hoffnung gab. Da habe ich alles gestanden, um endlich Ruhe zu haben.« – »Ist da wirklich nichts zu machen, Werner« – »Nichts«, sagte er lächelnd, »nichts, es ist zu spät.« Er lächelte noch immer. »Das heißt, wir können nur noch eins machen: die Revolution«, sagte Werner. Er ist befreit, rehabilitiert worden – aber seine Rehabilitation wurde nicht veröffentlicht, um nicht alte Geschichten auszugraben, hatte man ihm gesagt –, und jetzt arbeitete er im Archiv des Instituts für Marxismus-Leninismus. Er lächelte: »Nichts, die Revolution, wir müssen weitermachen.«) Aber an diesem Tag im Jahre 1953, im Zuchthaus von Bautzen, hatte Werner Kippenhaus Tränen in den Augen, als er die Nachricht vom Tode Stalins hörte. Und rund um ihn herum waren alle anderen, wir alle, fassungslos. Und dann erhob sich eine Stimme in der kleinen Gruppe, eine anonyme Stimme von irgendeinem von uns, und hielt die Trauerrede für den Genossen Stalin. Und wir alle, alte Kommunisten, aus der Partei ausgeschlossen, Agenten des Feindes, rechte oder linke Revisionisten – oder beides, denn die Extreme berühren sich ja bekanntlich –, wir alle, die wir die Größe Stalins, die Macht Stalins mit geschaffen hatten, wir alle, kleine Räder im riesigen Apparat der Partei, wir alle hörten uns die Trauerrede für Stalin an. Im Zuchthaus von Bautzen, an einem Tag im März, und einige sollten nicht lebend herauskommen. Dann verstummte die anonyme Stimme, ich sah Kippenhaus an, jetzt waren seine Augen trocken, sein Gesicht unbeweglich, erstarrt wie eine graue, brüchige Maske aus Bimsstein, aus vulkanischem Gestein, und in diesem völlig toten jenseitigen Gesicht begannen sich die Lippen zu bewegen, drang ein Murmeln aus dem Mund, eine Art Summen, das in der bleiernen Stille ganz deutlich war, ein Summen, das sich ausbreitete, das andere Stimmen aufnahmen, bis ernst und majestätisch das alte russische Lied erklang,

Wir haben die Besten
zu Grabe getragen,

und es war wie eine Befreiung gewesen, wir sangen mit fester und starker und stolzer Stimme, denn nun konnte man Stalin vergessen, einen Augenblick lang jene lange und schmutzige Ruhmesgeschichte vergessen, wir sangen jetzt für alle Toten dieser langen, blutigen Ruhmesgeschichte, die unsere Geschichte war, wir sangen vielleicht für uns selbst, daß ich nicht lache!

Aber warum ist dieses Bild Stalins im Keller des Staatssicherheitsgebäudes grell und verschwommen wieder in seinem Gedächtnis aufgetaucht? Er hatte Herbert Wettlich weggehen sehen, er versuchte, alle seit gestern eingetretenen Ereignisse zu ordnen, seit George Kanin aufgehört hatte, als irgendein amerikanischer Tourist zu erscheinen, und das Bild Stalins hatte mit all dem nichts zu tun.

Rekapitulieren wir: Ramón Mercader, aber Hans Menzel betrat gerade das Bierlokal und setzte sich an seinen Tisch:

»Der Spanier hat die Hafenkneipe verlassen«, sagte Menzel.

»Kaminsky?« fragte Walter Wetter.

Menzel nickte:

»Er beschäftigt sich mit der Fortsetzung«, sagte Menzel.

Sie tranken noch ein Bier, sie rauchten.

Habe ich schon gesagt, daß die Berichte von Hans Menzel immer außerordentlich genau sind? »Er hat das Hotel mit dem Auto verlassen«, sagte Menzel. »Er hat auf dem Nieuwmarkt geparkt. Er ist umhergeschlendert, wahrscheinlich ziellos. Dann hat er ein Denkmal betrachtet. Die Amerikaner haben sich nicht gezeigt. Dann ist er den Zeedijk bis zum Hafenbecken hinuntergegangen. Er schien spazierenzugehen, er sah sich die Schaufenster an. Dann ist er rasch zurückgegangen, ist rechts eingebogen, um ins Hafenviertel zu gehen. In einer Gasse ist er in eine Bar gegangen. Er hat lange das Schaufenster einer spanischen Kneipe genau gegenüber angesehen. In dem Augenblick habe ich einen der Amerikaner bemerkt. Er hat bezahlt, ist über die Straße in die spanische Kneipe gegangen. Zuerst ist er an der Theke stehengeblieben. Er hat Weißwein getrunken und rohen Schinken gegessen. Sie servieren ihn dort in kleinen Würfeln, mit einem Zahnstocher drin. Es sah nicht aus, als ob er irgend etwas erwartete, er war nur da, das ist alles. Schließlich hat er sich an einen Tisch gesetzt und etwas zu essen bestellt. Gegrillte Langusten. Es war voll von Spaniern. Am Nebentisch spielten sie Karten. Später hat ein spanischer Matrose ein Gespräch mit ihm begonnen. Der Matrose hat sich an seinen Tisch gesetzt. Sie gestikulierten, lachten, als ob sie sich Erinnerungen erzählten. Dann haben sie den anderen beim Kartenspiel zugesehen«, und Walter Wetter ertappt sich dabei, wie er sich das Gespräch Mercaders mit dem spanischen Matrosen ausmalt.

Er schüttelt den Kopf, er ist nicht nach Amsterdam gekommen, um über das Schicksal des zweiten Mercader zu sinnieren.

Die Geigen des Orchesters würden Walzer spielen, die hochroten Köpfe der holländischen Familien würden sich im Takt dieser Walzer wiegen, das Bier würde in Strömen fließen in den großen Steinkrügen, die von appetitlichen Serviererinnen mühelos herbeigebracht würden, die Nacht würde näherrücken im Alkoholdunst und Zigarettenrauch, und draußen, auf dem Spui, würden viele Jungen und Mädchen lustwandeln mit keiner anderen Absicht, vielleicht, als das bequeme Wohlbehagen einer scheinbar provozierenden, aber harmlosen Revolte auszukosten, eine weiße und weiche Revolte, wie die weiße und weiche Flut ihrer weißen Fahrräder, die durch die Stadt rollten, unschuldige Überbringer einer bekömmlichen Unordnung, anpassungsfähig, die dieser nach fernen Gewürzen und Möbelpolitur riechenden Gesellschaft nie in der Kehle steckenbleiben würde, denn den Bereich des Spui und der benachbarten Straßen überließ sie gerne jener revoltierenden Jugend, damit sie daraus den leeren Schauplatz für den Ausbruch einer metaphysischen, kontrollierten Freiheit machte, eines fast rituellen, reinigenden – und dadurch die bestehende Ordnung konsolidierenden – Konsums der überheblichsten Phrasen und Gesten, die in ihrer grimmigen Infantilität harmlos waren, dann würde alles wieder in die althergebrachte Ordnung der Nacht zurückkehren, während die Geigen dieses Bierlokals einen letzten Walzer spielten, daß ich nicht lache, und man mußte nur noch auf die Rückkehr von Kaminsky warten.

III

RENÉ-PIERRE BOUTOR

Die einzige meiner Gestalten, die vielleicht nichts ahnt von dieser
Geschichte, die in Amsterdam hätte abrollen können (aber warum
muß eine Geschichte immer *abrollen*? Und wie? Wie eine Feder?
Oder wie eine Schlange, die in sich selbst zusammengerollt in der
Sonne liegt oder, ganz im Gegenteil, in feuchten Winkeln? Auf
alle Fälle muß eine Geschichte abrollen: eine Situation muß eintreten, sich entwickeln, sich in starken Momenten entfalten
auf einen manchmal unvorhergesehenen Ausgang hin; das ist
fast unvermeidlich, auch wenn es nur ein Überbleibsel der aristo-
telischen Poetik ist. Man könnte sich jedoch Geschichten ohne
Handlung – und daher auch ohne wirkliche Auflösung – denken,
nur eine Folge banaler, farbiger Momente, die untergründig bewegt würden durch eine zweideutige Vergangenheit, eine unge-
wisse Zukunft, die nur ein Erzähler in eine Art Ordnung bringen
könnte in Form eines Berichts, der, wie man leicht zugeben
wird, immer willkürlich ist), jedenfalls in dieser, die in Amsterdam, Mitte April 1966, hätte abrollen können, ist die einzige
meiner Gestalten, die vielleicht nichts von den Ereignissen ahnt,
René-Pierre Boutor.

Allerdings ist sein Unwissen nicht absichtlich, es ist auch nicht
das Ergebnis einer schuldhaften Gleichgültigkeit gegenüber den
Dingen dieser Welt. Es ist nur das Resultat der Umstände, in die
ich ihn vielleicht unüberlegt hineingestellt habe. Man versetze
sich nur in die Lage von René-Pierre Boutor.

Diese Osterreise nach Holland war seit langem beschlossen.
Die Reiseroute war mit Hilfe von mehreren Reiseführern an
Winterabenden ganz genau vorbereitet worden. Seine Verachtung
für die amerikanische Kultur hatte René-Pierre Boutor leider daran gehindert, das Buch von Arthur Frommer zu benutzen, *Europe
on Five Dollars a Day, America's most popular money saving
guide, Revised-Expanded-Up-to-Date,* in dem er äußerst genaue Auskünfte über Hotels und Restaurants gefunden hätte, die
jede Konkurrenz schlugen. Wie dem auch sei, die technischen
Probleme der Expedition waren nicht vernachlässigt worden, und
acht Tage vor der Abreise war der *Renault 8 Major* einer genauen
Inspektion bei einem kompetenten und vernünftigen Automecha-

niker unterzogen worden, den er seit langem kannte. Eine plötzliche Eingebung, von der seitdem in den Familiengesprächen oft geredet worden war – René-Pierre Boutor war verheiratet und Vater eines etwa zehnjährigen Jungen namens Philippe –, hatte ihn veranlaßt, den Mechaniker zu bitten, daß er die Unterbrecherkontakte nachsehen und sie, das hatte er kategorisch verlangt, beim geringsten Verdacht auswechseln möge. Diese Eingebung hatte sich als von der Vorsehung gesandt erwiesen, denn, wie der Mechaniker behauptete, hätten die Federn dieser Unterbrecherkontakte während der Fahrt jederzeit nachlassen können. Das ist, wie jeder weiß, eine idiotische Panne, idiotisch und nicht vorauszusehen. Auf alle Fälle – darüber waren René-Pierre Boutor und der Mechaniker übereingekommen – wäre es ratsam, die Unterbrecherkontakte nach einer bestimmten Kilometerzahl regelmäßig auszuwechseln, deren genaue Zahl im Laufe der Diskussion zwischen René-Pierre Boutor und dem Mechaniker jedoch nicht festgelegt worden war, als ersterer seinen Wagen nach der Inspektion abholen kam und letzterer ihm versicherte, wie richtig und zweckmäßig seine Eingebung bezüglich der Unterbrecherkontakte gewesen war.

Die Reise nach Holland hatte aber nicht nur den Zweck, daß die Osterferien dazu benutzt würden, die geographischen Kenntnisse der zivilisierten Welt nach dem Norden hin auszudehnen, nachdem die Mittelmeerländer, zumindest was Spanien, Italien, Jugoslawien, Griechenland und sogar eine kühne Fahrt durch Albanien anging – wo jedoch kein Farbfoto gemacht worden war, aus Angst vor Schwierigkeiten mit der Polizei, die belgische Touristen in Dubrovnik für unvermeidlich erklärt hatten –, nachdem die Mittelmeerländer also im Lauf der vergangenen Sommerurlaube genügend erforscht worden waren. Die Reise nach Holland war auch ein geistiges Abenteuer, hatte auch kulturelle Motive, weil Philippe Boutor – der etwa zehnjährige Sohn, von dem bereits die Rede gewesen war – ein Alter erreicht hatte, in dem zu den unmittelbaren Freuden des Verreisens fast auf natürliche Weise – wenigstens nach Meinung seiner Eltern - das Streben nach neuen Kenntnissen trat.

Daher stand die niederländische Malerei auf dem Programm der Osterreise von René-Pierre Boutor, und auch in dieser Hinsicht war alles sorgfältig vorbereitet worden. Die Dauer des Auf-

136

enthalts in Amsterdam, Den Haag und Rotterdam war je nach der Bedeutung der Gemäldesammlungen im Rijksmuseum, im Mauritshuis und im Boymans Museum berechnet, und es war sogar ein Tagesausflug zum Besuch des Nationalparks *Hoge Veluwe* und zum Kröller-Müller-Museum eingeplant worden. In der Tat, an einem Märzabend hatte René-Pierre Boutor die Aufmerksamkeit seiner Frau Denise erregt, als er ihr einen Absatz aus einem bekannten Führer vorgelesen hatte, der diesem Park und diesem Museum gewidmet war. »Hörst du zu, Denise?« hatte er gefragt, und Denise hatte zugehört. »Der Nationalpark *Hoge Veluwe* ist ein Reservat von großer Schönheit«, las er. »Von Arnhem aus erreicht man ihn über Schaarsbergen, von Apeldoorn aus erreicht man ihn über Hoenderloo oder St. Hubertus, und vom Westen aus erreicht man ihn über Otterlo. Geöffnet von 8 Uhr morgens bis zum Sonnenuntergang. Eintritt: 1.25 Gulden pro Auto und 50 cts. pro Person. Gehölze und Hochwälder wechseln mit Heidelandschaft. Durch den Park, in dem Hirsche, Wildschweine und Mufflons leben, führen gute Straßen und angenehme Fußwege. Das St. Hubertus-Jagdhaus am Eingang des Parks mit einer eigenartigen Architektur stammt von Berlage. Aber die größte Sehenswürdigkeit des Parks ist das Kröller-Müller-Museum.« Denise war noch aufmerksamer geworden, weil sie gespannt war, was jetzt kam. »KRÖLLER-MÜLLER-MUSEUM«, hatte René-Pierre Boutor gesagt und dabei die in großen Buchstaben gedruckten Wörter auseinandergezogen. Besuchszeit von 10 bis 17 Uhr; sonntags erst ab 13 Uhr. Das Kröller-Müller-Museum, nach dem Namen seiner Gründerin, wurde 1938 eröffnet und befindet sich in der Mitte des Parks. Seine Bilder sind von einem seltenen Wert. Es sind zwar alle Epochen im Kröller-Müller-Museum vertreten, das 16. Jahrhundert mit Werken von Hans Baldung Grien und Lucas Cranach, das 17. Jahrhundert mit Werken von van Gogh, Jan Steen, Von Ostade etc., aber die bedeutendsten Sammlungen sind doch jene der modernen und zeitgenössischen Malerei. Man findet hier Werke der französischen Impressionisten, Landschaften von Jongkind, Gemälde von Seurat, Signac und Odilon Redon, abstrakte »Kompositionen« von Mondrian. Das Museum besitzt auch Stillleben von Braque und Juan Gris, Zeichnungen von Fernand Leger und von Picasso das *Bildnis einer Frau, Violine* und *Gitarre*. Die Werke van Goghs (mehr als 200 Gemälde) sind chronologisch angeordnet. . . « und René-Pierre Boutor hatte seine Lektüre unterbrochen. »Stell dir vor, Denise! Mehr als 200 Gemäde!« Denise hatte genickt. Sie hatte sich neben Pierre gesetzt (sie verwendete nur den zweiten Vornamen ihres Gatten, weil der erste sie an einen Mann erinnerte, mit dem unter peinlichen Umständen die Verlobung aufgelöst worden war, gerade als sie in Rennes ihre Lehrerprüfung für Literatur beendete), um gemeinsam mit ihm die kurzen Bildbeschreibungen der Werke van Goghs im Kröller-Müller-Museum zu lesen.

Und so hatten sie auf der Stelle beschlossen, einen Ausflug in den Nationalpark *Hoge Veluwe* zu machen, und Pierre hatte sofort den Zeitplan ab Amsterdam aufgestellt, denn die meiste Zeit ihres Aufenthalts wollten sie in dieser Stadt verbringen.

Denise hatte sich an eben diesem Märzabend dennoch nicht enthalten können zu bemerken, daß bei allem Interesse an van Gogh – von dem sie übrigens auch im Amsterdamer Stadtmuseum andere Werke bewundern könnten – nicht van Gogh, sondern Vermeer das Hauptinteresse dieser Reise zukomme. Pierre Boutor hatte genickt, als ob er dieser Richtigstellung zustimmte, aber eine leichte Verstimmung hatte auf ihrer Unterhaltung gelastet, und er hatte sich abgewandt, war sogar aufgestanden, um eine Flasche Fernet-Branca aus einem Schrank zu nehmen, von dem er sich ein kleines Glas eingeschenkt hatte. Diese Anspielung auf Vermeer hatte ihn sichtlich irritiert.

Es war eine alte Geschichte, und es ist mir wirklich nicht möglich, ins Detail zu gehen, vor allem wenn ich versuche, mich an die Erfordernisse der dramatischen Struktur eines Abenteuerromans zu halten, wonach es nicht ratsam wäre, zweitrangigen Personen der Handlung besondere Aufmerksamkeit zu widmen. Ich will nur sagen, daß Vermeer bei der Verstimmung, die an diesem Märzabend wieder einmal zwischen Pierre und Denise aufzukommen schien, daß Vermeer nur ein äußeres Zeichen für etwas ganz anderes war: eine Art sichtbares Licht, indiskutabel vielleicht, ruhig eingebettet in seine Ewigkeit, unauslöschbar, das paradoxerweise unbestimmbare, vollkommen undurchleuchtete Tiefen reflektierte. Denn Vermeer, und speziell jenes Gemälde, das als *Ansicht von Delft* bekannt ist, tauchte in den Gesprächen nur an Stelle einer Seite von Marcel Proust auf, der eigentliche Streitpunkt zwischen Denise und Pierre Boutor.

Tatsächlich, und ohne es jemals zuzugeben, war es Pierre Boutor bei der Lektüre der *Recherche* nie gelungen, über *Un amour de Swann* hinauszukommen. Mehrmals hatte er versucht, diese unsichtbare Grenze zu überschreiten, die unwiderstehliche Lähmung zu überwinden, die ihn unweigerlich während des Lesens ergriff. Er hatte sich Zeit genommen, die Bände der *Recherche* im vergangenen Urlaub – von Mitte August bis Mitte September –, den sie, wie jedes Jahr, im Haus der Eltern von Denise in der Normandie verbrachten, mitgenommen, weil sowohl nach Meinung von Denise als auch anderer, genauso qualifizierter Meinungen, die etwas konturlose und öde Länge jener Tage auf dem Land wunderbar für das fortschreitende Eindringen, durch immer tiefere und bald verzaubernde Streifzüge, in die Welt Prousts geeignet schien. Aber selbst in jenem Haus in Chambray war es ihm unmöglich gewesen, die Grenze zu überschreiten, an der er sich immer wieder stieß, nachdem er wieder einmal *Du côté de chez Swann* – man mußte sich ja erst in die Atmosphäre versetzen – gelesen hatte.

Das Haus von Chambray, dessen von der Straße aus sichtbare Fassade (von jener Straße aus, die von Pacy-sur-Eure nach Louviers führt, und wie viele Male hatte Pierre nicht das Lied des Kantonniers geträllert, wenn er in sie einbog, und damit die, manchmal stumme, Mißbilligung von Denise erregt, die einen solchen Ausbruch jovialer und gassenjungenhafter Laune vulgär fand, obwohl er doch typisch französisch ist!), dessen Fassade streng war – fensterloses graues Gemäuer –, abweisend fast, dieses Haus öffnete sich innen auf einen grasbedeckten, schattigen Hof mit unregelmäßigen Beeten voller Blumen, deren Namen Pierre nicht kannte, die aber diesen abgeschlossenen Ort wohltuend färbten, in dem das Vogelgezwitscher in der Morgendämmerung eine unendliche, warme, vielleicht ununterbrechbare Ruhe verhieß und den auf zwei Seiten die rechtwinklig angeschlossenen Mauern des ehemaligen Bauernhofes umschlossen, während sich auf der anderen Seite die Mauer des Anwesens in einen ehemaligen Schuppen einfügte, der nun als Aufenthaltsraum für den Sommer ausgebaut worden war und über dem man sogar ein Gästezimmer hatte einrichten können, und die Rückwand des Hofes bildete eine niedrige Mauer, hinter der, zum Fluß hin sanft abfallend, eine Art Pfarrgarten mit Obstbäumen lag, wo in einer Ecke die Mutter von

Denise Hühner und Kaninchen hielt, und diesen Obstgarten konnte man von der Veranda neben dem Zimmer von Pierre und Denise sehen, wo er sein Arbeits- und Lesezimmer eingerichtet hatte. In dieser Veranda, eingehüllt in die irisierende Feuchtigkeit der endlosen Nachmittage, deren rauschende Stille hinter den Scheiben zu gerinnen schien, unterbrochen manchmal vom Lachen oder der Stimme Philippes, das jedoch rasch unterdrückt wurde (Dein Vater arbeitet!), oder durch das Läuten an der Gartentür, wenn eine der Frauen einkaufen ging, hier hatte er so manches Mal vergeblich versucht, seine Lektüre der *Recherche* fortzusetzen.

Ein Jahr lang hatte er diesen Mißerfolg rein äußerlichen Gründen zugeschrieben, die weder mit seinem Seelenzustand noch mit der Komplexität des Werkes selbst zu tun hatten, denn die drei dünnen, in weiches hellbraunes Leder eingebundenen, gewiß angenehm anzufassenden, leicht zu haltenden Bände, von denen ein zugleich süßer wie auch penetranter Geruch von Papier und Druckerschwärze ausging, schienen sich für eine kontinuierliche Lektüre nicht zu eignen, vielleicht wegen ihrer Typographie. Aber diese subtile Entschuldigung hatte sich im nächsten Jahr als trügerisch erwiesen, als er die gängige Gallimardausgabe mitgenommen hatte, ohne daß es ihm deshalb gelungen wäre, auch nur eine Zeile über die unsichtbare, aber unüberschreitbare Grenze hinauszukommen, die ihm den Zugang zu den eigentlichen Tiefen eines Werkes vermauerte, in die er, nach Meinung von Denise, verzaubert hätte versinken müssen. So hatte er denn schließlich kapituliert, überzeugt von irgendeinem dunklen, aber übermächtigen Grund, so etwas wie das Gegenteil einer Wahlverwandtschaft, die ihm die Entdeckung und Nutznießung der Proustschen Reichtümer versagte.

Er hatte sich schließlich damit abgefunden, ohne jedoch Denise – die nicht aufgehört hätte, ihn damit zu quälen – sein vielleicht endgültiges Scheitern zu gestehen. Im Gegenteil, aus Kritiken und Interpretationen und aus biographischen Werken – von denen die neuesten von einer einfach maßlosen manischen Präzision waren – kannte er zur Genüge Entstehung und Inhalt der *Recherche*, um gegebenenfalls mit Bestimmtheit darüber sprechen zu können. Eines Tages, als sie zwei andere Akademikerpaare zum Essen eingeladen hatten, hatte Pierre Boutor zwischen Birne und Käse die

Autmerksamkeit aller sogar monopolisiert, in Beschlag genommen mit einer glänzenden Improvisation über die zweifache Ebene der signifikanten Struktur der *Recherche,* wobei er eine sehr lange und überraschende Abschweifung auf Anatol Lunatscharski gemacht hatte, der, wie jeder weiß – aber weder Denise noch die beiden anderen Ehepaare wußten es –, das Vorwort für den ersten Band geschrieben hatte, der 1934 in der Sowjetunion im Verlag *Wremja* erschienen war, ein Vorwort, dessen Inhalt er ihnen referiert hatte und das sehr aufschlußreich war für die Methoden einer gewissen marxistischen Literaturkritik, deren Tradition inzwischen ver- lorengegangen oder zumindest verwässert war; ein Vorwort, das auch ein bewegendes Schicksal hatte, denn Lunatscharski, der zwölf Jahre lang Volkskommissar für Volksbildung war, hatte es auf einer Reise nach Spanien geschrieben, wo er gerade zum ersten Botschafter der Sowjetunion ernannt worden war, aber er hatte es nicht beenden können, da er in Menton wieder eine Herzattacke erlitten hatte, und am 26. Dezember 1933 ist Lunatscharski in Menton gestorben, und jene Seiten seines unvollendeten Manu- skriptes über Proust waren auf dem Tisch seines Zimmers ausge- breitet, als ob durch eine jener nicht sinnlosen Listen der Ge- schichte die äußerst subtilen, klaren Bemerkungen über die Schön- heiten des Proustschen Werkes das Testament jenes alten Bolsche- wik werden sollten, der in den Kämpfen der Illegalität, der De- portation, des Exils, der Ideenschlacht gestählt worden war; und sie waren alle erstaunt gewesen über diese brillante Improvisation von Pierre Boutor, die jedoch bei seiner Frau eine dumpfe, unter- drückte, weil unartikulierbare Wut erregt hatte, denn Denise hatte zwar zugeben müssen, wie zutreffend die Bemerkungen ihres Mannes gewesen waren, war aber dennoch zutiefst davon über- zeugt, daß all diese gelehrten Kommentare nicht auf eigener Lek- türe der *Recherche* beruhten, sondern auf fremdem Wissen, eine Überzeugung, die sie aber nicht offen äußern konnte.

Doch auf der Veranda im Haus von Chambray, im Laufe einiger Spätnachmittage, wenn das Septemberlicht die Konturen der Landschaft aufzulösen begann und sie mit einer Fülle von Lichtkreisen und verschwindenden Goldtönen übersäte, war *le petit pan de mur jaune* – das Proust auf einem Vermeergemälde entdeckt zu haben schien – immer wieder wie eine fixe Idee in den Gesprächen von Denise aufgetaucht, wenn sie eine halbe

Stunde vor dem Abendessen zu ihm hineinging, um mit ihm zu plaudern. Pierre Boutor, wütend über dieses *petit pan de mur jaune*, dessen Bedeutung noch verhalten strahlende Schönheit er nicht begreifen konnte, war, in einer nicht eingestandenen Unaufrichtigkeit, so weit gegangen, daß er nicht nur den Geschmack von Proust hinsichtlich der Malerei – den er schlankweg als dekadent bezeichnete –, sondern sogar die Originalität des gesamten Werks anzweifelte. Zum großen Entsetzen von Denise, die keinen Zusammenhang darin sah, behauptete Pierre Boutor, daß die *Mémoires d'outre-tombe* von Chateaubriand viel interessanter wären und von einer viel reicheren und weniger gekünstelten Sprache. Er stand auf und nahm aus dem Bücherschrank – denn er hatte hier in Chambray einen Teil seiner Bücher aufgebaut – den ersten, in kupfergrünes Leder eingebundenen Band der *Mémoires* in der Garnierausgabe mit einem Vorwort, Fußnoten und Anhang von Edmond Biré, und er las Denise einen Auszug daraus vor von einer Seite, in der ein verblichenes, grünseidenes Lesezeichen steckte: »Eines demütigt mich: das Gedächtnis ist oft ein Zeichen von Dummheit, es ist im allgemeinen schwerfälligen Geistern eigen, die durch das Gepäck, mit dem es sie belastet, noch schwerfälliger werden. Und trotzdem, was wären wir ohne Gedächtnis? Wir vergäßen unsere Freundschaften, unsere Geliebten, unsere Vergnügen, unsere Geschäfte; das Genie könnte seine Gedanken nicht sammeln; das liebevollste Herz verlöre seine Anhänglichkeit, wenn es sich nicht mehr erinnern könnte; unser Dasein würde sich auf die einzelnen Momente einer unablässig ablaufenden Gegenwart beschränken; es gäbe keine Vergangenheit mehr, welches Unglück! Unser Leben ist so eitel, daß es nur der Widerschein unseres Gedächtnisses ist!«

Er sah Denise an, und Denise hob den Kopf und fragte ihn, worauf er hinaus wolle, aber er wollte natürlich auf gar nichts hinaus, er wollte Denise nur ärgern. »Und die Sonate von Vinteuil, glaubst du, daß das etwas Neues ist?« fragte Pierre. Denise zuckte mit den Achseln, sie ärgerte sich wirklich. Pierre schlug den Chateaubriand an einer anderen Stelle auf: »Ich wurde aus meinen Überlegungen gerissen vom Gezwitscher einer Drossel, die auf dem höchsten Ast einer Birke saß. Sofort ließ dieser magische Ton das elterliche Gut vor meinen Augen erscheinen; ich vergaß die Katastrophen, deren Zeuge ich eben gewesen war, und, plötzlich in die Vergangenheit versetzt, sah ich jene Felder wieder, in denen ich so oft die Drossel singen gehört hatte. Als ich es damals hörte, war ich traurig wie heute; aber diese erste Trauer war aus dem unbestimmten Verlangen nach Glück erwachsen, das man spürt, wenn man noch keine Lebenserfahrung hat; die Trauer, die ich heute empfinde, kommt von dem Wissen um die abgeschätzten und beurteilten Dinge. Der Vogelsang im Wald von Combourg erweckte in mir ein Glück, das ich zu erreichen hoffte; der gleiche Vogelsang im Park von Montboissier erinnerte mich an die verlorenen Tage auf der Jagd nach diesem nicht greifbaren Glück . . .« Aber Denise war am Ende ihrer Geduld, unterbrach ihn und fragte, was er damit beweisen wolle. Er wollte natürlich nichts beweisen, er sagte nur: »In der Not frißt der Teufel proustsche Fliegen!«, und er unterstrich diesen Pennälerwitz durch ein fettes Lachen, was die stumme Erbitterung von Denise auf ihren Siedepunkt trieb.

Aber die Jahre waren vergangen, und die Reise nach Holland führte sie endlich, am Vormittag des 14. April, im Mauritshuis, vor das berühmte *petit pan de mur jaune.*

Vielleicht hatte der Tag wegen dieses Ereignisses, dessen Schatten sich bereits unerbittlich abzeichnete, mit einer Kette kleiner Zwischenfälle, versteckter Anspielungen, gegenseitiger Sticheleien begonnen. Kaum aufgestanden, hatte sich Pierre Boutor aus dem Fenster des Hotelzimmers gebeugt, um nach dem Wetter zu sehen. Von dort her und mit triumphierender Stimme eindeutig an die Adresse von Denise – so glaubte sie wenigstens – hatte er erklärt: »Bewölktem Himmel und geschminkten Frauen ist nicht zu trauen«, ein Sprichwort aus dem unerschöpflichen Schatz, in dem der Vater von Denise immer etwas fand, um die alltäglichen Ereignisse zu kommentieren oder zu unterstreichen. Politische Ereignisse, meteorologische Überraschungen, Dorftratsch: für alles war eine passende Bemerkung parat aus dem Fundus einer zynischen, enttäuschten Weisheit, stark geprägt von vielleicht christlicher Resignation und abstraktem Moralismus, der offenbar das kulturelle Rüstzeug von Herrn Duriez darstellte, zumindest seit er pensioniert war. Aber die bestimmt absichtliche, durchaus nicht unschuldige Verwendung eines der gebräuchlichsten Ausdrücke ihres Vaters hatte Denise geärgert, zumal sie darin die zweifellos deplacierte und böswillige Persiflage der soliden bäuerlichen Eigenschaften eines alten, absolut ehrbaren Mannes sah. Sie hatte diese offensichtliche Herausforderung nicht direkt aufgegriffen, sondern sich damit begnügt, Pierre auszuschimpfen, weil er mit seiner Toilette trödelte. Die Gelegenheit, ihm mit gleicher Münze heimzuzahlen, hatte sich bald geboten, als ihr Mann angekleidet und zum Ausgehen bereit vor ihr stand.

Pierre Boutor legte auf Reisen nämlich jenes nachlässige, etwas vulgäre Äußere an den Tag, das die über 30 Jahre alten französischen Touristen auf den Straßen Europas auszeichnet, mit der oberflächlichen Rechtfertigung, Urlaub bedeute Freiheit, zumindest zeitweise, *relaxe*, wie sie sagen, aus dem Angelsächsischen einen völlig französischen Ausdruck übernehmend, der jedoch in dieser Bedeutung unpassend ist, weil er nur auf die Beendigung oder das Aufgeben der Verfolgung eines angeklagten Häftlings anwendbar ist (es sei denn, man verwendet *relaxe* im metaphysischen Sinn, weil man den Menschen in seinem Alltag als einen angeklagten Häftling betrachtet und die Urlaubswochen daher als eine Art *relaxe*, nämlich eine vorübergehende, von vornherein begrenzte Unterbrechung der Verfolgungen, kurz, des Lebens). Wie dem auch sei, Pierre Boutor zeigte sich an diesem Tag, am Tag des Mauritshuis, im blauen Polohemd, dessen weit geöffneter Kragen über den Revers eines Leinenjacketts unbestimmbarer Farbe lag, das er auf dem Flohmarkt gekauft haben dürfte oder in irgendeinem Surplusshop, das ihm zwar nicht ein militärisches, aber ein leicht tartarineskes Aussehen verlieh und das über einer alten röhrenartigen Flanellhose schlotterte, die große Teile von Socken in schreiendem Grün sehen ließen. Den Höhepunkt dieser Kleidung bildeten jene Sandalen, die Franzosen auf Sommerfrische anscheinend für den Gipfel der Bequemlichkeit halten und mit denen sie seit zehn Jahren auf den Stufen der Stierkampfarenen, den Ruinen der Akropolis, dem Parkettboden der Uffizien und den bis jetzt noch fernabliegenden Goldstränden schlurfen, womit sie die touristische Expansion der Mittelstandsklassen symbolisieren.

Kaum war Pierre Boutor an diesem Tag in diesem Aufzug erschienen, als Denise – sonst gleichgültig für derlei Details – einen schrillen Pfiff ausstieß, der in einem kurzen bitteren Lachen endete: »Mein armer Pierre«, sagte sie, »du siehst aus wie ein Krämer aus Cahors!« Die Stimme war trocken, der Ton sollte verletzend sein, und das gelang ihr auch. Pierre Boutor war verwirrt. »Warum Cahors?« fragte er zerknittert, denn seine Eltern hatten in dieser Stadt ein Lebensmittelgeschäft gehabt, und die Anspielung schien eindeutig genug. »Ich würde sogar sagen, Krämer aus Cahors und Poujadiste!« fügte Denise hinzu. Die Heftigkeit der Beleidigung und ihre Grundlosigkeit nagelte Pierre Boutor buchstäblich am Boden fest. Aber Denise drehte sich bereits auf ihren Absätzen um und ging zur Tür, um Philippe aus seinem Zimmer zu holen.

Der Tag hatte also schlecht begonnen.

Schließlich hatten sie sich aber doch in jenem Saal 0 befunden; im ersten Stock des Mauritshuis, wo Pierre unter Ausnutzung seiner unleugbaren Bildung versucht hatte, Frau und Kind vor den ausführlich kommentierten Gemälden von Steen und Frans Hals festzuhalten, sogar vor dem Terborchschen Gemälde *Unangenehme Botschaft*, ein wirklich weniger bedeutendes, um nicht zu sagen völlig uninteressantes Bild, das aber als Vorwand für eine detaillierte Biographie des Malers diente, der 1648 zur Zeit des Westfälischen Friedens in Münster gewesen war, wobei er alle Bevollmächtigten hatte porträtieren können, die auf dem 45 × 58 cm großen Gemälde *Friedenskongreß zu Münster* in der National Gallery in London versammelt sind, und das, als es gemalt wurde, die grenzenlose Bewunderung des spanischen Gesandten erregte, der Terborch mit nach Madrid nahm, wo Philipp IV. ihn großartig empfangen hatte, alles Details, die den leicht gelangweilten Respekt von Philippe Boutor hervorriefen und den unterdrückten Ärger von Denise, die genau merkte, daß ihr Mann mit diesen endlosen Abschweifungen – die sie aber aus pädagogischen Gründen nicht zu unterbrechen wagte – nur den ja doch unvermeidlichen Augenblick hinauszögerte, an dem sie genötigt wären, vor der *Ansicht von Delft* zu verweilen.

Als sie sich dann vor dem Gemälde von Vermeer befanden, hatte Denise Boutor versucht, die Dinge wieder in die Hand zu nehmen, und sie sprach jetzt mit erregter Stimme zu ihrem Sohn und bat ihn, sich auf das hier stehenden Sofa zu setzen, »Sieh es dir gut an, Philippe«, sagte sie, »Proust hat gesagt, daß es das schönste Gemälde der Welt sei«, und Philippe setzte sich gehorsam hin und sperrte die Augen auf, und Pierre Boutor hatte nicht der Versuchung widerstehen können, Denise diesen Triumph zu verderben, es war stärker als er, dieser *petit pan de mur jaune,*

145

der übrigens unauffindbar war, reine literarische Fiktion eines Dichters, der in die Manierismen einer Salonphantasie verstrickt war, *sine nobilitate,* dieses Mauerstück ärgerte ihn entschieden, und einfach vor sich hin sprechend behauptete er, es sei nicht Proust, sondern Malraux, der dieses Bild für das schönste der Welt hielt. Danach hatte es einen kurzen, pikierten Meinungsaustausch zwischen Denise und ihm gegeben, und ein Mann, der auf dem Sofa vor der *Ansicht von Delft* gesessen hatte, stand auf, als ob ihn diese Unterhaltung störte, was durch die Miene des Unbekannten bestätigt wurde, denn in dem kurzen Seitenblick, den er ihnen zugeworfen hatte, leuchtete ein Funken von Verachtung, zumindest von Gereiztheit, der so deutlich war, daß Pierre Boutor einen Augenblick lang beleidigt gewesen war, aber der Mann ging schon auf das Fenster zu und ließ die drei, Denise, Philippe und ihn, vor dem Gemälde allein, das irgend jemand, entweder Proust oder Malraux, als das schönste der Welt bezeichnet hatte.

Trotz dieses kurzen Zusammentreffens vor dem Gemälde von Vermeer ist René-Pierre Boutor jedoch von allen meinen Gestalten die einzige, die nicht nur die Ereignisse dieser Geschichte, die im April 1966 in Amsterdam hätte abrollen können, nicht kannte, sondern auch nicht einmal deren tieferen Sinn, wenn imaginäre Ereignisse überhaupt einen anderen Sinn als ihren Unsinn, ihr dichtes und üppiges Nicht-Sein haben können. Wahrscheinlich hätte, wenn es zufällig bei dieser Begegnung von René-Pierre Boutor und Ramón Mercader vor dem Bild Vermeers zu einem Gespräch gekommen wäre, der Name des letzteren dem ersteren nichts gesagt, keine Erinnerung, keine Verwirrung ausgelöst. Ich gehe sogar soweit zu behaupten – aber vielleicht ist diese Annahme zu gewagt –, daß der Bericht über die Ermordung Trotzkis bei René-Pierre Boutor nur eine vorübergehende und schnell verflogene Neugier erregt hätte, aber

NATASCHA SEDOWA

sie hätte sich dem Fenster genähert; sie hätte hinten im Hof Lew Davidowitsch Kaninchen füttern sehen; in einer blauen Arbeitsjacke, die Hände mit alten Lederhandschuhen geschützt, würde Lew Davidowitsch, wie jeden Tag um diese Zeit, die Kaninchen füttern; die Sonne würde hoch am durchsichtigen Himmel verschwommen zu sinken beginnen, und sie würde die hohe, vertraute, zarte Gestalt betrachten, die sich über die Käfige beugte, in denen die Kaninchen sich gegenseitig wegschubsen, um an das Futter zu kommen, das der alte Mann ihnen geben würde; sie hätte die tägliche Szene heute mit Herzklopfen betrachtet; dieser Frieden, dieser Scheinfrieden; wäre er wirklich möglich?;

heute wäre der alte Mann wie immer sehr früh aufgewacht, in der schwammigen Frische des Morgengrauens, aber er hätte sofort die kämpferische Lebhaftigkeit seines Geistes wiedergefunden, die in den letzten Tagen von einer fast unangenehmen Müdigkeit geschwächt war, einem Zustand wachsender physischer Traurigkeit; heute hätte er zugleich mit der ganz präzisen Vorstellung dessen, was zu bewältigen war, und der Gewißheit, dazu in Form zu sein, eine körperliche Spannkraft, eine Art Geschmeidigkeit der Muskeln und Nerven wiedergefunden, über die er sich gefreut hätte; dieser Augusttag hätte sich vielversprechend angekündigt;

beim Teetrinken hätte der Alte mit Natascha gescherzt; dann wäre in der frühen Morgenstille zwischen ihnen eine andere, leichte, klare und komplizenhafte Stille aufgekommen und geteilt worden, und sie hätte ihre Hand auf das Handgelenk ihres Mannes gelegt; später wäre er aufgestanden und in sein Arbeitszimmer gegangen, und in dem Augenblick, als er sich an seinen Schreibtisch setzte, hätte er den ersten, fast blendenden Sonnenfleck oben an der dicken weißen Mauer bemerkt, die den duftenden, noch von nächtlicher Frische durchwehten Raum des Innenhofes von dieser Seite umschloß;

dann hätte der Alte die Morgenpost durchgesehen, irgendwelchen amerikanischen Freunden sofort auf einige Briefe geantwortet, bevor er das Diktaphon einschaltete, um einen Artikel aufzunehmen; im einsamen Arbeitszimmer hätte sich seine Stimme erhoben, in tastenden Stößen, Ausdruck eines Denkens, das sich erst noch sucht, vorprescht und wieder auf sich selbst zurückkommt, und Natascha oder die Wachen hätten sie vom Korridor aus hören können; in Stößen, unterbrochen von langen Pausen, hätte die Stimme die Probleme jenes fernen Krieges heraufbeschworen, mit der Kraft einer rauhen, schnellen, farbigen

Sprache; in gewissen Momenten würden vielleicht bestimmte Erinnerungen – zuerst wie plötzlich aufleuchtende Bilder – sein Gedächtnis aufhellen (das Haus von Barbizon, warum nicht?), wodurch sich eine immer dichtere, aber mit Lichtpunkten übersäte Wand bildete vor dem entstehenden Gedankengang über jene zu behandelnde Frage; aber er hätte diese Bilder verjagt und jenen Artikel weiterdiktiert, und die manchmal präzisen und peitschenden Worte wären wieder hervorgeströmt im Redefluß einer sich bald überstürzenden Stimme;

dann hätte die unsichtbare, aber irgendwo am durchscheinenden Himmel hängende Sonne in den kubischen Raum des Zimmers lange Strahlen geworfen, in denen wirbelnde und winzige Teilchen eines pflanzlichen Staubes herumgetanzt hätten, und der alte Mann hätte diese verminderte Gegenwart einer unsichtbaren Sonne betrachtet, und so wäre der Tag wie üblich abgelaufen;

und dann, kurz nach 5 Uhr nachmittags hätte Natascha Sedowa vom Balkon aus nachgesehen, ob der alte Mann jetzt bei den Kaninchenställen war; sie hätte die Stimme von Lew Davidowitsch zu hören geglaubt, der nach seiner Gewohnheit mit den Tieren sprach, und in diesem Moment hätte sie einen Mann über den Hof kommen und auf den Alten zugehen sehen, und sie hätte Mornard erkannt aber

19. JUNI 1967

Ich saß auf der Terrasse, der Ostwind bewegte die Zypressenwipfel. Ich hörte das Rauschen des Ostwindes, ich betrachtete den Himmel, das Meer. Dieses war, wie eine mattblaue Scheibe am unteren Himmelsrand befestigt, in der Ferne durch die Zwischenräume der Hügel zu sehen, die zu eben diesem Meer abfielen. Ostwind, Himmel, Zypressen, Meer, Olivenbäume, und dennoch, das Leben war nicht einfach. Für mich nicht, will ich sagen. Ich war unbewohnt, die Landschaft war flach, bleiern. Die kommenden Stunden würden hohl sein, in winzige Entscheidungen zerbröckeln, von denen sich jede als lächerlich erweisen könnte. Gut, es bewegte sich kaum: eine schillernde Masse.

Ich betrachtete die Olivenbäume, eine Libelle, das Wasser eines Teiches, als der gelbe Deuxchevaux mit dem blauen Postzeichen am Ende des sandigen Weges auftauchte, an der Mas-des-Grives-Kurve. Also stieg ich zum Haus hinauf in der unbestimmten Hoffnung, in der Tagespost irgendeine Ablenkung zu finden.

JACQUES MORNARD IN BELGIEN GESTORBEN. *Der Trotzkimörder hatte seine Identität »ausgeborgt«. (Von unserem Sonderkorrespondenten)*

Brüssel, 17. Juni

Eine diskrete Todesanzeige im Brüsseler Abendblatt »Le Soir« gibt den Tod von Jacques Mornard bekannt, geboren am 17. Februar 1908 in Teheran. Die Beerdigung findet Samstag vormittag in Braine-l'Alleud statt. Unter diesem Namen Jacques Mornard und mit kaum abweichenden Angaben zur Person – er gab an, am 17. Februar 1904 in Teheran geboren zu sein – wurde der Trotzkimörder in Mexiko zu zwanzig Jahren Gefängnis verurteilt.

Er soll 1961 freigelassen worden sein, nachdem er seine Strafe abgesessen hatte, und in einer Volksdemokratie Zuflucht gesucht haben. Wie konnte ein solcher Mißbrauch der Identität vor sich gehen? Jacques Mornard, dem wir in Brüssel begegnet sind, wollte niemals darüber sprechen. Er hatte anscheinend in den Internationalen Brigaden gekämpft. Wurde ihm sein Paß von einem Kommissar der GPU abgenommen? Kannte er gewisse Geheimnisse der Tragödie von Coyoacán? In diesem Fall hätte er sie mit ins Grab genommen.

P. de V.

Durch diese Meldung auf der letzten Seite eines Pariser Abendblattes, in dem ich auf der Zypressenterrasse blätterte, hatte mir die Realität dieser imaginären Geschichte ins Gesicht geschlagen. Ich blieb reglos stehen, die Zeitung in der Hand, gewürgt von jenem alten, nie endenden und immer gegenwärtigen Ekel, dessen Darstellung mir vielleicht niemals gelingen wird.

Es war am Montag, dem 19. 6. 1967, die Beerdigung hatte am Samstag vormittag in Braine-l'Alleud stattgefunden.

Braine-l'Alleud? Ich stellte mir eine düstere, von Grashügeln unterbrochene Ebene vor. Aber dieser brabantische Name erinnerte mich undeutlich an etwas anderes, ich wußte nicht genau, an was. Ein Reiseerlebnis? Kaum wahrscheinlich. Und doch, das schwammige, fette Grau, das dieser Name Braine-l'Alleud heraufzubeschwören schien, paßte ganz gut zu meinen Erinnerungen an Belgien. Ein gewisses Unbehagen begleitet immer meine Erinnerungen an Belgien. Vielleicht kommt es von einer fernen Erinnerung aus der Kindheit, deren unauslöschliche Gefühle von ohnmächtiger Wut, Demütigung und Haß, die sich in ihr ansammeln, wie eine Lepra alle anderen möglichen Erinnerungen an Belgien anfressen. Wir fuhren 1939 durch Belgien auf dem Wege von Den Haag. Der Spanienkrieg war so gut wie verloren, und die demokratischen Regierungen beeilten sich, Franco anzuerkennen. Wir fuhren mit Diplomatenpässen der Spanischen Republik, und die belgischen Zollbeamten und Polizisten, die in den Zug gestiegen waren, betrachteten die Diplomatenpässe mit mißtrauischer und mürrischer Miene. Waren die Papiere einer im Todeskampf liegenden Regierung noch gültig? Hatten wir das Recht, Belgien ohne Transitvisa zu passieren? Sie sahen sich die Pässe an, sie sahen uns an. Ihre Stimmen waren mürrisch und mißtrauisch. Sie berieten untereinander, ob sie uns nicht aussteigen lassen sollten, um bei übergeordneten Stellen nachfragen zu können. Die anderen Reisenden begannen uns ebenso anzusehen wie die Polizisten. Sie rückten von uns ab auf den Bänken der ersten Klasse, sie schwiegen vielsagend. Wie konnte man republikanischer Spanier sein? Ich fühlte Haß in meinen Adern aufsteigen – gemischt mit einem Gefühl der Demütigung und Ohnmacht, das ich aus der Kindheit kannte – ein Haß, der mich nie wieder verlassen hat. Ein ganz präziser, festumrissener Haß mit unzerstörbaren Konturen, der mir das Blut erhitzte. Ich betrachtete die dämlichen Gesichter der belgischen Zollbeamten und Polizisten, das widerliche Grün ihrer Uniformen, ihre lächerlichen Mützen, ihre blöde, penetrante Selbstzufriedenheit. Sicher, seit damals habe ich mit jeder Sorte von Polizisten zu tun gehabt, und unter viel heikleren Umständen als bei dieser banalen Durchreise durch Belgien. Eigentlich ist dieses banale belgische Ereignis kaum der Rede wert. Aber der Haß, von dem ich spreche, datiert von diesem Tag, er wird mich bis ans Ende heiß machen, und vielleicht ist es diese ursprüngliche Heftigkeit, die diese ansonsten bedeutungslose Erinnerung vor anderen unterscheidet oder auszeichnet.

Später, zwanzig Jahre später, habe ich es manchmal mit geheimer spöttischer Freude genossen, wenn ich den belgischen Polizisten – in Zügen oder auf dem Flugplatz von Brüssel – meine falschen Pässe vorwies, die sie mir mit einem billigenden Nicken und mit Guten Tag und Danke zurückgaben. Nicht daß die belgischen Polizisten und Grenzbeamten sich stark verändert hätten. Sie haben immer noch die gleichen Uniformen, die gleichen ausgesprochen widerlichen Mützen, die gleiche selbstzufriedene und vulgäre Art. Kurz, es waren immer noch Bullen. Aber ich war gut gekleidet, ich hatte gelernt, die Polizisten abwesend und sicher genug anzusehen, ich hatte falsche Papiere, die jeder Prüfung standhielten. Ich sah die belgischen Polizisten Guten Tag und Danke sagen, sie waren für mich lächerlich, diese Scheißer.

Ich saß auf der Zypressenterrasse, das Pariser Blatt aufgeschlagen auf meinen Knien, und der Ostwind spielte mit den Seiten, die ich mit der rechten Hand festhielt. Vielleicht war es doch komplizierter, subtiler, vielleicht regte ich mich zu sehr auf, und das ferne belgische Erlebnis genügte nicht, meine ganze Erinnerung in ein dumpfes, irgendwie beunruhigendes Mißbehagen zu tauchen, wenn ich an Belgien dachte.

Eigentlich war Belgien für mich immer nur eine Durchgangsstation gewesen, ein Ort, an dem ich in anonymen Hotelzimmern, manchmal in luxuriösen, aber altmodischen Wohnungen wartete, daß mich jemand übernahm, um eine Reise zu beenden oder zu beginnen. Ich war da und wartete. Die Umstände hinderten mich daran, irgend etwas zu unternehmen, was die Aufmerksamkeit auf die Person, die ich spielte, hätte lenken können. Ich tat also nichts. Ich wurde trübsinnig, grau, versank in Stumpfheit. Der Boulevard Anspach wurde zur Illustration einer dimensionslosen, mechanischen, glitzernden und kalten Welt, in die nur das Straßenbahngeklingel eine Note hinein brachte, die an winzige vertraute Dinge hätte erinnern können, die zwar auch gekünstelt sein mochten, aber wenigstens beruhigend waren.

Aber Braine-l'Alleud erweckte, trotz des gedämpften Kontrapunkts zwischen diesem Namen, seinen Anklängen und meiner verregneten, trüben Erinnerung an Belgien, keinerlei persönliche Assoziation, darauf hätte ich geschworen. Ich stellte mir eine fette Wiese vor, einen Leichenwagen, der zum Friedhof fährt unter einer bleiernen Sonne. Samstagvormittag war Jacques Mornard beerdigt worden. Ein alter Mann, fast sechzig Jahre alt. Er hatte dem Sonderkorrespondenten von *Le Monde* nichts sagen wollen, aber was hätte er auch sagen können? Nichts, das Schweigen, das in Braine-l'Alleud endgültig wurde.

Die Zeitung fällt mir aus der Hand, und ich weiß plötzlich, woran mich dieser Name erinnert. Das ist ja zum Lachen. Natürlich Braine-l'Alleud! Wellington hatte dort seine Truppen aufgestellt, auf der von Hecken, Grashügeln und Hohlwegen unterbrochenen Ebene. In der Nacht hatte ihn Blücher wissen lassen, daß er am nächsten Tag zwei Armeekorps, vielleicht sogar vier, nach Waterloo heranführen würde, und Wellington hatte sofort beschlossen, sich der Schlacht zu stellen. Das Gros seiner Kräfte war vor dem Mont-Saint-Jean konzentriert, mit La Haie-Sainte als Schlüsselposition. Am rechten Flügel, der weit auseinandergezogen war, um jedes Umgehungsmanöver der französischen Truppen zu verhindern, hatte Wellington die holländisch-belgische Division von Chassé aufgestellt. Und das liegt gegenüber von Braine-l'Alleud.

Ich hebe die Zeitung auf, sehe gedankenlos auf die Zypressen-, Ölbaum- und Weinlandschaft. Ich werde doch nicht die Schlacht von Waterloo erzählen, das hat ein anderer schon gemacht. Die Schlacht von Waterloo fand am 18. Juni statt, und Jacques Mornard wurde einen Tag vorher beerdigt, in Braine-l'Alleud. Ich hebe den Kopf, ich betrachte nicht mehr die Bäume, ich höre nicht mehr das Rauschen des Ostwindes in den zerzausten Wipfeln der Zypressen, ich brauche nur mehr in mein Zimmer zu gehen, um die Beschreibung der mutmaßlichen Wege dieses vergangenen Todes fortzusetzen, und

NATASCHA SEDOWA

Sie hatte einen Mann gesehen, der über den Hof auf den Alten zuging, und sie hatte Jacson erkannt, aber heute hatte die undefinierbare Unruhe, die dieser Mann oft in ihr hervorgerufen hatte, ihr alter Verdacht gegen diese Person, sie plötzlich von neuem gepackt. Jacson kam im Hof von Coyoacán wie der Unglücksbote in einer griechischen Tragödie daher.

Aber Natascha Sedowa verjagte diesen unklaren, wie ein Dolch aufblitzenden Gedanken.

Sie wußte, das Jacson Lew Davidowitsch vor einiger Zeit den Entwurf eines Artikels unterbreitet hatte, den er in einer Zeitschrift der IV. Internationale veröffentlichen wollte. Der Alte hatte sich wie gewöhnlich bereit erklärt, einen Blick auf den Text zu werfen, der sich als konfus erwiesen hatte, aber, vielleicht um Zeit zu gewinnen, denn trotz des anscheinend guten Willens des Verfassers entbehrten die Gedanken Jacsons jeder Geistesschärfe, und weil es dem Alten peinlich sein mußte, die Arbeit des Mannes, der mit Sylvia lebte, allzu hart zu kritisieren, hatte er den jungen Belgier, unter dem Vorwand, daß er das Manuskript schlecht lesen könne, gebeten, den Artikel abzutippen.

Das war sicher der Grund, der Jacson heute wieder in das Haus nach Coyoacán führte, und Jacson schien Lew Davidowitsch wirklich dort hinten beim Kaninchenstall ein Bündel Papiere zu zeigen.

Es gab keinen Grund zur Beunruhigung, sie entfernte sich vom Balkon.

Wenig später hörte Natascha Sedowa Schritte im Flur. Lew Davidowitsch ging mit leicht verärgerter Miene ins Zimmer. Leise sagte er ihr rasch auf Russisch, daß er in sein Arbeitszimmer gehe, um den abgetippten Artikel, den Jacson gebracht hatte, durchzusehen. Natascha Sedowa sah, daß ihr Mann verärgert war, sie dachte, daß er diese zusätzliche und ganz überflüssige Arbeit hätte ablehnen sollen, denn Jacsons politische Ideen waren schon immer ganz banal gewesen. Aber sie hob den Kopf, grüßte Jacson, und wieder wurde sie von Angst ergriffen. Die schlimmste aller Ängste, die grundlose, das schlimmste aller Vorgefühle, jenes, das auf nichts anderem als auf der unsichtbaren Erscheinung des Schicksals beruht, das plötzlich die Spiegel trübt, die Gegenstände schwammig und undurchsichtig macht. Jacsons Gesichtsfarbe war fahl, sein Blick flackerte, als ob auch er die Vision jenes vernebelnden Schattens gehabt hätte, der die gebräuchlichsten Gegenstände auflöste. Natascha Sedowa hatte schreien wollen, aber Jacson behauptete, sich nicht ganz wohl zu fühlen, eine Verdauungsstörung vielleicht, oder die Hitze, oder diese Höhenlage, an die man sich nicht gewöhnen könnte. Er bat um ein Glas Wasser, trank es hastig aus, wobei er sich fast verschluckte. Jetzt ging er mit Lew Davidowitsch fort.

Aber warum trug er an einem Tag wie heute völlig unnötig auf seinem linken Arm einen Regenmantel?

Sie war allein, sie horchte auf die Geräusche des Hauses, sie dachte, daß man das Licht andrehen sollte, und dann, oh dieser entsetzliche Schrei im Arbeitszimmer von Lew Davidowitsch!

WILLIAM KLINKE

»Hier müßte der Film anfangen«, sagt William Klinke, »genau hier, an dieser Stelle!«

Er schwenkt das Buch, aus dem er eben vorgelesen hat, und wirft es auf den Tisch. Er steht auf, geht ans Fenster, schiebt die Vorhänge weg, betrachtet das graue Wasser der Amstel mit den Ölstreifen, die in der untergehenden Sonne in allen Farben schillern und von der Strömung immer wieder aufgelöst und neu angeschwemmt werden.

Dann dreht er sich um.

»Das ist klar«, sagt er.

Sie sah nach dem Buchtitel, *The Prophet Outcast,* den sie etwas zu pathetisch fand. Sie hob den Blick zu ihrem Mann.

»Eine Geschichte beginnt niemals mit dem Anfang«, sagt er. »Man rekonstruiert sie nachträglich mit einem Anfang, einem dramatischen Höhepunkt, wie man so sagt, und einem Ende. Ganz einfach. Das ist ein Kunstgriff, den man seit Jahrhunderten durch Unterwerfung unter die Poetik des Aristoteles für verbindlich hält!«

Jane lächelte. Vielleicht wegen des Namens Aristoteles. Oder vielleicht, weil sie fast nackt war, während von Aristoteles gesprochen wurde. Wie dem auch sej, sie lächelte still vor sich hin.

»Übrigens, wo sollte man diese Geschichte denn anfangen lassen? Man müßte bis zum Petersburger Sowjet vom Jahre 1905 zurückgehen. Oder noch weiter: bis zum Photoalbum der Familie Bronstein. Ein großer historischer Schinken.«

Er macht eine Handbewegung.

»Die graue Vorzeit, was? Kommt nicht in Frage. Hier muß der Film beginnen, in Coyoacán, am 20. August 1940. In dem Moment, in dem sich Jacson-Mornard den Kaninchenställen nähert.«

Sie streckte die Beine aus und lächelte.

»Du willst beim Schluß beginnen. Das ist einfach«, sagte Jane.

»Beim Schluß?« fragt er mit dumpfer Stimme.

Und als wenn winzige Mechanismen plötzlich einrasten, ordnen sich in seinem Geist die Sequenzen dieses Films in der augenscheinlichen Unordnung einer nicht chronologischen Abfolge, deren Logik auf einer anderen Ebene liegt, der des tragischen Zeitablaufs.

Er sieht Jane an.

»Aber du bist ja nackt!« sagt er.

Sie ließ ihre Arme fallen und legte sich nach hinten auf dem mit Rohseide bespannten Kanapee.

»Nicht ganz«, sagte sie.

Er betrachtet ihren Schoß, die bläuliche Zartheit ihrer Haut. Eine Wärme aus Zärtlichkeit und Verzweiflung überzieht ihn.

»Jane«, sagt er.

Sie lachte gern, war selbstsicher.

»Hören Sie mir zu, William Klinke«, sagte sie. »Ihre Großeltern sind nicht mit der *Mayflower* gekommen, nicht wahr? Ihr Vater ist nicht in Boston geboren und Sie auch nicht. Übrigens, wo sind Sie eigentlich geboren? In welcher finsteren Ecke Mitteleuropas? Was war er noch, Großvater Klinke? Kürschner, Rabbiner? Juwelier?«

Er lächelte, sie lachte.

»Ich begehre dich«, sagte sie.

WILLIAM KLINKE

Eine Glasplatte schützte das Mahagonipult der Hotelrezeption. Unter dieser Glasplatte lagen als bunte Flecken Reise- und Reklameprospekte aus. Er hatte seinen Schlüssel verlangt und seinen

Blick auf diese bunten Flecken gerichtet. Der Angestellte hatte sich nach den Schlüsselfächern umgedreht. Eine mechanische Bewegung, die jedoch geschmeidig war durch die Sicherheit, die eine lange Gewohnheit verleiht. Der Angestellte streckte die Hand nach dem Fach Nr. 33 aus, während er am Telefon einer Person auf Englisch antwortete, die anscheinend darauf bestand, mit einem Herrn Morrison zu sprechen, dessen Anwesenheit im Hotel dem Angestellten unbekannt war. Nein, es war auch kein Zimmer auf diesen Namen bestellt worden. Der Angestellte war absolut höflich, geduldig, und leicht nach hinten gewandt versuchte er mit seiner rechten Hand, den Schlüssel des Zimmers Nr. 33 zu ergreifen. Er hörte zerstreut diesem Telefongespräch über Herrn Morrison zu, und sein Blick war auf die bunten Flecken der Reklameprospekte gerichtet. Der Angestellte legte den Hörer auf und wandte sich zu ihm. Er legte den Schlüssel des Zimmers Nr. 33 auf das Pult und ein kleines weißes rechteckiges Stück Papier, das er im Fach gefunden haben mußte. Der Angestellte hatte mit seiner Hand – und Klinke hatte die Lässigkeit der Bewegung bemerkt – im Postfach gesucht, während er den Schlüssel für Nr. 33 abgehoben hatte. Der Angestellte entfernte sich, eine Dame wollte ihren Schmuck im Hotelsafe deponieren. Er nahm den Schlüssel vom Pult und besah das kleine Stück Papier. Aber er erwartete doch keinerlei Nachricht. Er war nur für 48 Stunden in Amsterdam, um Jane zu sehen, ein unvorhergesehener Umweg, bevor er nach New York zurückkehrte. Dennoch drehte er das kleine Stück Papier um. Es war ein vorgedrucktes Formular, das die Telefonfräulein benützen, um Nachrichten für abwesende Gäste zu notieren. Er sah den Namen: RAMÓN MERCADER. In Druckbuchstaben, mit Filzstift geschrieben. Er sah den Namen und rührte sich nicht. Ein gewisser Moedenhuik wollte mit einem gewissen Ramón Mercader sprechen. Er rührte sich nicht. Er hielt das weiße Viereck in seiner Hand, sah es an und rührte sich nicht. Dieser Ramón Mercader müßte sich auf Zimmer 34 befinden nach der Notiz neben dem Namen. Man hatte sich geirrt, das war alles. Ramón Mercader. Er sah den Namen, er schrie nicht, er fing auch nicht an zu lachen. Er blieb ruhig, er rührte sich nicht. Er wußte seit einigen Tagen, daß er sein Drehbuch umschreiben mußte. Er wußte seit einigen Tagen, daß die Hauptfigur dieses Mordes, über den er ein Drehbuch schreiben sollte, eben der Mörder selbst sein mußte. Er würde versuchen, die Produzenten davon zu überzeugen. Er wollte die Spur dieses Mannes verfolgen, wo er herkam, was aus ihm geworden war. Die Geschichte dieses Mordes war vor allem die Geschichte des Mannes, der für diesen Mord abgerichtet worden war. Die Geschichte aller moralischen Werte – Mut, Hingabe, Selbstbeherrschung, totale Ergebenheit für eine Sache – aller dieser Werte, die pervertiert worden waren, um aus diesem militanten Kommunisten einen Mörder zu machen. Der nur auf Grund seiner Eigenschaft eines militanten Kommunisten ein perfekter Mörder werden konnte. Er dachte an Ramón Mercader in seiner Zelle in Mexiko, an sein Schweigen. Ein Kommunist spricht niemals, das hatte Mercader gelernt, er verrät die Seinen niemals. Er hatte nicht gesprochen. Er hatte Tatsachen geleugnet, er hatte niemals die Geheimnisse der Organisation verraten. 1956, eines Tages im Sommer 1956, wird Jacson-Mornard-Mercader die Zeitung mit jenem Geheimbericht gelesen haben. In seiner Zelle in Mexiko wird er jenen Geheimbericht gelesen haben. Sechzehn Jahre nach seinem Verbrechen. Er wird die lange, leidenschaftliche, barbarische Aufzählung gelesen und sofort die Wahrheit all dessen begriffen haben, was auch immer sein Urteil über die angewandte Methode gewesen sein mag, mit der diese barbarische Wahrheit aufgedeckt und zugleich verschleiert worden war. Im Laufe jenes Sommers 1956 wird Mercader endgültig verstanden haben, was er schon lange vermutet, aber Nacht für Nacht aus seinem Bewußtsein verdrängt hatte. In seiner Zelle im Gefängnis in Mexiko wird er alle seine Gründe, seine Alibis, seine Rechtfertigung sich auflösen gesehen haben. In wenigen Stunden hatte sein ganzes Leben jeden Sinn verloren. Er war also kein militanter Kommunist gewesen, der sich für eine notwendige Gewalttat aufgeopfert hatte. Nur ein Verbrecher. Der zitternde, entschlossene, bewaffnete Arm eines unsichtbaren, durchtriebenen Henkers. Nur der Vollstrecker niederträchtiger Taten. Trotzdem hatte er nichts gesagt. Er hatte gegen den Lauf der Dinge, gegen die stückweise, barbarische Enthüllung der historischen Wahrheit jene subjektive Fiktion aufrechterhalten. Er hatte beschlossen, mit den Seinen zu bleiben, in der blutigen, grotesken Realität dieses abscheulichen Verbrechens. Er hatte beschlossen, durch sein Schweigen die Fiktion jener charismatischen Gemeinschaft aufrechtzuerhalten. Er hatte nichts gesagt während der vier Jahre, die sein Aufenthalt im Gefängnis von Mexiko noch dauerte. Er hatte die Treue zu einer Sache gewählt, die alle verraten, verhöhnt, verspottet haben sollten, und er als erster, durch jenes Verbrechen, mit dem er doch sein ganzes Sein entfremdet hatte, ja sogar seine Treue. Oh, dieses Schweigen und die Nacht, die Träume und die Nacht, die Ängste und die Nacht, der kalte Schweiß in der Nacht jener Zelle in Mexiko nach dieser Entdeckung!

Vor dem Pult der Rezeption im Hotel von Amsterdam betrachtete William Klinke das kleine Stück Papier. Ein gewisser Moedenhuik hatte einen gewissen Ramón Mercader angerufen. Er solle ihn bis 18 Uhr in seinem Büro zurückrufen. Und dann bei ihm zu Hause. Er rührte sich nicht, er schrie nicht, er betrachtete das Stück Papier. Ramón Mercader.

»Bitte!« sagte er.

Der Angestellte wandte sich mit fragend hochgezogenen Augenbrauen zu ihm.

»Das muß ein Irrtum sein«, sagte er.

Er reichte dem Angestellten das Stück Papier. Der Angestellte warf einen Blick darauf.

»Sicher, entschuldigen Sie! Herr Mercader hat Zimmer 34!«

Der Angestellte wandte ihm ein strahlendes Lächeln zu. Er drehte sich um, legte das weiße Formular in das Kästchen Nr. 34. Der Fehler war korrigiert, alles war wieder in Ordnung. Es war nichts, wirklich ein banaler Zwischenfall.

Er ging mit zitternden Knien zum Aufzug.

RAMÓN MERCADER

Er war einige Schritte in die Gasse hineingegangen. Er hatte sich eine Zigarette angezündet. Gewühle, Gegröhle, Gedrängel, er hatte sich umgesehen. Irgendwo müßten sie sein. Die Typen vom CIA, unsichtbar. Er ging Richtung Zeedijk. Etwas weiter weg zog ein Mädchen am Vorhang. Die Bewegung ihres rechten ausgestreckten Armes ließ ihren Busen stärker hervortreten. Sie wendete halb den Kopf, lächelte. Sie war stark und fest. Ein Männerschatten hinter ihr. Festes Fleisch, eine schöne Frau. Das dürfte ein Vergnügen sein, überstürzt, aber befriedigend. Ganz sicher, ja. Der Vorhang wurde zugezogen. Dahinter wird der Morgenrock fortgeflogen sein: Komm, mein Dicker. So ungefähr stellt man sich das vor. Sie mußten irgendwo sein. Einer der Vorübergehenden, sicher. Irgendeiner, sicher. Zwei Türen weiter war das Fenster erleuchtet. Das Mädchen war jung. Er sah das Mädchen im Fenster an. Sitzend, wartend. Auch entgegenkommend, sollte man annehmen. Er machte zwei Schritte, näherte sich. Er war erstaunt, vor diesem Fenster allein zu sein. Das Mädchen war schön, schien ihm. Anderswo, weiter weg, aufwärts, abwärts, Männer, in Trauben. Die Männlichkeit, kreisend. Fettes Lachen. Er war erstaunt über dieses einsame Fenster, er sah hinein. Das Mädchen bewegte leicht ihren Kopf. Sie saß da mit übergeschlagenen Beinen. Er machte noch zwei Schritte, jetzt konnte er die Scheibe berühren. Sie war jung, sie hatte lange Beine. Zarte Handgelenke. Die beiden Arme lagen auf dem rechten, oberen Knie. Das halb geöffnete Seidenkleid gab den Blick auf fahlblaue Haut an der Brust und an den Hüften frei. Die Schultern waren braun, rund. Er berührte die Fensterscheibe. Es könnte irgendein Passant sein. Die Widerspiegelung irgendeines Passanten auf der Scheibe. Sie lächelte nicht, sie guckte. Sie hatte nicht den üblichen Blick. Keinen versprechenden Blick, absolut nicht. Sie war überhaupt anders. Sie hätte schlaff werden, die Beine bewegen, mimen, sich leicht öffnen müssen. Sich erheben, sich dehnen, Schritte machen, sich aufrichten. Sich umdrehen, auf ihn zu gehen, gierig, ihn schon verschlingen. Sich in den Hüften wiegen, stöhnen, ihn anlocken, sich streicheln. Das übliche Spiel, nichts davon. Sie hatte sich vorgebeugt, sie guckte. Sie vertauschte die Rollen, mit welchem Recht? Sie war der Blick, wo sie doch der Gegenstand des Blickes hätte sein sollen. Sie war ein gieriger Blick, voll Erstaunen. Sie war die Frische des Blickes, seine Neuheit. Sie verwandelte das Fenster in einen Ort der Freiheit oder der Phantasie. Sie war draußen, könnte man sagen. Es war sie, die draußen war, und die Welt war in ihrem Blick eingeschlossen. Die Welt im Schaufenster. Sie war draußen, die Welt war drinnen. Sie hätte die Beute sein sollen, sie war der Schatten. Der Vogel in der Hand, aber sie war die hundert Vögel, die wegfliegen. Sie war nicht ein »komm«, sondern zwei »du wirst schon sehen«. Nicht die Lampe, der

Nachtfalter. Er hatte die Fensterscheibe in der Nähe ihres Gesichts gestreift. Sie lächelte, endlich, selbstsicher. Sie näherte ihr Gesicht hinter der Scheibe. In der Gasse war ein Kommen und Gehen. Gegröhle, die Musikboxen. Ein Hinundherfluten in den Bars. Blicke, verschlingend, entblößend, durchdringend. Hände streiften sich, tasteten, drückten, waren voll. Lärm, chaotisches Nichts. Er streifte die Fensterscheibe genau gegenüber ihrem Gesicht. Sie ließ es zu, sie näherte ihr Gesicht. April, kein Beschlag auf der Scheibe. Er hätte ihr Gesicht auf der beschlagenen Scheibe nachzeichnen wollen. Hervorspringende Backenknochen, hoch und zart. Gerade Nase, bebende Nüstern. Die Krümmung ihrer Augenbrauen, die bläulichen Lider (aber das war kein starkes oder aggressives, oder aufgetragenes oder aufdringliches Blau, überhaupt nicht, sondern ein natürliches, offenbar von der Zartheit einer sehr feinen Haut herrührendes, sanftes, fast durchsichtiges Blau, schillernd von kaum wahrnehmbaren kleinen Äderchen und spiegelnden Fältchen, wie die kurzen Wellenlinien eines sonnenbeschienenen glänzenden Meeres, wie man es vom Fenster eines Flugzeugs aus sieht, das über diesem Meer in die zerreißende Seide des Raumes eindringt; ein natürliches Blau, Himmelblau der Lider; so als ob sich die Haut in einem langen organischen Prozeß und ohne jegliche kosmetische Hilfe durch Salbe, Lidstift, Pinsel oder Lack von selbst gefärbt hätte, in Azurblau; oder das Blau der Blüten über der nächtlichen, kalten Iris des Auges; oder das Blau der Spätnachmittage auf dem Land, in der Jahreszeit, in denen die Spätnachmittage blau sind; Blau der Lavendelblüten im rohen Licht der Luberonberge; Blau der Blutgänge dieses unverwüstlichen und doch zarten Körpers, angesammelt in den Tiefen des Blutes, das endlich auf den Lidern blüht wie der unerwartete Beweis einer unbekannten, aber unleugbaren edlen Herkunft; geschundenes Blau, gemartert vom langen Warten oder von den Enthüllungen; Blau der Kirchenfenster, die das nördliche Licht in unregelmäßige Fragmente bleierner Strahlen brechen; erloschenes Blau der Lider, dessen früheren lebhaften Glanz man noch ahnen kann, der sich jetzt aufgelöst hat, so wie man früher einmal – oh Kindheit, Kastanienbäume, Glaspaläste, Osterluzei! – im strahlenden Weiß der Wäsche die blauen Blasen ahnte, die sich aufgelöst, ihr lebhaftes Blau verloren hatten, Anilinblau, Indigoblau, nur um die wiedergefundene

Weiße zu unterstreichen, noch frischer und tiefer zu machen; kurz, natürliches Blau, wie das Lächeln, die Geste, der Gang, die Lässigkeit, der Traum, der Schwung, die Heiterkeit, das Schlendern, der Hunger, das Feuer, die Endlichkeit). (Er träumt, das sieht man.) Doch er hätte dieses Gesicht auf der beschlagenen Scheibe nachgezeichnet. Die bläulichen Lider. Der Schnitt der Lippen. Die zarte Ohrmuschel. Sie ließ es geschehen, lächelte jetzt hinter dem Fenster. Sie öffnete leicht den Mund, spitzte die Lippen. Ihr Mund kreiste um seinen ausgestreckten Finger auf der Scheibe. Leckermaul, anscheinend. Da trat er drei Schritte zurück. Das Blut war nicht in Wallung gekommen, er war schlaff. Anderswo regte es sich, in seinem Gedächtnis, seinen Träumen. Der Sog der Menschenmenge um ihn herum. Er würde diese Schwelle nicht überschreiten, nein. Die beschlagene Scheibe, das Gesicht auf der beschlagenen Scheibe. Er näherte sich wieder, er lächelte. Ein Mann kam dazwischen. Der kam vom Festland. Von Wohnungen aus Bohnerwachs und Mandelkuchen. Von blitzblanken Kupferkesseln. Aus behäbiger Stille. Jetzt spielte sie ihr Spiel, ganz offen. Sie schob die herabhängenden Seidenteile beiseite. Sie öffnete sich, bot das Fell ihres Schoßes dar, versprach gepfefferte Freuden. Hob die Arme, hielt die Haare in die Höhe. Wiegte sich in den Hüften. Der Mann, der aus den Winkeln der Stadt gekommen war, nahm sich ein Herz. Es sah aus, als ob seine Schultern zitterten. Er ging auf die Tür zu. Drei Stufen, das Glück. Süße eines Mundes auf dem steif gewordenen Geschlecht. Der Mann öffnete die Tür, er trat ein. Sie zog mit glattem Gesicht den Vorhang zu. Jetzt spiegelte die Scheibe noch stärker. Passanten, Lichter, das Schild gegenüber, die Welt. Der Vorhang ließ die Scheibe spiegeln. Da, das Gesicht. Neben seinem dieses Gesicht. Endlich ein erkennbares Gesicht, ertappt in der Falle dieses Zufalls. Der Kerl aus Madrid, ja. Ganz eindeutig. Er hatte richtig gesehen, alle seine Handlungen bekamen einen Sinn. Er ging fort und drehte sich um. Der Kerl trat verstohlen in eine Bar. Allzu verstohlen. Man wird ja sehen. Es brannte in seinem Körper, viel stärker als alles andere. Man wird sehen, die Jagd hatte begonnen. Er lachte brutal. Endlich ein Gesicht, ein Körper, etwas Konkretes. Er hielt den Faden in der Hand.

Herbert Hentoff sah nichts voraus. Er versteckte sich feige in einer Bar. Junger Spund, verrückter, der wird schon sehen.

WILLIAM KLINKE

Der Mann müßte durch die Tür der Avenida Viena gekommen sein. Er müßte den Wagen am Bürgersteig geparkt haben. Stehend, den Hut auf dem Kopf, den Regenmantel über dem Arm, müßte er das alte unter Efeu verborgene Ziegelhaus betrachten. Die Mauern wären von Geranien und Kapuzinerkresse bedeckt. Der Mann müßte vielleicht lange das alte, unterm Efeu verborgene Haus betrachten, mit Mauern voll Geranien und Kapuzinerkresse.

Er drehte sich im Bett um, feucht. Kapuzinerkresse? Was, Kapuzinerkresse? Hunger und Liebe, Unglück und Liebe, Elend und Liebe. Kapuzinerkresse, das klingt gut, er versucht, es sich vorzustellen. Er dreht sich noch einmal um. Jane bewegt sich nicht: glatt, frisch, in einen unergründlichen Schlaf gehüllt, naiv. Eine Quelle, ein Brunnen, ein Teich aus beschattetem Schlaf, vom lebhaften Zucken der Fische durchzogen. *Die Forelle,* gut, das singt man; heller Lichtfleck im schattigen Wasser. Er dreht sich wieder um, feucht, und der Mann hätte lange das alte, unterm Efeu verborgene Haus betrachtet, in der Avenida Viena.

> *Das alte Haus aus Ziegeln*
> *verborgen unter Efeu*
> *stand mitten in einem Garten überflutet von Licht*
> *Die Mauern waren von Geranien bedeckt*
> *und von Kapuzinerkresse*
> *Yuccas, Canna, Agaven*
> *wuchsen wild im Garten*

Diese Beschreibung des Hauses in der Avenida Viena mußte er irgendwo gelesen haben. Jetzt, in der einsamen Schlaflosigkeit, wiederholte er leise einige Sätze, die sich ihm eingeprägt hatten.

So müßte also Mornard an jenem Augusttag seinen Wagen am Bürgersteig geparkt haben. Stehend, den Regenmantel über dem Arm, müßte er lange das Haus betrachten. Das war es also. Man könnte sich amorphe, amöbenhafte, schwammige Regungen in seinem Kopf vorstellen. Seine Gehirnwindungen wären in Aufruhr, ein langsames, schlammiges Brodeln, könnte man sich vorstellen. Er war da, das war der festgesetzte Tag, die vereinbarte Stunde, das Ergebnis eines langen, geduldigen und ausgeklügelten Unternehmens. Das Uhrwerk der Höllenmaschine lief. Dann hätte Mornard die wenigen Schritte bis zum Tor mit der Luke gemacht, das einzig benutzbare, seitdem das alte Tor in der Umfassungsmauer nach dem Attentat vom 24. Mai als unbrauchbar erklärt worden war. Mornard hätte geklingelt, und einer der Wachtposten hätte die Luke geöffnet, um nachzusehen, wer da ist. Man hätte diesseits und jenseits gelächelt. Der Mann von Sylvia war ein Vertrauter des Hauses, es hätte kein Problem gegeben. Er war da. Er hätte den Schuppen durchquert, der als Garage benutzt wurde, und er wäre im Garten angekommen,

mitten in einem Garten überflutet von Licht

aber gerade um diese Zeit würde das Licht langsam abnehmen. Das Licht wäre nicht mehr ein fugenloser Block, ein strahlendes Parallelepiped. Zu dieser Stunde würde es sich stellenweise aufzulösen beginnen, zu schmelzen auf manchen Mauerstücken, auf einem Baumstamm, auf Blättern von einem plötzlich zarteren, feuchteren Grün, als ob dieses leichte unerklärliche Beben die nahe und plötzliche Flut des Schattens ankündigte, die aus dem Schoß der Erde aufstieg, als ob dieser schwache kaum malvenfarbige Hauch, der das unangreifbare Lichtgebäude irisierte – das man einige Sekunden zuvor noch für ewig hätte halten können – nur ein Vorzeichen des tiefen, jetzt voraussehbaren, nächtlichen Atems war, und

Yuccas,
Canna
Agaven
wuchsen wild im Garten

in dem Mornard jetzt voranschreiten würde, auf die Kaninchenställe an der hinteren Mauer zu.

Es wäre die Stunde, in der Lew Davidowitsch die Kaninchen fütterte, er würde sicher da sein.

Mit diesen Bildern müßte der Film beginnen. Das Kameraauge müßte diese Ankunft festhalten, in einer langen ununterbrochnen, aber atemlosen, minuziösen Bewegung. Das Kameraauge müßte von der Seite die Ankunft von Mornard aufnehmen, und zwar aus dem Auto heraus bis zum endgültigen Anhalten. Das Objektiv müßte zunächst auf dem am Bürgersteig stehenden Wagen verweilen. Dann müßte die linke Vordertür geöffnet werden, damit Mornard aussteigen könnte, der langsam und zugleich mit abgehackten Bewegungen auftauchen müßte. Er müßte stehenbleiben, den Hut auf dem Kopf, und das Haus betrachten, bevor er sich umdrehen müßte, um einen sorgfältig zusammengelegten Regenmantel von der Lehne des Sitzes zu nehmen. Er müßte die Tür zuwerfen, abschließen (am Wagen stehend, mit der rechten Hand die Autoschlüssel drehend, auf dem linken Unterarm den Regenmantel, das Gesicht zur Tür mit der Luke am Haus der Avenida Viena gewandt). Mit zwei Schritten müßte er sich vom Wagen entfernen, plötzlich nachdenklich stehenbleiben, umkehren, den Wagen wieder aufschließen. In diesem Moment müßte er krampfhaft lächeln, ein plötzliches, unbestimmtes Lächeln, ein Ausdruck von Verwirrung oder Verzweiflung (oder vielleicht Haß, vielleicht Entsetzen). Jetzt müßte er einen Augenblick vor der Kamera stehen, aber weit genug entfernt, damit der Hintergrund nicht zu unklar würde: Mornard stehend, von vorne; hinter ihm der glänzende Wagen, die mögliche Bewegung in der Avenida Viena; tiefblauer Himmel, das müßte man erkennen können. Dann müßte die Kamera abschwenken, sich in gerader Linie vom gehenden Mornard entfernen, der aber näherkäme, bis zu dem Moment, wo er ganz von der Seite vor der Eisentür zu sehen wäre, an der er läuten und die er fixieren würde (mit entspanntem, lächelndem, vertrautem Blick, um jeden Verdacht, jede Beunruhigung zu vereiteln, mit einer Miene, als wollte er sagen, er sei nur der Freund von Sylvia, wie man weiß, diese etwas graue Gestalt, an die man sich in den letzten Jahren gewöhnt hatte), darauf wartend, daß sich die Luke öffnete. Dann müßte die Kamera nach oben schwenken, über die Mauer in den Garten,

in einen Garten überflutet von Licht
Die Mauern waren von Geranien bedeckt
und von Kapuzinerkresse

Die Kamera müßte diesen duftig belaubten Innenhof aufnehmen, von links nach rechts schwenkend bis zum Hintergrund, wo neben den Kaninchenställen flüchtig die gebeugte Silhouette des alten weißhaarigen Mannes mit der blauen Arbeitsjacke auftauchen müßte (und dieser blaue Fleck von verwaschenem Blau müßte auf der Netzhaut des Zuschauers haften bleiben, trotz der absichtlichen Flüchtigkeit dieser Bilderfolge). Dann müßte die Kamera rasch zurückschwenken, das heißt nach links zu Mornard, der eben aus dem Garagenschuppen kommen würde (wo er gewiß einige freundliche und lächelnde Bemerkungen mit der Wache gewechselt hätte), und jetzt müßte man seinen behutsamen Schritten durch den Garten zu den Kaninchenställen an der hinteren Mauer folgen. Und jetzt, wo sich Lew Davidowitsch dem unerwarteten, vielleicht sogar lästigen Besucher zuwenden würde, – aber man darf es sich nicht merken lassen, denn es war ja der Freund von Sylvia –, genau in diesem Moment, wo das Zusammentreffen stattfinden würde, müßte die Kamera wieder nach oben schwenken, sich waagerecht von dieser auf den ersten Blick im Grunde banalen Szene entfernen, auf die Umfassungsmauer gegenüber der Avenida Viena zufahren, den schläfrigen Wasserlauf des Kanals von Coyoacán nach Xochimilco entdecken, langsames Wasser, stehendes Wasser, tödliches Wasser.

Mit diesen Bildern müßte der Film beginnen.

19. JUNI 1967 – 24. NOVEMBER 1967

Ich hebe die Zeitung auf, ich betrachte die Oliven- und Weinlandschaft. Ich brauche diese Notiz nicht noch einmal zu lesen, ich falte die Zeitung zusammen und gehe zum Haus hinauf.

> *Eine diskrete Todesanzeige*
> *im Brüsseler Abendblatt »Le Soir«*
> *gibt den Tod*
> *von Jacques Mornard bekannt*
> *geboren am 17. Februar 1908*
> *in Teheran*
> *Die Beerdigung findet Samstag vormittag*
> *in Braine-l'Alleud statt*

Und ich glaubte, alles vorhergesehen zu haben, keine Überraschung wäre mehr möglich. Das heißt, alle Überraschungen würden von mir ausgehen, ich würde sie gegebenenfalls arrangieren im Laufe meiner Erzählung mit dem scheinbar reibungslos ablaufenden Uhrwerk einer gut ausgeklügelten Lösung. Aber ich hatte Jacques Mornard vergessen. Ich schrieb den Namen Jacson, den Namen Mornard, aber im Geiste setzte ich sie immer in Anführungszeichen. Es waren nur ausgeliehene Namen, Masken, eine abgewandelte Form, um Mercader zu bezeichnen. Der Mechanismus der Geheimapparate, der falschen Pässe war mir eigentlich genügend vertraut, daß ich an die Realität von Mornard hätte denken müssen. Trotzdem hatte ich Jacques Mornard vergessen. Ich war völlig drin im Ablauf dieses Abenteuers, in der manchmal verzweifelten Freude an dieser Arbeit, und ich hatte Jacques Mornard vergessen.

Aber wir haben den 19. Juni 1967, zwei Tage nach seinem Begräbnis, *die Beerdigung findet Samstag vormittag in Brainel'Alleud statt,* und Mornard dringt in meine Erzählung ein, in der gewaltsamsten, unwiderruflichsten Weise, denn die Ankündigung seiner tatsächlichen Existenz ist zugleich die Nachricht von seinem Tod.

> *Kannte er gewisse*
> *Geheimnisse*
> *der Tragödie*
> *von Coyoacán?*
> *In diesem Fall*
>
> > *hätte er sie*
> >
> > > *mit ins Grab genommen.*

Sicher: wir nehmen unsere Geheimnisse mit ins Grab. Wir haben alle Grenzen überschritten, Meere überquert, wir kennen das Abendlicht in allen Parks der Welt: dieses Licht, das aufbricht und gerinnt, wie trocknendes Blut, wenn man jemanden erwartet zu einem vielleicht vor sechs Monaten vereinbarten Treffen. Ein Hund läuft vorbei, Leute gehen vorüber, wir warten. Wir kennen dieses Herzklopfen. Wenn wir eines Tages Gelegenheit hätten, uns alle zu treffen, würden wir unsere Erinnerungen austauschen. Jede Stadt hat ihren Geruch, ihre Art, bewohnbar oder feindlich zu sein. Nicht jede Stadt muß einem gegen den Strich gehen. Man kann über das Rückgrat jeder Stadt streichen den Flüssen entlang. Wir könnten notfalls davon sprechen und dabei unseren geheimsten Gefühlen einen Anstrich von mitteilbarer Rationalität geben. So als ob diese Erinnerungen austauschbare Erfahrungen würden.

Ich bin auf der oberen Terrasse. Ich habe das gefaltete Exemplar von *Le Monde* unter dem Arm. Ich sehe verschwommen die fetten Pflanzen, die außerhalb des Zaunes wild in der steinernen Unordnung des Hügels wachsen.

Ich müßte mich an etwas erinnern. Das heißt, ich spüre sehr genau die notwendige Verbindung zwischen einer unklar gewordenen Erinnerung an ein Ereignis und meinen jetzigen verworrenen, brodelnden Gefühlen, die von der Todesnachricht von Jacques Mornard in Braine-l'Alleud herrühren. Ich bemühe mich, diese Erinnerung hervorzuholen, die verschwommene Spur jenes Ereignisses. Es ist, als wenn man, aus einem Kino kommend, jemanden in der Schlange der nächsten Vorstellung trifft, jemanden, dessen Gesicht einem bekannt vorkommt, aber nicht sofort identifiziert werden kann. Man ist sicher, ihn zu kennen, der Mann hat einem außerdem zugenickt und damit zu verstehen gegeben, daß man sich kennt. Trotzdem weiß man nicht, wer er ist. Man hat die freundschaftliche Geste erwidert, vielleicht im Vorbeigehen sogar »Ah, grüß dich!« gesagt, weil man sicher ist, den Mann zu kennen, und weil nicht zu grüßen beleidigend gewesen wäre, aber man weiß nicht, wer er ist. Man weiß nicht, wen man kennt. Und das plagt einen manchmal, an gewissen Abenden, und bohrt in einem. Und nun beginnt ein langes minuziöses, krampfhaftes Forschen. Erinnerungen an Orte, Situationen tauchen auf in plötzlichen, kurzen Bildern. Aber dieses Männergesicht kann nicht mit einer beliebigen Situation, einem beliebigen Ort in Verbindung gebracht werden. Wie der Teil eines Puzzle-Spiels – ein kleines bläuliches Stück, zum Beispiel, mit weißen Streifen, das nur zu dem blauen Himmel mit den weißen Wolken über einer schon fast ganz zusammengesetzten römischen Villa gehören kann – gehört dieses Männergesicht nur zu einer ganz bestimmten Situation, einem ganz bestimmten Ort. Manchmal hat man plötzlich nach langen ungeduldigen Umwegen die Gewißheit, daß dieses Männergesicht nur zu geschlossenen Räumen, zu einer diskutierenden Tischrunde gehören kann. Dann wird mit einem Schlag die Erinnerung an dieses Gesicht, seine Identität klar. Natürlich: das war damals, bei der Versammlung vor vier Jahren (und der Himmel jenseits all dieser Gesichter, darunter auch dasjenige, das man einige Jahre später beim Verlassen eines Kinos in einer fremden Stadt wiedergefunden hat, der Himmel im Rechteck der Glastür war von Her-

167

den dichter, dahintreibender Schäfchenwolken überzogen, und der Wind hatte in irgendeinem Moment dieser Versammlung mit großem Lärm die Fenstertür aufgeschlagen, und als man sie schließen wollte, sah man das Meer, übersät mit Schaumkronen und Hunderten von weißen Vögeln mit aufgeplusterten Federn).

Vor dem Haus, wieder den Zypressen zugewandt, die die untere Terrasse säumten, suchte ich in meinem Gedächtnis die Spur dieses flüchtigen Ereignisses, das sicher etwas mit den Gefühlen zu tun hatte, die die Todesnachricht von Mornard in »*Le Monde*« hervorgerufen hatte.

Ich sah mich in einem finsteren, kühlen Zimmer. Draußen schien die Sonne, starkes Rauschen. Ich suchte etwas. Da, Regale, Bücher. Draußen, Sonne. Stehende Stille. Das war es, ich war in *La Bergerie*. Auf der Suche nach einem Buch war ich auf ein langes Gedicht von Frénaud gestoßen, illustriert von Masson. An das Regal gelehnt, hatte ich dieses Gedicht stehend in der Kühle des Zimmers in einem Zug gelesen.

*O Genossen, das Wort Zukunft
wird immer mit eurem Blut geschrieben werden
auf dem Blatt, das ich im Schutze meines falschen Passes mitbringe!*

Später, Monate später, im November, sprach ich mit Frénaud über diese *Agonie du général Krivitski*. Wir waren in der Rue de Bourgogne mit Jean Cortot wieder einmal mit der Aufklärung dieser schmutzigen, nicht wiedergutzumachenden Vergangenheit beschäftigt. Jean hatte uns einige *Ecritures* gezeigt, die er demnächst ausstellen wollte, und mir schien, daß eine dunkle, starke Verbindung zwischen unserer Beschwörung der Gespenster der Vergangenheit und jenen grauen Zeichen, jenen verzweifelten, pathetischen, zum Teil lächerlichen Kritzeleien bestand – die sich selbst lächerlich machten –, jener unverständlichen, aber evidenten Sprache, die die klare Beherrschung eines mittelbaren Sinnes in sich trägt, deren Transkription aber, vielleicht vorübergehend, unmöglich war, weil man die Schlüssel verloren hat, das ABC, die Syntax dieser schreienden, transparenten, dunklen Schriften, die herzzerreißend sind wie die Spuren eines Ich-liebe-dich auf einem beschlagenem Fenster. An diesem Novembertag in der Rue de Bourgogne schien mir die Klärung von all dem

Sie hätte ihre Stirn an die Scheibe gelehnt und die dunkle Masse
der Bäume betrachtet, draußen in der Nacht. Sie wäre ans Fenster
gegangen und hätte ihre Stirn mechanisch an eines der Fensterkreuze gelehnt. Sie wäre aufgestanden, eine Sekunde reglos geblieben, bevor sie mit scheinbar festem Schritt zum Fenster gegangen wäre. Sie hätte dagesessen und mit verschleiertem Blick
den weißen, geschlossenen Briefumschlag auf dem abgegriffenen
Holz des Tisches angestarrt. Sie hätte die drei Blätter, die mit der
winzigen Schrift von Ramón bedeckt waren, in den weißen Umschlag zurückgesteckt. Sie hätte die Blätter, eins nach dem anderen, betrachtet, mit den für sie unlesbaren kyrillischen Buchstaben. Sie hätte sich an die ganz genauen Instruktionen von Ramón, diesen Umschlag betreffend, erinnert. Sie hätte die Schublade geöffnet und den Roman von Pearl S. Buck herausgenommen, in dessen Einband Ramón einen Schlitz angebracht
hatte, in den man den Briefumschlag stecken konnte. Sie
hätte Lust gehabt, die Schublade zu öffnen, den Umschlag aus
seinem Versteck zu holen, die dünnen Blätter mit der winzigen
Schrift von Ramón in die Hand zu nehmen, als ob dieser Brief, der
nicht für sie bestimmt war, den sie nur in einem bestimmten Fall
an Unbekannte weiterzuleiten hatte, auf sehr komplizierten
Wegen und unter mehreren ganz genau festgelegten Umständen,
dieser Brief, den sie wegen der kyrillischen Buchstaben nicht einmal lesen könnte, als ob er dennoch die letzte, vielleicht wichtigste
Nachricht wäre, die Ramón ihr hatte zukommen lassen und die sie,
entgegen allem Augenschein, mehr beträfe, als alle anderen Briefe,
die er ihr im Lauf der Jahre hatte schicken können. Sie hätte an
diesen Umschlag gedacht, den Ramón ihr anvertraut hatte. Am
Tisch sitzend, zerstreut, hätte sie mit dem rechten Daumennagel
vorsichtig das blaue Papier des Telegramms, das Ramón ihr aus
Amsterdam geschickt hatte, glattgestrichen, den Kniffen des
Rechtecks folgend, dessen Vorderseite mit einer beflissenen, winzigen, runden Handschrift bedeckt war. Sie hätte den Text des Telegramms noch einmal gelesen, vielleicht zum zehnten Mal seit es
gebracht worden war, genau zur Zeit der leichten Mittagsbrise,
von einem jungen Radfahrer vom Postamt in Cabuérniga. Sie

hätte die Worte betrachtet, die von der zittrigen Feder der alten Dame übertragen worden waren, die für Telegramme, Einschreiben und Postanweisungen zuständig war, in dem staubigen Raum, dessen Fenster auf den Kirchplatz gingen, und sie hätte wieder lächeln müssen beim Gedanken an das vorhersehbare Staunen dieser Dame, als sie die elektrischen Signale vom Postbüro aus Santander hatte übertragen und schließlich jenen sibyllinischen Satz lesen müssen: *Humpty-Dumpty geht es wunderbar Stop ich liebe dich Ramón,* den sie auf das dafür bestimmte blaue Formular hatte schreiben müssen, damit es in das große alleinstehende Haus der Mercader getragen werden konnte. Sie hätte das Telegramm auseinandergefaltet, als ob das wiederholte Lesen dieser wenigen, von Ramón gesandten Worte, als ob die Anspielung auf Humpty-Dumptys Gesundheit sie besser würde verstehen lassen, wie sich die Reise ihres Mannes abspielte und was sie demnach zu tun hätte; als ob das wiederholte Lesen dieser Worte sie Ramón unendlich nahe bringen könnte, und sie hätte wieder festgestellt, daß es Humpty-Dumpty wunderbar geht, aber das hätte wieder nicht ausgereicht, die dumpfe, stechende, sperrige, unförmige, bohrende Angst zu beseitigen, die sie erfüllte, seit Ramón diese Reise nach Amsterdam beschlossen hatte. Als ein nächtlicher Windstoß die verblichenen Kretonvorhänge hätte erzittern lassen, wäre sie, auf den Tisch gestützt, vom Taumel einer unnennbaren, klebrigen Gewißheit erfaßt worden, und sie hätte die Hände auf ihr Gesicht gelegt, in einem unterdrückten Schrei, der nichts löste und ihr die Kehle zuschnürte, und dann hätte sie das Telegramm auseinandergefaltet, als ob das wiederholte Lesen dieser wenigen, von Ramón gesandten Worte, als ob die Anspielung auf Humpty-Dumptys Gesundheit sie besser würde verstehen lassen, wie sich die Reise ihres Mannes abspielte und was sie demnach zu tun hätte, als ob das wiederholte Lesen dieser Worte sie Ramón unendlich nahe bringen könnte, und sie hätte wieder festgestellt, daß es Humpty-Dumpty wunderbar geht, aber das hätte wieder nicht ausgereicht, die dumpfe, stechende, sperrige, unförmige, bohrende Angst zu beseitigen, die sie erfüllte, seit Ramón diese Reise nach Amsterdam beschlossen hatte. Sie hätte die Worte betrachtet, die von der zittrigen Feder der alten Dame übertragen worden waren, die für Telegramme, Einschreiben und Postanweisungen zuständig war, in dem staubigen Raum, dessen Fenster auf den Kirchplatz gingen, und sie hätte wieder lächeln müssen beim Gedanken an das vorhersehbare Staunen dieser Dame, als sie die elektrischen Signale vom Postbüro aus Santander hatte übertragen und schließlich jenen sibyllinischen Satz lesen müssen: *Humpty-Dumpty geht es wunderbar Stop ich liebe dich Ramón,* den sie auf das dafür bestimmte blaue Formular hatte schreiben müssen, damit es in das große alleinstehende Haus der Mercader getragen werden könnte. Sie hätte den Text des Telegramms noch einmal gelesen, vielleicht zum zehnten Mal seit es gebracht worden war, genau zur Zeit der leichten Mittagsbrise, von einem jungen Radfahrer vom Postamt in Cabuérniga. Am Tische sitzend, zerstreut, hätte sie mit dem rechten Daumennagel vorsichtig das blaue Papier des Telegramms, das Ramón ihr aus Amsterdam geschickt hatte, glattgestrichen, den Kniffen des Rechtecks folgend, dessen Vorderseite mit einer beflissenen, winzigen, runden Handschrift bedeckt war. Sie hätte an diesen Umschlag gedacht, den Ramón ihr anvertraut hatte. Sie hätte Lust gehabt, die Schublade zu öffnen, den Umschlag aus seinem Versteck zu holen, die dünnen Blätter mit der winzigen Schrift von Ramón in die Hand zu nehmen, als ob dieser Brief, der nicht für sie bestimmt war, den sie nur in einem bestimmten Fall an Unbekannte weiterzuleiten hatte, auf sehr komplizierten Wegen und unter mehreren, ganz genau festgelegten Umständen, dieser Brief, den sie wegen der kyrillischen Buchstaben nicht einmal lesen könnte, als ob er dennoch die letzte, vielleicht wichtigste Nachricht wäre, die Ramón ihr hätte zukommen lassen und die sie, entgegen allem Augenschein, mehr beträfe als alle anderen Briefe, die er ihr im Lauf der Jahre hatte schicken können. Sie hätte die Schublade geöffnet und den Roman von Pearl S. Buck herausgenommen, in dessen Einband Ramón einen Schlitz angebracht hatte, in den man den Briefumschlag stecken konnte. Sie hätte sich an die ganz genauen Instruktionen von Ramón, diesen Umschlag betreffend, erinnert. Sie hätte die Blätter, eins nach dem anderen, betrachtet, mit den für sie unlesbaren kyrillischen Buchstaben. Sie hätte die drei Blätter, die mit der winzigen Schrift von Ramón bedeckt waren, in den weißen Umschlag zurückgesteckt. Sie hätte dagesessen und mit verschleiertem Blick den weißen, geschlossenen Briefumschlag auf dem abgegriffenen Holz des Tisches angestarrt. Sie wäre aufgestanden, eine Sekunde lang reglos geblieben, bevor sie mit scheinbar festem Schritt zum Fenster gegan-

gen wäre. Sie wäre ans Fenster gegangen und hätte ihre Stirn
mechanisch an eines der Fensterkreuze gelehnt. Sie hätte ihre Stirn
an die Scheibe gelehnt und die dunkle Masse der Bäume betrachtet, draußen in der Nacht.

Aber sie hätte nichts anderes gesehen als sich selbst, ihr verschwommenes Spiegelbild, wie ein Gesicht hinter einem beschlagenen Fenster, jedoch,

FELIPE DE HOYOS

Er verstand genügend Englisch, um in großen Zügen zu verstehen, was gesagt wurde. Die Kerle standen um ihn herum, sie warteten auf irgend jemanden, offenbar auf einen von ihnen, der
Herbert genannt wurde und der wohl Spanisch sprach. Sie waren
schon mehrmals hin und her gegangen, hatten sich beunruhigte
oder irritierte Blicke zugeworfen, kurze Sätze gemurmelt. Herbert
war im Augenblick unauffindbar. Als warteten sie.

Er saß in einem Sessel, mitten im Zimmer. Einer von ihnen hatte
den Sessel aus der Ecke gerückt, in der er stand, als sie eintraten,
und ihn in die Mitte des Zimmers geschoben. Jetzt fühlte er unter
seinen Handflächen, die flach auf den Armstützen lagen, den Kontakt mit dem lauen und zugleich knirschenden, abgegriffenen
Leder. Die Kerle hatten ihn nicht bedroht. Sie hatten ihm keine
Waffen gezeigt, deren Vorhandensein er jedoch vermutete, deren
plötzliches Auftauchen ihn nicht übermäßig überrascht hätte. Sie
standen nur einfach um ihn herum, in diesem kahlen Salon, in dem
kein bemerkenswerter, identifizierbarer Gegenstand war. Einfach
nur Gegenstände.

Manchmal waren es vier, manchmal sechs, je nach dem Kommen und Gehen, das offenbar durch die Suche nach jenem Herbert
verursacht wurde, dessen Anwesenheit, den aufgeschnappten Satz-
fetzen nach zu urteilen, sich als unbedingt notwendig für den Anfang dieser merkwürdigen Geschichte erwies. Aber hinter dem
grellen, blendenden Schein einer Bürolampe, deren Brennpunkt
jetzt auf seine Augen gerichtet war, konnte er ihre Gesichter nicht
mehr unterscheiden.

Die Kerle hatten ihn zwar nicht gefesselt in dem Ledersessel, in den er tief versunken war trotz seiner Bemühungen, aufrecht zu sitzen, aber er war davon überzeugt, daß jede Bewegung nutzlos gewesen wäre. Es war in keinem Moment irgendeine Drohung ausgesprochen worden. Man hatte ihn lediglich umringt, entführt, hierher gebracht, ohne ein überflüssiges Wort, ohne eine unnötige Bewegung. Keine Kraftverschwendung bei diesen Typen. Aber gerade diese geölte, geräuschlose Präzision war bedrohlicher als Worte, Grimassen oder Gebrüll. Er blieb ruhig, er wartete ebenfalls.

Er saß da und versuchte einen Zusammenhang zwischen diesem Ereignis und seinem übrigen Leben zu finden. Irgend etwas, das die plötzliche Wiederkehr der früheren Gewalttätigkeiten rechtfertigte oder zumindest erklärte. Aber er fand nichts. Jede Möglichkeit, diesen Augenblick seines Lebens mit anderen Augenblicken, diese latente Gefahr mit anderen eindeutigen Gefahren der Vergangenheit in Zusammenhang zu bringen, schien an den Haaren herbeigezogen, wenig plausibel.

Er saß da und wartete auf Herbert, denn die Anwesenheit des letzteren schien absolut notwendig für den Anfang von irgend etwas. Irgend etwas, irgendeine Sache, an die man sich halten könnte, selbst wenn es furchtbar wäre.

Er hatte die Augen geschlossen und versuchte klarzusehen.

Die einzige Begebenheit, über die man nachdenken, deren Sinn vielleicht alles übrige klären könnte, war dieses Zusammentreffen in dem spanischen Lokal. Er war hingegangen, wie jedesmal, wenn sein Schiff in Amsterdam anlegte. Die Matrosen hatten sich laut und verworren über eine deutsche Nutte unterhalten, die versucht hatte, einen von ihnen reinzulegen. Er hatte sich abgesondert, das war immer dasselbe. Die Personen wechselten bei jeder Fahrt, aber das Gespräch schien immer dasselbe zu sein, von Saison zu Saison, von Jahr zu Jahr. Er hatte den Eindruck, die gleichen Worte schon einmal gehört zu haben, die gleichen Ausrufe, diese immer genaueren Details über immer dasselbe Mädchen, die bei wechselndem Aussehen, wechselnder Hautfarbe, wechselnder Nationalität immer dasselbe unheilvolle, verächtliche und großartige, typisch weibliche Wesen behielt. Er hatte sich abgesondert und sein Weinglas, das ständig nachgefüllt werden konnte, seinen Teller mit rohem Schinken und bröckeligem Käse auf einen Tisch gestellt, der abseits von diesem ganzen Getöse stand. Aber warum hatte dieser Mann ein Gespräch begonnen? Jedenfalls hatte er sich plötzlich zu ihm gedreht und ein Gespräch begonnen, indem er ihn etwas gefragt hatte. Der Mann hatte Russisch gesprochen, und er hatte automatisch in derselben Sprache geantwortet. Der Mann hatte einen Blick von absoluter, scharfer Präzision. Er war dem autoritären Blitzen dieses Blickes erlegen und hatte seine Frage beantwortet. Das wars, er trank hellen Wein, knabberte an seinem Käse und seinem Schinken und mußte zu einem bestimmten Zeitpunkt ein russisches Lied gesummt haben (vielleicht, weil er sich von dieser turbulenten und lauten Atmosphäre des Lokals absonderte). Der Mann hatte sich steif umgedreht, mit einer flüchtigen Blässe im Gesicht. Sein Blick hatte ihn in einem Raum von klaren und scharfen Konturen festgenagelt. Er hatte sich plötzlich unschützbar nackt gefühlt. Er hatte die Frage automatisch auf Russisch beantwortet. Warum sang er *Suliko*? Das war eine lange Geschichte. Der Mann hatte ihn gefragt, ob er es eilig hätte. Aber nein, überhaupt nicht. Lange Geschichten helfen die Zeit zu vertreiben, hatte der Mann gesagt und seinen Stuhl herangerückt. Er aß gegrillte Langusten.

So hatte er ihm dann die Geschichte von *Suliko* erzählt, dem georgischen Lied. Es war wirklich eine lange Geschichte.

Aber er hört das Geräusch von unterdrückten Flüchen, von Bewegung, ein Stuhl fällt sogar um. Er fühlt, daß man auf ihn zukommt, auf den Sessel, in dem er sitzt. Vielleicht ist Herbert endlich gekommen.

Er öffnet halb die Augen und schützt sie mit der linken Hand vor dem grellen Lampenlicht. Schatten wachsen im Halbkreis um ihn herum. Jetzt gehts los.

Die Kerle hatten ihn umringt, als er gerade auf den Nieuwmarkt getreten war. Er hatte im Dunkeln gespürt, daß rechts und links jemand neben ihm ging. Dann war er, sehr geübt, an Armen und Handgelenken gepackt worden. Hinter ihm sagte die Stimme eines Dritten irgend etwas auf Englisch, was er nicht verstehen konnte. Er spürte, wie er weggezogen, fast an den Armen getragen wurde mit geräuschloser, geschmeidiger Sicherheit. Neben ihnen hielt ein Wagen, er wurde hineingestoßen. Man verband ihm die Augen, steckte ihm einen Knebel in den Mund und legte ihm Handschellen an. Er war nur noch eine unbewegliche Masse auf dem Rücksitz des Wagens. Aber er war nicht von Panik ergriffen worden, überhaupt nicht. Sein Herz schlug regelmäßig, seine Eingeweide blieben ruhig, sein Körper wurde nicht feucht. Trotz der Jahre, trotz des Vergessens, trotz der Routine des Lebens, behielt sein Körper die zähe und schlaue Standhaftigkeit von ehedem. Sich nicht rühren, keine Kräfte vergeuden, sich hineinfinden, die Zähne zusammenbeißen, sich totstellen, warten, bis sich die Dinge wenden. Die alten Reflexe haben wunderbar funktioniert. Er hätte in der stillen Nacht darüber lächeln können. Aber ein Bild war plötzlich ohne ersichtlichen Grund in ihm aufgetaucht und hatte Unbehagen ausgelöst. Der Mann im Scheinwerferlicht an der alten Friedhofsmauer. Der Mann hatte einen dunklen Anzug und ein weißes Hemd gehabt, so hatten sie ihn in seinem Haus angetroffen, völlig gefaßt, ganz ruhig, als ob er durch eine feierliche Kleidung die Bedeutung dieses Zusammentreffens unterstreichen wollte. Der Mann stand im Scheinwerferlicht vor den auf ihn gerichteten Gewehren. Der Mann machte eine Handbewegung, vielleicht mechanisch, um das Revers seiner Jacke abzuputzen. Dann, als die Gewehre mit metallischem Knacken entsichert worden waren, hob er den rechten Arm mit der geschlossenen Faust zum Gruß der Volksfront. Er schüttelte die Faust und schrie irgend etwas, das man im Lärm der Gewehrsalven nicht hörte. Dieses Bild taucht in seinem Gedächtnis auf, auf dem Rücksitz des Autos, in Amsterdam, dreißig Jahre später, ohne ersichtlichen Grund. Er sieht dieses Bild, als ob er etwas abseits stände, rechts von den Leuten mit dem Gewehr im Anschlag. Als ob er vielleicht bei einem der Autos gewesen wäre, deren Scheinwerfer die Szene beleuchteten. Doch er weiß sehr wohl, daß er dem Erschießungspeloton angehörte. Er sieht sich nicht unter den Männern dieser Gruppe, mit vorgebeugtem Kopf, die mit dem rechten Auge zielen, aber er weiß sehr wohl, daß er dazu gehörte. Er war damals 17 Jahre alt, die Mehrzahl der anderen waren kaum älter. Achtundvierzig Stunden lang jagten sie die Roten von Haus zu Haus, von Dorf zu Dorf. Es war wie ein fieberhaftes, blutiges Fest. Einige starben wortlos, verächtlich und selbstbewußt. Andere schrien, schlugen um sich, versuchten zu fliehen: man zerrte sie fort wie Wildschweine in Todesangst. An jenem Abend waren sie in jenes alte, alleinstehende Haus gekommen. Die Autos waren rumpelnd durch die Kastanienallee gefahren. Aber der Mann erwartete sie, ruhig, ganz schwarz gekleidet. Er trug ein makelloses weißes Hemd.

Er erinnert sich jetzt an alles. Es war in der Gegend von Cabuérniga, nach der Einnahme von Santander, im Herbst 1937.

Aber die Amerikaner standen um ihn herum. Sie hatten ihn am Nieuwmarkt entführt, und als man ihn losgebunden hatte und er wieder sehen und sprechen konnte, hatte er sich in einem gewöhnlich möblierten Zimmer wiedergefunden. Sie warteten auf einen Mann namens Herbert, der anscheinend Spanisch sprach. Er hatte sich wohl gehütet, ihnen zu sagen, daß er genügend Englisch verstand, um ihre Fragen beantworten zu können. Das gab ihm den kleinen Vorteil, daß er ihre Bemerkungen verstehen konnte. Man hatte ihn genauestens durchsucht, seine Papiere einzeln angesehen. Sie sahen aus, als ob sie glaubten, den großen Fang gemacht zu haben. Aber die Abwesenheit Herberts machte sie nervös. Also benutzte er diese Frist und versuchte Klarheit zu bekommen. Es war sicher die Begegnung im spanischen Lokal, die die Ursache dieser ganzen Aufregung war. Es war aber doch nur ein Zufall, er sah überhaupt nicht, welche Bedeutung sie dem beimessen konnten. Er hatte *Suliko* gesummt, und der Mann hatte sich umgedreht. Aber der Zufall nahm die etwas feierlichen, oder irritierenden, Züge des Schicksals an, das mußte man schon sagen. Dreimal im Jahr verbrachte er einige Stunden in diesem spanischen Lokal, wenn das Schiff von den Ostseehäfen zurückkam, und ausgerechnet diesmal mußte er auf einen Landsmann stoßen, der nicht nur aus der gleichen Gegend kam wie er, sondern außerdem ebenfalls in Rußland gelebt hatte. Er hatte jenes alte georgische Lied gesummt, und der Mann hatte sich etwas bleich umgedreht. Sicher eine lange Geschichte.

Aber jetzt stehen die Amerikaner um ihn herum. Es sieht aus, als ob es losgehen wird. Obwohl Herbert noch immer nicht da ist.

RAMÓN MERCADER DEL RÍO

Er kann Birken nicht leiden.
Er steht auf der Veranda des Hauses mitten im Birkenwald.

Er sieht die Birken an, deren Stämme zart zu leuchten scheinen. Der Schatten der Nacht löst sich auf, gemischt mit verschwommen milchigem Mondlicht. Nein, er kann Birken nicht leiden, er wird Birken niemals leiden können. Ich weiß, es gibt Gedichte über sie. Weiße Birken, silberne Birken, russischer Wald. Scheiße, tausendmal Scheiße! Ich hasse Birken.

Er steigt die Holzstufen hinunter, geht auf die Bäume zu in der porösen Stille der Nacht. Er hat das Wohnzimmer der Datscha vor einigen Minuten verlassen. Er hatte in einem Sessel gesessen mit dem Rücken zum Fernsehapparat und hatte die Minuten in sich fortrinnen lassen wie feinen Sand. Seine Frau sah sich das Abendprogramm an, sicher sehr bildend. Seine Frau sah sich jedes Programm an, jeden Abend. Sie mußte ihm sogar nachher immer davon erzählen. Er jedoch kam sich nur noch wie ein langer, fadenförmiger, vielleicht durchsichtiger, bestimmt aber brüchiger, in zwei Teile gespaltener Gegenstand vor, und ich spürte etwas Sandartiges ständig vom oberen Teil in den unteren fließen, und wenn dann Kopf, Nacken, Schulter und Brustkorb durch dieses unerbittliche Abfließen des winzigen Minutensandes leer waren – und manchmal verdichtete sich diese körnige, knirschende Masse zu einer Art Leim in den Adern – wenn ich leer von jeder Erwartung war, am Rande des Zusammenbruchs, der kalten Wut, des Aufheulens, kam ich mir vor, als wenn ich umgekippt würde und der Sand der Zeit wieder in umgekehrter Richtung zu rinnen begann.

Er hat eine verzweifelte Anstrengung gemacht, sich vom Sessel losgerissen und ist zur Tür gegangen. Die Stimme seiner Frau hinter ihm hat gefragt, wohin er gehe. Er ist eine Sekunde stehengeblieben, die Hand auf der Türklinke, mit klopfendem Herzen. Er hätte sich umdrehen wollen, seinen toten Blick, seinen mörderischen Blick auf diesen Schatten von Frau werfen und zusehen, wie sie sich auflöste, in Fetzen davonflog, auf immer verschwand. An der Türe stehend hat er sich eine Sekunde lang vorgestellt, daß diese Frauenstimme auf immer verstummte, daß sie niemals mehr fragen würde, wohin er gehe, woher er komme, woran er denke, was er tue, worauf er Lust hätte. Eine Sekunde lang träumte er vom unsagbaren Glück der Stille. Aber er hat sich wieder gefaßt, er hat gesagt, daß er nirgendswohin gehe. Ich komme wieder, hat er gesagt. Er hat die Tür aufgestoßen, sich auf der Veranda befunden, in der milchigen Nacht der weißen Birken, der Silberbirken. Russischer Wald, er hat böse gelacht.

Nein, ich kann Birken nicht leiden. Birkenwälder, manche haben mir davon erzählt, manchmal mit schluchzender Stimme. Gut, ich hörte zu, warum nicht, ich nickte. Birken im Schnee, Birken im Frühling, der Wind in den Birken wie eine zitternde Dünung: alles Scheiße, nichts anderes.

Jetzt ist er zwischen den Bäumen, in der schwammigen Stille einer Aprilnacht.

Wenn er geradeaus ginge, durch das Gebüsch, käme er nach zehn Minuten zum Metallgitter. Alle diese Datschas standen den Funktionären des Staatssicherheitsdienstes zur Verfügung, aber der Raum, der sie umgab, war abgeschlossen, überwacht. Wenn er aber nach rechts ginge, am Ende des Weges, könnte er länger laufen, bevor er das Metallgitter erreichte. Er könnte um einige benachbarte Datschas herumgehen. Die Lichter wären angezündet, man könnte Lachen, Stimmen, Lieder hören. Die Familien säßen vor dem Fernsehapparat.

Er bleibt reglos unter den Bäumen stehen. Diese Art Frieden ekelt ihn an, ekelt mich an, das kann man wohl sagen. Wenn ich den Mut hätte, träte ich in eines dieser Häuser ein, nur um zu sehen, was für Gesichter sie machen würden. Es wäre plötzlich still, entsetzte, wohlwollende Verlegenheit. Wenn ich den Mut hätte, nähme ich einen Stuhl und würde mit ihnen sprechen. Aber sie wollen nichts davon wissen, das ist am einfachsten. Als ob es sie nichts anginge, diese Schweine. Ich würde ihnen alles erzählen, jedes kleinste Detail, vielleicht würden es einige nicht aushalten. Alles von Anfang an, vielleicht hätte ich dann endlich den Eindruck zu existieren.

Sechs Jahre schon. Als er das Gefängnis von Mexiko verlassen hatte, gab man ihm einen Paß und eine Flugkarte nach Kuba. In Havanna hat er einige Tage gewartet. Er war in einem großen leeren Haus bei Miramar. Die benachbarten Gärten waren voll von Bauernkindern, die man zum Lernen in die Hauptstadt geschickt hatte. Die Kinder tobten in den Pausen. Er war allein, er hörte diese Kinderstimmen ohne Ärger, aber auch ohne Freude. Es war alles zu fern. Er hat nicht gefragt, ob er hinausgehen durfte, die Stadt besichtigen, das Meer, die Straßen, die Palmen. Nichts. Er hat gewartet, daß man ihn zur Fortsetzung seiner Reise abholt. Im Hof stand ein Baum voll roter Blüten, wie eine Flamme. Er betrachtete den Baum, er wartete, daß die Zeit verging. Er hat verstanden, daß ihn niemand mehr etwas fragen würde, daß alle so tun würden, als ob sie nicht wüßten, was geschehen war, vor zwanzig Jahren. Er hat verstanden, daß er niemals diese Dinge beim Namen nennen, ihnen Leben, den Anschein einer objektiven Existenz geben könnte. Ganz und gar nicht. Man würde ihn mit dieser Erinnerung allein lassen, als ob diese Erinnerung nur ihn etwas anging. Er hat verstanden, daß er in die leere, eisige Ebene des Todes eintrat, daß sein Schweigen und seine Treue zu nichts gedient hatten, daß er von den Seinen nicht anerkannt werden würde, daß niemand dieses Blut, diesen Tod, diese Niedertracht, diese Selbstaufopferung würde teilen wollen. Trotzdem hätte auch jeder andere dieses Verbrechen begehen können, jeder militante Kommunist. Er war wegen seiner besonderen Qualitäten ausgewählt worden, aber die Verantwortung für diese Selbstverleugnung, diese geduldige List, diese Charakterstärke, dieses totale Opfer ließ man ihn allein tragen. Er hatte keinen Namen, keine Vergangenheit mehr, nur noch dieses Verbrechen, das niemand mit ihm teilen wollte, um es nicht ableugnen zu müssen. Schluß, sprechen wir nicht mehr davon: auf das Verlustkonto zu buchen. Die Geschichte würde über diese Jahre hinweggehen, sie ausstreichen, wie Asche in alle Winde zerstreuen. Noch ein wenig Geduld, und alles würde ausgelöscht sein. Übrigens, wer erinnert sich noch an dieses Verbrechen? Ist Trotzki wirklich ermordet worden? Man kann daran zweifeln. Man kann diese verglimmende Episode übergehen. Ganze Haufen von sehr respektablen Leichen verbergen diesen einsamen, zweifelhaften Tod. Ganze Tonnen von Knochen, die nur den Abscheu des guten Gewissens erregen. Jeder wird die Seinen darunter finden, auch Gott. In Auschwitz, Hiroshima, Sibirien, Johannesburg, Watts, Hanoi, undsoweiter, jeder kann wählen. Jeder wird leben und den Sinn des Lebens finden können mit Hilfe dieser unschuldigen Leichen seiner Brüder. Das ist die jüngste Geschichte, ernste Gründe für das vorgefertigte gute Gewissen. Und er, ein Mann ohne Namen, ohne Gesicht, weder Jacson, noch Mornard, nicht einmal Ramón Mercader del Río, nur er kommt vom Tode zurück mit der Last dieses unnützen Verbrechens.

Sechs Jahre schon. Von Havanna hatte er nur die Erinnerung

an den rot flammenden Baum bewahrt. Aber er hatte sich nicht täuschen lassen. Er hatte genau verstanden, daß diese natürliche Flamme, dieses lebendige rote Wuchern, das Zittern der Blätter und Blüten, keinen Neuanfang versprach. Er hatte genau verstanden, daß dieser Baum nur die Unendlichkeit des Sandes unterstreichen sollte, der ihn erwartete, wie eine letzte Fata Morgana in der unergründlichen Tiefe der Wüste. Die Leute, die ihn umgaben, brachten ihm zu essen, gaben ihm Zeitungen, Zigaretten und Kognak, sie waren alle aus demselben mineralischen, rauhen Stoff geknetet: vielfaches, ungreifbares, lächelndes Schweigen. Sie hatten alle nur ein Ziel, eine Angst: wenn er bloß nichts sagt, keine Fragen stellt, den unabänderlichen Lauf der Dinge hinnimmt. Man wird doch nicht das Kind mit dem Bade ausschütten, nicht wahr? Das Kind ist groß geworden, stark, es sitzt am Tisch, ist höflich zu Damen, was will man mehr. Übrigens dieser Trotzki, der war nicht ganz astrein, das muß man schon sagen. Er hat nirgends eine gute Presse, weder in Moskau noch in Peking, noch in Paris noch in Havanna. Das ist sogar der einzige Punkt, in dem sie sich alle einig sind. Wenn man einen Menschen oder eine Idee verdächtigen will, braucht man sie nur als trotzkistisch zu bezeichnen, oder trotzkisierend, oder irgendwie trotzkistischen Ursprungs. Das genügt, mehr braucht man nicht zu sagen: das Adjektiv steht für den Begriff, erspart die Suche nach einer Definition oder einer zusammenhängenden Kritik. Dieser Trotzki war vielleicht kein Agent der Gestapo oder des Intelligence Service, aber *objektiv* war er eine Gefahr. Sicher war es zu polemischen Übertreibungen gekommen, der Klassenkampf stellt manchmal unerbittliche Anforderungen, wie wir es ja aus professionellen Gründen wissen. Er mußte doch auf Anhieb verstehen, daß er sich glücklich schätzen konnte, aus dieser Sache noch so gut herausgekommen zu sein. War er denn nicht am Leben? Hatte er nicht eine Wohnung, eine Datscha, eine gute Pension? Viele andere waren draufgegangen, obwohl sie ebenso unschuldig waren wie er. Oder sogar noch unschuldiger, denn dieses Verbrechen hatte er ja immerhin begangen, nicht wahr? Schließlich hatte ja niemand anders als er an jenem Augusttag die Schwelle des Hauses in der Avenida Viena überschritten. Niemand anders als er hatte monatelang Sylvia umworben. Niemand anders als er ist fiebrig im dünnen Nachmittagslicht durch den Garten gegangen, wo

Yuccas, Canna und Agaven wuchsen. Niemand anders als er, dabei bleibe ich. Wenn ich dieses Verbrechen verleugne, verleugne ich mein ganzes Leben. Ich hätte es tun können, jederzeit. Ich hätte den Untersuchungsrichter, die Journalisten zusammenrufen können, ihnen meine Identität gestehen und öffentlich die Mechanismen dieses Unternehmens enthüllen können. Ich hätte meine Memoiren geschrieben, man hätte sie in Dollars bezahlt, meine Strafe wäre verkürzt worden. Aber ich habe beschlossen, bei den Meinen zu bleiben, im Schrecken und in der Niedertracht, wie ich es vorher in der Begeisterung und im Mut gewesen war.

Er ist in der frischen Aprilnacht im Birkenwald. Wenn er noch die Kraft hätte, ginge er in eines der nächsten Häuser, setzte sich an den Tisch und zwänge sie zuzuhören, diese Erinnerung mit ihm zu teilen. Der Mann und die Frau hätten glatte Gesichter, blaue Augen, die Kinder wären strohblond, wohlgenährt, adrett. Und er würde sehen, wie sich diese Gesichter auflösten, die blauen Augen trübten. Er würde sie zwingen, diesen Tod, diesen Alptraum zu teilen, der auch der ihre war. Aber nein, sie würden ihn hinauswerfen, ihn verjagen, die Wachen rufen, die Krankenpfleger, Kommissare, Sekretäre, Ordnungshüter, Ingenieure der Seele, Organisatoren der Zukunft, Theoretiker des sozialistischen Humanismus, die alten Kämpfer, Kriegshelden, Witwen und Waisen, Marschälle des Zarenreichs, Agitatoren, Vorsitzende der Kulturzentren, Sonntagsmaler, Lyriker, Schriftsteller, die niemals den vergifteten Reizen des Kosmopolitismus erlagen, Besieger des Weltraums, Pflüger des Neulands, Aktivisten, Kolchosbauern der ersten Stunde, alle wären sie da, um ihn herum, mit strengem, aber gerechtem Blick, aufrecht wie Birken, unschuldig und naiv wie Birken in der Sonne, im Wind, der russische Wald, so eine Scheiße!

Er hat Fieber, er zittert, er wird schreien.

Widerhall von Schritten hinter ihm im Toreingang. Er hört die Stimme seiner Frau. Wo bist du? Kommst du nicht herein?

Er krümmt die Schultern, ein Bild steht grausam vor ihm. Natalja Sedowa hatte ihm ein Glas Wasser gereicht. Er hatte getrunken und sich dabei verschluckt. Natalja Sedowa sah ihn an. Er hat die Augen gehoben und verstanden, daß sie alles erraten wird. Unter diesem fahlen Blick ist er transparent geworden. Er hat sich gezwungen, diesen Blick zu ertragen. Aber er sah Natalja Sedowa nicht wieder, und diese sah ihn natürlich auch nicht wieder. Zwischen ihnen gab es nur noch die endlose verlassene Weite des Todes.

Kommst du?

Aber ja, ich komme. Ich werde wieder in die Datscha gehen, ich wollte nur etwas Luft schnappen, ich weiß, daß die Abende kühl sind, ich komme, ich bin folgsam, ich werde nichts sagen, ich bin tot.

Er dreht sich um, ruft, daß er kommt, geht auf das Haus zu, irgendwo zwischen den Birken des russischen Waldes.

NATASCHA SEDOWA

Um 5 Uhr hatten sie wie immer zusammen Tee getrunken. Um 5 Uhr 20, vielleicht auch 5 Uhr 30, ging sie zum Balkon und sah Lew Davidowitsch im Innenhof bei einem offenen Kaninchenstall. Er war gerade dabei, die Tiere zu füttern. Neben ihm stand eine unbekannte Gestalt. Sie betrachtete den Mann, aber erst, als er den Hut abnahm und auf den Balkon zuging, erkannte sie ihn. Es war Jacson.

»Da ist er schon wieder! Warum kommt er so oft?« dachte sie.

Jacson kam näher und grüßte.

»Ich habe schrecklichen Durst, könnten Sie mir ein Glas Wasser geben?« fragte er.

»Vielleicht wollen Sie lieber eine Tasse Tee?«

»Nein, nein, ich habe zu spät gegessen. Das Essen will nicht recht rutschen.«

Er zeigte auf seine Kehle.

»Es steckt noch im Hals«, fügte er hinzu.

Sein Gesicht war grau. Er zitterte, vor Müdigkeit oder Fieber.

»Warum tragen Sie einen Hut und einen Regenmantel? Bei der Sonne heute?«

Der Regenmantel hing über seinem linken Arm und er drückte ihn an seinen Körper.

»Es wird nicht so bleiben, es wird regnen«, sagte Jacson.

Fast hätte sie geantwortet, daß es heute nicht regnen würde. Aber sie sagte nichts, ohne ersichtlichen Grund.

»Wie geht es Sylvia?« fragte sie vielmehr.

Er schien nicht zu verstehen. Er war vollkommen abwesend. Endlich, als ob er aus tiefem Schlaf erwachte, antwortete er: »Sylvia? Sylvia?« Und sich zusammennehmend fügte er gleichgültig hinzu: »Ihr geht es immer gut.«

Dann sahen sie sich lange an.

IV

Man hätte den aufregenden, unbestimmten Eindruck haben können, daß man das schon einmal erlebt hat, daß sich alles wiederholt.

Wieder war es Mittag, bald würde sich der Wind über den Eukalyptus- und Kastanienbäumen erheben. Sonsoles auf dem Sandplatz hatte sich eben von ihrer Mutter entfernt. Sie hatten auf der gleichen Bank gesessen und einige Seiten aus dem *Nursery Rhyme Book* gelesen, und Inés hatte ihre Tochter bei dieser Gelegenheit ein Wort wiederholen lassen, das sie falsch ausgesprochen hatte. Sonsoles hatte wieder auf diesen Abzählreim zurückkommen wollen, den sie am liebsten hatte und mit dem die Lesestunde immer beendet würde. Noch einmal hatte Inés die Geschichte von dem Mann mit dem Eierkopf erzählen müssen, der auf der Mauer saß und einen großen Fall tun würde. Und Sonsoles hatte sich von ihrer Mutter entfernt, hüpfte jetzt auf dem Sandplatz umher und sang mit heller Stimme

> *Humpty-Dumpty sat on a wall*
> *Humpty-Dumpty had a great fall*
> *All the King's horses and all the King's men*
> *Couldn't put Humpty together again.*

Es war also Mittag, bald würde sich der Wind erheben mit einem kräftigen Rauschen in den höchsten Wipfeln. Dann hörte man das Klingeln des Fahrrads, auf dem der Junge aus Cabuérniga mit vollem Schwung die Kastanienallee heruntergefahren kam. Dann erschien Tante Adela auf der Veranda, weiter entfernt auch Remedios an der Küchentür. Dann waren, wie bei jeder guten Inszenierung, Dekoration und Figuren bereit, den Sendboten des Schicksals zu empfangen. Dann kam der junge Radfahrer auf die Esplanade und hörte auf, die Fahrradklingel zu betätigen, um mit der linken Hand das blaue Rechteck des Telegramms zu schwenken.

»*Telegrama, Telegrama!*« rief er mit einer Stimme, die im Stimmwechsel war.

Inés ging ihm entgegen, nahm das Telegramm und gab ihm ein Geldstück.

»Nun?« fragte Tante Adela.

Der junge Radfahrer entfernte sich, auf den Pedalen stehend. Inés hatte das Telegramm geöffnet. Sie hob den Kopf.

»Es geht ihm gut, er hat Sehnsucht nach uns«, sagte sie.

Aber ihre Stimme klang nicht froh. Sie setzte sich wieder auf die Bank. Tante Adela hatte sie angesehen und den weißen Wollschal zu ihren Schultern hochgezogen. Sie hatte zwei Schritte gemacht, und ich hätte gewollt, daß sie ins Haus zurückgehe, daß sie nicht zu mir komme, daß sie mich allein ließe. Aber sie stieg die Stufen der Veranda herunter, sie näherte sich, zurückhaltend.

»Schade, daß er nicht heute hat kommen können«, sagte Tante Adela.

Ich nickte.

»An seinem Geburtstag«, präzisierte Tante Adela.

Ich nickte, ich sagte nichts, als ob das Bedauern über Ramóns Abwesenheit gerade an seinem Geburtstag so selbstverständlich war, daß es nicht noch betont werden mußte.

Tante Adela setzte sich auf die Bank. Nichts könnte sie mehr hindern zu reden, ich wußte es.

Sie hatte den Schal wieder zu ihren Schultern hochgezogen, sie hatte einen Raum durchschritten, in dem Schatten und Sonne sich abwechselten, und sie war zu mir gekommen. Von jetzt ab wird sie sprechen. Ich wußte wohl, daß sie sich nicht speziell an mich wenden würde. Wahrscheinlich hätte sie mit jedem anderen auch gesprochen. Vielleicht brauchte sie auch niemanden, um sich auf diese Bank zu setzen und laut ihre Erinnerung sprechen zu lassen. Aber ich war da und hatte eben ein Telegramm von Ramón erhalten, der heute Geburtstag hatte, sie würde sich an mich wenden.

Das heißt, sie würde sich an mein Schweigen wenden, an meine zuweilen schaudernde Resignation.

»Weißt du, ich erinnere mich«, sagte Tante Adela, und die Sonne schien jetzt von einem tiefblauen Himmel herab senkrecht auf das Haus. »Übrigens wußte ich, daß ich mich erinnern würde. Passiert dir das nicht auch? Du weißt, daß du etwas vergessen hast, ein Detail, eine Begebenheit, die jemanden betrifft, und du bist sicher, daß es dir wieder einfallen wird. Du brauchst gar nicht einmal zu grübeln, dich anzustrengen. Es wird dir einfach wieder einfallen. Gestern, als wir das Fotoalbum angesehen haben – es ist wirklich Jahre her, seit ich das letzte Mal darin geblättert habe, ich glaube, das letzte Mal war es, als Ramón aus Rußland zurückkam, ja richtig –, war ich sicher, daß es noch irgend etwas anderes, eine andere Erinnerung an Semprún Gurrea gibt«,

und ich hatte keine Ahnung, von wem sie sprach, wieder hatte mich ein Schwindelgefühl gegenüber diesem schwammigen, fremden Gedächtnis gepackt, in dem zahllose Leichen in endlosen Traumfolgen vorbeizogen –

»denn das Foto vom Sardinero stammte aus dem Jahre 1931, erinnerst du dich? Damals war er Zivilgouverneur der Provinz, weißt du, das Foto vor dem Azaleenbeet im Sardinero?«

– ja, ich erinnere mich, sie hatte lange davon gesprochen, gestern –

»es war im September, Sonsoles konnte nicht kommen – nicht deine Tochter, deine Schwiegermutter natürlich –, und Semprún Gurrea ist kurz danach nach Madrid zurückgegangen, er hat manchmal geschrieben, und mein Bruder hat ihm geantwortet, und seine Frau, die Frau von Semprún Gurrea meine ich, ist im folgenden Frühjahr gestorben, aber davon wollte ich gar nicht sprechen, nein, ich wußte, da war noch etwas anderes: Als der Krieg ausgebrochen war, 1936, im August dieses Jahres, ist Semprún Gurrea nach Santander zurückgekommen; er war auf Urlaub irgendwo im Baskenland und ist nach Santander gekommen, um im Radio zum Kampf gegen die Rebellen aufzurufen – da siehst du, ich sage immer noch *Rebellen,* seit dreißig Jahren sind sie an der Macht, und unsere Leute wurden wegen Rebellion verurteilt, aber damals sagte man so, du warst noch nicht auf der Welt, du kannst das nicht wissen, die *Rebellen,* sie haben sich doch gegen eine legitime Regierung erhoben, nicht wahr? – Semprún Gurrea hat im Radio gesprochen, und sie haben sich getroffen, mein Bruder und er, das heißt dein Schwiegervater, ich glaube, er hat sogar hier im Haus übernachtet, eine Nacht, jawohl, ganz genau, ich erinnere mich an ein langes Gespräch bis zum Morgengrauen, bevor er im Auto an jenen Urlaubsort im Baskenland zurückfuhr, wo ihn der Krieg überrascht hatte«

– und ich frage mich, worauf sie hinaus wollte, aber sie wollte auf gar nichts hinaus, sie frischte Erinnerungen auf, und ich wußte genau, daß sie am Ende dieser schrecklichen Erinnerungen wie ein Nachtfalter, der sich an der Lampe verbrennt, mit trockener Stimme und feuchten, zitternden Händen auf das unauslöschliche Bild der von Autoscheinwerfern beleuchteten Mauer des alten Friedhofes zusteuern würde, an der Ramóns Vater erschossen worden war, ich wußte es –

»ich frage mich, was aus ihm geworden ist, ich habe nie wieder von ihm gehört«

– und ich hörte Tante Adela zu, während meine Finger das blaue Telegramm zerknitterten, dessen Worte ich mir leise wiederholte, als ob es sich um eine neue Version jenes Abzählreims gehandelt hätte, den Sonsoles gerade vor sich hin summte.

O'Leary betrachtete die Fotokopien der beiden Telegramme. Er konnte sich nicht verkneifen zu lächeln.

Die Lampe brannte noch in Floyds Arbeitszimmer, ein fahlgelber Fleck im grauen Licht der ersten Morgendämmerung.

Das erste Telegramm war von Ramón Mercader im Hotelbüro am 13. April, dem Tag seiner Ankunft, aufgegeben worden. »Humpty-Dumpty geht es wunderbar Stop Ich liebe dich Ramón.« Das zweite Telegramm war am folgenden Tag, am 14. April, zur gleichen Stunde aufgegeben worden. »Tag der Rückkehr noch nicht festgelegt Stop Humpty-Dumpty sehnt sich nach euch Ramón.«

O'Leary legte die Fotokopien auf den Schreibtisch Floyds, er konnte sich nicht verkneifen zu lächeln.

»Vielleicht ist es ein Zufall«, sagte er leise.

Floyd blieb unbeweglich, George Kanin grinste. Chuck Folkes sagte nichts, aber er sagte niemals etwas in solchen Situationen.

»Vielleicht hat er ein kleines Mädchen, dem er von Humpty-Dumpty erzählt? Das kommt doch vor!« sagte O'Leary.

George Kanin zuckte mit den Achseln.

»Und das Verschwinden von Herbert Hentoff, ist das vielleicht auch ein Zufall?« sagte er. »Nein, das Schwein kennt sogar den Code dieses Unternehmens.«

Er wandte sich wütend an Floyd:

»Was sollten wir eigentlich erreichen?«

Floyd saß mit krummen Schultern da und reagierte nicht.

O'Leary hatte die Fotokopien wieder in die Hand genommen. Sie warteten auf Nachrichten über Hentoff, als Chuck Folkes im Morgengrauen mit den Telegrammen gekommen war. Bei dieser Geschichte stimmte etwas überhaupt nicht. »Humpty-Dumpty geht es wunderbar Stop Ich liebe dich Ramón.« Da stimmte etwas überhaupt nicht. Wenn Mercader den Codenamen dieses Unternehmens kannte, würde er ihn doch nicht laut hinausschreien, das wäre doch idiotisch. Wenn er aber den Codenamen kannte, heißt das, daß die Gegner sehr gut informiert waren. Und wenn sie es waren, mußte Mercader wissen, daß alles, was er tat, registriert, gefilmt, auf Lochkarten übertragen würde. Er hätte sich bestimmt nicht den Spaß gemacht, den Namen Humpty-Dumpty auszuposaunen, um ihnen ein Signal zu geben. Er mußte vielmehr so tun, als ob er von nichts wüßte, um ihnen besser entwischen zu können. Übrigens war ihm das auch gelungen. Aber diese Telegramme, da stimmt etwas nicht: »Tag der Rückkehr noch nicht festgelegt Stop Humpty-Dumpty sehnt sich nach euch Ramón.« Nein, es mußte sich um einen Zufall handeln. Der Beamte der Zentrale, der diesen blöden Codenamen ausgesucht hatte, hat wahrscheinlich ein kleines Mädchen wie Mercader, dem er mit einem Band von *nursery rhymes* das Lesen beibrachte. Genau so dumm war es. Im Augenblick, wo ein Codename für dieses komplizierte Unternehmen gefunden werden mußte, hat sich der Mann an Humpty-Dumpty erinnert, und eigentlich war er gar nicht so schlecht ausgedacht. Sie waren wohl alle Humptys-Dumptys mit ihren großen Eierköpfen, voll Lärm und Wut, immer nahe daran, einen tödlichen Fall zu tun. Eigentlich war er gar nicht so schlecht ausgedacht, dieser Codename.

»Was ist das, Cabuérniga?« fragte Kanin.

»Das steht in der Akte, es ist der Familienbesitz der Mercader.«

Die Stimme Floyds war trocken gewesen.

»Das heißt, seine Frau spielt mit«, sagte Kanin. »Sie dient als Verbindungsstelle, das ist sicher.«

Floyd öffnete den Mund, besann sich aber eines besseren, sagte nichts und zuckte mit den Achseln.

Er hatte Lust gehabt, Kanin auf seinen Platz zu verweisen. Diese Hypothese bezüglich der Frau von Mercader hatte er schon in Betracht gezogen, und die Madrider Büros waren seit einer

Stunde verständigt. Er brauchte weder Ratschläge noch Vorschläge von Kanin. Aber er wollte ihn nicht brüskieren. Er glaubte, George Kanin gut zu kennen, und trotzdem war er für ihn ein Problem. In der Dresdner Gemäldegalerie wäre er fast hochgegangen, vor einigen Wochen, auf eine unzulässige Art. Und heute nacht hatte er den spanischen Matrosen laufen lassen, den Mercader in dem Lokal hinter dem Zeedijk kontaktiert hatte. George Kanin war ein Agent erster Klasse, er hätte sich niemals auf diese Art manipulieren lassen dürfen. Vielleicht war es nur der unvermeidliche Verschleiß, das erste Zeichen jenes Formverlustes, der eines Tages unweigerlich eintritt und den Abzug eines Agenten für eine mehr seßhafte Tätigkeit erforderlich macht. Floyd versuchte die Jahre nachzuzählen, die Kanin im Außendienst der Ostabteilung verbracht hatte. Oh ja, ein gutes Stück Zeit. Aber vielleicht handelte es sich um etwas ganz andres. Ein Agent kann immer umgedreht werden, einem Druck oder einer Erpressung ausgesetzt sein, was immer mit einem Nachlassen seiner Aktivität beginnt, bevor er sich mit Haut und Haar dem gegnerischen Geheimdienst ausliefert. Er, Floyd, wird diese Sache überprüfen. Er wird einmal die Akte Kanin durchgehen und jede seiner Bewegungen und Handlungen in den letzten sechs Monaten unter die Lupe nehmen. Er wird sogar weiter in die Vergangenheit zurückgehen, wenn es sich als notwendig erweisen sollte. Ein merkwürdiges Gefühl ergriff ihn, wie eine Hitzewelle, die von innen in den Blutbahnen hochsteigt: eine unbestimmte Erregung. Das Übel lauerte überall, er wurde dafür bezahlt, es zu wissen. Er würde dieses Übel aufspüren, diesen möglichen Fäulnisherd, und ihn ausbrennen. Verworrene, stürmische Visionen zogen durch seinen Kopf, aber er faßte sich wieder. Kanin durfte nichts ahnen.

Ein Lichtsignal blinkte auf seinem Schreibtisch auf, er nahm den Hörer ab:

»Ich komme«, sagte er nach einem Augenblick.

Er setzte seine Hornbrille auf und ging.

Kanin saß schwer in seinem Sessel, Chuck Folkes sah aus dem Fenster. O'Leary hatte die Telegrammkopien wieder auf ihren Platz gelegt, ging auf die verglaste Bibliothek Floyds zu und summte den Abzählreim vor sich hin. Er wollte wissen, was die *Britannica* über Humpty-Dumpty zu sagen wußte.

Er öffnete den XI. Band der *Britannica* (von *Halicar* bis *Impala*), aber er fand keinen Artikel über Humpty-Dumpty. Er fand *Humperdinck, Engelbert* (1854–1921), deutscher Komponist, bekannt durch seine Kinderoper *Hänsel und Gretel.* Er fand *Humphrey, Doris* (1895–1958), amerikanische Tänzerin und Choreographin, und auch *Humphrey, Hubert Horatio* (1911 bis), der ihm nicht ganz unbekannt war als Vize-Präsident der Vereinigten Staaten. Aber kein Humpty-Dumpty in der *Encyclopaedia Britannica.* Er war leicht enttäuscht, als wenn das Fehlen dieser Person auf den Seiten dieser Summe des Weltwissens ein Zeichen für den Unernst dieser ganzen Geschichte wäre. Aber vielleicht müßte man einen Umweg machen. Er stellte Band XI wieder an seinen Platz und nahm Band XVI in die Hand (von *Napoleon* bis *Ozonolysis*). Natürlich, da ist es: die *Britannica* konnte ihn doch nicht ganz enttäuschen. Auf Seite 790 fand er den Artikel über *Nursery and counting-out rhymes,* der seine Frage beantwortete. Er erfuhr sogar, daß in bestimmten Fällen – und dieser Abzählreim von *Humpty-Dumpty,* den Lewis Caroll 1872 populär gemacht hatte *(Through the Looking-Glass),* war unter den ausdrücklich genannten Beispielen – die gleichen Kinderreime, in Rhythmus und Klang identisch, in verschiedenen Ländern Europas vorkamen.

Er stellte Band XVI der *Britannica* wieder zurück.

Einen Augenblick lang stellte er sich vor, wie dieser Humpty-Dumpty in verschiedenen Sprachen, von einer Ecke Europas zur anderen, sich über sie lustig machte, während sie von einer Ecke Europas zur anderen Ramón Mercader verfolgten.

Es war aber doch nicht so einfach.

Selbst wenn diese Geschichte von Humpty-Dumpty nur ein Zufall wäre, war Mercader sehr wohl auf der Hut gewesen. Bei der erstbesten Gelegenheit war es ihm gelungen, ihnen durch die Maschen zu gehen.

»Verstehst du etwas von dieser ganzen Scheißgeschichte, O'Leary?«

Er hört die Stimme von Chuck Folkes. Er dreht sich um. Natürlich versteht er etwas von dieser ganzen Scheißgeschichte.

»Natürlich verstehe ich etwas von dieser ganzen Scheißgeschichte«, sagt er.

»Also leg los, ich verstehe nämlich gar nichts«, sagt Chuck.

»Du wirst nicht dafür bezahlt, um etwas zu verstehen, Chuck, sondern um an Türen zu horchen«, sagt er zu ihm.

Chuck Folkes zuckt mit den Achseln.

»So ist es! Produzier dich mit deiner irischen Nummer, wenn es dir Spaß macht, aber rede!«

O'Leary macht einige Schritte und setzt sich an den Platz von Floyd. Kanin hängt in seinem Sessel, er sieht geistesabwesend aus. Aber er schert sich den Teufel um Kanin, er hat Lust, über die Sache zu sprechen, das wird ihm helfen, klarer zu sehen.

Er beginnt also mit seiner irischen Nummer.

»Es scheint sich um eine banale Geschichte zu handeln (ich würde sogar sagen, eine ekelhaft banale Geschichte), und trotzdem, wenn man etwas nachdenkt, weist sie faszinierende Anomalien auf.«

Er zündet sich eine Zigarette an.

Auf dem Schreibtisch von Floyd sieht er ein scheinbar vergessenes Stück Papier. Er nimmt es in die Hand und wirft einen Blick darauf. Floyd hat fünf Worte auf das kleine rechteckige Stück Papier geschrieben. Links oben zwei Vornamen, Ramón, Inés, mit Filzstift umrandet. Unten rechts zwei Städtenamen, Zürich, Amsterdam, unterstrichen. Und in der Mitte des Zettels hat er ganz unten in Druckschrift VERRÄTER hingeschrieben.

Ramón und Inés, das ist leicht zu verstehen. Denn als er die Fotokopien der Telegramme erhalten hat, mußte Floyd an die Rolle denken, die die Frau Mercaders möglicherweise in dieser Geschichte spielt. So war es gewesen, er hat darüber nachgedacht und wahrscheinlich die Büros in Madrid verständigt und dann automatisch die beiden Vornamen, Ramón und Inés, geschrieben: ganz klar. Zürich und Amsterdam, das ist auch klar. Das sind sicher die beiden Städte, in denen Mercader Verbindung aufnehmen kann. Sie sind zwar in Amsterdam, aber möglicherweise wird die ganze Geschichte in Zürich weitergehen, jetzt, wo es Mercader gelungen ist, zu verschwinden. Und dann hat er VERRÄTER geschrieben. Sicher, es gab immer Verräter. Das ist das geläufigste Wort in diesem Geschäft. Verräter, sucht den Verräter. Aber es ist anzunehmen, daß Floyd diesbezüglich genaue Vorstellungen hat.

»Was ist los?« sagt Folkes, »träumst du oder erzählst du?«

Er schiebt den rechteckigen Zettel wieder an seinen Platz unter den Kalender. Dann spricht er, das heißt, er fängt an, laut zu denken.

»Erste Anomalie: die Arbeit ist dem Anschein nach nur eine gewöhnliche Überwachung und Beschattung. Die holländische Gruppe hätte dazu ausgereicht, nicht wahr? Daß man Hentoff herholt, gut, er hat die Sache in Spanien begonnen, das kann man verstehen. Aber für eine so gewöhnliche, so geringfügige Sache holt die Zentrale dich, Kanin und mich. Diese Reihenfolge heißt natürlich nicht, daß ich mich für weniger wichtig als euch beide halte!«

Chuck Folkes verzieht den Mund und lächelt gezwungen. Kanin rührt sich noch immer nicht.

»Man läßt uns also aus allen Ecken Europas hierher kommen, um in Amsterdam einen spanischen Geschäftsmann zu beschatten, der seine Tage in Restaurants und Museen verbringt oder bei Diskussionen über Handelsverträge, die für uns keinerlei Interesse haben. Darin liegt die Anomalie. Woraus ich zwei Schlußfolgerungen ziehe. Erstens, Mercader ist nicht irgendwer. Zweitens, die Zentrale mißt dieser Geschichte eine ganz besondere Bedeutung bei, obwohl es nicht so aussieht.«

Kanin hat endlich doch die Ohren gespitzt.

»Gut«, sagt O'Leary, »fahren wir fort, wie der andere sagen würde.«

»Welcher andere?« fragt Folkes, immer peinlich genau.

Aber O'Leary fährt fort:

»Zweiter Punkt: wenn ich nach der Akte urteile und nach dem Geschwätz von Hentoff, hat diese Sache vor einem Monat auf direkte Anweisung der Zentrale hin angefangen. Nicht die routinemäßige Tätigkeit unserer spanischen Abteilung hat hier einen sowjetischen Kanal entdeckt, über den man bis zum Chef des Geheimnetzes vordringen konnte, sondern Mercader wurde fix und fertig von der Zentrale geliefert. Was bedeutet das?«

Er läßt die Frage natürlich offen, denn sie wissen ja alle, was das bedeutet.

Jetzt war Kanin vollkommen munter. Er richtete sich sogar in seinem Sessel auf.

»Also«, sagt O'Leary, »die Zentrale hat eine Information vom Gegendienst erhalten, und dafür gibt es zwei Hypothesen.«

Er macht einen langen Zug an seiner Zigarette. Wirklich, die Geschichte wird jetzt ganz klar.

»Erste Hypothese: ein wichtiger Agent des KGB ist zu uns übergegangen, auf irgendeine Art. Ich sage wichtig, denn alle Details dieser Angelegenheit weisen darauf hin, daß sie sich auf höchster Ebene abspielt. Der Mann hat also einige Namen geliefert. Das würde erklären, warum wir versuchen, das spanische Netz von der Spitze her aufzurollen. Der Mann kannte Namen und Identität einiger verantwortlicher Agenten in einem bestimmten Sektor. Aber er wußte nichts von der Struktur des lokalen Netzes, das ist ganz logisch!«

Kurze Stille. Die beiden anderen heben den Kopf. Sie überlegen, ob das ganz logisch ist.

»Man kann also annehmen«, sagt O'Leary, »daß der KGB-Mann den Namen von Mercader geliefert hat. Wenn es so ist, ist er ein verlorener Mann. Wir haben ihn, und die Russen haben sicher jede Verbindung zu ihm abgebrochen, damit er mit den geringsten Verlusten hochgeht, ganz allein. In diesem Fall wäre die Reise Mercaders ein verzweifelter Versuch, die Verbindung wieder aufzunehmen. Aber er wird ins Leere stoßen, alle Anlaufstellen werden geändert, das ganze Nachrichtensystem aufgehoben worden sein. Wir brauchen ihn also im gegebenen Moment nur einzusacken.«

Er hält einen Moment inne und denkt an den Augenausdruck von Ramón Mercader.

»Das wird nicht viel ergeben, glaube ich. Ich zweifle, daß man den zum Reden bringt.«

Das hat er für sich selbst gesagt, aber Kanin nickt zustimmend.

»Es gibt aber noch eine zweite Hypothese«, sagt O'Leary.

Kanin und Folkes waren sicher dabei, jetzt die gleichen Überlegungen anzustellen. Was er sagen wird, daran werden sie jetzt schon selbst denken.

»Eine zweite Hypothese: der Informant der Zentrale ist nicht ein Agent des KGB, der zu uns übergegangen ist, sondern jemand, der weiterhin im KGB arbeitet. Wenn das so ist – und ich für meinen Teil neige eher zur zweiten Hypothese –, ist das Spiel der Zentrale viel komplexer. Dann ist es wirklich eine explosive Geschichte, denn man muß mit den erhaltenen Informationen arbeiten, ohne ihre Quelle zu gefährden. Ich würde sogar sagen, man muß sie vor allem schützen. Gewisse Informationen dürften in diesem Zusammenhang nicht einmal ausgenützt werden: man darf diesen Informanten nicht entlarven, was auch immer geschieht. Das ist ein seltener Vogel, wir werden ja dafür bezahlt, so etwas zu wissen. Könnt ihr euch das vorstellen? Ein hoher Funktionär des KGB, der für uns arbeitet?«

Wieder tritt Stille ein. Sie nicken, sie wissen, um was es geht.

»Mercader darf also nicht eine Sekunde lang ahnen, daß er überwacht wird. Beim geringsten Fehler kann er dieselben Überlegungen anstellen wie wir. Und wenn er Moskau verständigt, fliegt unser Agent des KGB auf, früher oder später.«

Jetzt könnte man sogar sagen, Kanin und Folkes halten den Atem an. Die irische Nummer scheint gut anzukommen.

»Und jetzt kommen wir zum dritten anormalen Punkt in der Angelegenheit, sagt O'Leary. »Denn Mercader dürfte, angesichts der Umstände, unter denen seine Identität der Zentrale bekannt wurde, nichts ahnen. Trotzdem, selbst bevor er heute nacht verschwunden ist, wurde er umsonst in Madrid verfolgt, gefilmt, auf Band aufgenommen, ganz umsonst, ohne Ergebnis. Er ist nach einem Monat Beobachtung immer noch ein unbeschriebenes Blatt.«

Die massive Gestalt Kanins beugt sich nach vorne.

»Und wieso, deiner Meinung nach?« fragt er.

O'Leary drückt sorgsam seine Zigarette aus.

»Ich weiß es nicht, in Spanien muß eine Unachtsamkeit begangen worden sein. Hentoff ist ein junger Spund, er dürfte Mercader unterschätzt haben.«

Wieder Stille.

»Und jetzt?« fragt Folkes.

»Jetzt hat er einige Stunden Vorsprung«, sagt Kanin. »Er muß versuchen, sich mit dem KGB in Verbindung zu setzen, um die ganze Geschichte zu erzählen.«

»Und wir?« fragt Folkes.

Plötzlich glaubt O'Leary zu verstehen, warum Floyd das Wort VERRÄTER auf das kleine Stück Papier geschrieben hat.

»Wir?« sagt Kanin. »Uns bleibt nichts anderes übrig, als zu versuchen, ihn einzuholen, bevor er Kontakt aufnimmt. Ihn am Sprechen zu hindern.«

O'Leary nickt mechanisch. Jetzt ist es klar, Verräter, natürlich.

»Es gibt noch eine andere Lösung«, sagt er.

Sie sehen ihn an, aber die Tür wird hinter ihnen geöffnet, Floyd ist zurückgekommen.

»Halten Sie eine Pressekonferenz ab, O'Leary?« sagt er in rauhem Ton.

Er antwortet nicht, er steht auf und überläßt Floyd wieder den Platz.

Dieser spielt mit einem Bleistift, setzt seine Hornbrille zurecht.

»Ich habe Instruktionen erhalten«, sagt er.

Sie sagen nichts, sie warten auf die Instruktionen.

»Von jetzt ab ist die Gruppe aufgelöst. Ich werde jeden von euch über die erhaltenen Anweisungen einzeln informieren«, sagt Floyd.

Er nimmt das Stück Papier, das auf dem Schreibtisch herumlag. Er sieht es an, zerknüllt es und zerdrückt es in seiner rechten Hand.

»Ich beginne bei Ihnen, O'Leary«, sagt er.

O'Leary weiß die Ehre zu schätzen und macht eine Art Verbeugung. Kanin und Folkes stehen auf und verlassen das Büro.

»Einen Augenblick, meine Herren«, sagt Floyd mit der gleichen Stimme.

Sie bleiben stehen.

»Der Wagen von Herbert Hentoff wurde im Morgengrauen aus einem Kanal gefischt. Hentoff ist ertrunken.«

Er setzt noch einmal seine Brille zurecht.

»Anscheinend ist er in betrunkenem Zustand gefahren und hat eine Kurve verfehlt, das ist zumindest die Auffassung der holländischen Polizei.«

Nun können sie gehen. Sie gehen.

O'Leary sieht Floyd an, der ins Leere guckt.

»Geben Sie zu, daß das alles verrückt ist!« sagt er.

»Was denn?«

O'Leary erinnert sich an jenes Foto in Madrid. Der Blick von Inés, mit dem sie Ramón ansieht, auf der Terrasse eines Cafés unter den Bäumen.

»Daß der Kerl auch Ramón Mercader heißt«, sagt er.

Aber Floyd macht eine abwinkende Geste.

»Er heißt überhaupt nicht so«, sagt Floyd ruhig.

O'Leary ist sprachlos.

»Er hat den Platz eines Toten eingenommen, das ist alles.«

Den Platz eines Toten? Vielleicht ist es die schlaflose Nacht, aber es läuft ihm kalt über den Rücken.

»Übrigens weiß ich nicht, warum ich Ihnen das sage«, sagt Floyd.

O'Leary zuckt mit den Achseln:

»Oh ja, Sie wissen es genau! Sie haben immer einen Grund, wenn Sie etwas sagen, was Sie nicht sagen wollen!«

Floyd beugt sich nach vorn und schneidet die psychologischen Spinnereien ab.

»Sie haben nun die gewagteste Aufgabe in Ihrer Karriere, O'Leary«, sagt er mit merkwürdig erregter Stimme.

»Das sagt man mir jedesmal, Floyd«, antwortet er ihm.

Aber diesmal stimmt es vielleicht.

Henk Moedenhuik betrachtete die Beine von Beatrice.

Ihm wurde schwül, unter den halbgeschlossenen Lidern sah er plötzlich Funken. Er nahm sich zusammen, stellte die leere Kaffeetasse auf den niedrigen Tisch. Er betrachtete die Beine von Beatrice.

Die Beine waren überkreuzt, unbedeckt bis zur Schwelle des Schattens, der Frische und des Sturmes. Sie wippte mit dem rechten Fuß.

Er würde sich nach vorne beugen, diesen Knöchel mit den Fingern seiner linken Hand packen, um das rechte Bein von Beatrice hochzuheben und wegzuspreizen. Beatrice würde ihn dann ansehen, mit einem Blick wie beschlagenes Porzellan, und sich den Zärtlichkeiten seiner Hände so weit als möglich öffnen. Im Hause wäre es still, die Stille von gedämpftem Beben, die Stille von Beatrice, gefügig, offen und feucht, bis zum plötzlichen stöhnenden Zucken. Aber zuerst müßte er diesen Knöchel mit den Fingern seiner Linken packen, um die Beine von Beatrice zu spreizen.

Henk Moedenhuik drückte seine Zigarette aus und beugte sich nach vorn.

Es läutete. Beatrice atmete mit einem leisen Pfiff. Sie sahen sich an.

»Erwartest du jemanden?« fragte er.

Beatrice schüttelte den Kopf, sie erwartete niemanden.

Es dauerte nicht lange und sie wußten es. Es klopfte, die Tür wurde geöffnet, und Franz Schilthuis trat in den Salon.

Aber nein, er störte überhaupt nicht, wo denkst du hin, man war entzückt, ihn zu sehen. Wollte er eine Tasse Kaffee? Franz Schilthuis wollte. Beatrice machte sich zu schaffen, rief ein Dienstmädchen und bat, daß frischer Kaffee gemacht würde. Sie holte Flaschen und Gläser heraus.

Franz Schilthuis? Sie trafen sich manchmal in einem Restaurant, im Foyer eines Theaters. Beatrice fragte sich, ob er schon jemals zum Essen eingeladen worden war seit ihrer Hochzeit. Sie konnte sich nicht erinnern. Nein, bestimmt nicht. Henk und er trafen sich einmal im Jahr, bei der Gedenkfeier ihrer Gruppe. Einmal im Jahr, nicht öfter. Obwohl sie zu wissen glaubte, daß sie in ihrer Jugend sehr befreundet gewesen waren. Aber Schilthuis schien offizielle diskrete Funktionen zu haben, seitdem er zur Zeit des antifaschistischen Widerstands im Nachrichtendienst Karriere gemacht hatte. Henk hatte offenbar keine Lust mehr, ihn häufig zu treffen. So, glaubte sie, verstanden zu haben.

Sie saßen da und sprachen über alles und nichts. Alles und nichts ist die Würze einer vornehmen Konversation. Moedenhuik fragte sich aber trotzdem, was der andere von ihm wollte, welche Dringlichkeit ihn veranlaßt hätte, alle Regeln der Höflichkeit zu verletzen. Leute nach dem Mittagessen zu überfallen, ohne Anmeldung, und Schilthuis entschuldigte sich nicht einmal dafür. Moedenhuik war leicht verärgert.

Alles und nichts war nun vorderhand erschöpft. Sie sprachen nicht mehr, rührten mit ihren Löffeln in den Kaffeetassen herum.

»Erinnerst du dich an Professor Brouwer?« fragte Moedenhuik plötzlich.

Der andere hob die Augen.

»Der Hispanist?« fragte er.

Moedenhuik nickte.

»Ja«, sagte er, »der, der bei der Sprengung einer deutschen Kaserne umgekommen ist.«

Schilthuis sah ihn ungerührt an.

»Als wir ihn das letzte Mal sahen, waren wir zusammen«, fügte Moedenhuik hinzu.

Franz Schilthuis schien dieses Heraufbeschwören der Vergangenheit nicht zu behagen. Aber er nahm sich zusammen und sprach mit unveränderter Stimme in einem höflich interessierten Ton.

»Richtig! Das ist möglich, aber das ist eine alte Geschichte, nicht wahr?«

»Gestern waren es 28 Jahre, auf den Tag genau«, sagte Moedenhuik.

»Gestern?«

»Gestern, am 14. April. Zur Feier der Spanischen Republik.«

Franz Schilthuis strich sich über das Gesicht.

»Ich erinnere mich nicht mehr«, sagte er kurz.

Aber Henk Moedenhuik erinnerte sich jetzt an alles.

Sie waren in jenes Haus am Plein 1813 am späten Nachmittag gekommen. Jenseits des Gitters waren sie auf einem Fahrweg bis zum Haupttor der Gesandtschaft gegangen. Der Park lag hinter dem Gebäude, und ganz hinten zwischen den Bäumen konnte man einen Tennisplatz sehen. Die Wände des Vorraums waren bis zur halben Höhe mit blauen Mosaiken bedeckt. Links war ein Büro als Garderobe eingerichtet worden. Dort hatten sie ihre Regenmäntel abgelegt. Dann kam man in einen riesigen Mittelraum, der durch ein buntes Glasfenster beleuchtet wurde. Eine Treppe führte zu einer Arkadengalerie im ersten Stock, auf die sicher die Türen der Zimmer gingen. Links und rechts von diesem Mittelraum, wo das Buffet war, konnte man in zwei Salons aufundabgehen oder sich auf Stühlen und Kanapees um niedrige Tische versammeln. Die Fenster des einen Salons gingen auf den Plein 1813, die des anderen auf die Parkwiesen. Professor Brouwer sprach mit dem Geschäftsträger im linken Salon, dessen Fenster auf den Platz gingen. Brouwer hatte sie gesehen und war auf sie zugegangen. »Ich werde Sie dem Geschäftsträger vorstellen!« hatte er gesagt. Der Geschäftsträger stand unbeweglich in dem von der Seite einfallenden Licht einer fahlen Sonne. Es war ein großer, etwas gekrümmter, hagerer Mann mit einer Adlernase und einem ratlosen Blick.

»Brouwer hat uns dem Geschäftsträger vorgestellt«, sagte Moedenhuik.

Dann hatte er kurz, vielleicht zähneknirschend aufgelacht.

»Erinnerst du dich? Wir wollten über die Ermordung von Nin sprechen«, fügte Moedenhuik hinzu.

Franz Schilthuis erinnerte sich sichtlich an nichts mehr.

Vorgestern im *Bali* hatte Moedenhuik mit Ramón Mercader von Brouwer gesprochen. Warum eigentlich? Sicher, da war Spanien, das war ein gemeinsames Feld der Erinnerungen und Träume. Aber es gab sicher noch andere Gründe, weniger eindeutige. Der Name Mercader spielte dabei sicher eine Rolle, als ob die unwillkürliche und dauernde Erinnerung an den Mord von Coyoacán, die von diesem Namen ausging, Moedenhuik auf eine andere, verdrängte und unklare Erinnerung gebracht hätte an das vom jungen Brouwer verübte Verbrechen, das er lange in einem holländischen Gefängnis gesühnt hatte, wie man sagt, aber dessen dumpfe Präsenz noch Jahrzehnte später das auf den ersten Blick ruhige, ganz harmlose Gesicht des Professors mit einer beunruhigenden Aura umgab. Henk Moedenhuik hatte jedenfalls tatsächlich jenen Artikel von Brouwer wiedergefunden, von dem er Mercader erzählt hatte. »Gespräche mit Miguel de Unamuno über den Tod hinaus«, so hieß er. In der gleichen Mappe lagen, sorgsam chronologisch geordnet, Dutzende von Zeitungsausschnitten, Artikeln und Fotos aus der Zeit des Spanischen Bürgerkriegs. Moedenhuik hatte sich mit fiebriger Erregung darin vertieft. Und so hatte er auch durch die ironische, distanzierte Vermittlung all dieser vergilbten Papierstücke den Namen des Geschäftsträgers der Spanischen Republik wiedergefunden, von dem er einige Presseerklärungen aufgehoben hatte, und sogar eine lange Abhandlung, die in der französischen Zeitschrift *Esprit* unter dem Titel »Spanien, du Unbekannte...« veröffentlicht worden war. Der Geschäftsträger hatte José María de Semprún y Gurrea geheißen, und Moedenhuik hatte gefunden, daß der sowohl gutturale als auch etwas feierliche Klang dieses Namens sehr gut zu dem Bild dieses Mannes paßte, das er in Erinnerung hatte: lang, dürre Silhouette, spitzes, knochiges Profil, manchmal ratloser, manchmal scharfer und warmer Blick. Eine spürbare Verzweiflung und dunkle Angst hinter einer tadellosen Höflichkeit im Auftreten und in den Gesten.

Aber Schilthuis wollte sich sichtlich an nichts erinnern.

»Gerade unlängst sprach ich mit einem spanischen Freund darüber«, sagte Moedenhuik.

Der Blick von Schilthuis verengte sich plötzlich und wurde aufmerksam.

»Ein spanischer Freund?«, fragte er.

»Ja, ein Geschäftsmann«, präzisierte Moedenhuik.

Und dann konnte er sich nicht verkneifen, einen Kommentar abzugeben.

»Stell dir vor, was für ein Zufall! Er heißt Ramón Mercader!«

Im Gesichtsausdruck von Schilthuis war Verärgerung zu lesen, als wiche man vom Thema ab.

»Wieso Zufall?« sagte er.

»Na hör mal! Ramón Mercader, wie der Mörder des Alten!«

Franz Schilthuis beugte sich nach vorn und seine Stimme wurde merkwürdig hart, befehlend.

»Hör zu, Henk, die Vergangenheit interessiert mich nicht. Aber über deinen spanischen Freund, diesen Ramón Mercader, möchte ich dir gern einige Fragen stellen.«

Einen Augenblick lang herrschte Unbehagen, wahrscheinlich durch den plötzlichen Übergang von einer mondänen Konversation zu diesem gebieterischen, inquisitorischen Ton.

Henk Moedenhuik sammelte sich, während Beatrice ihn fassungslos ansah.

»Wenn ich dich richtig verstehe, hat dein Besuch einen offiziellen Charakter?«

»Einen offiziösen«, sagte Schilthuis.

»Bin ich wirklich verpflichtet, dir zu antworten?«

Franz Schilthuis machte eine beschwichtigende Bewegung.

»Das kannst du entscheiden. Aber wir würden Zeit gewinnen. Außerdem möchte ich betonen, daß ich deinem Freund Mercader keineswegs schaden will, eher das Gegenteil.«

Sie sahen sich an.

»Gut, wir werden sehen«, sagte Moedenhuik dann.

Aber der Blick von Schilthuis senkte sich schwer auf Beatrice.

»Ich habe vor meiner Frau keine Geheimnisse«, kündigte Moedenhuik trocken an.

»Aber ich«, antwortete Schilthuis.

Da brach Beatrice in ein etwas nervöses Lachen aus. Sie erhob sich, etwas gezwungen, aber würdevoll. Sie ging hinaus, ohne ein Wort.

Sie blieben allein, Franz Schilthuis goß sich einen Kognak ein.

Es war eine verrückte Geschichte, und trotz der chronologischen Angaben von Schilthuis, trotz der offensichtlichen Ordnung, die sein Bericht in die zerstreuten Elemente all dieser verworrenen Ereignisse zu bringen schien, erinnerte sie an jene unwahrscheinlichen Geschichten, die man manchmal träumt, wenn man im Stehen schläft, und das passiert häufiger als man denkt – in der Menge, morgens oder nachmittags, in der Straßenbahn, in den engen Reihen einer militärischen Formation oder in den ebenso engen oder sogar noch engeren Reihen von bereits tödlicher Starre in den Konzentrationslagern, beim Schlangestehen, manchmal mit Staub bedeckt, mit Spinnweben, Schnee, flockenartigen Abfällen, toten Blättern, pflanzlicher Fäulnis, beim unendlich langen Warten auf Polizeipräfekturen, wenn man Ausländer ist, im Stehen schlafen in einem unmerklichen Schlaf, dessen tatsächliche Unterschiede zum geläufigsten Leben für einen ungeübten Beobachter nicht erkennbar wären, der nicht geschult ist, statistisch die kleinen kreisförmigen Vibrationen wahrzunehmen, die in den erloschenen Augen des stehenden Schläfers (48 Mann, stehend) irgendeine biologische Zuckung verrieten – wirklich, eine so unwahrscheinliche Geschichte, die Schilthuis zu erzählen versuchte, oder, wenn man so will, eine Geschichte, bei der man die Hände ringt, bei der man seinen Ohren nicht traut, die einen umhaut, bei der man wie vor den Kopf geschlagen ist – ich bin wie vor den Kopf geschlagen –, bei der man sich die Augen wischt, sich kneifen möchte, um zu sehen, ob man nicht träumt, bei der man laut erklärt, daß die Wirklichkeit jede Phantasie übertrifft (eine stehende Redewendung, die die Feigheit, den Phantasiemangel, den Stumpfsinn und ideologischen Trott eines unbestimmten, aber sicher beträchtlichen Prozentsatzes von Mitgliedern der menschlichen Art entlarvt), also eine Geschichte, die der finstersten Kolportageromane würdig ist.

Genau.

Es müßte jemand diese Geschichte erzählen, der eine unbelastete Beziehung zu den Wörtern hat; jemand, der die Umwege, Wiederholungen, Abschweifungen, Spiralen der Geschichte weder fürchtet noch scheut: ihre Zwischenfälle, Querverbindungen, Verkürzungen; jemand, der starrköpfig und glücklich ist, glücklich nicht im Sinn eines blöden, breiigen Glücks, dessen Dickflüssigkeit sich im allgemeinen als abstoßend erweist, nein glücklich im Sinn eines bitteren, munteren, provisorischen und luziden Glücks – mit einem Wort, jemand mit einem heiteren Gemüt, wie K. S. Karol im sowjetischen Gefängnis von Riga (vielleicht war es nicht in Riga, das müßte man prüfen: aber jedenfalls eine baltische Hauptstadt im Jahre 1945). K. S. K. kommt also in das Gefängnis in Riga oder anderswo, und die Gruppe von Mördern und Dieben, die die Galerie anführt, die die wechselnden, aber strengen internen Gesetze macht und aufhebt, in diesem Gefängnis in Riga oder anderswo, diese Typen, deren Chef zwar nicht gewählt, aber unbestritten ist, unterwirft K. einer Prüfung, der jeder Neuankömmling zwangsläufig unterworfen wird. Die ersten Fragen dieses Verhörs sind immer die gleichen: Beruf? Grund der Verhaftung? Die herrschende Bürokratie hat auch keine anderen Methoden, um die mögliche Identität des Neuankömmlings zu ermitteln, eine Identität, nach der ihm ein vorher bestimmter Platz in der sozialen Hierarchie angewiesen wird, und die Diebe benehmen sich dabei wie Bullen, Standesbeamte: kurz, wie Beamte. Sie versuchen, die mögliche Wahrheit über den Neuankömmling herauszubekommen mit Hilfe eines engen Netzes von Fragen, die sie leider nicht auf Formulare drucken können, das würde die Sache vereinfachen. Beruf? Grund der Verhaftung? Und K., der weiß, daß schwindeln zwecklos wäre, denn die Mörder und Diebe, die das Heft in der Hand haben in dieser Galerie im sowjetischen Gefängnis von Riga – nehmen wir an, es war Riga, jedenfalls die Hauptstadt eines baltischen Landes –, könnten sich bei der Wache erkundigen. K. antwortet daher, daß er Student ist und aus politischen Gründen verhaftet wurde. Der Kerl, der Chef, Nummer Eins betrachtet K. mit verschränkten Armen. Nummer Eins nickt und verkündet sein Verdikt: »Trotzkist, also! Trotzkistischer Student!« Nummer Eins hat die Arme über der Brust verschränkt und nickt. Ein verworrenes Murmeln, das gleich wieder verebbt, Füße scharren am Boden innerhalb des Kreises der Häftlinge rund um K., denn jetzt ist die Sache klar, jeder weiß, woran er ist, und auch K. weiß, daß er die zwei unentschuldbarsten Fehler in dieser innerhalb des Gefängnisses von Riga rekonstruierten Gesellschaft hat: er ist weder Maurer, noch Schlosser, noch Tischler, noch Heizungsmonteur, er ist ein Intellektueller; verdächtig also, eindeutig, sogar unverschämt verdächtig; zweifach verdächtig übrigens, denn er hätte auch wegen Veruntreuung, Körperverletzung, Angriff auf das gesellschaftliche Eigentum, Trunkenheit und nächtlicher Ruhestörung verhaftet werden können, lauter menschliche, eigentlich ehrenhafte Delikte: aber nein, er wurde aus politischen Gründen verhaftet, wobei *Trotzkismus* die allgemeine Bezeichnung für jede Abweichung vom korrekten Denken ist. Als Intellektueller und *Trotzkist*, K. weiß das sehr wohl, befindet man sich automatisch auf der untersten Stufe dieser hierarchischen Gesellschaft der sowjetischen Gefängnisse, nach diesem Weltkrieg, der gerade zu Ende gegangen ist. Er muß jetzt auf alles gefaßt sein.

Es dauert auch nicht lange. Nummer Eins hat aufgehört zu nicken und beäugt die Schuhe von K. Die Schuhe von K. sind aus Leder und in gutem Zustand. Nummer Eins macht eine Handbewegung, und K. wird gepackt, festgehalten, einer zieht ihm die Schuhe aus und überreicht sie Nummer Eins, der das Geschenk annimmt, ungerührt und souverän. Er wird sie für sich behalten oder einem seiner Leute geben oder auch als Tauschobjekt für die Wachtposten verwenden. Nun löst sich der Kreis auf, der um K.

gezogen worden war. Er wird seinem Schicksal überlassen, bar-
füßig, mitten in der Zelle. Er weiß jetzt, daß er von nun an jede
Dreckarbeit machen muß und nach und nach jedes Kleidungs-
stück verlieren wird, das den Neid der Mächtigen dieser Welt
erregen könnte, daß er die magere Suppe und das schwarze Brot
der täglichen Rationen nur dann essen wird, wenn man es ihm
bewilligt. Mitten in der Zelle also, reglos, barfuß, beginnt K.
sich mit dem Gedanken abzufinden, daß er das Gefängnis von
Riga vielleicht nicht lebend verlassen wird. Das ist so ein Gedanke, der ihm kommt, der ihn eine Sekunde lang beherrscht und den
er dann wieder verscheucht. Er weiß auch, daß man sich mit dem
Gedanken an den Tod nie lange aufhalten soll, wenn man im Gefängnis sitzt. Er steht da, reglos, barfuß, mitten in der Zelle und
verscheucht diesen Gedanken an den Tod, der flüchtig, aber deutlich war. Das war in Riga, nach diesem Weltkrieg gegen den Fa-
schismus, aber ich glaube, das habe ich schon gesagt.

Einige Tage später ändert sich etwas, tut sich etwas, verwandelt sich etwas.

K. kauert in seiner Ecke – natürlich die schmutzigste Ecke
neben dem Kübel –, als Nummer Eins einen Wutanfall hat. Er
schreit, aber es ist eine traurige, fast ängstliche Wut. Sie richtet
sich gegen niemanden persönlich, Nummer Eins formuliert keine
konkreten Beschwerden. Er bringt einfach seine Unzufriedenheit
zum Ausdruck, daß er sich unwohl fühlt in seiner Haut: »Was ist
los? Man langweilt sich. Man krepiert vor Langeweile! Kann uns
denn niemand hier Geschichten erzählen?« Die Kerle um Nummer Eins, die die Führungsgruppe bilden, sehen sich verstört um.
Sie sind zur Aufrechterhaltung der Ordnung da, um Streit zu
schlichten, Dreckarbeiten zu verteilen. Abgaben aufzuerlegen und
einzukassieren, aber das Problem der Unterhaltung hat sich ihnen
noch nie gestellt. Sie sind verstört gegenüber diesem neuen Bedürfnis, gegen die Langeweile ankämpfen zu müssen. Sie sehen sich um
und suchen jemanden, der ihnen aus der Patsche hilft. Und Nummer Eins schreit wieder: »Was ist los? Niemand? Geschichten,
Herrgott! Einer, der Geschichten erzählen kann!« Die Gefangenen
liegen oder hocken in kleinen Gruppe beisammen, hören und
sagen nichts. Da hebt K. den Kopf, bewegt sich, geht vor und behauptet, Geschichten zu kennen. Man sieht ihn an und wartet auf
die Entscheidung von Nummer Eins. Nummer Eins sieht K. S.

Karol an, runzelt die Brauen: »Du, du trotzkistischer Student, du kennst Geschichten?« Und dann steht Nummer Eins auf und sagt mit drohender Stimme: »Aber keinen Quatsch! Keine Politik! Richtige Geschichten!« Aber natürlich, richtige Geschichten.

Und von da an hat sich alles geändert.

An diesem Tag hatte K., der sofort den Rhythmus eines minuziösen, atemberaubenden Berichts fand, mit ruhiger, fester Stimme die Geschichte vom Grafen von Monte-Cristo angefangen und hatte damit sofort Erfolg, sowohl bei Nummer Eins als auch bei seinen Männern.

Die Abenteuer des Grafen von Monte-Cristo dauerten mehrere Wochen, in denen sich die Lage von K. grundlegend geändert hatte. Nicht nur, daß er seine Schuhe und Kleider wiederbekam, die vollen Rationen von seiner Suppe und seinem Brot erhielt, sondern seine sozial gebilligte und anerkannte Funktion eines Geschichtenerzählers, der für das Leben der Gruppe unentbehrlich geworden war, hatte ihm viele Vorteile eingebracht. Er wurde von allen Arbeiten befreit, erhielt Tabak- und zusätzliche Lebensmittelrationen und wurde sogar manchmal von den Chefs über moralische Probleme konsultiert. Er war Jemand, wie man so sagt, und wenn man ihn noch immer »trotzkistischer Student« nannte, so geschah das eher aus Gewohnheit, mit einem etwas nachsichtigen, manchmal sogar liebevollen Staunen: es war also kein Verbrechen mehr, ein trotzkistischer Student zu sein, es war eine Art Krankheit, die vielleicht unheilbar war, aber gutartig, nicht ansteckend.

Jeden Tag also, zur festgesetzten Stunde, konnte K., wenn er seine Erzählung wieder aufnahm, die Freuden einer schöpferischen Tätigkeit genießen. Er wartete, bis Ruhe eintrat, bis sich alle um ihn hingesetzt hatten, bevor er begann. Am Anfang hielt er sich strikt an die Ereignisse und Theatereffekte des Romans von Dumas, aber in dem Maße, wie seine Stellung als Erzähler sich festigte, gewann er an Sicherheit. Er schmückte aus, schob erfundene oder anderen Romanen entnommene Episoden ein.

So hatte zum Beispiel das Erscheinen von Jean Valjean und Vautrin im Leben des Grafen von Monte-Cristo die Zuhörer tief beeindruckt, die trotz ihrer Unkenntnis der wahren Herkunft dieser neuen Gestalten sehr empfänglich gewesen waren für die rätselhafte und entschlossene Kraft, die von ihnen ausging. Aber das erzählerische Meisterwerk von K. – der während dieser Stunden alle Vorzüge und Tricks des Kolportageromans wiederentdeckte –, war zweifelsohne die unbestreitbar unglückliche Liebesgeschichte zwischen dem Grafen von Monte-Cristo und Natascha Rostow gewesen. Die Schlitten, der Schnee, die weiten Ebenen, der russische Wald, die Silberglöckchen des Pferdegeschirrs, die leidenschaftlichen Begegnungen, der ferne Schlachtenlärm: sie weinten vor Rührung, seine Zuhörer.

Es müßte also jemand da sein, der zu den Wörtern, der Realität, den Träumen unbeschwerte Beziehungen hat, um diesen Bericht fortzusetzen. Jemand, der sich nicht schämt wegen der schrecklichen und banalen Romanwahrheit und sich nicht fürchtet vor den Pausen, Wiederholungen, Ungenauigkeiten, Auslassungen, Gewaltsamkeiten, minuziösen Beschreibungen, Ausbrüchen einer entfesselten Phantasie.

Versuchen wir es trotzdem.

Franz Schilthuis hatte ausdruckslos dem Abgang Beatricens zugesehen. Er hatte sich Kognak eingeschenkt. Vor einigen Minuten hatte er sich im Zimmer niedergelassen und gewartet, bis die Unbehaglichkeit spürbar würde, bis die Zeit sich zersetzte. Das war seine Methode: er kam irgendwohin, wartete, bis die Zeit stillstand, bis eine dumpfe Unruhe an die Oberfläche kam, wie aufgerührter Schlamm. Dann sagten die Leute irgend etwas, was ihm die Möglichkeit gab, zu intervenieren und die Fragen zu stellen, die er stellen wollte. So war er vor kurzem in den Salon von Moedenhuik gekommen, ohne sich anzumelden. Man hatte ihm Kaffee angeboten, höflich, aber er hatte die Überraschung und die Neugier der Frau von Henk und dessen leicht verärgerte Verwirrung sehr wohl gespürt. Dann hatte dieser Idiot von Henk noch einmal das Bedürfnis gehabt, die Vergangenheit heraufzubeschwören: Professor Brouwer, Spanischer Bürgerkrieg, die Ermordung von Andrés Nin! Wirklich, der arme Henk kam nicht davon los. Er machte Geschäfte wie alle anderen, aber er belog sich selbst über seine tatsächliche Situation, seine tatsächliche Beteiligung am Lauf der Dinge, mit Hilfe dieser unschuldigen Erinnerungen. Das war jedes Mal dasselbe. Aber heute ließ Schilthuis sich das nicht gefallen. Er durfte keine Zeit verlieren mit der Unaufrichtigkeit von Henk, mit seinem vernebelten guten Gewissen.

Beatrice war endlich fortgegangen, er konnte sprechen.

Heute nacht, sagte er, gegen zwei Uhr morgens wurde von einem Streifenwagen auf dem Minervalaan ein Mann aufgelesen. Ein Mann von 46 Jahren, barfuß, ohne Jacke, mit geschwollenem Gesicht. (»Ein Spanier«, sagte Schilthuis, »Felipe de Hoyos, sagt dir das etwas?« Nein, das sagte Moedenhuik nichts. Was tat er, dieser Mann? Er war Matrose auf dem Schiff *Cabo Machichaco,* einem spanischen Frachter, der die Ostseehäfen anläuft. »Nein, sagt mir gar nichts!«) Gut, der Mann wurde aufs Kommissariat geführt, er hatte keine Papiere bei sich. Ein Offizier von der *Cabo Machichaco* konnte ihn identifizieren. Von dieser Seite war also alles in Ordnung. Aber er erzählte eine verrückte, völlig unwahrscheinliche Geschichte. Der Mann, Felipe de Hoyos hatte einen Teil des Abends in einer spanischen Hafenkneipe verbracht, in der Gegend des Zeedijk. Als er auf den Nieuwmarkt hinausging, wurde er entführt, gefesselt, geknebelt, in einen Wagen geworfen und in eine Wohnung gebracht. Dort wurde er stundenlang verhört. Amerikaner, behauptete er. Sie haben sich auf ihn gestürzt. Irgendwann hatte er so getan, als ob er ohnmächtig würde. Da hatte man ihn losgebunden, er hatte die Gelegenheit ausgenutzt, um einen oder zwei seiner Entführer niederzuschlagen, und war aus dem Fenster gesprungen. Glücklicherweise war die Wohnung im ersten Stock. Er war auf einen Rasen gefallen, davongelaufen, und der Streifenwagen hatte ihn dann aufgegriffen. (Aber Moedenhuik unterbrach ihn. Er sah keinerlei Zusammenhang. Er verstand nicht, was ihn diese idiotische Geschichte anging. Da wurde irgendwas ausgetragen, eine Schiebergeschichte, na und?) Franz Schilthuis hatte sich noch einen Kognak eingeschenkt, er lächelte. In der Hafenkneipe soll dieser Mann, Felipe de Hoyos, jemanden getroffen haben. Ein Mann war dort, gut gekleidet, der gegrillte Langusten aß. Irgendwann hatte dann Felipe de Hoyos ein altes russisches Volkslied gesummt (»russisches? Aber warum russisches?« fragte Moedenhuik außer sich. »War der Kerl nicht Spanier?« »Eben, er ist Spanier«, sagte Schilthuis, »aber er war in der Sowjetunion, in der *Blauen Division.* Er wurde auf der Wolkow gefangengenommen und ist bis 1956 in der Sowjetunion geblieben, bis es zu Repatriierungsvereinbarungen zwischen der Sowjetunion und Spanien gekommen war«), ein altes, genauer gesagt, georgisches Lied. Also der Mann, der die gegrillten

Langusten aß, hat sich, als er das Lied hörte, nach Felipe de Hoyos umgedreht (»mit aufgelöster Miene«, hatte Felipe de Hoyos gesagt, um 8 Uhr morgens, als Schilthuis das Verhör übernommen hatte, »mit aufgelöster Miene, als ob er von einer plötzlichen Erregung gepackt worden wäre, einem Stich ins Herz, als ob sein Blut in den Adern stockte, als er *Suliko* hörte, mit aufgelöster Miene, zitternden Händen, rauher oder vielleicht gebrochener Stimme«, hatte Felipe de Hoyos gesagt, aber dieses Detail behielt Schilthuis für sich, er dachte nicht, daß dieses Detail Moedenhuik interessieren könnte, genauer gesagt, er hatte keinerlei Interesse, dieses Detail Moedenhuik mitzuteilen, von dem er etwas ganz anderes erhoffte als Abschweifungen über die Wirkung dieses georgischen Volksliedes auf Ramón Mercader, und er setzte seinen Bericht fort, sagte zu Moedenhuik, daß sich der Mann nach Felipe de Hoyos umgedreht hatte), und sie sind ins Gespräch gekommen. Moedenhuik hatte plötzlich wie in einer Eingebung verstanden, wohin die Windungen dieses unzusammenhängenden Berichts führten, er hatte verstanden, daß der Mann, der in der letzten Nacht in einer Hafenkneipe gegrillte Langusten aß, nur Ramón Mercader sein konnte, und er hatte verstanden, warum Schilthuis ihn zu so ungewöhnlicher Zeit besuchte. In einer dumpfen, unaussprechlichen Unruhe hatte er plötzlich die bestürzende Gewißheit, die Vorahnung gehabt, daß seinem Freund eine Gefahr drohe, und tatsächlich, jetzt legte Schilthuis die Karten auf den Tisch: es war Ramón Mercader, den der spanische Matrose getroffen hatte, und diese Begegnung – absolut zufällig, versicherte Felipe de Hoyos – schien der Grund für seine Entführung gewesen zu sein, denn alle Fragen der Amerikaner hatten sich um diesen Punkt gedreht, so als ob sie dieser Begegnung einen besonderen Sinn beimessen würden, als ob sie überzeugt wären, daß irgendeine Botschaft von entscheidender Bedeutung, jedenfalls für sie, zwischen den beiden Spaniern ausgetauscht worden wäre – alle beide haben ja in der Sowjetunion gelebt, kommentierte Schilthuis – deren Inhalt die Amerikaner wissen wollten.

»Gut«, sagte Moedenhuik jetzt. »Ich nehme an, du hast gewichtige Gründe, warum dich diese Sache interessiert. Aber warum wendest du dich nicht an Mercader selbst, um ihn zu fragen?«

Da hatte Schilthuis gelächelt.

Aber er war dieser Frage ausgewichen. Er hatte eine andere Geschichte angefangen, und Moedenhuik hatte den Eindruck gehabt, in ein Labyrinth zu geraten, aber mit der Gewißheit, daß alle Wege dieses Labyrinths nun zu einem Punkt führten, demselben Punkt, demselben geheimen, überraschenden Ort, wo ein ihm unbekannter Ramón Mercader den Gefahren begegnete, dem hinterhältigen Auftauchen maskierter Feinde, mit jenem für ihn typischen kalten Blick, einem Blick, der nicht resigniert, sondern losgelöst wirkte, als ob er seit eh und je gefaßt wäre auf die Finten und Fallen, die beklemmenden, zähen Überraschungen der Existenz.

Heute morgen, sagte Schilthuis, im Morgengrauen, war ein Auto aus dem Kanal gefischt worden. Ein Mann war drin, der Fahrer, eingezwängt hinter dem Steuer, ertrunken. Dieser Mann war Amerikaner, er hieß Herbert Hentoff und war am 13. April aus Madrid gekommen (Moedenhuik hatte bei der Namensnennung des Amerikaners nicht reagiert, aber jetzt hob er den Kopf: der 13. April, das war auch der Ankunftstag von Mercader, und Schilthuis, der die Bedeutung der Kopfbewegung absolut richtig interpretiert hatte, sagte: »Ja, am gleichen Tag. Hentoff ist fast gleichzeitig mit Mercader in Schiphol angekommen, genau eine Stunde vorher«), und die wichtigste Beschäftigung dieses Herbert Hentoffs schien seit seiner Ankunft darin bestanden zu haben, Mercader zu überwachen. (Und Moedenhuik unterbrach ihn wieder und fragte kurz: »Interessiert dich Mercader in dieser Geschichte?«, aber Schilthuis lächelte und sagte, daß ihn Mercader zu Beginn dieser Geschichte ganz und gar nicht interessierte, daß er nicht einmal von seiner Existenz wußte, daß sich nun aber im Laufe ein und derselben Nacht herausstellte, daß Mercader mit zwei Ereignissen im Zusammenhang zu stehen schien, deren Bedeutung er zu klären versuchte: mit einem Tod – vielleicht ein Unfall, Schilthuis hütete sich, das Gegenteil zu behaupten – und einer Entführung, gefolgt von Gewalttätigkeiten und allen möglichen Erpressungsversuchen; beide, der amerikanische Tote, Herbert Hentoff, an dem er aus gewissen Gründen interessiert war – aber es war natürlich selbstverständlich, sagte Schilthuis katzenfreundlich, daß Moedenhuik, trotz des freundschaftlichen und privaten Charakters ihres Gespräches, von nun an all das als vertraulich ansehen müsse, und er müsse dafür geradestehen, wenn irgendwelche Indiskretionen, er verstehe schon – dieser tote Amerikaner also und der spanische Matrose hatten beide irgend-eine, wenn auch noch so ungeklärte dunkle Beziehung zu Ramón Mercader.)

Dann schwiegen beide.

Henk Moedenhuik strich sich übers Kinn. Zwanzig Minuten vorher hatte er die Beine von Beatrice betrachtet, und die Mög-lichkeit war aufgetaucht – schwebte zwischen ihnen wie ein reg-loser Wirbel aus winzigkleinem pflanzlichem Staub in einem Son-nenstrahl – die Möglichkeit, sich vorzubeugen, die Beine von Beatrice zu spreizen und zu streicheln, langsam von den zarten Knöcheln bis zum Schoß, in den er schließlich sein Gesicht einge-graben hätte. Wenn er zwanzig Minuten vorher an Ramón Mer-cader gedacht hätte, flüchtig wegen dieses Artikels von Brouwer, den er für ihn herausgesucht hatte, wäre dieser flüchtige Gedanke frei von Unruhe gewesen: ein einfacher Gedanke, ganz flüchtig, »ich muß daran denken, Mercader diesen Artikel zu zeigen«. Und trotzdem schien ihm sofort nach dem Gespräch mit Schilthuis, daß alle Ursachen für eine Beunruhigung, die jetzt eindeutig gegeben waren, schon in den letzten Tagen in der Beziehung zu Mercader aufgekeimt waren, als ob die Enthüllungen von Schilthuis nur jene Eindrücke bestätigten, die latent geblieben, aber deren Bedeutung jetzt klarer, vielleicht endgültig war. Vorgestern abend im *Bali*, warum hatte er da von Professor Brouwer gesprochen? Wenn er nicht von ihm gesprochen hätte, wäre er wahrscheinlich auch nicht der fast unwiderstehlichen Versuchung erlegen, nach der Mahlzeit, als sie einen Augenblick allein waren, mit Mercader über seinen Namensvetter, den Trotzkimörder, zu sprechen. Und am Ende des Gesprächs hatte Mercader gesagt, man stirbt nicht mehr, und dann war er in ein merkwürdiges, brutales, nicht enden wollendes Lachen ausgebrochen, und jetzt schien es ihm, nach allem, was Schilthuis gerade erzählt hatte, daß dieser Lachanfall, dieser heftige Spott über den Tod, eine eindeutige Beziehung zu den nachfolgenden Ereignissen hatte; so als ob dieser Ausbruch in irgendwie rätselhafter Form diese ganze verrückte, völlig unwahr-scheinliche Geschichte angekündigt hätte.

»Wie dem auch sei«, sagte Moedenhuik, »das geht mich nichts an. Ich kann nur wiederholen: wende dich an Mercader selbst.«

Franz Schilthuis sah ihn fest an:

»Mercader ist verschwunden.«

»Aber nein doch«, sagte Moedenhuik verärgert.

Der andere beugte sich zu ihm hin.

»Er ist verschwunden, seit heute früh, 9 Uhr.«

Moedenhuik zuckte mit den Achseln.

»Er hat mich doch viel später angerufen.«

Es war deutlich, daß Schilthuis Aufklärung erwartete.

»Wir hatten ein Rendezvous um 11 Uhr«, sagte Moedenhuik. »Er hat mich um 10 Uhr 30 im Büro angerufen, um sich zu entschuldigen, daß er absagen müsse. Wir essen morgen gemeinsam zu Mittag.«

Schilthuis lehnte sich zurück:

»Aha!« sagte er.

Er sprach mit entspannter Stimme, machte eine verbindliche Geste, vielleicht, sagte er, hatte er sich doch nur etwas eingebildet, vielleicht hatte diese Geschichte überhaupt keine Bedeutung, ein unglückliches Zusammentreffen von Umständen, genau, eine Reihe von Zufällen, so so, er entschuldigte sich für den unangemeldeten Überfall, man müßte einmal zusammen essen gehen an einem der nächsten Tage, aber Moedenhuik ließ sich nicht irreführen, er verstand sehr wohl, daß Schilthuis versuchte, die Karten durcheinander zu bringen, jetzt, wo er alles erfahren hatte, was er wissen wollte, das heißt jetzt, wo er durch Moedenhuik Auskunft über Ramón Mercader erhalten hatte, wo er wußte, wie und wo er ihn finden könnte, und Moedenhuik ärgerte sich, daß er ihm diese Auskunft gegeben, vom morgigen Rendezvous gesprochen hatte; er hatte übrigens nicht gesagt, wo, glücklicherweise, er hatte nicht gesagt, daß sie sich um 12 Uhr 30 im *Excelsior* auf der Nieuwe Doelenstraat treffen wollten, das ließ ihm noch einen gewissen Spielraum. Sicher, einen sehr kleinen Spielraum, denn Schilthuis wird ihn überwachen lassen, ohne Zweifel, man wird eventuelle Verfolger abschütteln müssen. Aber nein, das hat doch alles keinen Sinn! Wegen der Geschichten über Entführungen und Ertrunkene wird er sich am Ende auch noch einbilden, in einem Kriminalroman mitzuspielen. Man müßte erst einmal überlegen, sagte er sich, während er Schilthuis mechanisch anlächelte und ihn zur Wohnungstür begleitete, sicher, Beatrice würde ihn sehr gerne zum Abendessen einladen an einem der nächsten Tage. Er war allein, er ging in den Salon zurück, nahm sich ein Glas Wacholder, man mußte erst einmal überlegen. Wenn Mercader wirklich hatte verschwinden müssen, hätte er nicht um 10 Uhr 30 telefoniert, um das Rendezvous zu verschieben. Er wäre einfach verschwunden. Wenn Schilthuis seit 9 Uhr vormittags seine Spur verloren hatte, dann einfach deshalb, weil Mercader Zeit gewinnen mußte – ungefähr 24 Stunden –, um irgend etwas in Ruhe zu erledigen, sicher vor indiskreten Blicken, Zuschauern, wer es auch sein möge, Schilthuis oder die Amerikaner, die sich ja sehr für ihn zu interessieren schienen. Überlegen wir mal! Er war um 10 Uhr 30 im Büro, als seine Sekretärin ihm das Gespräch gegeben hatte: »Herr Mercader am Apparat«, hatte sie gesagt. Und gleich darauf die Stimme von Mercader, ganz munter. Munter? Ja, er hatte den Eindruck gehabt, und seine Erinnerung bestätigte es jetzt, eine Art Heiterkeit, eine gewisse Munterkeit hatte in Mercaders Stimme gelegen. Er hatte sich entschuldigt und vorgeschlagen, das Rendezvous von heute auf den nächsten Tag zu verschieben. »Ich leiste mir einen Urlaubstag«, hatte Mercader gesagt und gelacht. Er hatte anzügliche Bemerkungen gemacht, und Mercader hatte nichts getan, um den Verdacht, der ihm sofort gekommen war und ihn zu kaum verhüllten Anspielungen über irgendwelche Abenteuer veranlaßt hatte, von sich zu weisen. Sie hatten vereinbart, sich am nächsten Tag um 12 Uhr 30 im *Excelsior* zu treffen. Das war alles. Selbst wenn diese Eskapade eine falsche Spur legen sollte, hatte Mercader jedenfalls einen heiteren Eindruck gemacht, vielleicht ganz einfach deshalb, weil es ihm gelungen war, einige freie, nicht überwachte Stunden herauszuschlagen, in denen er ausführen konnte, was er zu tun hatte. Es war bestimmt nicht seine Absicht zu verschwinden, ganz und gar nicht. Moedenhuik war insgeheim davon überzeugt. Aber da war etwas andres, das um diese Erinnerung schwebte, irgend etwas, das seine Aufmerksamkeit auf sich gezogen hatte, als er Mercaders Stimme hörte, und das nachher verdrängt worden war. Er dachte scharf nach und versuchte, sich jedes Wort ins Gedächtnis zu rufen, was ihm ziemlich leicht gelang. Nein, es handelte sich nicht um etwas, das mit dem eigentlichen Gespräch zu tun hatte. Es war ein Detail außerhalb des Gesprächs, das die Erinnerung dennoch in ein bestimmtes Licht tauchte, sie umgab, wie eine Geräuschkulisse, ein Hintergrund. Das wars. Ein merkwürdiges Geräusch überlagerte die Worte von Mercader, als ob er von einer Fernsprechzelle telefoniert hatte, und in diesem vagen Geräusch, in dieser Brandung, schien sich eine Stimme abzuheben, ernst und weit entfernt, fast unhörbar und doch irgendwie bekannt: natürlich, die ernste und weitentfernte Stimme von Stewardessen, die Ankunft und Abflug von Flugzeugen ankündigen, auf allen Flughäfen der Welt. Das war es, er nahm noch einen Wacholder: Mercader hatte ihn um 10 Uhr 30 von einer Telefonzelle aus Schiphol angerufen, bevor er in ein Flugzeug gestiegen war. Aber diese Erkenntnis brachte ihn auch nicht weiter.

Auf alle Fälle war das eine verrückte Geschichte.

Mercader war am 13. April angekommen (und eine Stunde vor ihm war dieser Amerikaner, dieser Hentoff, auch in Schiphol angekommen, Schilthuis hatte es deutlich gesagt. Jetzt war dieser Hentoff tot, ertrunken, und Moedenhuik bemühte sich, den Gedanken an den Tod wegzuschieben, diese banale, desolate Vorstellung, als wollte er noch nicht – oder als konnte er noch nicht – an dieses Ertrinken denken, das ja doch (ob Unfall oder nicht) der Grund dafür zu sein schien, warum Mercader so plötzlich über 24 freie Stunden hatte verfügen können; nein, Moedenhuik sträubte sich noch, die Vorstellung des Todes ins Auge zu fassen), und am Abend des 13. April hatten sie im *Bali* gegessen. Vorher in der Bar hatte Mercader eine junge Frau angesehen – sicher eine Skandinavierin –, die sehr schön war, und Moedenhuik war eine Sekunde lang irritiert gewesen von der Wirkung, die dieser Blick auf die junge Schwedin zu haben schien; ein wenig eifersüchtig, eine Sekunde lang, hatte er sich gefragt, wieso ein einziger Blick dieses Mercader sie buchstäblich erzittern ließ – ein sowohl reservierter wie schamloser Blick, schien ihm –, während es seinen eigenen Anspielungen auf die Schönheit der jungen Frau, die er laut genug gemacht hatte, um von ihr gehört zu werden, nur gelungen war, ihren etwas geringschätzigen Zug um den Mund zu verstärken. Aber dann war das Abendessen sehr angenehm verlaufen, bis zum Zwischenfall am Ende, als Moedenhuik sich nicht hatte verkneifen können, gerade an diesem Abend, auf den Zufall anzuspielen (also wirklich, diese Geschichte war noch verrückter, als man es auf den ersten Blick gedacht hätte; noch verrückter, weil dieser Mann auch Ramón Mercader hieß, und jetzt verstand Moedenhuik, welcher Art das unbestimmte, leicht faszinierende Interesse war, daß dieser junge Spanier seit drei Jahren

in ihm geweckt hatte, seit sie in Geschäftsverbindung standen, als
ob er schon immer das Zutagetreten einer beängstigenden Wahrheit erwartet hätte, eines weniger harmlosen Schicksals, denn
durch die einfache Tatsache, daß er den gleichen Vor- und Nach-
namen trug, schien dieser zweite Ramón Mercader zu jeder Zeit
von der Gefahr oder Erfüllung dieses Schicksals bedroht zu sein),
und er war in brutales, nicht enden wollendes Lachen ausgebrochen, und von diesem Moment an schien sich alles zu verwirren,
war alles unklar, wirklich verrückt geworden (und zwar verrückter, als man selbst annehmen konnte, denn weder Schilthuis,
der diese Geschichte erzählt hatte – zumindest Teile davon, denn
er hatte nicht die Absicht, Moedenhuik bestimmte Details oder
Episoden zu liefern, entweder weil sie vertraulich waren oder weil
sie seine eignen Absichten allzu sehr bloßgestellt hätten –, noch
Moedenhuik, der zugehört hatte und der sich aus den hingeworfenen Brocken eine Geschichte aus der Geschichte rekonstruiert
hatte – eine Fiktion also, einen Bericht, eine Erzählung oder Fa-
bel –, und nicht einmal die Hauptgestalten dieses nächtlichen Zusammentreffens – Felipe de Hoyos, Ramón Mercader, Herbert
Hentoff, George Kanin und andere – konnten ahnen, was an dieser Geschichte wirklich verrückt war, denn Filipe de Hoyos wird
sicherlich jene Erinnerung nicht an die große Glocke hängen, die
ihn überfallen hatte, im Auto, als er gefesselt und geknebelt entführt wurde, die Erinnerung an einen Mann im dunklen Anzug
an der alten Friedhofsmauer von Cabuérniga – der Name des
Dorfes war in seiner Erinnerung aufgetaucht, vielleicht weil
Ramón Mercader in der spanischen Hafenkneipe mit Felipe de
Hoyos über das Haus von Cabuérniga gesprochen hatte; sie hatten
beide festgestellt, daß sie aus derselben Provinz Santander waren,
ein Zufall mehr; aber Floyd war jedenfalls nicht anwesend gewesen und hätte bei dieser Gelegenheit nicht bestätigen können,
daß Mercader den Platz irgendeines anderen eingenommen hatte;
und überhaupt schien niemand in dieser Geschichte wirklich das
zu sein, was er zu sein vorgab; doch der alte Mann, der im
Scheinwerferlicht der Autos an der alten Friedhofsmauer stand,
mit erhobener Faust, vor den Gewehrläufen, in der Realität dieser
Erinnerung von Filipe de Hoyos, und vielleicht in allen möglichen
Arten von Realitäten, dieser alte Mann hieß José María Mercader
y Bulnes – von dem niemand sagen könnte, auch nicht im Spaß,

daß er den Platz eines anderen, eines Toten eingenommen hätte, wie Floyd es von seinem mutmaßlichen Sohn gesagt hatte, denn er zumindest, der alte Mercader, hatte auf seinem Platz bis zum Ende ausgehalten, bis zu jenem Tod an der alten Friedhofsmauer, an die sich Felipe de Hoyos ganz klar wieder erinnert hatte, selbst wenn Namen und Orte aus seinem Gedächtnis verschwunden waren – und) wirklich, es war unmöglich, diese Geschichte zu erzählen, deren Wahrheit sich zerstreut hatte, weil sie zu zersplittert war in tausend Glasstücke, von denen jedes einzelne nur eine allzu winzige Partikel dieser möglichen, wirklich verrückten Wahrheit widerspiegelte.

Doch Beatrice trat in den Salon.

»Ist er weg, dein Freund?« fragte sie, etwas spitz.

Henk Moedenhuik trank Wacholder. Er sah seine Frau an.

»Das ist nicht mein Freund«, sagte er.

»Was wollte er von dir?«

Henk Moedenhuik schüttelte den Kopf.

»Ich habe es nicht genau verstanden, er hat mir eine verrückte Geschichte erzählt.«

Aber nein. Eigentlich war es, alles in allem, eine banale Geschichte, ein Dreigroschenroman. Es war auch nichts anderes zu erwarten, denn die Hauptfigur war ein Ramón Mercader. Aber vielleicht gerade deshalb, weil es ein Dreigroschenroman war, wollte er die Fortsetzung erfahren; er konnte den morgigen Tag kaum abwarten, die Zeit seines Rendez-vous im *Excelsior*. Heute morgen um 10 Uhr 30 hatte Mercader angerufen. Seine Stimme war klar und munter. Um seine Stimme war ein unbestimmtes Geräusch gewesen, und in diesem unbestimmten Geräusch hatte er in einem bestimmten Moment, ohne besonders darauf zu achten, den feierlichen, betörenden, phonogenen Klang der undeutlichen Worte einer Stewardeß wahrgenommen, die den Abflug eines Flugzeugs ankündigte, und er brauchte also nur noch die Rückkehr von Ramón Mercader abzuwarten.

Die feierliche Stimme der Stewardeß hatte sich nach einigen mitreißenden Takten eines musikalischen Signals erhoben, beherrschte jetzt den dumpfen Lärm des Flughafens von Schiphol und kündigte an, daß die Passagiere der Maschine nach Zürich sofort an Bord gehen müßten.

Er stand beim Souvenir- und Parfümerieladen und überwachte die Bewegungen des Spaniers (denn selbst in den unausgesprochenen Sätzen, selbst in der Sprache seines Schweigens gelang es ihm nicht, diesen Mann beim Namen zu nennen, ihm den Namen zu geben, den er im Leben zu tragen schien; so als ob er es ablehnte, als ob ihm diese Idee widerwärtig wäre, daß er es mit einem zweiten Ramón Mercader zu tun habe).

Der Spanier also.

Der Spanier telefonierte gerade. Er sah ihn lachen, gestikulieren. Dann hängte er ein. Der Spanier stand nun da und betrachtete die Leuchttafel, auf der die Abflüge angegeben werden mit den entsprechenden Angaben der Uhrzeit, der Nummer der Ausgangstür und allen notwendigen Details. Der Spanier hatte ein ganz flaches Köfferchen in der Hand, das war sein ganzes Gepäck, er wußte es.

Dann drehte sich der Spanier um und ging mit großen Schritten auf die Ausgangstür zum Flug nach Zürich zu.

Plötzlich hatte Walter Wetter den dringenden Wunsch, ihm zu folgen, dasselbe Flugzeug zu nehmen, an seiner Seite zu bleiben, unbekannt, aber vielleicht brüderlich. Er wußte nichts andres von diesem Mann, als daß der Einsatz in diesem Spiel hoch war, daß er wahrscheinlich Hilfe brauchen werde. Aber das war natürlich absurd. Es war nicht sein Auftrag, diesem Spanier zu helfen, selbst wenn sie offensichtlich die gleichen Feinde hatten. Der Spanier war völlig unerwartet in dieser Geschichte aufgetaucht, und obwohl er sich plötzlich im Mittelpunkt dieses ganzen Trubels befunden hatte, war er es doch nicht, der den Gegenstand seiner Mission darstellte.

Kurz entschlossen setzte sich auch Walter Wetter in Bewegung.

Von seinem Standort am Parfümerieladen hatte er nur eine kurze Strecke – jedenfalls eine kürzere als der Spanier von den Telefonzellen – bis zu den Sperren zurückzulegen, hinter denen die Zugangsschalter für die internationalen Flüge waren. Walter Wetter bewegte sich nur wenig fort. Er erreichte die Sperren, die den Raum für die Fluggäste abgrenzten, gerade als der Spanier ankam. Eine Sekunde lang, als er sich in der gleichen Höhe wie der Spanier befand, nahe bei den Sperren, und sein Weg den des andern gekreuzt hatte, hatte er den Eindruck eines lebhaft auf sich gerichteten Blicks gehabt, der jedoch gleich wieder verschwand, da er ihm jetzt den Rücken kehrte und sich etwas weiter entfernt an die Sperre lehnte. Von dort konnte er die Zugangsschalter, hinter denen die Polizisten die Reisepässe kontrollierten, genau beobachten. Walter Wetter zündete sich eine Zigarette an und beobachtete. Der Spanier war hinter einer älteren, mit Handgepäck beladenen Frau, die Schwierigkeiten hatte, ihren Paß vom hohen Pult des Schalters wieder an sich zu nehmen, wo ihn der Polizist, nachdem er ihn rasch durchgeblättert und gestempelt, hingelegt hatte. Jetzt war der Spanier an der Reihe. Dieser zog seinen Paß aus der Innentasche seines Jacketts und reichte ihn dem Polizisten. Es war also so, wie Walter Wetter vermutet und weshalb er den plötzlichen Wunsch gehabt hatte, seine Vermutung zu verifizieren, in jener fast manischen Vorliebe für Details, die ihn nach den Aussagen derer, die mit ihm gearbeitet hatten, kennzeichnete. Der Spanier reiste also tatsächlich nicht mit seinem wirklichen Paß. Walter Wetter war zu weit entfernt, um die Nationalität des von Mercader vorgelegten Passes zu erkennen, aber auf keinen Fall war es ein spanischer Paß. Die Pässe dieses Landes haben zwar ein ganz gewöhnliches Format, sind aber in knallgrünen Kunststoff eingebunden, auf dem in Goldbuchstaben die Worte ESPAÑA und PASAPORTE stehen, wodurch sie leicht zu erkennen sind. Wie dem auch sei, das Dokument, das der Spanier vorgezeigt hatte, mußte ein falscher Paß von ausgezeichneter Qualität sein, denn der Polizist gab ihn sofort mit einem unterwürfigen Lächeln zurück.

Der Spanier entfernte sich jetzt mit schnellen Schritten, blieb aber etwas weiter noch einmal stehen, stellte sein Köfferchen hin, tat, als ob er die Schnürsenkel festzöge, was sicher nur eine der Möglichkeiten war, hinter sich zu sehen, um sich ein letztes Mal zu vergewissern, daß ihm bis jetzt niemand gefolgt war.

Walter Wetter lächelte und entfernte sich von der Sperre.

Genau wie er vermutet hatte, suchte der Spanier, nachdem er den CIA abgeschüttelt hatte, das Weite unter einem falschen

Namen – natürlich um die geringsten Spuren seiner Ortsveränderung zu hinterlassen –, damit er irgendeine Mission erfüllen könnte. Und wieder hätte Walter Wetter, obwohl er den wirklichen Einsatz des Spiels nicht kannte, gern die Bewegungsfreiheit gehabt, seine Pläne und Weisungen ändern zu können, um diesem Mann nach Zürich zu folgen, für den der Schraubstock, das war seine Hypothese, nur für kurze Zeit gelockert war und der bestimmt Hilfe brauchen würde.

Aber das war nicht seine Angelegenheit, er zuckte mit den Achseln und entfernte sich.

Eine halbe Stunde später traf Walter Wetter in einem Café am Leidseplein Klaus Kaminsky. Kaminsky hatte rote Augen, sicher aus Schlafmangel. Er sprach einige Minuten mit klarer Stimme, und dann schien die Geschichte, zumindest für sie, erledigt zu sein. Sicher könnten sie noch die mögliche Rückkehr des Spaniers abwarten, wenn es diesem überhaupt gelang zurückzukommen. Eigentlich gab es keinen zwingenden Grund dafür, nur den einfachen Wunsch, das Ende, oder eines der möglichen Enden, dieses ganzen Treibens zu erfahren. Aber noch einmal, nicht der Spanier war Gegenstand ihres Auftrages.

Walter Wetter wußte wohl, daß er noch heute den Befehl geben würde, die Sachen zu packen. Er hatte nicht die nötigen Mittel, um diese Angelegenheit weiterzuverfolgen. Sie würden in ihre Villen nach Kleinmachnow oder Potsdam zurückkehren, alle drei, Kaminsky, Menzel und er, jeder auf einem anderen Weg. In einigen Tagen würden sie sich in einem Büro, an einem langen grünbespannten Tisch wiedertreffen. Auf dem Tisch würden Wasserkaraffen und Gläser stehen, Bleistifte und Notizblöcke liegen. In Gegenwart von Kaminsky und Menzel – für die das der erste Auftrag im Ausland war –würde er den Verantwortlichen des Staatssicherheitsdienstes einen Bericht erstatten. Man würde ihnen aufmerksam zuhören, denn die Reise war reich an Begebenheiten und Entdeckungen gewesen. An der hinteren Wand des großen Büros, hinter dem Genossen Generalmajor der Sicherheitskräfte, der bei dieser Sitzung am Kopfende den Vorsitz führen würde, würden zwei Portraits hängen, von Lenin und von Ulbricht. Manchmal, mitten in einem Satz – das war ihm schon bei ähnlichen Gelegenheiten passiert – würde sich sein Blick automatisch auf die Gesichter von Lenin und Ulbricht richten, und er würde fast den Faden verlieren, wieder einmal vom Schwindelgefühl des Irrealen erfaßt. Er würde natürlich weitersprechen. Vielleicht wäre sein Redefluß für einige Sekunden langsamer. Vielleicht würde er sich vorbeugen, um auf seine Notizen zu sehen, die er zu dieser Sitzung mitgebracht hatte und die der Sekretär am Schluß einsammeln würde, um sie zu verbrennen Aber er würde weitersprechen, als ob der Anblick der Portraits von Lenin und Ulbricht – besser das Nebeneinander dieser beiden Portraits – in ihm keine unüberwindliche Verwirrung, die tiefe Gewißheit der skandalösen Ungereimtheit dieser ganzen Szenerie hervorgerufen hätte. Wieder einmal hätte er gedacht – oder besser in einer nicht begrifflichen, aber glasklaren, erschütternden Vision erfaßt, als wenn grellweiße Magnesiumblitze den Gesichtern und Gegenständen um ihn herum ihren wirklichen Sinn wiedergegeben hätten – er hätte also nicht gedacht, denn beim Weiterreden wäre da nur eine Folge von nicht formulierten Intuitionen, abstrakten Bildern gewesen, die trotzdem von Fleisch und Blut waren und, wie zerplatzende Blasen an der scheinbar ruhigen Oberfläche seines Redens und Denkens, jene nicht mitteilbare Erfahrung zusammenfaßten, die das merkwürdige Nebeneinander der Portraits von Lenin und Ulbricht, in ihrer totalen Ungereimtheit – was aber wieder nur die, gewiß groteske, Widerspiegelung jener noch unaussprechlicheren Ungereimtheit ihrer eigenen Geschichte wäre –, diese Erfahrung, die die beiden Portraits – in ihrem unpassenden Nebeneinander – aufgefrischt hätten, hochgespült aus den Tiefen eines unglücklichen beschämenden Bewußtseins, das um so unglücklicher und beschämender war, als sein ganzes Leben nichts anderes als eine endlose Ergebenheit und Treue im Kampf gewesen war und gerade diese Ergebenheit und Treue für eine unbestreitbar gerechte und dieser Treue und Ergebenheit würdige Sache ihn zu Handlungen oder in Situationen gebracht hatte, die er auf gar keinen Fall, auch nicht für sich selbst, auch nicht in seinem geheimsten, selbstgefälligsten Bewußtsein als etwas anderes bezeichnen könnte als die Resultate eines völlig instrumentalen und zynischen moralischen Pragmatismus.

Er schüttelte den Kopf, versuchte aus seinen Gedanken – oder aus seinem Vorgefühl – die Bilder von Lenin und Ulbricht an der hinteren Wand des großen Sitzungssaals zu verscheuchen.

»Wie«, fragte Kaminsky, der wohl zu glauben schien, die Kopfbewegung deute die Absicht, etwas zu sagen, an.

»Nichts«, sagte er.

Kaminsky respektierte das Schweigen von Walter Wetter. Er wußte sehr wohl, daß heute Entscheidungen getroffen werden mußten.

Walter Wetter sah gedankenlos zum Eingang der *Oesterbar*, der sich links von ihm befand, parallel zum Bürgersteig, auf dem die Glasterrasse des Cafés war. Vor der Scheibe der *Oesterbar* war ein Mann in blauem Pullover und Gummistiefeln damit beschäftigt, Meeresfische und Krustentiere auszulegen. Er sah den Mann, der Eisstücke und Algen von manchmal zartem, manchmal dunklem Grün verteilte und dessen geschwollene, fleischige Finger die großen Seelandaustern, Langusten, Krebse, Muscheln und Krabben packten. Walter Wetter sah das alles, im verschleierten Sonnenlicht dieses Spätvormittags, mitten im lebhaften Trubel des Leidseplein, und er hatte den tiefen Eindruck von möglichem Glück. Wie einfach das Leben war, wenn man es so nahm, wie es ist – und natürlich wenn man auf die Sonnenseite des Lebens gefallen war – und wenn man sich nicht vornahm, es zu verändern – eine völlig begründete Absicht und Unternehmung, absolut notwendig, deren Resultate aber nach einem guten halben Jahrhundert bis jetzt kaum nennenswert waren, trotz des kollektiven, hartnäckigen Mutes, den keine andere Sache der Welt jemals hatte hervorrufen können; deren Resultate im Grunde nur auf dem Gebiet der Produktion der Produktionsmittel nennenswert waren, mit denen eine Gesellschaft geschaffen und entwickelt werden konnte, deren Lebensstandard früher oder später sich mit dem dieser friedlichen, scheinheiligen und brutalen holländischen Gesellschaft vergleichen ließe, was alles in allem nicht sehr erhebend war –, und schließlich hatte er, während er die bunte Auslage der *Oesterbar*, die Bäume mitten auf dem Leidseplein, die frühlingshaft gekleideten Passanten sah, die beängstigende Ahnung eines möglichen Glücks – lauwarm und blind –, das um so beängstigender war, als dieses kleinkarierte, in kleinen Glücksscheiben zugeteilte Glück die einzige oder die wahrscheinlichste Zukunft ihres eigenen Unternehmens zu sein schien; dieses Produkt, das schon im Schoß ihrer eignen Gesellschaft auftauchte, die saftlose Frucht ihres eignen Leidens, ihrer eignen Kraft; als ob ihre gan–

ze Vermessenheit letztlich nur zu jenem braven und vernünftigen, scheinbar gleichen, weil theoretisch allen zugänglichen Anteil eines zugebilligten und hierarchisierten Glücks führen sollte.

Nein, heute ging es gar nicht gut. Er mußte sich zusammennehmen.

»Ist das Rendezvous mit Professor Wettlich festgelegt?« fragte Walter Wetter.

»12 Uhr 30, am gleichen Ort wie gestern abend«, sagte Kaminsky.

Walter Wetter sah auf die Uhr:

»Geh Menzel holen. Alles wird eingestellt. Zusammenfassende Besprechung um 15 Uhr. Abfahrt heute abend auf den vorgesehenen Reiserouten.«

Klaus Kaminsky nickte und ging.

Zusammenfassen, das ist einfach gesagt.

Sie waren am 6. April nach Amsterdam gekommen, auf den Spuren von George Kanin. Er war der beste Spezialist des CIA-Netzes in der DDR, und seit drei Jahren führte Walter Wetter einen unterirdischen, verborgenen Krieg gegen ihn. Lange Zeit war es ein unentschiedener Kampf gewesen, aber in den letzten Monaten hatten sich die Erfolge gehäuft. Die wichtigsten Fäden des Netzes von Kanin waren lokalisiert, neutralisiert oder umgedreht worden. Im März, als Kanin selbst zu einer Inspektionsreise über die Grenze kam, waren sie nicht nur Minute für Minute über seine Tätigkeiten und die Direktiven auf dem laufenden gehalten worden, sie hätten ihn auch jederzeit verhaften können. Aber es war anders darüber entschieden worden. Es war beschlossen worden, ihm alle verlangten Auskünfte zu geben – entsprechend verändert und mit glaubhaften Unrichtigkeiten gespickt – und ihn unversehrt wieder abreisen zu lassen, damit die CIA-Chefs den Eindruck hätten, ihr Netz funktioniere weiterhin normal. Übrigens waren einige der falschen Auskünfte derart explosiv, daß der gegnerische Geheimdienst nach Empfang und Analyse sicherlich neue Reisen und neue Kontakte beschließen würde, die es ermöglichten, noch tiefer in den CIA-Apparat in Mitteleuropa einzudringen. In jedem Stellungskrieg heißt das grundlegende Prinzip: niemals den Kontakt mit dem Feind verlieren, und dazu muß es oft zu Zusammenstößen und lokalen Scharmützeln kommen. Der aufgestellte Plan hatte tadellos funktioniert bis auf den Zwischenfall in der Dresdner Gemäldegalerie, wo ein Interpretationsfehler der Ortsgruppe beinahe alles verdorben hätte, weil man Kanin den Eindruck gegeben hatte, er wäre fast hochgegangen. Aber Kanin, der nicht mißtrauisch genug war, konnte von dem Stützpunkt- und Herausschleusungsnetz, das wir vollkommen umgedreht hatten, weil die entscheidenden Posten von unseren Leuten besetzt worden waren, geschützt werden. So hatte unser eigner Geheimdienst Kanin herausgeschleust, was uns ermöglicht hatte, ihn in die Bundesrepublik und dann bis nach Amsterdam zu verfolgen. Das Ziel dieses Auftrages war also eine reine Auskundschaftung. Es ging darum, alles an Informationen über die logistischen Stützpunkte des CIA, über seine Methoden sowie über jene Agenten zu erhalten, die uns durch die Verfolgung von Kanin bekannt werden konnten. Man hatte mir Klaus Kaminsky und Hans Menzel gegeben, und wenn man ausklammerte, daß ich ihnen außerhalb des Dienstes nichts zu sagen hatte, hatten sie sich als absolut fähig erwiesen.

Trotzdem hatte ich in Amsterdam bis zum 13. April geglaubt, daß unsere Operation mißlingen würde. Zumindest relativ, denn die wenigen Informationen, die wir beim Aufenthalt Kanins in Westdeutschland aufgelesen hatten, konnten kaum als sehr wichtig bezeichnet werden. Sie bestätigten nur bereits bekannte Tatsachen, was die Stützpunkte und die Amtshilfe der bundesdeutschen Geheimdienste angeht. Aber am 13. April kam alles in Bewegung, und ich war plötzlich mitten in einer aufregenden Geschichte, obwohl weit entfernt von meinen eigentlichen Zielen.

Walter Wetter senkt den Kopf und sieht auf die Uhr. In einer Viertelstunde muß er sich auf den Weg zum *Spui* machen, der Bierkneipe von gestern abend, wohin er sich zu Fuß begeben will. Er bestellt noch ein Bier und denkt daran, daß der Spanier jetzt gerade in Zürich ankommen mußte.

Der Spanier war ein sowjetischer Agent, das stand fest. Die Hartnäckigkeit des CIA in bezug auf seine Person, die Mittel, die sie anwandten, bewiesen es, so wie sie gleichzeitig zu beweisen schienen, daß es sich nicht um einen zweitrangigen Agenten handelte. Im übrigen war ein junger Mann, der drüben aufgewachsen war und 1956 in seine Heimat repatriiert wurde, ein idealer Anwärter, klar! Wußte der Spanier, daß er überwacht wurde, als er in Amsterdam ankam? Das war unmöglich festzustellen. Auf alle Fälle hatte er es schnell entdeckt und sich bestens aus der Affaire gezogen, um abzuhauen. Die Beseitigung dieses Hentoff war ein Meisterstück gewesen. (Walter Wetter lächelte. Die Reise hatte sich entschieden gelohnt. Es war nicht nur eine Basis des CIA entdeckt, mit allen lokalen Möglichkeiten, sondern auch eine ganze Reihe von amerikanischen Agenten identifiziert worden: dieser Floyd, der wie der Chef einer Export-Import-Firma aussah; und Folkes, und O'Leary und Hentoff. Letzterer war allerdings nicht mehr interessant. Wenn er die nötigen Mittel gehabt hätte an Menschen und Material, hätte Walter Wetter ein gewagtes Stück organisieren können: das Netz des CIA für eine gute Spanne Zeit desorganisieren. Aber er hatte diese Mittel nicht gehabt. Gut, man wird sehen, vielleicht könnte man später etwas unternehmen. Jetzt hieß es zurückfahren. Das Verschwinden des Spaniers hatte die Kerle vom CIA über ganz Europa verstreut, schien es, und er hatte nicht die Möglichkeit, sie zu verfolgen. Noch die eventuelle Rückkehr des Spaniers abzuwarten: die für diese Expedition bewilligten Dollars gingen zu Ende.)

Wie dem auch sei, es war verrückt, daß dieser Mann auch Ramón Mercader hieß. Mit einem solchen Namen forderte man das Schicksal heraus.

Er ging die Leidsestraat entlang und hatte eben die dritte Brücke überquert, die Herengrachtbrücke, genau gesagt. Plötzlich kam ihm eine Idee, die seine Beunruhigung über den Ausgang dieser Partie, deren Einsatz er nicht kannte, wiederaufleben ließ. Wenn der Spanier eine Überwachung bemerkt hatte, warum hatte er dann alle Brücken hinter sich abgebrochen? Er hätte doch untertauchen, alles laufen lassen, jede Aktivität einstellen, alle Kontakte abbrechen und die erste Gelegenheit abwarten können, die Zentrale in Moskau zu verständigen. Das war das normale Verfahren. Aber der Spanier hatte Hentoff beseitigt und damit die Gefahr auf sich genommen, in einen Kriminalfall verwickelt zu werden und seine Tarnung als Geschäftsmann einzubüßen: kurz, Jahre geduldiger, unterirdischer Arbeit zu kompromittieren. Wenn er solche Gefahr auf sich nahm, heißt das, daß die Information, die er zu übermitteln hatte – und dafür brauchte er um jeden

Preis einige Stunden Bewegungsfreiheit –, von ungeheurer Wichtigkeit war.

Wirklich, er hätte ihn gerne nach Zürich begleitet, um im brüderlichen Schatten über ihn zu wachen.

Aber er befand sich auf dem Spui und betrat die Bierkneipe, wo Herbert Wettlich ihn etwas nervös erwartete.

Sie beschlossen, gleich in diesem Lokal zu essen. Sie bestellten Ostseeheringe, Sauerkraut und Bier.

»Nun?« fragte er.

Wettlich strich Butter auf das Graubrot.

»Nun, Mercader kam um 9 Uhr zum Rendezvous«, sagte Wettlich.

»Wie war er?«

Walter sah, wie sein Gefährte dicke Schichten Butter auf das Graubrot strich, und hatte eine merkwürdige Empfindung. Eine Art habgieriger Angst, gierigen Ekels. Dieser Anblick der Butter auf dem Graubrot faszinierte ihn. Er schüttelte den Kopf, das war doch nichts Außergewöhnliches. Es stand noch eine zweite Butterdose auf dem Tisch, und Graubrot war genug da. Selbst wenn Wettlich gefräßig das ganze Brot verschlang, bedurfte es nur einer Handbewegung, und die Kellnerin würde neues bringen. In der Küche dieser Bierkneipe gab es sicher genug für Hunderte von Schnitten und Dutzende von Butterdosen. Das war doch idiotisch, kein Grund zur Aufregung, daß man das Graubrot dick mit Butter beschmiert im Rachen Wettlichs verschwinden sah. Es gab keinerlei Grund für diese dumpfe, wütende Angst, die ihn überfiel, als er die Kiefer seines alten Genossen beobachtete, wie sie Brotstücke zerrieben, langsam kauten, bevor er sie verschlang. Es waren bestimmt nicht die letzten Schnitten. Man brauchte nur die Hand zu heben, mehr Butter und einen neuen Brotkorb zu verlangen. Die Welt quoll über von Brot und Butter. Die Wiesen der Polder quollen über von Milchkühen. Die großen Mühlen mahlten Tausende von Tonnen Korn, von Roggen, von Weizen, von Getreide aller Arten. Bäche weißen oder grauen Mehls, nein, wahre Ströme von Mehl, ergossen sich jede Minute in die über dem ganzen Land verstreuten Silos. Es gab keinen Grund dafür, daß es an Butter, Weißbrot oder Graubrot, Hörnchen, Milch- oder Kümmelbrötchen oder irgendetwas fehlte: man brauchte es nur zu verlangen. Und trotzdem betrachtete er diese butterbestrichenen

Brotstücke, die im weitgeöffneten Mund Wettlichs verschwanden mit den mächtigen unbarmherzig zermalmenden Kiefern, als ob es sich um die letzten Brotkrumen einer Welt handelte, die von nun an Hunger leiden würde.

Er schüttelte den Kopf, überwand sich.

»Wie?« fragte er und war sich klar, daß er die Antwort Wettlichs nicht gehört hatte.

Dieser hörte auf zu kauen und sah ihn überrascht an.

»Hör mal, bist du taub oder was ist? Er war gut aufgelegt, fröhlicher als gewöhnlich sogar. Er machte Witze.«

Mercader war genau um 9 Uhr am Rembrandtsplein angekommen. Er hatte von der Hotelrezeption aus telefoniert, und Wettlich und Willy Wolf hatten ihn in einem der Salons im Erdgeschoß getroffen. Mercader hatte rasch, aber aufmerksam, die Verträge gelesen. Über ein Detail hatte es eine Diskussion gegeben. Sie hatten sich aber dann geeinigt, und Mercader hatte unterzeichnet und die Exemplare, die sie für das Außenhandelsministerium brauchten, paraphiert. Dann hatte sich Mercader eine Zigarette angezündet und gelacht: »Eigentlich liefern wir der Wirtschaft Francos die Mittel, sich zu entwickeln«, hatte er gesagt. Willy Wolf hatte den Kopf gehoben, vielleicht in der Absicht, eine seiner Richtigstellungen zu machen, für die nur er das Patent hatte. Aber Mercader hatte ihn mit einer Geste unterbrochen: »Ich mache doch nur Spaß, wir wissen doch alle sehr gut, daß die Wege der friedlichen Koexistenz und des Weltmarktes genauso verschlungen und unerforschlich sind wie die Wege des Herrn.« Darüber hatte dann Herbert Wettlich schallend gelacht und auch Willy Wolf, obwohl anzunehmen ist, daß er kein Wort von diesem Vergleich verstanden hatte.

Dann hatten sie ihren Kaffee ausgetrunken – nein, Mercader hatte keinen Kaffee bestellt, sondern Wodka, den er in einem Zug ausgetrunken hatte – und sich getrennt.

»Um 9 Uhr 30 war alles beendet«, sagte Wettlich.

Walter Wetter schob seinen Teller weg.

»Sag mal, Herbert, habt ihr gestern das Rendezvous in deinem Hotel vereinbart?«

Wettlich sah ihn überrascht an:

»Nein, gar nicht. Gestern wurde das Rendezvous telefonisch in seinem Hotel festgelegt. Aber heute morgen, sehr früh, hat uns die

Rezeption die Nachricht übermittelt, wir sollten nicht weggehen. Wir mußten also warten, bis Mercader sich mit uns in Verbindung setzte.«

Walter Wetter nickte.

»Aha«, sagte er.

Herbert Wettlich hatte Lust, eine Frage zu stellen, tat aber nichts dergleichen. Er hatte gelernt, seine Wünsche zu unterdrücken, wenigstens was Fragen anging.

Walter Wetter nickte noch immer. Dieser Spanier beschäftigte ihn, regte ihn sogar auf, und nicht nur wegen seines Namens. Denn die Kaltblütigkeit selbst bei seinen wahnwitzigsten Vorhaben war faszinierend, objektiv gesehen. Er hätte ganz einfach verschwinden können, untertauchen, nachdem er den Kerl vom CIA, der ihn seit Madrid verfolgte, beseitigt hatte. Aber nein, er behielt seine Deckmäntelchen, sein Alibi als Geschäftsmann, harmlos und respektabel, damit er seine Arbeit zu Ende führen konnte, wenn es ihm gelang, herauszukommen, und selbst wenn die Chancen herauszukommen sehr gering waren. Er mußte Rendezvous wahrnehmen, Verträge unterzeichnen: darin lag die Garantie für die Fortsetzung, wenn es eine Fortsetzung geben sollte. Da änderte er dann die Rendez-vous, um eine, wenn auch begrenzte Bewegungsfreiheit zu gewinnen. Sicher, das war ein Grundsatz: niemals zu einem Rendezvous gehen, wenn auch nur die geringste Gefahr besteht, daß es sich als Falle erweisen könnte, immer seine Bewegungen unter Kontrolle halten, immer die Initiative für Ort, Zeit und Umstände einer Kontaktaufnahme behalten. Und doch gehen Agenten immer wegen solcher elementaren Fehler hoch, und gerade die Fähigkeiten, auf Lebensdauer solche Fehler zu vermeiden, sind charakteristisch für echte Agenten. Ehrlich, er hatte nicht übel Lust, diesen Spanier kennenzulernen.

»Nun?« fragte er.

Herbert Wettlich machte sich mit dem gleichem Eifer über das Sauerkraut. Er wischte sich den Mund ab.

»Nun, ich habe es so eingerichtet, daß ich ihn allein bis zur Hoteltür begleiten konnte. Dort habe ich ihm deine Botschaft übermittelt.«

In diesem Moment hatte sich Walter Wetter einige Dutzend Meter weiter entfernt von ihnen befunden, auf dem gegenüberliegenden Bürgersteig. Er hatte die beiden Männer auftauchen sehen, aber ihr Gespräch hatte er nicht hören können.

»Das heißt?« fragte er Wettlich.

Dieser machte eine verärgerte Geste.

»Eben deine Botschaft, Wort für Wort. Daß eine holländische Gesellschaft mit ihm verhandeln möchte, die *Van Geelderen Maatschappij,* deren Büro sich am Herengracht befindet, und daß die Amerikaner viel Geld in dieser Gesellschaft haben.«

Mercader hatte sich nach ihm umgedreht, Wettlich erinnerte sich genau daran, er war von der Kälte dieses Blickes betroffen gewesen. Mercader hatte ihn einige unendlich lange Sekunden so angesehen. Dann hatte er wie ein Wahnsinniger gelacht: »Ich glaube, sie haben schon den Kontakt mit mir aufgenommen, wirklich!« hatte er dann geantwortet. Wettlich hatte zuerst den Eindruck gehabt, daß er ohne Kommentar weggehen wollte, aber dann im letzten Moment sich besann. »Übermitteln Sie mir diese Botschaft aus eigner Initiative?« fragte er.

Herbert Wettlich schnitt seine Wurst in ganz kleine Stücke, die er aber nicht aß, noch nicht.

»Ich war ratlos, ich hatte keine Instruktionen für einen solchen Fall«, sagte er.

»Man muß improvisieren können«, sagte Walter Wetter trocken.

»Aber ja, ich habe ja improvisiert. Ich hatte den Eindruck, man müßte ihm einen Teil der Wahrheit sagen.«

Nun hatte auch Walter Wetter Lust, wie ein Wahnsinniger zu lachen. Einen Teil der Wahrheit? Das klingt schön! Einen Teil dieser riesigen Lüge, die einer möglichen Wahrheit glich, vielleicht. Aber er sagte nichts, er wartete auf die Fortsetzung.

»Ich habe ihm gesagt, daß nicht ich es war, sondern ein Freund, der mich darum gebeten hatte, ihm diese Nachricht zu übermitteln, deren Sinn ich nicht kannte, habe ich noch hinzugefügt.« »Einer Ihrer Landsleute?«, hat er gefragt. Ich bejahte, er hat mich dann noch gefragt, ob ich dich schon lange kenne, das heißt, nicht dich, sondern den betreffenden Landsmann. Von dir wurde nie gesprochen.«

Walter Wetter lächelte.

»Und kanntest du mich seit langem?« fragte er.

»Spaß beiseite, Walter. Da gibt es nichts zu lachen. Ja, ich kannte dich seit langem und in den verschiedensten Situationen, auch den schwierigsten.«

In diesem Augenblick schien ihm, daß Mercader den Atem anhielt: »Gut«, hatte er schließlich gesagt, »sagen Sie ihm, daß die Amerikaner hinter mir her sind und ich noch nicht weiß, ob ich mich aus der Affaire ziehen kann. Und daß er sich vor allem alle Details dieser Angelegenheit, die er in Erfahrung bringt, merken soll, daß er sie sich merken soll!«

»Das ist es«, sagte Herbert Wettlich und begann die kleinen Wurststücke zu verschlingen.

Das ist es, dachte auch Walter Wetter.

Auf alle Fälle, auch wenn er vom Spanier nicht diese Botschaft erhalten hätte, war er bereits entschlossen, einen besonderen Bericht über diese Angelegenheit zu machen, der an die KGB-Zentrale in Moskau weitergeleitet werden sollte. Wenn es dem Spanier nicht gelang, in Zürich Kontakt aufzunehmen, würde ihnen das immerhin von Nutzen sein.

Und dann plauderten sie über dies und das in der dumpfen Benommenheit von Sauerkraut und Bier.

»Sag mal, wie hieß eigentlich der Spanier, den wir in der Arbeitsstatistik in Buchenwald hatten«, fragte Walter Wetter plötzlich.

Herbert Wettlich hörte auf, in den Zähnen zu stochern, und überlegte.

»Der junge?«

»Es gab nur einen, ja, ein junger!« erwiderte Walter Wetter.

»Richtig, neunzehn, zwanzig Jahre.«

»Genau, wie hieß er denn?«

Herbert Wettlich überlegte:

»Weißt du, mit Namen . . .«

Er hob den Kopf.

Es begann Formen anzunehmen, Umrisse. Das Gesicht blieb verschwommen. Es gab nicht viele Ausländer in der Arbeitsstatistik. Zwei junge, eben diesen Spanier, und dann noch einen Holländer. Einen Belgier, Blume, der wurde dann Parteisekretär oder so etwas. Deshalb hatte er den Namen behalten. Zwei Franzosen, der alte Jean, der immer pennte, und der andere, ein später Eingelieferter, der sehr gut Deutsch sprach. Ein Schneider, richtig, es muß ein Jude gewesen sein. Einiges kam wieder, es bewegte sich in seinem Gedächtnis. Der Spanier arbeitete in der Kartei, genau. Ein junger, er blieb noch immer verschwommen. Die spanische Partei hatte ihn dort hingesteckt. Sicher, wer denn sonst? Er konnte ganz gut Deutsch. Wenn er Nachtschicht hatte und es gab nicht zuviel Arbeit, las er. Es bewegte sich, es bewegte sich, es kam wieder. Manchmal kam er zu ihm: »Herbert, ich möchte, daß du mir zwei Leute in einem guten Kommando unterbringst.« Es waren nicht immer Spanier. Er war im französischen Widerstand gewesen, deshalb. Gut, zwei Plätze in der Mibau, in der D. A. W., in der Gustloff. Es gab keinen Grund, ihm das abzuschlagen, auch wenn es nicht über die offiziellen Wege, über den Parteikanal ging. Nein, mit den Leuten, die er empfahl, hatte es nie Schwierigkeiten gegeben. Soweit er sich erinnerte, nie Schwierigkeiten. Er war mit Jiři, dem Tschechen von der Schreibstube, befreundet, dem Jazzfanatiker. Sie tauschten Bücher. Und mit Frank auch. Josef Frank. Ach, Scheiße! Frank! Wozu das alles aufrühren?

»Weißt du, Namen . . .«, sagte er.

Aber Walter Wetter ließ nicht locker:

»Denk doch mal nach, er war gut befreundet mit . . .«

Er bekam plötzlich den Mund nicht wieder zu, bekam einen starren, blinden Blick.

Man kam nicht heraus. Kein Winkel der Vergangenheit war vollkommen unschuldig. Wenn man nicht auf eine Leiche stieß, stieß man auf Schweigen, auf Vergessen, auf die unerbittliche Rechtfertigung des Laufs der Dinge. In einer ekelerregenden Klarheit sah er die beiden Portraits auf der hinteren Wand des Sitzungssaals, in dem er sich in einigen Tagen befinden würde. Das Portrait von Lenin und das von Ulbricht, alle beide eigentlich genau richtig plaziert, denn der schmale Abstand, der sie voneinander trennte, entsprach genau der immensen Kluft zwischen dem, was sie gewollt, und dem, was sie tatsächlich herbeigeführt hatten, denn das auf den ersten Blick skandalöse Nebeneinander entsprach sehr wohl der skandalösen Entartung dieses riesigen, übermenschlichen Unternehmens, das sie versucht hatten zu verwirklichen, eben weil es übermenschlich war, weil es die unerschütterliche Schwerfälligkeit des Alltags umwälzte, weil es der Welt die einzige Möglichkeit gab, die diese nicht aus sich selbst hervorbrachte, nämlich, sich zu verändern. In einigen Tagen würde er dort sein, vor dem Portrait von Lenin und dem von Ulbricht, und das war gut so, die arrogante und amorphe Anwesenheit von Ulbricht, sein leerer und unwiderruflicher Blick, waren eine sehr wirksame Mahnung an den Weg, der noch zurückzulegen war – aber wer würde ihn zurücklegen? Welche gesellschaftlichen Kräfte hätten in unserer bürokratischen Gesellschaft reifen können, einer Gesellschaft, deren Ziel ja gerade die Aufhebung der gesellschaftlichen Kräfte, ihrer Fähigkeit der Negation, des Anzweifelns, der schöpferischen Unordnung ist. In dieser Gesellschaft, die wir selbst geschaffen haben, mit der heimtückischen Unangreifbarkeit der objektiven Rechtfertigungen, und die niemand anders als nur wir selbst wieder verändern können? – der lange Weg, der noch zurückzulegen wäre, um den Glanz des Oktober wiederzufinden, der nicht als Mythos eines verlorenen Paradieses gedacht war – daß ich nicht lache, ein Paradies aus Elend und Überheblichkeit! –, sondern als eine Zukunft, die neu zu erfinden wäre. (Aber nimm dich doch zusammen, Walter Wetter, es ist zu spät! Du steckst mitten drin, du bist ein Teil davon, du bist nur eines der winzigen Rädchen im großen Getriebe, träum nicht, gib dir nicht auf billige Art ein neues gutes Gewissen!)

Walter Wetter hob seinen fast leeren Bierkrug.

»Weißt du was? Wir trinken auf das Wohl von Ramón Mercader.«

Wettlich sah ihn an:

»Warum? Ist er in Gefahr?«

Walter Wetter lächelte hämisch.

»Aber nein, nicht dieser. Auf das Wohl des anderen, des wahren Ramón Mercader.«

Herbert Wettlich hatte sichtlich keinen Sinn für solche Witze.

»Und warum, wenn ich fragen darf?« sagte er in einem Ton, der tadelnd klingen sollte.

»Weil er ein vorbildlicher Kämpfer ist!«

Und Walter Wetter lachte aus vollem Halse, ein langes, düsteres Lachen, und Herbert Wettlich gefielen diese Witze immer weniger, da wäre unser positiver Held, dachte Walter Wetter, und sein Lachen wurde immer stärker, man fragt sich, warum die Kritiker und Theoretiker des sozialistischen Realismus sich so lange den Kopf zerbrochen haben, da ist doch der positive Held, Ramón Mercader del Río, wenn das wirklich sein richtiger Name ist, ein Kämpfer, der alles der großen Sache geopfert hat, und wenn ich sage, alles, so ist das keine Umschreibung, alles, sich selbst, und die große Sache selbst, alles geopfert, unter Schweigen und öffentlichem Abscheu, warum denn in die Ferne schweifen, Herrschaften, da ist doch der positive Held, ihr braucht ihn nicht erst ins Rampenlicht zu schieben – eine getreue sozialistische Widerspiegelung einer strahlenden Realität –, warum denn all jene Traktoristen, vorbildlichen Melkerinnen, Techniker herausstellen, die in der Freude am korrekten Denken die besten Gußformen für neue Maschinenteile erfinden, wirklich, warum denn, erzählt uns lieber von Ramón Mercader del Río, unserem positiven Helden, und Walter Wetter lachte ein düsteres und befreiendes Lachen, den Bierkrug in der Hand, und Herbert Wettlich haßte solche Witze wirklich. Das kann einem das Leben vergällen, solche Albernheiten, wirklich, das kann einem das Leben vergällen.

»Was sind wir eigentlich, Georgi Nikolajewitsch, können Sie mir das sagen?«

Das war vielleicht keine richtige Frage, das heißt, vielleicht wußte er bereits die Antwort.

Vor zwei Jahren waren sie in einem Lokal in der Froschaugasse gewesen, am Ende der Froschaugasse, und Georgi Nikolajewitsch war noch ganz erregt von ihrem langen Aufenthalt in der Buchhandlung Pinkus, im Gewirr der dreistöckigen Regale im Laden, in den Gängen und sogar auf den Treppen: überall Bücher.

Damals, vor zwei Jahren im Schatten jenes Lokals mit gotischen Wappen und schweren blanken Holztischen, hatte er Georgi Nikolajewitsch gefragt, was sie eigentlich wären. Aber das war vielleicht keine Frage. Vielleicht war die Antwort auf diese Frage zu eindeutig, als daß es wirklich eine Frage wäre.

Die Stewardeß der *Swissair* ging den Mittelgang hinunter und sah dabei mit einem lächelnden und prüfenden Blick nach, ob die Sicherheitsgurte geschlossen waren. Sie war groß, braun, schlank, hatte kurze Haare. Er sah sie näherkommen, zu seinem Sitz, es gelang ihm einen Moment lang, ihren Blick festzuhalten, sie faßte mit der Hand an ihre Haare, sie war vorbei. In dieser Maschine, die startbereit war und deren Triebwerke dumpf pfiffen, hatte er die Gewißheit, daß er Inés nie wieder sehen würde. Er war darüber weder erregt noch überrascht, nicht übermäßig. Er würde Inés nie wieder sehen. Es war eine gedämpfte Erkenntnis ohne scharfe Konturen, die nicht von ihm Besitz ergriff, eine herzzerreißende Erkenntnis, die ihn schlagartig erfüllte, eine fade Erkenntnis. Es war wie eine dickflüssige Erkenntnis, wie der plötzliche Pfefferminzgeruch in einem feuchten Waldwinkel. So ist es also, er würde Inés nie wieder sehen, das war alles. Sein Herz klopfte nicht schneller, nicht stärker, sein Blut stockte nicht, sein Inneres blieb ruhig, brannte nicht. Nein, gar nicht. Er saß in der startbereiten Caravelle, er sah das Profil eines Mannes zu seiner Rechten; das Pfeifen der Triebwerke würde seinen Höhepunkt erreichen, in einigen Sekunden würde ihr brutaler und gezügelter Stoß vom Bordkommandanten freigegeben werden, und die Maschine würde auf der Rollbahn dahingleiten, die Stewardeß mit den langen Beinen war eben an ihm vorübergegangen, und er war weder erregt noch überrascht. Noch von Unruhe ergriffen.

Noch von Bedauern. Er schwebte einfach in dieser Gewißheit wie in einer riesigen Seifenblase, wie in einer öligen, durchsichtigen Masse: er würde Inés nie wieder sehen.

Die Maschine rollte, die Würfel waren gefallen.

Er hatte nun einige Dutzend Minuten bis zur Ankunft in Zürich, um über diese Gewißheit und andere Gewißheiten nachzudenken. Ein merkwürdiges Glück erfüllte ihn, er schloß die Augen.

Vor zwei Jahren in Zürich, in der Froschaugasse, hatte er Georgi Nikolajewitsch Uschakow eine Frage gestellt, und dieser hatte gelacht, mit seinen leuchtend blauen Augen.

»Die Geschichte wiederholt sich als Farce, nicht wahr?« hatte Uschakow gesagt. »Wir sind die farcenhafte und groteske Wiederholung einer früheren Geschichte.«

»Welcher Geschichte?«

»Die der Revolution natürlich«, sagte Georgi Nikolajewitsch.

»Eine verfehlte Geschichte!«

»Natürlich! Wenn sie nicht verfehlt wäre, würde sie sich nicht als Farce wiederholen. Sie würde sich überhaupt nicht wiederholen.«

Aber er ließ nicht locker.

»Und welche Rolle spielen wir in dieser Farce?«

Uschakow starrte ihn an. Er schien ihn nicht zu sehen. Er sah ihn starr an, ohne ihn zu sehen. Er starrte woandershin, in seine eigne Vergangenheit.

»Eine tragische Rolle«, sagte er endlich. »Tragisch und grotesk. Wir sind nur noch die Karikatur von Funktionären der Revolution. Es gibt keine Berufsrevolutionäre der Weltrevolution mehr, es gibt nur noch Agenten und Funktionäre der Geheimdienste.«

An diesem Vormittag, als er das Schiff bestiegen hatte, das um den See fuhr, wußte er, daß sich bei dieser Fahrt ein Verbindungsmann der Zentrale zu erkennen geben würde. Aber er dachte keinen Augenblick daran, daß es Georgi Nikolajewitsch persönlich sein könnte. Es war kühl auf dem Wasser trotz der Julihitze, die in den beiden letzten Tagen in der Stadt drückend gewesen war. Das Schiff hatte etwas später angelegt, und er hatte an der Anlegestelle den Namen der Ortschaft gelesen: Wädenswill. Er betrachtete den See, die Berge, das Grün, das Blau, die Welt, er hatte nicht auf die Passagiere geachtet, die in Wädenswill zustiegen. Einige Minuten später hörte er eine Stimme die Erkennungsworte sagen, und er antwortete mechanisch, was er zu antworten hatte, während er sich umdrehte, aber er hatte diese Stimme in einem freudigen Gefühl bereits erkannt, es war die Stimme von Georgi Nikolajewitsch.

Von da an hatten sie sich nicht mehr getrennt und unaufhörlich miteinander gesprochen.

Jetzt, nach so vielen Gesprächen in der Froschaugasse, wußte er, woran Georgi Nikolajewitsch dachte. In dieser Geschichte, die sich in der grotesken Form einer Farce wiederholte, hatten sie beide ihre Rollen gespielt. In den Zwanzigerjahren hatte Uschakow ganz Europa durchstreift unter vielen, häufig wechselnden falschen Namen. Er war Funktionär der Komintern. In Berlin schien im wilden Chaos, im Feuer der Diskussionen und Straßenkämpfe, die Revolution Wurzeln zu schlagen; aber sie reifte nicht, sie verdarb im Boden. In Wien, wo er zu gewissen Zeiten seinen Wohnsitz hatte, schwang zarte Musik im Schatten der Parks, während sich im allgemeinen Wirrwarr die verschiedenartigsten Kräfte der Klassenkämpfe zusammenrotteten, die dann auch verloren wurden. Dort hatte er im März 1924 einen körperbehinderten Italiener kennengelernt, dessen sprühende Rede nach langem meditativen Schweigen Licht und Schatten, Wesentliches und Unwesentliches zu trennen schien. Dieser Italiener sollte später an das Sekretariat der Komintern unversöhnliche Briefe schreiben, die Stalin nicht so bald vergessen sollte und die Ercoli in Verlegenheit brachten, der sich mit spitzfindigen Verfahrensfragen und Kulissenkämpfen herumschlug. (»Wer war dieser Italiener?« hatte er Uschakow gefragt. »Gramsci, natürlich«) Mit Georgi Nikolajewitsch war es immer das gleiche. Jede der Personen, die er erwähnte, manchmal mit einem einzigen treffenden Wort, hatte in dieser Geschichte eine Rolle gespielt, jede dieser Personen hatte einen Namen in dieser Geschichte. Wenn man ihm lange zuhörte, schien sich die anonyme Undurchsichtigkeit ihrer eignen Vergangenheit zu verflüchtigen. Die Geschichte enthüllte sich, Menschen erschienen mit ihren Leidenschaften, ihrer Besessenheit, ihren Träumen, ihren Liebesaffairen, ihren Fehlern und der Rechtfertigung ihrer Fehler. Die Geschichte war nicht mehr das Ergebnis eines blinden Konflikts zwischen Gut und Böse, sondern das widersprüchliche Produkt von Niederlagen und Erfolgen in den Beziehungen zwischen Klassen und Menschen. In den Berichten von Uschakow kam die Geschichte wieder zu ihrem Recht, sie war keine mythische Heiligen- oder Dämonenlehre mehr, sondern mögliches, zumindest annäherndes Erkennen. Allerdings war diese Geschichte jetzt zu Ende, das heißt sie war nur noch Geschichte. Ein nebelhaftes Terrain wie jene gelbbraunen Stellen auf Landkarten bestimmter Regionen, die noch nicht erforschte Wüsten anzeigen. Eine Wüste, in die hauptsächlich amerikanische Forscher eindringen, ausgerüstet mit ihrem ganzen Wissen und all ihren Vorurteilen: die Geschichte der Revolution entging den Revolutionären fast gänzlich, und ihre jetzigen Erklärungen – sofern sie sich noch zusammenhängende theoretische Erklärungen leisteten – waren nur noch eine farcenhafte und stammelnde Wiederholung einstiger Erklärungen, die von irgendeiner politischen Praxis abgeleitet waren, womit sie ihren Pragmatismus hinter dem schwerfälligen Apparat einer unkontrollierbaren Gelehrsamkeit kaschierten.

So sprach Georgi Nikolajewitsch vor zwei Jahren in Zürich, als sie um den See fuhren, und dann in den Kneipen, Gassen und Buchhandlungen.

»Haben Sie *1984* von Orwell gelesen?« fragte er.

Natürlich hatte er es gelesen.

»Ich bekam es kürzlich in die Hände, von einem Freund, der aus London zurückkehrte.«

Uschakow lächelte.

»Der Geheimdienst hat mir wenigstens die Möglichkeit gegeben, mir wieder eine Bibliothek anzulegen«, kommentierte er.

»Im Buch von Orwell steht bestimmt viel Quatsch«, fügte er hinzu. »Zum Beispiel diese Idee, die er mit allen heutigen Utopisten und der ganzen moralisierenden Science-Fiction-Richtung teilt, daß ein vollständig bürokratisches Universum, das auf qualitativem technischem Fortschritt beruht und maximale kollektive Kontrollmöglichkeiten entwickelt hat, daß ein solches Universum zwangsläufig unmenschlich oder, besser, entmenschlicht wäre. Diese Geschichten über die Liebe bei Orwell sind natürlich Quatsch. Huxley fiel auch darauf herein. Als ob technischer Fortschritt an sich und durch sich selbst entfremdend wäre. Als ob es keine andere Möglichkeit gäbe, als sich in den Taumel und das Gestammel der humanistischen Ideologie zu flüchten (Georgi

Nikolajewitsch unterbrach sich wieder. Das heißt, er verlor den Faden und begab sich auf ein Nebengleis. Er hatte nämlich am Vorabend in Genf den französischen Film *Alphaville* gesehen. »Ich war einen Augenblick beeindruckt von seiner Poesie, die etwas sowohl Erfrischendes wie Verzweifeltes hat«, sagte er. »Und was die Form betrifft, könnten sich unsere Filmleute etwas davon abschneiden.« Aber die Gegenüberstellung Mensch/Technik war bis zum Grotesken getrieben. Er hätte sich totlachen können bei der Szene, in der dem Menschen angesichts des elektronischen Gehirns nichts Beßres einfällt, als jene Bergsonsche Platitüde über die unmittelbaren Gegebenheiten des Bewußtseins herunterzuleiern. »Und dennoch«, fügte er jetzt hinzu, »wenn ich näher darüber nachdenke, ist diese Szene ziemlich typisch; ein unschätzbares Dokument für Soziologen und Psychiater der Zukunft. Daß der Mensch der humanistischen, verlogen christlichen Ideologie durch einen Agenten personifiziert wird mit einer von Unkultur, von geistiger Unterentwicklung gezeichneten Visage, daß die Maschine der Zukunft in Form einiger Magnetofonbänder dargestellt wird und mit der Stimme eines versoffnen Clochards, das ist ziemlich symptomatisch. Eine schöne Vorstellung von Mensch und Maschine!«)

Aber Georgi Nikolajewitsch nahm den Faden seiner Rede wieder auf.

»Solchen Quatsch gibt es auch in Orwells Buch. Denn schließlich, daß die Revolution ein Mißerfolg sei, daß sich aus der gegenwärtigen Stagnation schließlich eine bürokratische Gesellschaft herauskristallisieren werde – daß wir letztlich nur der staatliche Sektor des kapitalistischen Weltmarktes sein werden –, das alles ist vorauszusehen, aber selbst in diesem Fall wird der entwickelte Kapitalismus nichts gemein haben mit dieser naiven, primitiven und reaktionären Vorstellung. Um zu begreifen, was er sein wird – und welches seine neuen Widersprüche sein werden –, muß man eher in den Beschreibungen und Analysen der *Grundrisse* nach lesen, nicht wahr? Aber das alles ist nicht das Wesentliche am Buch von Orwell. Was mich da so fasziniert hat, ist die Idee vom ununterbrochnen Umschreiben der Geschichte, von der ständigen Anpassung der Vergangenheit an die taktischen Erfordernisse der Gegenwart, dieses Auslöschen des kollektiven Gedächtnisses, ohne das es keine mögliche politische Praxis gibt. Zwar hat Orwell

239

diese Idee unsren eignen sowjetischen Erfahrungen entnommen, aber die konzentrierte Form der Romanfiktion macht erst ihre ganze Bedeutung greifbar und erklärt unsre eigne Erfahrung. Aber wozu sage ich Ihnen das alles?«

Georgi Nikolajewitsch wußte sehr wohl, warum er von all dem sprach, und seine Frage war nur ein rhetorischer Trick, um den Faden weiterspinnen und seinen Monolog fortsetzen zu können.

Georgi Nikolajewitsch sprach über all das nur im Hinblick auf unsre eigne Geschichte. *Er* hatte sie unter den dramatischen Umständen der Revolution erlebt, ihrer Hoffnungen und ihrer Fehlschläge. *Ich* erlebte sie unter den grotesken Umständen des Nachrichtendienstes. *Er* war ein Funktionär der Weltrevolution gewesen. *Ich* war nur ein Agent des KGB.

Als die revolutionäre Welle in der zweiten Hälfte der Zwanzigerjahre zurückgegangen war, hatte der Kominternapparat aufgehört, das Gerüst der internationalen – und internationalistischen – Vorhut des Proletariats zu sein, und war im wesentlichen ein Instrument der Macht, der Kontrolle und der Unterdrückung in den Händen der russischen Partei, das heißt ihrer Führungsgruppe geworden. Und so wurde der revolutionäre Rückgang durch den Apparat der Komintern selbst konsolidiert, die jetzt einerseits die irreale ideologische Vision einer unmittelbaren weltweiten Auseinandersetzung aufrechterhielt – Klasse gegen Klasse! Kampf den gezähmten Bären der Sozialdemokratie! –, während sie auf der anderen Seite, durch Ausschluß und Verdammung, in den kommunistischen Parteien politische Gruppen etablierte, die den jeweilig wechselnden Interessen des sowjetischen Staates bedingungslos unterworfen waren. (Ich sagte *sowjetisch* und gleich blieb mir das Wort im Halse stecken, denn der Bedeutungswandel dieses Ausdrucks sprach Bände. Streng genommen ist *sowjetisch* ein Begriff, der eine Gesellschaftsform von wahrscheinlich weltweiter Tragweite bezeichnet, nämlich die Gesellschaftsform der Arbeiter- und Bauernräte der sozialistischen Demokratie. Aber er wurde zur national eingeengten Bezeichnung der russischen Realität. So kommt es, daß man zum Beispiel von *sowjetischen* Schwimmerinnen spricht, und das ist ein wunderbares Beispiel einer semantischen Verdrehung!) Und auf diese Art war im Laufe jener, manchmal brutalen, manchmal unspürbaren, hinter den

Nebelschwaden ideologischer Phrasen verborgenen Entartung
aus Funktionären der Weltrevolution das geworden, was ich bin:
ein Mann des Geheimdienstes.

Und doch war es nicht so einfach, Uschakow hatte recht.

Da die Geschichte sich als Farce wiederholt, waren wir, über
die ganze Welt zerstreut, die unfreiwilligen, heimlichen Träger
eines Weltplans, selbst wenn dieser entartet war und in der Kom-
munion des Irrealen erlebt wurde. Auch wir hatten unsere Helden, wie Richard Sorge, unsere Mystiker, wie Klaus Fuchs. Und
weil es so war, weil die Tatsache, daß man von Los Alamos oder
Hartwell die geheimsten Formeln der Atomspaltung schickte, ein
objektiver Dienst an der Sache eines möglichen Wiederauflebens
der Revolution war, fanden wir so viel absolut selbstlose Unterstützung und Mitarbeit. Und hier begann die Farce, von der
Uschakow sprach. Die einzigen, die in Moskau noch an die rituellen Proklamationen des Ersten Mai glaubten – auch wenn sie
nur mehr als Werkzeug dienten, in der Absicht und dem Bedürfnis, den Weltapparat, für den sie verantwortlich waren, ideolo-
gisch zu füttern –, waren einige der höchsten Funktionäre des
KGB.

»Nun, sind Sie mit der Antwort zufrieden?« fragte Uschakow.

Ich nickte lächelnd.

»Wirklich, eine Farce«, sagte ich.

Aber das war vor zwei Jahren, und heute würde mich in Zürich
bestimmt nicht Georgi Nikolajewitsch erwarten.

Ich fragte mich, wieviel Stunden ich vor den Typen des CIA
Vorsprung hatte. Davon hing Erfolg oder Mißerfolg meines
Unternehmens ab. Eine Frage von Stunden oder Minuten. Denn
ich hatte weder die Absicht, noch war es nötig, persönlich mit
einem Verbindungsmann der Zentrale Kontakt aufzunehmen.
Dazu hätte ich 48 Stunden warten müssen. Ich brauchte nur 20
bis 30 Minuten Freiheit in Zürich, um meinen Bericht, von dem
ich Inés eine Kopie, oder besser eine erste Version, zurückgelassen
hatte, bei der Anlaufstelle zu deponieren. Es gab keine Gefahr, daß
dieser Bericht abgefangen würde, denn der Verräter konnte nicht
auf der Ebene der Nachrichtenübermittlung sein; in diesem Fall
hätte er nichts über mich erfahren, mich nicht an den CIA aus-
liefern können. Nein, der Veräter mußte sich im Generalstab der
Zentrale befinden. Aber dann konnte er, was immer sein Posten

war, meinen Text nicht abfangen. Ich kannte das Verfahren. Kaum in der Zentrale angelangt, würde mein Bericht automatisch in 5 Exemplaren fotokopiert werden, und es war faktisch unmöglich, daß sich der Verräter, was auch sein Grad war, dieser fünf Exemplare bemächtigen konnte. Schlimmstenfalls blieben immer noch zwei Exemplare: eins für das Archiv und eins für jenes Büro des Sekretariats des Zentralkomitees, das für die Kontrolle des Generalstabs des KGB verantwortlich war. Nein, die einzige Möglichkeit, die sie hatten, die Weiterleitung meines Berichts aufzuhalten, wäre, mich in Zürich abzufangen, bevor ich die Anlaufstelle erreichte. Und das war eben eine Frage von Stunden oder Minuten. Wieviel Stunden, wieviel Minuten hatte ich in Amsterdam gewonnen? Ich würde es bald wissen.

Er zündete sich eine Zigarette an, stellte seinen Sitz nach hinten und warf einen Blick durch das Fenster. Die Maschine hatte ihre höchste Flughöhe erreicht und schwebte nun über einem flaumigen Wolkenmeer.

Selbst wenn er aus irgendeinem Grund die Anlaufstelle nicht erreichen sollte, gäbe es immer noch die Kopie, die er Inés anvertraut hatte. Sie würde sie zur Zentrale weiterleiten (das heißt, sie würde die Instruktionen ausführen, die sie bekommen hatte, ohne von dem Inhalt dieses Berichts und seinem Bestimmungsort auch nur das geringste zu ahnen). Das würde zwar einige Wochen dauern, denn der Weg, den er sich ausgedacht hatte, war aus Gründen größerer Sicherheit lang und kompliziert. Der Text, den er Inés anvertraut hatte, war nicht so vollständig wie der, den er bei sich hatte, denn er enthielt eine gewisse Anzahl von Details und Aufklärungen, die er erst in Amsterdam hatte hinzufügen können, aber er reichte voll und ganz aus, in der Zentrale eine Untersuchung auszulösen.

Er betrachtete das Wolkenmeer.

Es würde bald Mittag sein, das Telegramm würde in dem Moment im Haus von Cabuérniga ankommen, in dem die Mittagsstille sich verdichtete zu einer Art Kugel oder durchsichtiger, dichter Glocke wurde – gerade bevor sich der Wind erhob –, die das Haus, den Garten, die Kastanienallee mit seidiger, durchscheinender Stille bedeckte. Inés würde das blaue Blatt auseinanderfalten: TAG DER RÜCKKEHR NOCH NICHT FESTGELEGT STOP HUMPTY DUMPTY SEHNT SICH NACH EUCH RAMÓN. Gleich, wenn er in Zürich landen würde, würde Inés das Telegramm in der Hand halten, das er gestern, am 14. April, nach seiner Rückkehr von Den Haag aufgegeben hatte.

Plötzlich stockte sein Blut in den Adern, sein Herz klopfte heftig, sein Blick verschleierte sich, sein Blut gefror in den Adern, die Haare standen ihm zu Berge, er wurde fast ohnmächtig, sein Blut kochte in den Adern, sein Magen krampfte sich zusammen: Angst, entsetzliche Angst!

Wieso hatte er nicht früher daran gedacht!

Die Kerle vom CIA hatten bestimmt die beiden Telegramme abgefangen. Das war die wahrscheinlichste Hypothese, wenn man bedenkt, welche Mittel sie offenbar in Bewegung gesetzt hatten, um ihn zu überwachen. Aber die Amerikaner konnten doch nicht wissen, daß Sonsoles ihn Humpty-Dumpty nannte, aus Spaß, und daß er auf diesen Kinderscherz mit den unerschöpflichen Möglichkeiten eingegangen war, denn die Geschichte von Humpty-Dumpty hatte unzählige Variationen. Die Amerikaner hatten, wenn sie die Fotokopien der beiden Telegramme lasen, annehmen müssen, daß diese Anspielungen auf Humpty-Dumpty chiffrierte Nachrichten waren, die irgendeine Beziehung zu seinem Auftrag hatten. Und wenn sie zu dieser Schlußfolgerung gekommen waren, wurde Inés verdächtig: das heißt, sie würden glauben, daß Inés als Verbindungsperson diente. Sie würden glauben, daß sie endlich eine Masche des Netzes gefunden hätten, das sie seit einem Monat vergeblich zu entdecken versuchten.

Wenn es so war, war Inés in Gefahr. Doppelt sogar, denn sie hatte keine Ahnung von der Wichtigkeit der Papiere, die sie besaß: sie würde also nicht vorsichtig, nicht mißtrauisch genug sein.

Er versuchte, sich auf diese Frage zu konzentrieren, ruhig darüber nachzudenken, sie von allen Seiten zu beleuchten.

Gehen wir einmal die Sache durch. Hatten die Amerikaner die beiden Telegramme abgefangen? Das war die wahrscheinlichste Hypothese. Wenn jemand so genau überwacht wird wie er in Amsterdam, muß man annehmen, daß auch seine Post auf die eine oder andere Weise kontrolliert wird. Gut. Wie lautete der genaue Text der beiden Telegramme? Am 13. April, am Tag seiner Ankunft in Amsterdam, hatte er geschrieben: Humpty Dumpty geht es wunderbar stop ich liebe dich Ramón. Er war in der Hotelrezeption gewesen, hatte ein Telegrammformular verlangt, mechanisch die Adresse geschrieben und dann, ohne zu überlegen, vielleicht weil ihm das Bild von Sonsoles vor den Augen stand – eine ganze Folge von Bildern, wie das plötzliche Aufblättern vieler Momentaufnahmen, von denen jede einzelne unbeweglich, starr war, eine Gebärde, eine Haltung seines Kindes bannte, wobei das Ganze, die Folge, die Serie jedoch wie eine zugleich fließende und aufblitzende Bewegung wirkte –, weil ihm vielleicht das Bild von Sonsoles vor Augen stand – als ob seine kleine Tochter wirklich den leeren Raum, den weißen Sand durchquert hätte, der in diesem Moment sein Geist war –, vielleicht war es aus diesem Grund, daß er geschrieben hatte HUMPTY DUMPTY GEHT ES WUNDERBAR STOP ICH LIEBE DICH RAMÓN, anstatt ganz banal: GUT ANGEKOMMEN KÜSSE oder GUT ANGEKOMMEN ICH DENKE AN DICH, damit Inés mit Sonsoles darüber sprach, damit an diesem Abend, beim Abendbrot oder später, wenn Sonsoles in dem alten Kinderbett mit dem Baldachin, das ihr mit seiner geblümten Kretondecke so sehr gefiel, damit Inés in diesem Moment irgendeine neue Episode der Abenteuer von Humpty-Dumpty erfinden konnte, der zu irgendeiner außergewöhnlichen Heldentat nach Amsterdam gefahren war. Und am nächsten Tag hatte er, diesmal jedoch bewußt das Spiel fortsetzend, geschrieben: TAG DER RÜCKKEHR NOCH NICHT FESTGELEGT STOP HUMPTY DUMPTY SEHNT SICH NACH EUCH RAMÓN.

Jetzt, in einer Viertelstunde, zwanzig Minuten, würde das zweite Telegramm bei Inés ankommen, im Haus in Cabuérniga. Keines der beiden Telegramme war für sich genommen verdächtig. Aber die Wiederholung, die Feststellung, das Humpty-Dumpty zweimal erwähnt wurde, könnte den Mann vom CIA, der seine Post überwachte, stutzig machen. Wenn er englische Abzählreime kennt, wenn er als Kind Lewis Caroll gelesen hat – und warum sollte ein Mann vom CIA nicht Lewis Caroll gelesen haben? –, würde er vielleicht bloß lächeln bei dieser Anspielung auf Humpty-Dumpty. Das wäre möglich, aber darauf konnte man sich nicht allzusehr verlassen. Man mußte vielmehr mit einem unwillkürlichen Verdacht der Amerikaner rechnen, weil das wie eine chiffrierte Nachricht aussehen könnte; man mußte damit rechnen, daß sie die einzig logische Folgerung daraus ziehen würden, nämlich daß Inés irgendwie mitspielte. Wenn diese Annahme falsch wäre, um so besser, dann hatte er sich umsonst Sorgen gemacht. Wenn sie aber stimmte, dann konnte man vielleicht etwas unternehmen. Gehen wir die Sache weiter durch:

Der Verantwortliche vom CIA wird von einem seiner Agenten über die beiden Telegramme und über ihre mögliche Bedeutung informiert. Da er das zweite Telegramm gestern abend um 17 Uhr abgeschickt hatte, konnte das – wenn man einkalkuliert, wie lange der Hotelangestellte, der für sie arbeitete, braucht, um den Amerikanern den Text des zweiten Telegramms zu übermitteln – konnte das erst gestern abend, ziemlich spät, oder heute morgen geschehen sein. Das ist jedenfalls nebensächlich. In diesem Moment – wenn man weiterhin annimmt, daß er die besagte Schlußfolgerung über die Rolle von Inés in dieser Angelegenheit zieht – kann der CIA-Mann zweierlei tun. Entweder diese neue Tatsache festhalten und ihre Auswertung verschieben, denn er ist voll beschäftigt mit dem Verschwinden des Mannes, den er zu überwachen hat, und eines seiner Agenten; oder aber, gerade weil er alle möglichen Wege auskundschaften mußte, sofort jemanden zu Inés schicken.

Gut, nehmen wir den ungünstigsten Fall an.

Der CIA-Mann hat heute morgen nach Madrid telefoniert und verlangt, daß sich jemand mit Inés beschäftigt. Das hätte keinerlei Bedeutung, wenn Inés nicht im Besitz dieser dünnen Blätter wäre, die mit kyrillischer Schrift bedeckt waren. Was hätten sie davon, Inés zu überwachen? Sie ist aus allem heraus. Sie hat keinerlei Kontakt, der den CIA interessieren könnte. Sie können sie monatelang überwachen, das würde nichts einbringen. Ja, aber sie besitzt diese Papiere. Sie kennt zwar nicht den Inhalt und den eventuellen Empfänger, aber sie weiß von ihrer Wichtigkeit, die er ihr natürlich hatte deutlich machen müssen, damit sie seine Instruktionen ganz genau ausführte. Er hat sogar versprochen, ihr später einmal alles zu erklären. Wenn also Inés die ungewöhnliche Anwesenheit dieser Fremden merkt – denn es ist unmöglich, daß die Amerikaner in Cabuérniga nicht auffallen –, besteht die Gefahr, daß sie nervös wird und irgend etwas tut, was die Aufmerksamkeit der CIA-Leute erregt. Es besteht die Gefahr, daß sie, um die ihr anvertrauten Papiere zu bewahren, irgend etwas unternimmt – oder versucht, sie anderswo zu verstecken; oder aber, daß sie beschließt, sie so schnell wie möglich weiterzuleiten, ohne grünes Licht abzuwarten – irgend etwas, was den Amerikanern die

Möglichkeit gibt, sich ihrer zu bemächtigen. Die Gefahr liegt also nicht nur in der Tatsache, daß die Amerikaner Inés überwachen; die Gefahr liegt darin, daß sie tatsächlich ein explosives Dokument besitzt.

Sein Entschluß ist sofort gefaßt.

Das erste, was er in Zürich machen wird, selbst wenn es ihn mehrere kostbare Minuten kostet, ist, Inés zu telegrafieren, daß sie die Papiere verbrennen soll, Cabuérniga ist nicht leicht zu erreichen, wahrscheinlich fahren die Amerikaner mit dem Wagen hin. Sie können also nicht vor morgen dort sein, frühestens. Dann werden sie sich im Dorf erst etwas umsehen müssen und einen Anknüpfungspunkt suchen. Damit hat er wieder einige Stunden gewonnen. Das Telegramm wird vor ihnen dort sein. Die Papiere werden verbrannt sein, wenn sie im Tal von Cabuérniga auftauchen, in der fahlen Aprilsonne oder im feinen Landregen, der von einem undefinierbarem Geruch durchtränkt ist, einer Mischung aus Salz- und Eukalyptusduft.

Er lacht in sich hinein. Er sieht alles vor sich. Er ist sicher, daß sich alles so abspielen wird, als ob seine Gedanken wirklich den dunklen Lauf der Dinge aufgeklärt, bloßgelegt hätten, als ob er in seiner Vorstellung den unerbittlichen Ablauf bezwungen hätte, den er jetzt wirksam parieren könnte.

Was die Papiere betrifft, die Inés in Händen hat, so sind die Würfel gefallen. Wenn es ihm gelänge, die Züricher Anlaufstelle der Zentrale zu erreichen, hätten die Papiere keine Existenzberechtigung mehr. Und wenn es ihm nicht gelänge, dann wird man weitersehen. Wenigstens ist Inés gerettet – und plötzlich, bei dem Gedanken, daß Inés gerettet wäre, wird ihm die Entscheidung bewußt, die versteckt, latent bei jeder seiner Entscheidungen und Schritte der letzten Tage mitspielte, und jene heimliche Entscheidung, die verborgen war hinter einer anscheinend genauen, konkreten Aktivität, wurde ihm jetzt ganz klar und deutlich: Sicher, das würde er tun, wenn es ihm gelänge, aus der Sache herauszukommen – und wenigstens Inés wäre gerettet.

Eine zarte Hand berührt ihn an der Schulter, er wendet seinen Blick vom Wolkenmeer ab. Die Stewardeß beugt sich über ihn und fragt, ob er eine Erfrischung möchte.

Er betrachtet den Körper der jungen Frau, ihre kurzen Haare, die ihr über die Wangen fallen. Er lächelt sie an.

»Erfrischung? Nein, das heißt, warten Sie, geben Sie mir einen doppelten Wodka in einem großen Glas mit zwei Eisstückchen.«

Sie bleibt über ihn gebeugt und gibt ihm sein Lächeln zurück.

»Sie wissen wenigstens, was Sie wollen.«

Sie spricht perfekt Englisch. Ihre Lippen sind kaum geschminkt, ihre Augen grau.

»Ja, das passiert mir manchmal«, sagt er.

Sie lachen beide, sie richtet sich auf. Er hat Lust, ihr zu sagen, daß alles gutgeht, daß Inés und Sonsoles gerettet sein werden, was auch immer geschehen mag. Er fragt sich, was sie für ein Gesicht machen würde, wenn er ihr sagte, daß zwei Amerikaner zu dieser Stunde Madrid verlassen – sie werden einen Seat 1800 gemietet haben, denn einen ihrer großen Wagen, deren Nummernschilder zwar genau wie die spanischen aussehen, aber aus einer für die *US-Forces* vorbehaltenen Serie stammen, können sie nicht nehmen, weil sie damit selbst in den entlegensten Provinzen auf den ersten Blick erkennbar sind –, daß sie eben Madrid verlassen auf der Straße ins Tal nach Cabuérniga; wenn er ihr sagte, daß diese beiden Amerikaner Inés überwachen, ihr folgen sollen, wenn sie mit dem Mercedes nach Santander fährt, wenn er ihr sagte, daß sie zu spät kommen werden, denn Inés wird die kompromittierenden Papiere bereits verbrannt haben. Aber sie würde vielleicht sehr gut verstehen: was weiß man, bei den Stewardessen der *Swissair*.

Sie sagt, daß sie es ihm sofort bringen wird, und entfernt sich.

Vor zwei Jahren sah ihn Georgi Nikolajewitsch Wodka trinken und bemerkte, daß er den nationalen Traditionen treu bleibe.

»Sie bleiben den nationalen Traditionen treu, wie ich sehe«, sagte Georgi Nikolajewitsch.

Sie hatten das Schiff in Küßnacht verlassen und aßen dort in der *Ermitage,* einem Restaurant am Seeufer, zu Mittag.

Ja, er blieb den nationalen Traditionen treu, zumindest was die Getränke betraf.

Sie hatten ihr Essen bestellt und warteten wodkatrinkend, das heißt, ich trank Wodka, denn Georgi Nikolajewitsch trank nie etwas andres als Mineralwasser, am liebsten mit Sprudel. (»Mindestens ein Punkt, den sie mit dem Genossen Suslow gemeinsam haben«, hatte ich lachend gesagt. Er hatte irgendwie aufgestoßen, und seine blauen Augen hatten sich verfinstert. »Wenn Sie alles

247

wissen wollen«, hatte er dann gesagt, »gibt es noch einen zweiten Punkt, den ich mit dem Genossen Suslow gemeinsam habe. Ich rauche auch nicht, und ich hasse sogar den Tabakgeruch in einem geschlossenen Raum. Genau wie er.« Er hatte einige Sekunden geschwiegen. »Aber sicher nicht aus dem gleichen Grund«, hatte Georgi Nikolajewitsch abschließend gesagt, und ich schämte mich etwas über mein Geflachse. Ich wußte zwar nichts über die Ursachen des bekannten Widerwillens von Michail Suslow gegen Tabak, aber ich wußte sehr wohl, warum Georgi Nikolajewitsch Tabakgeruch in einem geschlossenen Raum nicht einmal ertragen konnte. Tabakgeruch war in seinem Gedächtnis für immer mit den endlosen Verhören verbunden, denen er 1938, vor seiner Deportation, ausgesetzt worden war. Tabakgeruch war unlösbar mit geschlossenen Räumen verbunden, in denen man tage- und nächtelang versucht hatte, ihn zum Geständnis nicht begangener Verbrechen zu bringen. Ich schämte mich daher etwas über mein Geflachse und wechselte das Thema.

Ich betrachtete den alten Mann mit den weißen Haaren und dachte, daß ich ihn von allen Menschen, die ich kannte, am meisten achtete und liebte. Als ob er als einziger würdig wäre, ohne daß er es wollte, meinen Vater zu ersetzen, den ich nie gekannt hatte, der erschossen worden war. (Und wieder kam mir die andere Erinnerung dazwischen, das heißt eigentlich keine Erinnerung, sondern die Erzählung einer Erinnerung: Bilder, Schatten jener Erinnerung, die mir Tante Adela berichtet hatte – aber sie selbst war damals auch nicht dabei gewesen, sie war nicht da gewesen, als man den alten Mann an die Friedhofsmauer gestellt hatte, im Scheinwerferlicht; sie hatte sie rekonstruiert, im Laufe der Jahre zusammengesetzt, nach den lakonischen Berichten einiger Zeugen, Stück für Stück, Detail für Detail, jene Erinnerung an den Tod ihres Bruders, von dem sie jetzt sprechen konnte, als ob sie dabei gewesen wäre, mit der Vollständigkeit einer Vision, reicher und fruchtbarer an unerschöpflichen Details als irgendein lakonischer und vager Bericht eines Augenzeugen –, jene Erinnerung, die sie mir in einem Brief langatmig beschrieben hatte, einige Monate nach meiner Ankunft in Spanien, als die Rede davon war, daß ich nach Cabuérniga kommen sollte, als ob sie gewollt hätte, daß ich vor der Ankunft auf dem alten Familienbesitz die Last dieser Erinnerung mit ihr teile.)

»Was gibt es Neues bei uns, Georgi Nikolajewitsch?« hatte ich ihn gefragt, als man uns den ersten Gang gebracht und der Kellner sich entfernt hatte.

Er stocherte in seinem Teller herum und hob die Augen.

»Wollen Sie wirklich darüber sprechen?« fragte er. »Das wird uns das Essen verderben!«

Ich reagierte nicht, ich wartete auf die Fortsetzung. Ich wußte sehr wohl, daß er Lust haben würde, davon zu sprechen, wie er es nur mit mir konnte, ohne Vorbehalt, ohne Furcht.

Ich wartete einfach.

Die Stewardeß kam zurück. Sie brachte mir einen doppelten Wodka in einem großen Glas mit zwei Eisstückchen. Wir tauschten einige Gemeinplätze über starke Getränke aus. Sie sagte mir, daß sie nach Alkohol Dummheiten mache, und ich lud sie ein, meinen Wodka zu teilen. Sie entfernte sich lachend mit einer 10-Dollar-Note, um Kleingeld zu holen. Und der Alte sah mich vor zwei Jahren Wodka trinken und sagte mir, daß die Tage von Nikita Sergejewitsch gezählt wären. Das Kräfteverhältnis im Präsidium wäre umgestürzt worden, und die Ausschaltung von Nikita Sergejewitsch wäre nur noch eine Frage von Monaten, vielleicht sogar Wochen. »Das Drama ist«, sagte Uschakow, »daß ihm niemand von uns eine Träne nachweinen wird, aber was nach ihm kommt, wird noch schlimmer sein: die Herrschaft des Stillstands, der grauen Mittelmäßigkeit. Das ist nicht mehr der Thermidor, das ist Louis-Philippe! Mein Lieber, wir werden keine Strategie mehr haben, nicht einmal mehr eine anfechtbare, keine Politik mehr! Das wird eine kleinliche Verwaltung des Laufs der Dinge werden.« Zwei Jahre vorher stürzte sich Georgi Nikolajewitsch mit erhobener Gabel in eine Analyse über das gesellschaftliche Kräfteverhältnis innerhalb der Sowjetunion, und die Stewardeß der *Swissair* kam wieder zu mir zurück, die Hände voll Schweizer Münzen. Sie setzte sich auf den freigebliebenen Nebensitz, um die 10 Dollar umzurechnen und mir den Gegenwert in Schweizer Franken nach Abzug des Preises für den Wodka zurückzugeben. Sie fing mehrmals von vorne an, vielleicht aus Spaß, und ich beugte mich zu ihr hin. Ich legte meine linke Hand auf ihr Knie. Sie sagte nichts und verrechnete sich lachend. Ich sagte ihr, daß die 10 Dollar anscheinend soviel Schweizer Franken ergäben, daß ich sie zum Mittag- oder Abendessen einladen könnte. Nein, zum Mittagessen könnte sie nicht, aber heute abend hätte sie gerade frei, jedenfalls würden die umgewechselten Dollar bestimmt nicht reichen: sie hätte kostspielige Gelüste. Ich versicherte ihr sofort, daß es noch andere verfügbare 10-Dollar-Noten gäbe. Sie lachte, die Rechnung schien endlich zu stimmen, und ich fühlte die Wärme ihres Beines in meiner linken Hand, unter der etwas rauhen, körnigen Oberfläche des Strumpfes. Sie war aus Küßnacht, sagte sie mir, so, sagte ich ihr, welcher Zufall! Ich war vor zwei Jahren in Küßnacht gewesen, ein Spaziergang an einem Sommertag: der See war schweizerblau und die fernen Berge schweizerschneeweiß und die Wiesen schweizergrün. Ja, sie kannte die *Ermitage*, ein sehr gutes Restaurant. Am Abend könne man unter den Bäumen tanzen, sagte sie. Das Orchester spielt Wiener Walzer und Czardas. Das trifft sich gut! Seit Ewigkeiten habe ich Lust, mitteleuropäische Musik zu hören! Gibt es in der *Ermitage* auch Zimmer, fragte ich sie. Sie lachte spitz und erhob sich, nachdem sie mir das Schweizer Kleingeld von meinen 10 Dollar gegeben hatte, aber vor zwei Jahren gab es da überhaupt keine Musik, in der *Ermitage,* wenigstens konnte ich mich nicht daran erinnern.

Vor zwei Jahren sah ich von der Terrasse der *Ermitage* auf das spiegelnde Wasser des Sees und hörte Uschakow zu, der mir die Gründe für den unvermeidlichen baldigen Sturz von Nikita Sergejewitsch Chruschtschow nannte. Das war kompliziert und kleinlich. In diesem dunklen Kampf innerhalb der verschiedensten Apparate gab es nichts, was Enthusiasmus oder neue Hoffnung wecken könnte. Ich hörte mir diese finstere, kleinliche Geschichte an, die nicht mehr blutig, sondern nur noch schmutzig war, in der weder die Massen noch die Partei irgendeine Rolle spielten – aber gab es überhaupt noch eine Partei? Gab es denn noch autonome gesellschaftliche Kräfte, die fähig waren, ein politisches Gesamtkonzept zu entwickeln oder zumindest zuzulassen? –, ich hörte mir diese Geschichte an und war unwillkürlich, auf den ersten Blick paradoxerweise, von Heimweh ergriffen. Wir sprachen Deutsch, Georgi Nikolajewitsch und ich, um nicht die Aufmerksamkeit auf uns zu lenken, und als er sich unterbrach, um mich zu fragen, was ich hätte, sagte ich ihm, daß ich Heimweh hätte. Er sah mich nickend an. Er beugte sich zu mir und erzählte mir in vertraulichem Ton eine andere Geschichte. Als er 1955 von

Kolyma zurückgekehrt war, hatte er Moskau nicht nur nicht wiedererkannt, er hatte es auch unbewohnbar gefunden. Buchstäblich unbewohnbar. Das Leben war farblos, amorph: Schlaffheit fraß an diesem Leben wie ein Krebsschaden. Die Leute lebten zwar besser, aber sie lebten allein, jeder für sich, im anonymen, armseligen Taumel einer individuellen Verbesserung ihres Schicksals. Man hatte ihm zwar Arbeit gegeben, aber man hielt sich von ihm fern. Daß er ja nur keine Anspielung auf die Vergangenheit machte, das war unschicklich! Er hatte fliehen, diese verwesende Riesenstadt verlassen wollen, wo ihn die Leute seiner Generation mit höflichem Mißtrauen betrachteten und wo die Jungen unansprechbar waren, vergraben in eine manchmal haßerfüllte, oft zynische Gleichgültigkeit. Auch er hatte damals Heimweh gehabt, Sehnsucht nach dem großen, welterschütternden russischen Wahn.

Ja, ich hatte Heimweh, so stark, als wenn mein Blut nicht mehr flüssig wäre, als wenn es tausend winzige Kristalle, winzige Zweige mit sich führte, die mich bei lebendigem Leib wundscheuerten, ich hatte Heimweh.

Gestern abend in Amsterdam, in der Hafenkneipe, hatte ich das gleiche Gefühl gehabt.

Ich war im Flugzeug nach Zürich, ich trank eisgekühlten Wodka, und jenes Gefühl von vor zwei Jahren in Küßnacht, als ich Georgi Nikolajewitsch zum letzten Mal gesehen hatte, schien sich mit dem Gefühl von gestern zu decken, als ob die Zeit stehengeblieben wäre, als ob ich seit jeher und auf ewig dazu bestimmt wäre, leicht angeekelt, aufgeweicht, in dieser Sehnsucht zu schwimmen, Heimweh, genau! Welches Wort könnte es besser bezeichnen?

Gestern abend in der Kneipe am Zeedijk hatte jener Mann plötzlich *Suliko* gesummt. »Sag mir, wo du bist, Suliko?« Die tiefe, etwas rauhe Stimme des Unbekannten sang die vertrauten Worte russisch, und die einfache, mitreißende Melodie beschwor in mir sofort die unendliche Weite der russischen Wälder herauf, durch die der Wind braust, das Plätschern der Quellen, den zart bläulichen Glanz des Schnees von einst. *Suliko!* Während unserer ganzen Kindheit hatte man uns in vertraulichem Ton wiederholt, es sei das Lieblingslied des Genossen Stalin. An seinem Todestag schien die ganze Stadt das Lied zu summen, unermüdlich. »Sag mir, wo du bist, Suliko?« Die Worte schienen aus der Nacht aufzusteigen, aus dem endlosen Geräusch der Schritte der Massen auf dem Weg zum Gewerkschaftshaus, aus den blinden Fenstern, aus dem dunklen Wasser der Moskwa; sie schienen sanft auf uns niederzurieseln, von der Höhe der Kremlmauer herab. Ich war zwanzig Jahre alt, ich irrte in der Nacht umher von einem Ort zum andern, in absoluter Verzweiflung, schwamm wie ein Korken in den verschreckten und wirren Bewegungen der Massen, und die Melodie dieses Liedes schien diese ganze große, verzweifelte Trauer zu symbolisieren. Suliko, Suliko! Lächerlich! Ich hatte schon wieder Tränen in den Augen, aus Zorn und Wehmut, gestern, 13 Jahre später, in jener spanischen Kneipe am Zeedijk.

Aber eine Stimme im Lautsprecher kündigte die Landung auf dem Flughafen von Zürich an, und daß eine eventuell spürbare Verlangsamung auf die Luftbremsen zurückzuführen wäre.

Er trank seinen Wodka aus, bemühte sich, sich auf das zu konzentrieren, was er in Zürich zu tun hätte. Die Zeit verstrich, die Stewardeß tauchte wieder auf und beugte sich zu ihm hin, um ihm das leere Glas abzunehmen: »Sie führen mich also in Küßnacht zum Essen aus?« fragte sie. Er strich ihr mit der rechten Hand über die Hüfte, lächelte sie an und nickte bejahend. Sie verabredeten sich für 18 Uhr 15 in einer Bar am Bellevue-Platz. Er nickte noch einmal. Sie entfernte sich, ihre Haare flatterten um ihr Gesicht. Warum nicht?

Zwölf Minuten später ging er auf das Flughafengebäude zu. Es war trübe, er schritt kräftig aus.

In der großen lärmenden Glashalle erwartete ihn George Kanin, mit mürrischem Blick. Aber, er kannte ja George Kanin gar nicht.

Jetzt gibt es in dieser Geschichte eine Art Aufschub. So als ob plötzlich jemand anfängt, in einer Pause der Blechinstrumente Flöte zu spielen.

Eine Art Aufschub, eine Flötenmelodie: so ungefähr.

Ramón Mercader hat eben das Amsterdamer Flugzeug verlassen. Schnellen Schritts, die Mitreisenden überholend, geht er auf das Flughafengebäude zu. Was auch immer die Absichten von George Kanin sein mögen, wir haben einige Minuten Zeit, in denen nichts passieren kann. Mercader muß erst das Flughafengebäude erreichen und die Paß- und Zollkontrollen hinter sich bringen. Mindestens einige Minuten.

Wir könnten uns neben Kanin stellen und mit ihm die hoch aufgeschossene Gestalt Mercaders da draußen auf dem Flughafen herankommen sehen. Wir könnten uns dann zu Kanin wenden, ihn am Arm berühren, damit er uns bemerkt, und ihn fragen, was er hier tut, wie er hergekommen ist. Er könnte uns die Antwort natürlich nicht verweigern, mit einem einzigen Stirnrunzeln könnten wir ihn in die Hölle des Nichtseins verbannen. Er würde sicher murren, das ist so seine Art, aber er würde uns alle verlangten Erklärungen geben.

Wir würden fragen: Was machen Sie hier, George Kanin?

Er würde sich mürrisch umdrehen.

Er würde sagen: Ich heiße heute nicht George Kanin.

Wir würden ein wenig verärgert mit den Schultern zucken.

Wir würden sagen: Denken Sie daran, daß wir auf dem laufenden sind! Vergessen Sie nicht, wer wir sind. Wir wollten es dem Leser nur einfacher machen, ihn nicht allzusehr verwirren. Er wird es noch schwer genug haben, sich in diesem Imbroglio zurechtzufinden.

Kanin würde die Stirn runzeln.

Imbroglio? würde er sagen.

Richtig, wir hätten vergessen, daß sein Vokabular nicht sehr groß ist.

Wir würden erklären: Also in diesem Wirrwarr.

Ein Anflug von frostigem Lächeln käme über seine Lippen: Das kann man wohl sagen: Wirrwarr.

Kurz angebunden würden wir ihn an unsere erste Frage erinnern.

Dann würde er sprechen: Es war Floyd. Heute morgen, um

7 Uhr, als die Nachricht von Hentoffs Tod bestätigt worden war, hat er uns weggeschickt. O'Leary und Folkes? Weiß ich nicht. Aber mich nach Zürich. Eine zweimotorige Privatmaschine hat mich hierhergebracht. Ich bin im Ölgeschäft, ich habe Beziehungen. Seit halb neun bin ich hier und schaue nach allen Maschinen aus, die aus Amsterdam oder irgendeiner anderen Stadt kommen, die Mercader heute morgen von Amsterdam aus hätte erreichen können. Brüssel zum Beispiel. Oder München. Floyd war sich dessen absolut sicher, daß Mercader nach Zürich kommen würde, auf irgendeinem Weg.

Wir würden nicken und sagen: er hatte recht, da ist er schon.

Und Kanin: Ja, da ist er.

Wir würden eine Sekunde lang die hohe Gestalt von Ramón Mercader sehen, wie er durch die Tür des Flughafengebäudes tritt.

Wir würden sagen: Und jetzt?

Er würde die Achseln zucken, wütend: Jetzt, das weiß ich nicht. Ich bin nur hier, um Mercader zu identifizieren, ihn zu melden. Von jetzt an übernimmt ihn eine andere Gruppe.

Und wir würden heimtückisch fragen: Wozu?

Da würde er uns aber einen finsteren Blick zuwerfen: Also, das ist zuviel! Machen Sie sich über mich lustig? Sie wissen es doch besser als jeder andere?

Ja, sicher. Er hatte recht. Wir würden ihn seinem Warten überlassen.

Aber die Zeit wäre noch nicht um. Ramón Mercader wäre eben durch die Tür des Flughafengebäudes getreten. Er würde sich umsehen, an welchem Paßkontrollschalter am wenigsten Andrang wäre. Aber mehrere Maschinen wären eben gelandet, und an allen Schaltern wären viele Menschen. Er würde nach einem Blick auf seine Uhr resignieren. Er würde sich irgendwo anstellen.

Wir hätten noch einige Minuten. Die Zeit wäre unterbrochen, wir meinen: ihr Ablauf. Man könnte jene kleine Flötenmelodie hören, eine zarte Melodie. Im Züricher Flughafen eine kleine Flötenmelodie, das ist ziemlich überraschend. Mehr als ein Reisender würde überrascht, aber entzückt den Kopf heben. Hör mal! würden sie sagen, eine Flötenmelodie. Sie würden gar nicht wissen, daß diese Flötenmelodie nur für die Erfordernisse eines Romans aufgetaucht war. Aber selbst ein irreales Flötenlied im Züricher Flughafen wäre ziemlich überraschend. Sie wären entzückt.

Wir hätten Zeit, an den Kiosk zu gehen, die *Weltwoche* oder die *Neue Zürcher Zeitung* zu kaufen, umherzuschlendern. Wie steht die Sache jetzt eigentlich!

Es wäre 14 Uhr 45.

Henk Moedenhuik wäre eben nach Hause gekommen, mit der *Nieuwe Rotterdamse Courant* unterm Arm. Er würde die Zeitung auf den Flurtisch legen und Beatrice rufen. Diese würde ihn frisch und rosig im Salon erwarten. Er würde sich zu ihr beugen, die linke Hand auf die rechte Sessellehne gestützt. Er würde sie auf den Mund küssen und mit der rechten Hand ihre Beine streicheln, bis zur Frische ihrer nackten Haut, bis zur feuchten Wärme ihres Schoßes, und sie würde sagen, er soll nicht verrückt sein, Henk, denn Anna könnte jeden Moment hereinkommen.

Beatrice: Sei nicht verrückt, Henk! Anna kann jeden Moment hereinkommen.

Henk: Na und? Das stört mich nicht.

Beatrice: Ach du! Immer deine fixen Ideen!

Sie würde lachen, von ihrem Stuhl aufstehen, ihn mit Augen beschlagenen Porzellans ansehen und ihren Rock zurechtrücken.

Beatrice: Hör zu, ich bin einverstanden. Aber ich übernehme nicht die Initiative. Das mußt du arrangieren, sprich du mit ihr!

Er würde eine Zigarette anzünden und sagen, daß es für sie leichter wäre. Sie sah Anna doch den ganzen Tag, sie müsse Mittel und Wege finden, es ihr beizubringen.

Sie würde wieder lachen, Getränke vorbereiten, die Tür öffnen und Anna zurufen, sie solle Eisstücke bringen.

Henk Moedenhuik würde den Bewegungen der beiden Frauen zusehen. Er würde einen Augenblick lang die Augen schließen. Eisblumen auf einem beschlagenen Fenster. Eine Art Flimmern im Halbdunkel seiner Lider. Er würde die Augen wieder öffnen und Anna ansehen. Beatrice würde seinen Blick auf Anna bemerken, mit blitzenden Augen. Sie würde sich die trocknen Lippen mit ihrer Zungenspitze anfeuchten. Anna würde sich umdrehen, den auf ihr ruhenden Blick Moedenhuiks bemerken und den Blick von Beatrice auf den Augen ihres Mannes. Sie würde regungslos dastehen, sie würde sich instinktiv aufrichten.

Dieses Bild würde erstarren. Sie würden so bleiben, festgenagelt in jener unbestimmten Erwartung, die ein Wort, eine Geste in dieser oder jener Richtung sprengen könnte.

Doch es wäre 12 Uhr 45. Ramón Mercader wäre eben im Züricher Flughafengebäude angekommen. Wir hätten nur einige Minuten, die nicht verschwendet werden dürften. Warum von Moedenhuik sprechen und nicht von irgend jemand anderem? Henk Moedenhuik wäre jetzt tausend Meilen von dieser Geschichte entfernt. Er hätte den Anruf Mercaders von 10 Uhr 30 vergessen, mit dem das Rendez-vous auf morgen verschoben worden war. Er würde auch nicht an den Artikel von Professor Brouwer denken, der die letzten Worte von Miguel de Unamuno mitteilte, 1936 in Salamanca, den er am Abend vorher wiedergefunden hatte, als er in alten Papieren stöberte. Den Besuch von Franz Schilthuis, völlig überraschend und störend, hätte er noch nicht erhalten. Nein, es gäbe keinen besonderen Grund, von Henk Moedenhuik zu sprechen.

Wenn man mal ein bißchen von Elliott Wilcock und Stanley Bryant spräche?

Um 12 Uhr 45, an diesem 15. April, sind sie eben abgefahren.

Elliott Wilcock: 34 Jahre alt, verheiratet, zwei Kinder. Glattes Gesicht, Kosmonautenhaarschnitt, wie man sie in den Fotoreportagen von *Life-Magazine* findet. Seit dem Koreakrieg dem militärischen Sicherheitsdienst zugeteilt. Von der Welt kennt er nur die amerikanischen Militärstützpunkte und die geschlossene Welt, die sie umgibt und die überall gleich ist, in der Türkei wie in Thailand, in Island wie in Spanien. Bars für Soldaten, Schwimmbäder für Soldaten. Man bleibt unter sich. Seit drei Jahren arbeitet er in Torrejón de Ardoz, eine der europäischen Basen des *Strategic Air Command*. Er haßt Olivenöl, Stierkämpfe und die spanischen Verbindungsoffiziere. Er findet letztere rechthaberisch und arrogant und daß ihr Bart zu schnell wächst: sie haben niemals glatte Kosmonautengesichter. Jedes Jahr, seit er in Spanien ist, wenn die Urlaubszeit beginnt, plant er mit seiner Frau irgendeine Touristen- oder Bildungsreise. Sie sitzen beide unter der Stehlampe und blättern in Arthur Frommer's Führer: *Europe on Five Dollars a Day.* Sie träumen: VIENNA, *Strauss and Strudel. This is a city of ever-present nostalgia. The trappings of the old Austro-Hungarian Empire are faded by now, and the great rococo buildings of Vienna are weather-worn and chipped* ... Gut, sie blättern weiter: VENICE, *Don't go near the water. Venice is a fantastic dream. To feel its full impact, try to arrive at night, when the wonders of the city can steal upon you, piecemeal and slow* ... Gut, sie blättern noch weiter: STOCKHOLM. *Under three Crowns, Stockholm, very simply stated, is like no other city you have ever seen* ... So träumen sie jedes Jahr über den Seiten Frommers (natürlich der neuen Ausgabe: *Revised-Expanded-Up-To-Date*). Vielleicht, weil Wien eine Stadt der Sehnsucht und Venedig ein fantastischer Traum und Stockholm ganz einfach eine Stadt ist, die keiner anderen gleicht, vielleicht weil es für sie erholsam ist, einen Augenblick von all diesen Wundern zu träumen, entschließen sie sich letzten Endes immer wieder, einen Charterflug der *US Air-Force* zu nehmen, und finden sich dann in Santa-Monica in einem Bungalow am Strand wieder: die Füße im Wasser.

Stanley Bryant: 28 Jahre, Junggeselle. Adjutant von Herbert Hentoff. Vom CIA angeworben auf der Universität von Texas, wo er gerade sein Studium der spanischen Geschichte und Literatur beendete. Hat mehrere Artikel über die Dichter der Generation von 1936 veröffentlicht. Insgeheim bevorzugt er, trotz der anerkannten Qualitäten der berühmteren Namen jener glänzenden Generation, Pedro Garfias und Luis Cernuda, was guten Geschmack beweist. Seit zwei Jahren ist er für den CIA in Madrid und hat Spanien in allen Richtungen durchreist. Bereitet eine Arbeit über den *Anarchismus im Spanischen Bürgerkrieg* vor: das ist eine langwierige Arbeit. Weiß nichts vom Reiseführer *Spain on Five Dollars a Day*, den Stanley Mills Haggart für die Arthur-Frommer-Serie geschrieben hat. *(Arthur Frommer Inc. Box 2249, Grand Central Post Office, New York, N.Y. 10017)*, kennt aber alle interessanten Lokale der meisten spanischen Provinzen. Hat eine regionale Weinkarte zusammengestellt – die meisten dieser Weine sind nicht im Handel –, die ein wahres Wunderwerk ist.

Beide sind an diesem 15. April um 12 Uhr 45 abgefahren.

In einer Cea-Bermudez-Garage haben sie den für sie bestellten Mietwagen abgeholt: einen Seat 1800. Elliott Wilcock hat geschimpft und behauptet, diese spanischen Wagen seien Scheiße. Eine miese Ausführung, ein saumäßiges Getriebe, das war seine Meinung über diese Autos. Stanley Bryant hatte mit den Achseln gezuckt: »Wir machen ja keine Ralley in Ostafrika, und bis Santander sind die Straßen gut.« Elliott Wilcock hatte seinen Reisesack in den Kofferraum geworfen, dieser Ausflug schien ihn nicht zu begeistern. Bryant dagegen hatte beim Starten von den Schönheiten der Bucht von Santander gesprochen, von den immensen Goldstränden des Sardinero und von den Eukalyptuswäldern im Hinterland. »Da, wo wir hinfahren, in das Tal von Cabuérniga«, sagte er, »ist eine der schönsten Gegenden Spaniens.« Aber Wilcock zuckte mit den Achseln. Spanien, was ist das schon? Er sagte: »Du hast zuviel Hemingway gelesen, mein Lieber, er hatte eine senile Liebe zu diesem Land.« Bryant hatte gelacht. Senil? Er wollte sich mit Elliott Wilcock auf keine literarische Diskussion einlassen, das führte sicher zu nichts.

Jedenfalls waren sie unterwegs.

Stanley Bryant war an diesem Morgen sehr zeitig dringend hinbestellt worden. In der Botschaft hatte sich ihm ein Beamter der Pressestelle zu erkennen gegeben. Er hatte für diese Reise nach Cabuérniga sehr genaue Instruktionen erhalten. Wahrscheinlich weil man ihm nur das Allernotwendigste zur Ausführung seiner Mission mitteilte, war die Geschichte ziemlich verworren. Man hatte ihm eine dünne Akte mit Fotos und biographischen Daten gegeben. Er betrachtete das Foto von Inés Alvarado de Mercader, und es gelang ihm nicht ganz, eine Beziehung zwischen der umwerfenden Schönheit dieser Frau und dem Tod von Herbert Hentoff in Amsterdam im Morgengrauen herzustellen. Der Beamte der Botschaft sprach mit ihm über Elliott Wilcock. Er wäre einer der bewährtesten Typen, die man zur Hand hätte, man hätte ihn zu seiner Begleitung bestimmt.

Aber diese unvorhergesehene Reise schien Elliott Wilcock nicht zu begeistern.

So also, in dem Augenblick, als Ramón Mercader sich im Züricher Flughafen am Schalter der Paßkontrolle einfindet, geschieht einiges in der Welt seinetwegen.

Heidi Grühl aber ist durch die kleine Tür zum Gang für das Flugpersonal gegangen. Im Umkleideraum der Stewardessen trifft sie Bertha Gutschli, die eben aus Stockholm kommt. Sie plaudern Schwyzertütsch miteinander, denn Heidi ist aus Küßnacht und Bertha ist in Richterswil auf der andern Seite des Sees geboren. Seit vier Tagen haben sie sich nicht gesehen und haben sich viel zu erzählen. Über nichts, über Träume, über das Leben. Bertha ist halbnackt, sie will duschen. Sie sitzt auf der Lehne eines Stuhls, läßt sich über den Stuhl nach hinten fallen und zappelt mit den Beinen. Komm, Heidi, mein Küken, hilf mir die

Strümpfe auszuziehen. Das Küken nähert sich lachend. Auf der sehr weißen Haut von Bertha Gutschli hinterläßt das Strumpfband eine hellbraune Spur. Bertha Gutschli hält das rechte Bein in die Höhe, und das Küken beginnt den Strumpf herunterzuziehen, der unter ihren Nägeln knirscht. Bertha umschlingt sie mit beiden Beinen und zieht sie nach vorn. Ihre Gesichter berühren sich, Bertha beißt sie ins Ohr. Sie lachen, kurzatmig, Heidi befreit sich. Sie erzählt von diesem Typ im Flugzeug von Amsterdam, dunkle Schönheit, ganz unverschämter Blick, der ihr das Knie und den Schenkel streichelte. Und du hast es zugelassen, mein Küken? Bertha Gutschli hat sich aufgerichtet, mit beiden Armen hält sie die Beine von Heidi fest und drückt ihr Gesicht auf Heidis Brust. Ja, ich habe es zugelassen, es war zu komisch, vor allen Leuten, jeder hätte es sehen können! Sie lachen beide, noch schriller. Bertha Gutschli streichelt Heidis Beine, ihre Hände gleiten zur Schenkelhöhe. Öffne dich, mein Küken, sagt sie. Heidi ist gefügig, sie gibt sich hin. Ihre Hände streicheln die Hüften, den nackten Rücken von Bertha. Ihre Lippen berühren die Schultern, den Hals, die Brüste von Bertha, die sich zitternd freimacht, mit starrem Blick. Warte, mein Küken, hier könnte jemand hereinkommen. Komm mit mir in die Dusche. Bertha Gutschli zieht sich hastig ganz aus. Sie verschwindet durch die hintere Türe des Umkleideraums. Heidi zieht sich ebenfalls aus, legt ihre Sachen sorgfältig zusammengefaltet in den Schrank, an dem ihr Name steht. Und dann rieselt das warme Wasser über ihre nackten Körper, über ihre Küsse, über ihre Hände, die sich wie aufgeregte Möwen bewegen, über ihre nach hinten gebeugten Gesichter, über ihre verschlungenen Beine, über ihre zarten braunen oder weißen Hüften, warmes Wasser, wie ein Tropenregen, und der Dunst, das nun nicht mehr schrille, sondern ernste, ein bißchen rauhe Lachen, der kurze Atem, und dann ein Schmachten, unbewegliche Statuen im unaufhörlichen Rieseln des nuptialen Wassers.

Doch Ramón Mercader hat eben seinen falschen Paß auf den Schalter der Paßkontrolle gelegt, und der Schweizer Polizist fragt ihn sehr höflich mit einem offnen, herzlichen Lächeln nach der Einreisekarte. Und mit dem gleichen offnen, herzlichen Lächeln stellt Ramón Mercader fest – wo hatte ich denn meinen Kopf –, daß er vergessen hatte, die Karte auszufüllen. Der Polizist versichert, daß das nicht schlimm sei, ein leicht wiedergutzumachen-

des Vergessen. Er reicht Ramón Mercader ein kleines weißes Stück
Pappe. Ramón Mercader zieht einen Filzstift aus der Innentasche
seiner Tweedjacke, während der Polizist seinen Paß ansieht. In
diesem Moment, als er auf dem Formular die gewünschten Fragen
beantwortet – und er braucht sein Gedächtnis nicht anzustrengen,
es kommt ganz von selbst: Name, Vorname, Geburtsdatum und
-ort, Beruf dieser Person, die er zu sein vorgibt (wann und wo
wird er aufhören, irgendeine Person vorzutäuschen) –, genau in
diesem Moment, wie in einer Art Erleuchtung, scheint er zu erraten, warum die Amerikaner in Madrid auf diese offensichtlich
absurde Weise Kontakt mit ihm aufgenommen haben. Das irritie-
rende Dunkel, das dieses Detail umgab, von einem bestimmten
entscheidenden Gesichtspunkt her, scheint sich plötzlich aufzu-
hellen.

So etwas ist schwer zu erklären. Das geschieht jenseits jeder
Überlegung, sogar jenseits der Sprache. Es ist eine Folge von
wohlbekannten Bildern, deren Bedeutung aber wechselt, in einer
ganz neuen Weise in die Augen springt durch eine plötzliche
Überlagerung mit anderen Bildern, die in ihrer Banalität genauso
verschlossen und bedeutungsschwer sind.

Ungefähr so:

PUERTA DEL SOL, 12. März 1966

Ein graues, durch den Regen verschwommenes Bild. Er war im
Taxi gekommen. Die Bürgersteige am Platz waren von einer
hauchdünnen grauen, flüssigen Schmutzschicht bedeckt, und das
ist in Madrid immer wieder der Fall, wenn der mineralische
Staub der Hochebenen, der aus Pflasterfugen hervorzuquillen
scheint, den der Wind in Parks und Freiflächen aufwirbelt, den
die ständigen Straßenbauplätze verbreiten, vom Regen aufgelöst
wird. Er stieg aus dem Taxi, betrachtete den Platz, die Passanten,
die Autokolonnen im grauen Regen. Er trat in das Gebäude der
Staatssicherheit.

Das wäre das erste Bild.

(Für Ramón Mercader hatte dieses einzige Bild – nur diese

einzige Erinnerung – eine evidente Bedeutung. Er wußte, warum er da war, an der Puerta del Sol, am 12. März. Er wußte, daß er zur Staatssicherheit vorgeladen worden war. Er erinnerte sich – das war zumindest eine Möglichkeit – an sein Gespräch mit Inés am Vorabend. »Findest du das normal, daß man dich wegen der Verlängerung deines Passes zur Staatssicherheit vorlädt?« hatte Inés am Vorabend gesagt. Und er hatte geantwortet: »Bei der Polizei ist nichts normal oder anormal, denn alles ist willkürlich.« Inés hatte ihn gebeten, keine Witze zu machen. Er hatte gelacht und sein Whiskyglas mit den Eiswürfeln geschüttelt. Dann war Sonsoles hereingekommen und hatte ihnen ihren Tag erzählt. Dann waren sie wieder allein gewesen, und Inés war auf die Frage zurückgekommen »Nun? Findest du das, sagen wir, üblich?« Nein, es war sicher nicht üblich, jedenfalls nicht in seiner Position, wegen einer gewöhnlichen Paßverlängerung persönlich vorgeladen zu werden. Das war das erste Mal, seit er vor sechs Jahren einen Paß erhalten hatte. Aber Ramón hatte keine Lust, dieses Gespräch fortzusetzen. »Hör mal, Inés, es ist nicht einmal eine wirkliche Vorladung. Irgend jemand hat sehr höflich angerufen und dich gebeten, mir etwas auszurichten. Sie wollen mir den Paß persönlich aushändigen und sich mit mir kurz unterhalten«, hatte er gesagt, »das ist alles, nicht wahr?« Aber Inés hatte den Kopf geschüttelt. »Gespräche in der Staatssicherheit, weißt du . . .« Er hatte gelacht, ein bißchen verärgert. »Mach doch keine Geschichte daraus.« Und es war ihm schließlich gelungen, sie abzulenken.)

Aber jetzt, als er seine Einreisekarte ausfüllt, am 15. April 1966, im Züricher Flughafen, 33 Tage nach diesem Vorfall, das hatte sich diesseits – oder jenseits – jeder Sprache, jedes zeitlichen Ablaufs ereignet: ein Bild, eine einzige graue Momentaufnahme der Erinnerung, die alles enthielt. Das Bild hat die Fülle und die Präzision eines Traums, den jede nachfolgende sprachliche Erklärung in Unordnung und Verwirrung bringt.

Ein Bild eben, ein Aufblenden. Und dann ein zweites Bild:

DER AMERIKANER

Der Mann war braun und lebhaft. Er hatte jedoch wenig gesprochen. Gerade einige Sätze. Er hatte auf demselben Sofa gesessen wie er, im Büro der Staatssicherheit.

(Für Ramón Mercader war dieses einzige Bild, das klarer, zumindest schärfer als das vorige war, eine ganze Welt von Bedeutungen und Problemen. Zuerst einmal dieser anonyme Mann – der einzige, der sich als Kommissar vorgestellt hatte, von freundlichem Aussehen, natürlich Spanier – dieser Mann, den er für sich den Amerikaner genannt hatte, hatte seit der letzten vergangenen Nacht in Amsterdam einen Namen. Er hatte seinen Ausweis ansehen können, bevor er ihn im Wagen gelassen hatte. Er hieß Herbert Hentoff. Gut, der Amerikaner, Herbert Hentoff, unterschied sich von Anfang an von den drei anderen Inspektoren oder Kommissaren durch irgend etwas in seinem Auftreten. Mercader hatte diesen Unterschied sofort bemerkt. Man hatte ihm seinen Paß anstandslos verlängert, wieder ausgehändigt, vielleicht um kein Mißtrauen zu erregen, und dann hatte das Gespräch begonnen. Ein Gespräch? Nicht einmal: eine Plauderei. Diese Anomalie hatte ihn sofort stutzig gemacht. Denn diese Polizisten hatten absulut keine Fragen an ihn. Alle ihre Fragen waren ohne Bedeutung und betrafen Punkte seines Lebens oder seiner Stellung, die der Polizei genau bekannt waren. Zuerst hatte Mercader geglaubt, das sei nur der Einstieg, die übliche altbekannte Polizeimethode, dies und das, Heiteres und Ernstes: plötzlich würden sie den Ton wechseln und Fallen stellen. Aber nichts dergleichen, das Gespräch näherte sich dem Ende und nichts geschah. Mercader hatte den Eindruck, daß sie die Zeit hinziehen wollten, daß es ihr einziges Ziel war, ihn einige Minuten in diesem Büro festzuhalten.

Und dann wurde innerhalb dieser unangenehmen Empfindung – die gerade, weil sie so unbedeutend war, um so mehr Gefahren barg – eine Gewißheit deutlich. Dieser anonyme Mann, von nun an Herbert Hentoff, sagte nur zwei oder drei Sätze, die genauso banal waren wie die seiner Kollegen. Aber zweimal benutzte er ein Wort in einem nicht nur ungewöhnlichen, sondern sogar unkorrekten Sinn: ein zwar seiner Etymologie nach absolut kastilisches Wort, aber in etwas anderem Sinn gebraucht, wie es in gewissen lateinamerikanischen Ländern verwendet wird. Eine finstere, heimtückische Gewißheit wurde deutlich: der Mann war kein Spanier. Er sprach fließend Kastilisch, mit einem leichten Akzent, der zunächst andalusische Herkunft vermuten lassen könnte, aber er war kein Spanier. Kein Spanier hätte dieses Wort zweimal in diesem Sinn gebraucht. Da kam ihm etwas in Erinnerung. Als er aus der Sowjetunion zurückgekommen war, hatte Ramón Mercader wie alle Repatriierten lange Verhöre über sich ergehen lassen müssen. In den Büros in der Goya-Straße, wo diese Verhöre stattfanden, waren einige Untersuchungsbeamte eindeutig keine Spanier. Für die Repatriierten, die ihre Erfahrungen austauschten, stand es fest, daß der CIA an diesen genauen, minuziösen Befragungen über ihr Leben und ihre Arbeit in der Sowjetunion teilnahm. Und gerade jene Untersuchungsbeamte, deren Zugehörigkeit zum CIA keinen Zweifel offenließ, sprachen ein mit mehr oder weniger lateinamerikanischen Ausdrücken und Wendungen durchsetztes Kastilisch. Übrigens war das ganz logisch: Sie waren in Lateinamerika für diese Arbeit ausgebildet worden, und dort hatten sie Schulen besucht.

Das dachte er, als er hinausging)

und nun stand das erste Bild wieder vor ihm, noch kürzer, und noch mehr vom Grauingrau angefressen, als ob diese finstere Unruhe abfärbte auf die bereits schwache Helligkeit jenes Bildes der

PUERTA DEL SOL, 12. März 1966

im Regen.

(als er von dieser Zusammenkunft in der Staatssicherheit herauskam, war Ramón Mercader von zwei Erkenntnissen gepeinigt:

1. Die Vorladung hatte keine Bedeutung für die Polizei, jedenfalls keine unmittelbare, sie hatten ihn nichts gefragt, was sie nicht bereits wußten. Die Vorladung hatte keinen anderen Zweck, als ihn einige Minuten in diesem Büro festzuhalten. Um ihn diesem Amerikaner gegenüberzustellen?

2. Dieser Mann, braun und lebhaft, war Amerikaner. Wahrscheinlich ein Agent des CIA.

Aber der Schock dieser beiden Erkenntnisse ergab ein ganz absurdes Resultat. Wenn der CIA, was wahrscheinlich war, etwas über ihn erfahren hatte, hatte er es nicht nötig, ein so ungeschicktes Treffen zu arrangieren, um eine Überwachung in Gang zu bringen. Das war eine eindeutige Anomalie.

Als er nach Hause zurückgekehrt war, hatte er Inés scherzend beruhigt. Aber abends hatte er eine wichtige Arbeit vorgeschützt und sich in seinem Büro eingeschlossen. Man mußte über all das nachdenken.

Nach einer Stunde hatte er einen Schlachtplan entworfen.

Zwei Probleme mußte man auseinanderhalten. Zunächst, das war am dringendsten, mußte man herausbekommen, ob man wirklich vom CIA überwacht wurde und seit wann. Als zweites mußte man in Erfahrung bringen, warum diese Kontaktaufnahme so ungeschickt, ja absurd, vor sich gegangen war, aber das war vorläufig nicht so wichtig. Das würde sich vielleicht von selbst aufklären, wenn es ihm gelungen war, das erste Problem zu lösen.

Acht Tage später sah er klar. Tausende von winzigen Details), aber wir haben nicht vor, diese Tausende von sicher langweiligen Details aufzuzählen. Der Leser wird schon längst begriffen haben, daß die Spionagetechnik das geringste unserer Anliegen ist. Was ist daran schon interessant? Wohin würde es führen, wenn wir in allen Einzelheiten beschrieben, welche Maßnahmen Ramón Mercader getroffen hatte, um seiner Überwachung auf die Spur zu kommen und einen, wenigstens indirekten, Beweis dafür zu erhalten?

(aber Tausende von kleinen Details bewiesen, daß er Gegenstand einer genauesten, permanenten Überwachung war. Andererseits hatte er acht Tage später eine andere Sache von entscheidender Wichtigkeit feststellen können. Das Spionagenetz, das er seit acht Jahren mühevoll aufgebaut hatte und das jetzt tadellos funktionierte, war nirgends angeschlagen. Alles war an seinem Platz, alles funktionierte normal weiter. Die einzige Person des gesamten Netzes, die überwacht wurde, war er selbst. Das vermutete er von der ersten Minute an, denn die Struktur seines Netzes, die völlige Abschirmung der einzelnen Abteilungen voneinander, hätten das Aufleuchten zahlreicher Warnsignale hervorgerufen, wenn auch nur ein Bestandteil dem CIA in die Hände gefallen wäre. Es war unmöglich, bis zu ihm vorzudringen, ohne auf der einen oder anderen Ebene Alarmzeichen auszulösen.

Und diese Feststellung war von folgenreicher Bedeutung.

Nur zwei Hypothesen konnten seine Entdeckung durch den CIA in dieser speziellen Form erklären. Die erste war, daß ein Agent des KGB – und zwar nicht irgendwer – in letzter Zeit in den Westen gegangen war. Die zweite, daß ein Funktionär – und zwar ein Funktionär des KGB-Generalstabs – als Informant des CIA arbeitete. Wenn die erste Hypothese stimmte, wäre die Zentrale auf dem laufenden und hätte Alarm gegeben, alle Verbindungen abgebrochen und es ihm überlassen, allein unterzutauchen – oder herauszukommen – mit den geringsten Verlusten für den gesamten Aufbau des Regionalnetzes. Das war die Spielregel. Man würde sein Netz eine bestimmte Zeitlang einschlafen lassen, bevor man es vorsichtig wieder aufbaute. Aber die Wochen vergingen, und die Zentrale machte sich nicht bemerkbar. Die Funkmeldungen gingen weiter, als ob nichts passiert war. Also schien die zweite Hypothese die richtige zu sein.

Was ihn betraf, konnte er nicht den normalen Weg benutzen, um die Zentrale zu verständigen. Es kam nicht in Frage, daß er selbst Kontakt mit den Verantwortlichen des Senders aufnahm, denn die Gefahr, den CIA bis zum Nervenzentrum des Netzes hinter sich herzuziehen, war zu groß. Als sich daher die Möglichkeit bot, nach Amsterdam zu fahren, aus absolut gerechtfertigten Motiven, hatte er die Gelegenheit sofort wahrgenommen. Amsterdam war eine der Städte, die für dringende Kontakte vorgesehen waren. Außerdem würde sein Aufenthalt im Ausland, in dem er keine festen Gewohnheiten hatte, die Aufgabe des CIA erschweren. Vielleicht hätte er hier die Chance, seine Verfolger zu entlarven und die notwendige Zeit zu finden, bis zur Anlaufstelle zu gelangen. Zürich war außerdem nicht weit: einige, nicht überwachte Stunden würden ihm genügen.)

Und jetzt in Zürich, vor dem Schalter der Paßkontrolle, beim Ausfüllen der Einreisekarte, glaubt Ramón Mercader in einer Art Aufleuchten banaler Bilder, deren unerwartete Überlagerung eine neue Bedeutung erhält, zu erraten, warum der CIA ein so offensichtlich ungeschicktes Mittel gewählt hat, um mit ihm Kontakt aufzunehmen.

Er lächelt und gibt dem Polizisten am Züricher Flughafen seine jetzt ausgefüllte Einreisekarte.

Wenn der Informant des CIA ein hoher KGB-Funktionär ist, muß er solide Garantien verlangen, wenn er eine so explosive Information wie die Nennung eines ansässigen Agenten preisgibt. Was ist aber die beste Garantie für einen Verräter, den eigenen Verrat zu kaschieren? Zu arrangieren, daß die in der Zentrale eintreffenden Berichte, die die Spionageabwehr auf die Spuren einer zufälligen oder beabsichtigten undichten Stelle in der Zentrale selbst bringen könnten, daß diese Berichte von Anfang an verdächtig sind. Die beste Verteidigung dieses Typs war daher, jenen als Verräter zu verdächtigen, der die Zentrale auf die Spuren seines eignen Verrats führen könnte. Das ist doch gar nicht so kompliziert, er hätte früher darauf kommen müssen.

Der CIA hatte ihn also zur Puerta del Sol vorgeladen, und Herbert Hentoff hatte sich neben ihn auf dasselbe Sofa gesetzt, damit er in diesen wenigen Minuten photographiert werden konnte, wie er mit jemandem sprach, der leicht als Agent des CIA zu identifizieren war. Mit dieser Maßnahme würden sie zwar Herbert Hentoff gegebenenfalls preisgeben. Aber die Sicherheit eines Informanten der Zentrale war viel wichtiger als die Erhaltung eines zweitrangigen Agenten. In der bitteren Erkenntnis dieser zu spät entdeckten Wahrheit begreift Ramón Mercader, daß eine Akte über ihn angelegt worden sein muß, um ihn in den Augen der Zentrale völlig zu kompromittieren, für den Fall, daß es ihm gelingt, die Anlaufstelle zu erreichen. Und es gibt sicher noch andere Fotos als diese mit Herbert Hentoff an jenem Tage!

Ramón Mercader hat jetzt die Zollkontrolle passiert und kommt in die große Halle des Züricher Flughafens. George Kanin hat eben ein Zeichen gegeben und entfernt sich. Er hat hier nichts mehr zu tun, Ramón Mercader wird von einer andren Gruppe übernommen, das hat er uns schon gesagt.

Ramón Mercader schreitet im Züricher Flughafen mit ruhigen Schritten aus.

Das Bild von Sonsoles.

Sie spielt auf der Terrasse im Haus von Cabuérniga und singt einen englischen Abzählreim. Ja, Liebling, meine Süße, mein Küken. Humpty-Dumpty wird einen großen Fall tun und

All the King's horses and all the King's men
Couldn't put Humpty-Dumpty together again.

Diesen Reim summend geht er zum Telegrammschalter.

Das Bild von Georgi Nikolajewitsch.

Der Alte schob mit einer verärgerten Bewegung die Schreibtischlampe mit Fransen in verwaschenem Grün zur Seite und sprach leidenschaftlich von einem Gemälde von Vermeer, *Die kleine Straße.*

Andere Bilder, ein Sturzbach von Bildern, ein ganzes Leben von Bildern. Aber jetzt ist es zu spät. Männer haben sich im Flughafen in Zürich in Bewegung gesetzt, an diesem 15. April. Merkwürdig, es ist immer noch 12 Uhr 45, aber kein Passagier wird mehr die erwähnte Flötenmelodie hören.

Am gleichen Tag um 12 Uhr 45 waren sie vor einem Gemälde von Vermeer, *Die kleine Straße*.

Denise Boutor genoß ihren Triumph.

Tags zuvor, als sie nach dem Mittagessen allein waren, da sie Philippe im Hotel gelassen hatten – denn der Besuch des Mauritshuis hatte ihn etwas angestrengt –, um einen letzten Spaziergang zu machen, bevor sie nach Amsterdam fuhren, Tags zuvor also hatte Pierre ganz beiläufig in einem Café in Scheveningen – würde es hier einen Fernet-Branca geben? – Pierre hatte also gesagt, er würde diesen Sommer Proust wieder lesen.

»Weißt du was? Ich werde diesen Sommer Proust wieder lesen«, hatte Pierre Boutor gesagt.

Heimliche Freude von seltener Intensität hatte Denise erfüllt. Angesichts dieser ernsten Stunde ihres Ehelebens hatte sie den Ausdruck »wieder lesen« nicht korrigieren wollen, der absolut unzutreffend war, denn sie war trotz aller gegenteiligen Behauptungen ihres Mannes überzeugt, daß es ihm nie gelungen war, die *Recherche* bis zu Ende zu lesen. Sie hatte diesen Ausdruck hingenommen und alles, was er damit zu verstehen gab, ganz in der Freude über diese Kapitulation, die versteckt war hinter dem leichten fast scherzenden Ton, mit dem Pierre Boutor diesen Satz ausgesprochen hatte, ohne Kommentar, vorderhand wenigstens, und der gewiß nur gesagt worden war, um seiner Frau eine Geisteshaltung anzuzeigen, die sie selig machen würde, wie eine Huldigung ihres Weitblicks, über den es eigentlich nicht viel Worte zu verlieren gab, schon deshalb nicht, weil die folgenden Minuten dazu verwendet worden waren, dem Kellner des holländischen Cafés verständlich zu machen, welches Getränk Pierre zu sich zu nehmen wünschte, Fernet-Branca nämlich.

Dann hatten sie in seligem Glück über alles und nichts gesprochen, da alles und nichts ja, wie jeder weiß, die beste Grundlage eines entspannten ehelichen Gesprächs ist, das die tiefe Übereinstimmung zweier Seelen wiedergibt.

Die Partie war tatsächlich heute morgen im Mauritshuis innerhalb weniger Minuten gewonnen worden.

Denise hatte Philippe aufgefordert, sich auf das Sofa gegenüber der *Ansicht von Delft* zu setzen, und ihm gesagt, er solle sich das Gemälde gut ansehen, das Proust für das schönste der Welt hielt. Philippe hatte sich, sicher beeindruckt, hingesetzt, gespannt und entschlossen, bei dieser Betrachtung nichts zu übersehen, was ihm den Zugang zu einem so berühmten Werk öffnen könnte. Dann hatte es jenen peinlichen Zwischenfall gegeben, weil Pierre sich nicht hatte verkneifen können, zu behaupten, nicht Proust, sondern Malraux habe das gesagt. Es hatte einen kurzen säuerlich-süßlichen Wortwechsel gegeben, und ein Mann, der rechts neben Philippe gesessen hatte, war aufgestanden und zum Fenster gegangen, das auf den Platz ging, der den Binnenhof mit dem Grenadiertor verband (Pierre hatte später behauptet, der Mann hätte eine fast verächtliche oder verärgerte Miene gehabt, vielleicht weil dieser Wortwechsel seine beschauliche Ruhe gestört hatte oder weil er dieses pedantische Zurschaustellen literarischer Bildung, diese Anspielung auf die Meinung eines berühmten Schriftstellers, ob Malraux oder Proust, der dieses Gemälde für das vollkommenste der Welt hielt, nicht geschätzt hatte; aber Denise hatte nichts dergleichen bemerkt, jedenfalls nichts anderes als die natürliche, fast verstohlene Bewegung jener Männergestalt, die sich zum Fenster wandte, bevor sie den Saal endgültig verließ). Wie dem auch sei, nach Beendigung dieses Zwischenfalls, den man jetzt als unbedeutend bezeichnen konnte, hatte sich Pierre Boutor in die stille Betrachtung der *Ansicht von Delft* vertieft.

Hinter dem blausamtenen Sofa stehend hatte er einen ersten Blick auf dieses Gemälde gerichtet – von dem er bis jetzt nur Reproduktionen kannte, die, was die Wiedergabe der Farben betraf, sehr unterschiedlich waren, die eine zu bläulich, die andere zu braun für die unendliche Skala der Lichtnuancen dieser Stadtlandschaft –, und dieser Blick (der jedoch nicht unbelastet war, sicher bereits darauf gefaßt, durch jene dumpfe, lange Irritation, die das Geschwätz von Denise über dieses Gemälde in den letzten Jahren hervorgerufen hatte, darauf gefaßt, alle möglichen Mängel in der Komposition, lauter allzu sichtbare Kunstgriffe zu entdecken), sein erster Blick war wie angesaugt, fasziniert von der zugleich verschleierten und grellen Leuchtkraft dieses berühmten *petit pan de mur jaune;* so stark, daß er eine Sekunde lang die Augen geschlossen hatte, um die Präzision, den Abstand eines unvorbereiteten Blickes wiederzugewinnen, als ob diese plötzliche Blendung nicht das Ergebnis eines objektiven Sehens gewesen, sondern als ob er durch all die endlosen Diskussionen mit Denise unbewußt vorgeprägt worden war; als ob er fürchtete – oder hoffte, denn in diesem Augenblick war sein Gefühl noch unklar –, daß das Schließen der Augen dieses Bild verschwinden lassen, auslöschen könnte, dieses fast unerträgliche und doch unaufdringliche Strahlen des gelben Mauerstückchens, das nicht von dem Kunstwerk selbst hervorgerufen sein konnte, sondern von der Projektion seiner eignen Obsessionen oder Verärgerungen. Aber er hatte, als er die Augen wieder öffnete, feststellen können, wie groß auch immer der gegen seinen Willen ausgeübte Einfluß auf Qualität und Sehschärfe seines Blickes durch die gesamte Literatur über das Vermeerbild gewesen sein mag, er hatte nicht nur die tatsächliche, entschieden unauslöschliche Präsenz dieser gelben Oberfläche feststellen müssen – die das ganze Licht jenes fernen Nachmittags in sich zu konzentrieren schien und jener entschwundenen Landschaft, deren noch heute sichtbare Spuren niemals, unter keinem Gesichtswinkel, ein vergleichbares Bild ergeben würden –, sondern auch deren innere Notwendigkeit; als ob sich tatsächlich ohne diese bemalte Fassade das ganze Licht hätte verflüchtigen, zerstreuen, sich in tausend Lichtpunkte auflösen können, während es, durch den Kontakt mit der vermutlichen Rauheit der Mauer, jenem zugleich ungreifbaren, aber festen, ja massiven Träger, zusammengehalten und verdichtet, von diesem Mauerstückchen auf die ganze Landschaft auszustrahlen schien. Und die raffinierte Gekonntheit dieses Gemäldes beruhte offenbar darauf, daß es von dem sicherlich gewollten, bewußten Fehlen einer Lichtquelle außerhalb der dargestellten Gegenstände herrührte – wie der Sonne, dem göttlichen Blick, einem zweifelhaften Kunstgriff –, weil die Gegenstände alle eine unaufmerksamen Blicken verborgene, aber entscheidende Qualität, ihre eigene Leuchtkraft von natürlich unterschiedlicher Stärke hatten. So *fiel* das Nachmittagslicht nicht auf die Stadtlandschaft, als wenn es mit erhabener Geste von der Hand des Malers, ein stolzer Ersatz der Sonne oder eines Gottes, darübergeworfen wäre, sondern es strahlte aus der Landschaft heraus, stieg aus der Landschaft auf – mit welch unmerklichem Glanz! –, aus dem Wasser, den Mauern, den Höhlungen, wie ein Atem der Gegenstände selbst, deren unbestreitbare Materialität auf den Blick eingewirkt hätte – auf die Welt – durch jenen verglimmenden Widerschein ihrer bescheidenen, aber dauerhaften Leuchtkraft, deren subtile Abstufung die zugleich evidente und verborgene Quintessenz der ganzen Komposition darstellte, die ganz und gar nicht um und für die Umfänge, Abstände und materielle Dichte, sondern für eine offenbar unbelastete oder spontane Struktur von Lichtquellen konzipiert war – deren Ausstrahlung nicht auf so gewöhnliche oder im Grunde kleinliche Ursachen zurückging, wie wenn man eine Lampe hinter ein Fenster gestellt hätte oder ein Fenster vor einen Sonnenstrahl oder etwas Ähnliches, sondern die von den materiellen oder natürlichen Gegenständen selbst ausging: jenes gelbe Mauerstückchen, jenes graue, schillernde Wasser, dem man keine provisorische oder künstliche Leuchtkraft, kein ausgeborgtes Licht zu verleihen brauchte, weil sie aus ihrem tiefsten inneren Schatten, ihrer Undurchsichtigkeit selbst hervorgingen – Lichtquellen, die auf das Gemälde in einer wie zufällig wirkenden Art verteilt waren und, einander verstärkend, auf jene brüchige und überraschende Leuchtkraft des kleinen gelben Mauerstückchens zu konvergieren schienen; und Pierre Boutor stand hinter dem Sofa, auf dem sein Sohn sichtlich konzentriert und angespannt versuchte, in die laut verkündete Schönheit dieses Gemäldes einzudringen, Pierre Boutor begann bitter zu bereuen, daß er jene Seite von Proust, die er immerhin so oft verschrien, nie gelesen hatte, wahrscheinlich aus Furcht, es könnte ihm irgend etwas bei der Betrachtung des Bildes entgehen: ein Nichts, eine Regung, unterstützt von der Musik oder von der Prägnanz der Sätze, die er nie gelesen hatte, ein nachhallender Akkord, eine Flötenmelodie, wer weiß, eine winzige, aber leuchtende Gewißheit.

Und Pierre Boutor beschloß sofort, in der Freude dieser etwas beschämenden Entdeckung (hatte er nicht brillante Phrasen über diese Seite des armen Proust von sich gegeben?), Pierre Boutor beschloß, über dieses Gemälde etwas zu schreiben – er würde es der *Nouvelle Nouvelle Revue Française* schicken –, wobei die Seite von Proust, die er natürlich nicht vor Abschluß seines Artikels lesen würde, die Rolle eines unsichtbaren Bezugspunktes spielen müßte – ein unbekanntes, aber zwingendes Bezugssystem, die Regel eines Spieles, dessen Regeln man nicht kannte – wobei diese Proust-Seite zum Gegenstand einer Fiktion, zum theoretischen Ort eines Mangels, einer auszufüllenden Lücke, einer zu bereichernden Leere werden müßte.

Doch im Augenblick waren sie in Scheveningen, in der feuchten Wärme einer Aprilsiesta. Der Kellner hatte endlich verstanden, daß sie einen Fernet-Branca wollten – Denise hatte sich plötzlich auch für dieses Getränk entschieden, als ob die Tatsache, gemeinsam mit Pierre diesen verdauungsfördernden, stärkenden Likör zu trinken, gegen dessen Vorliebe bei ihrem Mann sie oft genug gestichelt hatte, als ob es sie einander noch näher bringen könnte –, und sie sprachen über alles und nichts.

Seit gestern genoß Denise Boutor ihren Triumph. Bescheiden zwar, nicht demonstrativ, um bei Pierre nicht eine jener Sinneswandlungen hervorzurufen, zu denen er – das lag sicher mit daran, daß er Sanguiniker war – stark neigte. Ihr Mann würde also Proust wieder lesen, in diesem Sommer – und auch in ihrem Innern benutzte sie diese Vorsilbe *wieder*, wie eine weibliche Konzession, voll Verständnis und Zartgefühl, an die männliche Eitelkeit, die Pierre zumindest vorübergehend daran hinderte, anzuerkennen, daß er eigentlich so gut wie nichts vom Inhalt der *Recherche* wußte – diesen Sommer also würde er Proust wieder lesen, und sie stellte sich schon mit dem köstlichen und erregenden Gefühl vollkommenen Glücks vor, wie sie an den langen Nachmittagen in Chambray ihren Mann auf der als Lesezimmer eingerichteten Veranda finden würde und wie sie vor dem Aperitif – den sie nach einer festen Gewohnheit gemeinsam mit den Eltern von Denise, Mme und M. Duriez, einnahmen, eine von dem alten Herrn geschätzte Gelegenheit, die letzten Dorfereignisse erzählen zu können, mit allen möglichen Episoden und Ereignissen angereichert, seit immer mehr Pariser in dieser Gegend eine Nebenwohnung hatten –, wie sie also vor dem Aperitif ihre Eindrücke über die Lektüre von Pierre Boutor austauschten, die er nun, nach der Offenbarung im Mauritshuis, mit Entzücken fortsetzen würde.

Später, nach dem Genuß des Fernet-Branca und einer Promenade auf der Mole von Scheveningen, waren sie in die Stadt zurückgekehrt zu Philippe und hatten ihre Osterreise in Richtung Amsterdam fortgesetzt.

In Amsterdam hatte Pierre Boutor nach reiflicher Überlegung und langer Beschäftigung mit einer beträchtlichen Anzahl von Reiseführern und Prospekten im Hotel *Ambassade*, Herengracht 349, Zimmer bestellt. Vor allem, und über diesen Punkt waren sich alle konsultierten Reiseführer und Prospekte einig, wurde die Herengracht als einer der schönsten Kanäle, wenn nicht der schönste Kanal, von Amsterdam angesehen. Außerdem war das

Hotel in einer alten Kaufmannswohnung eingerichtet, die zum größten Teil mit echten Stücken im Stil des 17. Jahrhunderts möbliert war, und hatte nur ungefähr 10 Zimmer, was sowohl Ruhe als auch gute und diskrete Bedienung vermuten ließ: man könnte meinen, man sei bei holländischen Freunden eingeladen. Die letzten entscheidenden Punkte für die Wahl dieses Hotels waren einerseits die mäßigen Preise und andererseits die Tatsache, daß das *Ambassade* kein Restaurant hatte und daher auch keine Möglichkeit der Pension oder Halbpension sie daran hindern würde, sich von gastronomischen Launen und Entdeckungen von Lokalen leiten zu lassen, ein zusätzlicher Reiz einer wohlüberlegten Auslandsreise.

Am Vorabend also waren die Boutors, nachdem sie um 17 Uhr 35 ihre Koffer ausgepackt hatten, nicht müde geworden, von Zimmer zu Zimmer das Kupfergeschirr und die wuchtigen, glänzenden Möbel zu bewundern, jenen undefinierbaren Wachsgeruch einzuatmen und aus den hohen engen Fenstern mit den Fensterrahmen das Panorama der Herengracht zu betrachten. Pierre Boutor hatte sogar, hingerissen von einer lyrischen Anwandlung, Baudelaire zitiert – *luxe, calme et volupté* –, und er hatte geschlossen, daß sie wirklich gut daran getan hatten, für diese Osterreise Holland zu wählen.

Mit einem Wort, ein Fest.

Aber am Abend, nachdem man zu Fuß eine erste Erkundigung des Stadtzentrums unternommen und einer reichhaltigen *Koffietafel* in der Kalverstraat zugesprochen hatte, erklärten sowohl Philippe als auch Denise, daß sie müde wären – wobei die Müdigkeit von Denise durch die ersten Anzeichen eines periodischen Ereignisses noch verstärkt war, das sie Pierre während ihrer Toilette vor dem Verlassen des Hotels angekündigt hatte, was bei ihrem Mann eine auf den ersten Blick überraschende Reaktion hervorrief: »Was für eine Idee, ausgerechnet im Urlaub!«, eine Bemerkung, die Denise lächelnd hingenommen hatte, mit der Antwort, daß er sich, Liebling, einige Tage wohl würde gedulden können, »Du wirst dich doch wohl einige Tage gedulden können, Liebling, du weißt doch, daß es niemals lange dauert« –, aber Tatsache ist, daß Philippe und Denise sich nach all diesen Spaziergängen, Ortsveränderungen, Museumsbesuchen, Entdeckungen erschöpft fühlten und sich nun nach wohlverdienter Ruhe in der knirschenden und gestärkten Frische der blendend und bläulich weißen Bettlaken des Hotels sehnten – die Denise natürlich genau untersucht hatte, denn Sauberkeit und Beschaffenheit der Laken waren bei jeder Unterkunft das beste Zeichen für die Qualität des Service.

Pierre jedoch war noch hellwach. Er wäre gerne noch irgendwo ein Bier trinken gegangen. Aber wenn es weiter nichts ist, Liebling, das verstehe ich sehr gut, mach noch einen Spaziergang! Denise sah ihn zärtlich an. Er ließ sich zuerst ein wenig bitten, als ob der Gedanke, sie beide allein im Hotel zu lassen, ihm nicht recht wäre, aber schließlich nahm er die großzügig gewährte Erlaubnis an, mit der Versicherung, er werde nicht lange ausbleiben.

Draußen, ein plötzlicher Rausch.

Wieviel Pläne, einer immer schlauer als der andere, hatte er geschmiedet, um sich in Amsterdam für einige Stunden losreißen zu können. Unvorhergesehenes Treffen eines holländischen Kollegen, mit dem er über seine eventuelle Teilnahme an einem Sammelwerk über die französische Literatur zu sprechen hätte, zum Beispiel. Der Kollege hätte ihn eingeladen haben können – nein, nicht zu sich, dann hätte er auch Denise einladen können; nein, eher in ein Lokal, auf ein Gläschen unter Männern – er hätte ihn also in ein Lokal eingeladen, dieser imaginäre Kollege –, das heißt, das Treffen wäre imaginär, denn der Kollege existierte wohl, und Denise wußte von seiner Existenz, »weißt du, Van Dam, der Mensch, von dem ich dir vor zwei Monaten den Brief gezeigt habe«, denn Denise hatte ein schreckliches Gedächtnis für derartige Details –, und er hätte ihm durch sein unerwartetes, aber glückliches Auftauchen die ersehnten freien Stunden verschafft. Alle möglichen Pläne hatte er ausgeheckt, Pierre Boutor. Und siehe da, durch eine glückliche Fügung des Schicksals und ohne daß er eine fadenscheinige, an den Haaren herbeigezogene Geschichte hatte erzählen müssen, denn der wirkliche Van Dam konnte ja tatsächlich an der nächsten Amsterdamer Straßenecke auftauchen, gab ihm Denise – und bestimmt hatte seine Begeisterung über das Vermeerbild, eine ganz und gar nicht geheuchelte Begeisterung, die Sache erleichtert, wie gut sich das traf! – gab ihm Denise selbst lächelnd die Möglichkeit, wegzugehen, zu fliehen, sich zu verlieren, sich wiederzufinden, lauter Dinge, von denen sie natürlich nichts ahnte.

Er hielt ein Taxi auf der Herengracht an – im Urlaub verwaltete er das Familienbudget, und da Denise sich niemals mit fremden Währungen auskannte, würde es ihm leichtfallen, diese und die folgenden unvorhergesehenen Ausgaben, die er im übrigen so niedrig wie möglich halten wollte, zu verschleiern – er hielt also ein Taxi an, einige hundert Meter vom Hotel entfernt, und ließ sich auf den Nieuwmarkt fahren. Dort, ganz in der Nähe, er hatte oft genug über dem Stadtplan von Amsterdam geträumt, befand sich das heiße Hafenviertel.

Pierre Boutor drang also am 14. April gegen 21 Uhr 15 klopfenden Herzens in die Gassen zwischen dem Oude Zijds Voorburgwal und dem Oude Zijds Achterburgwal ein.

Ja, klopfenden Herzens, denn es war nicht bloß körperliche Begierde: diesbezüglich hatte er Denise nichts vorzuwerfen oder vermissen müssen, denn die Beziehungen mit ihr waren so regelmäßig und befriedigend wie möglich – und alle Statistiken über Häufigkeit, die in Frauenzeitschriften anläßlich von Untersuchungen über Eheglück veröffentlicht wurden, bewiesen, daß sie einen ausgezeichneten Monatsdurchschnitt hatten. Es war auch nicht die Neigung zu Abenteuern oder Exotik, denn Pierre Boutor wußte sehr gut – er hatte ja immerhin gelebt! –, wie stark der Aspekt dieser Frage von einer gewissen Literatur deformiert wurde, die jeder Erfahrung widersprach. Nein, es war einfach die Suche nach einem mit nichts zu vergleichenden Glück, die immer hastige, manchmal ängstliche Suche nach einer nirgends sonst anzutreffenden Erfüllung, zu der nur jene Art von Frauen ihm verhelfen konnten – zumindest hatte er vor kurzem diese Entdeckung gemacht –, als ob jene traurige Bezeichnung »Freudenmädchen« – traurig durch den täglichen, verächtlichen und perversen Gebrauch – ihren ganzen Sinn wiedergewann, als ob Freude, Ausbrüche, Tränen, freudiges Lachen, diese vom einfachen Vergnügen, von der einfachen Befriedigung so verschiedene Empfindung, ihm nur unter gewissen Umständen gewährt werden konnten.

Vor einem Jahr hatte er, ganz verblüfft, Gewißheit darüber erlangt.

Er war in Rom anläßlich eines Kongresses über Stendhal. Denise hatte ihn nicht begleiten können, sie war sowohl durch berufliche als auch durch mütterliche Pflichten abgehalten worden, weil das neue Schuljahr von Philippe sich zum ersten Mal ganz unerklärlicherweise als schwierig ankündigte. Bedauernd hatte sie ihren Mann allein fahren lassen, nicht daß sie dessen Begegnung mit irgendeiner dreisten oder gebildeten Römerin gefürchtet, sondern weil ein Aufenthalt in Rom zu dieser Jahreszeit sie interessiert und weil sie gerne den Erfolg von Pierre miterlebt hätte, dessen Vortrag über *Stendhal und die italienische Kunst,* den sie nicht nur gelesen, sondern ausführlich mit ihm erörtert hatte, in jeder Beziehung brillant war. So war also Pierre Boutor allein gefahren, die ersten Tage ein wenig verstört durch jene Einsamkeit, die es ihm verwehrte, mit Denise – zumindest mündlich, denn er schrieb ihr täglich Briefe, aber das ist bekanntlich nicht dasselbe – seine Eindrücke über den Ablauf des Kongresses und über alle Neben- und Randereignisse auszutauschen. Aber bald hatte er unmerklich Geschmack an dieser Freiheit gefunden, die vielleicht trügerisch war und zu nichts führte, ihn aber an die Jahre in der rue d'Ulm erinnerte. Nicht, daß er die Absicht gehabt hätte, von dieser provisorischen Freiheit oder diesem Eheurlaub zu profitieren, um irgendein Verhältnis oder Abenteuer mit irgendeiner der offensichtlich zugänglichen Stendhalistinnen anzuknüpfen – es gab zumindest eine Dänin und eine Österreicherin, die sehr intelligent waren und solche Seitensprünge durchaus nicht zu verachten schienen und die wert gewesen wären, daß man für sie irgendeine Dummheit beging (oh, er könnte einige pikante Anekdoten von einem auf den ersten Blick ganz steifen Kollegen der Sorbonne erzählen!) –, sondern weil er einfach den Reiz willkürlicher Zeiteinteilung, später Abendessen, langer Spaziergänge ohne unmittelbaren Bildungszweck, neu entdeckte: er hatte sogar wieder Geschmack gefunden an einem reichlichen, vielleicht ungesunden, aber doch so angenehmen Frühstück, das er in der Sonne auf der Terrasse eines Cafés nahe der via delle Botteghe Oscure einnahm, obwohl ihn Denise seit nahezu zehn Jahren von der Gesundheit eines morgendlichen Tees mit Zitrone überzeugt hatte, mit ungesalznem Zwieback, wenig Butter, als Mittel, meinte sie vielleicht nicht zu Unrecht, gegen die Beleibtheit, die ihn seit seinem dreißigsten Lebensjahr bedrohte.

Die Veranstalter des Kongresses hatten ihn in einem Hotel in der Nähe des Pantheon untergebracht, einem finsteren, ältlichen Gebäude, wo es hinter einem Labyrinth von Treppen und Korridoren riesige kühle Zimmer gab, die etwas zufällig, aber nicht ohne eine gewisse Patina möbliert waren. Eines abends, als er ziemlich spät heimkehrte – das Gespräch mit einigen Kongreß-teilnehmern, darunter ein ausgezeichneter amerikanischer Universitätsprofessor, hatte sich bis spät in die Nacht hingezogen auf der offenen Terrasse eines Cafés, der Piazza del Popolo (nicht Rosati natürlich, dort konnte man keinen Tisch mehr finden, das Wetter war wieder schön geworden, im gegenüberliegenden Café, an der via del Babuino) – als er also ins Hotel heimkehrte und sich der Rezeption näherte, um seinen Schlüssel zu verlangen, hatte er beiläufig eine schwarz gekleidete Frauengestalt bemerkt, die mit dem Nachtportier als auch mit dem Concierge zu sprechen schien. Er hatte es nicht weiter beachtet, weil er seit einigen Minuten daran dachte, daß sich Denise an den täglichen Brief gewöhnt haben mußte, den er jeden Morgen vor Kongreßbeginn einsteckte und den zu schreiben er sich diese Nacht zu müde fühlte. Er sagte sich gerade, daß er lieber am nächsten Morgen eine halbe Stunde früher aufstehen sollte, um diesen Brief zu schreiben, dessen Fehlen Denise gewiß bemerken und bekümmern würde, und wollte sich eben im Aufzug einschließen, dessen Schiebetür der Nachtportier ihm öffnete, als er bemerkte, daß die junge Frau sich auch hineindrängte, wobei sie dem Nachtportier zulächelte, was er damals für ein Freundschaftszeichen gehalten hatte, das er aber, nachdem die Dinge einmal waren, was sie waren, als Zeichen des Einverständnisses hatte interpretieren müssen, später.

Auf seine Frage, als der Nachtportier die Tür geschlossen hatte, hatte die Frau geantwortet, daß sie in den dritten Stock wollte, worauf er kurz mit »ich auch«, *anch'io* geantwortet und den Knopf mit der Nummer 3 gedrückt hatte, ohne diesem Zufall weiter Beachtung zu schenken, ja ohne die Frau während der Fahrt anzusehen, deren Anwesenheit er hinter sich und an seiner Linken jedoch gespürt hatte, verstärkt durch das Parfum, das sie ausströmte und dessen frischen Zitronenduft er als nicht unangenehm empfand. Im 3. Stock hatte er die Tür geöffnet und sich mechanisch dünn gemacht, um die junge schwarzgekleidete Frau vorzulassen, die ihm, als sie über die Schwelle schritt und den Fuß auf den Gang setzte, ihr von einem warmen Lächeln verklärtes Gesicht zuwandte. Da war er dann natürlich gezwungen gewesen, die so nahe vorbeigehende und ihn streifende Frau anzusehen, während er von der Ecke aus mit der linken Hand die Schiebetür

des Aufzugs offenhielt und mit der rechten die Tür zum Gang auf-
stieß, und in dieser unbequemen Stellung war er gezwungen, diese
Frau anzusehen, die ihn, da der Durchgang reichlich schmal war,
gestreift hatte, das Gesicht ihm zugewandt, verklärt von einem
Lächeln, das er in diesem Moment als Dank für seine Höflichkeit
ausgelegt hatte, aber dessen Wärme ihm später, als er versuchte,
Ordnung in diesen Sturm von Empfindungen und Erfahrungen zu
bringen, wie soll man sagen, irgendwie verheißungsvoll erschienen
war, ja verheißungsvoll. Er hielt also die beiden Türen geöffnet,
die junge Frau ging ganz nah an ihm vorbei, streifte ihn, und ihr
Parfum stach ihm in die Nase, und er war gezwungen, sie zu betrachten: sehr kurzes schwarzes Haar, kaum geschminkte volle
Lippen, ein bitterer Zug um den Mund – hatte er gedacht –, helle
Augen, vergrößert durch einen geschickten bläulichen Lidschat-
ten um die helle Iris, ein engsitzender Rollkragenpullover und ein
ebenfalls schwarzer Rock. Er hatte sie im Korridor des 3. Stockes
eingeholt, auf dem sie langsam voranschritt auf hohen Absätzen,
die, wenn sie den teppichbespannten Mittelteil verließ, um beim
Einbiegen abzukürzen, auf den Fliesen klapperten, auf denen ihre
Schritte widerhallten, außerhalb der schmalen, teppichbelegten,
undeutlich gemusterten Mittelzone; und in ihrer Hand schwenkte
sie lässig eine Handtasche. Einen Augenblick lang waren sie auf
gleicher Höhe, als ob sie gemeinsam heimkehrten, und wieder
hatte er den Blick der jungen Frau gespürt, aber dann hatte er
seine Schritte beschleunigt – nicht daß es ihn störte, neben ihr zu
gehen, ganz im Gegenteil, ihre Nähe, ihr wiegender Gang, ihr
Zitronenparfum begannen eine ziemlich ungewöhnliche Verwirrung zu verursachen; aber es lag ihm daran, jede Zweideutigkeit
zu zerstreuen, weil er nicht wollte, daß die junge Frau ihn für
einen Abenteurer hielt –, und er hatte seinen Weg einige Schritte
vor ihr fortgesetzt, aber es zeigte sich, daß ihr Zimmer offenbar
neben dem seinen lag, denn trotz aller Wendungen und Kurven
im Labyrinth der Korridore – die ersten Tage hatte er sich einige
Merkpunkte behalten müssen, um sich nicht zu verirren – hörte
er sie noch immer hinter sich, im gleichen Abstand. Schließlich, als
er vor seiner Zimmertür stand und den Schlüssel ins Schloß
steckte, wobei er sie heimlich beobachtete, stand sie neben ihm,
unbeweglich, lächelnd, einige Worte murmelnd, die er im Moment
absolut nicht verstanden hatte, die er aber später, als er sich der

Vorfälle des Abends wieder erinnerte, als irgend etwas wie »Wollen Sie, daß ich mit Ihnen komme?« erkannt hatte, und wie von einem plötzlichen Schwindel befallen, hatte er mit der rechten Hand die Tür aufgestoßen und den Schlüssel herausgezogen, was sie als Antwort auf ihre noch gar nicht verstandene Frage aufgefaßt haben mußte, denn sie trat in sein Zimmer mit einem kurzen rauhen Lachen, und ohne abzuwarten, bis die Tür geschlossen war, ließ sie ihre Tasche fallen, umarmte ihn mit beiden Armen, küßte ihn auf den Mund, führte ihre Zunge in einer heftigen, gierigen Bewegung ein, der die Bewegung ihrer Hüften zu entsprechen schien, die gegen seinen Unterleib gepreßt waren, und er hatte sofort gespürt, wie sein Glied anschwoll, hart wurde, barst, und in einem ununterbrochnen, erstickten Stöhnen hatte er das Becken der jungen Frau an sich gedrückt, ihren kurzen Rock hochgezogen und den hinteren Teil ihrer festen Schenkel gestreichelt, geknetet, sie auseinander geschoben und versucht, unter der winzigen knisternden Wäsche mit seinen gierigen Fingern die Öffnung ihres Körpers zu erreichen, die schattigen Lippen, die er auseinander schob, immer noch stöhnend und an sie gedrückt, den Mund voll von ihrer verschlingenden Zunge; aber plötzlich hatte sie sich von ihm losgerissen, immer noch vor der zum halbdunklen Gang hin offenen Tür, ihn seinem Zittern und seiner Verblüffung überlassen, einem ungekannten Schwindel, einer brennenden Gier, und sie hatte ihren Rock heruntergeschlagen, anerkennend und lachend seine Hitze kommentiert und dann den Preis genannt, der ihm unerhört schien, trotz seiner Begierde. 35.000 Lire als Entgelt für die Zeit, die sie mit ihm verbringen würde; und obwohl er instinktiv beschloß, dieser Erpressung nicht nachzugeben, die ihm trotz allem unvernünftig schien, hatte er eine ungewöhnliche Freude gespürt, über die er später erstaunt sein würde, dieses Glück kaufen zu können, das bereits in seinen Adern pulsierte, in einem atemlosen und rauschhaften Vorgefühl, als ob die Tatsache, eine Frau für ihre Gunst zu bezahlen – eine Lage, in der er sich merkwürdigerweise noch nie befunden hatte –, den Genuß unendlich vergrößern würde –, Genuß in der ganz genauen Bedeutung eines Besitzs oder Nutzungsrechts ohne Einschränkung –, und als er atemlos zusah, wie sie sich, ihrer Sache sicher, lachend ihren Rock aufknöpfte, hatte er einen Moment das wahnsinnige Verlangen gehabt – und von da an würde

die Erinnerung an dieses Verlangen ihn nicht nur in den relativ
häufigen Stunden seiner Schlaflosigkeit, sondern auch in wachem
Zustand überfallen, wenn er zum Beispiel mit ganz klarem Kopf
und tausend Meilen von all dem entfernt seinen Beruf ausübte
und nichts den Ausbruch dieser Erinnerung vorausahnen ließ,
die einen kalten, aber erregenden Schweiß verursachte – das
wahnsinnige Verlangen, daß der bezahlte Besitz ihm das Recht
gäbe, sie zu verletzen, sie einzusperren, gefangenzuhalten, mit
der Peitsche, wahnsinnig; aber er hatte sich wieder gefangen,
schloß die Tür, sah sie nackt bis zur Taille dastehend, sie hatte
nur die Strümpfe anbehalten, fasziniert von dem Fell, das ihren
Schamberg schmückte und sehr hoch zum flachen Bauch hinauf
reichte, in dem er in einer Art unterdrücktem Schluchzen sofort
sein Gesicht bergen wollte; aber sie sagte ganz ruhig: »Nun?
35.000 Lire!«, und er hatte gemeint, das wäre eine unerhörte
Summe, sogar für einen Ausländer, der mit dieser Art von Verhandlungen nicht vertraut war, und daß er jedenfalls eine solche
Summe nicht bei sich hätte, und sie hatte gefragt, wieviel er denn
hätte, mit einem plötzlich aufmerksamen Blick, und er hatte die
Hand in die Hosentasche gesteckt – wobei er unbeabsichtigt, aber
nicht ohne Genugtuung die ungewöhnliche Steife seines Gliedes
feststellte – und das Bündel von Tausend-Lire-Scheinen hervor-
gezogen, das er fand, und sie hatte sich rasch genähert, das Geld
genommen und laut gezählt, und gut, das würde genügen, es
waren 18.000 Lire, sie schien zufrieden, hob ihre Handtasche auf,
steckte das Geldbündel ein, wandte sich ihm zu, prüfte ihn mit
einem völlig kalten, professionellen Blick, so als ob sie sich fragte,
wie er zu nehmen, wie diese Angelegenheit am besten zu erledigen
wäre; und Gegenstand eines solchen Blickes zu sein, auf diese Art
gemustert zu werden, erhöhte merkwürdigerweise noch seine Erregung, und dann erklärte sie mit einem gar nicht gezwungenen
Lachen und mit groben Ausdrücken, wovon er nur einen Teil verstand, man wüßte ja, was diese Franzosen mögen, näherte sich
ihm, stieß ihn auf das Bett – und jetzt trieb ihm ihr Lachen einen
unbekannten Schauer über den Rücken –, öffnete mit geübten
Fingern den Gürtel seiner Hose, knöpfte sie auf und zog sie aus,
nahm sein Glied in die Hand und steckte es in ihren Mund, mit
manchmal leichter, präziser, manchmal tiefer, gieriger Zärtlichkeit, bis er einen langen Glücksschrei ausstieß – oh brennender

Schnee, flimmernde Sterne, tote Gestirne, Schweben unter freiem Himmel! –, und als sie über ihn gekommen war, um auf sein steifes Glied zu steigen, hatte er sich nicht zurückhalten können, ihre Lider und ihre Mundwinkel zu küssen, bis zu dem Augenblick, wo das Wippen ihres Beckens, das gegen seine Leisten und Hüften schlug, die brennende Lava seines Schoßes zum Ausbruch brachte.

So hatte René-Pierre Boutor seit dieser römischen Erfahrung, die man wohl als Offenbarung bezeichnen mußte, jede Gelegenheit ergriffen – aber die Gelegenheiten waren nicht sehr zahlreich gewesen bei der strengen Einteilung seines arbeitsreichen Lebens –, diesen Ausbruch von Glückseligkeit zu erneuern, dessen betäubende Intensität in keiner Weise mit den häufigen, aber maßvollen Befriedigungen seines Ehelebens zu vergleichen waren. Die einzige Voraussetzung für eine derartige Wiederholung – und das hatten ihm einige Eskapaden im Hallenviertel bestätigen können, für die er die Lesestunden in der Nationalbibliothek hatte abkürzen müssen – die einzige Voraussetzung schien zu sein, daß das Freudenmädchen jung war, der Adoleszens näher als der Reife, und die jämmerliche Erfahrung eines verregneten Nachmittags, wo er, des Suchens müde, mit einer älteren Frau gegangen war – oh, sie war gar nicht einmal verwelkt, im Gegenteil, noch ganz fest und strahlend in ihrer südlichen Reife! –, diese Erfahrung war überzeugend gewesen.

Und deshalb blieb Pierre Boutor, an diesem Abend des 14. April, als er sich in den lauten, belebten Gassen zwischen dem Oude Zijds Voorburgwal und dem Oude Zijds Achterburgwal suchenden Auges herumtrieb, nur vor den erleuchteten Schaufenstern junger Dirnen stehen, und er war gerade eilig an der beleuchteten Klause einer Matrone vorbeigegangen, die ganz solide bürgerlich eingerichtet war, als sein Blick auf die irgendwie bekannte Gestalt eines Mannes fiel, der sich ihm näherte. Im strahlenden Licht der Gasse erkannte er sofort den Mann, der heute vormittag verärgert vom Sofa vor der *Ansicht von Delft* im Mauritshuis aufgestanden war, als Denise jene Meinung von Proust über das Gemälde bekanntgegeben hatte. Er blieb stehen, überrascht von diesem Zufall und sich irgendwie schuldig fühlend, als ob das Zusammentreffen mit diesem Mann, über dessen vermeintliche Verärgerung er mit Denise gesprochen hatte, seiner

Frau die Aufdeckung dieser beabsichtigten nächtlichen Eskapade hätte erleichtern können. Aber das war gewiß absurd, er schüttelte den Kopf. Der Mann schien von einem besonderen Schaufenster angezogen zu sein. Pierre Boutor näherte sich ihm ebenfalls, vergaß fast die Motive seines Aufenthalts im Zeedijkviertel, weil er neugierig war, welche Art von Frauen die Aufmerksamkeit dieses Mannes erregen könnte, dessen vermeintliche Verärgerung ihn heute morgen tief verletzt hatte – was Denise auch sagen mag, der Ausdruck dieses Menschen war wirklich verächtlich gewesen –, als ob diese Entdeckung ihm eine gewisse Macht über den Unbekannten geben, ihm die Gelegenheit einer finsteren Rache liefern könnte. Die Frau im Schaufenster, die die Aufmerksamkeit des Unbekannten vom Mauritshuis auf sich zog, die Frau war jung und ungewöhnlich schön. Auch ihr Benehmen war merkwürdig. Sie machte nicht wie die anderen bestimmte Gesten, um die Aufmerksamkeit auf sich zu lenken, sie posierte nicht. Sie schien nicht zu erwarten, daß man sie betrachte, sie war es, die die Außenwelt mit einem unsagbar angstvollen Blick verschlang. Sie war zart, ihre hoch übergeschlagenen Beine entblößten blaue Wäsche und Streifen goldbrauner Haut. Sofort wurde Pierre Boutor in einer Art plötzlicher Hitzewelle, die er genau kannte, von einem Verlangen nach dieser jungen Amsterdamer Hure gepackt, und eine dunkle, fast unerklärliche Wut überkam ihn bei dem Gedanken, daß dieser arrogante Unbekannte, der ihn heute morgen mit einem eiskalten, messerscharfen Blick durchbohrt hatte, daß dieser Unbekannte ihm an diesem Ort, bei einer jungen Frau, die in faszinierender Weise den Obsessionen seiner geheimsten Vorstellungen entsprach, zuvorkommen könnte. Aber der Unbekannte schien nicht entschlossen, die Schwelle zu überschreiten. Anstatt zur Tür zu gehen, näherte er sich noch mehr dem Fenster und trieb irgendein Spiel, das Pierre Boutor von dem Ort, wo er sich befand, nicht mehr genau beobachten konnte. Daher ging er ein paar Schritte seitwärts und betrachtete jenen Unbekannten, der anscheinend auf der Scheibe das Gesicht der jungen Prostituierten nachzeichnete, die sich ganz dem Finger überließ, der ungreifbar die Rundungen der Lippen und zarten Wangen nachbildete, unermüdlich. Der Unbekannte vom Mauritshuis entfernte sich wieder mit einem schmerzvollen Ausdruck im Gesicht, und Pierre Boutor fragte sich, ob er es nicht einfach mit einem Wahnsinnigen zu tun hätte, aber diese Frage, hervorgerufen durch die eigenartige Angst, deren Zeuge er zu sein schien, hatte ihn kaum gestreift, als ein massiver, selbstsicherer Holländer plump die Schwelle der jungen Hure überschritt, die sofort den Vorhang zuzog, und Pierre Boutor sah, wie der Unbekannte vom Mauritshuis den zugezogenen Vorhang anstarrte, sich mit einer lebhaften Gebärde umdrehte mit toten, aufgerißnen, auf eine Stelle der anderen Straßenseite fixierten Augen und einem Ausdruck von wildem Haß auf dem Gesicht: Haß, Mordsucht, das war es.

Pierre Boutor schauderte es. Dieser Mensch war ein Wahnsinniger, ohne Zweifel.

Eine Stunde später, als er mit großen Schritten von neuem durch die Gassen des heißen Viertels streifte, in dem er sich etwas verirrt hatte – er glaubte Richtung Nieuwmarkt zu gehen, hatte diesen Platz aber im Rücken und ging weiter Richtung Börse und Damrak –, kam Pierre Boutor plötzlich auf einen Platz, auf dem sich der maßige Schatten einer alten Kirche abzeichnete. Er blieb stehen, versuchte sich zu orientieren, weil er nun sicher war, daß er sich verirrt hatte, denn er war vorher vom Nieuwmarkt her auf keinen Fall an dieser Kirche vorbeigekommen, und fragte sich, ob es nicht besser wäre, den Mann, der ihm auf dem Bürgersteig auf der anderen Seite des Platzes langsam entgegenkam, nach dem Weg zu fragen, als er sah, wie aus irgendeiner Nische eine andere Gestalt auftauchte hinter jenem Passanten, den er nach dem Weg zum Nieuwmarkt hatte fragen wollen. Dieser zweite Mann hob den rechten Arm mit einer flinken und brutalen Bewegung, und der erste Passant brach zusammen, sank ohne einen Schrei auf die Knie. Instinktiv näherte sich Pierre Boutor dem schützenden Schatten, verschwand klopfenden Herzens in ihm. Er sah den nächtlichen und, wie er dachte, tollkühnen Angreifer, denn die Stille des kleinen Platzes befand sich ganz in der Nähe des lebhaften Trubels vom Hafenviertel, und jeden Augenblick konnten Fußgänger, lachende oder betrunkene Gruppen herbeiströmen; er sah, wie er sein Opfer auf den Bürgersteig zog, den reglosen Körper in ein dort parkendes Auto hievte, das dem Opfer gehören mußte, denn Pierre Boutor hatte genau beobachtet, wie der Mörder die Taschen des auf dem Boden liegenden Mannes durchsuchte, bevor er mit dem Schlüssel, den er beim raschen Durchsuchen gefunden haben mußte, die Wagentür aufschloß. Aber jetzt, in dem Moment als sich die Tür öffnete und automatisch das Deckenlicht einschaltete, hatte Pierre Boutor das Profil des Angreifers erkannt, und sich platt gegen die Mauer gedrückt, um mit ihr eins zu werden, sich in ihr aufzulösen, zu verschwinden in panischer Angst, denn er hatte eben, heute zum dritten Mal – zum ersten Mal heute morgen im Mauritshuis, zum zweiten Mal vor einer Stunde in der Bordellgasse und jetzt zum dritten Mal – aus dem Schatten das Gesicht dieses Unbekannten auftauchen sehen, dieses arroganten Wahnsinnigen, dieses Kriminellen. Eine Sekunde lang, als der Unbekannte, nachdem er den reglosen Körper seines Opfers in den Wagen geworfen hatte, sich nach allen Seiten umsah, hatte Pierre Boutor gefürchtet, daß ihn dieser Blick, der vor einer Stunde von schrecklichem, eindeutigem Haß gewesen war, entdecken, ihn an die Mauer nageln könnte, aber der Schatten schien stark genug, der Blick ging an seinem Versteck vorbei. Dann fuhr der Wagen fort und nahm das Bild dieses Alptraums mit sich, und Pierre Boutor trat auf den nun wieder ausgestorbnen, stillen Platz unter dem schützenden Schatten der alten massiven Kirche. Mein Gott, was für ein Abend!

Doch die Nacht war vorbei, und jetzt waren sie im Rijksmuseum, vor dem Bild *Die kleine Straße* von Vermeer.

Es war 12 Uhr 45, der 15. April. Denise und Philippe waren an seiner Seite. Er beachtete das kleine Bild, kommentierte mit leiser Stimme seinem Sohn seine berauschenden winzigen Schönheiten. Aber sein Herz schlug schwer, er war unruhig geworden. Er hatte eine Art Vorgefühl, daß der Unbekannte jeden Moment hinter ihnen auftauchen, sich vor *Die kleine Straße* stellen könnte, aus dem Schattenbereich des Todes kommend, um dieses Bild mit seinem eiskalten Blick zu betrachten, der sich dann verächtlich und haßerfüllt auf ihn, Pierre Boutor, heften würde. Es schauderte ihn, und es gelang ihm nicht, diese Empfindung loszuwerden.

Vor *Der kleinen Straße* von Vermeer, um 12 Uhr 45, am 15. April, wartete Pierre Boutor in einer Art resigniertem, faszinierendem Schrecken auf das geräuschlose Erscheinen des Unbekannten vom Mauritshuis.

V

Um 8 Uhr morgens klopfte es nachdrücklich an die Tür.

Er hörte das ununterbrochne Klopfen an der Tür und sagte sich im Halbschlaf, daß der Etagenkellner, der das Frühstück brachte, heute sehr ungeduldig war. Er brummte »Herein! herein doch!« und wurde dadurch vollends wach.

Jane lag ausgestreckt im Doppelbett, das Laken um die Schulter gewickelt wie gewöhnlich. Ihr linkes Bein war bis zur Leiste aufgedeckt, ihre Lage ließ die zarten Hüftknochen hervortreten.

Er sah das Zimmer an, erinnerte sich, daß er noch kein Frühstück bestellt hatte, und fragte sich nach den Gründen dieser Ungeduld an seiner Tür.

Stehend deckte er das Laken über Janes Beine und ging zum Eingang, während er den Gürtel seines Morgenrockes zuband, den er im Vorbeigehen von einer Sessellehne genommen hatte.

»Ja doch, ja doch«, sagte er mürrisch.

An der Tür erkannte er einen Angestellten der Hotelrezeption. Der Mensch sah verwirrt aus, entschuldigte sich für die Störung, wirklich, der Hoteldirektion tat es leid, aber ein bedauerlicher Zwischenfall. Hinter dem Angestellten erschien die Gestalt eines Mannes in grauem Flanell mit steinernem Gesicht: einer von der Polente, offenbar.

»Entschuldigen Sie bitte, Herr Klinke«, sagte der Angestellte, »das alles ist sehr bedauerlich! Aber diese Herren möchten Ihnen einige Fragen stellen.«

William Klinke verstand nicht, warum der Angestellte in der Mehrzahl sprach. Diese Herren waren nur ein einziger Herr, ein einziger Polizist. Aber wahrscheinlich schien diesem Hotelangestellten die Mehrzahl respektvoller oder den Umständen angemeßner.

William Klinke sah den Inspektor an.

»Bitte!« sagte er kurz.

Der Inspektor gab durch eine Geste zu verstehen, daß er nicht im Gang stehenbleiben wollte.

»Meine Frau schläft noch«, sagte William Klinke mit einem breiten Lächeln, »und wenn man sie plötzlich weckt, ist sie absolut unerträglich.«

Der Hotelangestellte stammelte neue Entschuldigungen. Schließlich fand sich ein Kompromiß. Sie zwängten sich alle drei in das kleine Entrée und schlossen die Türen, sowohl die zum Gang wie auch die zum eigentlichen Zimmer.

So standen sie alle drei in jenem engen Raum, es war eher ungewöhnlich.

»Bitte?« sagte William Klinke noch einmal.

»Kennen Sie den Herrn von gegenüber?« fragte der Inspektor in korrektem, aber mühevollem Englisch.

»Gegenüber? Welches Zimmer?«

»34«, sagte der Inspektor.

William Klinke schauderte es.

»34? Herr Mercader also, Ramón Mercader.«

Der Inspektor zeigte eine sichtliche Reaktion, stellte William Klinke fest. Sein Polizistenblick wurde schärfer, seine Polizistenstimme schneidender.

»Sie kennen ihn also?«

William Klinke schüttelte verneinend den Kopf.

»Absolut nicht«, sagte er in ruhigem Ton.

»Aber Sie kennen doch seinen Namen. Das war tatsächlich sein Name.«

William Klinke bemerkte, daß der Inspektor das Verb in der Vergangenheit benutzte.

»Warum?« fragte er. »Ist das nicht mehr sein Name? Hat er ihn gewechselt?«

Das war nicht sehr intelligent, aber Polizeiinspektoren hatten ihn immer maßlos geärgert.

Der Inspektor erbleichte über diese ganz ungebührliche Ironie. Man sah männliche Backenknochen hervortreten.

»Ich rate Ihnen, sich zu erklären, mein Herr. Es handelt sich um eine ernste Angelegenheit.«

Der Hotelangestellte wäre sichtlich gerne im Boden versunken.

»Aber das ist sehr einfach«, sagte William Klinke. »Ich kenne diesen Herrn Mercader ganz und gar nicht. Aber ich weiß, daß der Herr auf Zimmer 34 Ramón Mercader heißt. Einen solchen Namen merkt man sich.«

Der Inspektor schien überhaupt nicht zu verstehen, worauf er anspielte.

William Klinke erklärte also ganz ruhig, daß unlängst, warten

Sie, vorgestern, ja, vorgestern, am 14. April, genau, man ihm irrtümlich in der Rezeption – beim Wort *irrtümlich* wollte der Hotelangestellte eine Geste machen – man ihm also irrtümlich eine
Botschaft gegeben hatte, die für Herrn Ramón Mercader bestimmt
war. So hatte er, als er die nicht für ihn bestimmte Botschaft zu-
rückgab, erfahren, daß diese Person auf Zimmer 34 wohnt. Später,
gegen 5 Uhr nachmittags, am gleichen Tag, hatte er dann einen
Mann gesehen, der ein Telegrammformular ausfüllte, während er
selbst einige Postkarten frankierte, und der Hotelportier – all das
hatte sich ja im Parterre an der Rezeption abgespielt – hatte den
Kunden, der das Telegrammformular ausfüllte, bei seinem Namen
gerufen: Herr Mercader eben. Deshalb kannte er also den Namen
des Reisenden, der das Zimmer 34 bewohnte, genau gegenüber.

Der Inspektor hatte sich die ganze Erklärung unbeweglich an-
gehört.

»Und warum hat Sie dieser Name so verblüfft?« fragte er.

William Klinke sah ihn lange an.

»Das ist der Name eines berühmten Mörders«, antwortete er.

Der Blick des holländischen Inspektors wurde wieder scharf
und mißtrauisch, wie der Blick eines holländischen, türkischen
oder japanischen Bullen. Der Blick des Inspektors glich haarge-
nau einem Inspektorblick.

»Und Sie interessieren sich für Mörder, Herr Klinke?«

William Klinke lachte laut heraus.

»Für ganz bestimmte nur!« sagte er. »Sehen Sie, ich bin Schriftsteller und arbeite im Augenblick am Drehbuch für einen Film
über ein berühmtes Verbrechen. Das ist alles.«

Der Hotelangestellte sah den Inspektor lächelnd an, als wollte
er ihm sagen, daß das alles ganz normal und respektabel wäre.

Aber der Inspektor hatte sich noch nicht aufgeheitert.

»Haben Sie irgend etwas bemerkt, gestern nachmittag oder
abend, irgend etwas Außergewöhnliches im Gang vor der Tür von
Nummer 34, oder im Zimmer selbst, Geräusche oder etwas Ähnliches?«

William Klinke hätte protestieren können und fragen, was das
alles bedeuten sollte. Wurde er als Zeuge oder sogar als Ver-
dächtiger betrachtet in einer Sache, von der er nicht einmal den
ersten Satz kannte? Aber eine unbezwingbare, heimtückische
Neugier trieb ihn, mehr von der Sache zu erfahren.

»Nein«, sagte er, »ich wüßte nicht.«

William Klinke fragte sich, was wohl diesem zweiten Ramón Mercader hatte passieren können. Seit man ihm gestern irrtümlich die für den Herrn von 34 bestimmte Telefonnachricht ausgehändigt hatte, beschäftigte ihn dieser Mann. Das war doch einfach verrückt, so ein Zufall! Als der Portier gestern nachmittag den Mann, der am andern Ende der Rezeption ein Telegramm aufsetzte, beim Namen rief, war er unwillkürlich hochgefahren. Er hatte ihn beobachtet, während er Briefmarken auf die Postkarten klebte. Ein Mann von etwa 30 Jahren, sehr groß, sehr schlank, mit einem sinnlichen Mund und erstaunlichen Augen. Er war vom Charme dieses Gesichts beeindruckt gewesen, aber auch von der gezügelten, jedoch überraschenden Leidenschaftlichkeit dieses Blickes. Er hätte ihn fast angesprochen, einfach so, um ihm seine Verwirrung und seine Neugier zu erklären. Aber das wäre natürlich absurd gewesen. Er konnte doch nicht auf jeden seine persönlichen Obsessionen projizieren. Schade, er hätte diesen Mann gern kennengelernt.

Aber die Stimme des Inspektors, die sanfter geworden schien, schreckte ihn aus seinen Erinnerungen auf.

»Wenn es Ihnen nicht zuviel ausmacht, Herr Klinke, würde ich Sie bitten, mit mir ins Zimmer Nr. 34 zu kommen, um den Körper zu identifizieren. Aber lassen Sie sich Zeit! Wenn Sie fertig angezogen sind und gefrühstückt haben.«

William Klinke stand mit offnem Mund da.

»Den Körper?« fragte er.

Seine Stimme war gebrochen, unerklärlicherweise. Der Inspektor hatte natürlich die Erregung bemerkt, machte aber keinen Kommentar.

»Sagen wir in einer halben Stunde, Herr Klinke?«

Der Inspektor entfernte sich, gefolgt vom Hotelangestellten.

Das Gesicht war entspannt, in der blinden Ruhe des großen Schlafes.

Er betrachtete das Gesicht von Ramón Mercader und dachte, daß ihn der Tod verjüngt hatte. Vielleicht wegen der geschloßnen Augen. Vielleicht, weil der Tod diesen unersättlichen Blick, den er als Lebender gehabt, verhüllt hatte.

William Klinke betrachtete das Gesicht dieses Toten, und ein merkwürdiges Zittern überkam ihn. Er war vierzehn Tage in Spanien den Spuren eines anderen Mercader gefolgt, Ramón Mercader del Río, den fast verwischten Spuren einer fernen Vergangenheit. Er hatte gerade diesem Phantom nachgejagt, in den Standesregistern, im Geheimnis der Archive und im brüchigen oder verschwommenen Gedächtnis einiger Überlebender, und jetzt stand er vor der Leiche eines zweiten Ramón Mercader, in Amsterdam. Das war wirklich verrückt! Er hatte das Gefühl, daß ein unsichtbares, vielleicht aber grausames Band die beiden Geschichten miteinander verknüpfte. Das war sicher absurd! Seine Phantasie überschlug sich wieder einmal! Aber er konnte sich des beängstigenden und verwirrenden Eindrucks nicht erwehren.

»Erkennen Sie diesen Mann, Herr Klinke?« fragte man ihn.

Er drehte sich um, war auf der Hut.

Im Zimmer waren drei Männer. Genauer gesagt, er selbst, die Leiche von Ramón Mercader und noch drei Männer. Das heißt vier Lebende und ein Toter.

Da war der Inspektor, der ihn befragt hatte, und noch ein Polizist mit einem ähnlich verschloßnen Gesicht. Der einzige wirkliche Unterschied zwischen beiden war, daß der andere nicht Flanell sondern Tweed trug. Am Fenster stand noch ein dritter Mann, der an der Sache nicht interessiert schien.

»Was verstehen Sie unter erkennen?« fragte er etwas irritiert.

»Erkennen Sie Herrn Mercader?« wiederholte der zweite Inspektor, der in Tweed.

»Ich weiß es nicht«, sagte William Klinke, »ich erkenne einen Hotelgast, den, wie mir schien, der Portier neulich mit diesem Namen anredete, das ist alles.«

»Wenn Sie so wollen«, sagte der zweite Inspektor einlenkend.

Dann trat Stille ein, und er konnte nicht umhin, das Gesicht des Toten wieder anzusehen.

Plötzlich kam der Mann vom Fenster auf ihn zu.

»Herr Klinke?«

William Klinke spürte sehr deutlich die latente Drohung dieser neuen Einmischung. Obwohl dieser dritte Mann den andern beiden Inspektoren nicht ähnelte. Er sah nicht wie ein Bulle aus, aber genauso gefährlich, wenn nicht noch gefährlicher.

Er wartete auf die Fortsetzung.

»Wann sind Sie in Amsterdam angekommen?« fragte Schilthuis.
William Klinke rechnete rasch nach.
»Heute ist der 16., ja, am 13. April.«
»Per Flugzeug?« fragte Schilthuis.
William Klinke hatte den Eindruck, daß dieser Typ schon die Antwort auf alle Fragen wußte.
»Ja, per Flugzeug«, bestätigte er.
»Und woher kamen Sie, bitte, Herr Klinke?«
»Von Madrid«, antwortete er.
»Vielleicht mit der KLM?«
»Genau«, sagte er.
Franz Schilthuis näherte sich dem Bett und bedeckte das Gesicht des Toten mit der Lakenecke, die man vorher zurückgeschlagen hatte.
Dann drehte er sich um:
»Saßen Sie neben Herrn Mercader?«
Er verstand die Frage zunächst nicht. Dann spürte er, wie er bleich wurde.
»Aha, ich verstehe«, sagte er.
»Was verstehen Sie?« fragte Schilthuis.
William Klinke betrachtete ihn aufmerksam und versuchte zu erraten, zu welcher Sorte Polizei er gehören mochte, dieser Typ. Ein leichter Verdacht kam in ihm auf, diese Geschichte wurde immer verrückter.
»Ich nehme an, daß Herr Mercader im selben Flugzeug wie ich angekommen ist, nicht wahr?«
Er sprach ruhig und sah den Typ an.
»Das heißt«, und Schilthuis lächelte strahlend, »Sie sind im gleichen Flugzeug angekommen wie er, Herr Klinke.«
»Ich finde da keinen Unterschied«, antwortete Klinke beunruhigt.
»Man kann nie wissen.«
Das Lächeln von Schilthuis war noch immer strahlend.
Er stand am Kopfende des Bettes, nachdenklich. Die beiden Inspektoren hatten sich etwas entfernt, standen jenseits des Gitters, das den eigentlichen Schlafraum von einem kleinen Salon trennte, der näher am Gang lag.
Plötzlich schlug Schilthuis noch einmal das Laken zurück, und das Gesicht des Toten lag wieder frei da.

William Klinke konnte nicht umhin, das Gesicht des Toten anzusehen.

»Herr Mercader war ein ziemlich bemerkenswerter Mann, nicht wahr?« sagte Franz Schilthuis. »Ich meine, er konnte kaum unbemerkt bleiben. Vor allem sein Blick war erstaunlich, wenn er die Augen offen hatte.«

William Klinke schauderte es. Das war alles makaber und sicher gefährlich. Aber der Kerl, welcher Abteilung er auch angehörte, hatte recht.

»Ich sehe nicht, worauf Sie hinauswollen«, sagte er trocken.

Er hatte eben beschlossen, daß das genügte, daß diese Geschichte nun ein Ende haben müßte.

»Aber das ist doch sehr einfach«, antwortete Schilthuis. »Sie reisen am 13. April von Madrid nach Amsterdam in derselben Maschine wie Herr Mercader. An diesem Tag gab es wenig Passagiere, und trotzdem bemerken Sie Herrn Mercader nicht!«

William Klinke unterbrach ihn:

»Ich war in eine spannende Lektüre vertieft.«

Sein Ton war schärfer, es mußte jetzt Schluß sein.

»Aha«, sagte Schilthuis, der die Änderung der Tonlage wohl gespürt hatte. »Darf man wissen, in welche?«

»Warum nicht? Es würde mich wundern, wenn Ihnen das irgend etwas sagte.«

William Klinke hatte eine verächtliche Miene aufgesetzt. Die beiden Männer maßen sich mit den Blicken.

»Sagen Sie es dennoch, Herr Klinke.«

»Ich habe *The Prophet Outcast* von Isaac Deutscher wieder gelesen.«

Blitzartig begriff Franz Schilthuis, daß er die Partie verloren hatte. Und er hätte ihnen so gerne eins ausgewischt, diesen Amerikanern, die sich wirklich zuviel herausnahmen. Es war ja nicht Ramón Mercader, der ihn in dieser Angelegenheit interessierte. Der Kerl war sicher ein sowjetischer Agent, aber er arbeitete schließlich nicht in Holland, also war es nicht seine Sache. Ob er tot oder lebendig war, das hatte keine Bedeutung. Die Amerikaner interessierten ihn in dieser Geschichte. Sie nahmen sich wirklich zuviel heraus unter dem Vorwand von Bündnissen, gemeinsamen Interessen, dieser ganzen wohlmeinenden Phraseologie. Zuerst die Entführung des spanischen Matrosen Felipe de Hoyos in der

Nacht des 14. April – vielleicht hatten sich die Amerikaner nicht geirrt; vielleicht war dieser Mann wirklich ein Verbindungsagent des KGB, aber es lag nichts gegen ihn vor – und dann die Auffindung der Leiche Herbert Hentoffs am Morgen des 15., gestern morgen also, diese beiden Ereignisse hatten ihn eine Möglichkeit erkennen lassen, die arroganten Herren von der Herengracht in einen Kriminalfall zu verwickeln. Natürlich würde die Sache unterdrückt, alles würde hinter verschloßnen Türen geregelt werden. Aber es wäre ihm gelungen, irgend etwas dafür zu bekommen, diesen unverschämten Amerikanern den Mund zu stopfen. Und dann das Verschwinden dieses Ramón Mercader – wirklich, was für eine Ungeschicklichkeit, oder Überheblichkeit, einen Mann mit diesem Namen auszusuchen; aber natürlich, der andere hatte offiziell ja nie wirklich existiert, er hatte sich immer Jacques Mornard genannt und war immer dabei geblieben, zu blöde –, dieses Verschwinden, über das er sich noch mit Henk Moedenhuik unterhalten hatte. Sofort hatten sich die Typen vom CIA zerstreut, waren wie weggeblasen, Gott weiß wohin. Er hätte gerne Kanin oder O'Leary in diese Affaire hineingezogen (Floyd war unantastbar, natürlich). Er hatte geglaubt, daß die ganze Geschichte im Sande verlaufen würde, und dann ging es diesen Vormittag wieder los, mit dem Tod von Ramón Mercader. Er hatte von seinen Vorgesetzten einige Stunden Manövrierfreiheit erhalten, um den Versuch machen zu können, die Amerikaner in diese Angelegenheit zu verwickeln. Aber er hatte sich sicher von seinem Erfolgswillen blenden lassen. Es war zu schön, um wahr zu sein, diese Geschichte von William Klinke. Kaum hatte er seine Erhebungen begonnen, als er auf diesen William Klinke gestoßen war. Zugegeben, man konnte leicht darauf hereinfallen. Der Mann kommt mit demselben Flugzeug wie Mercader an. Er trifft seine Frau in Amsterdam, und sie nehmen ein Zimmer genau gegenüber von Mercader. Sie haben Flugkarten nach New York für heute um 18 Uhr. Am Tag von Mercaders Tod. Gut, es wäre zu schön, um wahr zu sein. Dieser Amerikaner, dieser William Klinke, gehörte nicht zu der Bande. Das dürfte einer der wenigen Amerikaner in Amsterdam sein, der nicht zu der Bande gehörte.

»*The Prophet Outcast*«, sagte Schilthuis. »Das ist wirklich ein spannendes Buch.«

Die Überraschung von Klinke war nicht gespielt.

»Sie arbeiten wohl an einem Drehbuch?« fragte Schilthuis.

Und William Klinke erklärte ihm, ohne genau zu wissen, warum, die Probleme dieses Drehbuches.

Die Geschichte der Ermordung Trotzkis war eines der Themen, die periodisch immer wieder auf die Schreibtische der Produzenten kamen. Aber bis jetzt war es noch nie realisiert worden. Vor einigen Monaten hatte man ihn aufgefordert, an einem der zahlreichen bereits existierenden Projekte mitzuarbeiten, und er war sich bald klar geworden, daß man dieses Thema nicht in der üblichen Art angehen konnte. »Sehen Sie zum Beispiel irgendeinen Schauspieler die Rolle von Lew Davidowitsch spielen? Undenkbar! Trotzki muß im Mittelpunkt der Geschichte stehen, aber unsichtbar, das ist die einzige Lösung.«

Er ereiferte sich, und Schilthuis hörte ihm aufmerksam zu.

Nein, die einzige Lösung bestand darin, das Verbrechen vom Standpunkt des Mörders zu zeigen, ihn zur Hauptperson der Geschichte zu machen. Und aus diesem Grund hatte er einige Wochen in Spanien verbracht, sagte William Klinke, um in Archiven und Erinnerungen dem Phantom von Ramón Mercader del Río nachzujagen, während seine Frau im Institut für Sozialgeschichte in Amsterdam die Materialien jener Epoche studierte. Was für eine Figur, dieser Ramón Mercader.

Franz Schilthuis sah das Gesicht von Ramón Mercader an, dem zweiten Ramón Mercader. Dann zog er das Laken wieder über dieses tote, vom Tod verjüngte, Gesicht.

»Ja, ich verstehe Sie«, sagte er.

Er sah plötzlich niedergeschlagen aus.

»Wenn Sie gestatten, Herr Klinke, bitte ich Sie noch um fünf Minuten. Dann sind Sie fertig.«

William Klinke nickte. Er verstand zwar nicht die Ursache dieser Wendung, aber eines war sicher: man schien ihn nicht mehr irgendwelcher dunkler Absichten zu verdächtigen.

Franz Schilthuis bat ihn mitzukommen.

Sie verließen das Zimmer und gingen auf den Flur.

Jetzt ist das Zimmer leer.

Auch die beiden Inspektoren sind gegangen und haben die Tür hinter sich abgeschlossen. Sie entfernen sich, verschwinden. Die Hoteldirektion hat um größte Diskretion gebeten, man hat Verständnis dafür. Es hätte jedenfalls keinen Sinn, eine Wache vor diesem verschlossenen Zimmer aufzustellen. Niemand interessiert sich mehr für die Leiche von Ramón Mercader.

Jetzt ist Ramón Mercader allein.

Gestern, vor etwa 24 Stunden, hatte Floyd erklärt, er hieße überhaupt nicht so, er hätte den Platz eines Toten eingenommen. Das klang rätselhaft, hat aber schließlich keine Bedeutung mehr. Heute hat er wirklich den Platz eines Toten eingenommen. Er hat seinen Platz im Tod eingenommen, wer er auch war und auf welche Weise auch immer. Ein Laken bedeckt ihn, sein Gesicht, Stille des weißen Schnees. Richtig, Schnee war in diesen Ostertagen in Amsterdam mehrfach in seinem Gedächtnis aufgetaucht. Als er das Mauritshuis verließ, soll er gewünscht haben, im Binnenhof Schnee vorzufinden. Wie damals, beim Verlassen des Puschkinmuseums in Moskau. Und es gab noch eine andere Erinnerung an Schnee. Richtig, Schnee schmolz auf den Straßen, bei jenem Frühlingsanfang 1956. Er war bis zum Park gegangen, wo manchmal von den Zweigen im gedämpften Klirren der noch eisigen, unbeweglichen, klaren Luft einige lockere Schneeballen fielen und auf dem festgetretenen Schnee am Boden zerstäubten, während die Äste der Nadelbäume, befreit von diesem Gewicht, unter der sich bahnbrechenden Frühlingssonne rauschten, damals, vor zehn Jahren.

Man müßte sich um ihn niederlassen, reglose Form unter dem schneeigen Leichentuch, um bei ihm zu wachen, um seine Erinnerungen zu sammeln.

Henk Moedenhuik würde sich vielleicht an das Lachen im *Bali*, am 13. April, erinnern, jenes nicht enden wollende eisige Lachen, als er gesagt hatte, man stirbt nicht mehr. Das war natürlich absurd, denn hier war der Beweis, man stirbt immer noch. Aber er sprach sicher von einem anderen Tod.

Henk Moedenhuik würde von diesem ungewöhnlichen Lachen sprechen, das sich in seinem Gedächtnis mit der verschwommenen Erinnerung an Professor Brouwer verbinden würde, an das Haus am Plein 1813. Vielleicht würden sogar Magnolien auftauchen im Gedächtnis von Moedenhuik: Gut, aber diese Erinnerung brächte uns nicht viel weiter.

Walter Wetter würde sich vielleicht an den Mann erinnern, dem er in den Gängen des Bolschoi begegnet war. Zunächst war

ihm sein Gang aufgefallen. Irgendwie bekannt, obwohl undefinier-
bar. Später hatte er sicher verstanden. Alle Menschen, die Jahre
ihres Lebens in Gefängnissen verbracht haben, haben den gleichen
Gang: als ob sie überrascht wären, nach einigen Schritten nicht
auf die Zellenwand zu stoßen. Als ob die Entdeckung eines freien,
vielleicht unbegrenzten Raumes ihrem Gang jene unsichere und
ruckhafte Art verliehe. Und dann der Blick durch die Hornbrille.
Die verächtliche Verzweiflung im Blick. Walter Wetter würde
von dem Unbekannten im Bolschoi sprechen, von Ramón Mercader del Río. Und dann, ohne Übergang, würde er sich an das
große Stalinbild im Souterrain jenes ehemaligen Berliner Kaufhau-
ses erinnern, wo die Organe der Staatssicherheit die Verdächtigen
einsperrten, um sie zu verhören. Er würde sich an den bösen Blick
von Stalin erinnern, der noch immer das Kommen und Gehen
überwachte, Jahre nach seinem Tod, mit einer Miene, als wenn
er sagen wollte, daß alles kaputt, zum Teufel gehen würde, wenn
er nicht da gewesen wäre, unsterblicher Toter, aus seiner Asche
auferstanden, als ob der Blick von Stalin das gelbe, täuschende
Licht eines erloschenen Sterns wäre, der aber noch immer durch
den Weltraum und die Jahrhunderte sein abgefeimtes Mißtrauen,
seinen starrköpfigen Willen, seine tiefe Verachtung der Menschen
ausstrahlt, geblendete Staubkörnchen, kleine Schrauben, winzige,
jederzeit austauschbare Räder des großen Apparats. Man wäre
vielleicht erstaunt über diese beiden Erinnerungen von Walter
Wetter, aber sie wären nun einmal aufgetaucht, man würde sie
berücksichtigen müssen.

Felipe de Hoyos würde sich sicher an das aufgelöste Gesicht
jenes Mannes erinnern, der sich nach ihm umgedreht hatte, als er
in seinem schlechten Russisch jenes georgische Lied *Suliko* gesummt hatte, in der spanischen Hafenkneipe. Er hätte viel dazu
zu sagen.

Und so weiter.

Aber all dieses mögliche Erinnern würde dennoch außerhalb
sein, würde um ihn schweben wie Nebel- oder Rauchschwaden.
Sie würden sich gelegentlich alle an ihn erinnern, vielleicht nur
flüchtig, vielleicht unter schmerzhaftem Zusammenkrampfen, aber
er selbst würde sich nicht mehr erinnern. Nichts andres ist der
Tod: ein erloschenes Gedächtnis.

Sogar Inés (aber Inés war genau in diesem Augenblick in Ca-

buérniga, sie war eben aus dem Badezimmer gekommen, das so
groß wie eine Empfangshalle war und das Sonsoles Avendaño –
ihre Schwiegermutter, wie Tante Adela sagen würde, wodurch sie
eine, wenn auch noch so winzige, Verärgerung bei ihr hervorriefe
– das Sonsoles Avendaño de Mercader neben dem ehelichen Schlafzimmer hatte einrichten lassen, ein für die damalige Zeit pompöses
Badezimmer, wo man umhergehen, sich hinsetzen, sich auf ein
mit strohgelber Seide bespanntes, jetzt stellenweise etwas ver-
schlissenes Sofa legen konnte und warten, bis das Badewasser
heiß genug war, ein Badezimmer, das noch heute, trotz unver-
meidlichem Ärger mit den Rohrleitungen, sehr gut aussah, mit
seinen geblümten Fayencebecken, Keramiken aus Talavera und
dem vergoldeten Glanz der – zwar jetzt stellenweise bereits etwas
verblichenen, matten – Wandbeleuchtungen, krallenartigen Bade-
wannenbeine und Rokoko-Wasserhähne; Inés war in diesem Augenblick aus dem Badezimmer gekommen, völlig nackt, und
suchte auf dem Nachttisch ihr Päckchen Zigaretten – *Gener,*
kubanische mit Filter –, zog eine heraus, zündete sie an, nachdenklich, aber ihre Gedanken waren in diesem Augenblick ganz
banal und weiblich: sie fragte sich, noch ganz in der schwülen
Trägheit des Erwachens und des heißen Bades, was sie heute an-
ziehen sollte; so ging Inés also im Zimmer umher, nackt, mit der
Zigarette im Mund, ihre langen schwarzen Haare offen bis zu den
Schultern), sogar Inés, wenn sie (aber Inés blieb einen Augenblick
nach diesem Augenblick von eben vor einem ovalen Standspiegel
stehen, den man nach vorn und nach rückwärts drehen konnte,
weil er durch eine Achse fixiert war, die die beiden holzgerahmten
Seitenflügel miteinander verband; Inés blieb vor diesem Spiegel
stehen und betrachtete reglos ihren nackten Körper; sie zerdrückte
ihre kaum begonnene Zigarette in einem Aschenbecher, hob mit
ihren Händen das offene Haar hoch, hielt es über ihrem Nacken
in einem schweren Knoten zusammen, und die Stellung ihrer
Arme – hinter dem Nacken die Haare zusammenhaltend – ließ
ihre Brüste hervortreten von bläulicher Weiße über der goldbraunen Fläche ihres Rumpfes und ihres Bauches, der schlank wie ein
Maiskolben, ein Gebirgsbach, ein junger Baum, um die Hüften
rundlicher wurde, deren unter dem festen und glatten Fleisch
sichtbare Knochen das Becken abzeichneten – wie eine sich plötzlich glättende Wasserfläche –, dessen irisierende Blässe noch ein-

mal verstärkt wurde vom Vlies der Scham, sanfter, dunkelbe-
wachsener Hügel, und die sich fortsetzte, diese Blässe des der
Sonne beraubten Unterleibs – als ob diese ruhig schlummernde
Wasserfläche im Schatten rauschender Ulmen läge –, sich fortsetzte in dem doppelten Ansatz der gebräunten langen Beine von
der Farbe gebacknen Brotes, toten Laubs, siegreichen Herbstes;
und Inés stellte wieder in der etwas verwirrten Faszination ihres
Anblicks fest, daß ihr Körper ihr Vergnügen bereitete, und ihre
Hände ließen die Haare los, die wieder auf die Schultern fielen,
und strichen über ihren Körper, seine Rundungen, seine Höhlungen zu den Brüsten herunter, wo sie verweilten, sich wieder lösten,
strichen über die Kühle des Bauches, wo sie sich trennten und
den Rücken hinaufglitten, und diese langsame erschlaffende Bewegung streckte sie, und sie breitete die Arme schließlich zum
Kreuz aus, erfaßt von der unmittelbarsten körperlichen Gewißheit, daß der tiefe und feuchte Aufruhr ihres Blutes plötzlich),
sogar Inés, wenn sie in diesem Augenblick (aber Inés stellte genau
in diesem Augenblick fest, daß dieses Vergnügen, einen Körper zu
haben, seine Konturen zu berühren, seine hellen und dunklen
Stellen zu streicheln – ein Vergnügen, das noch dadurch verstärkt
wurde, daß sie sich spiegelte, daß sie im Spiegel sich selbst über
ihren Körper streichen sah, als ob diese Verdoppelung die intime
Gewißheit zu existieren irgendwie präsenter, dichter, aber auch
schmerzlicher machen würde, diese Gewißheit, die die unbestimmten körperlichen Empfindungen jederzeit, sogar bei der Zer-
streuung, beim Lachen oder bei der Aufmerksamkeit auf einen
besonderen Gegenstand oder ein besonderes Ereignis sie spüren
ließen; als ob das flüchtige Bild oder Spiegelbild ihrer Brüste,
ihres Bauches, den sie betrachtete, ihre Brüste schwellender und
fester, ihren Bauch glatter und frischer, ihre Scham wärmer
machte, die dadurch noch mehr ihr eigen wären, trotz der scheinbaren Entfernung, trotz der verwirrenden Objektivität, die durch
ein Spiegelbild geschaffen wird – daß dieses Vergnügen, einen
Körper zu haben, Inés stellte es noch einmal fest, ihre Gedanken
zu Ramón zurückführten, zu seinem Blick, seinen Händen, seinem Mund und wieder zu ihrem eignen Körper, als ob sie wirklich, für sich selbst, in der radikalsten und einsamsten Intimität
doch nur für diesen Blick, diese Hände, diesen Mund existierte,
nur dann, wenn ihr Körper sein Gegenstand wurde und auch,

wenn immer wieder Unbefriedigtsein aufbrach, Gegenstand ihrer
beider Vergnügen), sogar Inés, wenn sie in diesem Augenblick
von der Erinnerung an Ramón erfüllt gewesen wäre –, aber wäre
es denn wirklich eine Erinnerung? Man müßte es mit anderen
Wörtern versuchen, denn das Auftauchen von Ramón in ihren Gedanken, ihrer Vorstellung, hätte nicht die vielleicht verwaschenen,
grauen Farben der Vergangenheit gehabt; es wäre eine Präsenz,
eine Gegenwart gewesen, deren Abwesenheit, deren Fehlen die
Sehnsucht, die sie nach ihm empfand, nur unterstrichen, manchmal sogar gesteigert hätte, die sie der Zukunft entgegentreiben
würde – wenn sie also in diesem Augenblick, ganz nackt vor dem
ovalen Spiegel stehend, von der Erinnerung an Ramón erfüllt
gewesen wäre, von dessen Tod sie ja noch nichts wußte – das
dringende Telegramm von Schilthuis war noch nicht in Cabuérniga eingetroffen –, selbst Inés hätte nicht mehr in seinem Gedächtnis leben können; und nicht nur deshalb nicht, weil es in
Ramóns Gedächtnis Dinge gab, Bilder, Ereignisse, die ihr vollkommen fremd waren – was wußte sie zum Beispiel von der Reise
nach Sotschi, 1960? Gar nichts. Sotschi, der Ausflug an den Riza-
See, das Frühstück in der Gaststätte, ganz am hinteren Ausläufer
des Sees, die seinerzeit eine der beliebtesten Datschas Stalins gewesen war, all das kannte sie nicht; was wußte sie von der Fahrt
mit Georgi Nikolajewitsch auf dem Züricher See? Was wußte sie
überhaupt von Georgi Nikolajewitsch? Vom Aufenthalt in Prag
voriges Jahr? Und von der Arbeitstagung im Edgar-André-Heim,
an einem See mitten in den Wäldern um Berlin? Nichts, in dieser
Hinsicht war ihr Gedächtnis leer, oder besser, andere Erinnerungen an Ramón, falsche, trügerische, füllten diese unbekannte Leere
aus, diese unverdächtige Abwesenheit, Erinnerungen, die sich auf
Postkarten und Briefe stützten, die er ihr hatte zukommen lassen,
um sein Verschwinden, sein Doppelleben zu kaschieren –, also
nicht nur, weil sie von gewissen, aber entscheidenden Episoden
seines Lebens nichts wußte, sondern auch, weil die, die sie gekannt
und mit ihm geteilt hatte, wie zum Beispiel der Aufenthalt in Venedig oder jene Tage auf Capri, im Haus der Via del Tuoro – in
dem sich der alte vertrocknete, magere Gärtner noch an Wladimir Iljitsch und Gorki und ihre Angelpartien erinnerte –, wo sie
die Sonne geweckt hatte, Ramón und sie, umschlungen in dem
großen Bett, in dem sie sich alsbald in inniger Umarmung fanden,

die nur die Erfüllung eines gemeinsamen Schlafes zu sein schien, und deren Betäubung erst später vergangen war, als sie die Felsstufen zum blauen, belebenden Wasser der kleinen Faraglionibucht heruntergestiegen waren, weil selbst diese Episoden (aber Inés, in diesem Augenblick nackt vor dem Spiegel – und wir könnten uns entfernen, heimlich, uns von ihrem Blick auf den eigenen Körper abwenden und sie von hinten beobachten, eine neue *Venus im Spiegel,* die aber nicht wie auf dem Gemälde von Velasquez ausgestreckt daläge und nur ihr Gesicht im Spiegel betrachtete, sondern eine, die stehend ganz im ovalen Spiegel erscheint; wir hätten auf diese Weise nicht nur ihren Nacken, ihre Schultern, ihren Rücken, ihre Hüften sehen können, sondern auch, ihr gegenüber, das unvollständige Bild ihrer vergänglichen, heiteren Schönheit vervollständigend, ihre Augen, ihren Mund, ihre Brüste und die Linie ihres Körpers bis zur dunklen Zweigung – doch in diesem Augenblick hätte Inés, nackt vor dem Spiegel stehend, ganz und gar nicht an Ramón gedacht, das heißt, sie hätte ihn nicht in die Vergangenheit zurückgeworfen, sondern ganz im Gegenteil, das Fehlen seines Blickes auf ihr, seiner eigenen und beherrschenden Wärme empfunden, der sie sich unterworfen hätte, weil es keine andere Möglichkeit gab, als sich anspruchsvoll und gefügig zu unterwerfen, um bis zur Erfüllung seiner Selbst zu gelangen), sogar Inés also hätte uns nicht den Zugang zum Gedächtnis von Ramón öffnen können, der gerade in diesem Augenblick im schneeigen Vergessen des großen Schlafes in Amsterdam ausgestreckt lag.

Und Georgi Nikolajewitsch Uschakow, könnte er es?

Gewiß, von allen Gestalten dieser verrückten Geschichte – deren Unwahrscheinlichkeit von Seite zu Seite größer zu werden scheint und dadurch, durch ihre Dichte, ihre unentwirrbare Undurchschaubarkeit, einer möglichen Realität immer ähnlicher wird, denn das Unwahrscheinliche ist ja letzten Endes nur eine der Gestalten oder Schlüssel zur alltäglichen Wirklichkeit, gehen in ihrer leicht abstoßenden Qualität von *faits divers* –, von all jenen Gestalten weiß Uschakow zweifellos das meiste über das Leben von Ramón Mercader. Bestimmte Episoden seiner Kindheit, seiner Jugend sind ihm natürlich unbekannt, weil er 17 Jahre in sowjetischen Gefängnissen verbracht hat, in denen Post von außen, gelinde gesagt, nicht üblich war. Trotz dieser Lücken – die teilweise durch die Erzählungen des jungen Mannes ausgefüllt worden waren, den er bei seiner Rückkehr aus Kolyma 1955 wiedergefunden hatte –, weiß er genug vom Leben von Ramón Mercader, um uns notfalls stundenlang davon erzählen zu können.

Aber gerade in diesem Augenblick, in diesem Moment, am Vormittag des 16. April 1966, wo die Leiche von Ramón Mercader im Amsterdamer Hotelzimmer allein gelassen wurde, ist Georgi Nikolajewitsch Uschakow nicht in der Lage, mit uns darüber zu sprechen (und doch, seit die Ordonnanz in seinem Büro erschienen ist vor einer Stunde, hastig und aufgeregt, um ihn zu dieser unvorhergesehenen Versammlung zu rufen; seit er im großen Saal des ersten Stocks den stellvertretenden Minister für Staatssicherheit sowie die beiden Obersten von der Spionageabwehr und seinen eigenen Vorgesetzten vorgefunden hatte; seit er auf dem Tisch diese einfach unglaubliche Akte mit all diesen Fotos hatte auftauchen sehen, seitdem denkt Georgi Nikolajewitsch nur noch an Ramón Mercader, aber es handelt sich um ganz besondere Gedanken, die es nicht zulassen, sich den Reizen, der Ironie oder der Wehmut einer Erinnerung hinzugeben; gefährliche, leise Gedanken, die aus Ramón Mercader und seinen Handlungen den Gegenstand eines verworrenen Kampfes machen, dessen Ausgang fatal sein kann in der strengsten Bedeutung des Wortes).

Als die Ordonnanz vor einer Stunde in sein Büro gekommen war, hatte sich Uschakow fast erleichtert gefühlt trotz der Unannehmlichkeiten und Überraschungen, die solche Zusammenkünfte im ersten Stock immer bedeuteten, vor allem, wenn sie unvorhergesehen waren, erleichtert, von der öden Durchsicht der auf seinem Tisch ausgebreiteten Papiere wegkommen zu können. Heute vormittag war er sichtlich nicht in Form. Vielleicht war es ganz einfach der kommende Frühling, der ihn träge machte. Aber Tatsache ist, daß er um 5 Uhr früh – er hatte seit dem Gefängnis die Gewohnheit des Frühaufstehens beibehalten – unfähig gewesen war, die gestern abend begonnene Lektüre wieder aufzunehmen. Er hatte mehrere Tassen sehr starken Tee getrunken, vergeblich. Eine Art Schwere lähmte ihn. Er hatte an den plötzlichen Frühlingsausbruch gedacht. Er hatte auch an sein Alter gedacht. Nein, du bist kein junger Mann mehr, Georgi Nikolajewitsch! Vielleicht war es Zeit, in den Ruhestand zu treten, sich gehenzulassen, wie man so sagt. Ich könnte meine Pensionsrechte in Anspruch nehmen, hatte er gedacht mit einem bitteren Lächeln, weil er sich fragte, ob die Jahre in Kolyma als aktive Jahre gezählt würden. Aber sofort hatte der Gedanke an Pensionierung merkwürdig dem Todesgedanken geglichen. Ausruhen? Das hieß einfach, sich ins feuchte Gras des großen Schlafs strecken! Warum nicht? Vielleicht kündigt sich so der Tod an, mit dieser Schwere, diesem Lebensüberdruß, dieser physischen Niedergeschlagenheit. Er hatte den Kopf geschüttelt und war spazierengegangen, langsam in Richtung Stadtzentrum. Moskau war wild und schön im goldnen Frühlingslicht. Nach und nach hatte ihn eine betäubende Ruhe erfüllt. Die Stadt erwachte, schwoll an vom Lärm, vom menschlichen Saft. Er hatte Gesprächsfetzen gehört, Lachen, Aufwiedersehnsagen. Vor dem Puschkindenkmal hielten sich zwei junge Menschen an der Hand mit ausgestreckten Armen und sahen sich in die Augen; die ganze Liebe dieser Welt. Ja, hatte er gedacht, ja, schön und wild, heilige und barbarische Stadt. Er trieb in ihr umher, ein alter Mann, ein alter Baum, entwurzelt. Alles war zugleich vertraut und fern, unsagbar jung und von Altersschwäche angekränkelt. Verse von Jessenin waren ihm in den Sinn gekommen, er hatte stehenbleiben müssen, sich an eine Fassade lehnen. Ein junges Mädchen war an ihm vorbeigelaufen, Bücher unterm Arm. Sie hatte den Kopf gedreht, ihn angesehen und war zu ihm zurückgegangen: »Fehlt Ihnen was, Väterchen?« hatte sie gefragt. Sie war schlank, graziös, hatte einen kurzen Pelz und weiche Stiefel an. Hellgraue Augen, unendlich hell unter dem Kopftuch. »Es geht schon, es geht schon, Mütterchen«, hatte er geantwortet, »es ist schön, ich atme, es ist Frühling!« Da hatte sie gelacht, komplizenhaft, und den Kopf nach hinten geworfen. Zierliche, stolze und zarte Gesten, wie eine Wienerin, hatte er gedacht. Schon wieder Bilder, weit entfernt und verschwommen. Aber er hatte sich sofort selbst getadelt, in seinen Bart gelacht. Aber Georgi Nikolajewitsch, schon wieder dieser verdammte Kosmopolitismus! Warum wie eine Wienerin? Stark und zierlich, stolz und zart wie eine junge Russin, wenn ich bitten darf! Hervorgegangen aus dem schlammigen und trüben Boden der schrecklichen Jahre. Befreit von bäuerlicher Schwerfälligkeit, junge heitere Städterin mit den hellen Augen der rauschenden Weite. Vielleicht war dies das Ergebnis all ihrer Bemühungen, Irrtümer und Verbrechen, all ihres starrköpfigen und finsteren Heldentums: daß die jungen Mädchen den einstigen Wienerinnen glichen, oder den Heldinnen von Tolstoi, wie sie die jetzigen Filme darstellten? Mit einigen hunderttausend Autos, sehr bequem und sehr individuell, italienischer Herkunft, die jährlich in den neuen Fabriken hergestellt wurden, das wäre ein vollkommen unerwartetes Gesellschaftsbild, aber real, absolut real. Sie hatte sich entfernt, mit schnellem Schritt, auf eine Bushaltestelle zu. Er hatte sie entschwinden sehen, wie man seine Jugend entschwinden sieht, eine geliebte Frau, das Leben.

Doch es war der plötzliche Frühlingsausbruch, sicher kein Grund zur Beunruhigung.

Und jetzt betrachtete er diese Fotografie unter all denen, die Oberst P. N. Kowsky der Akte entnommen hatte. (»Aber das ist doch *Der Distelfink* von Carel Fabritius!«, hatte er vor einigen Minuten leise gesagt. Und keiner der drei anderen Anwesenden, auch nicht der stellvertretende Minister, schien eine solche Bemerkung von ihm erwartet zu haben. Man war verblüfft. »Wie bitte?«, hatte der stellvertretende Minister gesagt. Aber Uschakow hatte nicht geantwortet, er betrachtete die Fotographie. Das Bild war scharf, eine ausgezeichnete Vergrößerung. Rechts vorn sah man das Profil zweier Männer, die miteinander zu sprechen schienen. Links im Hintergrund eine weniger scharfe Gruppe, die sich vor dem Licht eines großen Fensters zu bewegen schien. Und genau in der Mitte hob sich das Gemälde von der Wand ab. Wirklich eine sehr gute Aufnahme. Aber der stellvertretende Minister hatte noch einmal gefragt: »Was haben Sie gesagt, Georgi Nikolajewitsch?« Uschakow hatte seinen Blick dem stellvertretenden Minister zugewandt. Er dachte gerade, daß Jewgeni seit ihrem letzten Treffen in Zürich vor zwei Jahren abgemagert war. »Ich sagte, daß das Gemälde, das man sehr klar erkennt, *Der Distelfink* von Carel Fabritius ist. Ein sehr schönes Gemälde. Es hängt in Den Haag im Mauritshuis.« Der stellvertretende Minister hatte die drei anderen angesehen, die unbeweglich dasaßen. Er zuckte die Achseln, sichtlich aufgebracht. Aber Uschakow hatte sich zum Obersten P. N. Kowsky gewandt, ein aufgehender Stern der Gegenspionage. Ein jung aussehender Mann, trotz seiner 40 Jahre, in makelloser Uniform. Lebhafter Blick, weicher Mund: »Und der andere, wie, sagten Sie, heißt er, Genosse Oberst?« Der Oberst hatte einen Blick auf die vor ihm liegende Akte geworfen: »Er heißt George Kanin und ist einer der Ost-Spezialisten des CIA. Offenbar ein erstklassiger Agent.« Uschakow hatte fassungslos den Kopf geschüttelt: »Ich kann nicht glauben, daß Jewgeni ein Verräter werden konnte«, sagte er. »Jewgeni! Wer ist das, Jewgeni?« Der stellvertretende Minister war mit scharfer, verärgerter Stimme dazwischengefahren. Uschakow hatte ihn überrascht angesehen: »Aber Genosse! Jewgeni Davidowitsch Ginsburg!« Und während er das sagte, hatte er mechanisch mit dem Finger auf das Gesicht des Mannes gezeigt, der neben George Kanin stand, vor dem *Distelfink* von Carel Fabritius im Mauritshuis, auf dieser Fotographie, die jetzt auf dem Tisch lag. Der stellvertretende Minister hatte sich verdutzt den andern zugewandt, und es war ihnen in diesem Moment eingefallen, daß der stellvertretende Minister natürlich nicht informiert sein konnte. Sie hatten es vergessen. Stellvertretende Minister kommen und gehen, sie können nicht alle geheimen Räder eines solchen Unternehmens kennen. »Er heißt nicht Ramón Mercader?«, hatte der stellvertretende Minister gefragt, mit einer immer schärferen Stimme. Uschakow hatte zweideutig gelächelt: »Aber nein! Ramón Mercader gibt es nicht. Sie haben geglaubt, daß Ramón Mercader existieren könnte, Genosse?« hatte er ausgerufen. Aber Uschakows Chef, Verantwortlicher für die Dokumenten- und Analysenabteilung, hatte sich mit klarer Stimme eingeschaltet. Er hatte erklärt, was Uschakow auch immer sagen möge, Ramón Mercader hatte sehr wohl existiert. Er war 1937 mit kaum sechs Jahren bei uns aufgenommen worden, 1937, mit anderen Kindern, die aus Nordspanien evakuiert worden waren, während des national-revolutionären Krieges – und Uschakow hatte sich ein Lächeln nicht verkneifen können: sein Chef wird immer die sakrosankten Formulierungen verwenden, keine Gefahr, daß er sich irren oder ein Wort verwechseln könnte! –, aber dieses Kind war 1942 bei einem Bombenangriff umgekommen. 1956, zur Zeit der Repatriierungen der spanischen Kinder, die inzwischen dank der internationalistischen Haltung unserer sowjetischen Heimat Männer geworden waren und eine solide Ausbildung erhalten hatten, hatte Ginsburg den Platz dieses Toten eingenommen. Die Bedingungen für diese Unterschiebungen waren fast ideal. Ginsburg war, wie soll man sagen, ein südlicher Typ, sprach ausgezeichnet Spanisch, und die Familie Mercader war während der Wirren umgekommen, außer einem alten Fräulein, das die Existenz eines Neffen nicht bezweifeln konnte, den sie kaum gekannt hatte und dessen eventuelle Ungeschicklichkeiten sich leicht durch den langen Aufenthalt in einem fremden Land erklären lassen würden. »Ein altes Fräulein, ja, Tante Adela«, hatte Uschakow gedacht. Jewgeni hatte oft von ihr gesprochen. Das alte Fräulein von Cabuérniga. Uschakow hatte versucht, sich zu erinnern: die Kastanienallee, die beiden Grabsteine von José und María Mercader und von Sonsoles Avendaño auf dem alten Friedhof; Erinnerungen voll von Toten, woran man auch dachte. Aber der stellvertretende Minister schien noch immer nicht ganz zufriedengestellt. »Jedenfalls eine absurde Idee, ein solcher Name!« hatte er trocken gesagt, und Georgi Nikolajewitsch hatte ihn starr angesehen. »Ich verstehe nicht ganz, Genosse! Sind Sie etwa abergläubisch?« hatte er zischend gefragt. Der stellvertretende Minister war in die Höhe gefahren und hatte Uschakow streng angesehen. Aber dann hatte er seinen Blick gleich abgewandt. Auf dem Gesicht von Georgi Nikolajewitsch war zu viel Verachtung, zu viel Erregung zu lesen. Der stellvertretende Minister hatte beschlossen, es auf sich beruhen zu lassen: gewisse Dinge, den Schmutz der Vergangenheit durfte man nicht aufrühren. Er hatte sich in seinen Sessel zurückgelehnt und den Blick abgewandt. »Schwein«, hatte Uschakow gedacht, »Schwein von süffisantem Bürokraten. Ein solcher Name, nicht wahr? Ramón Mercader. Aber der andere, den habt ihr in den Tod geschickt, nicht wahr? Aus dem habt ihr den perfekten Verbrecher gemacht, weil er der perfekte Kämpfer war? Und er hat euch nie verraten, nicht wahr? Er hat geschwiegen, und ihr habt ihm heimlich den Leninorden verliehen, nicht wahr! Den Leninorden, mein Gott, ihr Hundesöhne! Ihr habt es gewagt, den Namen Lenins mit diesem gemeinen Verbrechen zu besudeln, ihr dreckigen Hundebastarde! Und jetzt möchtet ihr, daß der andere Ramón Mercader ein Verräter ist! Mit einem solchen Namen, nicht wahr?« Aber er hatte nichts gesagt, Georgi Nikolajewitsch. Auf seinem Gesicht war nur die ganze Erregung und die ganze Verachtung eines alten Bolschewiken zu lesen.

Und jetzt betrachtete er wieder diese Fotografie, auf der Jewgeni D. Ginsburg und George Kanin miteinander zu sprechen schienen, vor dem *Distelfink* von Carel Fabritius.

Die Geschichte, die Oberst P. N. Kowsky erzählt hatte, war

niederschmetternd in ihrer Schlüssigkeit. Am Vortag, dem 15. April also, gegen Mittag, hatte ein gewisser O'Leary, Agent der Ostabteilung des CIA, mit unserer Abteilung in Prag Kontakt aufgenommen. Der Kerl schien mit seinen Chefs große Schwierigkeiten zu befürchten wegen einer Geld- und Frauengeschichte. Deshalb versuchte er sich abzusichern, da er wegen dieser Frau auf jeden Fall in Prag bleiben wollte, und bot dem KGB seine Dienste an. Als Beweis seines guten Willens brachte er den Mikrofilm einer Akte mit, den er in Amsterdam hatte entwenden können, wohin er gerade wegen seines Falles vor zwei Tagen bestellt worden war. Diese Akte betraf einen gewissen Ramón Mercader, der sich zur gleichen Zeit in Amsterdam befand und der offenbar seit einem Monat mit dem CIA Kontakt aufgenommen hatte, in der Absicht, zum Westen überzugehen. Es war zwar noch nichts beschlossen worden, aber die Verhandlungen schritten vorwärts, und um Überraschungen auszuschließen, hatte der CIA diese Akte über ihn angelegt. Als zusätzlichen Beweis seiner Vertrauenswürdigkeit hatte O'Leary auch noch die Deckadresse des CIA in Amsterdam angegeben: ein Handelsunternehmen auf der Herengracht, die *Van Geelderen Maatschappij*. In den nächsten Stunden dürfte die Angelegenheit abgeschlossen sein.

Und diese von O'Leary entwendete Akte war niederschmetternd. Man fand darin Fotos von Ramón Mercader mit Herbert Hentoff, den der CIA-Mann als einen der Verantwortlichen des amerikanischen Spionagedienstes in Spanien identifiziert hatte. Dieses Treffen zwischen Hentoff und Mercader hatte im Gebäude der spanischen Staatssicherheit stattgefunden, in die Mercader unter dem Vorwand einer Paßverlängerung gekommen war, und dieses Treffen war offenbar vom Nachrichtendienst der politischen Polizei arrangiert worden, entweder weil er irgendein Druckmittel gegen Mercader besaß oder weil dieser selbst die Initiative ergriffen hatte, dieser Punkt hatte durch die Informationen von O'Leary nicht geklärt werden können. Man fand in dieser Akte auch eine ganze Reihe von Fotos, auf denen man Mercader sehr freundschaftlich an öffentlichen Orten mit einem intelligent aussehenden jungen Mann sprechen sah, den O'Leary als Stanley Bryant identifiziert hatte, einer der Assistenten von Hentoff in Spanien. Nach dieser einzigen Vorbesprechung zwischen Merca-

der und Hentoff schien Stanley Bryant mit den weiteren Verhandlungen beauftragt worden zu sein. Und schließlich war da
jenes Foto vor dem *Distelfink* von Carel Fabritius, genau von vor
zwei Tagen, vom 14. April, auf dem man Ramón Mercader neben
George Kanin sehen konnte, offenbar ein höherer Agent, der damit beauftragt schien, diese Angelegenheit in Amsterdam abzu-
schließen, einer Stadt, die Ramón Mercader ausgesucht hatte, weil
es eine jener Städte war – die andere war Zürich –, von wo er direkt mit der Zentrale Kontakt aufnehmen konnte, was er vielleicht unter irgendeinem Vorwand tun würde, um diese Reise nach
Holland und ihre spezielle Bedeutung in den Augen des KGB so
gut wie möglich zu tarnen.

Aber in dieser Akte gab es noch mehr.

Die Fotokopie einer Karteikarte des CIA, auf der der Empfang
der drei letzten Berichte des Mercader-Netzes an den KGB bestätigt war, von denen Mercader schon den Amerikanern eine
Kopie gegeben hatte als Beweis seiner Vertrauenswürdigkeit, an
der die CIA-Leute bis zu diesem Moment anscheinend noch ge-
zweifelt hatten.

Als Oberst Pjotr Nikanorowitsch Kowsky an diesem Punkt
angelangt war, machte er eine Pause. Seine Stimme war ernst geworden.

»Diese Karteikarte, die Sie gleich prüfen können, enthält belastende Tatsachen«, hatte er mit ernster Stimme gesagt. Auf ihr
wird der Empfang der Kopie dreier Berichte durch den CIA bestätigt. Erstens, ein Bericht über die wirtschaftliche Situation
Spaniens und die Durchführung des Entwicklungsplans. Zweitens,
ein Bericht über neue Einrichtungen des Ubootstützpunkts Polaris
in Rota. Drittens, ein Bericht über die Stimmungen und politischen Ansichten im spanischen Offizierskorps.«

Der Oberst hob den Kopf und schob die Fotokopie dieser Karteikarte in die Mitte des Tisches.

»Das ist es!«, sagte der Chef der Dokumenten- und Analysenabteilung mit gebrochener Stimme, »genau! Außer den durch Sen-
der übermittelten Informationen sind das genau die letzten drei
Berichte des Ginsburg-Netzes.«

Der stellvertretende Minister nickte.

»Ich weiß nicht, ob die Verhandlungen dieses Mannes, wie sagten Sie? Ginsburg?« und der stellvertretende Minister machte ein

leicht angeekeltes Gesicht, »ich weiß nicht, ob seine Verhandlungen mit dem CIA gelingen werden, aber für uns ist die Sache klar.«

Sie nickten alle, und Uschakow war bestürzt.

In diesem Moment ergriff Oberst P. N. Kowsky wieder das Wort. Seine Augen hatten sich verfinstert, er schien heftig erregt zu sein.

»In dieser Sache«, sagte er leise, »das möchte ich sofort in Anwesenheit des Genossen stellvertretenden Ministers betonen, kann man mir sicher Leichtfertigkeit vorwerfen. Es ist möglich, daß ich wegen Mangels an revolutionärer Wachsamkeit gemaßregelt werden muß. Auf alle Fälle verpflichte ich mich, Genossen, von nun an alle politischen Aspekte dieser Angelegenheit noch einmal selbstkritisch zu überprüfen mit dem einzigen Ziel, die Wahrheit herauszufinden und unsere Kampfkraft zu verstärken!«

Da haben wir es wieder, dachte Uschakow. Er fühlte sich plötzlich sehr alt, sehr kraftlos.

Der stellvertretende Minister unterbrach ihn:

»Worauf spielen Sie an, Pjotr Nikanorowitsch?«

Er hatte ihn bei seinem Vornamen und Vatersnamen genannt, ein gutes Zeichen.

Daraufhin gab Oberst P. N. Kowsy folgende Erklärung ab. Als er vor sechs Monaten die Leitung einer der wichtigsten Spionageabwehrabteilungen übernommen hatte, hatte er natürlich die Akten aller Agenten im Ausland, vor allem jener, die ihren festen Wohnsitz dort hatten, überprüft. In der Akte von Jewgeni Davidowitsch Ginsburg – auch er ließ den vollständigen Namen von Ramón Mercader mit einem merkwürdigen Zug um seinen weichen Mund fallen, der den besonderen Klang dieses Namens hervorhob – also in der Akte Ginsburg hatten einige Tatsachen seine Aufmerksamkeit erregt. So war die Aufnahme Ginsburgs in den Komsomol zweimal abgelehnt worden. Dann, als er schließlich Mitglied wurde, war Ginsburg – Ende 1953 – zeitweise wegen schädlicher und unverantwortlicher politischer Äußerungen ausgeschlossen worden. Andrerseits, auch das muß gesagt werden, war die Herkunft Ginsburgs nicht gerade verläßlich. Vor sechs Monaten hätte er in seiner Untersuchung noch weitergehen müssen und sich nicht von offensichtlichen Erfolgen des Ginsburg-Netzes in Spanien blenden lassen dürfen. Wenn einmal irgendwo der Wurm drin ist«, sagte er, »verderben die schönsten Früchte früher oder später.«

Da haben wir es wieder, dachte Uschakow. Da war also der Wurm drin.

Alle Blicke waren auf ihn gerichtet. War er es nicht, der Ginsburg betreut hatte?

Uschakow hätte antworten können, daß Jewgeni eben wegen seiner »Herkunft« zweimal vom Komsomol abgelehnt worden war. Daß er zeitweise ausgeschlossen worden war, weil er Ende 1953 in einer Versammlung von Stalins Verfolgung der wahren Kommunisten gesprochen hatte. Die später aufgedeckten Tatsachen hatten die Richtigkeit dieser Meinung nicht nur bestätigt, sondern sie reichten noch weit darüber hinaus, da niemand, auch nicht Jewgeni, ahnen konnte, welches Ausmaß diese Verfolgung angenommen hatte. Aber Uschakow hatte nicht mehr die Kraft, direkt zu antworten. Er betrachtete den stellvertretenden Minister, die beiden Obersten – merkwürdig, der zweite hatte kein Wort gesagt, obwohl er den Ausführungen sehr aufmerksam gefolgt war: ein stämmiger Mann, mit grauen Haaren, dem der rechte Arm fehlte, und Uschakow kannte seine »Herkunft« nicht – er sah seinen Vorgesetzten an. Er fühlte sich sehr alt, und seine Stimme war fast unhörbar, als er sich entschloß zu sprechen.

»Ich habe den Vater Ginsburg auf der Universität gekannt«, sagte er mit fast unhörbarer Stimme. »Wir sind gemeinsam in die Partei eingetreten. Wir haben gemeinsam im Bürgerkrieg gekämpft, haben gemeinsam im Apparat der Komintern gearbeitet, in Berlin, in Wien, in Italien, in ganz Europa. Wir waren zwanzig Jahre alt, etwas älter vielleicht. Dann hatte er sich mit wirtschaftlichen Fragen beschäftigt, mit Preobraschenski. 1938 sind wir auch gemeinsam verhaftet worden. Die gegen uns erhobenen Anschuldigungen waren identisch. Aber heute sind wir voneinander getrennt: ich bin hier, rehabilitiert, ich lebe, und er ist tot. Er wurde erschossen, es war Winter, die Morgendämmerung hatte sich verspätet, da waren die Scheinwerfer einiger Autos eingeschaltet worden, und er ist gestorben im Lichte der Scheinwerfer, mit erhobener Faust, und hat gerufen: Es lebe die Partei Lenins!«

Es herrschte undurchdringliche Stille, als Georgi Nikolajewitsch eine Sekunde lang innehielt.

»Wir waren in der gleichen Zelle, der Vater Ginsburg und ich, mit einem Oberst der Roten Armee. Dieser Offizier war noch im Untersuchungsstadium, und er kam von den Verhören immer schwächer zurück, sein Körper von Schlägen gebrochen, Hände und Gesicht von Folterungen gezeichnet. Eines Abends, als der Offizier von einem Verhör zurückkam, ist er in der Zelle zusammengebrochen.Er konnte sich nicht mehr rühren, und wir glaubten, daß er sterben würde. Da hat sich dann David Semjonowitsch Ginsburg die Pulsadern aufgeschnitten, mit einem vom Bett abgeschlagenen Eisenstück; und er hat sein Blut in den Kübel fließen lassen. Später, als die Wache zur Abendinspektion die Tür geöffnet hat, hat er ihnen den Inhalt des Kübels ins Gesicht geschüttet und geschrien: Ihr wollt das Blut der Bolschewiki? Da habt ihr es! 24 Stunden später ist er deshalb erschossen worden. Er war so geschwächt, daß man ihn zur Erschießungsmauer tragen mußte.«

Georgi Nikolajewitsch schwieg. In diesem Augenblick hätte man den unhörbaren Atem von Millionen Toten hören können.

Uschakow lächelte.

»Das ist die Herkunft, auf die Sie anspielen, Genosse Oberst!«

Und nun war er es, der das Wort »Genosse« mit einem merkwürdigen Zug um den Mund aussprach, als ob es ihm auf den Lippen brannte.

Die Stille dauerte an. Der alte Oberst des KGB war weiß geworden, der leere Ärmel seines linken Armes, den er offenbar irgendwo im Dienst verloren hatte, zuckte eigenartig, als ob die Schulter des alten Oberst von einem nicht zu unterdrückenden Zittern erfaßt worden wäre.

Dann nahm der stellvertretende Minister die Situation wieder in die Hand.

Es wäre nicht der Moment, die Vergangenheit aufzurühren, sagte er. Die Partei und das Land hätten diese Fehler korrigiert und überwunden. Der völlig gesunde Körper der sowjetischen Gesellschaft hatte diese schädlichen Keime, die sie in ihrem Wesen nie angegriffen hätten, bereits alle abgeschnitten. Und was das vorliegende Problem beträfe, so wäre die Sache klar: für das Ginsburg-Netz wären die für solche Fälle vorgesehenen Sofortmaßnahmen zu treffen. Man müßte Ginsburg in Amsterdam abfangen und ihn durch irgendein Mittel in die Zentrale bringen. Dann würde man weitersehen.

Oberst Pjotr Nikanorowitsch Kowsky wurde mit der Durchführung dieser Direktiven beauftragt.

Daher war Georgi Nikolajewitsch Uschakow in diesem Augenblick des 16. April 1966 nicht imstande, uns von Ramón Mercader zu sprechen. Er erinnerte sich nicht einmal an Ramón Mercader, er erinnerte sich nur an Jewgeni Davidowitsch Ginsburg. Und die Frühlingssonne schien hinter den Fenstern des Sitzungssaales.

Unerklärlicherweise erinnerte sich Uschakow noch immer an das letzte Gedicht von Jessenin.

Aber wir sind in Amsterdam.

Die beiden Inspektoren haben eben die Tür des Zimmers Nr. 34 abgeschlossen, in dem die Leiche von Ramón Mercader ruht. Sie entfernen sich auf dem Hotelgang.

Vor einigen Sekunden hat Franz Schilthuis William Klinke gebeten, ihm zu folgen. »Noch fünf Minuten«, hatte er gesagt, »und dann sind Sie fertig.« William Klinke war ihm, noch ganz benommen von den Ereignissen, in ein Büro des Hotels gefolgt, wo Schilthuis ihn allein gelassen hate. Einige Minuten später war Schilthuis mit einem Mann zurückgekommen, den William Klinke nicht kannte. Der Mann hatte mehrere Verbände am Kopf, sah William Klinke an, schien ihn aber auch nicht zu kennen: er schüttelte den Kopf. Schilthuis sagte zu William Klinke, daß er fertig sei. Er begleitete ihn auf den Gang zurück und entschuldigte sich für die Störung.

Eine Frage beschäftigte William Klinke.

»Wie starb er?« fragte er.

Schilthuis lächelte merkwürdig:

»Er hat Selbstmord begangen«, antwortete er.

William Klinke war erstaunt:

»Wozu dann diese ganze Untersuchung?«

Schilthuis lächelte immer noch.

»Wissen Sie, es gibt mehrere Arten von Selbstmord!«

Man konnte meinen, daß er sich damit begnügen würde, aber nein, er sprach weiter.

»Sie schreiben doch für den Film, nicht wahr? Bitte, hier haben Sie einen guten Stoff, fast ebenso interessant wie der andere, an dem Sie arbeiten. Stellen Sie sich einmal vor! Ein spanisches Kind, das auch Ramón Mercader heißt, wird während des Bürgerkriegs in die Sowjetunion evakuiert, kommt 1956 nach Spanien zurück in ein Land, das ihm fremd geworden sein muß, macht dort aber eine großartige Karriere als Geschäftsmann. Und dann bringt sich der kleine entwurzelte Junge in einem Amsterdamer Hotel um, 30 Jahre nach seiner Fahrt in die Sowjetunion. Ein wahrscheinlich unerklärlicher Selbstmord.«

Plötzlich bestätigte sich der Verdacht von William Klinke. Dieser Mann war nicht von der Kriminalpolizei. Er arbeitete sicher für den Geheimdienst. Das heißt?

»Sagen Sie«, sagte er mit angespannter Stimme, »Sie haben mich verhört, weil ich Amerikaner bin, nicht wahr?«

Franz Schilthuis antwortete nicht. Er lächelte nur. »Auf Wiedersehen, Herr Klinke«, sagte er. »Sie sind vielleicht der einzige Amerikaner in Amsterdam, der mich nicht interessierte, aber es hat mich trotzdem gefreut, Ihre Bekanntschaft gemacht zu haben.«

Er drehte sich auf den Absätzen um und kehrte ins Büro zurück.

Felipe de Hoyos saß noch dort, auf einem Sessel.

»Nein«, sagte Felipe de Hoyos, als die Tür geschlossen war. »Der Mann gehörte nicht dazu, ich bin sicher. Die Kerle, die mich zusammengeschlagen haben, werde ich mein ganzes Leben lang nicht vergessen.«

Schilthuis dachte, daß das unnötig ist, ein so gutes Gedächtnis.

»Ich dachte mir, daß er nicht dazugehört«, sagte er, »aber man mußte dieses Detail schließlich überprüfen.«

Die beiden Inspektoren waren eben eingetreten.

»Bringen Sie den Herrn zurück«, sagte Schilthuis, »er soll seine Aussage und seine Anzeige gegen Unbekannt unterschreiben. Dann kann er an Bord gehen.«

Felipe de Hoyos stand auf. Er sagte auf Wiedersehen.

Schilthuis nickte, er sah auf die Uhr.

»Wir sind fertig«, sagte er. »Ich ziehe mich zurück. Schließen Sie die Sache ab. Und doch bin ich überzeugt, daß sie uns reingelegt haben.«

Die beiden Inspektoren sahen ihn an, wie man einen gutmütigen Irren ansieht. Dann gingen sie mit Felipe de Hoyos fort.

Franz Schilthuis blieb allein, er zündete sich eine Zigarette an. Plötzlich ging er zum Telefon.

»Henk?« sagte er wenig später. »Ja, ich bin es. Wo hattest du Rendez-vous mit Mercader um 12 Uhr 30? Im *Excelsior?* Willst du nicht dort mit mir essen? Ja, im *Excelsior.* Ich möchte noch mit dir sprechen. Ganz persönlich, weißt du? Gut, bis gleich!«

Man stirbt nicht mehr, dachte Henk Moedenhuik und betrachtete seinen ehemaligen Freund mit wachsender Animosität. Du sagst, man stirbt nicht mehr! Aber Schilthuis interessierte sich keineswegs für den Seelenzustand von Moedenhuik. Er suchte nur einfach den Faden dieser Geschichte, ein Kettenglied, ein Detail, vielleicht ein winziges, das ihm die Wiederaufnahme der Jagd ermöglichen würde.

»Versuch dich doch zu erinnern«, sagte Schilthuis, »vielleicht ist es ein winziges Detail, das dir zunächst nicht aufgefallen ist.«

Aber Henk betrachtete ihn mit wachsender Animosität.

»Er ist tot, er ist tot, nicht wahr? Wozu denn?« sagte er.

Schilthuis begriff, daß man einige Karten auf den Tisch legen mußte, wenn man Moedenhuik zum Sprechen bringen wollte.

»Mercader hat keinen Selbstmord begangen«, sagte er mit tonloser Stimme.

Henk Moedenhuik fuhr hoch.

»Was? Heute morgen und noch gerade jetzt hast du es mir gesagt!«

Schilthuis hob die Hand. Er trank einen Schluck französischen Wein.

»Ja, ich habe es dir gesagt. Und so wird es auch heißen: das wird das Ergebnis der Untersuchung sein.«

Dann beugte er sich zu Moedenhuik hin und sprach mit leiser Stimme:

»Hör zu! Gestern abend, um 19 Uhr, hat Mercader von seinem Zimmer aus telefoniert. Er hat verlangt, daß man ihm etwas zu essen heraufbringe, er habe keine Lust, zum Abendessen auszugehen. Als die Kellnerin ins Zimmer gekommen ist, war Mercader im Bad. Man hörte das Wasser laufen. Er rief, ohne sich zu zeigen, daß sie das Tablett auf den Tisch stellen solle. Etwas später hat er wieder die Rezeption angerufen, um zu sagen, man solle ihm keine Telefongespräche ins Zimmer geben und ihn nicht stören, er habe Migräne. Aber er wolle heute morgen um 7 Uhr mit dem Frühstück geweckt werden. Um 7 Uhr hat ihn der Etagenkellner tot aufgefunden. Das Tablett vom Vorabend stand auf dem Tisch mit einigen Speiseresten. Am Kopfende des Bettes war ein leeres Schlafmittelröhrchen und ein halbleeres Glas Wasser. Und ein Telegrammformular. Es war an seine Frau irgendwo in der Pro-

vinz Santander adressiert. Der Text lautete: HUMPTY DUMPTY
WIRD EINEN GROSSEN FALL TUN, VERZEIH MIR RAMÓN.

Henk Moedenhuik hob den Kopf:

»Na und?« fragte er, »das scheint doch klar.«

»Ja«, sagte Schilthuis, »das ist von einer in die Augen springenden Klarheit. Der Arzt hat bestätigt, daß Mercader an einer
Überdosis von Schlaftabletten gestorben ist. Der Tod dürfte
gestern abend gegen 11 Uhr eingetreten sein. Von einer in die
Augen springenden Klarheit.«

Henk Moedenhuik verstand nichts mehr.

»Du sagtest doch, daß er keinen Selbstmord begangen hat?«

Schilthuis trank noch einen Schluck und lächelte.

»Erstens hat niemand Mercader gestern abend gesehen. In der
Rezeption erinnert sich kein Mensch an die Zeit seiner Rückkehr.
Niemand erinnert sich, ihm den Schlüssel gegeben zu haben.
Auch die Kellnerin, die das Tablett auf den Tisch gestellt hat,
hat ihn nicht gesehen. Der einzige Beweis für die Anwesenheit
von Mercader gestern abend ist eine Stimme. Eine Stimme, die
niemand zu identifizieren brauchte, die Stimme von Zimmer 34,
ganz einfach.«

»Du glaubst, daß Mercader gar nicht da war?« fragte Moedenhuik ganz aufgeregt. »Du glaubst, daß jemand seinen Platz eingenommen hat?«

»Nein, ich bin sicher, daß er da war, aber jemand hat an seiner
Stelle gesprochen, auch da bin ich sicher.«

»Aber wozu dann diese ganze Inszenierung?« fragte Moedenhuik.«

Franz Schilthuis schob seinen Teller weg.

»Genau, es war eine Inszenierung. Paß auf, für mich haben sich
die Dinge so abgespielt. Kurz vor 19 Uhr hat man Mercader ins
Hotel gebracht. Mercader mußte bewußtlos sein, unter Drogen,
auf irgendeine Art. Im Zimmer ist dann jemand bei ihm geblieben
und hat seine Rolle gespielt. Jemand, der telefoniert, der sich
mit dem Körper Mercaders ins Badezimmer eingeschlossen, mit
der Kellnerin durch die halboffene Türe gesprochen hat, also die
ganze Nummer. Jemand, der in seiner Berufspflicht so weit gegangen ist, daß er sogar das bestellte Abendbrot gegessen hat. Danach
telefoniert derselbe Mann, daß er unter keinen Umständen gestört werden will. Aber erst später, drei Stunden später, zwingt

316

er einen unter Drogen stehenden, aber lebenden Mercader, die tödliche Dosis Schlaftabletten einzunehmen. Eine perfekte Inszenierung.«

Moedenhuik zuckte mit den Achseln:

»Du erzählst mir einen Spionageroman«, sagte er.

»Es ist auch ein Spionageroman«, antwortete Schilthuis mit einem unbestimmten Blick.

Henk Moedenhuik war perplex.

»Was willst du damit sagen?«

»Das, was ich gesagt habe.«

Henk Moedenhuik war erschüttert.

»Hast du Beweise für das alles?«

Franz Schilthuis lachte jetzt.

»Beweise? Mehr als genug. Aber sie nützen mir nichts.«

Seine Stimme wurde wütend, als wenn der Gedanke, nicht beweisen zu können, was er behauptete, ihn außer sich brachte.

»Zuerst waren die Amerikaner hinter ihm her, seit seiner Ankunft in Amsterdam. Durch sie wußte ich von der Existenz von Mercader in Amsterdam, durch diesen ganzen amerikanischen Zirkus seinetwegen. Sie waren hinter ihm her, und einer hat sogar sein Leben dabei gelassen, dieser Herbert Hentoff. Der Kerl, der ihn von Madrid an beobachten mußte.«

Er zündete sich eine Zigarette an.

»Und dann dieses Telegramm. Das ist zu schön, um wahr zu sein, zu perfekte Arbeit. Der klassische Fehler: man will um jeden Preis Selbstmord vortäuschen und tut etwas zu viel des Guten. Man vergißt, daß Selbstmord eine der wenigen Handlungen ist, die ein Mensch ohne Grund begehen kann. Das heißt, ohne ersichtlichen Grund, ohne Begründung. Selbstmord ist der Schatten, der plötzlich aufsteigt. In irgendeinem Moment kommt der Schatten heran und verschlingt einen. Und niemand versteht etwas. Stell dir vor, X hat sich umgebracht. Er war doch so heiter, so lebenslustig. Ein Schatten, das ist alles!«

Henk Moedenhuik konnte es nicht fassen. Er hätte niemals gedacht, das Schilthuis sich derart aufregen konnte.

Schilthuis faßte sich wieder.

»Mercader war halb aus dem Bett gefallen, als man ihn heute morgen fand. Seine rechte Hand schien nach dem Telefon greifen zu wollen. In seiner Linken hatte er das zerknitterte Telegrammformular. Die Inszenierung sollte vortäuschen, daß Mercader im letzten Moment, in einer plötzlichen Anwandlung, mit seiner Frau darüber sprechen wollte. Wie rührend. Aber ein Sterbender nimmt sich nicht die Mühe, niederzuschreiben, was er telefonisch diktieren will. Das wurde für uns geschrieben. Zu perfekte Arbeit, der klassische Fehler.«

Henk Moedenhuik schauderte es. Er sah sich um. Er hörte wieder die undeutlichen, gedämpften Geräusche dieses Luxusrestaurants. Aber das beruhigte ihn nicht. Wenigstens nicht ganz.

»Und deshalb bitte ich dich, einmal genau nachzudenken«, sagte Schilthuis. »Versuch dich zu erinnern!«

Henk Moedenhuik versuchte sich zu erinnern.

Also, die Sekretärin hatte ihm gegen 10 Uhr 30 das Gespräch gegeben. Die Stimme Mercaders war munter. Er wolle einen Tag freinehmen, hatte er gesagt. Sie hatten anzügliche Bemerkungen gemacht. Ja, so war es, man konnte den Eindruck haben, Mercader habe ein galantes Abenteuer vor. Jedenfalls hatte er gesagt, er wäre spät am Abend oder ganz früh am nächsten Tag wieder in Amsterdam. Sie hatten sich im *Excelsior* verabredet. »Wieder in Amsterdam?« unterbrach ihn Schilthuis. »Er hat Amsterdam also verlassen?« Nun fiel es ihm wieder ein. Schon gestern hatte sich Moedenhuik an dieses Detail erinnert. Jetzt kam es ihm wieder ins Gedächtnis. Ja, undeutlicher Lärm und dann jene Frauenstimme, genau die Stimme von Stewardessen, die Ankunft und Abflug der Maschinen ankündigen. Ja, das war es.

Franz Schilthuis hatte sich zu ihm gebeugt.

»Aha!« sagte er, »ich wußte es doch. Gestern habe ich schon Nachforschungen in Schiphol angestellt. Kein Mercader hat den Flughafen nach 10 Uhr 30 verlassen. Nur zwei Personen haben in letzter Minute Flugkarten gekauft, auf dem Flughafen. Ein Belgier nach Brüssel und ein Amerikaner nach Zürich.«

»Zürich?« fragte Moedenhuik.

Das sagte ihm etwas. Ja sicher. Während des Abendessens im *Bali* hatte Mercader von der Möglichkeit einer Blitzreise nach Zürich gesprochen. Er hatte kein Datum genannt, aber er glaubte, einen Sprung nach Zürich machen zu müssen.

»Aha!« sagte Schilthuis.

Er sah zufrieden aus, er bestellte eine zweite Flasche französischen Wein.

»Um 10 Uhr 45«, sagte Schilthuis, »flog eine Maschine der *Swissair* von Schiphol nach Zürich.«

Der Flughafenangestellte würde vielleicht das Foto dieses Reisenden erkennen, der in letzter Minute gekommen war. Und die Stewardeß der *Swissair* vielleicht auch, wer weiß. Ramón Mercader war ein auffallender Mann, nicht wahr? Franz Schilthuis war zufrieden. Es war noch nicht alles verloren, man könnte die Sache wieder aufrollen.

»Na und?« sagte Henk Moedenhuik, »davon kann er sich auch nichts mehr kaufen! Er ist tot, oder etwa nicht?« Plötzlich erinnerte er sich wieder an etwas und brach in ein wildes Lachen aus, was die Aufmerksamkeit des Nebentisches erregte, wildes, nicht enden wollendes Lachen.

»Man stirbt nicht mehr!« sagte Henk Moedenhuik mit einem wilden Lachen.

Franz Schilthuis sah ihn bleich an. Er versuchte nicht einmal zu verstehen. Er zuckte mit den Achseln.

Ein echter Kosmonautenschädel, unbestreitbar.

Inés betrachtet die beiden Männer. Der Ältere, der sich etwas abseits hält, schweigsam ist, hat einen echten Kosmonautenschädel mit Bürstenschnitt. Der andere, der Jüngere, spricht mit Tante Adela, ist redselig.

Inés sieht die beiden Amerikaner an, sie ist nachdenklich.

Vor 10 Minuten, um 11 Uhr 35, waren Elliott Wilcock und Stanley Bryant vor dem Haus in Cabuérniga angekommen. Inés war eben in ihr Zimmer gegangen. Der Wind hatte sich heute früher erhoben. Gegen 11 Uhr war nicht das gewohnte Beben am Blätterhorizont gekommen, sondern eine Reihe kurzer trockener Windstöße hatten an den Fensterläden gerüttelt. Dann kam wie eine Schlagwelle ein starker Wind, der schwere Wolkenberge wild vor sich her trieb. Tante Adela hatte gemeint, das sähe trotz der Jahreszeit nach baldigem Ausbruch eines Sommergewitters aus. Inés hatte genickt und war in ihr Zimmer gegangen, um die Fenster zu schließen.

Die Stirn an die Scheibe gedrückt, sah Inés zu, wie sich das Gewitter dem Hause näherte. Einige hundert Meter weit entfernt regnete es schon in dicken Strippen, während die Kastanienallee, die Baumgruppen um sie herum und die weiße Sandterrasse vor dem Haus noch im bleiernen Licht lagen und vom Regen verschont blieben. Man sah aber, daß sich der nasse, rauschende Vorhang über die ganze Breite der Landschaft mit der Geschwindigkeit eines galoppierenden Pferdes näherte. Bald wird der Regen, wie eine aus dem Nichts hervorquellende Woge auf die Wipfel der Kastanienbäume prasseln, auf die Terrasse klatschen, mit tausenden leichter Hufe gegen die Fenster der Hausfront trommeln.

Und dann, als ob sich der metallische Lärm des Regens materialisiert hätte, tauchte ein schwarzer Seat 1800 am Ende der Allee auf. Der Wagen fuhr langsam auf die Esplanade zu, die sich am Fuße der Terrasse erstreckte.

Inés bildete sich eine Sekunde lang ein, es wäre Ramón, der sie mit einer unangemeldeten Ankunft überraschte. Sie wollte sich eben vom Fenster entfernen, ihm entgegenlaufen, aber nein, sie blieb wie angewurzelt stehen. Im Wagen saßen zwei Männer. Hinter der Windschutzscheibe, auf der die unaufhörliche Bewegung der Scheibenwischer zwei durchsichtige Halbkreise freimachte, sah Inés zwei Männergesichter sich abzeichnen.

Unruhe überkam sie. Sie rührte sich nicht.

Der Fahrer hatte offenbar die Scheibenwischer abgestellt. Man sah nichts mehr hinter der vom Sprudel des Platzregens überschwemmten Windschutzscheibe.

Jetzt hörte Inés eine Frauenstimme. Tante Adela war offenbar auf die Veranda getreten, um die Besucher zu empfangen. Das Wagenfenster des Beifahrers wurde heruntergedreht, und ein ziemlich jung aussehender Mann beugte sich heraus, um Tante Adela zu antworten. Das Fenster wurde wieder hochgedreht, und einige Augenblicke später sah Inés Remedios auftauchen, die den riesigen schwarzen Regenschirm der langen einsamen Spaziergänge von Tante Adela aufspannte.

Remedios näherte sich dem Wagen und begleitete den einen Insassen bis zur überdachten Veranda. Dann trat sie wieder hervor, um den Fahrer vor dem Regen zu schützen. So, nun waren sie im Haus.

Inés hörte ihr Herz klopfen.

Kurze Zeit später betrachtete sie die beiden Amerikaner im großen Salon des Erdgeschosses. Der Ältere, der ihr als Elliott Wilcock vorgestellt worden war, hatte einen richtigen Kosmonautenschädel. Vor Jahren hatte ihr Ramón eines Abends Fotos gezeigt. Es war eine Reportage vom Leben in Cap Canaveral – das heißt Cap Kennedy – in irgendeiner Illustrierten. Siehst du? hatte Ramón gesagt, die amerikanischen Kosmonauten haben auch Kosmonautenschädel. Sie hatte über diese offensichtliche Binsenwahrheit gelacht, aber nein, es war ernst gemeint. Ramón behauptete, daß es eine Art Übereinstimmung, Verbindung, eine Art ungeklärten, aber evidenten Zusammenhang zwischen dem Aussehen der amerikanischen Kosmonauten und ihrer Tätigkeit gäbe. Glatte Gesichter, kurze Haare, abgemessene Gebärden, brutale und lässige Elastizität des Ganges, graue, harte und leere Augen: so stellt man sich die Passagiere des Weltalls vor. Und so hatte man sie sich übrigens in den Comics der Dreißigerjahre vorgestellt. Und nun denk dagegen mal an unsere kleinen Russen, sagte Ramón. Wenn sie aus ihren Raumanzügen ausgestiegen sind, wie sehen sie dann aus? Wie Kolchosbauern, die sich an einem Sonntag in die Stadt verirrt haben. Bauerngestalten mit schwerem Gang und Händen, die dazu da sind, die Traktoren zu reparieren, die immer Pannen haben. Gott weiß, warum! Und wenn sie erst in Uniform stecken, ist es noch schlimmer, in ihren schlecht geschnittenen, altmodischen Uniformen mit den breiten Achselstücken aus der Zarenzeit, die man wieder eingeführt hat, um an die Tradition anzuknüpfen. Traktoristen, die zu irgendeinem Aktivistenkongreß in die Stadt gekommen sind. Das ist das Problem, hatte Ramón gesagt. Ein riesiges Land mit einigen Pioniersektoren der Industrie – die alle mehr oder weniger zur strategischen Forschung gehören –, das sich aber noch nicht von der Bauernscholle befreit hat: von der Schwerfälligkeit, Brutalität, dem Starrsinn der Bauern.

So hatte Ramón gesprochen, lange, mit trockner, fiebriger Stimme, anläßlich jener amerikanischen Kosmonauten, die tatsächlich Kosmonautenschädel hatten. Aber seine abschließenden Bemerkungen waren verblüffend. Typen mit Kosmonautenschädeln müsse man immer mißtrauen, hatte er gesagt, ohne weitere Erklärung.

Und Inés betrachtete Elliott Wilcock, seinen typischen Kosmonautenschädel mit Bürstenschnitt und grauem, hartem, leerem Blick.

»Haben Sie mein Telegramm nicht erhalten, Frau Mercader?«

Der Jüngere hieß Stanley Bryant, und er stellte diese Frage. Nein, was für ein Telegramm denn? Bryant sprach schnell in ausgezeichnetem Spanisch. Nur mit einem ganz kleinen Akzent, einer Satzmelodie vielmehr, als wenn er Mexikaner wäre. Was für ein Telegramm, Herr Bryant?

Also gestern hatten sie sich, Wilcock und er, gedacht, da sie doch in der Gegend wären, könnten sie einen Sprung nach Cabuérniga machen. Ramón hätte ihnen vor acht Tagen gesagt, daß er zu Ostern in Cabuérniga sein würde. Da hatte er sich also gedacht, er könnte auf einen Sprung vorbeikommen, und hatte ein Telegramm geschickt, um seine Ankunft anzukündigen.

»Wie Sie sehen, ist Ramón noch nicht da«, sagte sie vorsichtig.

Ramón hatte nie über diesen Stanley Bryant gesprochen, aber schließlich sprach Ramón nicht über alle, denen er begegnen mußte.

Sie sah sich diesen zungenfertigen Bryant an, der bedauerte, daß er nun doch unangemeldet gekommen war.

Jetzt mischte sich Tante Adela ein, Telegramme würden ja nur einmal täglich gegen Mittag ausgetragen. Das Postamt in Cabuérniga verfügte nur über sehr wenig Personal, und der junge Radfahrer, der die Telegramme austrug, wäre heute noch nicht vorbeigekommen.

»Er muß bald kommen«, sagte Inés.

Sie sah durch die Scheiben der Veranda. Der Platzregen hatte aufgehört.

Stanley Bryant war erleichtert.

Er hatte natürlich kein Telegramm geschickt. Es war auch nicht vorgesehen, daß er so einfach mit Elliott Wilcock in das Haus der Mercader ginge. Sie sollten es so diskret wie möglich überwachen, das war ausgemacht. Aber heute morgen in Santander, bevor sie in das Tal nach Cabuérniga aufbrechen wollten, hatte er mit der Botschaft in Madrid Kontakt aufgenommen. Der Mann vom Pressedienst schien außer sich. Geradezu überreizt. Er gab ihm neue Instruktionen. Stanley Bryant hatte daraus geschlossen, daß Mercader seiner Frau gestern vom Züricher Flughafen ein Telegramm geschickt hatte, in dem er sie bat, gewisse Papiere zu vernichten. Das war ein neuer Fakt, und man mußte daher die Pläne ändern. Wilcock und er mußten unter irgendeinem Vorwand direkt ins Haus der Mercader gehen und diese Telegrammgeschichte klären, ganz gleich, mit welchen Mitteln – »Verstehen Sie mich, Bryant? ganz gleich, mit welchen Mitteln, es ist uns jetzt scheißegal, ob die gute Frau errät, wer ihr seid.« –, sie mußten unter allen Umständen herausbekommen, ob das Telegramm, das am 15. April um 11 Uhr 55 auf dem Züricher Flughafen aufgegeben wurde, angekommen war und ob Mercaders Frau seinen Auftrag ausgeführt hatte. Wenn das Telegramm noch nicht da war, mußte man die Papiere, deren Vernichtung Mercader verlangte, in Beschlag nehmen – »ganz gleich, mit welchen Mitteln! Verstehen Sie mich, Bryant? Sie werden gedeckt, was auch geschieht!«

Stanley Bryant war mit sich zufrieden, er fand sich sehr schlau. Durch diese geschickte Anspielung auf ein Telegramm, das er niemals geschickt hatte, war es ihm gelungen festzustellen, daß Mercaders Auftrag vom Postamt in Cabuérniga noch nicht überbracht worden war. Sie waren also rechtzeitig gekommen. Jede Minute konnte der junge Radfahrer, von dem das alte Fräulein gesprochen hatte, das Telegramm bringen. Es würde daher genügen, Inés zu beobachten, sie nicht einen Augenblick lang allein zu lassen. Sie würde sie unfehlbar zum Versteck der Papiere führen. Und wie konnten die drei Frauen in dem alleinstehenden alten Haus Wilcock und ihn daran hindern, sich der Dokumente zu bemächtigen? Nein, diese Angelegenheit war praktisch erledigt. Man brauchte nur zu warten.

Stanley Bryant entschuldigte sich noch einmal für diesen Überfall. Wirklich, wenn er gewußt hätte, daß Ramón nicht da war! Und dann, was für ein Pech, daß Telegramme so verspätet ausgetragen werden! Aber Ramón hatte ihnen manchmal von der Sammlung von Zeitungen der CNT und der FAI erzählt, die sein Vater im Laufe der Jahre in seiner Bibliothek von Cabuérniga zusammengetragen hätte, und da er gerade eine Arbeit über *Anarchismus und Bürgerkrieg* vorbereitete und sich noch dazu in der Gegend befand, hatte er Lust bekommen, einen Blick auf diese Sammlung zu werfen, von der Ramón ihm erzählt hatte und die er ihm gelegentlich zeigen wollte. Aber natürlich, wenn Ramón nicht zu Hause war, wolle er die Damen nicht stören. Nein, sie würden sich verabschieden, sobald der Himmel sich aufgehellt hatte.

Der Himmel hatte sich aber schon aufgehellt.

Inés saß reglos und still da und betrachtete den heller gewordenen Himmel durch die Fenster der Veranda, auf denen heruntergleitende Regentropfen von Zeit zu Zeit im dünnen Strahl der wieder herausgekommenen Sonne glitzerten.

Die Anwesenheit der beiden Männer war ihr unerträglich. Erstens hatte Ramón nie eine Andeutung über die Möglichkeit eines solchen Osterbesuchs gemacht. Und außerdem paßten die beiden Männer nicht zusammen, ihr gemeinsames Auftreten war ungewöhnlich und irgendwie beunruhigend. Jeder für sich, wären sie notfalls annehmbar gewesen. Bryant sah wie ein Intellektueller aus, und sein Interesse für die anarchistischen Zeitungen, die ihr Schwiegervater sein ganzes Leben lang gesammelt hatte, schien nicht gespielt. Aber Wilcock, der sie, in mürrisches Schweigen gehüllt, ununterbrochen ansah, glich jedem dieser amerikanischen Militärs, die man seit Eröffnung der amerikanischen Luftbasen des *Strategic Air Command* in Madrid treffen konnte. Aber sie paßten überhaupt nicht zusammen. Dieses Zusammenauftreten konnte nur das Ergebnis einer unbekannten, aber üblen Absicht sein.

Tante Adela hingegen bestand darauf, daß sie blieben, als wenn dieser Überfall die gewohnte Eintönigkeit der Tage in Cabuér-niga etwas belebte. Ramón wäre froh zu wissen, sagte sie, daß sie wie Freunde aufgenommen worden wären. Und was diese Sammlung anarchistischer Zeitungen anging, so sei nichts leichter als das. Sie brauchten sich nur in die Bibliothek zu begeben, dort könnten sie bis zum Mittagessen darin blättern.

Denn sie würden doch zum Mittagessen bleiben, nicht wahr?

Stanley Bryant nahm sofort an. Die Geschichte entwickelte sich wirklich gut: diese Frauen waren nicht mißtrauisch, er würde nur im äußersten Fall Gewalt anwenden müssen.

Inés schritt rasch aus im Schatten der Kastanien.

Sie hatte das Haus durch die Hintertür verlassen, nachdem sie Remedios Anweisungen für das Mittagessen gegeben hatte. Sie hatte die Terrasse, auf die die Fenster der Bibliothek gingen, ge-mieden, damit der Amerikaner mit dem Kosmonautenschädel sie nicht sehen konnte. Jetzt ging sie parallel zur Fahrbahn unter dem Schutz der Bäume zum Gittertor.

Dort würde sie heute das Telegramm abwarten.

Vor einigen Minuten hatte sich Stanley Bryant mit fieberhafter Begeisterung in die Bände vertieft, die Tante Adela ihm gezeigt hatte und die die Sammlung der anarchistischen Zeitungen von José María Mercader enthielten. Das ist eine wahre Fundgrube, erklärte Stanley Bryant, zur großen Freude von Tante Adela.

Aber der andere, der Kosmonaut, teilte diese intellektuelle Be-geisterung nicht.

Inés hatte ihm ein Getränk angeboten, und er hatte angenom-men.

Dann hatte er sich mit dem Glas in der Hand bei einem Fenster hingepflanzt und mit grauem, hartem und leerem Blick die Terrasse und die Kastanienallee beobachtet.

Plötzlich hatte Inés gewußt, daß der Mann das Telegramm von Ramón mit der gleichen Ungeduld erwartete wie sie. Aber warum? Welches Interesse konnten die beiden Amerikaner an den Tele-grammen von Ramón haben? Schon vorhin war das Benehmen von Bryant merkwürdig gewesen, das wurde ihr jetzt bewußt. Er hatte gefragt, ob sein Telegramm angekommen wäre, und alle seine scheinbar harmlosen Fragen hatten Tante Adela dazu ge-bracht, genau zu erklären, daß die einzige Zustellung täglich gegen Mittag durch den jungen Radfahrer vom Postamt aus Cabuérniga erfolgte. Bei dieser Mitteilung hatte er sich entspannt.

Aber vielleicht bildete sie sich das alles nur ein?

Sie wollte wissen, woran sie war. Sie hatte die Bibliothek verlassen unter dem Vorwand, sie müsse Remedios Anweisungen für das Mittagessen geben, und jetzt ging sie unter dem Schutz der Kastanienbäume bis zur Einfahrt, um dort den jungen Radfahrer abfangen zu können, geschützt vor jedem Blick.

Jetzt lief sie quer durch den Kastanienwald. Das Fahrrad war eben zwischen den beiden bemoosten Pfeilern des Gitters aufgetaucht, das nie mehr geschlossen wurde.

Sie rief ihn kurz an. Der Junge blieb stehen, setzte die Füße auf den Boden und wartete auf sie.

In der rechten Hand schwenkte er zwei blaue Rechtecke.

Zwei Telegramme heute. Inés schlug das Herz, aber nicht vom Rennen unter den hundertjährigen Kastanien.

Es war 12 Uhr 17, Elliott Wilcock hatte eben auf die Uhr gesehen.

Dieser Idiot von Bryant quatschte noch immer mit dem alten Fräulein über die Sammlung von Zeitungen. Ein richtiger Eierkopf, dieser Bryant! Als wenn man sie so weit weggeschickt hätte, damit sie sich mit diesen ganzen Scheißpapieren beschäftigten?

Elliott Wilcock beschloß, etwas zu unternehmen. Man mußte Mercaders Frau besser im Auge behalten.

Genau in diesem Augenblick wurde ein großer schwarzer Wagen – ein Mercedes – sichtbar, rechts hinter den Nebengebäuden. Elliott Wilcock sah ihn auf der Esplanade vor dem Haus auftauchen. Er hörte, wie der Motor mit Vollgas angelassen wurde. Der schwere Wagen machte eine plötzliche Wendung auf dem Sand, der um die Hinterräder spritzte, und raste schleudernd auf die Kastanienallee zu.

Elliott Wilcock schrie auf.

Tante Adela sah den jungen Amerikaner aufspringen und das Album fallenlassen, in dem er eben geblättert hatte. Der andere hatte das Fenster geöffnet, schwenkte eine riesige Pistole und schrie dabei Wörter, die sie nicht verstand.

Die beiden Amerikaner sprangen durch das Fenster und rannten zu ihrem Wagen.

Tante Adela hörte einen Schuß. Dann begann der Seatmotor aufzuheulen, in einem schrecklichen Kreischen des Getriebes.

Tante Adela stand mitten in der Bibliothek, weiß wie ein Linnen.

Die Tür wurde geöffnet, Remedios erschien, aufgelöst, das Gesicht voller Tränen.

VI

Der Kellner in weißer Jacke war von links gekommen und hatte mit weichen Schritten den großen Saal durchquert. Das Licht kam von rechts milchig und trübe durch die matten Fenster. Die Hände des Kellners in weißen Handschuhen flatterten um die Kaffeetassen und Wassergläser auf dem grün bespannten langen Tisch. Die drei Russen tranken mit kleinen Schlucken und sahen starr vor sich hin. Der Kellner in weißer Jacke tauschte jetzt die Aschbecher aus. Die Stille wurde zu einer Art Brei, in dem die winzigen Kristallgeräusche gedämpft klangen. Ein Löffel gegen einen Tassenrand, ein Glas gegen eine Untertasse, vielleicht. Der Kellner in weißer Jacke hatte jetzt seine Arbeit beendet. Er entfernte sich fünf Schritte und blieb stramm stehen.

Walter Wetter sammelte seine Notizen, die er für diese Sitzung vorbereitet hatte, und zündete sich eine Zigarette an.

Der lange Tisch stand im rechten Winkel zur Glastür rechts von ihm, von der aus man gegebnenfalls die Blumenbeete eines der Innenhöfe des Ministeriums hätte sehen können. Ihm gegenüber, auf der andren Seite des Tisches, durch die wollige, klare Oberfläche der grünen Bespannung von ihm getrennt, schwiegen die drei Russen. In der Mitte ein Zivilist, flankiert von zwei Obersten des KGB. Er kannte ihre Namen nicht, er würde ihre Namen vielleicht niemals erfahren. Als man ihn in den Saal geführt hatte, waren die Russen schon da. Man hatte sich nicht vorgestellt. Die Russen wußten sicher, wer er war, und ihm stand es nicht zu, mehr zu wissen. Er war hier, um einen Bericht zu geben, Fragen zu beantworten, das war alles. Unwillkürlich sah er sich jedoch flüchtig die Gesichter der Russen an, als ob er dadurch etwas erfahren könnte.

Der Zivilist war wirklich unbedeutend. Das war sicher ein hoher Parteifunktionär im Staatssicherheitsministerium. Er hatte den Blick, die Gebärden, den Haarschnitt, die schneidende Selbstsicherheit, die Aktentasche, den goldenen Kugelschreiber eines hohen Parteifunktionärs. An seiner selbstzufriednen gewichtigen Haltung konnte man sehen, daß er schon vor vielen Jahren im offiziellen *Pobjeda* gefahren war, dann in einem *Wolga*, und daß er jetzt das Stadium des *Tschaika* erreicht haben dürfte. Eindeutig. Er fährt sicher im offiziellen *Tschaika* durch Moskau, mit dichten, gelblichen Vorhängen vor dem hinteren und den beiden Seitenfenstern, unsichtbar für die Passanten, die in ironischer oder abgeklärter Gleichgültigkeit dieses Phantom der Macht vorbeifahren sehen würden, diese blitzblanke automobile Materialisation des Staates für das ganze Volk. Unsichtbar für die Passanten, die er jedoch auch nicht sieht; weder die Männer, noch die Frauen, noch die Bäume, noch die Lichter, noch die Flüsse Moskaus; er sieht nur den Nacken seines Chauffeurs und die Lehne des Vordersitzes; vor sich hindösend, vielleicht durch eine Magenverstimmung gestört, aber gestützt durch die ideologische Strenge einiger Grundwahrheiten. Ohne Zweifel ein Funktionär. Er hat sich wahrscheinlich schon im Komsomol durch besondere Standfestigkeit gegenüber den schädlichen Einflüssen des Kosmopolitismus ausgezeichnet. Sicher sogar. Er mußte die besonders geschätzte Gabe haben, immer den positiven Aspekt der Dinge und Ereignisse zu begreifen. Genau, die positive Seite. Bei jedem Prozeß gibt es eine positive und eine negative Seite, das ist doch klar. Wenn man es verstand, die positive Seite irgendeines Prozesses zu entdecken und herauszuarbeiten, machte man sicher Karriere. Das ist doch ganz einfach! Der positive Aspekt der Kritik des Personenkults und der positive Aspekt dieses Kults selbst, je nach den Umständen. Der positive Aspekt der Kritik an Stalin und der positive Aspekt der Tätigkeit und politischen Praxis Stalins. Das ist doch kinderleicht. Das ist eben Dialektik. Er hatte sich wahrscheinlich vom positiven Aspekt der scheinbar widersprüchlichen Ereignisse bis zu diesem Posten im Staatssicherheitsministerium tragen lassen. Das Plus und das Minus, das Für und das Wider, aber sich immer an das positive Kettenglied des Geschichtsablaufs angehängt. Das sah man.

Walter Wetter mußte sich zusammenreißen.

Die drei Russen sahen vor sich hin ins Leere. Sie tranken ihren Kaffee zu Ende.

Rechts vom Zivilisten saß ein KGB-Oberst. Ein Vierziger mit weichem Mund, lebhaften Augen. Irgend etwas Beunruhigendes ging von diesem Gesicht aus, durch den Kontrast zwischen dem schlaffen Kinn, den sinnlichen Lippen und der manchmal unverhüllten Kälte des Blicks. Der zweite KGB-Oberst links vom Zivilisten sah ganz anders aus als der andere. Er hatte graue Haare, wasserblaue Augen. Selbst wenn der linke Ärmel seiner Uniformjacke nicht lose an seinem Körper heruntergehangen hätte, hätte man erraten, daß dieser Mann nicht aus dem Reich schalldichter Büros, sondern aus dem Reich blutiger Kämpfe kam.

Walter Wetter zerdrückte seine Zigarettenkippe und wartete.

Er sah nach links, und natürlich, wie könnte es auch anders sein. An der Wand gegenüber den matten Fensterscheiben sah ein großes, farbiges Ulbrichtbild auf sie herab. Aber Ulbricht war allein an der Wand dieses Saales. Sicher gab es nicht genügend Leninbilder, um in jeden Sitzungssaal des Ministeriums eines an die rechte Seite des Allmächtigen zu hängen. Lenin hatte man wahrscheinlich an den strategischen Punkten aufgehängt, an den Kreuzungen von Gängen, in den Vorzimmern, in den Prunkräumen für die großen Zeremonien, und plötzlich hatte man nicht genügend Leninbilder für alle übrigen Büros. Es war allerdings nicht sehr aufmerksam vom Organisator dieser Sitzung, gerade die Russen in einem Büro ohne Leninbild unterzubringen. Wird der väterliche und einschmeichelnde Blick Ulbrichts heute genügen, sie auf den rechten Weg zu führen?

Walter Wetter wandte den Kopf ab. Er hatte plötzlich einen bitteren Geschmack im Mund.

Unter dem Ulbrichtbild hatte man auf eine Konsole Blumen gestellt. Wahrscheinlich wegen des Ersten Mai, sicher.

Im gleichen Augenblick würden auf der Karl-Marx-Allee – die vielleicht wieder ganz einfach zur Stalin-Allee werden würde, durch eine dialektische Umkehrung des Positiven und Negativen, an irgendeinem Tag, wenn man den Revisionisten aller Schattierungen zeigen mußte, aus welchem Holz wir geschnitzt sind, warum nicht? – auf der Karl-Marx-Allee würden im gleichen Augenblick die Turner und Aktivisten, die Volksdichter und Volkspolizisten, die Hausfrauen und Generäle, die wieder die traditionelle preußische Uniform trugen – denn Ulbricht hatte beschlossen, der Bourgeoisie die Fahne der nationalen Vergangenheit zu entreißen –, die Arbeiter und Soldaten – und auch die Bauern, gewiß – vorbeimarschieren, ordentlich in dichten Reihen, die den Eindruck von Kraft und gesunder Freude vermittelten, zur Feier des Ersten Mai. Vor dem väterlichen, unbeugsamen Ulbricht, einen Strauß roter Rosen in der Hand, die ihm kurz vor Beginn des Aufmarsches ein kleines Pioniermädchen mit blon-

333

den Zöpfen auf die Tribüne gebracht haben würde. Vor Ulbricht wird das Volk in Hochstimmung vorbeiziehen. Und gleichzeitig wird in Warschau vor Gomulka, der den Gefängnissen Stalins entkam und nach dem Tode Stalins dessen starrköpfige, geheimste Pläne noch besser vollendete, ein ähnlicher Aufmarsch nach einem ähnlichen Zeremoniell stattfinden. Und in Budapest im gleichen Augenblick der gleiche Aufmarsch vor János Kadar, der vielleicht auf die Balustrade der Tribüne seine von der Rákosi- und Stalinpolizei gemarterten Hände legen wird, János Kadar, den vagen Blick auf die eintönige und zugleich bunte Menschenmasse gerichtet.

Überall, zur gleichen Stunde: Erster Mai.

Aber Walter Wetter hatte keine Lust, an den Ersten Mai zu denken. Jedenfalls nicht an diesen Ersten Mai. Er betrachtete die drei schweigsamen Russen, die zu dieser Sitzung aus Moskau gekommen waren, trotz der Feier des Tages, und dachte an Rudi, seinen Sohn. Rudi hatte ihm gestern seinen Besuch angekündigt und war zur Abendbrotzeit nach Kleinmachnow gekommen. Rudi hatte ihm ganz offensichtlich etwas mitzuteilen gehabt, aber erst hatten sie zu zweit gegessen und über alles mögliche gesprochen: über die Universität, über einen Ausflug, den Rudi unternommen, über einen Film, den die Zensur verboten hatte, weil er die Bürokratie zu negativ kritisierte. (Schon wieder das Positive und das Negative!) Rudi war achtzehn Jahre alt, seine Blicke ruhten manchmal auf seinem Vater mit einem warmen Leuchten, aber er sagte noch nicht, warum er gekommen war. Sein Sohn war 1948 geboren, gerade als er verhaftet worden war, unter der Beschuldigung einer Verbindung mit dem Feind. Den russischen Offizieren des MWD, die diese Operation in dem deutschen Sicherheitsdienst ihrer Besatzungszone durchführten, war es nicht gelungen, genau zu ermitteln, wer der Feind war, denn Walter Wetter hatte sich hartnäckig geweigert mitzuspielen, alle ihm zur Last gelegten Dinge geleugnet und trotz der wachsenden Härte der Verhöre alle Belastungszeugen zurückgewiesen und sogar lächerlich gemacht. Aber der Feind ist schließlich überall, das ist bekannt, draußen, drinnen, in uns selbst, und wenn es auch nicht gelungen war, ihn im Fall Walter Wetter zu identifizieren, wegen seiner hochmütigen Hartnäckigkeit, deretwegen er die längste Zeit seiner achtjährigen Haft in den Strafabteilungen und Einzelzellen von Bautzen verbracht hatte, wenn der Feind also in diesem konkreten Fall nicht identifiziert werden konnte, war es trotzdem der Feind, und in diesem konkreten Fall war er um so gefährlicher, als er nicht identifiziert worden war.

Rudi war also in einer Zeit geboren, als er mit klarem Bewußtsein und zerschlagenem Körper im unterirdischen Labyrinth der ehemaligen Kühlräume umherirrte, in denen die Staatssicherheit in Berlin das Untersuchungsgefängnis eingerichtet hatte. Walter Wetter hatte dann jahrelang keine Nachricht mehr von seinem Sohn erhalten. Rudis Mutter, eine ausgezeichnete Kämpferin des Frauenbunds, hatte den Mut gehabt, öffentlich mit ihrem Mann zu brechen, und sie hatte Worte von politischer und moralischer Größe, bewegende Worte gefunden in dem Brief, den sie an das Gericht des Volkes geschickt hatte, um die Ehe aufzulösen, die sie mit einem Feind besagten Volkes nicht mehr aufrechterhalten konnte. Helga hatte die Scheidung erreicht und Rudi mitgenommen. Doch 1956, als Walter Wetter vorzeitig entlassen wurde, da sein Prozeß annulliert worden war – aber er wurde dennoch bürgerlich und politisch nicht ganz rehabilitiert, denn seine Hartnäckigkeit vor acht Jahren, alle Beschuldigungen zu leugnen, war, unabhängig davon, daß diese Beschuldigungen falsch waren, ein deutliches Zeichen von mangelndem Bewußtsein, von ungenügender Parteitreue –, hatte Walter die Spur seines damals achtjährigen Sohnes wiedergefunden, und es war ihm mit großer Geduld gelungen, mit Rudi wieder Beziehungen anzuknüpfen, die zuerst gespannt waren, die er aber nach und nach von dem Mißtrauen des Kindes befreien konnte und die sich immer mehr verbesserten, seit Rudi ein meist verschlossener, aber warmherziger junger Mann geworden war.

Gestern waren sie also im Wohnzimmer der Villa in Kleinmachnow, und plötzlich hatte sich Rudi mit hochrotem Kopf vorgebeugt. »Vater«, hatte er gesagt, »ich haue morgen ab!« Walter Wetter hatte ihn angesehen, ein Gefühl von Angst und zugleich Erleichterung hatte ihn erfaßt, als ob er sofort verstanden hätte, um was es sich handelte, als ob diese einfachen, harmlosen Worte, mit denen ihm Rudi sein Weggehen ankündigte, ihn die Fortsetzung des Gesprächs hatten vorausahnen lassen, was ihn in Angst versetzte, ein brutales Gefühl, über dem doch ein gewisser Geistesfrieden lag, als ob das angekündigte Ereignis, dessen Folgen er voraussah, seit eh und je im Lauf der Dinge vorgezeichnet war, als ob es ganz natürlich wäre, daß es früher oder später so kommen müsse. Er sagte nichts, sah Rudi intensiv an und stellte das Glas, das er in der Hand gehalten hatte, auf den niedrigen Tisch. Rudi ließ ihm übrigens keine Zeit, etwas zu sagen. Er sprach jetzt überstürzt, abgehackt, als fürchtete er, daß man ihm Argumente der Vorsicht oder Vernunft entgegenhalten könnte, bevor er mit seiner völlig vernünftig begründeten Erklärung über seinen eben angekündigten Beschluß zu Ende wäre. Rudi: »Ich haue morgen ab, ich gehe nach dem Westen. Während der Feier zum Ersten Mai. Es ist alles vorbereitet.« Rudi: »Hör zu, Vater, ich gehe nicht als Feind. Im Gegenteil, ich bin Kommunist geworden in den letzten Monaten. Es klingt merkwürdig, aber ich bin Kommunist geworden!« Und Rudi noch einmal fieberhaft: »Ich bin *Kommunist* geworden, verstehst du mich? Für mich selbst, um Theorie und Praxis zusammenzubringen, verstehst du mich? Nicht um Karriere zu machen auf der Universität, in der Verwaltung oder in der Polizei. Sei mir nicht böse, Vater! Aber was kann ein Kommunist hier tun, hier bei uns? Es gibt keine Möglichkeit der politischen Aktivität bei uns, vor allem nicht für einen Kommunisten!« Und Rudi mit hochrotem Kopf, gestikulierend: »Wenn ich bei uns als Kommunist aktiv werde, komme ich ins Gefängnis, früher oder später. Und was nützt das, im Gefängnis sitzen? Niemand würde wissen, warum, niemand. Das wäre zwecklos, würde unter den Trümmern einer irrealen Geschichte untergehen. Das Phantom einer politischen Tat oder die politische Tat eines einzelnen Phantoms! Verstehst du mich, Vater? Vielleicht wird sich was ändern, ich zweifle dran, aber nehmen wir an, daß eine politische Aktivität für Kommunisten bei uns wieder möglich wird. Vielleicht, aber ich muß jetzt aktiv sein. Es passieren soviel Dinge in der Welt. Wenn ich hier in die Partei eintrete, die Spielregeln akzeptiere in der Hoffnung, die Dinge von innen heraus langsam zu verändern, werde ich aufgerieben. Meine kommunistische Aktivität würde nur der Konsolidierung der herrschenden Ordnung dienen: Ungerechtigkeit, bürokratische Mittelmäßigkeit, eine Klassengesellschaft neuer Art, die selbst Marx nicht voraussehen konnte. Versteh mich bitte, Vater! Es ist so schwierig, dir das zu sagen, gerade dir, aber die Staaten, die aus der Oktoberrevolution hervorgegangen sind, aus den sowjetischen

Siegen, sind, wie man auch immer diese Entartung erklären mag, Hindernisse der Revolution geworden. Sie hemmen mit ihrer internationalen Politik und dem Gesellschaftsmodell, das sie darstellen, hemmen sie die Entstehung eines revolutionären Bewußtseins im Westen. Und in dem System der Länder, die sich sozialistisch nennen, haben diese Staaten schließlich die Arbeiterklasse als selbständige, politische und gesellschaftliche schöpferische Kraft liquidiert. Die Arbeiterklasse ist bei uns und in allen Oststaaten paradoxerweise auf ihr ursprüngliches Wesen reduziert worden: sie ist nur noch der passive Produzent eines Mehrwertes, der von der Bürokratie verwaltet wird.« Und weiter, Rudi, atemlos: »Wegen dir, Vater, haue ich ab! Als du mich wiedergefunden hast, war ich acht Jahre alt, ich bin als kleines Ungeheuer im Abscheu vor deinem Verrat, in der Verachtung deiner Abtrünnigkeit erzogen worden. Und dann sind die Jahre vergangen. Du hast mit mir gesprochen. Du hast mir einiges erzählt, bruchstückweise. Erinnerst du dich, Vater! In Buchenwald, 1940, 1941, habt ihr gekämpft, um die Partei zu erhalten, um eine Perspektive offen zu halten. Molotow kam nach Berlin, trank auf die Gesundheit Hitlers, auf das Dritte Reich. Stalin ermordete die oppositionellen deutschen Kommunisten und lieferte andere der Gestapo aus. Ulbricht machte Karriere auf einem Berg von Leichen. Und ihr? Ihr kämpftet nach euren Möglichkeiten für die Partei, für die Revolution, gegen Hitler, aber auch gegen Stalin, objektiv gesehen. Das war absurd, nicht wahr, Vater? Aber diese Absurdität war nötig. Und später, 1948, als du verhaftet wurdest, als du täglich in jenen Kellern dem bösen Blick Stalins begegnet bist, warum hast du da nicht gestanden? Warum hast du alle Beschuldigungen bestritten? Du hast es mir gesagt, Vater. Du wolltest Kommunist bleiben, hast du mir gesagt. Du wolltest als Kommunist handeln, selbst gegen die deinen, selbst gegen die Partei. Und weil du dich damals gegen die Partei, gegen die offizielle Wahrheit gestellt hast, hast du nicht nur dein Kommunistsein erhalten, sondern auch – und sei es nur als winzige, vielleicht lächerlich geringe Möglichkeit – die Chance des Kommunismus.« Rudi, ganz außer Atem: »Verstehst du mich, Vater? Auch deinetwegen. Im Westen werde ich kämpfen. Es wird sicher schwierig sein und eine undankbare Aufgabe. Aber wenn es auch nur eine Chance von tausend, von einer Million gibt, den Lauf der Dinge zu beeinflussen, muß man diese Chance wahrnehmen. Vielleicht muß unsere ganze Geschichte wieder von vorne anfangen. Und ich will nicht abseits stehen in dieser Geschichte, Vater!«

Und so ging es noch lange im stattlichen Wohnzimmer der Villa in Kleinmachnow.

Schließlich hatten sie nicht geschlafen, oder nur kaum. Rudi wollte am frühen Morgen aufbrechen. An der Haustür hatten sie sich weinend umarmt. Rudi ganz leise: »Wird dir mein Weggang Schwierigkeiten machen?« Aber Walter Wetter hatte gelacht, donnernd gelacht: »Mach dir keine Sorgen, Rudi!« Er hatte ihn noch einmal umarmt. »Mein Sohn!« hatte er ihm ganz leise ins Ohr gesagt. Und dann im Garten, als er sein Motorrad anließ, hatte sich Rudi noch ein letztes Mal umgedreht. Rudi hatte die Faust gehoben, und in die Stille des anbrechenden Morgens, in der das Zwitschern der Vögel die umstehenden Bäume weckte, hatte er mit rauher, fiebriger, entschlossener, triumphierender Stimme den alten Gruß von einst gerufen: »Rot Front!« Und Walter Wetter hatte verstanden, daß das Leben weiterging, daß der dunkle Strom seines eigenen Lebens im Sonnenschein dieses Ersten Mai wieder hervorquoll, für ein neues Wagnis. Und auch er hatte mit erhobener Faust gerufen: »Rot Front!«

Rudi war also fort.

Aber der Russe in Zivil, der diese Sitzung leiten würde, schob seine Kaffeetasse weg. Mit einer Geste gab er dem Kellner in weißer Jacke zu verstehen, daß es soweit sei, daß er sich zurückziehen könne. Der Kellner in weißer Jacke schlug die Hacken zusammen und ging, vorbei am Ulbrichtbild und am Blumenstrauß für den Ersten Mai.

Der Russe wartete noch einige Sekunden.

»Können wir anfangen, Genossen?«

Alle nickten. In diesem Moment drang durch die matten Scheiben der langen Fenster an der rechten Seite gedämpft ein Militärmarsch. Die Angestellten des Ministeriums waren wahrscheinlich dabei, sich dem großen Menschenstrom des Aufmarsches mit Kapelle an der Spitze anzuschließen.

Der Russe sah auf seine Papiere.

»Genosse Wetter«, sagte er, »wir haben vor einigen Tagen den Bericht erhalten, den uns Ihre Dienststelle nach Ihrer Amsterdamer Mission übermittelt hat. Sie werden sicher wissen, daß wir deshalb hier zusammengekommen sind.«

Natürlich wußte er es. Er nickte nur.

Die Stimme des Russen wurde schneidend:

»Das ist ein merkwürdiger Bericht«, sagte er. »Sehen Sie, unsere eigne Untersuchung über Ramón Mercader hat ergeben, daß dieser Mensch mit dem CIA in Verhandlungen stand. In Amsterdam ist er nämlich bereits zum Feind übergegangen. Wir müssen Sie daher um einige Klarstellungen bitten.«

Dumpfe Wut packte Walter Wetter. Ramón Mercader war in Amsterdam bereits zum Feind übergegangen! Und diesen ungeheuerlichen Blödsinn mußte man gerade ihm auftischen! Aber dann empfand er ein Gefühl großer Freude. Endlich konnte er kämpfen, ausgezeichnet. Er würde es ihnen geben, seine Meinung sagen, diesen süffisanten und durchtriebenen Typen. Ja, die Aussicht auf einen Kampf für Ramón Mercader erfüllte ihn plötzlich, unerklärlicherweise, mit Freude.

Er brach in ein lautes, ganz ungehöriges Lachen aus, was die Russen völlig verblüffte.

»Klarstellungen?« sagte Walter Wetter. »Aber natürlich, Genossen, natürlich, alle Klarstellungen, die Sie wünschen!«

Und er lachte weiter.

Rudi mußte zu dieser Stunde jenseits der Mauer sein. Eigentlich kündigte sich dieser Erste Mai gar nicht so düster an.

Wo sind die Kommunisten geblieben, fragte sich Georgi Nikolajewitsch Uschakow, wo sind sie denn geblieben?

Seine stumme Frage war sicher unsinnig. Oder besser, sie hatte keine direkte Beziehung zu dem Schauspiel, das er von diesem Fenster aus betrachtete, wenigstens keine augenscheinliche.

Durch die breite Straße marschierten unter dem Rauschen der entfalteten Standarten die Turner zum Zentrum Moskaus. Man konnte sich das vorstellen. Diese jungen Männer und Frauen waren im Morgengrau aufgestanden und hatten mit den verschiedensten Verkehrsmitteln ihren jeweiligen Stellplatz erreicht. Nach Sportvereinen, Fabriken, Bezirken gruppiert, hatten sie ihre bunte Überkleidung abgelegt, um sich in Trikots und Sportkleidung zu zeigen: braungebrannt, muskulös, strohblond. Jetzt marschierten sie in schnurgeraden Kolonnen zum Zentrum der Stadt, um auf die Minute genau in den großen Strom einzumünden, der sich wie eine buntschillernde Wolga über den Roten Platz ergießen würde. Dort angekommen, würden sie im Turnerschritt, die Stangen der buntseidenen Standarten schwingend, vor der Tribüne des Mausoleums vorbeimarschieren.

Vor Leonid Breschnew, daß ich nicht lache!

Georgi Nikolajewitsch konnte sich ein wütendes Lachen nicht verbeißen.

Was für ein Schicksal hatte doch dieses Volk! 1920, im Chaos und in der Begeisterung, in der Hoffnung und im Hunger, war er mit Losungen der Weltrevolution auf demselben Roten Platz vorbeimarschiert, vor einer Gruppe Menschen in zusammengewürfelter Kleidung, die auf der Straße oder manchmal auf einem Lastwagen standen. Da waren sicher Wladimir Iljitsch Lenin und Lew Davidowitsch Trotzki und Nikolai Bucharin und Sinowjew und Kamenjew und Pjatakow und die Befehlshaber der Roten Reiterarmee und die Partisanenführer und die Organisatoren, die Licht und Schatten trennten, von Archangelsk bis Batum, vom Fernen Osten, um den mit Koltschak, den Japanern und den Interventionisten gekämpft wurde, bis zur Ukraine, die den Weißgardisten entrissen worden war. Da war vielleicht auch ein Dschugaschwili, ein starrköpfiger, obskurer Georgier, den die Menge nicht erkennen würde, denn er war kein Mann, der sich in offnen, tumultuösen Versammlungen zeigte, sondern ein Mann der geschlossenen Räume, der Apparate, der spät in der Nacht über

Rundschreiben bei einer Lampe saß. Wer wäre damals auf die Idee gekommen, nach einem Dschugaschwili zu suchen? Aber nein, das waren die Jahre, in denen jedes Wort die Feuerprobe der Realität bestehen mußte, wo Le Corbusier das Gewerkschaftshaus baute, in Moskau und Petrograd die abstrakte Kunst, der Surrealismus, der moderne Film, das politische Plakat erfunden wurden, wo im Sturm des großen und schönen russischen Wahns, der die Welt erschütterte, die mögliche Vorherrschaft einer Avantgarde im Entstehen begriffen war, nicht reglementiert durch widerliche Dekrete von oben, sondern begründet durch eine wirkliche, wenn auch manchmal noch tastende Übereinstimmung zwischen der Idee und dem Wort, Prinzipien und der Praxis, zwischen Rußland und der Welt, zwischen Kunst und Politik. Was konnte dieser Dschugaschwili in diesem Sturm, in diesem ständigen Experiment und diesem ständigen Infragestellen schon darstellen? Nein, wirklich, Fliegenscheiße auf den Seiten der Geschichte sind die seltenen Taten und Gesten eines Dschugaschwili in jener kurzen Epoche, als sich zwischen den beiden Abgründen des russischen Lebens ein Regenbogen spannte! Nein, Dschugaschwili war nur die bäuerliche Vorsicht, die bäuerliche Roheit, das bäuerliche Mißtrauen, lauter kleinbürgerliche Eigenschaften, und die Revolution war der Versuch, mit dieser archaischen Barbarei durch den Ausbruch der universalen städtischen, proletarischen Werte der Modernität aufzuräumen. Nein, Dschugaschwili war nur der Horizont der Isba – oh diese erbärmliche und elende Schwärmerei von der russischen Seele! – er war nur die immer das gleiche wiederholende rituelle Sprache des Priesterseminars, und die Revolution war der Ausbruch der Realität der Welt in der russischen Rückständigkeit: ihre wirklichen Baumeister sprachen alle Sprachen, sie hatten sich in Wien und New York, in Paris und Prag geschlagen, sie kannten alle Bibliotheken des Westens, sie achteten das russische Volk, aber nicht die russische Isba, nicht die russische Seele, sie achteten Rußland, weil es das Sprungbrett zum Universum war, eine riesige Öffnung zur Welt. Nein, Dschugaschwili war der Mann der Geheimabsprachen, der faulen Kompromisse, und die Revolution war ein Kampf der Ideen, das Aufeinanderprallen von Ideen und Wirklichkeit, die Freiheit der verschiedenen Meinungen im Kampf für das gemeinsame Ziel. Die Männer der Revolution waren keine Vertreter einer Klasse, sie hatten keine Klassenbindungen, und gerade deshalb konnten sie den Willen des Proletariats verkörpern, seine latente, manchmal nicht erfaßbare Fähigkeit, jede Klassenbindung, jede Klassenlage durch die Aufhebung seiner eignen Klassenexistenz und seiner eignen Klassenmacht zu liquidieren.

Was für ein Schicksal hatte doch dieses Volk!

Georgi Nikolajewitsch betrachtete die Enkel der Oktober-kämpfer und dachte zähneknirschend daran, daß die langen Züge der Turner und Soldaten, Arbeiter und Studenten in den Roten Platz einmünden, eine Menschenflut werden und beim Mausoleum vor dem widerlichen Filzhut von Leonid Breschnew vorbeifluten würden.

Daß ich nicht lache, wirklich!

»Wollen Sie eine Tasse Tee, Georgi Nikolajewitsch?«

Er entfernte sich vom Fenster und kehrte zur Mitte des Zimmers zurück.

Arkadina Grigorjewna stand in der Tür, ganz zart in ihrem schwarzen Kleid. Ihr glattes Gesicht unter der Fülle der weißen Haare war von der frischen Luft gebräunt.

»Wissen Sie«, sagte er, »manchmal frage ich mich, ob es nicht Zeit ist zu sterben. Ja, doch, ich möchte gerne eine Tasse Tee.«

Eine Sekunde lang sah sie ihn aufmerksam an. Dann ging sie zu einem kleinen Tisch und goß Tee ein.

Uschakow folgte ihr.

»Es ist seit langem Zeit zu sterben«, sagte sie.

Uschakow sprach mit leiser Stimme:

»Ich dachte an einen anderen Tod«, sagte er.

Mit lebhafter Gebärde legte Arkadina Grigorjewna ihre Hand auf seinen rechten Arm.

So blieben sie eine Weile, Seite an Seite.

Draußen, auf der breiten Straße, strömte unaufhörlich das Brausen der Menge des Ersten Mai vorüber.

Georgi Nikolajewitsch dachte an einige der Losungen, die in weißen Buchstaben auf den roten Spruchbändern quer über der Straße standen.

FÜR EINE BESSERE SPORTLICHE AUSBILDUNG DES SOWJETI-SCHEN VOLKES – DIE GESUNDHEIT IST DAS GUT DES VOLKES – FÜR DIE ERHÖHUNG DER SOZIALISTISCHEN PRODUKTIVITÄT – WER DIE NORMEN ACHTET, ACHTET SICH SELBST – STÄRKT DEN

Staat des ganzen Volkes – Ruhm den Siegen der sowjetischen Wissenschaft – Vorwärts zu neuen Siegen.

Unter all diesen Banalitäten hatte Uschakow nur eine einzige Losung zum Vietnamkrieg entdeckt, und auch da konnte man nicht gerade sagen, daß die Verfasser sich den Kopf zerbrochen hatten. Ruhm und Ehre dem heldenhaften Volk von Vietnam. Das war wirklich das Geringste. Ruhm und Ehre!

»Eigentlich habe ich ein ausgefülltes Leben gehabt, Arkadina Grigorjewna, finden Sie nicht?«

Die Hand der alten Frau drückte stärker auf den Arm von Uschakow.

»Ich mag nicht, wenn Sie bitter sind, Georgi Nikolajewitsch«, sagte sie.

Er schüttelte den Kopf.

»Ich bin nicht bitter, ich bin müde.«

Sie sah ihn mit ihren grauen Augen an.

»Wenn ich an Ihre Augen denke«, hatte er ihr einmal geschrieben, »erinnere ich mich an den Himmel der Ostsee über der Newamündung. Wenn ich an unser Land, unsere Kämpfe denke, sehe ich Ihre grauen Augen wieder, Arkadina Grigorjewna. Das graue stille Wasser meiner schönsten Erinnerungen ist in Ihren Augen.« Das war alles, einige Zeilen. Ein knappes Schreiben aus Wien, das er ihr durch einen Genossen geschickt hatte, vor mehr als vierzig Jahren.

Und sie sah ihn an mit ihren grauen Augen.

»Sprechen Sie von Jewgeni Davidowitsch Ginsburg«, sagte sie leise.

»Sie können ja in meinen Gedanken lesen!«

Sie nickte lächelnd.

»Daran müßten Sie sich eigentlich schon lange gewöhnt haben«, sagte sie.

Sie lachten beide. Eine Art von Frieden breitete sich aus. Auch draußen. Die Turner des Ersten Mai hatten sicher das Stadtzentrum erreicht. Die Straße gehörte wieder den Kindern, den Spatzen, dem warmen Sonnenschein des Ersten Mai.

Eine Schweigeminute zum Gedenken an
Jewgeni Davidowitsch Ginsburg

Über ihn sprechen?

Ja, ich möchte über ihn sprechen.

Wir durchquerten Europa in den Rauchschwaden der Bahnhöfe, in der Feuchtigkeit der ersten Morgendämmerungen.

Frostiger Morgentau.

Die Lokomotiven durchbohrten die Nacht mit einem einzigen gelben Auge.

Die Grenzen öffneten sich vor unseren falschen Pässen, und die Zöllner legten wohlwollend einen Finger an den Schirm ihrer Mütze.

Wir waren zwanzig Jahre alt, etwas älter als zwanzig, David Semjonowitsch und ich.

Wir waren müßige junge Engländer oder Bürgersöhnchen aus Uruguay oder sogar Erben ehrenhafter skandinavischer Kaufleute.

Der Geheimdienst der Komintern fabrizierte uns die verschiedensten Lebensläufe, was gerade gebraucht wurde.

In diesem irrealen Leben bewegten wir uns wie Fische im Wasser, und Europa breitete vor unseren Füßen den Teppich der Jahreszeiten aus.

In den Hotels der Zwischenstationen, in denen wir unter dem Schutz unserer falschen Namen schliefen, hatten die Zimmermädchen manchmal frische Münder unter unseren Lippen und Busen, die sie den Zärtlichkeiten unserer Hände überließen.

Wir durchquerten Europa mit Dollars und Nachrichten, die im Futter unserer Mäntel eingenäht waren.

Einmal, zwischen Wien und Preßburg, weinte ein Mädchen im Nachtzug, und David Semjonowitsch erzählte ihr, um sie zu trösten, die Geschichte vom Bären und dem Sonnenstrahl.

Als wir in Berlin von einer Sitzung kamen, blieb David Semjonowitsch an der Bordkante stehen und zitierte im Nebel *Jewgeni Onegin,* zu blöde.

Aber Jewgeni war zu dieser Zeit natürlich noch nicht geboren.

Unsere Leben brannten wie trockenes Gras in der unendlichen Steppe, und wir warfen jeden Tag unseres Lebens in diese Glut.

Später war das Feuer erloschen, wir hatten die Starre der Welt festgestellt, ihr falsches Glitzern, die Schwerfälligkeit des Laufs der Dinge.

Der Feind ist jetzt in unseren eigenen Reihen, sagte man uns damals: man muß den Kopf der Hydra zertreten!

Lew Davidowitsch hatte die Schwelle des Exils überschritten. Grauer Aschenregen fiel auf unser Land.

Wir hatten uns für ein Doppelleben entschieden, in der Gespaltenheit von Denken und Handeln, in der gähnenden und verwirrenden Kluft eines falschen Bewußtseins.

Wir hatten uns entschlossen, die Chancen der Zukunft zu bewahren, aber die Zukunft läßt sich nur in offnen Kämpfen bewahren vor dem Volk, vor den Massen und der Partei.

Der Schatten der Vergangenheit hatte uns im Zwielicht der Dreißigerjahre eingeholt, und man verlangte Rechenschaft für jede unserer Unterlassungen, für jedes Schweigen, für jede unserer feinen Anspielungen auf eine versteckte, unwirksame Wahrheit, die uns jedoch als Rechtfertigung diente.

Der Terror kam über unser Land, wie ein Gewitter aus unerbittlichen Wolken, wie ein genau abgemessener Blutrausch, dessen List und Vernunft der alte Hegel schon beschrieben hatte.

Und damals, als aus dem roten Blut der für die Revolution gefallenen Revolutionäre das schwarze Blut der von der Revolution ermordeten Revolutionäre wurde, damals, als ob er seinen eignen Tod und die Hinfälligkeit des alten Traums voraussähe, als ob er das Bedürfnis gehabt hätte, sein Leben zu verlängern, um das Scheitern seines Lebens ertragen zu können, damals im Jahre 1933, bekam David Semjonowitsch diesen Sohn.

Jewgeni Davidowitsch Ginsburg, jener junge Tote.

Und das nördliche Licht über den gesättigten Kanälen, dieses ungreifbare, tiefe Licht, das nicht von irgendwoher auf die flache Landschaft, auf die Fassaden aus gelben und rötlichen Ziegeln fallt, sondern verborgen aus der Landschaft selbst hervordringt, als ob seine transparente Dichte das Gewebe des Raumes und der Welt selbst wäre, das schöne nördliche Licht von Amsterdam wird nicht einmal zart gewesen sein in seinen Augen, die schon im Nebel eines unerklärlichen, sarkastischen Todes versunken waren.

Jewgeni, ja, ich möchte von ihm sprechen.

»Sprechen Sie von Jewgeni Davidowitsch Ginsburg«, hatte sie leise gesagt.

Eine Minute lang hatte er geschwiegen.

Bilder waren durch sein Gedächtnis gezogen, die sich nicht auf Jewgeni Davidowitsch, sondern auf seine eigene Jugend zu beziehen schienen. Und doch war es nur ein Umweg, diesen Toten heraufzubeschwören.

Uschakow hatte mit seiner linken Hand die Hand von Arkadina Grigorjewna gedrückt, die noch immer auf seinem Arm ruhte.

Vor sechs Jahren, 1960, hatte Jewgeni einige Wochen in der Sowjetunion verbracht. Im Sommer 1960, genau. Seine Situation in Spanien, seine Identität als Ramón Mercader Avendaño schien endgültig gefestigt zu sein. Zwei Jahre vorher hatte er einen Paß bekommen. Er begann als Berater der Handelsgesellschaft COMESA und wurde bald deren stellvertretender Direktor. Der Aufbau der Basis des Netzes war weit fortgeschritten, und Ginsburg war nach Moskau gekommen, um über die Perspektive einer langfristigen Arbeit zu diskutieren. Natürlich inkognito. In der Sowjetunion mußte er sich als Spanier ausgeben – irgendein Rodriguez, Martinez oder Gonzales –, und niemand außerhalb der Sitzungen in der KGB-Zentrale durfte ahnen, daß er Russe war, oder auch nur, daß er diese Sprache verstand. (»Können Sie sich das vorstellen, Arkadina Grigorjewna?«, sagte Uschakow, »in Spanien brauchte er seine russischen Sprachkenntnisse wenigstens nicht zu verheimlichen, weil er ja offiziell aus der Sowjetunion repratriiert worden war. Wenn er Lust hatte, konnte er in einer Abendgesellschaft *Die Zwölf* rezitieren, und niemand wäre erstaunt gewesen. Er trug zwar einen falschen spanischen Namen – eigentlich einen richtigen Namen, aber das ist eine komplizierte Geschichte, das ist unwesentlich –, aber unter dem Deckmantel dieses richtigen Namens konnte er frei über seine Vergangenheit sprechen, seine russische Kindheit. Die Beziehungen zu seiner Kindheit, zu seinen Erinnerungen waren nicht vollkommen abgeschnitten. Aber hier, als er 1960 hierher kam, mußte er sein Gedächtnis völlig beherrschen, alle seine Erinnerungen verdrängen, sowohl die seiner Kindheit als auch die aus Spanien. Er war nur noch ein glatter Blick, ein Spiegel, der nur die Gegenstände der Gegenwart spiegelt und dann erlischt.«)

Die Reise von Ginsburg war dennoch sehr komisch gewesen, wenn man nur etwas Sinn für Humor hatte. Und er hatte Sinn für Humor.

Er hatte seine Spuren in Zürich verwischt, wo er eine Maschine der *Swissair* nach Prag nahm. Auf dem Flugplatz von Ruzine hatte man ihn abgeholt. Man hatte ihn ins Hotel der Partei gebracht, im Stadtzentrum, das keinen sichtbaren Namen mehr hatte. Auf den schweren Schlüsselbrettern konnte man jedoch noch den alten Namen des Hotels lesen. Dort war er drei Tage geblieben und hatte auf die Fortsetzung seiner Reise gewartet.

Im Speisesaal und in den Salons des Erdgeschosses hatte er die kommunistischen Führer aller Länder vorbeigehen sehen. Der Platz, den jede ihrer Parteien in der internationalen Hierarchie der Bewegung einnahm, war leicht erkennbar an der mehr oder weniger großen Aufmerksamkeit, die die Kellner in weißer Jacke oder das Hotelpersonal ihnen entgegenbrachten. Auf manchen Tischen stand immer nur ein mittelmäßiger bulgarischer Rotwein, aber auf anderen Tischen gab es eine reichliche Auswahl an Getränken. Die Genossen, die zu dem bulgarischen Wein verurteilt waren, konnten noch so viele diskrete Anspielungen machen oder sogar laut ihr Klagen äußern, das änderte nichts: auf ihren Tischen würden sie niemals weder Weißwein aus Chile noch russischen Wodka, noch italienischen Cinzano noch kaukasische Weine oder französischen Kognak auftauchen sehen. Das war keine persönliche Diskriminierung, sondern ihre Partei hatte in der komplizierten und wechselnden Hierarchie der kommunistischen Welt noch keine Sonderstellung errungen oder eine solche wieder verloren. Ginsburg hatte auf diese Weise feststellen können – abgesehen von der Sonderstellung der Funktionäre der sozialistischen Länder, trotz einiger Nuancen, durch die die Russen privilegiert waren und die Ungarn an letzter Stelle zu stehen schienen, eine Sonderstellung, die als einziges westliches Land nur Frankreich zu teilen schien, wobei die französischen Kommunisten unter lautem Schimpfen manchmal sogar erreichten, daß man ihnen Steak mit Pommes frites brachte –, er hatte während dieser kurzen Erfahrung feststellen können, daß sich die arabischen Länder zu dieser Zeit eindeutiger Privilegien erfreuten. Da gab es einen schwerfälligen arroganten Syrer, der sich Chaled Bhagdasch nannte und der dort nicht nur tafelte – denn im Prinzip durften Genossen, die nicht im Hotel wohnten, auch nicht im Restaurant essen –, sondern dem es auch gelang, so oft er wollte türkischen Kaffee zu bekommen, auch außerhalb der Mahlzeiten im Lesesaal – wo man die *Prawda, Das Neue Deutschland, Tribuna Ludu, Scinteia, Daily Worker, L'Humanité* und andere Erzeugnisse der großen Informationspresse einsehen konnte –, und dort im Lesesaal zu jeder Zeit türkischen Kaffee zu bekommen, war eine absolut ungewöhnliche Leistung.

Ginsburg hatte sich sehr amüsiert im ehemaligen *Grand Hotel Steiner.*

Seine eigne Situation in dieser völlig hierarchisierten Welt war kompliziert. Er gehörte zu keiner Gruppe, er hatte keine kontrollierbaren Beziehungen, was dazu angetan war, ihn auf der untersten Stufe einzuordnen. Aber andrerseits war er von Männern in Ledermänteln, mit düstren, beflißnen Gesichtern ins Hotel gebracht worden, die eindeutig vom Staatssicherheitsdienst waren, und das schien die mangelnde Bürgschaft seiner eignen Person zu kompensieren. Er war also einer zweideutigen Behandlung unterworfen, so daß der Kellner in weißer Jacke zu Beginn der Mahlzeiten den bulgarischen Rotwein auf den Tisch stellte, ihn aber nicht ganz losließ, als wartete er auf seine Reaktion. Manchmal ließ er die Dinge laufen und reagierte nicht, dann blieb der bulgarische Wein auf dem weißen Tischtuch. Manchmal runzelte er nur des Experimentes wegen die Stirn, sah die Weinflasche mit angeekelter Miene kopfschüttelnd an, dann ließ sie der Kellner schnell verschwinden und ersetzte sie durch eine Auswahl verschiedener alkoholischer Getränke. Wirklich, er hatte sich sehr amüsiert.

Aber vor allem war er viel in den Straßen Prags herumspaziert, während er auf die Fortsetzung seiner Reise wartete.

Das Wetter war trüb und warm, unangenehm feucht. Sein erster Eindruck war deprimierend gewesen. Die Stadt schien leblos, verkommen, als ob die Steine der Fassaden und Brücken nicht mehr mit Patina, sondern mit einem ungreifbaren, beunruhigenden Ausschlag überzogen waren. Scharen von Fußgängern gingen umher, die Männer trugen immer eine labbrige alte Plastiktasche mit sich herum, aus der sie von Zeit zu Zeit ein Stück Brot nahmen und es zu den heißen Würsten verschlangen, die sie an irgendeinem der zahlreichen Stände im Freien gekauft hatten.

Ginsburg kam aus der grellen, aufdringlichen Pracht der Straßen von Madrid, Zürich, Paris und Mexiko – er hatte eine kurze Dienstreise in diese Stadt machen müssen und dabei zwei Spanier, darunter einen Radiotechniker, für das Netz wieder gewinnen können, die vom NKWD ausgebildet worden waren, als sie in der Sowjetunion Zuflucht gefunden hatten, und die nach einigen Aufträgen im Westen seit Jahren warteten, daß der Geheimdienst wieder Verbindung mit ihnen aufnähme –, und der Kontrast war zu stark. Aber noch mehr waren ihm die Gesichter der Prager aufgefallen. Er hatte diesen mürrischen Ausdruck, diesen leeren Blick, diese verbißne Gleichgültigkeit schon vergessen. Auf der Flucht vor den Gesichtern der Männer und Frauen und um seine eignen wiederauflebenden Ängste zu vergessen, hatte er sich fieberhaft der Entdeckung der Museen und Straßen, der Parks und Paläste Prags hingegeben.

Es gibt europäische Städte, an denen nicht nur die Geschichte abzulesen ist, sondern deren besondere Lage eine geheimnisvolle, überraschende Übereinstimmung von Stein und Wasser, Himmel und Bäumen, Gegenwart und Träumen hervorruft. Leningrad, zum Beispiel. Und Venedig, trotz der deutschen und angelsächsischen Touristen. Und natürlich Amsterdam. Aber Prag war eine der schönsten unter jenen schwermütigen und stürmischen, lieblichen und verzweifelten Städten, die der Wahnwitz der Menschen und Klassen, der Völker und Staaten in das Innere Europas und an seine äußersten Ausläufer im Meer gesät hat.

So war Jewgeni Davidowitsch zwei Tage nach seiner Ankunft immer wieder vom Zauber dieser Stadt hingerissen.

Am Tag vor seiner Abreise nach Moskau hatte er die Pinkassynagoge und den alten jüdischen Friedhof besucht. Er war lange zwischen den Grabsteinen hin und her gegangen, aber das Grab von Kafka hatte er nicht gefunden. Eine Frau hatte ihn angesprochen, der sein Umhergehen aufgefallen war. Sie war noch jung, aber ihr Gesicht war gezeichnet, und um den Mund hatte sie einen, wie soll man sagen, enttäuschten Zug. Sie hat ihn auf deutsch gefragt, aus welchem Land er käme, und er hat gesagt, aus Spanien. Mit leuchtenden Augen und abgehackter Stimme hatte sie daraufhin spanisch gesprochen. Einige Konsonanten sprach sie merkwürdig aus, sie redete in geschraubten, etwas feierlichen Wendungen. Er hat sich gewundert, bis er verstanden hat, daß sie sephardischer

Herkunft war – tatsächlich, ihre Familie stammte aus Aragon und war vor zwei Generationen aus Saloniki nach Prag gekommen – und daß sie ein archaisches Kastilisch sprach, das seit Jahrhunderten wohl gehütet wurde in der strengen Abgeschlossenheit der Familientradition. Er hatte mit dieser Frau spanisch gesprochen und war plötzlich von dem in jeder Hinsicht abwegigen Gefühl ergriffen worden, eine Heimat wiedergefunden zu haben. Ein absurdes, aber beharrliches Gefühl, als ob dieses Gespräch zwischen den Grabsteinen des alten jüdischen Friedhofs von Prag sein hinterhältiges Eindringen in die Welt der Mercader rechtfertigte, ja irgendwie legitimierte; als ob diese Frau, indem sie eine spukhafte Vergangenheit heraufbeschwor, die er zu verstehen und zu teilen schien, ihm das Recht übertrug, wirklich Spanier zu sein. In der plötzlichen Wärme dieses abwegigen, aber tiefen Gefühls hatte er also die Fragen der Frau beantwortet und ihr erklärt, daß er das Grab von Kafka suche. Da hatte sie ihm gesagt, daß Kafka nicht hier, sondern auf dem neuen jüdischen Friedhof begraben sei, der übrigens viel gewöhnlicher und düsterer sei. Er war betrübt darüber gewesen, aber er benutzte die Anwesenheit dieser Frau, um sie nach etwas zu fragen, was ihn beschäftigt hatte, wofür er aber keine Erklärung fand. Zwischen den Steinen des alten Friedhofs standen manchmal Grabstelen, irgendwohin gestellt und sogar schief, die die Anordnung der engen Grabreihen merkwürdig störten. Da hatte sie ihn am Arm genommen und zu einer dieser Stelen geführt. Die Christen, sagte sie, warfen früher Hundekadaver über die Mauern des jüdischen Friedhofs, um ihn durch stinkendes Aas zu schänden. Die Juden aber begruben die Hundekadaver dort, wo sie hingefallen waren, um die Heiligkeit der Stätte wiederherzustellen. Und diese Grabstelen zeigten genau die Stellen an, wo die jüdischen Hunde neben den Prager Juden ruhten. Er betrachtete die Grabstele, ein einfacher grauer Stein, oben abgerundet, quer auf dem Rasen stehend, zwischen den Gräbern der Menschen, und er dachte an die vielen jüdischen Hunde, die nicht einmal ein solches armseliges Zeugnis ihres Erdenseins hinterlassen hatten. In der feuchten Schwüle dieses Julimonats unter dem grauen Himmel von Prag vergaß er plötzlich die Anwesenheit jener Frau an seiner Seite – deren Blick eben noch erstaunte Anteilnahme auszudrücken schien – und war wieder ganz von den Bildern jenes Alptraums, jenes Wachtraums eingenommen, die ihn einige Monate nach seiner Ankunft in Spanien zu verfolgen begonnen hatten, als er entdeckt hatte, welchen Namen er trug. Das heißt, als er entdeckt hatte, daß diesen Namen Ramón Mercader schon einmal jemand gehabt hatte. Wie immer war das erste Bild dieses Alptraums das grelle Autolicht, das die Gestalt eines Mannes an der Wand beleuchtete, der irgend etwas rief wie: »Es lebe die Partei Lenins!«, ja genau, das hatte sein Vater gerufen, Georgi Nikolajewitsch hatte es ihm erzählt. Aber in seinem Alptraum blieben die Worte undeutlich. Es war einfach ein Schrei, vor den Scheinwerfern und Lichtreflexen an den Gewehrläufen. Und in seinem Alptraum blieb das Gesicht seines Vaters David Semjonowitsch unklar wie in Wirklichkeit, weil er erst fünf Jahre alt war, als sein Vater verhaftet wurde, und das lag nicht nur an der Undeutlichkeit von Kindheitserinnerungen, sondern er hatte auch später keine Fotografien von David Semjonowitsch finden können. So hatte in seinem Alptraum dieser Mann, der vor den Gewehrläufen etwas rief, obwohl er wußte, daß es nicht sein Vater war, immer die Züge von José María Mercader gehabt, von dem es im Haus von Cabuérniga genügend Fotografien gab, und von dort fühlte er sich in diesem Alptraum zu anderen Bildern, zu der alten Friedhofsmauer von Cabuérniga hingezogen, an dessen Mauer ein Mann im dunklen Anzug stand, ganz aufrecht, die Faust zum Gruß der Volksfront erhoben, und wenn er diesen schrecklichen Alptraum, in kalten Schweiß gebadet, loswurde, hatte er die merkwürdige, beruhigende Gewißheit, daß diese beiden Toten, der katholische Anwalt und der jüdische Bolschewik, die im Abstand von einem Jahr im grellen Autolicht erschossen wurden, Brüder waren.

Und er war somit doppelt Waise.

Doch mit einer Handbewegung verscheuchte er die anderen Bilder dieses Wachtraumes.

Er war auf dem alten jüdischen Friedhof in Prag, die Frau betrachtete ihn mit anteilnehmender Sorge. Er strich mit seiner Hand über sein Gesicht, es war vorbei.

Am nächsten Morgen fuhr er nach Moskau.

»Sie hätten mich aufmerksam machen können«, sagte Jewgeni eine Woche später.

Georgi Nikolajewitsch drehte sich fragend zu ihm um.

Sie lehnten an der Steinbalustrade der Universität auf den Leninhügeln. Vor ihnen lag die Stadt im Sommerdunst.

»Aufmerksam machen? Worauf?« fragte Uschakow.

Seit heute nachmittag waren die Arbeitssitzungen des KGB abgeschlossen. Es schien, daß man alle Fragen der Arbeit Ginsburgs in Spanien durchgegangen war. Am nächsten Vormittag fuhr er nach Sotschi, um zehn Tage Urlaub zu machen. Er wäre lieber in Moskau geblieben und umhergegangen. Aber die KGB-Funktionäre hatten anders entschieden: er durfte in Moskau, wo er immer gelebt hatte, nicht von alten Freunden erkannt werden.

Jewgeni Davidowitsch betrachtete die Stadt zu seinen Füßen. Die Metrobrücke überquerte den Fluß. In den Gebäuden der Sportstadt Luschniki gingen Lichter an.

Er wandte sich zu Uschakow.

»Worauf? Auf den Namen, den ich annehmen sollte!«

Georgi Nikolajewitsch bekam ein glühend heißes Gesicht. Er machte eine abwehrende, vielleicht sogar flehende Geste.

»Jewgeni Davidowitsch! Ich bitte Sie, mir zu glauben! Als die ganze Geschichte organisiert wurde, hatte ich keine Ahnung, welchen Namen man Ihnen geben würde. Ich wußte zwar, daß Sie den Platz eines spanischen Kindes einnehmen würden, aber wie konnte ich ahnen, daß es Ramón Mercader geheißen hatte? Ich habe es erst nach Ihrer Abreise erfahren, lange danach.«

(»Können Sie sich das vorstellen? Arkadina Grigorjewna?« sagte Uschakow sechs Jahre später an diesem Ersten Mai. »Wir standen beide auf den Sperlingsbergen, es war das erste Mal, daß wir wirklich alleine waren seit seiner Ankunft, und diese Frage war sofort aus ihm herausgesprudelt, die Frage, die ich seit seiner Ankunft fürchtete, auf die ich wartete, wegen des Namens. Wie hätte man so etwas auch nur ahnen können? Dann hat er mir erzählt, wie er es erfahren hatte, zufällig bei einer Lektüre, diese Namensgleichheit, er hat mir erzählt, wie er seitdem gelebt hatte, unter dem Alp dieser Entdeckung. Er hatte alles über den Mord von Lew Davidowitsch gelesen, er hatte in Bibliotheken Nachforschungen angestellt, Mikrofilme von Zeitungen und Zeitschriften anfertigen lassen. Ist das nicht furchtbar, Arkadina Grigorjewna?« Und die alte Frau nickte, sie saßen Seite an Seite auf dem verblichenen Samtsofa, und sie schwiegen beide, gemeinsam, einen Augenblick lang.)

Eine Schweigeminute zum Gedenken an Ramón Mercader

Spiegel oder Feuerkreise, wie im Zirkus?

Oder einfach die sieben Schreckenskreise der Hölle?

Er kam aus dem Land ohne Erinnerung, wo nur der Wind in den Birken oder die Wälder der Zwiebeltürme noch die Namen der Toten flüstern.

Er kam aus der brutalen, blutigen Unschuld einer Geschichte, die Stalin ausgelöscht hatte, eine leere Seite aus Asche und Knochen, verstreut unter dem Schnee der Lager.

Lew Davidowitsch war nicht nur verbannt, er war verschwunden.

Weder Fotografien noch bedruckte Seiten, noch standesamtliche Eintragungen bewahrten die geringsten Spuren seiner Anwesenheit.

Ein Gespenst ging dennoch um in den Nächten des Georgiers.

Alle andren hatte er im Schrecken der Geständnisse, im Schlamm ihrer eingestandenen Unwürde besiegt, und ihr Tod hatte zur Erziehung des Volkes gedient, damit es die unergründlichen Wege der Klassenkämpfe verstand.

Und auch, damit es seine Macht respektierte.

Damit es das väterliche Gewicht seiner unversöhnlichen Hand fürchten lernte.

Aber Lew Davidowitsch war unerreichbar, furchterregend.

Nicht wegen seiner Handlungen oder seiner Worte, die nicht mehr Wurzeln schlagen konnten, das wußte der Georgier wohl, denn er verkörperte den Lauf der Dinge.

Nicht wegen seines bereits verschwommenen, entschwindenden Daseins.

Furchterregend wegen der Erinnerung an ihn. Furchterregend, weil es nichts nützte, die Geschichte umzuschreiben, um sie dem Volk verständlich zu machen, wenn die Erinnerung, selbst die geheime, an Lew Davidowitsch noch Licht und Schatten von damals offenbarte.

Wie konnte er in Frieden leben, der »wunderbare Georgier«, der engste und treueste Mitstreiter Lenins, selbst wenn das Volk jetzt davon überzeugt wäre, wie konnte er im Frieden des Geistes und der Siege der Fünfjahrespläne leben, solange auch nur die geringste Parzelle Erinnerung bei Lew Davidowitsch fortlebte?

Diese Erinnerung mußte man vernichten, mit der Schärfe des Stahls zermalmen, es im vergoßnen Blut zerstreuen.

Feuer auf die Erinnerung von Lew Davidowitsch!

Feuer auf die Erinnerung an den Petersburger Sowjet. Feuer auf die langen Reisen des Exils durch ganz Europa und die Welt, Feuer auf die Zeitungen und Bücher, Feuer auf den Panzerzug des Kommandanten der Roten Armee!

Feuer auf die letzten Worte, auf den letzten Willen von Wladimir Iljitsch in der Erinnerung von Lew Davidowitsch!

Aber warum erinnern sich die Menschen, diese blinden Staubflocken! Feuer auf die Erinnerung der Menschen!

So kam also Jewgeni Davidowitsch Ginsburg vom Land ohne Erinnerung. Er hatte eben den Platz eines Toten eingenommen und fand sich getarnt mit dem Namen eines Mörders.

Spiegel oder Feuerkreise, wie im Zirkus?

Oder einfach die sieben Schreckenskreise der Erinnerung?

Die Hölle der Erinnerung, ganz einfach?

Sechs Jahre vorher sprach er, Ramón Mercader, mit zitternder Stimme auf den Sperlingsbergen. Es wurde Abend. Moskau war schön zu ihren Füßen, im Dunst der Ströme, in der Sommerhitze, die Haare voller Sterne, die Lenden von grünen Bäumen umgürtet.

Er sprach leise, Ramón Mercader.

Als Lew Davidowitsch Trotzki am 20. August 1940 ermordet worden war, war Uschakow schon in einem Lager nördlich des Polarkreises. Erst Monate später, als ein neuer Transport kam, hatte er davon erfahren. Die offizielle Version dieses Todes lautete, ein überzeugter Trotzkist, der die unheilvolle Rolle Trotzkis im Dienste der Imperialisten erkannt hätte, habe eigenhändig das gerechte Urteil vollstreckt. Das war alles. Fünfzehn Jahre später, als er nach Moskau kam, hatte Georgi Nikolajewitsch einiges über diesen Tod erfahren können.

Aber Ramón Mercader sprach an diesem Tag im Jahre 1960 fieberhaft davon.

Er sprach vom Haus in der Avenida Viena, vom Kanal von Xochimilco hinter dem Haus. Er sprach vom Garten und den Kaninchenställen. Er sprach davon, wie Ramón Mercader mit dem Regenmantel überm Arm ankam, in dem er den Eispickel versteckt hatte. Er sprach vom Gespräch zwischen Natascha Sedowa und Ramón Mercader und dessen merkwürdigem Verhalten. Er sprach vom großen Schrei von Lew Davidowitsch, kurz danach in seinem Arbeitszimmer. Er sprach von den letzten Worten von Lew Davidowitsch, als Natascha ins Arbeitszimmer gestürzt war, gleichzeitig mit der Wache: »Natascha, ich liebe dich!«

Und dann sagte er nichts mehr, Ramón Mercader. Und Georgi Nikolajewitsch murmelte, ohne sich dessen bewußt zu sein: »Natascha, ich liebe dich.« Oh, dieses Gedächtnis voller Tode, bis zum Rand gefüllt mit Toden.

»Ich frage mich, ob es nicht Zeit ist zu sterben«, hatte Uschakow gesagt, vor einigen Minuten.

Und Arkadina Grigorjewna hatte die Hand auf seinen Arm gelegt.

Ja, es war Zeit zu sterben. Georgi Nikolajewitsch hatte die letzte Nacht damit verbracht, sein Rücktrittsgesuch zu schreiben. Nicht, daß der Brief lang gewesen wäre, schließlich hatte er sich damit begnügt, seine Pensionsrechte geltend zu machen in der üblichen Amtssprache (aber er hatte sich dennoch nicht verbeißen können, in einem Postskriptum anzufragen, ob die Jahre der Deportation als Dienstjahre angerechnet würden, obwohl er ganz genau wußte, daß diese unverschämte Frage seinen Vorgesetzten, der sein Rücktrittsgesuch zu bearbeiten hatte, zutiefst ärgern würde). Der Brief war also schließlich sehr kurz geworden, aber bevor es soweit war, hatte er mehrere endlose Entwürfe gemacht, in denen er seine Meinung sagen, sein Leben rechtfertigen wollte und immer wieder auf die Frage Ginsburg zurückkam. Denn der eigentliche Grund für seinen Rücktritt war diese Ginsburgaffaire. Die Untersuchung, die Oberst Pjotr Nikanorowitsch Kowsky durchgeführt hatte, hatte die Schuld von Ginsburg erwiesen, dessen Selbstmord in Amsterdam, den Schlußfolgerungen des Berichts zufolge, ein indirektes, aber unzweifelhaftes Geständnis darstellte. Uschakow war natürlich nicht dieser Meinung. Aber er hatte nicht die Möglichkeit, die Untersuchung wiederaufzunehmen und unter anderen Gesichtspunkten gewisse unklare Fakten überprüfen zu lassen. Da er also die Unschuld von Ginsburg nicht beweisen konnte – eine Unschuld, von der er überzeugt war, die aber natürlich die Schuld eines anderen implizierte, der den Amerikanern diese Inszenierung ermöglicht hatte –, war er von einer verzweifelten Müdigkeit ergriffen worden. Heute nacht, als er an den Entwürfen für den Brief schrieb, die letztlich nur dazu gedient hatten, seine Gedanken zu ordnen, hatte er verstanden, daß es für ihn nichts mehr zu tun gab. Für ihn wenigstens nicht. Er war sein ganzes Leben – außer jenen Jahren, die er außerhalb der Welt der Lebenden verbracht hatte – nur ein Funktionär der Revolution gewesen, ein Mann des Apparats. Aber die Revolution stellte jetzt als objektive, unvermeidliche Aufgabe die Liquidierung des Apparats heraus, durch den sie zuerst gefestigt, später fehlgeleitet worden und der schließlich an ihre Stelle getreten, zum Selbstzweck geworden war: eine riesige anarchische Wucherung von Krebszellen, die sich von dieser Zerstörung der historischen Substanz der Revolution nährten.

Nein, es gab nichts mehr zu tun. Und das war nicht nur eine Frage des Alters, sondern vor allem eine Frage der moralischen Autorität.

»Es ist schon lange Zeit zu sterben«, hatte Arkadina Grigorjewna gesagt.

Aber er dachte an einen anderen Tod, Uschakow.

Arkadina Grigorjewna ließ sich Inessa nennen, als sie vor vierzig Jahren quer durch Europa die illegale Post der Kommunistischen Jugendinternationale trug. Inessa, braun und lebhaft, mit den großen grauen Augen. Wie neulich das junge Mädchen auf der Gorkistraße, genau an dem Tag, als die Affaire Ginsburg begonnen hatte. An welchem Tag? Am 15. April, genau. Inessa war vor 40 Jahren in Wien eine Woche lang im gleichen Quartier wie er untergebracht worden. In der dritten Nacht hatte es leise an seine Tür geklopft, und Inessa war eingetreten. Sie stand da, mit offenen Haaren und glattem Gesicht. »Ich habe bei Ihnen eine Mischung von guten alten Manieren und revolutionärem Puritanismus festgestellt, Georgi Nikolajewitsch. Also muß ich den ersten Schritt tun!« Sie war noch drei Nächte wiedergekommen, bis zu seiner Abreise aus Wien. Drei Nächte in vierzig Jahren. Sie hatten kurze, stürmische Briefe von einem Ende Europas zum anderen gewechselt, und dann hatte das Leben seinen Lauf genommen, für jeden von ihnen getrennt. Aber als er 1955 nach Moskau zurückkehrte, hatte er sie wiedergefunden, unverändert, dem Schwarm ihrer Jugend treu, nachdem sie die finsteren Stürme all jener Jahre mit dem gleichen unersättlichen grauen Blick von einst durchlebt hatte.

Sie saßen nebeneinander auf dem Sofa, und durch das offene Fenster brachte ihnen der Erste Mai nur noch das Zwitschern der Vögel.

Plötzlich begann Arkadina Grigorjewna mit klarer rhythmischer Stimme zu sprechen:

> *Sterben*
> > *ist hienieden*
> > > *keine Kunst.*
> *Schwerer ists:*
> > *das Leben baun auf Erden.*

Georgi Nikolajewitsch stand erregt auf.

Er hatte sich an das letzte Gedicht erinnert, das Jessenin mit seinem eignen Blut geschrieben hatte, bevor er sich im Hotel *England* erhängte. Er hatte sich an dieses Gedicht erinnert, gerade an diesem Apriltag, als er in den Straßen Moskaus spazierenging. Aber Arkadina Grigorjewna mußte sich irren! Das Gedicht Jessenins endete nicht so!

»Gestatten Sie, Arkadina Grigorjewna! Sie irren sich! Das Gedicht endet ganz anders, ich erinnere mich sehr gut daran!«

Er stand vor ihr, bewegte die Hände, als wollte er sie dadurch überzeugen, und rezitierte:

> *Sterben ist nicht neu in diesem Leben*
> *Aber neuer ist auch Leben nicht.*

Es gab eine wirre Diskussion.

Aber schließlich konnte alles geklärt werden. Sie hatte nicht die letzten Zeilen des Gedichts von Jessenin, sondern die letzten Zeilen des Gedichts von Majakowski rezitiert, die dieser über den Tod Jessenins geschrieben hatte. Alles war wieder klar, sie lachten.

Wie war das noch? »Schwerer ists: das Leben baun auf Erden.« Oh ja. Aber es war zu spät.

Arthur Floyd fühlte sich nicht wohl.

Er hatte eben mechanisch seine rechte Hand nach hinten gestreckt, um aus dem Bücherregal irgendeinen Band der *Encyclopaedia Britannica* herauszunehmen, irgendeinen, ganz zufällig, von dem er einige Seiten lesen wollte, um die Zeit totzuschlagen. Er hätte sich vielleicht sogar damit begnügt, ihn nur durchzublättern und sich die Farbtafeln anzusehen. Das entspannte ihn immer und ermöglichte ihm auch, nachzudenken.

Aber seine mechanisch nach hinten gestreckte rechte Hand war nur auf die glatte Fläche der Wand gestoßen. Kein Bücherregal, keine *Britannica* hier.

Seit sie gezwungen worden waren, aus der Herengracht auszuziehen, deren Adresse den Russen bekanntgegeben worden war, um die Geschichte, die O'Leary vor 14 Tagen erzählt hatte, glaubhaft zu machen, hatte Floyd seine Bibliothek – das heißt, die 23 Bände der letzten Ausgabe der *Britannica,* plus dem Index- und dem Atlasband, aus denen seine ganze Bibliothek bestand – in den neuen Lokalitäten, in die sie eingezogen waren, noch nicht aufstellen können.

Komische Idee übrigens, einen Antiquitätenladen als Deckadresse auszusuchen! Glänzende Möbel, nachgedunkelte Bilder, verschrobene Gegenstände, deprimierend.

Aber am schlimmsten war, daß man nicht die Bände der *Britannica* zur Hand hatte. Eine Katastrophe für sein persönliches Leben.

Er fühlte sich also nicht wohl.

Da er sich nicht in seine Lieblingslektüre vertiefen konnte – genau genommen, seine einzige und alleinige Lektüre –, war er gezwungen, wieder über diese ganze Mercadergeschichte nachzudenken.

Das war von Anfang an in die Hose gegangen. Es war aber auch die Schuld von Washington, das nur stückweise die Informationen geliefert hatte, die sie zur Arbeit brauchten. Im tiefsten Nebel waren sie ferngesteuert worden, völlig unvorbereitet auf jeden unvorhergesehnen Zwischenfall. Nein, so eine blöde Geschichte! George Kanin, der diesen Felipe de Hoyos entwischen ließ, den spanischen Matrosen, der sicher ein Verbindungsmann zum KGB war, und dieses Schwein geriet in die Fänge der holländischen Polizei und alarmierte damit den Geheimdienst von Schilthuis. Eine

Nervensäge ersten Ranges, dieser Schilthuis! Und dann dieser Herbert Hentoff, der die direkte Überwachung des Russen übernahm, obwohl die Instruktionen ganz klar waren: niemals Mercader die Möglichkeit geben, sich Hentoff gegenüber zu sehen, den er sofort erkennen würde. Gut, Hentoff hatte sich erwischen lassen, seine Schuld! Man würde ihm nicht nachweinen, aber er, Floyd, würde für die Scherben zahlen müssen. Die Zentrale würde toben, das war vorauszusehen!

Und trotzdem sah am Ende alles ganz gut aus. Sie hatten Mercader in Zürich eingeholt, die Geschichte mit dem Selbstmord hatte wie am Schnürchen geklappt. O'Leary war große Klasse gewesen. (Der wird sich heute nicht gerade amüsieren, O'Leary. Ein Erster Mai in Prag, in seiner Situation, das dürfte kein Honiglekken sein. Wenn die Russen anbissen, wenn sie akzeptierten, daß O'Leary ein Doppelagent wird, in der Hoffnung, ihn eines Tages ganz umzudrehen, würde man das Spiel eine Weile mitspielen und dann O'Leary plötzlich verschwinden lassen, um ihn aus ihren Klauen zu befreien. Aber genausogut konnten sie sich entschließen, ihn einzustecken, um ihn zum Reden zu bringen. Dann würde es einen Geheimprozeß geben, und zwei oder drei Jahre später würde man O'Leary gegen irgendeinen sowjetischen Agenten austauschen. Jedenfalls wäre O'Leary für die Außenarbeit verloren. Er würde in irgendeinem Büro enden, vielleicht sogar mit der *Britannica* in Reichweite. Warum nicht?)

Schließlich sah alles doch noch ganz gut aus. Es hatte zwar diesen Zwischenfall in Cabuérniga gegeben. Welche Idioten hatten sie für diesen Auftrag in Madrid ausgesucht? Floyd kannte sie nicht. Aber Tatsache ist, daß sie sich derart geschickt benommen hatten, um Mercaders Frau zu erschrecken, daß diese wie eine Verrückte geflohen war. Auf der Straße nach Santander war ihr Wagen mit voller Geschwindigkeit gegen Steine gefahren, die ein vorangegangener Platzregen aus den Bergen heruntergeworfen hatte. Sie hatte ihren Wagen nicht in der Gewalt gehabt und war auf der Stelle tot gewesen. (Gut, noch ein Toter, Hentoff, Mercader, Inés Alvarado, das machte drei Tote.) Die Papiere, die Mercader in seinem Telegramm aus Zürich sie zu verbrennen gebeten hatte, hatten nicht gefunden werden können. Das war ein schwarzer Punkt, sicher. Es wäre besser gewesen, auch das zu erledigen. Aber es ist immerhin möglich, daß sie für immer in dem Versteck bleiben, in das man sie gesteckt hat. Übrigens war die Frau von Mercader vielleicht gar nicht mit in die Sache verwickelt. Das war ja nur eine Hypothese. Die Papiere, die ihr Mann sie zu verbrennen gebeten hatte (VERBRENNE MEINEN LETZTEN BRIEF ICH LIEBE DICH RAMÓN, so war das Züricher Telegramm abgefaßt), vielleicht waren diese Papiere wirklich rein privat. Diese Leute waren verheiratet gewesen und hatten immerhin ein Privatleben gehabt. In dem Monat, in dem der Russe in Spanien überwacht worden war vor seiner Reise nach Amsterdam, hatte es jedenfalls kein Indiz, nicht das geringste Faktum gegeben, das die Frau belastete. Nein, wirklich, die beiden Typen, die man von Madrid geschickt hatte, waren unter aller Sau gewesen.

Man konnte also genau Bilanz ziehen. Mercader war neutralisiert worden, und der Informant im Generalstab des KGB, dieser Unbekannte, an dem Washington so viel lag, schien geschützt. Dagegen war Hentoff tot, Kanin, O'Leary und Bryant entlarvt. Das Büro in der Herengracht war unbenutzbar. Das war ein sehr hoher Preis, um genau zur Ausgangssituation zurückzukommen. Denn das Netz von Mercader war noch immer intakt. Ein sehr hoher Preis, ja, aber Washington hatte es so beschlossen. Er, Floyd, wusch sich die Hände in Unschuld.

Diese Bilanz konnte man gestern noch ziehen. Seit gestern gab es zwei neue Fakten, und Floyd war wieder sehr besorgt. Diese Scheißgeschichte wird nie enden!

Gestern hatte Floyd erfahren, daß es diesem Holländer, diesem Schilthuis, gelungen war, die Spur Mercaders von Schiphol bis Zürich zu finden. Die Holländer zweifelten die Selbstmordgeschichte an und verlangten Aufklärung. Gut, das war noch nicht so schlimm. Man wird ihnen auf diplomatischer Ebene Aufklärung geben, und die Angelegenheit wird vertuscht werden. Vielleicht wird man Schilthuis ein paar Knochen hinwerfen müssen? Das wäre auch noch nicht so schlimm.

Aber die zweite Nachricht von gestern war viel beunruhigender. Das Netz von Kanin in Ostdeutschland schien seit langem unterwandert und zum Teil umgedreht zu sein. Der Vorfall mit Kanin in der Dresdner Gemäldegalerie, der gewisse Anomalien zum Vorschein gebracht hatte, und die nachfolgende Untersuchung hatten mit Sicherheit die Art des seit Monaten geduldig von der ostdeutschen Gegenspionage aufgebauten Unternehmens erwiesen. Aber das Schrecklichste war, daß allen Anzeichen nach eine DDR-Gruppe Kanin bis nach Amsterdam gefolgt war. Was hatten sie dabei entdeckt? Alle Hypothesen waren möglich, auch die pessimistischsten.

Seit gestern schien der schließliche Erfolg dieser Operation Humpty-Dumpty wieder fraglich. Unser Informant im KGB würde vielleicht hochgehen, trotz des hohen Preises für seinen Schutz.

Grotesk, völlig grotesk!

Arthur Floyd hatte Lust zu trinken. Er drückte auf einen Klingelknopf, erinnerte sich aber sofort, daß heute Erster Mai war. Alle Welt hatte frei, nicht einmal der normale Sonntagsdienst war da. Er war allein mit den glänzenden Möbeln, den verschrobenen Gegenständen, den nachgedunkelten Bildern. Eine Scheiße, dieser Erste Mai. Und erst die Affaire Mercader!

Pjotr Nikanorowitsch sah nach der Zeit. Es war gleich 18 Uhr. Er zündete sich eine Zigarette an und versuchte, seine Erbitterung zu unterdrücken. Seit 9 Uhr früh waren sie hier eingesperrt! Eine völlig klare Angelegenheit, die in einer Stunde hätte geregelt werden können. Zwei Stunden höchstens, wenn man sich Zeit ließ, in die Details ging. Die Akte, die er über Ginsburg hatte, war jedenfalls unwiderlegbar. Selten hatte man eine so klare, erdrückende Akte. Fotos, Zeugenaussagen, genaue Chronologie der Affaire. Außerdem gab es vom psychologischen Standpunkt aus noch ein eindeutiges Indiz: war der Selbstmord von Ginsburg letztlich nicht eine Bestätigung aller Verdächtigungen? Das ist die typische Reaktion eines Verräters im Moment, wo sein Verrat vollzogen ist. Eine schändliche und feige Tat, mit der man sich der Gerichtsbarkeit des eigenen Landes entzieht.

In ein, zwei Stunden hätte diese Affaire geregelt sein können.

Der Deutsche hätte sofort verstehen müssen, daß er sich vom Schein hatte täuschen lassen. Er hatte geglaubt, die Amerikaner wären hinter Ginsburg her, während sie bereits Komplizen waren, weil ja die Amerikaner eben diese ganze Affaire sehr gut eingefädelt hatten, um bei der sowjetischen Gegenspionage keinen Verdacht zu erregen. Schließlich hätte der Deutsche an Hand der Akte – deren Inhalt man ihm in großen Umrissen mitgeteilt hatte – längst erkennen müssen, daß er die Dinge *falsch* gesehen hatte in Amsterdam. Er hatte nur Subjektivismus bewiesen, das war alles.

Aber der Deutsche hatte die Version der Affaire, die man ihm bot, en bloc verworfen und verlangt, daß die Sache neu überprüft würde, Punkt für Punkt, alle Tatsachen, die er bei seiner Mission in Amsterdam glaubte festgestellt zu haben. Natürlich hätte man sich diese Anmaßung nicht gefallen lassen sollen. Wofür hielt der sich eigentlich? Was war denn schon sein ganzes falsches Scheißland, wie lange hätte es dem Westen standgehalten, wenn wir nicht da gewesen wären, wir mit unseren Panzerdivisionen, unseren brüderlichen Ratschlägen, unserer selbstlosen Hilfe? Man hätte ihn wieder auf den Teppich bringen müssen, diesen Deutschen! Aber Pjotr Nikanorowitsch war von seinen Kollegen nicht unterstützt worden. Der Parteimensch, das muß man schon sagen, war ein finsterer Idiot. Der Deutsche hatte ihn zwei- oder dreimal unterbrochen, als er sich in müßige Reden verlor, und der Parteimensch war ganz fassungslos gewesen. Seitdem hielt er sein Maul und ließ den Dingen ihren Lauf. Und was den Einarmigen betraf, so war sein Spiel undurchsichtig. Manchmal hatte Pjotr Nikanorowitsch sogar den Eindruck gehabt, daß er den Deutschen ermutigte, noch weiter auszupacken.

So hatte er allein versucht, den Auftritt dieses Deutschen zu stoppen. Aber als er von »Subjektivismus« gesprochen hatte, war der Deutsche in ein schallendes, irres Gelächter ausgebrochen. Er warf sich nach hinten und lachte wie ein Verrückter. Dann hatte er sich nach vorne gebeugt, mit der Faust auf den Tisch geschlagen und gesagt, daß er für Scherze nicht aufgelegt sei. »Wir sind alle erwachsen«, hatte er gesagt, »sprechen wir also ernsthaft.«

Es war verrückt, aber man hatte sich das alles gefallen lassen müssen. Weder der Einarmige noch der Parteiidiot hatten ihn unterstützt.

Und jetzt war es fast 18 Uhr. Der Tag war vorbei.

Der Deutsche hatte Zeugen kommen lassen, zur Unterstützung seiner Behauptungen, seiner Version. Man hatte sie stundenlang anhören müssen. Neue Fakten waren aufgetaucht, verwirrende, wirklich unangenehme Fakten. Pjotr Nikanorowitsch hatte genau gesehen, daß sich seine Kollegen hatten beeindrucken lassen, daß sie alles in Frage zu stellen anfingen.

Jetzt war es fast 18 Uhr. Man hatte ihnen eben wieder Kaffee, Zigaretten und kalte Getränke gebracht. Die Diskussion wurde unterbrochen.

Pjotr Nikanorowitsch fragte sich, wie er die Dinge wieder in Ordnung bringen, wie er sie zwingen könnte, auf seine Akte der Affaire Ginsburg zurückzukommen. Das war immerhin eine theoretisch unwiderlegbare Akte. Aber im Laufe der Stunden, der Zeugenaussagen, der neuen Details schien die Akte immer dünner zu werden, sich aufzulösen, ihre augenfällige Überzeugungskraft zu verlieren.

Eine Katastrophe.

Er rührte seinen Kaffee um.

Er rührte seinen Kaffee um.

Eine schwere Migräne stieg von seinem Nacken zum Kopf hoch und strahlte bereits auf die Schläfen aus.

Walter Wetter massierte sich den Nacken. Es war noch nicht

geschafft. Er wartete, daß die Pause zu Ende ging, die durch den Weggang von Herbert Wettlich und das Kommen des Kellners in weißer Jacke eingetreten war, der heißen Kaffee und kalten Orangensaft brachte.

Danach würde er zur Offensive übergehen. Er hatte eine Idee. Walter Wetter sah nach der Zeit. Bald 18 Uhr. Wo war Rudi jetzt? Wollte er in Westberlin bleiben oder in die Bundesrepublik gehen, in irgendeine Universitätsstadt? Er hatte ihm heute nacht keine Fragen gestellt. Rudi sollte Vertrauen zu ihm haben, ganz und gar, er sollte verstehen, daß ihm sein Vater jetzt volle Freiheit ließ. Nein, er hatte keine einzige Frage gestellt. Aber er hätte doch gerne gewußt, wo Rudi in dieser Stunde war.

Gleich 18 Uhr.

Er rekapitulierte diesen Tag, während er sich langsam den Nacken massierte. Also. Zunächst hatte man klarstellen müssen, daß der Spanier nicht mit den CIA-Leuten unter einer Decke stecken konnte, sondern im Gegenteil von ihnen wie ein gefährlicher Feind überwacht wurde. Er hatte kurz eine Zusammenfassung der Tatsachen gemacht. Dann hatte er Klaus Kaminsky und Hans Menzel rufen lassen. Weder Kaminsky noch Menzel kannten natürlich die Akte der Russen. Sie wußten daher auch nicht, daß diese an den Verrat von Mercader glaubten (ein- oder zweimal waren die Russen über diesen Namen gestolpert, das heißt einer von ihnen hatte angefangen, undeutlich einen anderen Namen zu nennen, der jedoch bald von der deutlichen, akzentuierten Aussprache des Namens Mercader verschluckt worden war, das hatte ihn überrascht, aber er hatte keine Zeit gehabt, darüber nachzudenken). Also weder Kaminsky noch Menzel waren durch die beiden Obersten des KGB beeindruckt worden. Sie hatten an eine einfache Routinesitzung geglaubt. Sie waren ausgezeichnet gewesen, wirklich ausgezeichnet. Man kam sich vor, als wäre man dabeigewesen. Sie hatten minuziös den ganzen Mechanismus der CIA-Überwachung auseinandergenommen. Das ganze System der wechselnden Überwachung, die Anzahl der benutzten Autos. Jeder der Amerikaner und Holländer der Ortsgruppe war beschrieben worden: sein Gesicht, seine Kleidung, seine Arbeitsmethoden. Man konnte sich auf Kaminskys Gedächtnis und auf Menzels Präzisionssucht verlassen. Ihr Doppelbericht war ein Meisterwerk gewesen. Man glaubte wirklich, dabei zu sein. Die Russen waren sichtlich verblüfft. Als Kaminsky ihnen erklärt hatte, wie das Abhörsystem in Mercaders Hotelzimmer funktionierte, in das er eingedrungen war, während Mercader die CIA-Mannschaft hinter sich her zog – an diesem Tag war Kanin verantwortlich – bis zum Mauritshuis in Den Haag, hatte Walter Wetter den Blick des älteren der beiden Obersten ertappt, dem der linke Arm fehlte. Ein nachdenklicher, lauernder Blick, der alle bisherigen Wahrheiten in Frage stellte.

Dann, als Menzel und Kaminsky gegangen waren, hatte es eine verworrene Auseinandersetzung gegeben. Der andere Oberst, der mit dem weichen Mund, hatte von »Subjektivismus« gesprochen. Walter Wetter hatte lachen müssen. Er hatte sogar auf den Tisch geschlagen. Das ist doch nicht ernst, Genossen! Der Oberst des KGB hatte gekontert. Sie hätten den Beweis, daß Mercader (und da war er zum ersten Mal über den Namen gestolpert) mit einem der CIA-Leute gesprochen hätte, in Holland. »Was für einen Beweis?« hatte Walter Wetter gebrüllt, »Tonbänder?« Nein keine Tonbänder, Fotos. »Sprechende Fotos, also?« hatte Walter Wetter gesagt und dabei versucht, so verletzend wie möglich zu sein. Schließlich hatte sich der alte Oberst eingemischt. Er hatte mit fester Stimme verlangt, man solle aufhören zu schreien und dem deutschen Genossen – dem Genossen Walter Wetter, hatte er mit einem Blick auf ihn präzisiert – das betreffende Foto zeigen. Die Russen hatten miteinander getuschelt, aber schließlich hatte man ihm dieses Foto gezeigt.

Daraufhin hatte Wetter Hans Menzel wiederkommen lassen.

Menzel hatte das Foto lange angesehen. Kein Gesichtsmuskel regte sich. Dann hatte er das Foto auf die grüne Tischbespannung gelegt und in seiner präzisen Art zu sprechen angefangen, wobei er so oft wie nötig auf ein Detail, eine Tatsache zurückkam, bis dieses Detail oder diese Tatsache von allen Gesichtspunkten aus analysiert worden war und nun bis in alle Kleinigkeiten klar vor ihren Augen stand. Ja, sagte er, dieses Foto wäre am 14. April 1966 zwischen 11 und 12 Uhr in einem der Säle des Mauritshuis in Den Haag gemacht worden. Das Gemälde, das man an der Hinterwand erkennt, wäre der *Distelfink* von Carel Fabritius. Übrigens ein sehr schönes Bild, Genossen, hatte Hans Menzel, mit einem herzlichen Lächeln zu den Russen gewandt, hinzugefügt, als ob er sicher wäre, daß die Russen seine Begeisterung für ein

Kunstwerk dieser Qualität teilen müßten. Die zwei Gesichter im Vordergrund wären Mercader und Kanin, der CIA-Mann, dem sie seit Dresden auf der Spur waren, hatte Menzel fortgefahren. Vorher hatte Mercader sehr lange vor einem Gemälde im Nebensaal verweilt, der *Ansicht von Delft* von Vermeer. Und Menzel hatte den Russen wieder sein entzücktes, jugendliches Lächeln zugewandt, aber diesmal ohne Kommentar, da ja dieses Bild berühmt genug war, als daß er den sowjetischen Genossen seine Vorzüge hätte rühmen müssen. Nach dieser langen einsamen Betrachtung wäre Mercader plötzlich beim Eintreten einer Gruppe von Franzosen aufgestanden – er hatte wenigstens den Eindruck, daß das Paar und der etwa elfjährige Junge, die sich der *Ansicht von Delft* genähert hatten, den Weggang von Mercader hervorgerufen hätten, der vielleicht durch deren Anwesenheit gestört worden wäre, und daß diese Neuankömmlinge einige französische Sätze ausgetauscht hätten –, und er wäre in den Nebensaal gegangen zum *Distelfink*. Während dieser ganzen Zeit, fuhr Menzel fort, hätte nicht Kanin Mercader beschattet. George Kanin wäre draußen im Auto geblieben. Im Mauritshuis wäre Mercader von Mitgliedern der Lokalmannschaft, zwei Holländern, beschattet worden. »Wir waren also kurz nach 11 Uhr da. Mercader hatte den *Distelfink* von Carel Fabritius betrachtet. Dann hat er sich umgedreht und ist weggegangen. In diesem Moment ist Kanin hereingekommen. Er hat sich umgesehen und ist schnurgerade auf Mercader zugegangen, der eben quer durch den Saal ging. Auch einer der Holländer vom CIA hat sich etwas weiter hinten, an der gegenüberliegenden Wand, bewegt. Und der zweite Holländer stand an der Tür, mitten in einer Gruppe von Neuankömmlingen. Das Verhalten von Kanin war derart entschlossen, die Bewegungen der beiden anderen derart verdächtig, daß ich mir gesagt habe: aha, jetzt werden sie den Spanier schnappen! Sie werden ihn mitnehmen! Ich fragte mich, was zu tun wäre in einem solchen Fall, ob ich dazwischenkommen, Alarm schlagen sollte, um die Amerikaner daran zu hindern, Mercader zu entführen? Ich fragte mich, was mir wohl Walter in einem solchen Fall für einen Auftrag gegeben hätte. Kanin war aber schon ganz nahe bei Mercader, sie würden sich gleich kreuzen, fast berühren. Kanin verlangsamte seinen Schritt. Da glaubte ich, er würde Mercader ganz einfach umbringen und die beiden anderen wären nur da, um seine Flucht zu decken. Dieser Gedanke kam mir wie ein Blitz. Aber nein, Kanin blieb den Bruchteil einer Sekunde lang stehen, genau in dem Moment, als Mercader neben ihm stand. Und dann war es zu Ende. Mercader war vorbeigegangen, ging auf ein riesiges Gemälde auf der anderen Seite des Saales zu, und Kanin ging sofort weg, ohne auch nur auf den *Distelfink* einen Blick zu werfen, obwohl der kaum zwei Meter entfernt vor seinen Augen hing. An dieser Stelle des Berichts hatte der jüngere KGB-Oberst einen Wutausbruch. Was sollte diese ganze Geschichte? Er hatte sicher schlecht gesehen! Kanin und Mercader hatten sicher miteinander gesprochen, verdammt nochmal! Das Foto bewies es doch! Aber Hans Menzel hatte sich nicht irremachen lassen. Er nahm seinen Bericht genau an der Stelle wieder auf, wo Kanin und Mercader sich im Saal des *Distelfink* zwischen 11 und halb 12 Uhr am 14. April gekreuzt hatten, und er versicherte, daß kein Wort gewechselt worden war. Der zweite Oberst, der Einarmige, fragte Hans nun, wieso er so sicher sein könne. »Weil ich hier stand«, antwortete Menzel und zeigte auf das Foto. Alle beugten sich über das Foto. Die drei Russen und auch Walter Wetter. Sie standen alle von ihren Sitzen auf und beugten sich über den Tisch. Links waren die beiden Profile von Kanin und Mercader im Vordergrund, man konnte eine Gruppe sehen, die sich im Gegenlicht eines Fensters bewegte. Der Finger Menzels zeigte auf das Gesicht eines Mannes, der sich etwas abseits von der Gruppe hielt und auf Kanin und Mercader sah. »Da bin ich!« sagte Menzel. Er war es, daran gab es keinen Zweifel. »Sehen Sie«, sagte Menzel, »ich war hier, kaum zwei Meter entfernt. Vergessen Sie nicht, Genosse Oberst, in einem holländischen Museum ist jeder still, keiner spricht laut. Diese ehrfurchtsvolle Stille ist sehr angenehm. Ich hätte es also hören müssen, wenn sie miteinander gesprochen hätten. Jedenfalls ist das eine abwegige Hypothese: die beiden standen doch nur den Bruchteil einer Sekunde nebeneinander!« Jetzt setzten sich alle wieder hin. Lähmende Stille. Der junge KGB-Oberst war bleich geworden. Der andere Oberst fragte nach einer Weile: »Und dieses Foto? Was bedeutet das?« Er schien sich diese Frage selbst zu stellen, aber Hans Menzel antwortete sofort: »Es bedeutet nichts, Genosse Oberst. Es gibt absolut nicht die Wirklichkeit dessen wieder, was sich abspielte. Das heißt, wenn man wüßte, wer es gemacht hat, könnte man vielleicht erraten, warum es gemacht wurde.« Der alte Oberst nickte: »Man weiß, wer es gemacht hat«, sagte er, »der CIA selbst.« Hans Menzel blieb der Mund offen. »Der CIA? Aber warum? Das hat doch keinen Sinn!« Hans nahm das Foto wieder in die Hand und betrachtete es: »Dann wäre Kanin also nur in diesen Saal gekommen, um sich neben Mercader fotografieren zu lassen? Das hat doch keinen Sinn!« Plötzlich hob Walter Wetter die Augen und begegnete dem Blick des alten Oberst. Ein plötzliches Leuchten war darin aufgetaucht. Es hätte keinen Sinn? Doch, vielleicht hatte es einen Sinn. Sie dachten beide sichtlich das gleiche. Sie senkten beide sofort die Augen, als ob sie die entsetzliche Wahrheit noch verstecken, kaschieren wollten, die irgendwo unklar aufkeimte.

Walter Wetter massierte sich vorsichtig den Nacken.

Es war gleich 18 Uhr.

Er erinnerte sich an die Wut, die ihn gepackt hatte, die verzweifelte, angstvolle Wut, als ihm die Russen den Tod von Mercader mitgeteilt hatten. Ein Selbstmord? Blödsinn! Er schrie, das wäre absurd, das wäre ungeheuerlich. Wie bitte? Mercader hätte einen Mann getötet, hätte die Gefahr dieser Reise nach Zürich auf sich genommen, um sich dann nach der Rückkehr ganz einfach umzubringen, in seinem Hotelzimmer? Das war ja grotesk! Aber die drei Russen begannen alle auf einmal aufgeregt zu sprechen. Einen Mann getötet? Welchen Mann? Und welche Reise nach Zürich? Das wußten sie natürlich nicht. Man hatte sich damit begnügt, dem KGB nur die kurze Mitteilung zu schicken, daß ein Mercader, der vom CIA beschattet wurde, sich in Amsterdam aufhält. Da der Mann in der Sowjetunion gelebt hatte und die Amerikaner sich anscheinend besonders für ihn interessierten, hatte man es dem KGB mitgeteilt. Das war das mindeste. Aber die Mitteilung enthielt natürlich nicht die Details, die Wendungen dieser Angelegenheit. Die Russen wußten also nichts vom Tod von Hentoff und von Mercaders heimlicher Reise nach Zürich.

Walter Wetter hatte Klaus Kaminsky kommen lassen. Dieser hatte erzählt – und in seiner Stimme lag ein Ton leicht erkennbarer Bewunderung –, wie Mercader Hentoff an einen öden Ort gelockt und überwältigt hatte, bevor er ihn in den Wagen des Amerikaners steckte. Ein tollkühner Streich, einige Dutzend Meter vom Hafenviertel, in dem die ganze CIA-Mannschaft herumkroch.

Kaminsky war weggegangen.

Walter Wetter hatte dann selbst von Mercaders heimlicher Reise nach Zürich erzählt. Mercader war in einer Telefonzelle, gerade als die Stewardeß den Abflug nach Zürich ankündigte. Er gestikulierte und lachte. Er sah glücklich aus. Als wenn der Gedanke, die Amerikaner für einige Stunden abgeschüttelt zu haben, ihn heiter stimmte. Und dieser Mann sollte 12 Stunden später zurückgekommen sein, um sich umzubringen? Das kann doch einfach nicht stimmen. Das war doch inszeniert!

Und dann, um den letzten Pinselstrich an diesem Porträt des Spaniers anzubringen, das ganz und gar nicht dem eines Verräters glich, hatte Walter Wetter verlangt, daß man Wettlich kommen lasse. Das hatte eine Weile gedauert, aber schließlich war es gelungen, Herbert zu erwischen. Dieser erzählte: seine Besprechungen mit Mercader, die Botschaft, die Wetter ihn hatte übermitteln lassen. Die Russen verlangten, daß er die Antwort Mercaders wiederhole. Gut, er wiederholte: »Sagen Sie ihm, daß die Amerikaner hinter mir her sind und daß ich noch nicht weiß, ob ich mich aus der Affaire ziehen kann. Und daß er sich vor allem alle Details dieser Angelegenheit, die er in Erfahrung bringen kann, merken soll, sich gut merken soll!« Herbert Wettlich hatte diese Worte mit ruhiger Stimme wiederholt und dabei jede Silbe betont. Dann hatte langes Schweigen geherrscht, als ob jeder einzelne versuchte, den Sinn dieser letzten Botschaft Mercaders über den Tod hinaus zu deuten. Der jüngere KGB-Oberst sah niedergeschlagen aus. Seine ganze Streitsucht schien ihn verlassen zu haben.

Jetzt war es fast 18 Uhr. Herbert Wettlich war eben weggegangen.

Walter Wetter dachte an das, was ihm jetzt noch zu tun blieb. Man mußte eine logische Erklärung finden für die Widersprüche zwischen der Realität, wie sie Klaus Kaminsky, Hans Menzel, Herbert Wettlich und er in Amsterdam erlebt hatten, und der Version dieser Realität, die man den Russen geliefert hatte. Diese Version kam vom CIA selbst, nicht wahr? Das heißt, es gab nur noch eine mögliche Erklärung. Der CIA versuchte, jemanden im KGB selbst zu decken. Jemanden, der hoch genug gestellt war, um Mercader und eine bestimmte Anzahl von Details seiner Arbeit aufzuwiegen. Das war es, was er den Russen jetzt sagen mußte. Das war die einzige Hypothese, die einzige schlüssige Erklärung für dieses Gewirr von Widersprüchen. Es war aber nicht leicht, den Russen das zu sagen. Das war eine ernste Anklage, die er faktisch nie beweisen, nur als logische Schlußfolgerung ableiten könnte aus der Analyse der bekannten Tatsachen. Wie würden die Russen darauf reagieren? Sie lassen sich nicht gerne Lektionen erteilen, die Russen. Aber es gab keinen anderen Ausweg.

Walter Wetter wischte sich die Stirn ab, er schwitzte etwas.

Man würde Nachforschungen über seine Vergangenheit anstellen, wenn die Russen sauer reagierten. Gut, Nachforschungen. Aber Rudi, der in den Westen gegangen war? Walter Wetter schwitzte etwas. Die Versuchung, alles fahrenzulassen, stieg wie eine Hitzewelle in ihm hoch. Sollen sie doch allein damit fertig werden! Nein, er würde doch sprechen. Es mußte getan werden.

Es ist immerhin merkwürdig, sich für eine Leiche zu schlagen, die den Namen Ramón Mercader getragen hatte.

Ramón Mercader? Verrückt!

Er hatte nichts geplant.

Heute morgen, als er aufwachte, hatte er daran gedacht, daß Erster Mai war. Das Fest der Arbeit, zu Ehren des heiligen Joseph. Gut, ein freier Tag. Er hatte aber nichts zu tun an diesem Urlaubstag. Daß heute doppelt ein Fest war, erfüllte ihn mit Unbehagen, dumpfem Ärger. Er war im Zimmer umhergeirrt. Sein Koffer war noch nicht ausgepackt, er war erst gestern abend an Land gegangen. Um die Zeit totzuschlagen, hatte er angefangen, seine Sachen auszupacken.

Da war ihm die Platte in die Hände gekommen.

Suliko, richtig!

Er sah die Platte an, sein Herz klopfte. Als das Schiff in Szczecin angelegt hatte, war er auf der Suche nach diesem Lied umhergeirrt. Endlich hatte er in der Altstadt bei einem Trödler eine alte Aufnahme mit 78 Umdrehungen gefunden. Die Platte hatte zwar Kratzer. Aber es war immerhin *Suliko*!

Er betrachtete die Platte im Durcheinander seines Koffers, die in zwei Wollpullover eingewickelt war, damit sie nicht kaputtging.

Der Mann hatte sich verstört umgedreht, als er ihn *Suliko* summen hörte. Der Mann hatte ihn russisch angesprochen, und er hatte automatisch in derselben Sprache geantwortet. Ramón Mercader, seine Familie hatte ein Haus bei Cabuérniga. Er war 1937 mit den evakuierten Kindern nach Rußland gekommen. Er selbst war 1942 auf der *Wolkow* gefangengenommen worden. Und sie waren fast gleichzeitig zurückgekehrt. Im Herbst 1956. Er mit der *Semiramis*, Mercader mit dem nächsten Schiff. Sie hatten gemeinsam getrunken in der spanischen Kneipe in Amsterdam. Der andere hatte ihm erzählt, daß er das letzte Mal *Suliko* habe singen hören im Kaukasus, in der Nähe von Sotschi (aber Ginsburg hatte nicht die ganze Wahrheit gesagt, an diesem Abend in der spanischen Kneipe in Amsterdam. Er hatte ihm natürlich nicht gesagt, daß das 1960 war. Er hatte ihm von Sotschi erzählt, von einem Ausflug auf dem Riza-See und von jenem jungen Mädchen, das *Suliko* sang, aber er hatte natürlich nicht die ganze Wahrheit gesagt).

Und danach diese verrückte Nacht. Seine Entführung auf dem Nieuwmarkt, die Amerikaner, die lange auf einen Herbert gewartet hatten. Dann, wie er verprügelt worden war, damit er etwas sage, wovon er überhaupt keine Ahnung hatte. Man hatte ihn sicher verwechselt. Aber dann war es ihm gelungen zu fliehen, darauf war er sehr stolz. Dann die holländische Polizei, und am übernächsten Tag hatte man ihn in ein Hotel gebracht, um die Leiche dieses Mannes zu identifizieren. Ja, das war Ramón Mercader, ohne Zweifel.

Felipe de Hoyos schauderte es.

Er hielt die Platte mit dem Lied auf der einen Seite in der Hand, und es schauderte ihn.

Sofort danach hatte er sich entschlossen. Er nahm die Platte, stieg in sein Auto – ein alter Seat, den er letztes Jahr gebraucht gekauft hatte – und schlug die Straße nach Cabuérniga ein.

Er hatte also nichts geplant. Es war wie eine Art Impuls. Der Mann hatte ihm erklärt, wo sich der Familienbesitz in Cabuérniga befand, und er wollte es sich einfach einmal ansehen. Es war ja Erster Mai, und er hatte nichts anderes zu tun.

Jetzt lebte er unter dem Alptraum jener wiederaufgetauchten Erinnerung. Zuerst war ihm diese Landschaft irgendwie bekannt vorgekommen. Das heißt, nicht wie die Erinnerung an eine wirkliche Landschaft, die er vielleicht vor langer Zeit schon einmal gesehen und dann vergessen hätte und die heute, da sie wieder vor seinen Augen stand, eine vorübergehend ausgelöschte Realität heraufbeschwor, in der grünschillernden Fülle ihrer unbestreitbaren Wirklichkeit beruhigend. Nein, diese Landschaft war ihm bekannt wie gewisse Träume. Auf der Straße nach Cabuérniga trat er nicht in die strahlende, ruhige Dichte einer wiedergefundenen Erinnerung ein, sondern in die unendliche Transparenz eines Traums. Das war ein merkwürdiges Gefühl, aber ohne jede Beunruhigung. Und trotzdem hatte er, kurz bevor er in das Dorf einbog, plötzlich gebremst. Sein Herz hatte schmerzlich zu klopfen angefangen. Der Alptraum dieser Erinnerung hatte ihn wieder gepackt.

Er sah die Mauer des alten Friedhofs vom Licht einer fahlen Sonne erleuchtet. Er erkannte diese Mauer, diesen Friedhof, diese Bäume. Hier hatte der alte Mann im dunklen Anzug im Licht der Scheinwerfer gestanden. Er hatte den Wagen am Straßenrand stehengelassen und war an der Friedhofsmauer entlang bis zum Eingangstor gegangen. Ja, hier war es gewesen. Von einer merkwürdigen Vorahnung ergriffen, war er durch das Tor des alten

Friedhofs gegangen im fahlen Licht dieser Gebirgssonne.

Die drei Gräber lagen nebeneinander im Gras des großen Schlafs. Auf dem linken Grab stand SONSOLES AVENDANO DE MERCADER und darunter das Datum, 17. Juli 1936. Auf dem mittleren JOSÉ MARÍA MERCADER Y BULNES und darunter das Datum, 5. September 1937. Und auf dem rechten Grab standen zwei Namen RAMÓN MERCADER AVENDANO – INÉS ALVARADO DE MERCADER und darunter das Datum, 16. April 1966.

Nein, das war undenkbar, das konnte nur ein Zufall sein.

Er war wieder eingestiegen, durch das anscheinend verlaßne Dorf gefahren. Etwas weiter war er rechts und dann gleich wieder links eingebogen, nach dem Springbrunnen unter den Ulmen. Aber er wußte nicht mehr, ob er den Hinweisen des Mannes in der spanischen Kneipe in Amsterdam folgte oder ob er instinktiv die Straße wiederfand, die er schon einmal, bei Einbruch der Nacht an einem Septembertag vor dreißig Jahren, fast dreißig Jahren, gefahren war. Er war an der Mauer des Familienbesitzes entlanggegangen, er hatte das offene Tor gefunden und die lange Kastanienallee, und seine Erinnerung stand jetzt in schmerzender Klarheit vor ihm.

Sie waren wie die Wilden durch diese Kastanienallee gefahren, die Gewehrläufe ragten durch die offenen Fenster. Der alte Mann erwartete sie – aber nein, er war gar nicht so alt; er hatte graues Haar, einen müden Ausdruck, aber er war gar nicht so alt – der alte Mann erwartete sie auf der Veranda seines Hauses.

Felipe de Hoyos kam ans Ende der Kastanienallee. Er sah die Veranda vor sich im fahlen Sonnenlicht des Ersten Mai.

Adela Mercader betrachtete reglos das Bild.

Sie hatte sich vor einer Stunde in diesen Stuhl gesetzt. Mit ungewissem Blick, verloren im Ungewissen. Leer, verloren im Leeren. Die gekreuzten Hände an ihr hingen herab wie tote Zweige, erschlagene Möwen. Vollkommen unbewohnt, innen hohl, wie eine Höhle. Reglos saß sie da.

Ihr Blick hatte das Bild gestreift, das seit Jahrzehnten an der Wand hing. Der Blick hatte diesen Gegenstand gestreift, an den sie derart gewöhnt war, daß er unsichtbar wurde. Dann hatten die beiden mechanisch gelesenen Wörter ihren Blick angezogen und wieder auf das Bild gelenkt. LA PRIMAVERA. Was? Warum? LA PRIMAVERA. Ja, der Frühling.

Sie hatte gespürt, wie in ihrer Brust dieser Kern schwarzen, eisigen, dicken Blutes geschmolzen war. LA PRIMAVERA. Das hatte keine Beziehung. Aber ihr Blick hatte sich belebt, war zu dem Bild zurückgekehrt und sah es jetzt wirklich zum ersten Mal vielleicht, seit Jahren, seit Jahrhunderten, seit der Erfindung des Todes, der Erinnerung, des Traums.

LA PRIMAVERA.

Man sah eine gepflasterte Straße. Rechts stand ein einstöckiges Gebäude. Im Erdgeschoß – und dieser Ausdruck paßte hier genau auf die Lage dieses Warenhauses, dessen Türen direkt auf das Straßenpflaster gingen, da die Straße keinen Gehsteig hatte – im Erdgeschoß dieses Gebäudes also war ein Konfektions- und Trödelgeschäft. Die Außenmauer, die Tür- und Fensterrahmen waren dunkelbraun bemalt. Quer über dem ganzen Laden stand der Name: LA PRIMAVERA. Das Warenhaus also. Im ersten Stock – dem einzigen Stock des Gebäudes – schmiedeeiserne Balkone und auf einem dieser Balkone zwei Personen, die die um diese Zeit ausgestorbene Straße betrachteten. Zwei Personen, eine davon offensichtlich mit einem gepflegten, dichten Bart. In der einen Türöffnung des Warenhauses sah man die Silhouette irgendeines, vielleicht beschäftigungslosen Verkäufers. Vorne rechts ein Junge, stocksteif, auf dem Kopf einen Hut, typisch für dieses Land, dessen Name auf einer am Rahmen des Bildes angeschraubten Kupferplatte eingraviert war: MEXIKO. Etwas weiter entfernt führte die Straße auf einen vermutlich großen Platz, von dem man aber nur die Baumwipfel sah, die die Fassade des Warenhauses *Primavera* überragten. Bäume und Kuppeln vielleicht von einem Kirchen- oder Verwaltungsgebäude, das den Platz auf der anderen Seite sicher abschloß. Rechts auf dem Platz, dessen Größe man vermuten konnte, sah man noch die beiden asymmetrischen Türme einer Kirche im Jesuitenbarock, als Beweis für die lange drückende Anwesenheit der geistlichen Abgesandten der spanischen Monarchie in diesem Land. Und am Eingang des Platzes zwei Pferdewagen – oder vielleicht waren es Kutschen – im Schatten der Bäume.

La Primavera.

Das war es wirklich. Ein goldnes, bläuliches Frühlingslicht leuchtete unter dem Himmel, auf dem einige leichte, flockige Wolken dahinzogen. Frühling, unleugbar.

Adela Mercader sah dieses Bild zum ersten Mal seit vielen Jahren. Es war ein Andenken von Onkel Luis, ein wunderlicher Mensch, von dem man in der Familie flüsternd Anekdoten und ziemlich romaneske Abenteuer erzählte. Onkel Luis hatte meist in Westindien gelebt, wie man damals, als Tante Adela noch ein Kind war, Amerika nannte. Er hatte ganze Vermögen gewonnen und verloren bei undurchsichtigen Unternehmen – das heißt, Unternehmen, die der Familie durch eine sorgfältig erhaltene Unwissenheit verborgen waren –, die aber weder ganz ruhig noch ganz ehrenhaft gewesen sein müssen. Zu einer bestimmten Zeit um 1909 – Adela Mercader erinnerte sich ganz genau, denn der skandalöse Charakter dieses Ereignisses hatte ihr ganzes siebentes Lebensjahr geprägt – hatte Onkel Luis auf dem Familiensitz von Cabuérniga monatelang Zuflucht gesucht, vielleicht um vergessen zu werden. Er war begleitet worden von einer jungen indianischen Mestizin – daher der Skandal –, die sehr fremdartig und schön aussah, zumindest in der Erinnerung von Adela Mercader. Onkel Luis teilte ostentativ das Bett mit ihr und überschüttete sie mit Aufmerksamkeiten und Geschenken, die von der jungen Frau mit stolzer Herablassung angenommen wurden. Und dieses Bild stellte das Warenhaus *Primavera* dar, den Frühling selbst, La Primavera, und stammte aus der Zeit, als Onkel Luis in Cabuérniga weilte, zum letztenmal übrigens, denn einige Jahre später war er in den Stürmen der mexikanischen Revolution verschwunden, ohne daß die Umstände seines Verschwindens jemals hatten ganz geklärt werden können.

La Primavera.

Zum erstenmal seit 14 Tagen schien eine Art Frieden im Gemüt von Adela Mercader einzukehren.

Sie sah sicher nicht mehr das Bild nach einer Stunde regloser Betrachtung, und das Bild war in seiner beruhigenden und seligen Existenz nur mehr der Anlaß ihres Traumes. Und trotzdem war eine Art Frieden bei ihr eingekehrt.

Zwei Wochen vorher, an jenem Vormittag des 16. April, dessen Vorgänge sie nicht mehr aus ihrem Gedächtnis verscheuchen konnte, als Inés plötzlich geflohen war, von den Amerikanern verfolgt, die hinter ihr her schossen, war Adela Mercader in das Zimmer ihrer Nichte gegangen in der Hoffnung, irgendeine Botschaft oder wenigstens irgendein Zeichen für das Motiv dieser plötzlichen Flucht zu finden. Auf dem Frisiertisch von Inés hatte sie zwei Telegramme gefunden. Eines von Ramón aus Zürich, in dem er seine Frau bat, seinen letzten Brief zu verbrennen. Das zweite offizielle und dringende Telegramm war aus Amsterdam von einem gewissen Schilthuis, der mitteilte, daß Ramón gestorben war: »Unfalltod infolge Überdosis von Barbituraten.« Das hatte doch keinen Sinn.

Adela Mercader war wie erschlagen vor dem Frisiertisch in einen Stuhl gesunken.

Aber sie hörte ein Geräusch vor dem Haus, heute, durch die Fenstertüren des Salons, die zur Veranda hin offenstanden. Sie wandte den Kopf und sah ein Auto langsam auf die Esplanade zufahren.

Mit einem Satz stand sie auf, trat mit festen Schritten auf die Veranda, entschlossen, die Eindringlinge so schnell wie möglich zu verscheuchen.

Sie wollte niemanden sehen, nein, niemanden.

Ein Mann von etwa fünfzig Jahren, groß, mager, mit buschigen Augenbrauen, stieg aus dem Wagen und sah sich um. In seiner rechten Hand hielt er eine Schallplatte, das war merkwürdig.

Sie wußte, was sie nun zu tun hatte.

Remedios hatte ihnen Kaffee auf die Veranda gebracht. Felipe de Hoyos hatte dankend genickt, als man ihm Zucker anbot. Dann war Remedios gegangen. Felipe de Hoyos zündete sich schweigend eine Zigarette an.

Sie betrachtete den Fremden, den letzten Menschen vielleicht, der mit Ramón gesprochen hatte, freimütig. Sie wußte, was sie nun zu tun hatte.

»So?« sagte Adela Mercader, »er hat mit Ihnen also über Rußland gesprochen?« Felipe de Hoyos nickte.

»Ja«, sagte er. »Wegen dieses Liedes, verstehen Sie?«

Sie verstand. Das war sogar die Art von Dingen, für die sie sehr viel Verständnis hatte. Ein Lied aus früheren Zeiten, wiederaufgetauchte Erinnerung, eine Regung. Sie verstand sehr wohl.

Vor kurzem, bevor sie ihn zum Essen einlud, als er von der Begegnung mit Ramón in der spanischen Kneipe in Amsterdam erzählt hatte, hatte Adela Mercader die Platte hören wollen. Gemeinsam hatten sie im großen Salon des Hauses in Cabuérniga die alte zerkratzte Aufnahme von *Suliko* gehört, gesungen von einer reinen, tiefen russischen Stimme. Felipe de Hoyos hatte ihr die Worte ungefähr übersetzt. Und dann hatte er in einer plötzlichen Anwandlung – denn er hatte absolut nicht die Absicht gehabt, von dieser Episode zu sprechen – vom Ende dieser verrückten Nacht erzählt: seine Entführung, die Amerikaner, seine Flucht bis zu dem Augenblick, wo man ihn in ein Hotelzimmer geführt hatte, um die Leiche von Ramón Mercader zu identifizieren. Er hatte einer unerklärlichen Regung folgend zu sprechen begonnen, aber dann fühlte er eine große Erleichterung. Als ob der Bericht über die Gefahren, denen er nach der Begegnung mit Ramón Mercader ausgesetzt gewesen und deren Ursache Ramón gewissermaßen war, als ob dieser Bericht ihm helfen könnte, die schreckliche Erinnerung von vor dreißig Jahren zu vergessen: der alte Mann, zuerst in der Abenddämmerung, und dann an der weißen Friedhofsmauer im Scheinwerferlicht. Im Scheinwerferlicht bis zum Tod. Stehend, unverständliche Worte ausrufend, mit erhobener Faust. Und als er jetzt von der Amsterdamer Nacht erzählte, in der eben diese Erinnerung aufgetaucht war, glaubte er, eine Art feierliche Ähnlichkeit zwischen dem Bild jenes alten Mannes und dem Gesicht von Ramón Mercader zu entdecken, der in seinem Hotelbett ausgestreckt lag, in der schlafenden, kalten Weiße des Todes. Ja, eine merkwürdige, rauhe Ähnlichkeit. Und so sprach er also, verlor sich in Details und Abschweifungen, als ob das die beste Möglichkeit wäre, diese mörderische Erinnerung seiner Jugend auszulöschen, oder zu fliehen oder schließlich annehmbar zu machen.

Adela Mercader hörte fasziniert zu.

Anonyme, gewalttätige Amerikaner hatten also diesen Mann verfolgt wegen seiner Begegnung mit Ramón in der spanischen Kneipe in Amsterdam. Und gleichzeitig, fast zur selben Stunde, waren andere Amerikaner gekommen, um Inés in den Tod zu treiben. Die Ereignisse in Amsterdam schienen den Tod von Inés zu klären, ihm einen Sinn zu geben – selbst wenn es ihr letztlich nie gelingen würde, diesen Sinn zu verstehen. Sie war also den gleichen geheimnisvollen, aber vielleicht eine unfaßbare Bedeutung ausstrahlenden Tod gestorben wie Ramón.

Sie entschloß sich sofort, den Brief von Ramón seinem Bestimmungsort zuzuleiten, als ob der unzusammenhängende, überstürzte Bericht dieses Fremden alle Zweifel zerstreut hätte. Aber sicher, das war doch klar: man mußte ihn weiterleiten, diesen russisch geschriebnen, an Unbekannte adressierten Brief von einem Ramón, der ihr unbekannt war, nicht nur wegen der kyrillischen Buchstaben, die es ihr unmöglich machten, die letzte Botschaft von Ramón zu erfahren, sondern auch, weil diese ganze entfesselte, unverständliche Gewalt das Porträt eines geheimen Ramón zu zeichnen schien, der in einen zweifelhaften, verworrenen Kampf verwickelt war, dessen Ziele und Ursachen sie nie kennen würde.

Als man ihr die Sachen von Inés gebracht hatte, die im Unfallauto neben ihrem entstellten Körper gefunden worden waren, war sie erstaunt gewesen, ein Buch von Pearl S. Buck zu sehen, auf dessen grünledernem Einband Blutflecken von Inés waren. Sie hatte das Buch von Pearl S. Buck in ihr Zimmer gebracht und sich gefragt, warum Inés es in der verzweifelten Hast ihrer Flucht mitgenommen hatte. Erst am übernächsten Tag, als sie den vom schwarzen Blut von Inés befleckten Band noch einmal durchgeblättert hatte, hatte sie die Spalte im Einband entdeckt und die dünnen Blätter herausgenommen, die mit der winzigen Schrift von Ramón in den unverständlichen Zeichen der kyrillischen Schrift bedeckt waren. Am ersten Blatt war eine kleine maschinengeschriebene Notiz angeheftet. Sie enhielt sehr genaue Instruktionen, wie diese Botschaft Ramóns weiterzuleiten sei. Man mußte sie zu einer Adresse in Barcelona bringen, sie einem gewissen »Alfredo« übergeben im Auftrag von »Nieves«, und dieser »Alfredo« würde sie dann offenbar zum Briefkasten nach Mexiko weiterleiten. Andere Angaben über diesen Briefkasten gab es nicht, woraus man schließen konnte, daß dieser »Alfredo« wußte, worum es ging.

Sie würde diesen Brief Ramóns fortbringen, genau. Sie würde die kleine Sonsoles einige Tage der Obhut von Remedios überlassen, sie würde den Zug nehmen – wie oft mußte man umsteigen, um von Santander nach Barcelona zu kommen? –, sie würde nach »Alfredo« fragen im Auftrag von »Nieves«, sie würde ihm die Botschaft Ramóns übergeben und ihm sagen, daß er sie zum Briefkasten nach Mexiko weiterzuleiten hätte. Sie würde sich versichern, ob alles klar sei, ob »Alfredo« wußte, um welchen Briefkasten es sich handelte. In drei bis vier Tagen würde sie wieder zurück sein. Das hätte Ramón sicher von ihr erwartet. War übrigens Inés nicht auf dem Weg nach Santander gestorben, mit dieser Botschaft, die im Einband eines Buches von Pearl S. Buck versteckt war? Fast schämte sie sich, daß sie diesen Entschluß nicht schon früher gefaßt hatte. Erst hatte der Fremde kommen und ihr das georgische Lied vorspielen müssen, das Ramón in Amsterdam so gerührt hatte, damit sie verstand, was sie zu tun hätte. Fast schämte sie sich.

»Er hat mit Ihnen also über Rußland gesprochen?« hatte sie Felipe de Hoyos gefragt.

Sie waren auf der Veranda nach dem Mittagessen, Remedios hatte eben den Kaffee serviert.

»Ja, wegen dieses Liedes, verstehen Sie?«

Sie verstand sehr gut.

Felipe de Hoyos spürte, daß das alte Fräulein noch einmal die Geschichte hören wollte, und er erzählte ihr von der Reise in den Kaukasus in der Umgebung von Sotschi (aber ich bin jetzt der einzige, der von dieser Reise in den Kaukasus erzählen kann. Jewgeni Davidowitsch ist tot, und in Amsterdam hatte er nur einige Brocken preisgegeben von diesem Aufenthalt in Sotschi. Ich bin jetzt der einzige, der alle Details dieser letzten Reise von Ginsburg in sein Land kennt. In Sotschi hatte man ihn im Erholungsheim *Zjurupa* untergebracht, dessen Pavillons unter dem tropischen Laub eines riesigen Parks zerstreut lagen. Er teilte den Pavillon – zwei Zimmer, ein Salon, ein Badezimmer – mit dem Dolmetscher, den man ihm zugeteilt hatte, denn er durfte ja nicht Russisch verstehen. Er vermutete, daß dieser Boris vom KGB ausgesucht worden war, um ihn zu überwachen, aber das war ihm egal: er dachte nur an die Sonne am Strand, an Spaziergänge, an die langen Abende im Freilichtkino, an die Tänze und Gesänge. In den Abendstunden hörte er die tiefen, reinen russischen Stimmen, die sich in der Nacht erhoben, und heftige Wehmut ergriff ihn. Er stieg in die kleinen offnen Autos, die zum Strand fuhren oder zu Ausflügen, im vertrauten nichtssagenden Geräusch der Gespräche. Er besichtigte das Haus, in dem Nikolai Ostrowski in seinen letzten Lebensjahren gewohnt hatte, und sah an der Wand im Arbeitszimmer von Ostrowski die große Karte Spaniens mit den kleinen Nadeln und dem roten Faden, die die bewegliche Frontlinie im Bürgerkrieg kennzeichneten, wie man sie am Tage seines Todes vorgefunden hatte. Er fuhr zum Rizasee, in die Berge. Der Himmel war blau, die Tannen schwarz, das Wasser des Sees glitzerte. Er ging lange unter den jahrhundertealten Bäumen spazieren, in tiefster Stille, in der dunklen Sehnsucht nach einer noch unberührten Natur. Zu Mittag stieg er zum See hinunter, wanderte auf der in den Abhang eingegrabenen Straße. Dort unten, das längliche bemalte Holzhaus, war einer der Lieblingsaufenthalte von Stalin gewesen. Jetzt hatte man eine Herberge daraus gemacht. Aber die Leute wußten es, sie kannten die Vergangenheit dieses Waldhauses, er hatte einen Mann seiner Frau zuflüstern hören, daß das einer der Orte war, an dem der Alte sich gern erholte: »Er war Georgier, der Alte, verstehst du?« sagte der Mann flüsternd zu seiner Frau. In der Herberge traf er das junge Mädchen, Nina Nikolajewna, das Spanisch studierte und ihn um Erklärungen über die Gemälde von Goya im Prado bat. Den Rest des Nachmittags ging er mit Nina Nikolajewna spazieren, und abends in Sotschi, als er sich von ihr verabschiedete, küßte er sie leicht auf den Mund, im dichten feuchten Schatten einer Palme, im Schatten der Nacht. Nina Nikolajewna trug einen weißen Filzhut wie die kaukasischen Hirten, und die Weiße des Filzes verstärkte die schwarze Flamme ihres Blickes. Am nächsten Tag fuhr er fort, er würde niemals mehr in sein Land zurückkehren, und er küßte sie zart auf den Mund. Nina Nikolajewna, meine Liebe. Aber ich bin jetzt der einzige, der die Gedanken, die Verzweiflung, die törichte Leidenschaft kennt, die an diesem Abend die Seele von Jewgeni Davidowitsch Ginsburg beherrschte), und Felipe de Hoyos sagte, daß Ramón Mercader in Sotschi einem Mädchen begegnet war, das *Suliko* gesungen

hatte, jenes alte georgische Lied, als er von einem Ausflug zurückgekommen war, während der Wind aus den Bergen seine Haare
zerzauste.

»Wegen dieses Liedes, verstehen Sie?«

Ja, sie verstand sehr gut.

Genau in diesem Augenblick, auf der Veranda des Hauses von
Cabuérniga, hatte Felipe de Hoyos seine alte Erinnerung vergessen. Würde das Blut getrocknet sein, das Blut der Mercader?

Die Kaninchenställe sind natürlich leer. Vor ihnen, mitten im Garten, weht eine kleine rote Fahne auf einem Grabstein. Die Mauern sind noch immer mit Geranien und Kapuzinerkresse bedeckt, Yuccas, Canna und Agaven wachsen noch immer wild im Garten.

Ist jemand an diesem Ersten Mai hierher gekommen?

Natascha Sedowa ist nicht mehr da, um den Besucher zu empfangen. Sie schläft in der endlosen Transparenz des großen Schlafs an der Seite von Lew Davidowitsch.

Alle Toten ruhen in der Unruhe eines vielleicht unnötigen Todes.

Ramón Mercader del Río lebt. Er erinnert sich, wer weiß? In Moskau läuft der Aufmarsch des Ersten Mai ab, er nimmt daran teil, vielleicht. Er erinnert sich, vielleicht.

Natascha Sedowa hatte ihn ruhig und verzweifelt angestarrt an diesem weit zurückliegenden Tag im Haus der Avenida Viena.

Wird das Blut eines Tages trocknen? Das ist ungewiß.

Vaugrenier 1967 – Autheuil 1968